妖花

요화

요괴의 꽃

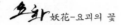 妖花-요괴의 꽃

초판 1쇄 펴낸 날 │ 2016년 12월 15일

지은이 │ 김선정
펴낸이 │ 서경석

편집책임 │ 조윤희　편집 │ 이은주, 최고은
마케팅 │ 서기원　경영지원 │ 서지혜, 이문영

임프린트 │ (MUSE)
주소 │ 경기도 부천시 원미구 부일로 483번길 40 서경B/D 3F　(우) 14640
전화 │ 032-656-4452　팩스 │ 032-656-4453
이메일 │ roramce@naver.com　블로그 │ bolg.naver.com/roramce
홈페이지 │ http://www.chungeoram.com

발 행 처 │ 도서출판 청어람
출판등록 │ 1999년 5월 31일 제387-1999-000006호
어람번호 │ 제11-0045호

ⓒ 김선정, 2016

ISBN 979-11-04-91060-9　03810

도서출판 청어람은 언제나 여러분의 소중한 작품 투고와 도서 출간 기획 등 다양한 제안을 기다리고 있습니다. chungeorambook@daum.net

김선정 장편소설

妖花

요화

요괴의 꽃

C MUSE

목차

서장.

그대, 눈처럼 내게 젖어들라

뽀득뽀득.

어둠이 자욱하게 내려앉은 산길엔 눈길을 밟는 소리만이 적나라하게 울려 퍼졌다. 두툼한 버선과 꽃신을 신은 채 걷고 있던 여인은 더 이상 걸음을 옮기지 않은 채 자리에 우뚝 멈추어 서고 말았다.

잇새에서 쏟아지던 뜨거운 숨결이, 차디찬 공기를 뚫고 나와 하얗게 모습을 드러냈다.

"홍아, 너는 마을로 내려가 살어. 이렇게 첩첩산중에서 살지 말고…… 꼭 내려가 살어."

문득, 며칠 전 세상을 떠난 조부의 목소리가 떠올라 지그시 눈을 내리감았다.

이렇게 눈발이 몰아치던 어느 겨울날, 갓 태어난 홍이는 할아버지의 집 앞에 버려져 있었다고 했다. 아니, 집 앞이 아닌, 조부의 집 앞에 있는 제단이었다.

"아, 글쎄, 얼굴이 뽀얀 놈이 뻘건 눈을 껌뻑껌뻑하면서 날 쳐다 보더라고. 어쩌겠어. 데려와야지. 보석을 발견했는데, 그대로 얼 어버리게 놔둘 수 있나."

피 한 방울 섞이지 않은 사이였지만, 그들은 그 누구보다 끈끈한 '가족'이 되었다. 힘들 때에도 기쁠 때에도 홍이는 조부를, 조부는 홍이를 의지하며 살아갔다. 마침 손재주가 좋은 홍이 덕에 삯바느질거리가 근근이 들어와 먹고살기에 나쁘지 않았다.

더불어 유독 홍이가 수를 놓은 배자는 마을 아낙들뿐만 아니라, 어느 먼 곳에 산다는 선비에게도 인기가 좋아 그 삯 또한 톡톡히 챙겨 받고 있었으니. 그 누구도 남부러울 것 없는 '가족'이었다.

일주일 전까지만 하더라도, 분명 '가족'의 울타리에 자신이 존재했었다.

"어차피 혼자였잖아."

중얼거리던 붉은 입술은 살을 에는 추위에도 불구하고 핏기를 잃지 않고 있었다. 꽁꽁 얼어버린 뽀얀 얼굴이 발그레 달아올랐다.

"괜찮아. 어차피 혼자였어."

눈물이 왈칵 차올랐다. 혼자라고 몇 번이나 되새기는 내내 왜이리도 마음이 아린 건지 알 수 없었다. 어째서 자신은 제단 위에

요화 妖花-요괴의 꽃

버려져 있어야 했는지, 그 이유라도 듣고 싶어 결정한 길이었다.

마을로 내려가면, 번화가로 가면 이십 년 전 그날 밤의 일을 들을 수 있지 않을까 싶었다. 물론 확신은 없다. 그저 할아버지의 마지막 유언이 그러하니, 그 말을 따르고 싶었던 것뿐.

그녀의 품에는 몇 푼 되지 않는 쌈짓돈이 들어 있었다. 정말 급할 때에 요긴하게 쓰려 가져오긴 했다만. 당분간 주막에서 허드렛일을 하며 몸을 뉘이면 될 것이다.

할아버지가 조금씩 모아놓은 쌈짓돈을 허투루 쓸 수 없었다. 찬바람에 콱 막히는 숨을 깊이 들이마시던 그때, 홍이는 걸음을 우뚝 멈춰야 했다.

뽀득뽀득.

또 다른 발소리가 들렸기 때문이었다. 그에 온몸에 오도도 소름이 돋았다. 분명 혼자 내려오던 중이었다. 혹 누군가 따라올까 부러 늦은 시간을 택했는데.

뽀드득. 뽀드득.

힘을 주어 걷는 듯, 깊숙이 들어가던 발자국 소리에 어깨가 움츠러들었다. 설상가상으로 겨우 그쳤던 눈보라가 다시금 그녀의 머리 위로 쏟아지기 시작했다. 강한 바람이 얼굴을 스치던 그때, 뒤쪽으로 한 사내의 목소리가 들렸다.

"낭자, 어딜 가시오?"

머리털이 쭈뼛쭈뼛 서는 기분이었다. 이런 산중에 사내라니. 산적이 아니고서야 있을 수 없는 일이었기에 온몸이 부르르 떨렸다.

"어허이, 이런 산길에. 눈발이 이렇게 굵은데 어딜 가시는가?"

결국 불길한 예감은 사실이 되고 말았다. 그녀의 앞으로 덩치 좋은 사내들이 다가와 비아냥거리기 시작했다. 털모자에 털배자,

거기에 얼굴 위를 지나는 굵은 흉터까지 보아하니 산적이 분명하다.

이 얼마나 해괴망측한 일인가.

"비, 비켜주십시오. 마을로 내려가는 중입니다."

아무렇지 않은 척 말을 하지만, 그 끝이 떨리고 있었다. 겁을 먹은 게 보이니 사내들은 히죽거리며 더욱 목청을 높였다.

"마을? 마으을? 얘들아, 들었냐? 마을로 내려가신단다."

"아이고, 성님! 그럼 우리가 데려다줍시다. 거, 이 산길이 어찌나 험한지 낭자 혼자 가는 건 힘들어."

"암! 그렇고말고. 뭐 그에 대가는……."

한 사내가 바지춤을 붙잡은 채 추켜올리는 시늉을 하니 주위에 있던 사내들이 껄껄 호탕한 웃음을 터뜨렸다. 몇은 입맛을 다시며 그녀를 쳐다보았고, 또 몇은 홍이에게 가까이 다가와 어깨에 손을 얹었다.

총 여섯. 홍이 혼자선 도저히 감당할 수 없는 숫자였다.

"비, 비켜주십시오. 왜 이러십니까!"

"낭자, 왜 이러시다니요. 가는 길이 험하니 이 듬직한 사내들이 함께 가주려 하는 것이지요!"

"괜찮습니다. 필요 없다 하지 않습니까! 홀로 가겠습니다."

앙칼진 홍이의 목소리에도 사내들은 껄껄 웃음만 터뜨릴 뿐이었다. 무어가 그리 신나는지, 저들끼리 대소하며 그녀를 놀리기에 여념이 없었다. 끙, 앓는 소리를 내던 홍이가 달음박질치려 마음을 먹던 그때였다.

"형씨들, 그림이 보기 좋군."

야산에 딱 어울리는 낮은 목소리가 홍이의 귓가를 스쳤다. 아니, 그것은 스치는 것보단 흘러들어 오는 느낌이나 다름없다. 휘익 날카로운 휘파람이 그녀의 곁을 지나간다. 뒤를 돌아보라는 듯, 이리 오라는 듯.

"거, 여자 혼자 두고 사내가 여섯이라니. 어지간히 굶주렸나 보아?"

낄낄, 웃음을 터뜨리는 목소리에 홍이가 뒤를 돌아보았다. 두꺼운 음색이 마음까지 파고들어 그녀의 머리를 홀린 탓이렷다.

"뭐야? 허 참. 야 이놈아! 나와서 얼굴을 보고 말해, 얼굴을!"

그의 말마따나, 구름에 파묻힌 달빛 덕에 사내의 모습이 보이지 않았다. 어둠으로 가려 있던 그의 모습이 드러나려면 구름이 움직여야 할 터인데, 그것의 행렬이 어찌나 긴지 달빛이 드러날 생각을 않은 채 꽁꽁 숨어 있었다.

산적들의 웅성거림이 거세지던 그때였다. 거짓말처럼 구름이 걷히고, 달빛이 아래로 훤히 드리웠다.

"저, 저놈 머, 머리 색을 좀 보, 보게!"

"히익! 서, 설마. 설마."

산적들의 목소리가 바들바들 떨리기 시작했다. 잔뜩 겁을 집어먹은 그들이 히익— 괴상한 소리를 내며 뒷걸음질 치는 소리가 들렸다. 뽀득, 뽀드득. 그 소리의 간격이 좁아질 때마다 사내는 그들의 앞으로 한 걸음, 또 한 걸음을 옮기고 있었다.

"누, 눈요괴다! 다, 다들 피해! 피해!"

"서, 설산요괴! 설산요괴가 나타났다!"

달빛에 드러난 사내의 모습에 산적들이 줄행랑을 치기 시작했다. 방금 전까지 홍이에게 치근덕거리던 태도는 간데없고, 그녀만을 오도카니 남겨둔 채 저들의 발을 움직이기에 바빴다.

하지만 그들이 모두 달아나던 그 순간에도, 홍이는 그에게서 눈을 떼지 못했다.

금색의 머리칼이 달빛 아래에서 휘날리며 춤을 추고 있었다. 하늘색을 닮은 눈동자가 하얀 눈발에 반사되어 반짝이는데, 그것이 어찌나 아름다운지 홍이의 입이 다물어질 생각을 않았다.

요괴, 라 불리는 것도 이상할 것이 없는 모습이었다. 마을 사람들에게 전해져 내려오는 이야기로만 알고 있던, 그런 모습.

"그대는 왜 도망가지 않고."

뽀드득.

사내의 걸음이 홍이를 향해 왔다. 희미하게 떠오르는 조소가 유독 아름다워 보인 건 왜였을까.

"나를 그리 뚫어져라…… 쳐다보는가."

또다시 뽀드득. 눈을 밟는 소리와 함께 사내가 홍이에게 가까워졌다. 하늘색, 혹은 물색과 같은 눈동자는 날카롭게 찢어져 있었다. 손을 베어버릴 듯 날렵한 눈매와 흩날리는 금색 물결이 퍽 잘 어울렸다.

"요괴……."

"그렇다면, 더욱 도망가야 할 터."

길게 뻗은 그의 손가락이 홍이의 턱을 부드럽게 쓸어내렸다. 손톱의 끝이 와 닿는 느낌이 어쩐지 오싹했지만, 그녀는 여전히 도망갈 생각을 하지 않았다.

다리가 꽁꽁 굳어버렸다거나, 두려움에 잔뜩 젖어 도망가지 못하는 게 아니었다. 그저 그 자리에서 떠나고 싶지 않았다. 그뿐이었다.

"저를…… 잡아먹으실 건가요?"

하나 그 두려움은 감출 수 없는 법. 바들바들 떨리는 그녀의 목소리에 사내가 비죽 웃음을 그렸다. 그리고 차갑게 얼어붙은 손톱을 바짝 세워 그녀의 얼굴을 하나하나 훑기 시작했다.

맨 처음으로는 뽀얀 살갗을,

"내가 요괴라고 하여, 인간을 먹어 치운단 소리는 어디에서 퍼졌는지 모르겠네만."

그다음으로는 붉은 입술을,

"나는…… 인간을 먹지 않아."

뒤이어 높은 콧대를 어루만지던 그가 한쪽 입술을 비스듬히 말아 올렸다.

"네들의 생기를 빨아먹으며 사는 것뿐."

마지막으로 사내가 홍이의 눈을 유심히 바라보던 순간이었다.

"네 이름이 무어냐."

그의 목소리가 괴상하게 비틀어지는가 싶었다. 묘하게 꺾인 그 음색에 홍이가 몸을 흠칫, 떨었다. 눈을 깜빡거리는 것과 동시에 숨을 크게 들이마셨다.

"워, 원래 이름은 모릅니다. 저를 주워 키워주신 조부께서 홍이라 이름을 붙여주셔서……."

"주웠다?"

날카로운 눈매가 더욱 사납게 찢어졌다. 저를 바라보는 그 눈매에 홍이의 몸이 또다시 흠칫거렸다. 잔잔한 물이 흐르던 눈동자가 매섭게 빛을 발했다. 당장에라도 홍이의 몸을 찢어발겨 죽인다 하여도 이상할 것이 없는 일이었다.

"당장 말하라, 그 노인이 어디에서 너를 주웠느냐."

홍이는 노인, 이라는 말에 울컥 화가 차올랐지만 지금은 자신이 가타부타 할 수 없는 상황이라는 걸 잘 알고 있었다. 거세지는 바람이라던가, 더욱 굵어지는 눈발이 그를 말해주고 있었다.

꿀꺽, 마른침을 삼키던 그녀가 저를 뚫어져라 바라보는 사내를 향해 입술을 달싹였다. 흡, 숨을 들이켜는 괴상한 소리가 괜히 거슬릴까 지레 겁을 먹고 말았다.

"요…… 요 앞에 있는 제단에서…… 데려왔다고 했습니다."

"그 계절이 겨울이렷다?"

"예……. 지금, 지금처럼 눈이 오는……."

홍이의 마지막 한마디에 사내가 히죽 웃음을 그렸다. 손을 뻗어 그녀의 손목을 꽉 움켜쥔 뒤, 다른 한쪽 손으로는 홍이의 얇은 목을 덥석 잡았다. 차디찬 감촉에 화들짝 놀란 그녀가 그를 뚫어져라 쳐다보았지만, 왠지 모르게 그를 향해 입 한 번 뻥긋할 수 없었다.

"잠시 너의 기억을 들여다볼 것이다."

안 돼! 소리를 지르고 싶지만 목 끝이 꽉 막힌 것 같아 아무런 말이 터져 나오지 않았다. 아아, 목을 긁는 신음만이 새어 나와 그녀의 마음을 전달할 뿐.

"만약 내 예상이 옳다면."

저 먼 산 중턱에서 거센 바람이 몰아쳤다. 그녀의 얼굴 위를 내려치고, 사내의 머리칼을 흩뜨렸다. 그 바람 안에 담긴 건 날이 잔뜩 선 칼이 분명했지만, 어쩐지 홍이는 춥다는 생각이 들지 않았다. 제 목을 잡고 있던 그의 손이 전해주는 냉기 때문일 것이다.

"네가 나에게 너무 늦게 온 것이겠지."

도통 알 수 없는 소리를 남기던 사내가 홍이의 이마에 제 이마

요화 妖花-요괴의 꽃

를 가져다 대었다. 그 찰나, 둘의 주위로 거친 눈바람이 일었다. 그들을 볼 수 없게 하려는 듯, 아무도 접근하지 못하게 하려는 듯.

그렇게나 매섭게 치던 눈바람에 둘의 모습이 파묻혀 가고 있었다.

매듭달, 열이레에 일어난 일이었다.

제1장.
새싹이 움트다

　가느다란 피리 소리가 구불구불한 선율을 그리며 낮은 기와를
타고 흘렀다. 여인들의 높은 웃음소리와 사내들의 호탕한 웃음소
리가 그 선율에 뒤엉키면서 주변의 공기는 묘한 흐름으로 뒤바뀌
었다.

　홍등가처럼—물론 인간들이 만드는 홍등가와는 전혀 다른 의미였다.
도깨비와는 다르게 요괴들은 붉은색을 좋아했다— 여기저기 붉은빛을
비춘 기와집은 아주 넓게, 또 길게 분포되어 몇이 그곳에 머무는
지 짐작조차 할 수 없었다.

　더불어 올려다보기만 해도 온몸으로 오도도 소름이 돋는 절
벽. 그 까마득한 아래에 위치해 있던 기와집들은 뿌연 안개를 지
붕 삼아, 저들의 모습을 꽁꽁 숨겨놓고 있었다.

　긴 담뱃대를 문 채, 소소하게 이야기를 나누고 있던 그들은 사
람들과는 사뭇 다른 모습을 하고 있었다. 뾰족하게 솟은 귀와 금

색 머리칼, 더불어 설산의 눈을 꼭 닮아 창백하게 느껴지는 하얀 피부까지. 그들은 세간에서 말하는 요괴, 다른 차원에서 태어난 존재였다.

그들이 살고 있는 곳은 북쪽, 살을 에는 추위만이 지속되는 지역이었다. 간혹 날이 사납거나, 눈보라가 휘몰아치는 경우가 빈번한 것은 아마 그들의 영향이 크지 않았을까. 동쪽과 남쪽, 서쪽에 있는 요괴들과는 다르게 거친 이들이 많았기에 더더욱 날씨마저도 짓궂게 변해 버린 것이었다.

그들에게 있어 하루의 낙이란, 긴 담뱃대를 문 채 뻐끔거리는 것이 유일했다. 의미 없는 하루 속에, 늘 반복되는 삶을 살아갔다. 담뱃대를 무는 것 외에 또 하나의 낙이 있다면, 그것은 저들의 이야기보따리를 풀어놓는 것이었다.

인간들의 세상에 섞여 지내다 들통이 나 혼쭐이 난 일, 혹은 그들의 세상에 조화롭게 섞여 도와주다 그 욕심에 지쳐 저들의 세계로 내려온 일 등 이야깃거리는 끝도 없이 쏟아져 나왔다.

물론 요즈음 화두가 되는 이야기는 따로 있었다.

"이번에도 요화가 태어나지 않았다지?"

동서남북. 각자의 위치에서 살아가는 요괴들을 통솔하는 요괴들의 두령, 그가 응당 가져야 할 여인에 대한 이야기였다.

"서쪽에는 진즉 태어났다는데, 왜 북쪽엔 여직 소식이 없을꼬."

그 여인은 요괴들의 꽃이라 하여 요화라 불리었고, 대부분 새로운 두령이 탄생함과 동시에 함께 태어난다 하였다. 조금 늦는 경우가 있다고 했지만, 북쪽의 요화는 벌써 이십년 째 코빼기도 보이지 않았다.

"흐응, 요화의 흔적이 조금은 늦게 나타날 때도 있다던데. 내가 아닌지 몰라."

콧소리를 내던 여인이 요염하게 몸을 배배 꼬았다. 요화가 태어나지 않을 시, 가장 적합한 여인에게 그 징표가 나타난다고 하였다. 징표는 다름 아닌 붉은 눈동자. 더불어 길게 흐르는 찬란한 흑색의 머리칼과 눈처럼 하얀 피부라 했다.

물론 그들은 여인의 말에 코웃음을 쳤다. 모두가 그러한 환상을 하나씩 갖고 있었지만, 그것은 모두 '환상'에 그칠 뿐. 만약 누군가 요화였다면, 진즉 그 징표가 나타났어야 옳은 일이었다.

그러나 좀처럼 나타나지 않는 징표에 오늘도 내가 요화일 것이다, 네가 요화일 리 없다 옥신각신하는 여인들의 시샘 가득한 목소리만 더해지고 있었다.

뿌연 안개를 뚫고 하얀 눈발이 소복소복 쌓이고 있음에도 요괴들은 아랑곳하지 않았다. 홍등가에 오밀조밀 모여 저들 나름대로의 향락을 즐기던 그때, 우렁찬 목소리가 들렸다.

"두령께서 돌아오셨다!"

요새로 들어올 수 있는 유일한 입구, 어둠이 집어삼킨 뻥 뚫린 굴로 그들의 시선이 향했다. 그곳은 바깥과 이어져 있는 제법 복잡한 굴이었다. 간혹 호기심에 인간이 들어오곤 했지만, 길을 잃어 목숨을 잃는 일이 부지기수였다. 오롯이 요괴만이 통과할 수 있지만, 북쪽의 두령이 허락하지 않으면 요괴라 해도 쉬이 들어올 수 없는 요새의 입구였다.

두어 달 전, 인간들이 사는 곳을 둘러보고 오겠다며 홀로 바람처럼 떠난 그들의 두령이 돌아온단다. 언제 오려나, 오매불망 손을 꼽아가며 기다렸기에 그 반가움은 배가되었다.

침묵은 긴장을 불러일으키고, 그 사이를 유독 크게 가로지르는 것은 거칠게 내뱉는 그 누군가의 한숨 소리였다. 많은 이들이 숨죽여 요새의 입구를 주시했을 때, 낮게 깔린 어둠을 가로지르는 금색의 빛이 보였다.

"두령이다!"

그 순간, 와아! 하는 함성과 함께 수많은 요괴들이 동굴 앞으로 달려 나갔다. 여인들은 서둘러 치장을 하였고, 사내들은 두령을 반기기 위해 걸음을 재촉했다.

조금씩 금색의 빛이 선명해지고, 머리칼에 이어 그의 윤곽이 서서히 드러났다. 곱게 빛을 내는 남색의 두루마기가 그 끝자락을 살랑거리며 완연한 모습을 드러내니, 와아! 커다란 함성이 한 번에 뚝 끊기고 말았다.

"이, 인간이다!"

"두령이 인간을 데려왔어!"

웅성거림은 파도처럼 타고 흘러가 동굴 앞을 가득 채운 사내들이나, 홍등가에서 몸을 치장하고 있던 여인들마저도 의아한 시선과 볼멘소리를 던졌다.

하나, 그것은 오래 지속되지 않는 여음이었다.

"조용히들 하라. 함부로 입을 놀리면……."

북쪽의 두령, 무연의 곁에서 그를 호위하는 사내 흑강 때문이었을 것이다. 손톱을 길게 뺀 그의 행동에 많은 이들이 몸을 움찔거렸다. 하나로 질끈 묶은 금색의 머리가 살랑이는 바람에 흔들렸다. 흑강의 갈색 눈동자가 딱딱하게 굳어 그들을 노려보고 있었다. 육 척은 더 되어 보이는 신장에, 떡 벌어진 어깨와 다부진 체격이 퍽 압박이었는지 하나둘 시선을 피하기 시작했다.

모든 요괴들이 요력을 갖고 태어난다 하지만, 그중 강한 요력으로 두령을 호위할 수 있는 이는 많지 않았다. 대부분이 날씨를 궂게 만들어 인간들을 골리거나, 모습을 바꾸어 인간들의 틈에 섞이는 정도가 대부분이었다.

하나, 흑강은 아주 어릴 때부터 남다른 요력을 보여주었다. 그해에 서해의 요괴들이 폭주해 북쪽으로 쳐들어왔을 때, 그들 중 반을 제압한 이가 고작 여덟 살의 흑강이었으니. 그 사건을 아는 이들은 웬만해서 그에게 함부로 대들지 않았다.

무연에게 향하는 흑강의 걸음에 맞춰 남색 쾌자가 살랑거렸다. 그는 호위무사가 된 뒤로 무연의 눈동자 색과 똑 닮은 물색의 저고리를 줄곧 고집하고 있었다. 붉은 허리띠에 매달린 칼집을 꽉 잡은 그가 무연의 귓가 근처로 고개를 숙였다.

"웬 인간 여자입니까."

무연은 저에게만 들리는 흑강의 작은 목소리에 품 안에 든 홍이를 슬쩍 내려다보았다. 길게 늘어진 흑발이 내리는 하얀 눈송이와 대조되어 더더욱 아름답게 빛을 내고 있었다. 곤히 잠들어 있는 그녀의 눈가를 보다 괜스레 웃음을 그렸다. 기다란 속눈썹마저도 그의 맘에 쏙 드는 듯했다.

"두령."

조급한 건 흑강 역시도 마찬가지였다. 혹 무연이 홀로 생기를 취하고 싶어 데려왔다 하면, 그 주위를 봉해야 할 것이라. 인간의 생기는 요괴에게 있어 가장 치명적인 유혹이니, 몇이 폭주해 무연에게 달려들어도 이상할 게 없으니 말이다.

흑강의 채근에 무연은 잠시 말을 잇지 않았다. 그리고 곧 내려다보고 있던 홍이를 지그시 쳐다보다 킥킥, 웃음을 터뜨렸다.

"요화(妖花). 북쪽의 요화를 이제야 찾았다."

실로 그 파장은 대단했다. 인간 여자가 요화라는 말을 수긍할 수 없었는지, 몇 요괴들이 목청을 높였다. 그녀가 요화임을 믿을 수 없다 소리 지르는 이들도 있었지만, 그것은 오래가지 못했다.

그런 이들을 매섭게 노려보는 흑강 때문이었다. 하나, 무연은 그에 연연하지 않은 채 홍이를 안아 들고 제 거처로 걸음을 옮겼다. 기와집의 가장 끝, 총 세 개의 층으로 나뉜 거대한 그곳은 무연의 이름을 따 무연각—보통 두령이 바뀔 때마다 이름이 바뀐다—이라 불리는 곳이었다.

무연각의 가장 높은 곳, 제 침실에 홍이를 눕혀놓은 무연은 벌써 한 시각째 그녀를 내려다보고 있었다. 홍이의 기억이라지만 결국 그녀를 잉태하고 있던 여인의 기억. 그것을 곰곰이 되씹자 절로 쓴침이 올라왔다. 이유를 알 수 없는 씁쓸함이었다.

"이 아이를 바치겠습니다."

기억 저편에서 보았던 건, 매우 허름한 차림의 사내였다. 얼마나 굶었는지 얼굴이 반쪽이 된 그는 앙상한 팔로 배가 부른 아내를 꽉 끌어안고 있었다.

그리고 그들을 바라보며 의아하단 표정을 짓는 건 전대 두령이요, 자신의 아비와 같은 자, 화평이었다. 고개를 갸웃거리는 그의 모습에 사내는 입술을 떨었다.

"이 아이를 당신에게 바칠 테니…… 고, 곡식을, 곡식을 주십시오."

인간과 요괴의 거래였다. 보통 인간들은 부귀영화, 혹은 요괴의 힘을 빌려 나라를 정복하는 걸 꿈꾸고는 한다. 그렇기에 남쪽의 요괴는 황실과 내통해 벌써 동쪽을 잡아먹지 않았던가.

유연국과 송안국이 하나가 된 것에 많은 요괴들이 분을 터뜨렸었다. 인간에게 힘을 빌려준 것도 모자라, 같은 동지를 제 아래에 무릎 꿇게 만들었다고 말이다. 하지만 각 지역의 두령들은 개의치 않아 했다.

강한 자가 강한 힘을 얻고, 그 강한 힘으로 누군가를 굴복시키는 건 저들 사이에서 당연한 일이었으니. 굴복당하고 싶지 않다면 강해져야 했다. 누군가를 짓밟고서라도, 혹 그 목숨을 빼앗아서라도. 그것이 그들이 살아가는 방식이었다.

"곡식이면 되는가?"

"예. 저희 가족들이 먹고살 만큼만 주시면 됩니다. 금붙이도 좋고, 곡식도 좋습니다. 아이가 태어나면…… 꼭, 꼭 바칠 테니."

사실 홍이의 기억 속 애절한 사내의 목소리에 무연은 큰 감흥을 느끼지 못했다. 보통의 요괴라 함은, 희로애락을 느끼기보단 그저 눈앞에 보이는 향락에 집착하는 경우가 컸으니 말이다.

그러나 전대 두령 화평은 여인의 모습에서 무언가를 느낀 듯했다. 사내의 애절한 눈빛을 본 것인지, 배 속의 아이가 요화로 태어날 것을 감지했기 때문인지.

"네 아이가 붉은 눈동자로 태어나면, 북쪽 산 제단 위에 아이를 올려놓고 가거라. 그때까지 먹을 곡식은 매달 대줄 테니."

아이가 태어나지 않았음에도 그 거래를 승낙했다. 물론 성인의 생기, 그에 반도 미치지 못하는 아이의 생기를 취하기 위해 거래를 한 건 아닐 터였다.

"붉은 눈, 꼭 붉은 눈동자로 태어나야 한다."

미리 알아본 것이 틀림없다고 생각했다. 요화임을 진즉 알아보고 그러한 거래를 한 것이라고. 머리가 복잡해졌다. 어째서 인간의 모습으로 요화가 태어난 것이란 말인가. 아니, 그걸 떠나서 어째서 그녀는 진즉 제 곁으로 오지 않았던가.

그녀의 존재를 알아채고 나니, 이제 그 사실이 괘씸해지기 시작했다.

"어서 일어나라."

낮은 목소리로 중얼거리던 무연이 손가락을 뻗어 그녀의 뽀얀 피부를 훑었다. 몇 번을 어루만져도 손끝에서 금세 느낌이 사라져 버리니, 손을 떼는 것이 아쉽게 느껴졌다.

"그 눈동자를 다시 한 번 보여주어야 한다."

만약, 그녀가 요화가 아니라면 그는 두령의 자질을 가지지 못한 채 태어난 것이나 다름없었다. 이제껏 요화가 태어나지 않은 두령을 다른 이들이 따를 리도 만무할 테고 말이다.

요화는 두령의 또 다른 힘이나 다름없었다. 요화를 얻은 두령과, 그렇지 않은 두령의 힘은 확연히 커다란 차이를 보였다. 더더군다나 남쪽의 요괴들이 호시탐탐 북쪽과 서쪽을 노리는 이때, 요화란 무연에게 꼭 필요한 존재나 다름없었다.

그래서 더욱 간절했다.

"나는 네가 필요하다."

요화의 존재와 그 존재가 가져다줄 힘이. 그에겐 가장 절실했다.

"나는 너를…… 아주 오래 기다렸다."

잠든 홍이를 내려다보던 무연의 얼굴 위로 회심의 미소가 그려지고 있었다. 손가락을 움직여 얼굴을 쓸어내리던 그때, 문 바깥으로 인기척이 느껴졌다. 인상을 잔뜩 쓴 그가 고개를 돌려 오색의 발이 드리운 문을 바라보았다.

크지 않은 발소리, 더불어 흔들림 없는 움직임. 흑강이 분명했다.

"들어와라, 어찌 바깥에서 그리 서성이는 것이야."

무연은 인상을 잔뜩 쓰고 있던 얼굴을 조금 펴 다시금 홍이를 내려다보았다. 혹 눈을 뗀 사이에 깨지는 않았을까 하는 기대 때문이었다.

뒤이어 문을 열고 들어온 흑강이 무연에게 천천히 다가왔다. 침대에 누워 있던 홍이를 힐끗거리다 꿀꺽, 침을 삼켰다. 말로만 듣던 요화의 모습을 실제로 본다는 것 자체로도 가슴이 벅차올랐다. 그가 보았던 요화라고 해봤자, 다 늙어버린 전대 요화뿐이었으니.

"아직 깨지 않으셨습니까."

흑강의 질문이 조금 거슬렸던 걸까. 그를 흘깃 쳐다보던 무연은 고개만을 끄덕였다. 뽀얀 볼 위를 헤매던 손이 내려와 그녀의 보드라운 손을 어루만졌다. 손등은 그 어떠한 솜털보다 부드럽건만, 손바닥은 왜 이리 거친 것인지.

저도 모르게 차오르는 노기에 입술을 꾹 눌렀다.

"이 여인을 만나러 인가촌까지 행차하셨던 것입니까."

흑강의 조심스러운 질문에 무연이 고개를 도리도리 저었다. 굳이 이 여인을 찾기 위해 내려간 건 아니었다. 그저 마음이 답답하여, 동굴의 안쪽 절벽 아래에서 사는 것이 답답하여 인간들의 세계를 구경하고자 간 것이었다.

그러다 우연히 돌아오는 길에 홍이를 발견한 것이지, 커다란 의미는 없었다. 검은 머리칼을 버렸고, 눈동자에서 어둠을 물렸다. 그렇게 자연스레 눈에 묻혀 돌아오던 길이었을 뿐.

"그럴 리가."

고개를 두어 번 도리도리 저어대니, 그의 뾰족한 귀가 머리를 뚫고 솟아 나왔다.

"요화의 탄생에 모두들 기뻐하는 눈치입니다."

"그렇겠지. 오매불망 기다렸으니."

뒤이어 흑강의 짤막한 한숨이 새어 나왔다. 그것이 거슬렸던 건지, 무연은 고개를 돌려 그를 바라보았다. 왜 한숨을 쉬냐는 눈빛이었다.

"하나, 몇은 인간의 아래에서 살고 싶지 않다며 부락을 떠났습니다."

분명 쉽게 넘어갈 일은 아니었건만, 무연은 코웃음을 치며 고개를 돌렸다. 그리고 다시금 홍이에게 제 시선을 고정시켰다. 이윽고 그의 낮은 음성이 흘러나왔다.

"놔두어라. 저들이 싫다 떠난 것을 어찌 잡으랴."

"하지만 두령."

"서쪽으로 가든, 동쪽으로 가든. 그냥 두어라. 요괴들이 터를 옮기는 게 그리 대단한 일은 아니다."

무연의 말이 곧 법이었으니, 흑강은 더 이상 아무런 말도 하지 못한 채 고개를 숙였다. 하지만 그러한 말을 뱉은 무연 역시도 그리 마음이 좋지 않은 건지, 짤막한 한숨만을 반복하며 내뱉었다. 하늘에서 이렇게 정해준 것이라 받아들이겠다마는, 계속해서 요괴들의 부락 이탈을 지켜보고만 있을 순 없었다.

자신이 지켜야 할 요괴들이었다. 이제껏 북쪽에서 태어나 북쪽에서 내리 살아온, 삶의 터전과 함께한 이들. 두령으로 태어나 첫 번째로 받은 천명이 그들을 지켜야 하는 것이 아니었던가.

그렇기에 결국, 시간을 두고 결정하려 했던 이야기를 꺼내기로 한 것이다.

"요화가 깨는 대로…… 의식을 준비할 것임을 일러라."

무연의 결정에는 일말의 망설임 따위 존재하지 않았다. 말로는 괜찮다, 신경이 쓰이지 않는다 하지만 어찌 마음이 그리 평탄할 수 있으랴. 더 이상의 탈주자가 있어선 안 되는 일이었다.

남쪽의 요괴들이 동쪽 다음으로 노리는 건 분명 요화가 나타나지 않은 북쪽일 것이다. 아직 힘을 갖지 못한 저 자신이 그들에게 가장 적합한 먹이일 터. 더욱이 북쪽을 탈주한 이들을 이용해 이곳을 뒤엎어 버리는 건 교활한 그들에게 그다지 어려운 일이 아닐 것이었다.

물론 흑강이 무연의 그런 마음을 모를 리가 없었다. 아주 오래 전, 무연의 종자가 되었던 그 어린 날부터 지켜보지 않았던가. 하지만 아무리 생각해도 이건 아니었다. 아닌 것 같았다.

비록 자신이 한낱 종자에 불과하다 하여도 아닌 건 아니라 말을 해주어야 했다.

"두령, 한 말씀 올려도 되겠습니까."

그의 결정에 가타부타 할 수 없다는 건 알고 있다. 두령의 명령이 절대적이라는 것 역시도 잊은 건 아니다. 다만 어렵게 얻은 요화가 그 꽃잎 한 번 피어보지 못하고 시들까, 하는 걱정이 들었다.

그런 흑강의 행동에 무연은 조금 놀란 듯했다. 그도 그럴 것이, 그는 늘 제 의견을 최우선으로 생각하고 행하던 사내였다. 그림자처럼 제 곁을 지키며 자신이 하는 모든 일에 힘을 실어주던 그가 따로 할 말이 있단다.

그것도 자신이 결정한 일에 대해서 말이다.

"말해보라."

고개를 끄덕이는 그의 모습에 흑강이 다시 한 번 고개를 조아렸다.

"요화께서 깨어나면 놀라지 않을까 염려가 됩니다. 혹, 아무것도 모른 채 의식을 치르다 충격이라도 받으신다면······."

"받는다면?"

"혹, 그것이 독이 되어 변이가 될 수도 있지 않겠습니까."

그의 말에 무연이 흠, 낮은 숨을 뱉었다. 가늘고 길게 뻗어져 나오던 그의 숨소리가 홍이의 볼에 스며들었다. 여전히 잠에서 깨지 못하는 그녀를 내려다보던 무연이 고개를 끄덕였다.

며칠 제대로 먹지도 못한 건지, 앙상한 손목이 돋보였다. 그 위로, 위로 올라갈수록 여인의 풍만함이란 그녀에게 결코 어울리지 않는 단어였다.

"보통 인간들의 기력보다도 못하는 것 같으니, 당분간은······."

흑강은 더 이상 말을 잇지 않았다. 그의 두령, 그의 주인 무연이 고개를 끄덕이고 있었기 때문이었다. 그는 냉정하고 무뚝뚝해 보이지만, 그 속은 하염없이 부드럽다. 다만 그것을 어찌 표현해야 할지 방법을 모르는 것뿐.

한참이나 고개를 끄덕거리던 무연이 흑강을 힐끗 올려다보았다.

"네가 나보다 낫구나."

뒤이어 희미한 미소가 만연했다. 퍽 마음에 드는 제안인 듯했다. 하지만 그것도 아주 잠시, 무언가 생각하던 그가 이번엔 몸을 돌려 흑강을 쳐다보았다. 미간을 좁히는 것이 무언가 곤란하다는 표정이었다.

"한데, 이 여인이 싫다 하면 어쩌지?"

"예?"

"생각해 보아라. 내가 무조건 요화가 되어라, 한다고 인간이 예, 그러겠습니다, 하겠냐 이 말이야."

그의 물음에 무연이 조금, 아니 아주 많이 놀란 듯 눈을 휘둥그레 떴다. 단 한 번도 이런 고민을 해본 적이 없었다. 무연이 원하면—물론 단 한 번도 그런 적이 없다는 게 답답했지만— 그 어떤 여인이든 그의 침소에 들어야 했다. 그것뿐인가. 그가 원한다면 정인이 있는 여인이라도 그에게 바쳐져야 했다.

다른 이유는 없다. 어둠에게서 태어난 요괴, 요괴가 만들어 요괴가 된 것이 아닌 어둠의 피가 흐르는 진짜 요괴—흑강을 비롯한 요괴들은 인간처럼 출산으로 태어나지만, 두령이 될 요괴들은 어둠으로 만들어진 동굴, 그곳에서 태어난다. 두령의 탄생은 두령만이 알 수 있다—였기 때문이었다.

"그럼 마음을 얻으면 되지 않겠습니까."

"마음을 얻어? 그건 어찌 얻는 것이냐."

그 질문에 흑강이 눈을 깜빡였다. 도르륵, 눈알이 굴러감과 동시에 머리 역시도 생각을 이어갔다.

"마음을 주어라, 고 하면 주는 것이냐."

그건 아닌 것 같은데. 입술을 꾹 누르던 흑강이 무연과 눈을 마주했다. 절실하게 원하는 것이 두 눈에 보였지만, 그 역시도 쉽사리 답을 내리지 못했다.

"말해보아라. 그게 아니라면 마을에라도 가서 사와야 하는 것이냐? 그 마음을 얻기 위해 필요한 것을? 요력이라도 부려야 하는 것이야?"

또다시 흑강의 입이 꾹 다물어졌다. 저 역시도 모르는데, 그에게 어떻게 말을 해줘야 할까. 한참이나 그와 눈을 마주하던 흑강이 고개를 조아렸다. 결국 그에게 해줄 수 있는 조언이 없다는 게 왜 이리도 죄스러운 걸까.

"죄송합니다. 저도 잘……."

흑강에게 무언가를 기대했기 때문일까. 고개를 조아리며 아무 대답도 하지 못하는 그의 행동에 무연의 입이 슬쩍 벌어졌다. 세상을 다 잃은 표정으로 그를 쳐다보자 흠, 낮은 한숨을 뱉었다. 무언가 생각하고 있는 듯, 머리를 한참이나 굴리다 다시금 흑강에게 시선을 굴려 입술을 달싹였다.

"찾아오너라."

그에 흑강이 놀라 고개를 들어 올렸다. 토끼 눈을 한 채 무연을 쳐다보고 고개를 살짝 비틀었다.

설마, 잘못 들었겠지.

"예?"

"듣지 못하였느냐? 찾아오라 하였다."

설마, 아니겠지.

흑강의 미간이 좁아지는 듯, 좁아지지 않는 듯 애매한 차이를 유지했다. 두령을 앞에 둔 채 안 된다고 말을 할 수 있는 이가 얼마나 될 것인가.

"무엇을……."

"무엇이겠느냐."

꿀꺽. 침을 삼키는 흑강의 모습에 무연이 한숨을 폭 내쉬었다. 어쩜 이렇게 답답할꼬. 한쪽 다리를 무릎 위로 올려 다리를 꼰 그가 미간을 잔뜩 찌푸렸다.

알고 있지만 알 수 없는 정적 속에 흑강이 침을 꿀꺽 삼켰다. 아닐 것이다. 무연이 저에게 터무니없는 것 따위 시킬 리가 없다. 그렇게 생각하던 와중에 들린 무연의 말이 흑강의 머리를 쾅 내리쳤다.

"여인의 마음을 얻는 방법."

단호했다. 꼭 찾아와라, 는 말이 아닌 찾아와야 한다는 말로 들렸다. 입술을 꾹 다물고 있다 하하, 어색하게 웃음을 그렸다. 저 역시도 여인의 손을 잡아본 것이 언제 적인지 생각조차 나지 않건만.

"저…… 두령."

"내가 믿을 건, 너뿐이니라."

그래도 어쩔 수 있으랴. 저만이 믿음직하다는데, 믿을 이가 저밖에 없다는데. 그 말이 꽤 마음에 들었던 건지, 흑강이 금세 웃음을 그리며 고개를 조아렸다.

"요화의 마음이 나만을 향할 수 있는 법이어야 한다. 이 여인이 나를 떠날 수 없는 최고의 방법 말이다."

'미안하다. 아가, 이 아비를 용서치 마렴. 이 못난 아비를……'

울음에 잔뜩 젖은 목소리가 잠든 홍이의 머리를 울렸다. 사실 자신이 잠을 청하고 있는 건지, 그저 눈을 뜨지 못하고 있는 것인지 가늠이 가지 않았다. 다만 정확한 것이 있다면, 지금 이 공간에서 자신이 쳐다보는 이들이 처음 보는 부모님의 얼굴이란 점이었다.

아비는 꽤 훤칠하게 생긴 사내였다. 물론 그게 전부였다. 허름한 옷차림, 꾀죄죄한 얼굴. 고운 피부만 빼고 나면 딱히 변변치 않아 보이는 사내.

그에 홍이는 코웃음을 쳤다. 가끔 경대에 얼굴을 비춰보며 그 누군가에게 질문을 던지곤 했다.

저는 누구를 닮았습니까?

그럴 때마다 누군가 경대 밖으로 튀어나와 대답을 해주었으면 하고 바란 적이 있었다. 아니, 수십 번 수백 번이나 그러길 바랐다. 아비를 닮았구나, 어미를 닮았구나. 가끔 놀이 동무들이 그러한 말을 나눌 때마다 얼마나 부러웠던가.

그러한 날이면 뼛속까지 사무치는 그리움에 눈물로 밤을 지새우곤 했다. 그리고 그럴 때마다 천 쪼가리를 뭉쳐 입속으로 밀어넣었다. 혹 조부가 듣고 속이 문드러질까 하는 걱정 때문이었다.

'보시오, 부인. 부인의 눈을 쏙 빼닮았소.'

그의 옆에 있는 여인에게 시선을 돌리던 홍이가 눈을 깜빡였다.

아아, 어미의 눈을 닮았구나. 그 생각에 히죽 웃음이 새어 나왔다. 비록 그 색은 다르더라도, 어쩐지 아래로 축 처진 눈꼬리나 선명하게 뻗은 눈매가. 그래, 닮았다. 제 어미와 저는 닮은 게 틀림없다.

'웃는 건 서방님을 닮았습니다. 요, 입꼬리 올라가는 것 좀 보셔요.'

웃음을 그리는 제 어미의 모습에 홍이는 입술을 열었다. 어머니, 아버지. 그 말을 뱉기 위함이었지만 잇새로 새어 나오는 건 기이한 소리. 갓난쟁이들이 끙끙거리는 그 소리였다. 답답했다. 하고 싶은 말을 할 수 없음에 가슴이 꽉 막혔다.

한 번이라도 말하고 싶었는데.

'아가, 부디. 부디 살아 있어주어라.'

어머니, 저는 어머니의 눈을 쏙 빼닮았나요? 그 눈을 닮았으니, 홍이라는 이름이 어울리는 건가요?

아주 크게 외치고 있었지만, 들리지 않았다. 아기의 옹알이 소리만이 차가운 공기를 가로지를 뿐.

'부디 살아서, 이 못난 아비를…… 어미를…… 벌하러 오거라.'

꼭 말하고 싶었는데. 아버지의 입꼬리를 닮아, 웃는 게 예쁘단 말을 몇 번이나 듣고 싶었다고. 그 말이 너무나 그리워 밤마다, 매일 밤마다 눈물로 베갯잇을 적셨다고.

하지만 야속하게도 그러한 말은 터져 나오지 않았다. 저를 보며 웃는 아비가, 어미가 두 눈에선 눈물을 터뜨리고 있었다. 뚝뚝 떨어지는 굵은 물방울에 홍이는 어쩐지 슬퍼지기 시작했다.

'서방님, 서방님. 다시 한 번 생각해 보셔요. 아아! 아닙니다! 못 보냅니다. 아닙니다.'

그리고 결국 어미가 두 손을 뻗었을 때, 아비가 몸을 벌떡 일으켰다. 자신의 바짓가랑이를 잡는 여인을 거칠게 뿌리치며 무어라 소리를 질렀다. 하나 홍이는 그 말을 듣지 못했다. 무언가 그녀의 귀를 막으며 듣지 못하게 막는 것만 같았다.

듣고 싶은데, 무어라 말을 하는지 궁금한데.

결국 오열하는 여인을 뒤로한 채 사내는, 아비는 그렇게 바깥을 나섰다. 쾅! 커다란 소리와 함께 허름한 초가집의 문이 열렸다. 가지 마라, 제발 가지 마라 소리를 지르는 여인의 목소리가 뒤에 있었다면 엉엉, 서럽게 울음을 터뜨리는 꼬질꼬질한 아이들의 울음이 앞에 있었다.

'아부지, 아부지. 우리 동생 어디로 보냅니까?'

'우리 아우, 우리 아우 이제 못 보는 겁니까?'

총 일곱이 아비를 보며 울고 있었다. 만약 그 집에 온전히 있었다면, 그랬다면 홍이의 오라비가 되었을, 언니가 되었을 피붙이들.

하지만 사내는 그마저도 냉정히 뿌리친 채, 어디론가 잰걸음을 옮겼다. 하지만 홍이는 여전히 울음을 터뜨리지 않고 있었다. 열심히 제 아비를 부르며, 아옹아옹하는 작은 목소리로 그를 불렀다.

이윽고 하얀 눈발이 쏟아져 내렸다. 차가운 눈송이가 홍이의 얼굴에 톡, 떨어지니 사내는 질겁하며 아이를 제 품으로 꽉 끌어안았다. 아가, 춥지. 춥지. 그 말을 몇 번이나 들었는지 모른다. 귓가에 아른거리는 아비의 목소리는 그것뿐이었다.

아가, 많이 춥지.

아가, 조금만 참아라.

아가, 미안하다.

아가, 내 아가.

어쩐지 당장에라도 울음이 터질 것 같았지만, 처음 느껴보는 아비의 너른 품이 너무 좋아 웃음만이 그려졌다. 꺄르르, 웃음을 터뜨리며 그의 품에 얼굴을 깊숙이 파묻었다. 그 따스함을 오래 도록 기억하고 싶었다.

아니, 될 수 있다면 눈을 떴을 때 그 품에서 깨어나고 싶었다. 제 아비를 닮은 너른 품에서. 그 품이 아비의 품이라면 더욱 좋았 겠지만 현실은 그리 호락호락하지 않았다.

'아가.'

다시 한 번, 그의 목소리가 들렸을 때, 홍이는 어림짐작할 수 있었다. 그곳이 아비와 헤어지게 될 마지막 장소라는 걸. 그 너르 고 뜨거운 품에 안길 수 있는 마지막 시간이라는 걸.

'너를 버리는 게 아니다.'

알아요, 아버지. 저는 다 알고 있어요.

입을 열어 말을 하고 싶었지만 그녀가 할 수 있는 건 조그마한 입술을 벙긋거리며 작은 소리를 내뱉는 것뿐. 뽀드득, 뽀득. 그리 도 좋아하던 눈 밟는 소리가 귓가에 아른거렸다. 계단을 올라가 는 것이 느껴지고, 그가 소복소복 쌓인 눈 위에 저를 눕혔을 때.

'사랑한다. 아가, 이 못난 아비가…… 많이 사랑한다.'

결국 홍이는 울음을 터뜨리고 말았다. 사랑한다. 그토록 듣고 싶던 말이었기에, 늘 갈구하고 원하던 그 말을 들었단 사실에 감 격해 울음을 터뜨렸다. 가지 마세요, 말 한마디를 하고 싶은데 할 수 없음에 답답함을 터뜨렸다.

'곧 너를 데리러 요괴가 올 것이다. 그때까지 죽으면 안 된다, 너 를 위해서. 우리를 위해서 너는 죽으면 안 돼.'

꼭 살아야 한다.

그 말을 남기고 매정하게, 냉정하게 돌아서는 아비의 모습에 홍이는 또 한 번 목을 놓아 울음을 터뜨렸다. 자신의 얼굴 위에 떨어진 아비의 뜨거운 눈물을 느끼곤 더욱더 크게 목을 놓아 울음을 남겼다.

생각했던 대로, 아비는 돌아오지 않았다. 찬바람이 불고, 눈보라가 치는 그 산속에서 홍이는 꽤 오랜 시간을 혼자 있었다. 그리고 커다란 바람이 불어 우르르르, 무언가 무너지는 소리가 들림과 동시에 홍이는 눈을 감았다.

사랑한다. 그 말을 되삼켰다.

사랑했다. 아비는, 어미는. 저를 사랑했다.

그에 슬그머니 웃음이 그려졌다. 방긋방긋, 웃음을 터뜨리던 그때 누군가 저를 꽉 안아주었다. 뜨거운 체온이 아비와 같았고, 너르고 단단한 것 역시도 아비와 같았으니 화들짝 놀라 고개를 들어 올렸다.

무겁게 느껴지던 눈꺼풀을 들어 올려 앞을 바라보았건만, 눈에 보이는 건 꾀죄죄한 제 아비가 아닌, 아름답기 그지없던 눈 속의 요괴였음을. 대체, 어느 쪽이 꿈이었길 바란 것일까.

"일어났느냐? 꽤 오래 잠을 자는구나. 인간들은 원래 이리도 잠이 많은 것이야?"

물론 그 어떤 것이든 꿈이길 바란 적은 없었다. 차라리, 차라리 이런 내용이었다면 어땠을까. 제 아비가 저를 버린 것이 아니라, 부모에게 사랑받고 형제들에게 귀여움 받는 막내로서 행복한 일생을 살고 있었다. 그토록 바라던 대로 아주 평범하게 말이다.

그러던 어느 날 산속을 헤매었고, 그런 저를 요괴가 구해주었다. 이제 곧 집에 돌아갈 수 있었다. 저를 기다리는 가족들이 있는 곳으로. 따스함이 넘쳐 나 꿈에도 몇 번이나 나오는, 그러한 집으로 말이다.

妖花-요괴의 꽃

그렇게 행복하게 살았습니다, 라는 설화 같은 이야기였다면 얼마나, 얼마나 좋았을까. 현실이 아니니 꿈으로 꾸는 것 역시 이상하지 않을 테지.

"붉은 눈동자로구나."

무연이 손가락을 들어 그녀의 턱을 어루만졌다. 얼음장처럼 차가운 손끝에 홍이가 잘게 떨리는 비음을 흘렸지만 그는 개의치 않았다. 서늘한 하늘색 눈동자로 그녀를 죽 훑어 내렸다.

참으로 아름다운 붉은 눈동자였다. 꽃이라 불러도 좋을 정도로 화려하게 피었고, 보석이라 말해도 좋을 정도로 아름답게 빛나고 있다.

"네 꿈에서 보았겠지만."

무연의 말에 홍이의 가슴이 저 밑으로 내려앉았다. 꿈. 자신이 보았던 그 꿈의 내용이 또 한 번 생각나서, 그 아픔이 되새김질되어서 목 끝이 욱신거렸다.

"너는 태어날 때부터 이리될 운명이었던 것이다. 아니, 더욱 일찍 이곳으로 왔어야 했어."

탐탁지 않다는 듯 미간을 구기는 그의 모습에 얇은 입술이 바르르 떨렸다. 무연의 입술이 달싹일 때마다 냉기가 몸을 감싸왔기 때문이었다. 온몸의 털이 바짝 곤두섰다.

"뭐…… 어릴 때부터 크는 모습을 보았다면, 여인으로는 보이지 않았을 터."

아름다운 웃음이었다. 입술을 올리며 웃는 그 모습이, 초승달처럼 휘어지는 눈매가 그녀의 눈을 사로잡았다. 그러다 문득, 오래전 조부가 했던 말이 떠올랐다.

"저 산 깊이는 들어가지 말어. 동굴에 요괴들이 득실거리는데, 너 같은 고운 처자들만 보면 사족을 못 써. 그놈들이 어찌나 기생오라비처럼 고운지, 한 번 보면 홀려서 다신 못 돌아와. 홍아, 절대 가지 말어."

절대, 가까이 가선 안 돼.

그 말을 왜 진즉 생각지 못했을까. 스스로를 자책하지만, 그것도 잠시였을 뿐. 제 앞에서 웃음을 그리는 사내의 모습에 침을 꼴깍 삼켰다. 요괴라 하였지만, 뾰족한 귀가 기이했고 금색으로 빛나는 머리칼이 참으로 요사스러울 정도로 아름다웠다. 눈을 깜빡거리는 것조차도 아까워 숨을 멈춘 채 그를 바라보다 다시금 고르게 숨을 내쉬었다.

"제가, 제가 무엇을 할 수 있습니까."

분명 무섭지 않은 건 아니었다. 요괴라는 그 존재 자체만으로도 공포를 불러일으키기 적당했다. 하나, 그렇다 하여 발버둥 쳐 이곳을 빠져나가고 싶지 않았다. 이미 갈 곳을 잃지 않았던가.

"받아들이겠습니다."

담담하게 흘러나오는 그녀의 목소리에 무연이 사뭇 놀란 듯, 눈을 동그랗게 떴다.

그의 단단한 품에 누워 있던 홍이가 몸을 일으켰다. 그리고 무릎을 꿇어 다소곳이 자세를 고쳐 앉아 그를 빤히 쳐다보았다.

"제 운명이 요괴님께 생기를 드리는 것이라 한다면, 모두 드리겠습니다."

그 음색이 바들바들 떨리고 있었지만, 홍이는 결코 주저하지 않았다. 무릎 위로 가지런히 올린 주먹을 세게 그러쥐었다. 가슴이 세차게 굴러가는 소리가 들렸지만, 애써 외면하기로 했다.

달게 받을 준비가 되어 있다, 는 것을 몇 번이나 속으로 삼켰다. 두려워 마라, 무서워 마라. 받아들여라.

요괴가 데리러 올 것이라 했다. 그의 말처럼 조금 늦게 온 것뿐이지, 요괴에게 자신의 모든 것을 바쳐야 할 운명이었다. 그렇기 때문에 저에게 죽지 말고 살라 말했겠지. 너를 위해서, 우리를 위해서. 아비의 그 말이 머리에서 떠나지 않았다.

"무연."

하지만 그녀의 귀로 들려온 건, 그렇게 하라는 대답도 그러지 말라는 대답도 아니었다.

"예?"

"요괴님이라는 말, 굉장히 거슬려. 내 이름은 요괴님이 아니다."

"아……."

"무연. 무연이라 불러라."

무연. 홍이는 입술을 달싹이며 고개를 끄덕였다. 두려움에 꽉 쥐었던 손을 잠시 내려다보다 짧은 숨을 내뱉었다. 어쩌면 생각한 것보다 무서운 요괴는 아닐지도 모르겠다.

"무연…… 님."

가느다란 홍이의 목소리에 무연이 잠시 숨을 멈추었다. 기분이 이상했다. 쿵쿵, 뛰는 심장조차도 어색하게 느껴졌다. 무연은 몸을 일으켜 그녀를 빤히 쳐다보았다. 허리까지 닿는 금색의 머리칼이 그의 움직임과 함께 찰랑거리니, 홍이의 시선 역시도 그에 따라 함께 흔들거렸다.

붉은 눈동자가 또르르, 굴러감에 그 역시도 눈을 굴렸다. 얇은 입술이 달싹거리며 고운 목소리를 낼 때마다 귀를 쫑긋 세우는 제 모습이 참으로 어색하기 짝이 없었다.

"무연님?"

말이 없는 그의 모습을 이상히 여긴 홍이가 다시금 입을 달싹이던 그 순간, 무연은 괜스레 달아오르는 제 얼굴을 그녀에게서 휙 돌려 버리곤 아차 했다. 그리 티가 나지 않을진대, 왜 이리 급하게 그녀를 외면했단 말인가.

"쉬어라. 몸이 좀 나아지면 다시 올 터이니."

결국 그녀에게 아무런 것도 묻지 못한 채, 말도 하지 못한 채 급하게 일어서기로 했다. 그 붉은 눈동자를 볼 때마다 왜 이리 가슴이 울렁이는지 알 수 없었다. 요화, 요화이기에 그렇다 정의 내리기엔 그 느낌이 단조롭게 느껴지지만은 않았다.

침대에서 몸을 일으켜 뒤를 돌던 그때, 무언가 자신의 옷자락을 꽉 움켜잡는 것이 느껴졌다. 홍이가 분명했지만, 돌아볼 수 없다.

"제, 제가 무슨 실수라도 했습니까?"

그러니 홍이로서는 그의 심기를 건드렸다 생각할 수밖에. 가느다란 목소리가 겁을 잔뜩 집어먹었다는 걸 여실히 보여주고 있었다. 그에 무연은 깊게 숨을 들이마신 뒤, 고개를 돌려 그녀와 눈을 마주했다.

"그렇담, 너는 나를 왜 붙잡지? 요괴와 함께 있는 것이 두려울 텐데 말이야."

그래, 예를 들자면 산속에서 만난 사내들처럼 질겁하며 도망간다거나, 괴물이라 돌을 던지고 욕을 하며 침을 뱉는다거나 하는 것들. 그 모든 것이 두려운 마음에서 비롯된 행동이었을 텐데.

하지만 홍이는 달랐다. 붉게 물든 눈동자를 반짝거리며 저를 쳐다보고 있다. 마치 알에서 갓 태어난 새가 어미를 인식하듯, 그렇게 호기심 가득한 눈빛으로 저를 대하고 있었다.

"두렵지 않습니다."

그러니 마냥 제 품에 끌어안고 싶은 마음이 드는 것이다.

"요괴…… 아니, 무연님께서는."

숨을 크게 들이마시던 홍이가 눈을 깜빡거렸다. 붉은 눈동자가 방 안을 밝히던 촛불에 반사되어 더욱 화려하게 빛을 내고 있었다. 그녀가 무슨 말을 할지, 그 자그마한 입술에서 어떤 말이 나오게 될지 조금 궁금해지는 이유는 무얼까.

"나는?"

"저를……."

꿀꺽. 침을 삼키는 홍이의 모습에 무연의 고개가 함께 움직였다. 왜인지 알 수 없지만 그녀의 행동 하나하나, 숨결 하나하나에 온 신경이 쏠렸다.

홍이가 눈을 깜빡이면 저도 눈을 깜빡였고, 숨을 멈추면 저 역시도 숨을 멈추게 되었다. 저를 향해 고개를 돌리면 시선을 마주하며 붉은 눈동자를 두 눈에 담았다. 그러니 자연스레 그녀의 대답을 기다리는 것이다.

어서, 어서 말하여라.

"산적에게서 구해주셨으니까……."

맥이 탁, 풀리는 기분이었다. 그게 다라는 말인가. 그게 전부? 어쩐지 가슴이 바닥으로 푹 내려앉는 것만 같았다. 도대체 무얼 기대했을까. 어째서 이리도 허무하게 느껴지는 건가. 자기도 모르게 가느다란 한숨을 내뱉었다.

"그리고."

허무함이 가시기 전, 무연이 눈을 동그랗게 떴다. 홍이의 목소리가, 그 말이 마음으로 단번에 꽂혔다. 그리고라는 건, 또 무언가 있다는 것이 아닌가. 그녀의 또 다른 말을 기대하던 무연의 얼굴이 조금 전보다 조금 밝게 빛을 냈다.

흠흠, 두어 번 목을 가다듬으며 홍이에게서 시선을 떼지 않았다. 무슨 말을 할까, 또 어떤 말을 건넬까.

"저를…… 기다렸다 하셨잖아요."

"흠! 흠흠! 어흠!"

가슴 한구석이 근질거리는 것 같아 애써 크게 기침을 뱉었다. 목 끝을 간질이는 것이, 또 가슴으로 시원하게 내려가지 않는 것이 무엇인지 알 수 없었다. 또 얼굴은 왜 이리 후끈거리는 건지. 체온조차 없는 요괴인 제가 그러한 것을 느낀다는 게 우스울 뿐이었다.

하지만 홍이에게 마땅히 반론을 할 거리를 찾을 수 없었다. 언제부터 깨어 있었는지, 어디서부터 듣고 있었는지 묻고 싶었지만 입이 떨어지지 않았다. 흠흠! 애꿎은 목만 긁으며 헛기침을 내뱉는다.

"들렸습니다. 어느 쪽이 꿈인지, 현실인지 분간이 되지 않을 때 무연님의 목소리가 들렸습니다."

홍이의 말이 끝남과 동시에 세찬 바람 소리가 들렸다. 삼 층의 끝자락에 위치한 무연의 방, 그 창을 탁! 내리치고 가 꽤 커다란 소리가 났음에도 불구하고 그는, 그녀는 눈 하나 깜짝하지 않았다. 그저 서로만을 바라보며 꽤 오랜 시간 정적을 흘려보냈다.

"무섭지 않습니다. 물론…… 저의 생기가 필요하여 저를 기다리신 것이겠지만. 아니, 구하신 거겠지만."

아니라는 말을 해야 했다. 너는 요화가 될 몸이라고, 저의 하나뿐인 요화가 되어 북쪽을 더욱 탄탄하게 만들 것이라고. 동쪽과 남쪽의 요괴들이 저들을 노리지 못하도록 강한 힘을 갖게 해줄 것이라는 말 또한 할 수 없었다.

왠지 그런 강제적인 말을 그녀에게 뱉고 싶지 않았다. 흑강이 말했던 '마음을 얻는' 방법을 쓰고 싶었다. 저 또한 마음을 주어야 한다는 것은 알지도 못하면서.

"저는 무연님이 두렵지 않습니다. 무섭지도 않습니다. 그러니, 그러니."

하여 더 이상 들을 수 없었다. 자신의 소매를 붙잡고 있던 홍이의 손을 슬그머니 뿌리치곤 흠흠, 또다시 목을 가다듬었다. 옷을 추스르며 그녀의 얼굴을 빤히 쳐다보았다. 오밀조밀 퍽 예쁘장하게 생긴 얼굴, 양 볼 위가 불그스름하게 물들었다.

추운 것인지, 바들바들 떨고 있는 것이 여실히 드러났다.

"기다려라."

"예?"

또다시 홍이의 목소리가 무연의 걸음을 붙잡았다. 흠, 잠시 숨을 고르는가 싶더니 뒤를 돌아 붉은 눈동자를 두 눈에 가득 담는다.

"기다리라면 기다려라."

무어라 말을 해야 할지 몰라 툭 내뱉은 것이었다. 물론 그게 당연한 일일 테다. 그 누구에게도 따뜻하게 말을 할 필요도, 자신의 마음이 무엇인지 정확히 보여줄 필요 또한 없다. 그러니 지금 그 말은 틀린 것도, 너무한 것도 아니다. 그럼 그렇고말고.

뒤돌아서 성큼성큼 걷는 무연의 뒤로 홍이의 붉은 눈동자가 향했다. 저 끝으로 펼쳐진 복도로 사라지는 그의 뒷모습을 주시하던 그녀가 입술을 꾹 눌렀다. 그러던 그때, 반 이상 멀어지던 무연이 홍이를 향해 되돌아오는 것이 보였다.

꽤 잰걸음으로 다가온 그는 그녀의 앞에 우뚝 멈추어 섰다. 무언가를 이야기하려는 듯, 망설이는 듯. 그러다 크게 숨을 들이마시고 내뱉으며 한참을 안절부절못하다 이내 입술을 달싹였다.

"추운 것 같아, 배자를 가져다주려고 한다. 기다려라."

그녀의 붉은 두 볼이 퍽 마음에 걸린 모양이었다. 흠흠, 또다시 목을 가다듬던 그가 잰걸음을 옮겼다. 그 움직임을 따라 금색의 물결이 찰랑거리니, 복도를 장식하던 금색의 자수가 그와 함께 반짝거렸다.

뒷모습을 빤히 쳐다보던 홍이의 입술에 설핏 미소가 떠올랐다. 하지만 그것도 아주 잠시, 언제 그랬냐는 듯 사라져 기나긴 어둠이 몰려왔다.

"그러니 무섭지 않습니다."

중얼거리던 입술의 끝으로 찬바람이 불었다. 이곳은 북쪽, 사납고 거친 요괴들이 사는 벼랑 아래의 홍등가였으니 인간인 그녀로서는 차다 느끼는 것이 당연했다. 더불어 바깥으로 눈보라가 몰아치고 있어, 추위가 배로 느껴졌다.

휴, 짤막한 숨을 내쉬던 그녀가 두 손으로 몸을 감쌌다. 방금 전, 저를 감싸주고 있던 따스한 손길이 떠올라 고개를 빠르게 저어댔다. 혹 그 말도 안 되는 온기에 이끌릴까, 원하게 될까 묘한 걱정이 찾아왔다.

그렇게 되고 싶지 않았다. 훗날 혼자가 된다 하여도 처연하게 받아들이지 않을 수 있도록 이 쓸쓸함을 이겨내야 했다. 하지만 언제나 바람과 다짐은 따로 노니는 법.

입 밖으로 터져 나오는 한숨과 머릿속을 맴도는 바람이 한데 엉켜 오묘한 소리를 냈다. 제발 이 모든 것에 익숙해지지 않기를, 아니 차라리 요괴의 곁에서라도 머무를 곳이 생기기를. 이도 저도 아닌 기도만이 잔뜩 맴돌 뿐이었다.

한편, 복도를 걷던 무연은 연거푸 차가운 숨을 내뱉어야만 했다. 이유 모를 가슴의 압박감 때문이었다. 아니, 압박이라고 말하기에 조금 가벼운 증상이었다. 숨을 쉴 때에 목까지 한 번에 넘어오지 않는다거나, 코가 꽉 막힌 것처럼 숨이 탁 트이지 않는다는 것들.

물론 그런 증상이 매번 있는 건 아니었다. 참 이상하지, 홍이의 웃음. 그 붉은 눈동자가 그리는 해맑은 웃음을 볼 때마다 심장이 멎을 듯 숨이 막히는 것이다.

"무섭지 않습니다."

그 목소리가 자꾸 귓전을 맴돌았다. 왜일까. 보통의 인간들과 달라서? 그게 아니라면, 저를 대하는 태도가 남달랐기에? 아니, 그게 아니라면 그저 본능이 시키는 대로, 운명이 좌지우지하는 대로 마음이 끌린 걸까. 그런 이유라면 허무하기 짝이 없을 것이다.

"무, 무슨 허무! 네가 인간들의 마을에 너무 오래 있었나 보구나!"

얼굴이 붉어진 그가 호통을 치며 양쪽 볼을 짝! 내리쳤다. 거칠게 밀고 올라오는 숨을 애써 가다듬으며 문을 벌컥 열어젖혔다.

그리고 드센 발걸음으로 눈앞에 보이는 화려한 장롱으로 향했다. 평소 요새에 있을 때에는 옷에 그리 관심이 없는 편이었지만, 이상하게 인간들의 마을로 가면 옷매무새에 신경이 쓰이곤 했다.

어떤 색의 옷을 입을지, 또 어떤 자수가 놓인 배자를 입을지에 대한 고민들이 그에게 있어 유일한 낙이었다. 농을 열어 한참을 두리번거리던 그가 무언가를 발견하곤 입술을 길게 말아 올렸다.

"여기 있구나."

무연의 손이 가 닿은 것은, 옷장 한구석에 걸려 있던 배자 한 벌이었다. 홍이의 눈을 닮은 붉은 꽃 한 송이가 곱게 피어 있는, 겨울에 입으면 좋을 법한 털배자. 지난번, 마을에 갔을 때 주막 어귀에서 한 여인이 배자를 쌓아놓고 누군가와 흥정을 하고 있었다. 한 벌, 한 벌 고운 꽃이 수놓아진 그것은 무연의 눈길을 끌기 적당했다.

"어유, 이거 받는 처자는 참 좋겠네. 이렇게 훤칠한 선비님께서 주시는 거니 말이유."

그 때문에 저를 골리는 듯 이야기하는 여인의 목소리조차도 곱게 느껴졌다. 물론 자신이 입으려 산 건 아니었다. 크기도 보통의 여인들이 입을 만큼 작은 데다가, 꽃이 수놓인 배자, 그것도 어둠에서 태어난 저와는 정반대인 하얀 털을 가진 것을 입을 만큼의 용기는 없었다.

혹 요화가 태어나면, 그녀가 나타나면 주리라 마음을 먹었던 그때를 떠올리던 무연의 입가에 부드러운 미소가 걸렸다.

"무연님."

그리고 동시에 홍이의 고운 목소리가 떠오르니, 심장이 쿵! 떨어져 버린다.

"무연님."

붉은 눈동자와 불그스름하게 달아오른 볼이 떠오르니 제 가슴마저 붉게, 붉게 물들어 버릴 것 같았다. 눈앞이 꽃색으로 하나둘 퍼져 나가던 순간 화들짝 놀란 무연이 미간을 잔뜩 찌푸렸다.

"아, 아니다! 아직, 아직 요화도 아닌 여인에게 주, 줄 순 없지! 그럼! 내가 얼마나 아끼는 것인데!"

결국 맘에도 없는 소릴 하며 꽥 소리를 질렀다. 그리고 안쪽을 뒤적거리다 이전에 샀던 개나리색의 배자 한 벌을 집어 들었다.

이 정도면 되겠지, 몸이 이만하던가? 크기를 보며 고개를 갸웃거리던 그가 미간을 좁혔다. 홍이의 몸집이 얼마만한지 가늠이 가지 않았기 때문이었다. 그러다 문득 제 모습을 떠올리고 헛웃음을 쳤다. 단 한 번도 무언가에 큰 관심을 가진 적이 없던 제가 이러는 것이 영 익숙하지 않았다.

"요화이니 그런 것이다."

그래, 그 때문일 것이다. 이 갑작스러운 마음은 그녀가 요화, 자신의 반려이기 때문이라고 되새겼다.

"많이 춥겠지."

무심코 내뱉은 그 한마디가 요화가 아닌, 홍이를 생각하는 제 마음인지는 절대 알 수 없었다.

무연은 꽤 오랜 시간이 지난 후에야 노란 배자와 젖은 저고리 대신 입을 솜저고리까지 한쪽 손에 챙겨 든 채 위풍당당한 걸음을 옮겼다.

무연의 표정은 퍽 밝아 보였다. 홍이가 걱정이 되어 챙겨가는 것이라 생각하는 게 그리 뿌듯한 걸까. 아니면 제가 한 일이 굉장히 잘하는 일이라 생각되어 자부심을 느끼는 걸까. 어깨를 으쓱거리는 그의 모습이 퍽 즐거워 보였다.

입가에 웃음이 드리운 무연이 방의 입구로 들어섰다. 그리고 침대에 오도카니 앉아 있는 홍이를 힐끗 쳐다보았다. 무릎을 세운 채, 이불을 끌어 덮고 있는 모습에 왜 이리 마음 한편이 시린 걸까.

아니, 정확히는 눈발이 흩날리는 창밖을, 가리개로 가려져 있어 보이지 않을 그 바깥을 바라보는 공허한 눈동자 때문이었다. 쓸쓸함에 갇힌 그 눈빛이 어찌나 서글프던지 저도 모르게 흠흠, 두어 번 헛기침을 뱉었다.

"아, 무연님."

상체를 바짝 일으키는 그녀의 모습에 그만 웃음을 그릴 뻔했다. 아, 낮게 입술을 떨다 고개를 휙 돌렸다. 기뻐하는 듯한 표정을 들키고 싶지 않았기 때문에. 손에 쥔 옷을 그녀를 향해 툭 던져 준 뒤 흠흠, 또다시 헛기침을 뱉었다.

"이것으로 갈아입으면 된다."

"이게……."

말이 끝까지 들리지 않았지만, 그럼에도 그녀는 알 수 있었다. 자신이 걱정되어 새 옷을 가져온 그 마음을 말이다. 물론 그 역시도 자신이 그의 '먹이'라고 생각했기에 이해할 수 있던 것이었지만 말이다.

"감사합니다."

"감사는 무슨……."

흠흠, 무연의 헛기침은 끝날 줄을 몰랐다. 홍이에게서 고개를 돌리고 있었기에 망정이지, 만약 그녀에게 그의 얼굴이 보였다면 아마 무연에 대한 생각이 조금은 바뀔지도 몰랐다.

그의 얼굴에 기쁜 웃음이 만연해 있었다. 동그랗게 말려 올라가는 입술이, 잔뜩 휘어지는 눈매가 그의 기분을 대신 이야기해 주었다.

옷을 받아 든 홍이는 개나리색의 배자를 꼭 쥔 채 무연의 뒷모습을 바라보았다. 갈아입으라면서 왜 멀뚱히 서 있는 건지. 그렇다 해서 나가라 말을 하기에도 우습지 않은가. 따지고 보면 이 집은 무연의 것이니 말이다.

"왜 그러고 있느냐?"

설상가상, 무연의 입에서 나오는 말은 홍이를 놀라게 만들기에 충분했다. 한참이나 말을 잇지 못하던 그녀의 입술이 바르르 떨렸다. 그리고 곧 아, 낮은 떨림을 이어가다 흠흠, 목을 가다듬었다. 가느다란 기침 소리에 무연이 고개를 돌렸다. 그리곤 이내 미간을 좁혀 기분이 썩 좋지 않음을 표했다.

"왜 아직도 갈아입지 않고."

"저, 그게 무연님."

"마음에 들지 않는 게야?"

아주 조금 서운한 마음이 앞섰다. 아니, 그보다 조금 괘씸했을지도 모르지. 애써 생각해 옷을 가져다주었더니, 갈아입지도 않고 그저 꼭 쥐고만 있다. 무언가 마음에 들지 않는다면 그렇다 이야기를 하면 될 것을.

흥! 크게 콧바람을 내뿜던 그가 홍이를 무섭게 노려보았다. 물색의 눈동자, 그 안에서 물결이 찰랑였을 때 홍이가 어색한 웃음을 그렸다. 애써 딱딱하게 굳은 분위기를 풀어보려는 듯, 부드러운 목소리가 공중을 나부낀다.

"무연님께서 그리 계시니, 옷을 갈아입을 수 없습니다."

그때에, 무연은 머리 한쪽을 돌로 맞은 듯한 기분을 느껴야 했다. 아, 낮은 떨림을 이어가던 입술에 힘을 꼭 주다 흠흠, 결국 헛기침을 내뱉는 것으로 당황한 마음을 숨기려 애썼다. 배자와 솜저고리를 꼭 쥔 손가락을 왜 보지 못했던 걸까.

갈아입고 싶지 않다거나, 마음에 들지 않는 게 아니었음을.

"그, 그럼 다 입고 나면 부르든지 해라."

다시 들어오겠다는 말은 차마 할 수 없었다. 그리고 걸음을 옮기다 이내 창 쪽으로 향하는 것을 깨닫고 아! 날카로운 탄식을 뱉었다. 이 어찌나 바보 같은 짓이던가. 아무리 당황했다 하여도, 그것을 굳이 표 내지 않아도 될 것을!

다시금 문 쪽으로 향하던 무연의 얼굴이 붉게 달아올라 있었지만, 그것을 발견한 건 홍이 단 한 사람뿐이었다. 문이 닫히는 소리와 함께 품, 작게나마 웃음을 터뜨리는 걸 무연은 알고 있었을까.

붉은 등이 하나로 죽 이어지는 홍등가. 무연이 머무르는 두령의 저택, 그 끝에는 화려하지만 단출하게 지어진 작은 집 한 채가 있었다. 물론 줄지어 서 있는 홍등가의 저택의 크기보다는 월등히

妖花-요괴의 꽃

크다 할 수 있었다.

그곳은 전대 두령인 화평이 여행을 떠나기 직전까지 머물렀던 집이었다. 그는 종종 어린 요괴들을 불러 요력을 조절하는 법이나 검술을 가르치곤 했었다. 그 때문인지, 화평이 여행을 떠난 후에도 어린 요괴들은 화람과 교하만이 남은 그 집을 찾았다.

결국 화평이 가르치던 것들은 자연스럽게 교하에게로 넘어갔다. 화람이 가르칠 수도 있었지만, 조절하는 법을 배우는 아이들의 요력에 다칠까 우려하는 교하의 결정이었다.

"화람님, 화람님. 두령께서 돌아오셨어요!"

저 멀리에서 들리는 목소리에 교하가 고개를 돌렸다. 청자색의 꽃신을 신은 채 있는 힘껏 달려오는 아이의 금색 머리칼이 찰랑이고 있었다. 어깨의 근처에서 흔들거리며 설백색 저고리에 별빛을 뿌린다. 연지색으로 물든 깃과 고름마저 함께 움직이니, 마치 꽃잎이 떨어지는 것 같았다. 회색의 눈동자가 반짝거리는 것이 퍽 신이 나 보였다.

교하가 저를 지나치려는 아이를 붙잡아 검지를 세워 입술에 가져다 대었다. 그를 보기 위해 사와는 목이 뻐근해질 정도로 고개를 젖혀야 했다.

"쉬. 그러지 않아도 심기가 불편하시니 조용히 하자꾸나."

얼굴 한가운데를 가로지르는 커다란 흉터가 그의 삶을 이야기해 주는 듯했다. 짧게 자른 머리 위로 하얀 눈이 소복소복 쌓이고 있었지만, 그는 아무렇지 않다는 듯 손을 들어 그것을 툭툭 털어내었다.

살바람이 불어와 그의 군청색의 쾌자를 흔들지만, 청자색 허리띠로 꽉 동여매고 있어 그의 옷가지가 흐트러지는 일은 없었다.

무연각을 쳐다보다 사와에게로 향하는 녹색의 눈동자가 어쩐지 슬퍼 보였다.

"교하님께선 보셨어요? 두령님께서 데려오신 요화님이요!"

까치발을 들어 올리며 어깨를 으쓱거리는 아이의 모습에 교하가 입을 꾹 다물었다. 그리고 허리를 굽혀 아이의 양쪽 팔 아래를 잡고 들어 올렸다. 곧 자신의 너른 어깨에 아이를 올려놓은 그가 엷은 한숨을 내쉬었다.

보지 않으려 해도 머리에 그려졌다. 다른 요괴들이 어찌나 시끄럽게 떠들고 다니는지, 굳이 알고 싶지 않음에도 그 생김새를 단번에 떠올릴 수 있었다. 물론 붉은 눈동자는 기본일진대, 하필이면 그 존재가 인간이라니. 절대 쉽게 받아들일 수 없는 일이었다.

"하필 인간일 게 뭐예요. 우리 화람님은 어쩌고."

아이의 말마따나, 오히려 요화에 어울리는 건 요화와 전대 두령에게서 태어난 여인, 화람이 제격이지 않은가. 짙은 한숨을 내쉬던 그가 고개를 절레절레 저었다.

그러지 않아도 화람은 무연이 도착하는 걸 미리 알고 있었다. 그랬기에 곱게 치장을 마친 뒤, 그를 마중 나가려 했었다. 교하 역시도 화람의 뒤를 따르기로 했는데, 마침 그녀가 나타난 것이다. 다음 요화라는 두령의 말과 함께.

도저히 이해가 가지 않았지만, 그렇다 해서 반기를 들 수 없었다. 그는 저들이 섬기는 두령이요, 믿고 따라야 할 존재였으니. 뼛속부터 어둠인 존재는 그들에게 불가항력이었다. 도망친 이들도 있었지만 얼마 지나지 않아 돌아올 것이다. 두령은, 그는 그들에게 그런 존재이니 말이다.

"사와야"

"예, 교하님."

더 이상 인간 여자와 요화에 대한 이야기를 듣는다면, 제아무리 사와를 귀여워하는 화람이라도 화를 참지 못할 것이 분명했다. 그리고 또 제 행동에 땅을 치며 후회를 하고, 눈물을 터뜨리겠지. 이러나저러나 제 주인의 눈물은 보고 싶지 않았다. 그것도 이런 얼토당토않은 이유로 말이다.

어쨌든 인간의 수명은 짧다. 그 인간이 요화가 될 것이라 마음 먹지 않는 이상, 그 생은 끝나고 말 것이다. 그리고 그때면 제 주인, 화람이 요화로 낙점될 것임을 교하는 믿어 의심치 않았다.

"들어가서 화람님의 기분을 풀어드리렴."

"제가요?"

놀란 듯 휘둥그레진 사와의 두 눈을 바라보던 교하가 부드럽게 미소를 그렸다. 그리고 작은 귓가에 제 입술을 가져가 소곤소곤 귓속말을 이어갔다.

"그래도, 아이들 중에 너를 가장 예뻐하시잖니."

교하의 말이 퍽 마음에 들었다는 듯, 사와의 얼굴에 환한 웃음 꽃이 피었다. 세차게 고개를 끄덕인 아이는 금세 교하의 어깨에서 풀쩍 뛰어내려 집으로 달려갔다. 화람님! 높게 부르는 목소리가 어찌나 간드러지는지, 대답을 하는 여인의 목소리 역시도 한밤중에 들리는 선율과도 같았다.

짧막한 폭풍이 지나간 느낌에 교하의 입술에서 뜨거운 숨이 터져 나왔다. 이제 앞으로의 일을 어찌 받아들여야 할까, 고민에 고민을 이어가던 그때였다.

"형님."

저택 쪽에서 걸어오는 흑강을 본 교하가 한쪽 눈썹을 찡그렸다. 어릴 때부터 친형제처럼 지내던 둘이었다. 교하는 무예가 출중하고 요력이 뛰어난 흑강을 아꼈을뿐더러, 요새의 중심이라 하는 무연과 화람, 그 둘을 각각 섬기고 있다는 것이 자랑스러웠다. 교하에게 흑강이란 그러한 존재였지만, 어쩐지 오늘은 보고 싶지 않았다.

"어쩐 일이냐. 두령께서 돌아오셨는데 홀로 돌아다니고."

그래서 아무렇지 않게 말을 툭 내뱉었다. 평소의 다정함 따위 묻어 있지 않은 말투임에도 불구하고 흑강은 아무렇지 않다는 듯 그의 곁으로 다가와 털썩, 주저앉았다.

"내가 정말 궁금한 게 있는데, 물어볼 게 형님뿐이잖소."

"잘난 흑강께서 궁금한 게 있다니, 별일이군."

한 번에 풀어질 마음이었다면 애초에 말을 툭툭 내던지진 않았을 것이다. 팔짱을 낀 채, 하얀 눈을 쏟는 먹구름을 쳐다보던 교하가 흥, 코웃음을 터뜨렸다. 하나, 흑강은 개의치 않은 채 연거푸 짙은 한숨을 내뱉었다.

결국 궁금증을 이기지 못한 교하가 고개를 돌렸다. 늘 기운차고 씩씩한 모습만 보여주던 흑강이 이러한 행동을 하는 건 분명 그 이유가 있을 터. 그리 가벼운 문제는 아닌 것 같아 저도 모르게 가슴이 쿵 내려앉았다.

무릎을 굽혀 그와 시선을 맞춘 교하가 꿀꺽 마른침을 삼켰다. 혹 무슨 일이라도 있는 건 아닐까, 어쩌면 자신이 생각한 것보다 더 큰 일이 벌어지는 건 아닌가 싶어 불안함이 온몸을 덮쳤다.

"무슨 일인지 말하라. 왜 그러는 것이야."

"형님……."

"으응, 그래. 말하래도!"

또다시 길게 늘어지는 흑강의 목소리가 불안했던 모양이었다. 잔뜩 인상을 쓴 그의 얼굴이 흑색으로 굳어졌다. 당황함이 역력히 묻어 있는 표정을 슬쩍 돌아보던 흑강이 다시 한 번 크게 숨을 터뜨렸다. 입술이 달싹이고, 날숨과 들숨의 교차가 몇 번이나 반복되었다.

어서, 채근하며 안달이 난 교하의 목소리 뒤로 근심 어린 흑강의 목소리가 이어졌다. 그것은 그에게 있어 가장 큰 고민이요, 당장 해결해야 할 중요한 문제였으니 민망하여도 뱉을 수밖에 없다.

"여인의 마음은 어찌해야 얻을 수 있소?"

그때, 교하는 제 귀를 의심해야만 했다. 아니, 의심할 수밖에 없었다. 두령 못지않게 뭇 여인들의 가슴을 설레게 만들었으나, 그러한 감정에는 조금도 관심이 없던 사내였다. 얼마나 관심이 없냐 하면, 한번은 어느 여인이 그의 숙소에 몰래 들어간 적이 있었다. 외관적으로나 내면적으로나 무엇 하나 빠지지 않던 그녀의 행동에 그 누구도 무어라 하지 않았다. 흑강과 아주 잘 어울린다 생각했기 때문이었다. 그리고 드디어 밤이 찾아왔다. 어두컴컴한 구름이 하늘을 가득 뒤엎었을 때, 그의 숙소에서 웬 비명이 터졌다.

"누가 보내서 왔느냐! 누가, 누가 나를 해하라 말하던가!"

그 비명 중 하나는 잔뜩 화가 올라 길길이 날뛰는 흑강의 것이요.

"꺄악! 흐, 흑강님! 자, 잠시 소녀의 이야기를! 아악! 사, 살려주시오! 살려줘!"

또 하나는 그의 침소에 몰래 들어간 여인의 것이었다.

두 목소리가 허공에서 겹쳐져 요새를 가득 울렸었다. 그리고 마음을 받아주네 안 받아주네 하며 설전이 벌어졌었다. 그의 숙소 앞에서, 무연의 저택 앞에서. 그러다 결국 여인은 눈물을 터뜨리고 말았지만, 흑강은 전혀 개의치 않아 했다. 오히려 당분간 귀찮은 일이 없어지겠다고 좋다며 껄껄 웃기까지 했었다.

그래, 그랬던 사내였는데 어찌 여인의 마음을 얻는 방법을 묻는단 말인가. 도저히 이해가 가지 않았다. 천하의 흑강에게 꽃 같은 시기가 찾아온 것인가 싶어 저가 더 가슴이 두근거리기 시작했다.

"어떤 여인이냐?"

콧구멍이 벌름거리는 교하의 모습에 흑강이 짙은 한숨을 내쉬었다. 그리고 고개를 들어 올려 까맣게 물든 하늘을 하염없이 바라보았다.

어떤 여인이냐, 물어도 사실 제대로 기억나는 게 없었다. 머릿속에 남는 잔상으로 그저 비쩍 말랐다는 것 하나뿐이었다.

"제대로 먹지도 못하고 지냈는지, 비쩍 마른 게 병든 닭 같았습니다."

그리곤 홍이의 앙상한 손목과 어깨를 떠올렸다. 당장에라도 바스라질 것처럼 연약했던 그 모습이 왜 이리도 눈앞에 아른거리는 건지. 자기도 모르게 휴, 한숨을 내뱉고 만다.

그 모습을 지켜보던 교하의 눈동자에 안쓰러운 잔상이 남았다. 어디에 누굴 보고 반했는지는 몰라도, 참 안타까운 여인을 마음에 두었구나 싶어 절로 마음이 쓰렸다.

"그런데 그 여인의 마음을 얻어야 한단 말입니다?"

이유는 말할 수 없었다. 명색이 두령인데, 그가 요화가 될 여인의 마음을 얻으려 애쓴단 소문이 퍼지기라도 하면 그 꼴이 얼마나 우스워질지 안 봐도 뻔한 일이었다. 자세를 고쳐 앉은 그가 교하를 뚫어져라 쳐다보았다.

"그런데 제가…… 제가 여인을 만나봤어야 무얼 알지요."

"그렇지, 네가 비정한 놈으로 소문이 나긴 났지."

교하가 고개를 끄덕이며 수긍하자 흑강의 눈이 동그랗게 변했다.

"예?"

"응? 아니야, 아니다. 잘못 들은 거로 해라."

"형님, 어찌 그걸 잘못 들은 걸로 합니까. 제가 무얼 했다고 비정한 놈입니까?"

말을 잘못한 것이구나 싶었다. 아차, 했을 땐 이미 흑강의 눈이 휘둥그레져 저를 잡아먹을 듯 달려들었으니. 하, 거친 한숨을 내쉬던 교하가 따스한 빛이 비치던 문으로 고개를 돌렸다.

여인의 마음은 여인이 가장 잘 안다고 하였다. 그리고 이 상황을 벗어나기 위한 방법은 단 하나. 마음을 얻는 비결을 알아오는 수밖에 없다.

"아우님, 이곳에서 기다리시게."

"형님, 어딜 피하십니까. 말씀은 해주셔야지요."

교하의 소맷자락을 붙잡은 흑강이 잔뜩 미간을 좁혔다. 자신이 왜 비정한 놈이 되었는지 들어야 했다. 이해가 가지 않았다. 두령을 모시며 맡은 바 임무를 열심히 하며 사는 자신이 왜 나쁜 놈이라는 소리를 들어야 하는 것인가.

제 머리로는 도통 이해할 수 없어 인상을 찌푸리는데, 교하의 목소리가 귓가에 내리꽂혔다.

"그럼 자네, 그 방법을 몰라도 된단 말인가?"

절대 그럴 수 없는 일이었다. 한참을 벙쪄 있던 흑강이 고개를 도리도리 저어대며 제 의사를 표현했다. 그게 며칠이 걸려 알아올 수 있는 방법이라 하여도, 포기하는 것만큼은 안 된다. 만약 조금의 수확도 없이 무연에게 돌아간다면, 저를 얼마나 무능한 놈이라 생각하겠는가.

그러니 꽉 붙잡고 있던 교하의 소맷자락을 툭, 놓아버리는 것이다. 비정한 놈이 되면 좀 어떤가. 어차피 저는 두령인 무연의 삶과 함께하겠다 약속했는데 말이다.

"다녀오십시오, 형님."

부디 보배와 같은 이야기를 품고 돌아오시기를. 그렇게 비는 갈색 눈동자가 반짝반짝 빛을 내고 있었다.

흑강에게서 돌아선 교하는 두 어깨에 잔뜩 힘을 실은 채 걸음을 옮겼다. 콧노래를 부르며 으쓱거리는 모습이 퍽 자신만만해 보였다. 부담이 되지 않는다면 거짓일 테지만, 도와줘야 할 대상이 흑강이라면 그 부담감쯤 백번 더 짊어져도 괜찮을 것 같았다.

반쯤 열린 문으로 들어간 교하는 집 안의 풍경에 흐뭇하게 웃음을 그렸다. 방금 전 먼저 들어갔던 사와가 어느새 화람의 품에 안겨 새근새근 잠들어 있었기 때문이었다. 호리호리한 몸에 안긴 채 잠에 빠진 아이의 숨소리는 방 안의 정적을 부드러운 솜털로 바꾸어 버린다.

따스한 기운이 가라앉아 있는 방 한가운데에, 사와를 품에 꽉 끌어안고 있는 여인이 앉아 있었다. 잠든 아이의 머리칼을 넘겨주는 그녀의 따스한 미소에 교하의 입술이 단단히 굳어지다, 서서히 일자가 되어버렸다.

교하는 그녀의 오똑한 콧날과 연지색으로 물든 입술을 마주하고는 고개를 푹 숙였다. 바닥에 펼쳐진 담자색 치맛자락이 그의 마음에 바람을 불어 넣는다. 이윽고 들리는 화람의 목소리에 교하가 입술을 잘근 씹었다. 그녀의 목소리는 꼭 하늘을 가로지르는 새들의 울음소리처럼 청아했다.

"흑강이 놀러 왔나 봅니다, 오라버니."

그녀는 교하를 오라비라 불렀다. 저는 두령도 아니요, 그렇다 해서 특별한 존재도 아니니 그 누군가를 하대할 필요조차 없다고 하였다.

"예. 궁금한 것이 있다 하여…… 기분은 좀 괜찮아지셨습니까?"

방금 전, 두령이 데려온 인간 여자로 인해 기분이 나빠질 대로 나빠지지 않았던가. 흥분하여 물건을 부수거나, 소리를 지르지 않아 다행이라 생각했다. 그저 방 안에 틀어박혀 부글부글 끓는 속을 가라앉히려 노력하는 편이라 다행이라고. 물론 그렇다 해서 그녀가 화가 나면 무섭지 않다거나, 위협적이지 않은 건 아니었다.

선대 두령과 요화 사이에서 나온 딸. 그랬기에 그녀의 요력은 남들보다 더 위협적이었다. 위력으로만 따지자면 두령의 오른팔인 흑강과 견주어도 손색이 없을 정도였다. 다만 화람 역시도 제 힘의 위험을 알고 있어, 겉으로 드러내는 걸 자중하는 것이었다.

"화를 내면 무얼 하겠어요. 이미 데려오신 걸, 제가 물리라 하여 그분께서 물리시겠어요? 오라비 생각에는 그분께서 제 말을 들어주실 것 같나요?"

후후. 웃음을 터뜨리는 화람의 목소리는 꽤 요염했다. 가느다란 목소리가 높은 선율을 타고 흘러 춤을 추듯 교하에게 다가왔다.

"제 말을 들으시는 분이셨다면…… 진작 저에게서 정기를 얻으셨겠죠."

"화람님."

"쉬. 사와가 깨요."

검지를 입술에 댄 채, 교하를 쳐다본 화람이 빙긋 웃음을 그렸다. 굽이치는 금색 머리칼과 검보라색으로 빛나는 눈동자가 길게 휘어져 예쁜 꽃을 피운다.

아아, 어째서 저 여인이 요화가 아니란 말이던가. 어째서, 이룰 수 없는 꿈을 다시 한 번 꾸게 만드는 것인가.

"매번 그분께 제 정기라도 취하라 말씀을 올렸지요. 하나, 워낙 돌과 같은 분이시니……."

저에게 눈길 한 번도 주지 않으셨어요.

그 말의 끄트머리에 울음이 담겨 있었다. 주먹을 꽉 그러쥔 교하가 짙은 한숨을 토했다. 그리고 고개를 들어 화람의 뒷모습을 빤히 쳐다보았다. 금방이라도 바스라질 것 같은 여인이었다.

한 떨기 꽃이요, 봄에 내리는 꽃비와도 같은 여인인데, 어찌 저런 여인을 품에 안지 않고 내버려 둔단 말이던가.

"그건 그렇고, 흑강에게 마음에 둔 여인이 생겼다고요?"

화람의 뜬금없는 질문에 화들짝 놀란 교하가 고개를 끄덕였다. 언제 또 바깥 이야기를 훔쳐 들은 건지, 조금도 틈이 없는 여인이었다. 물론 한 시대를 풍자한 두령의 여식으로서 살아야 했기에 당연한 일일지도 모르지만.

"참 사내들은 어쩜 이리도 바보 같은지 모르겠어요."

요화 妖花-요괴의 꽃

후후, 웃음에 섞인 비음이 교하의 귓가를 스친다. 그것이 저에게 하는 말 같아 마음 한구석이 저릿해졌다.

"그냥 본심만을 보여주면 될 텐데."

"본심이요?"

어렵다. 그녀가 말하는 것처럼 쉬운 일이었다면 얼마나 좋았을까. 저에게도, 또 화람 그녀 본인에게도 말이다.

"하긴 쉬운 건 아니네요."

엷게 울리는 그녀의 콧소리에, 웃음소리에 교하 역시도 입꼬리를 슬쩍 말아 올렸다. 간드러지는 그 웃음소리를 몇 년째 귀에 담고 나니, 들리지 않으면 허전하게 느껴졌다.

다시금 천장을 올려다보던 화람이 길고 긴 한숨을 내쉬었다. 만약 그 여인이 저라면, 그런 생각을 이어가다 조소를 띠었다. 두령에게, 무연에게 그러한 여인이 될 조금의 가능성조차 사라지지 않았던가. 오늘 그가 요화를 데려온 그 이후부터 말이다.

생각지 않아야 했다. 교하에게 보이지 않는 손을 꽉 그러쥐었다. 손톱에 파묻힌 살에서 피비린내가 올라왔지만, 그에 아릿함이 느껴졌지만 개의치 않기로 했다.

"꽃을 주는 것도 좋겠고요."

아무렇지 않은 척, 던지는 말이었다. 교하는 지금의 제 마음을 모를 것이라 생각했다. 끓어오르는 화를 참고 있다는 것도, 자꾸만 저를 괴롭히는 그 생각에 머리가 모두 뽑힐 것처럼 신경이 곤두서고 있다는 것도.

"여인이라 하면, 고운 옷과 보석을 좋아하기도 하니. 그런 것으로 환심을 사도 좋겠네요."

만약 무연이 저에게 그러한 것들로 환심을 사려 했다면, 그 정성이 마냥 귀여워 웃음을 터뜨렸겠지. 아니, 그보다 그런 건 필요치 않으니 저를 진심으로 보아달라 애원했을지도 모른다.

꽤 오랜 시간 그를 제 마음에 두어왔지만, 요화가 아니기에 결코 바랄 수 없던 그의 마음이 아니던가.

"아니면, 가만히 안고 있어도 좋겠어요. 정녕 그 여인의 마음을 얻고 싶은 거라면. 굳이 표현하지 않아도 전달될 테니까요."

제 진심이었을까. 아니면 그렇게 해주길 바라는 작은 소원이었을까. 힘없이 떨어지는 꽃잎처럼, 그녀의 목소리가 한 잎, 한 잎 바닥을 향해 떨어졌다.

이내 그 목소리의 끝마저 잠잠한 정적에 파묻혔을 때, 그녀가 크게 한숨을 내쉬었다. 그리고 고개를 들어 교하와 눈을 마주했다.

"그래도 가장 좋은 건, 계속해서 마음을 표현하는 것이라고 생각해요. 뭐, 정 안 되면 그 여인이 정말 원하는 것을 들어주는 것도 괜찮겠네요."

웃음을 그리는 그녀의 모습에 담긴 진심이 무언지 아는 건, 어쩌면 교하 한 명뿐일 것이다. 그게 전부라 말하며 다시금 고개를 돌리는 화람의 뒷모습에 교하는 미어지는 가슴을 꽉 억눌러야만 했다.

두령의 여인이 될 것이라 확신했기에, 다음 요화는 화람이 분명하다 믿고 있었기에 가슴속에만 품고 있었다. 그렇기에 오늘의 아픔이 더욱 크게 와 닿는 거겠지.

"감사합니다, 아가씨."

고개를 꾸벅 숙인 교하가 서둘러 문밖으로 나섰다. 그리고 저를 반기는 흑강을 보며 애써 표정 관리를 시작했다. 웃고 싶지 않앉지만 부러 웃음을 그렸고, 괜히 과장된 손짓까지 더해가며 그녀의 말을 전했다.

그러면서도 머릿속은 온통 화람의 생각뿐이었다. 손톱이 파고 드는 살갗처럼, 그녀의 마음에도 무연이라는 사내가 파고들어 피가 철철 흐르고 있을 것이다. 몇 년간 반복된 일이니 안 봐도 뻔했다.

"감사합니다. 형님, 정말 감사합니다! 아가씨께도 꼭 감사의 말씀을 전해주십시오!"

그의 손을 꽉 잡은 채 몇 번이나 감사의 말을 전하고 돌아서는 흑강을 바라보던 교하가 서둘러 집 안으로 걸음을 옮겼다. 벌컥 문을 열었을 때 보이는 그녀의 뒷모습에 또다시 숨이 턱 막히고 말았다.

"흑강은 갔나요?"

"예. 감사하다는 말을 남기고 갔습니다."

"후후, 별말씀을…… 흑강도 사내가 다 되었네요."

사와의 머리를 쓸어 넘기던 화람의 곁으로 교하가 다가갔다. 무언가를 말하려는 듯, 말하지 않으려는 듯. 달싹이는 입술이 위태롭게 떨리고 있었다. 날숨과 들숨이 오고 가던 그의 입술이 다시 한 번 바르르 떨리던 그때, 화람의 콧소리가 그의 귀를 스쳤다.

"아무 말 하지 않아도 괜찮아요. 오라버니, 저는…… 저는 이겨 낼 수 있어요."

결국 한마디 말도 하지 못한 채 허리춤에 찬 칼집을 꽉 잡을 수밖에.

입술을 꾹 누른 그가 눈을 질끈 내리감았다. 이보다 더 구슬픈 운명이 어디 있을까. 언제 그녀의 눈에서 눈물이 마를 날이 올까.

요괴의 두령과 그의 꽃. 둘 사이에서 태어난 또 다른 꽃이 울음을 터뜨리고 있었다.

야속함에 흘리던 한 방울이 바닥에 스며들었지만, 이미 또 다른 요화가 찾아온 지금 그 꽃의 울음이 들릴 리 만무한 일이었다.

*

무연과 홍이는 꽤 오랜 시간을 침묵으로 버텼다. 둘이 나눈 이야기라고 해봤자, 옷이 참 곱다던가 혹은 고맙다는 감사의 인사, 즉 홍이가 내뱉은 말에 무연이 대답을 하는 것뿐이었다.

정적이 흘렀다. 바닥까지 뚫고 들어갈 듯한 그 고요에 홍이의 짧은 숨소리가 더해지니, 무연은 온몸이 빳빳하게 굳어버리는 것만 같았다. 무슨 말이라도 해야 함을 알지만 도대체 어떤 이야기를 꺼내야 좋을지 알 수 없다.

보통의 경우라면, 다른 이가 저에게 먼저 말을 거는 경우가 허다하지 않았던가. 굳이 먼저 입을 열지 않더라도 대화가 오갈 수 있는 환경에서 살았던 무연으로서는 이 상황이 매우 불편했다.

"제가 돌아올 때까지 괜한 말씀 마십시오, 두령. 혹시나 겁이라도 먹고 도망가면 어쩝니까."

더불어 흑강의 조언 아닌 조언까지 생각나니, 어찌 입술을 열수 있으랴. 이러지도 저러지도 못하던 그때에, 홍이의 목소리가 그의 머리를 번쩍 뜨이게 했다.

"무연님."

하지만 결코 그 목소리가 달갑지 않았으니. 불안함이 뒤엉킨 그녀의 음색이 바들바들 떨리고 있었다. 이불을 꽉 부여잡고 있던 긴 손가락의 끝이 갈 길을 찾지 못한 채 그 위를 비틀거렸다.

"말해라."

그 모습이 안타깝다. 마음 저 한구석에서는 비틀거리는 그 손가락을 꽉 잡아주라고 말했지만 몸은 생각처럼 쉽게 움직이질 않았다. 결국 귀를 기울이는 것으로 만족하려 했던 그때.

"저를…… 저를 언제쯤 잡아먹으실 건지……."

머리를 한 대 얻어맞은 기분이었다. 눈을 깜빡거리던 그의 입술이 반쯤 열렸다. 한참이나 홍이의 옆모습을 지켜보던 무연이 아, 낮은 탄식을 흘려보냈다.

생각해 보니 요화가 될 것이란 말을 하지 않았다. 마음을 얻은 뒤에 말을 하려 했으니 모르는 것도 당연하지. 그럼 지금 저는 어찌해야 하는 것일까.

너는 요화가 되기 위해 태어났으니, 그냥 잠자코 요화가 되어라? 그게 아니면 일단 네 마음을 주면 말해줄 테니, 그 마음을 주어라?

"그걸 왜 묻는 거지?"

하지만 생각과 행동은 따로였다. 말을 뱉자마자 속으로는 왜 그런 질문을 던지느냐 스스로를 탓했지만, 그의 얼굴은 조금의 미동조차 없었다.

"왜 묻느냐고 물었다."

이 모자란 놈! 속으로 터지는 그 목소리가 바깥으로 나온다면 얼마나 좋을까. 그렇게 스스로를 다그칠 수 있다면, 홍이에게 다정한 어투로 대할 수 있을 텐데. 물론 무연은 제가 홍이의 기분을, 그 마음을 신경 쓰고 있다는 걸 결코 알아차리지 못했다.

"마음의 준비를 하고 싶습니다."

무연의 채근에 홍이가 입을 열었지만, 전보다 더욱 심하게 떨고 있었다. 곧게 세운 무릎을 꽉 그러안는 손가락이 여전히 애처로운 움직임을 이어갔다. 그녀의 불안한 마음을 대변하고 있는 건지, 간헐적으로 숨소리에 울음이 섞여 있었다. 결코 터지지 않을 그 울음이.

"마음의 준비?"

"비록 부모에게 버림…… 버림받았지만."

복받치는 감정을 참아야 했기에, 홍이는 입술을 꾹 눌렀다. 힘주어 입을 다물고 있던 그녀가 이불을 꽉 그러쥔 채 눈에 힘을 주었다. 울고 싶지 않았다. 버림을 받은 게 아니라 믿고 싶었다. 자신이 미워 버림을 받은 게 아니라, 어쩔 수 없는 상황이기에 그런 것이라 생각하고 싶었다.

숨을 크게 들이마시던 그녀가 고개를 돌려 무연과 눈을 마주했다. 그리고 눈동자 속 넘실거리는 물결에 희미한 미소를 그린다. 제 눈물이 그곳에 가득 차 있는 것 같았다. 어쩌면 그 눈동자가 저 대신 울어주는 것일지도 모른다. 그러니 저렇게도 푸르른 눈동자를 가졌겠지.

한참이나 꽉 끌어안고 있던 숨을 탁, 터뜨린 홍이의 목소리가 바들바들 떨리고 있었다. 그것이 무연에게 향하던 그 순간에도, 떨림은 끊이질 않았다.

"살아 있었습니다. 저는, 저는 진즉 죽었어야 할 목숨을 연명하고 지금까지 살아 있었습니다. 그러니 정리를 해야지요. 살아온 날 동안 보았던 것과 느꼈던 것, 들었던 것과……."

목 끝이 따끔거려 말을 이어갈 수 없었다. 몇 번이고 크게 숨을 들이마시고, 또 들이마셔도 달라지는 게 없다.

"사랑해 마지않던 것들을…… 보내야지요."

결국 참았던 눈물을 터뜨리고야 말았다. 사실 사랑했던 것들이라 해보았자 크게 꼽을 만한 게 없었다.

할아버지와 함께 살았던 집, 할아버지가 손수 지어주었던 옷가지들. 그리고 함께 키웠던 마당의 감나무와, 그 안에 숨 쉬고 있는 수많은 추억들까지.

하나하나 머리에 담으며 그것을 정리하기에도 꽤 긴 시간이 걸릴 법한데, 어찌 쉽게 죽음을 받아들일 수 있을까. 그것은 말이 되지 않는 일이었다. 아니, 어쩌면 한편으로는 죽고 싶지 않다 말하고 싶었겠지. 제 뜻대로 죽음을 선택한 것이 아닌, 태어나기도 전에 약조된 일은 결코 지키고 싶지 않다고 말이다.

"그리도 죽고 싶으냐."

그러니 무연의 또 다른 물음에도 대답을 할 수 없었다. 아니라는 말도, 그렇다는 말도. 입 밖으로 새어 나오지 않았다.

"네가 그리도 죽고 싶다면 망설이지 않고 생기를 취할 날을 기다리겠다만."

무연의 푸른 눈동자는 홍이에게서 떨어질 기미를 보이지 않았다. 한참이나 그녀를 지켜보던 무연이 한숨을 내쉬었을 때, 홍이의 여린 몸뚱이가 바르르 떨렸다. 혹 당장에라도 날카로운 손톱이나 이빨이 달려들지 않을까 하는 두려움이었다.

"그게 아니라면 죽는단 말 좀 하지 마라."

거친 한숨을 내쉬던 무연이 머리를 쓸어 넘겼다. 답답함이 목 끝까지 차올랐지만, 흑강의 목소리를 생각하며 꾹꾹 눌러 참기로 했다.

"마음을 얻으시면 되지 않겠습니까."

그래, 그러면 될 것이라. 그녀의 마음을 얻어 저에게서 벗어날 수 없도록 하면 요화가 되라 하여도 거부하지 않겠지.

"나는 네가 생각하는 것만큼 잔악한 요괴가 아니다."

해줄 수 있는 말은 그것뿐이었다. 자신이 그녀에게 해줄 수 있는 건, 이렇게나마 그 마음을 안심시키는 것.

"그럼…… 저를 왜 데려오셨나요?"

그래, 그뿐이라 생각했는데. 또 다른 문제에 직면할 줄이야. 눈을 깜빡이며 커다란 눈물을 뚝뚝 흘리는 그녀의 모습에 무연은 입술을 꾹 짓눌렀다.

단 한 번도 누군가에게 이유를 설명한 적이 없었다. 그는 두령이었고, 요괴들에게 있어 절대적인 존재였다. 굳이 구구절절 그것에 대한 변명을 한다거나, 이유를 갖다 대는 건 생각지도 못했던 상황이었는데.

"그리고 제 기억을 본 이유는요?"

덕분에 절대 기억하지 못할 시절까지 꿈에서 만났다지만, 굳이 저에게 그 추억을 되살려 주기 위해 기억을 읽은 건 아닐 것이다. 보아하니 다른 이유가 있는 것 같은데, 저로서는 도통 알 수 없었다.

"무연님."

채근하는 홍이의 목소리에 무연이 침을 꿀꺽 삼켰다. 한참이나 머리를 굴리다 하, 짧은 탄식을 뱉었다. 그 어떤 말을 해도 그녀는 이해하지 못할 것이다. 정확한 이유를 알기 전까지는 말이다.

"길을 잃은 아이 같았다."

그래서 결국 그녀를 보며 느꼈던 제 마음을 말하는 것이다. 툭, 내던진 그 말에 홍이가 놀랄 것이란 생각은 전혀 하지 못한 채.

"예?"

"아니, 어찌 보면 어미를 잃은 아기 새라고 해야 할까."

무연의 커다란 손이 홍이의 얼굴에 닿았다. 그와 동시에 그녀가 몸을 부르르 떨었다. 차갑기만 한 그 손길에 마냥 기대고 싶은 마음은 대체 무엇일까.

"그냥 가기엔 마음이 쓰이고, 기억을 들여다본 이상 그대로 둘 수는 없고."

그래, 요화가 아니었더라도 홍이를 데려왔을지도 모른다.

"그 눈보라 속에 홀로 버려두고 오려니 네가……."

그리고 지금과 같은 마음을 품었을지도 모르지. 결코 허락되지 않는 것이라 하여도, 생겨서는 안 될 호기심이라 하여도 말이다.

"네가 자꾸 눈에 밟혔다. 그대로 놓고 오면 네가 죽을지도 모르는데, 그렇게 두고 싶지 않았어. 그래서 데려온 것이다. 네가 생각하는 것처럼 너를 먹기 위해서가 아니야."

그러니 걱정 마라는 말을 전하던 무연의 목소리에 홍이의 얼굴 위로 드리운 먹구름이 하나둘 걷히기 시작했다.

무연은 그런 홍이의 모습에 연거푸 한숨을 뱉으며 목에 힘을 주어야 했다. 손바닥으로 느껴지는 온기에 가슴이 울렁거렸다.

무슨 말을 해야 할까. 머리가 하얗게 변하는 기분이었다. 그의 말이 왜 이리도 다정하게 느껴진 건지. 무섭게 느껴져야 할 그로 인해 안심하고, 안도를 느끼고 더불어 언젠가 이곳을 떠날지도 모른단 사실을 부정하고 싶은 건 왜일까.

"그러니 죽겠단 말은 좀 아껴라. 정녕 네가 그 목숨을 부지하고 싶지 않다 하면, 그때에 거두어갈 테니."

물론 그럴 생각은 없다. 겨우 얻은 요화, 그 귀한 존재를 한순간에 없앨 순 없으니. 그저 홍이를 안심시키기 위함이었다. 물론 믿지 못하겠다고 하면 어쩔 수 없을 것이다. 세상에 요괴를 믿을 수 있는 인간은 없을 테니 말이다. 홍이는 다를 것이라 생각하는 것조차 말이 되지 않는 상황이라는 걸 아주 잘 알고 있다.

"물론 믿지 않아도 좋다."

마지막 말을 전한 뒤, 어색한 웃음을 터뜨리는 무연의 모습에 홍이는 그만 숨을 탁, 멈춰야만 했다. 조부가 말했던, 요괴는 참으로 아름답다는 말이 맞았다. 틀린 말이 아니었다.

그의 웃음에 햇살이 떠올랐고, 또 그의 눈동자에 한 번도 보지 못한 바다라는 물가가 떠올랐다. 눈길을 뗄 수 없음에 그를 빤히 쳐다보던 그때, 무연의 손가락이 그녀의 눈가를 훔쳤다.

"나는 여인이 울 때에 달래준 적이 없다."

의기양양한 목소리였다. 조금 뿌듯한 모양인지, 어깨를 넓게 편 그가 홍이의 얼굴에 그려진 물줄기를 제 엄지로 몇 번이나 닦아냈다. 웃을 때가 참 고운 여인이라 생각했는데, 눈물로 얼룩진 얼굴을 보고 있으니, 가슴이 아렸다.

"달래는 법도 모르지."

그리고 둘은 다시 한 번 서로를 마주했다. 찬 공기는 어느새 사라지고, 방 안의 온도가 아주 조금 높아지던 그때, 무연이 그녀의 얼굴을 양손으로 감싸 쥐었다.

참으로 고운 얼굴이로다. 붉은 눈동자도, 붉은 입술도. 그러니 결국 고운 얼굴을 바라만 보고 있을 수만은 없어 제 품으로 와락 끌어안았다. 하루라도 빨리 그녀의 마음을 얻어 불안을 사라지게 하고 싶다는 일념 하나로, 아니, 무연은 이게 그 방법의 지름길일지도 모른다는 걸 결코 알 수 없었을 테지만.

"그러니 울지 마라."

낮은 목소리가 홍이의 가슴을 울렸다. 숨이 턱 막힘과 동시에 머리가 아찔해졌다.

"내가 달래는 법을 알아야 우는 걸 멈추어줄 것 아니냐."

처음 보는 사내, 더불어 요괴인 그의 말이 왜 이리 믿음직스러운가. 아니, 그보다 왜 저는 처음 보는 그의 품에 덥석 안겨 있는 것인가.

"하나, 나는 그 방법을 모르니 네가 울지 않으면 된다. 울지 마라, 홍아."

무연의 단단한 손바닥이 그녀의 머리를 쓸어내렸다. 곱게 땋은 댕기 위로, 동그랗고 예쁘게 튀어나온 그녀의 머리 위로 무연의 차가운 체온이 전해졌다. 하나 결코 춥지 않았다.

오히려 저를 생각하는 무연의 마음에 온몸이 녹아드는 듯, 따스해짐을 느꼈다. 울지 마라, 그 말을 몇 번이나 되새기다 두 눈을 지그시 감았다. 결국 알겠다는 대답 한 번 전하지 못한 채 희미한 미소를 그렸다.

"이만 자는 것이 좋겠구나. 아직 너를 저택의 바깥으로 데려갈 순 없으니 피곤했던 만큼 자두어라."

그제야 제 행동이 부끄러운 걸 느낀 걸까. 그녀의 작은 등을 토닥거리는 무연의 얼굴이 붉게 달아올랐다. 흠흠, 두어 번 내뱉는 헛기침 속에 그 감정이 오롯이 담겨 있었지만 홍이가 그것을 알아챌 리 만무했다.

그녀를 제 곁에서 떼어두려 하는 그때, 홍이의 가느다란 손가락이 무연의 옷깃을 부여잡았다. 그 여린 손짓에 무연은 옴짝달싹도 하지 못한 채 굳어버리고 말았다.

워낙 갑작스러운 행동이기도 했고, 그 손을 뿌리칠 용기가 나지 않기도 했고. 여러 가지 이유에서였다.

"왜, 왜 그러느냐."

방금 전, 그녀를 품에 안았을 때보다 더욱 심장이 크게 뛰었다. 그것은 아마 단 한 번도 여인을 가까이 두지 않았던 탓일 것이다. 아주 조금이라도 여인을 상대해 본 적이 있었다면, 여색을 즐겼다면 이리 긴장이 되지 않을지도 모른다.

홍이는 동그랗게 눈을 뜬 채 무연을 빤히 올려다보고 있었다. 깜빡거리던 긴 속눈썹이 그의 눈가에 머무르는지도 모르고, 그 가느다란 숨결이 무연의 살갗에 그대로 내려앉는지도 모르고. 한참이나 그 정적을 지키는가 싶더니 이내 붉어진 얼굴로 입술을 열었다.

"자, 잠들 때까지 같이 있어주세요. 호, 혼자는…… 무섭습니다."

오래 고민하고 한 말이 분명했다. 아니, 그리 오래 고민한 것이 아닐지라도 쉽게 내뱉은 말은 더더욱 아닐 것이다. 그런 말이, 처음 본 사내, 그것도 요괴에게 잠이 들 때까지 같이 있어달라는 이야기라니.

여인의 마음을 얻는 법은 알지 못한다. 그것에 얽힌 감정 역시도 정확히 알 수는 없었지만, 저를 향하는 여인들의 감정은 어느샌가 느낄 수 있게 되어버렸다.

있는 힘껏 교태를 부리던 여인도 있었고, 바라보는 눈길이 심상치 않았던 여인도 있었다. 그래, 그것은 '본능'이었다. 그가 알고 있는 생식에 의한 본능 말이다.

하지만 요화, 홍이는 절대 그러한 눈빛을 던지지 않았다. 온몸에 교태가 뒤엉켜 있는 것도 아니었고.

"그, 그냥 제가 잠에 들 때까지만!"

그녀의 말에 숨은 뜻이 있는 것도 아니었다. 애절한 목소리, 더불어 절대적으로 진심이 담겨 있는 어투와 간절하게까지 느껴지던 그녀의 표정이 무연이 생각하는 그런 '본능'은 아니라는 걸 말해주고 있지 않은가.

입술을 달싹거리던 그가 하, 짧은 한숨을 내쉬었다. 아무리 생각해 보아도 이해가 가질 않았다. 잠이 들 때까지 제 곁을 지켜달라는 그 말을 어떻게 받아들여야 할지 도통 알 수 없었다.

"무, 무연님께서 많이 놀라셨을 거라 생각은 하고 있지만."

쿵! 홍이의 말이 끝나기 무섭게 창 바깥으로 커다란 천둥이 울렸다. 꺄악! 높은 비명 소리와 함께 무연의 옷자락을 쥐고 있던 홍이의 손에 힘이 들어갔다. 저가 더 놀라 그녀를 쳐다보니, 창밖을 쳐다보던 얼굴이 사색이 되어 있었다.

바들바들 떨고 있는 입술이나, 눈물이 그렁그렁 맺힌 두 눈이 잔뜩 겁에 질려 있었다.

"누, 눈을 떴을 때부터 천둥이 조금씩 울렸습니다. 누, 눈이 올 때에는 천둥이 치, 치지 않는데. 왜, 왜 여기는. 왜."

홍이의 입술이 바르르 떨렸다. 울지 않으려 애쓰는 듯했지만, 얼굴이 잔뜩 일그러져 있어 당장에라도 눈물이 툭 터져 나올 것 같았다.

그리고 그때, 무연은 그녀의 얼굴에서 짜릿한 무언가를 느꼈다. 그녀가 울 때, 그 붉은 눈동자에서 툭 터져 나오는 커다란 눈물방울이 얼마나 아름다운지. 죽죽 흐르던 물줄기에서는 느낄 수 없었던 묘한 일렁임이었다. 눈 아래에 맺힌 커다란 눈물방울에서만 느껴지는 그러한 감정.

"눈이 오는 건 괜찮은데 처, 천둥은 무섭습니다. 이, 이상하게도 어릴 때부터 이것만큼은 영 고쳐지지가 않아서."

그렇게 무서운 건지, 한참을 횡설수설하던 홍이가 무연의 옷을 더욱 세게 쥐었다. 숨을 짧게 들이마시는 소리에 울음이 뒤엉키려 하니, 그의 온몸으로 오도도 소름이 돋았다.

참으로 나쁜 버릇이 생길 것만 같았다.

"내가 왜 너의 부탁을 들어주어야 할까."

아까는 그렇게나 우는 모습이 싫더니, 달래는 것을 할 줄 몰라 울지 않았으면 했건만. 그 얼굴을 보고 나니 홍이를 울리고 싶은 건 또 무슨 심보인가. 두 볼이 발그스름해져 우는 모습이, 그렁그렁 맺힌 눈물이 툭툭 떨어지는 모습이 너무나 보고 싶었다.

한쪽 팔로 턱을 괸 그의 눈이 길게 찢어졌다. 왜, 라는 말을 뱉을 때의 그 입술이 웃음을 그리는 것 같이 유연하게 달싹였다.

"그, 그게."

홍이는 어지간히 당황한 듯했다. 자신을 먹이로 삼기 위해 데려온 줄 알았더니, 잡아먹지 않겠다고 말했다. 딱히 돌아가라는 말을 하진 않았지만, 그렇다 하여 머무르라는 말도 없었으니 그곳에 앉아 있는 것만으로도 꽤 눈치가 보였다.

그것뿐인가. 울지 말라 다정하게 안아주고 토닥여 준 것이 방금 전의 일이었는데.

"그, 그것이."

어째서 이번엔 표정을 싹 바꾸어 곁에 있어줘야 할 이유를 찾으라 하는 것일까.

어떤 것이 그의 본심인지 알 수 없으니 쉽사리 말이 터져 나오지 않았다. 입을 꾹 닫음과 동시에 고개를 푹 숙인 그녀가 잔뜩 울상을 지었다. 꽉 부여잡고 있던 옷깃을 탁, 놓으니 누구의 것인지 모를 탄식이 새어 나왔다.

홍이의 마음을 알 리 없는 무연으로선 그런 모습이 퍽 마음에 들었다. 심장이 두근두근한다거나, 그녀를 품에 안았을 때처럼 온몸에 전율이 돋는 건 아니었지만, 괜스레 콧잔등이 근질거렸다. 당장 작은 웃음이 터져 나올 것처럼.

"죄송합니다, 무연님."

그리고 그녀가 결국 눈물을 툭, 떨어뜨렸을 때 그는 알 수 없는 쾌감을 만끽했다. 가슴 저 깊은 구석에서부터 끓어오르는 무언가가 입술 안쪽까지 솟구쳐 올랐다. 당장에라도 펑! 터질 것만 같아 몇 번이나 침을 삼키듯 목 안쪽으로 넘겼다.

"제가…… 제가 주제넘는 짓을."

그리고 또다시 눈물이 한 방울 툭, 떨어졌을 때. 무연의 두 팔이 그녀를 제 품으로 끌어당겼다. 순식간에 일어난 일이었기에, 홍이는 눈을 동그랗게 뜨는 것 외에는 아무것도 할 수 없었다. 그저 그의 너른 품에 안겨 눈꺼풀을 빠르게 깜빡거릴 뿐.

그에게서 차가운 바람의 냄새가 났다. 아니, 그보다 하얀 겨울의 흔적이 잔뜩 남아 있는 듯했다. 코가 뻥 뚫릴 것처럼 시원한 바람, 그리고 그런 겨울바람만이 갖고 있는 겨울의 냄새. 무연에게서는 그런 냄새가 났다.

"그리 내가 필요하다면, 옆에 있어줄 수밖에 없지."

아무렇지 않은 척, 저는 아무런 말도 하지 않았고 아무런 짓도 하지 않았다는 척 홍이를 품에 꽉 끌어안고 있던 무연이 침대에 그녀를 눕히고 저도 그 옆으로 누웠다. 이불을 끌어당겨 덮고 난 뒤 더욱 세게 제 품으로 끌어안는다.

"무연님!"

놀란 홍이가 재차 그의 이름을 불렀지만, 무연은 아무렇지 않게 히죽 웃음을 그렸다.

"자, 한숨 자거라. 노곤할 터이니."

참으로 이상했다. 처음 보는 여인, 거기에 요괴도 아닌 인간이다. 물론 요화라 하였지만 단 한 번의 소통도, 교류도 없었던 난생처음 보는 이방인이 아니던가. 그런 그녀에게 왜 이리도 끌리는지 도저히 알 수 없는 일이었다.

자꾸만 눈길이 가고, 손길이 향했다. 그러니 생전 시키지 않은 괴상한 심부름까지 흑강에게 시킨 것이겠지. 여인의 마음을 얻는 법, 그 누가 상상이나 했으랴. 북쪽의 두령이 한 번 본 여인의 마음을 얻기 위해 그런 짓까지 한다는 걸.

"무, 무연님."

"너는 내가 너무 말을 많이 하게 만들어."

나지막이 내뱉는 그의 말에 홍이의 입술이 꾹 다물어졌다. 혹 저를 귀찮아하는 건 아닐지, 내일이면 다시 그 설산에 데려다 놓는 건 아닐지 불안해졌기 때문이었다.

그가 요괴라는 건 알고 있었다. 저와는 전혀 다른 존재인 데다가, 결코 뒤섞일 수 없다는 것까지 알고 있다. 하지만 떨어지고 싶지 않았다. 인간이 아니더라도 상관없었다. 그 어둠 속에, 눈보라

妖花-요괴의 꽃

속에 혼자가 되어 좁은 방 안에 오도카니 앉아 있는 것보단 훨씬 낫겠지.

그에게 필요한 존재가 되고 싶었다. 요괴임에도 저에게 이토록 다정한 그를 떠나고 싶지 않았다. 이제 더 이상 돌아 갈 곳이 없었으니. 이곳에서라도 머무르고 싶었다.

"죄송합니다."

나지막이 터진 그녀의 한마디는 차마 내보이지 못한 속마음이었다. 혼자만 몇 번이나 삼키고 삼켜 드러내지 않을, 무연에게 보이지 못하는 속마음.

여러 가지 뜻이 담긴 말 한마디가 터짐과 동시에 홍이의 눈이 스르르 닫혔다. 체온 같은 건 존재하지 않는 요괴였지만 어쩐지 그 품이 너무나 따뜻하게 느껴졌다.

얼마 지나지 않아, 새근거리는 홍이의 숨소리가 무연의 귓가에 살포시 와 닿았다. 인간과 요괴가 같은 것이 있다면, 똑같이 잠을 자고 깬다는 점이었다. 하지만 그는 잠들 수 없었다.

"……죄송할 것도 많아."

그녀의 죄송하다는 그 목소리를 몇 번이나 곱씹고,

"나는 왜 너에게 끌리는가."

그 이유를 알 수 없어 몇 번이나 머리를 굴리고,

"네가…… 요화라 그런 것이겠지."

또 홀로 답을 내리지만, 그것이 썩 마음에 들지 않아 다른 답을 찾아 헤매기를 반복했기 때문에. 품 안의 이질적인 온기가 퍽 좋아 팔을 풀 생각이 없던 그가 깊은 한숨을 내쉬었다.

"무연님은 마음까지 꽁꽁 얼어버린 사내 같습니다."

그 언젠가, 화람이 저에게 했던 말을 떠올렸다. 요화를 대신해 정기를 충당하는 여인이 되겠다는 말을 거절한 직후 들었던 이야기였다. 마음까지 얼어 있다. 그 말에 기분이 나쁘진 않았었다.

어차피 손끝에서조차 체온이 느껴지지 않아, 인간의 마을도 겨울밖에 가지 못하는 처지인데 굳이 그 말이 슬플 리가 없다. 더더군다나 요괴에게 있어 체온이 없다는 건 그리 이상한 일이 아니었으니까.

"저는 두령께서 연모하는 상대가 나타나지 않았으면 합니다. 얼어붙은 그 마음이 절대, 절대⋯⋯ 녹아들지 않았으면 합니다."

홍이의 눈물을 보고 싶어 했던 것과 달리 화람의 눈물에는 아무런 감흥도 없었다. 그녀가 저 때문에 우는 이유조차 이해할 수 없었다. 홍이를 만나기 이전에 여인의 눈물이라는 것은 그에게 아무런 의미가 되지 않았었다.

연모하는 상대가 나타나지 않기를, 혹 나타난다 하여도 그 마음이 녹지 않기를. 저주와 비슷한 바람을 빌던 한 여인의 모습이 떠올라 눈을 질끈 내리감았다.

쿠르릉!

천둥이 울렸다. 번개가 번쩍임과 동시에 홍이의 어깨가 움찔거리며 바짝 굳어졌지만 그것도 아주 잠시일 뿐. 그 위를 부드럽게 감싸는 무연의 손길에 의해 금세 사르르 녹아내렸다.

좋은 꿈을 꾸어라, 무연의 작은 속삭임에 홍이가 슬며시 미소를 그렸다. 입술을 동그랗게 말아 올리며 그의 품으로 더욱더 깊이 파고들었다. 둘의 숨소리가 하나로 겹쳐 방 안으로 사르르 녹아들었다. 하지만 그들의 위로 내리는 게 하얀 눈꽃이었을지, 세찬 빗줄기였을지는 그 아무도 모르는 일이었다.

그로부터 일각 뒤. 무연각으로 돌아온 흑강은 깊은 고민에 빠져 있었다. 지금 자신이 보는 게 헛것이 아니라면, 요새를 돌아다니며 자신이 한 행동은 아무 짝에도 쓸모없는 일이 되어버리는 게 아니던가.

분명 여인을 모른다고 하였다. 제 주인이요, 북쪽의 두령인 무연은 여인에게 어찌 해야 할지 몰라 그에게 마음을 얻는 법을 알아오라 명했었다.

'내가…… 내가 지금 무엇을 보고 있는 것이냐.'

그런데 눈앞의 이 그림은 대체 무엇이란 말인가. 무연의 품에 쏙 들어가 있는, 요화가 될 여인과 여인을 꼭 끌어안은 채 곤히 잠이 들어 있는 제 주인까지.

"마음을 주어라, 고 하면 주는 것이야?"

그렇게 물은 건, 순전히 저를 보내기 위한 작전이었나 싶었다. 아니, 그게 아니라면 도저히 이런 그림이 나올 수 없다. 꿈을 꾸는 것인지, 아니면 부러 저를 놀리기 위해 이런 것인지. 흑강은 무연을 깨우기 위해 가까이 다가가려다가 괜히 그의 심기를 건드리는 건 아닌가 하여 그만 걸음을 되돌렸다.

"무연님."

멀찍이 떨어져 몇 번을 불렀지만, 그는 눈을 뜨지 않았다. 깊이 잠들어 있으니 그 소리가 들릴 리 만무했다. 둘을 하염없이 바라보던 흑강은 결국 허탈하다는 듯 웃음을 던졌다.

'다행입니다.'

그래도 생각했던 최악의 경우가 벌어지지 않음에 다행이라 생각하며 한숨을 내쉬었다. 혹 그녀가 무연을 거부하거나, 이 상황을 받아들이지 않아 난폭해지고 무연은 그 모습에 화가 나 요력이라도 썼다면. 생각만 해도 끔찍해 온몸을 부르르 떨었다.

그리고 마음속으로 기도했다. 부디 이 평온함이 그녀가 스스로 요화임을 받아들일 때까지 쭉 이어지기를, 끊어지지 않은 채 계속되기를 바라며 조용히 방을 나섰다.

눈이 내리는 소리, 나뭇잎이 바람에 부르르 몸을 떠는 소리. 보통의 인간이라면 듣지 못할 잡음들은 요괴들에게는 아주 작은 소음일 뿐이었다. 가령 누군가 살금살금 발끝을 들어 걷는다 하여도, 그 소리조차 쉽게 잡아낼 수 있으니 성격이 예민할 수밖에.

그렇기에 잠을 자던 흑강은 정신을 차렸다. 혹 무연에게 무슨 일이 생긴 건 아닐까 했기 때문에. 물론 북쪽의 두령을 해하러 오는, 간이 큰 자는 없겠지만.

다만 그런 경우에서 아주 조금 벗어나는 때가 존재했다.

"저…… 무사님."

절대 일어나지 않을 일이지만, 두령이 여인의 침소에 들어갔다거나.

"무…… 무사 요괴님?"

혹은 서쪽의 두령이 좋은 술을 가져와 무연과 한바탕 술판을 벌이는 상황이라거나.

"어쩐담……"

그게 아니라면 지금처럼 요화가 될 여인이 저를 흔들어 깨운다거나 하는 상황들.

그녀가 일어나기 전부터 정신을 차리고는 있었지만 눈을 뜰 수는 없었다. 교차되어 있는 두 팔에 힘이 들어가 있었지만 그것을 풀 수도 없었고, 그녀의 목소리에 긴장했지만 딱히 티를 낼 수도 없다.

눈을 뜨면, 그녀에게 무슨 말을 해야 할 텐데 뭐라 할 말이 있는 게 아니었기에 그럴 수가 없었다. 요화가 될 여인이기 이전에, 말 그대로 '여인'이 아니었던가. 더불어 무연의 것이기도 한 그녀에게 자신이 무슨 말을 해야 한단 말인가.

차라리 모르는 척, 잠든 척하는 게 더 편할지도 몰랐다. 굳이 그녀가 나가려는 것만 아니면 말이다.

"혼자 가야겠네……."

하지만 곧 귀에 들려오는 작은 목소리에 젠장, 작은 욕설이 터져 나왔다. 눈을 번쩍 뜬 흑강이 손을 뻗어 홍이의 팔을 붙잡았다. 조금만 힘을 주면 똑, 부러질 것처럼 얇은 손목에 흑강은 자기도 모르게 그것을 탁, 뿌리치고 말았다.

"아……."

놀란 듯, 눈을 동그랗게 뜬 홍이가 제 손목을 붙잡은 채로 흑강을 내려다보았다. 잠든 줄 알았던 그가 일어나 놀란 것인지, 아니면 제 팔을 붙잡았다 뿌리치는 것에 놀란 것인지. 동그란 두 눈이 말하는 것이 무엇이었을까.

흠흠, 목을 가다듬던 그가 몸을 일으켰다. 허리까지 곧게 세우고 나니 홍이는 그의 가슴팍까지밖에 오지 않았다. 인간 여자들은 매우 작구나, 라는 생각을 이어갈 때쯤 그녀가 어색하게 웃음을 그렸다.

"저, 그게. 목이 좀 말라서……."

그러곤 서늘한 공기에 몸을 부르르 떨어대다, 옷을 여몄다. 살짝 벌어진 틈으로 새어 들어가는 찬 공기에 익숙해지기란 여간 쉬운 일이 아니었다.

"따라오십시오."

고개를 꾸벅 숙인 흑강이 홍이를 지나쳐 걸음을 옮겼다. 속으로는 매우 당황하고 있는 중이었다. 목이 마르다는데 물을 가져다주어야 하는 건지, 아니면 물이 있는 곳으로 안내를 해야 하는 건지 고민이 되었던 것이다.

하지만 고민은 길지 않았고, 결론은 같이 가는 것으로 정했지만, 어쩐지 마음이 썩 편하진 않았다. 성큼성큼 걸음을 내디딜 때, 뒤쪽으로 헉헉거리는 여인의 거친 숨소리가 들렸다.

"저, 저기요, 무사님!"

무언가 싶어 뒤를 돌았을 때, 그제야 흑강은 아차! 작은 탄식을 뱉었다. 요괴는 인간보다 신체 조건이 월등했다. 다리가 기니 걸음의 보폭도 당연히 컸고, 인간 여인이 제 뒤를 따라오기에는 퍽 힘들었을 것이다.

"가, 같이 가요, 같이."

숨을 가쁘게 몰아쉬면서도 웃는 표정인 그녀가 신기했다. 홍이 많은 요괴들이 웃는 것과는 무언가 다르다. 말로 정확히 표현할 수는 없다지만, 그들과 같은 웃음은 아니다. 그나마 비슷한 이가 있다고 한다면, 화람 정도나 될까.

물론 화람에게 느껴지는 얼음 같은 싸늘함과는 달랐다. 이 여인에게는 햇살의 냄새가 났다.

요화 妖花-요괴의 꽃

"죄송합니다. 걸음이 다르다는 걸 생각지 못하여."

"아……. 괜찮습니다. 제가 체력이 그리 좋지 않아서 따라가지 못한걸요."

배시시 웃는 그녀의 모습에 흑강이 금세 고개를 숙여 시선을 피했다. 조금의 때도 묻지 않은 그 웃음에 왜인지 모르게 가슴이 따끔거렸다. 마치 일부러 그랬냐 저를 타박하는 것만 같아 더욱 눈을 마주할 수 없었다.

그 눈빛을, 웃음을 피할 수 있는 방법은 재빨리 부엌으로 안내하는 길이었으니. 다시금 걸음을 옮기던 흑강이 발아래를 살피며 그녀의 보폭에 맞추기 시작했다. 하나, 둘. 하나, 둘. 속으로 숫자를 세는 제 모습이 퍽 우습게 느껴졌다.

"그런데…… 누구세요?"

순간, 흑강이 걸음을 멈추어 그녀를 바라보았다. 무슨 말을 하는 건지 잠시 머리를 굴려 생각하다 미간을 좁혔다. 잘못 들었는가 했다. 누구냐 묻는 것이, 도저히 그로서는 이해가 가지 않았다.

"제가 누군지 모르십니까?"

설마, 그럴 리 없다. 모르는 이를 따라왔다는 말인가? 그것도 요괴들이 우글우글거리는 이 요새에서 말이다.

당황스러운 것을 넘어서 그런 그녀가 신기하기까지 했다. 어쩜 이렇게 의심 한 번 없이 순진하게 쫄래쫄래 따라올 수 있단 말인가.

"아, 죄송해요. 잘…… 모르겠어요."

곤란한 표정을 짓는 그녀의 모습에 흑강은 머릿속이 복잡해지기 시작했다. 처음부터 소개를 하지 않은 저나, 누구냐 묻지도 않은 채 쫄래쫄래 따라온 그녀의 행동이나.

이게 도대체 무슨 상황인가 싶어 입술을 벙긋거리다 깊게 한숨을 내쉬었다. 당황스러워서 머리를 쓸어 올리는데, 잔뜩 화가 난 무연의 모습이 스쳤다. 만약 이 사실을 안다면 무연은 꽤 크게 화를 낼 것이다.

"내가 믿는 건 너뿐이다."

왜 하필이면 이 순간, 그 말이 떠오르는 건지. 마치 제 잘못이 더욱 크다 말하는 것 같아 흑강은 입술을 꾹 눌렀다. 그리고 자세를 고쳐 그녀를 향해 고개를 숙여 예를 표했다. 아직 요화가 아니니, 굳이 무릎을 꿇어 충을 바치는 예를 갖출 필요는 없을 것이다.

"무연님을 모시는 종자, 흑강이라 하옵니다."

"아, 네. 홍이라 합니다. 홍이라 부르시면 되어요."

끙, 앓는 소리를 내던 무연이 입술을 꾹 눌렀다. 요화의 이름을 부르는 건, 두령에게 반기를 드는 일이나 다름없다. 하지만 그렇다 해서 제 주인이 말하지 않았는데, 그녀가 요화라는 사실을 제가 밝힐 수 없는 노릇이 아니던가.

무연이 먼저 사실을 밝혔나 싶었지만 그 가설은 금세 접고 말았다. 마음을 얻은 뒤에 밝히겠다 마음을 먹었으니 이루어질 때까지 결코 발설하지 않을 것이다. 자신이 아는 무연이라면 응당 그럴 사내였다.

곰곰이 생각하고, 또 생각해 보았지만 결국 타협점은 홍이님이라 부르는 나름대로의 존칭뿐이었다. 차라리 무연이 밝혀주었으면 좋을 것 같았다. 지금 이 순간만큼은 그 생각이 절실했다.

"제가 너무 막 따라왔죠? 이러면 안 되는데. 죄송해요."

"저에게 죄송하실 필요는 없습니다."

흑강 나름대로는 그녀를 안심시키려 말한 것이었지만, 홍이는 제 말을 딱 자르는 그가 화가 났다고 생각하고 있었다. 아, 입만 달싹거리던 홍이가 고개를 푹 숙였다.

"홍…… 이님께 무슨 일이라도 생긴다면, 두령께서 가만히 있지 않으실 겁니다."

그의 말에도 홍이는 아무런 대답이 없었다. 그저 고개를 끄덕이며 묵묵히 그의 걸음을 따를 뿐. 붉은 비단이 깔린 바닥을 쳐다보다 슬쩍 고개를 들어 매서운 바람이 들어오는 창문을 바라보았다. 아직 아침이 오려면 이르다는 듯, 컴컴한 하늘이 펼쳐져 있었다.

이윽고 가림막 하나 없는 그곳에서 된바람이 휘몰아쳤다. 마치 이방인인 그녀에게 왜 왔냐 소리라도 지르는 듯, 호통처럼 느껴지는 그 바람에 홍이는 고개를 휙 돌려 버렸다. 듣고 싶지 않았다. 그것을 느끼고 싶지 않았다.

"그러니."

또 한 번 된바람이 그녀의 얼굴을 향하던 그때, 흑강이 조금 앞질러 가는가 싶더니 바람이 부는 창 쪽으로 자리를 옮겼다. 칼처럼 날카로운 바람을 그녀 대신 맞아주는 셈이었다. 저보다 한 자는 더 커 보이던 흑강이 바람을 막아주고 있으니 서늘함이 반 이상은 가시는 것 같았다.

그렇게 히죽거리며 웃음을 그리던 때, 흑강의 낮은 목소리가 그녀의 웃음을 뚫고 지나갔다.

"부디 두령이나 제가 아닌 이상 누군가를 따라가는 일은 자중해 주십시오."

"네…… 명심할게요."

잘못이라는 건 알고 있다. 아주 어릴 때, 낯선 이는 절대 따라 가지 말라 경고하던 조부의 말이 떠올랐다. 어린아이일 때 듣던 잔소리를 성인이 된 지금에서도 듣고 있다니. 조금 수줍은 마음에 어깨가 들썩였다.

"이곳은 요괴들이 득실거리는 곳입니다."

이 층 복도의 맨 끝. 그곳에 위치한 작은 부엌에 다다른 흑강이 문을 잡으며 한 소리였다. 홍이를 내려다보던 그의 눈이 가늘어졌다. 하, 뜨거운 한숨을 내쉬다 손잡이를 힘껏 밀었다.

"그리고 홍이님께서는 그들이 아주 좋아하는 인간이고요."

아주 좋아하는 인간. 그 말을 들었을 때, 홍이의 가슴속에서는 커다란 산사태가 일어났다. 강한 돌풍이 불어 차곡차곡 쌓아놓았던 것들을 단번에 무너뜨렸고, 무연에게서는 느낄 수 없던 두려움마저 퍼지기 시작했다. 무연과 함께 있을 때에는 결코 생각지 못했던 요괴의 존재와 두려움을 이제야 느끼고 있는 것이다.

"저는 두령을 지키기 위해 존재합니다. 두령께서 홍이님을 아끼신다면 저는 홍이님 역시도 지킬 것입니다."

그가 자그마한 주전자와 그릇을 가져왔다. 굳은 표정이 말하는 것은 그의 결의였을까. 아니면 홍이에게 건네는 작은 경고였을까.

"그러니 저와 두령 말고는 아무도 믿지 마십시오. 그 무엇도 듣지 마시고, 귀 기울이지도 마십시오."

요괴의 말은 달콤한 꿀이라 하였다. 인간들의 빈 마음에 파고들어 그것을 갉아먹는다. 또, 요괴의 웃음은 가슴을 떨게 만드는 고운 꽃이라 하였다. 생명으로서 당연히 갖는 본능, 그것에 파고

들어 결국 빠져나올 수 없는 덫을 만들고 만다.

"이곳에서 끝까지 살아남을 수 있는 방법은 그것 하나뿐입니다."

요화가 되는 방법도 있겠지만, 굳이 말하지 않기로 했다. 아주 나중에, 제 주인인 무연이 알아서 말하겠거니 하는 마음이었다.

홍이는 주전자와 그릇을 받아 들고 고개를 끄덕였다. 그가 이렇게 경고를 하는 데에는 그만한 이유가 있을 것이다.

"좋습니다. 이제 이것을 들고 방으로 돌아가시면 됩니다. 제가 뒤따를 테니, 겁먹지 않으셔도 됩니다. 아, 이건 마셔도 괜찮으실 겁니다. 동굴의 깨끗한 물을 받아온 것이니."

본래 그 물은 무연이 마셔야 하는 물이었다. 인간 세상에서 얻어온 부정한 기운을 씻어낸다 하여 마을에 다녀온 뒤에는 빼놓지 않고 동굴 속의 물을 마셨다. 하지만 홍이가 마신다 하여 크게 문제가 되진 않을 것이다.

주전자와 그릇을 빤히 내려다보고 있던 홍이가 고개를 들어 올렸다. 그리고 제 앞에 선 사내의 모습을 찬찬히 훑었다.

흩날리는 금발에 윤기가 흐르는 하얀 피부. 물이 잔잔히 흐르던 무연의 눈동자와는 다르게 그의 눈동자는 갈색으로 빛나고 있었다. 하지만 그 또한 보석처럼 반짝여 요괴란 존재가 얼마나 아름다운지 또 한 번 느끼는 순간이었다.

"홍이님?"

잠시 넋이 나간 그녀가 걱정이 된 걸까, 흑강의 목소리가 아주 조금 가라앉아 있었다. 그에 정신을 차린 홍이가 어깨를 으쓱거리며 웃음을 그렸다.

"같이 걸어주세요. 나란히 걸어야 덜 무섭거든요."

무엇이? 고개를 살짝 비틀어 갸웃거리는 흑강의 모습에 홍이가 헤헤, 어색하게 웃음을 그렸다. 그리고 그가 입술을 달싹이려던 그때, 콰광! 또다시 천둥이 내리쳤다.

"저거…… 천둥이요."

어깨를 한 번 움찔하더니 뒤이어 손가락을 들어 올려 하늘을 가리키는 홍이의 모습에 흑강이 의아하다는 표정을 지었다. 참으로 기이한 여인이 저들의 곁을 찾아왔구나 싶었다.

✽

'네 이름은 무연이다.'

꿈을 꾸고 있었다. 때는 자신이 태어난 직후인 듯했다. 그것을 바로 알 수 있었던 것은, 작은 아이를 안고 있는 사내가 바로 직전의 두령인 화평이었기 때문이었다. 게다가 장소는 어둠의 동굴, 그 깊은 연못이었으니. 물에 잔뜩 젖어 있는 아이가 자신이 아니라면 또 누구란 말인가. 더불어 또 다른 무연이 존재할 리 만무하겠고.

'네 요화가 곧 태어날 것 같더구나.'

껄껄, 호탕한 웃음에 무연이 슬쩍 웃음을 그렸다. 화평의 웃음은 꿈에서나 현실에서나 모두 같은 모습이었다. 입술 한쪽을 말아 올리던 화평이 하, 뜨거운 한숨을 터뜨렸다. 그리고 동굴의 천장을 바라보다 무연을 향해 시선을 내렸다.

'내 아이가 요화이길 바랐다.'

쿵. 가슴이 무너지는 소리였다. 그 심정이, 바람이 어떤 것인지 알 것 같았다. 요화. 요괴 여인들에게 그 이름만큼 명예로운 건 없다. 요괴를 다스리는 두령, 그의 꽃이 된다는 것 자체가 그녀들이 가질 수 있는 최고의 명예이지 않던가.

아마 그 때문일 것이다. 제 딸아이가 그 최고의 자리에 올라, 누구보다 아름답게 피기를 바라는, 부모의 마음.

'하지만, 운명은 그걸 바라지 않나 보아.'

씁쓸한 말을 남기며 웃음을 그리던 화평의 모습을 마지막으로, 시공간이 일그러졌다. 뒤이어 강한 바람이 불었고, 무연이 보고 있던 그 장면을 저 먼 곳으로 휙 날려 보내고 말았다.

하지만 무연은 알고 있었다. 그가 다음 두령으로서 커야 할 저를 당신의 아들처럼 키워주었다는 사실을. 당신 스스로가 그랬던 것처럼 모든 것을 알고 태어나는 차기 두령의 존재를 안쓰럽게 여겨 마음을 쏟았다는 걸.

그 후로 무연은 지난날의 제 모습을 볼 수 있었다. 당장에라도 요새를 무너뜨릴 것 같이 몰아치는 사나운 바람을 잠재우던 모습. 요괴를 잡으러 온 인간 사냥꾼들이 설산에서 헤맬 수 있게 눈보라를 일으키는 모습. 더불어 바깥의 계절이 바뀔 때마다 결계를 보수하는 제 모습까지 빠르게 스쳐 지나갔다. 물론 그 곁에는 언제나 화평이 있었다. 제대로 된 두령이라면 결계를 다지는 것부터 배워야 한다 말하며 웃고 있었다.

이어지는 건, 남쪽에게 잡아먹히기 전의 동쪽 두령과 서쪽 두령이 북쪽으로 찾아온 모습이었다. 술잔을 나누어 형제가 되었고, 서로가 지켜야 할 규율이 적힌 석판에 각자의 피를 흘려 넣었다. 선대 두령이 떠나고, 새로운 두령이 나타날 때마다 마땅히 치르는 절차였다.

귀에 거슬릴 정도로 쩌렁쩌렁한 서쪽 두령의 웃음소리가 점차 희미해졌다. 비로소 정적이 찾아온 것인가 싶던 찰나, 눈앞으로 익숙한 광경이 펼쳐졌다.

'쥐를…… 잡아먹을 건가요?'

눈보라가 휘몰아치는 어느 밤, 자신의 요화. 홍이와 우연히 만난 그 순간이었다.

괜스레 가슴이 간질거려 손을 쭉 뻗었다. 제 옆에서 자고 있을 그녀를 꽉 끌어안으려 했는데 손에 느껴지는 건, 텅 빈 자리뿐이었다. 한참이나 하얀 이불 위를 쓸던 손짓이 멈추고, 굳게 닫혀 있던 눈꺼풀이 단번에 열렸다.

"홍아."

잔잔히 물이 흐르던 눈동자가 거세게 흔들렸다. 가슴이 저 밑으로 쿵, 내려앉아 그의 초조함을 말해주었다. 아아, 탄식과 동시에 몸을 벌떡 일으켰다.

"홍아."

다시 한 번 소리 내어 그녀를 부르지만 돌아오는 건 바깥의 천둥소리, 그리고 소복소복 쌓이는 눈송이들의 목소리뿐.

그녀를 잃을지도 모른단 두려움일까, 말도 없이 사라진 그녀에 대한 배신감 혹은 분노였을까. 손이 바들바들 떨리기 시작했다. 몸을 일으켜 옷을 추스르려던 그때, 바깥에서 인기척이 들렸다.

"감사합니다, 무사님."

홍이의 목소리였다. 이를 부득 갈던 그가 침대에서 내려오려는데, 또 다른 익숙한 목소리가 들렸다.

"아닙니다. 다음부터는 부디……."

흑강이었다. 다른 자도 아니고, 그와 함께 있었다면 안심이 될 수밖에 없다. 아무 일도 없었을 것이라는 안도감에 그대로 움직임을 멈췄다. 걱정이란 놈이 날아갔으니, 그에게 남는 건 갑자기 자리를 뜬 홍이에 대한 심통뿐이었다.

"네. 무연님께 말씀을 드리는 쪽으로 하겠습니다. 절대 혼자 돌아다니지 않을게요."

흥, 코웃음을 치던 무연은 곧게 세운 제 무릎 위에 팔꿈치를 올려놓았다. 그리고 턱을 괸 채 창밖을 뚫어져라 쳐다보았다.

혼자 돌아다녀선 안 된다는 걸 이제야 알았다는 것이 영 신기할 따름이었다. 잡아먹을 거냐고 몇 번이나 묻던 여인이 이런 곳을 혼자 돌아다니다니. 도대체 말이 되는 일이냐 말이다.

"무연님께서 혹 지금 이 일을 알게 되셔서 노하시더라도 다 받아주셔야 합니다."

그리고 또다시 들리는 흑강의 목소리에 하, 코웃음을 쳤다.

별소리를 다 하는구나, 중얼거리며 불만을 뱉어보지만 그 목소리가 흑강에게까지 닿을 리가 없다.

"그럼 편히 쉬십시오."

"무사님께서는……."

또 한 번, 심통이 가득 밀려왔다. 그가 뭐라고 걱정까지 하는 것이냐 소리를 지르고 싶었지만 꾹 참아보기로 한다. 어찌 되었든 지금 홍이를 지켜준 것이 흑강이 확실하니 말이다. 무연은 끙, 앓는 소리가 나오는 입술을 틀어막으며 두 눈을 질끈 내리감았다.

"저는 무연님을 지키는 자입니다. 더 이상 저에게 신경 쓰지 않아도 되니, 제발."

그 끝으로 남는 말이 너무 애절해, 무연은 하마터면 웃음을 터뜨릴 뻔했다. 자신이 깨어 있는 걸 눈치챈 모양이었다.

"제발 들어가서 쉬십시오, 제발."

홍이는 무어라 더 말하지 않았다. 그녀가 돌아서는 것, 그리고 문이 열리는 소리까지 귀를 기울이던 무연이 하나둘 숫자를 세기 시작했다. 그의 입술이 다섯을 셀 때 홍이의 걸음이 바로 옆으로 다가왔다.

현란한 보석으로 만들어진 발이 침대를 가리고 있었다. 해서 저를 발견하지 못한 것이라 생각한 무연은 홍이가 침대의 앞에 멈추는 것과 동시에 발을 걷었다.

"어, 어머나!"

깜짝 놀랐다는 듯, 홍이가 소리를 꽥 지르며 주저앉았다. 눈이 동그랗게 변한 걸로 보아, 인간들의 말로 심장이 떨어질 뻔한 상황까지 간 것이겠지. 킬킬, 웃음을 터뜨리던 무연이 턱을 괸 채 그녀를 노려보았다.

"잘 다녀왔느냐."

"무, 무연님. 어찌⋯⋯."

"워낙 잠귀가 밝아 금방 깨고 말았지."

결코 그녀가 없어 잠에서 깼다는 말을 할 수 없었다. 꿈에 그녀가 나왔다는 말도. 옆을 더듬으며 찾았건만 그 존재가 갑자기 없어져 놀라 일어났다는 말도. 절대 할 수 없었다.

아아, 이 바보 같은 사내. 그 말을 몇 번이나 속으로 집어삼키지만, 입 밖으로 터져 나올 리 만무할 터.

"그, 그러셨습니까. 일어나셨다면 진즉 무연님과 다녀올 걸 그랬습니다."

휴, 가슴을 쓸어내리던 홍이가 극적으로 지킨 주전자와 그릇을 들어 올렸다. 그러곤 무연을 향해 해사한 웃음을 그렸다. 꽃처럼 곱게 피어오르고, 햇살처럼 뜨거운 웃음이었다.

"목이 말라 나갔더니, 흑강님께서 도와주셨습니다."

그 웃음이 너무 고와서, 잔뜩 격양된 목소리가 너무 듣기 좋아서 무연은 저도 모르게 눈을 휘었다. 그 모습을 마주한 홍이가 깜짝 놀라 입술을 달싹거렸다.

"다른 사내와 산책 다녀온 걸 내게 자랑하고 싶더냐?"

표정과는 전혀 다르게 날카로운 말이 돌아왔을 때, 홍이는 덜컥 가슴이 내려앉는 듯했다. 그게 아니라 말을 해야 하는데, 이미 자신이 뱉은 말이나 웃음이 반박거리가 될 수 없음을 알아채 버렸으니.

"내가 곁에서 자고 있을진대, 나를 두고 다른 사내와 물을 가지러 갔다?"

그것은 심통이었다. 저를 먼저 찾지 않았다는 것에 대한 심통. 물론 홍이가 부러 흑강을 찾지 않았을 거란 건 알고 있었다. 저를 깨우고 싶지 않아 홀로 나선 것일 테다. 그러다 문 앞에 있는 흑강에게 도움을 청한 것이겠지.

아무리 무연각이라 한들, 요괴들이 우글거리는 요새 속이 아니던가. 또, 홍이가 이곳에는 무연와 흑강만이 들어올 수 있다는 것을 알 리 만무할 테니. 혼자 다닌다는 것이 그리 쉽지만은 않았을 것이다. 흑강이 없었다면 자연히 저에게 왔을 것이다. 깨웠거나, 혹은 깰 때까지 잠자코 기다리거나.

홍이라면 분명 그랬을 것이라 믿고 있었다.

"자, 말해보아. 내가 투기라도 해주기를 바랐더냐?"

그러니 부러 심통을 부리는 것이다. 저를 기다리지 않고, 굳이 홀로 나가 흑강에게 도움을 요청한 그녀에게 서운해서.

그런 마음을 알 리 없는 홍이는 그저 당황함에 입술만을 벙끗거렸다. 고개를 도리도리 저어대다 아, 낮은 탄식을 내뱉고, 결국 아랫입술을 꾹 누른 채 울상을 지었다. 그리고 또다시 고개를 재빠르게 저어댔다.

"아닙니다. 어찌 그런 생각을 할 수 있겠습니까! 절대, 절대 아닙니다!"

아아, 정말 재미있구나. 묘한 미소를 그리던 그가 손을 뻗어 그녀의 얼굴을 어루만졌다. 꿈이 아니었다. 그녀가 인간인 것도, 그 따스한 체온에 가슴이 녹아내릴 듯한 것도. 모두 꿈이 아닌 현실이라는 것에 이미 그 심통은 모두 풀리고 말았다.

하지만 굳이 말을 하지 않기로 했다. 그녀가 이렇게 제 기분을 풀어주려 안달을 내는 모습이 퍽 나쁘지는 않으니.

"그럼…… 내가 걱정에 잠 못 드는 걸 원했을까?"

무연의 손이 곱게 묶여 있던 홍이의 붉은 댕기를 풀어버렸다. 그리고 그녀의 머리카락 속으로 손을 집어넣었다. 차가운 손끝이 닿자 홍이는 몸을 흠칫 떨었다. 그 서늘함에 발끝까지 쭈뼛거리게 되었지만 왠지 싫지는 않았다. 하지만 쉽게 입을 뗄 수 없었던 이유는.

"그게 아니면, 나를 떠나고 싶었다던가?"

그의 눈이 처음으로 무섭다고 느껴졌기 때문이었다. 잔잔하게 흔들리는 물결이 아닌, 제 몸을 구석구석 얼리는 얼음과도 같았다. 온몸이 부르르 떨렸다. 그것은 간단히 형용할 수 없는 두려움이었으니.

"그, 그것도 아닙니다."

하나, 무연은 순전히 그 상황을 즐기고 있었을 뿐이었다. 홍이가 겁을 먹고 바짝 움츠러든 모습이 왜 이리도 귀여운지, 웃음을 참는 것만으로도 용하다. 손끝에 닿는 그녀의 뜨거운 체온에 숨을 길게 들이마셨다.

그리고 곱게 땋아놓은 머리를 조금씩 풀어 헤치기 시작했다. 단단히 묶어놓은 댕기조차 없으니 그것을 푸는 것 또한 그리 어려운 일이 아니었다.

"그래, 그랬구나."

순간, 방 안의 온도와 더불어 무연의 얼굴이 부드럽게 변했다. 킥킥, 웃음을 터뜨림과 동시에 풀어 헤친 그녀의 머리칼을 쓸어내려 주었다. 바짝 얼어 있던 홍이는 무슨 영문인지 몰라 눈을 빠르게 깜빡였다.

"오늘은 그냥 봐주지만, 앞으로 명심해야 할 것이 있다."

속내를 꾹꾹 눌러 담으며 무연은 이리저리 변하는 그녀의 표정을 즐겼다.

"어떻게 하겠느냐. 내 말을 듣겠느냐, 아니면."

"듣겠습니다. 무연님의 말을, 귀담아 듣겠습니다."

조금의 의심도 없이 고개를 끄덕이는 그녀의 모습에 무연이 슬며시 미소를 그렸다. 먹구름에 갇혀 보이지 않던 달님이 얼굴을 빼꼼 내밀었을 때, 그는 달빛에 비친 홍이의 모습에 순간 말문이 막히고 말았다.

그 이유인즉, 비단처럼 흐르는 검은 강물이 너무 곱기 때문이요, 붉은 꽃이 핀 눈동자가 오롯이 저만을 향하고 있기 때문이니. 홍이가 입술을 달싹였다. 과실처럼 탐스럽게 익은 입술의 움직임에 무연의 머리가 아득해지기 시작했다.

"무연님?"

순간 그녀의 머리를 쓸어내리던 손에 힘이 들어갈 뻔했다. 그 입술을 가지고 싶단 생각을 한순간 머리가 번뜩 뜨였다. 도대체 왜 그런 생각을 한 것이냐며 스스로를 타박하지만, 답이 내려지지 않았다. 몇 번이고 묻고, 또 물어도 돌아오는 건 깔깔! 스스로를 향한 비웃음이었다.

"내 곁을…… 떠나지 마라."

결국 그 모든 것들을 무시하기로 한 채, 입술을 열었다. 제가 한 말에 스스로 놀랐지만 홍이의 붉은 눈동자가 흔들리는 것을 보니 그 놀라움조차도 가라앉는다.

"나 아닌 다른 사내와 눈도 마주치지 마라."

어차피 요화가 되면 그러고 싶어도 그럴 수 없음을 너무 잘 알고 있다. 그가 걱정이 되는 건 그 전까지의 일이었다. 혹 저가 아닌 다른 사내에게 마음을 주는 상황이 생겨 버린다면, 그것은 그것 나름대로 곤란하니.

그녀는 아주 중요한, 또 아주 귀한 요화가 아니던가. 그래, 그러니 자신이 이런 말을 하는 것 역시도 당연한 것이다. 귀한 요화이니까.

"또, 필요한 것 역시도 나에게만 이야기하라."

저만 필요로 해달라는 말을 하고 싶었지만, 어쩐지 상황에 맞지 않는 것 같아 입에 담을 수 없었다. 몇 번이나 숨을 들이켜 보았지만, 머리가 시키지 않는다는 이유로 입술은 움직이지 않았다.

"이 머릿속에."

그의 손에 힘이 들어갔다. 손바닥에 느껴지는 온기가 제 것이었으면, 하고 바라게 되었다.

단 한 번도 인간의 온기를 부러워한 적이 없었다. 스스로가 요괴임을, 그 존재를 부정한 적도 없었는데 오늘은 왜…….

무연의 진득한 시선이 홍이를 향했다. 반쯤 열린 입술 사이로 바람 소리 같은 것이 새어 나왔다.

"네 마음을……."

주겠느냐. 무연은 끝까지 말을 잇지 못했다. 달빛이 다시금 구름 뒤에 숨어 방 안이 어둠으로 물들어가자, 무연은 뒤늦게 정신을 차렸다. 화들짝 놀란 무연이 눈을 동그랗게 뜬 채 홍이를 쳐다보았다.

입안으로 삼킨 그 말을 들었을까 걱정이 되었다. 마음을 달라니, 스스로도 이해하지 못하는 그것을 어찌 받아들이겠는가. 늦게라도 정신을 차려 다행이라 생각한 그가 가슴에 힘을 꽉 준 채 나지막이 한숨을 쉬었다.

"무연님?"

"됐다. 이만 쉬자꾸나."

"화, 화가 나셨습니까? 여전히 화가 나 계신 겁니까?"

그의 옷깃을 부여잡은 홍이의 얼굴이 울상으로 변했다. 그리고 손을 들어 무연의 손을 꽉 부여잡았다. 무연은 자신의 차가운 살갗 위로 홍이의 뜨거운 체온이 스며드는 게, 싫지만은 않았다.

"너는 참 신기한 아이다."

그 때문이었던 걸까. 무연의 손이 그녀의 머리를 조심스레 쓰다듬었다. 품에 안고 머리칼에 입술을 묻었다. 붉은 댕기도 어울렸지만, 지금처럼 머리를 풀어 헤쳐 굽이치는 어둠을 보는 것도 나쁘지는 않았다.

아니, 이게 더 잘 어울리는 듯해 검은 물결을 쓸어내렸다. 손가락에 감기는 촉감이 생각보다 더 부드러워 그대로 스르르 녹아들어도 이상하지 않을 법했다. 더불어 그 감촉에 짤막한 탄식을 남기는 것 역시도 잊지 않은 채.

"단 한 번도, 이러한 온기를 원한 적이 없지."

클클, 웃음을 터뜨리던 그가 반대쪽 손으로 그녀의 허리를 꽉 끌어안았다. 이상한 건 그뿐만이 아니었다. 그녀를 자꾸만 안고 싶었다. 제 품에 가두고, 그녀가 제 곁에 있음을 확인하고 싶었다.

'운명'에 따른 '끌림'이 분명했다. 요화를 얻음으로써, 곁에 둠으로써 그의 힘이 더 강해져 일족을 지킬 수 있게 되니 본능적으로 그녀를 가까이 두고 싶어 하는 것이 분명하다.

"온기란 것이, 이렇게 좋을 줄이야."

뒤이어 길게 내뱉는 숨소리가 이어졌다. 그의 품에 안겨 눈을 감은 채 그 소리에 집중하던 홍이의 어깨가 들썩였다. 생각보다 더, 말로 표현할 수 없을 정도로 편했다. 그의 품이, 손길이 너무나 부드러워 온몸이 노곤해졌다.

"지금은 그 이유를 말할 수 없지만."

무연의 손에 힘이 들어갔다. 품에 안긴 여인의 머리를 매만지는 손가락에, 허리를 꽉 끌어안은 손가락에. 열 손가락 모두 힘을 주어 그녀를 놓지 않으려 했다. 그리고 그녀의 풍성한 머리칼에 입술을 묻은 채 킥킥, 웃음을 터뜨렸다.

"넌 내 곁에 묶인 것이야."

결코 나갈 수 없는 깊은 수렁에 빠져 버린 것일 테지.

하지만 홍이는 아무런 반응도 보이지 않았다. 싫다는 말도, 안 된다는 말조차도 없다. 그가 욕심을 부리는 것이 좋았다. 저를 조금 더 원해주기를, 자신을 계속 원해주기를 바랐다. 갈 곳이 없는 만큼 선택지 또한 없었다. 그러니 더더욱 그의 곁에 머무르리라 다짐하는 것이다. 비록 그의 곁이 요괴로 득실거리는 요새의 한

복판일지라도. 또다시 차가운 설산에 홀로 남아버리는 건 싫었으니, 그저 그의 말에 수긍하는 것뿐.

휘영청 뜬 달님만이 한 요괴의 마음에 꽃이 피는 것을 본 순간이었다. 두 눈을 감으며 둘의 마음을 응원하던 순간까지, 밝은 달님은 먹구름 뒤에서 빠져나올 생각을 하지 않고 있었다.

다음 날, 여느 때와 같이 요새에도 아침이 찾아왔다. 하지만 워낙 깊은 낭떠러지 안이었기에 아침 햇살은 그리 많이 비치지 않았다. 정작 햇살을 원할 이는 여전히 잠에 들어 있으니, 침대 옆 동그란 탁자에 앉아 차를 마시던 무연이 미간을 구겼다.

"어찌 저렇게 오래 잔단 말이냐."

그의 곁에 서 있던 흑강이 눈을 힐끗 돌려 곤히 잠든 홍이를 바라보았다.

"인간은 원래 잠이 많다 하지 않았습니까."

순간, 뜨끔거리는 가슴에 무연이 흠흠, 크게 헛기침을 뱉었다. 인간 마을에 내려갔을 땐 이른 아침에 일어나 움직이는 이들이 태반이었건만, 이상하게 홍이는 잠이 많은 듯 보였다.

"그래도 여긴…… 요새가 아니더냐, 요새."

요괴들이 득실거리는 곳인데 어찌 저리도 마음 편히 잘 수 있는 것인지. 무연이 찻잎을 우려낸 뜨거운 차를 한 모금 목으로 넘기고 창밖을 물끄러미 바라보고 있는데 허리를 굽힌 흑강이 그의 귀에 제 입을 가까이 가져다 대었다.

"어제, 화람님께 다녀왔습니다."

그가 알아온, 여인의 마음을 얻는 비법을 전수하려는 것이었다.

하나, 그 상대가 화람이라니? 화들짝 놀란 무연이 그를 노려보았다. 다른 이는 다 되어도 그녀는 안 되는 이유가 있지 않았던가.

첫째는 자신이 그녀를 선택하지 않았기 때문이고, 둘째로는 화람 스스로 요화가 되기를 바라며 지난 몇 년간 자중하며 온실 속 꽃처럼 지냈기 때문이었다. 마지막으로 세 번째를 꼽으라면, 저는 그녀에게 진심이 될 수 없지만 화람은 저에게 지독하리만치 진심이 아니던가.

그런 그녀가 흑강에게 제대로 된 정보를 전달할 리가 없다.

"너는 정녕!"

만약 그녀가 옳지 않은 방법을 알려주기라도 했다면? 생각만 해도 끔찍했다. 하지만 그렇다 해서 흑강에게 화풀이를 할 수 없으니 거친 목소리를 애써 참는 것이다.

지끈거리는 머리를 꽉 부여잡고 있던 무연이 흑강을 노려보았다. 옆에 선 사내를 올려다보는 것이 전부였음에도 그의 시선에서는 중압감이 느껴졌다. 흑강은 아무런 말도 하지 못한 채 입술만 꾹 다물고 있었다.

괜히 화람에게 가 정보를 얻었나 싶어 내심 걱정하던 그때, 무연의 목소리가 그의 귀를 의심케 만들었다.

"그래서 뭐라 하더냐."

화람의 이름이 나오자 화를 내니 결국 제가 알아온 방법은 소용이 없겠구나 싶어 막막하던 참이었다. 이제 어디에서 또 다른 정보를 얻어올까 고심하는데 무연이 물어온 것이다.

"여인의 마음을 얻을 수 있는 방법 말이다. 무어라 하더냐고 묻지 않아!"

얼굴은 계속 마음에 들지 않는다는 표정이었지만 그래도 궁금하긴 한 것인지 버럭 묻는 것에 흑강은 저도 모르게 얼른 입을 열었다.

"일단 꽃이라도 선물하라 하셨습니다."

흑강의 말에 무연은 무심코 고개를 갸웃했다. 꽃, 꽃이라니. 요새 안에는 햇빛이 잘 들지 않아 꽃이 피지 않는다. 바깥으로 나가야만 볼 수 있는 꽃을 주면 된다고? 그걸로 마음을 얻을 수 있다니 무연이 생각하기엔 전혀 이해가 되지 않았다. 꽃이 무엇이길래?

"다른 말은?"

"본심을 드러내라 하셨습니다."

"본심? 내 본심이 무언데?"

무연이 되묻자 흑강의 표정이 멍하게 변했다. 물론 그것은 무연 역시도 마찬가지였다. 제 본심이 무엇이기에 어찌 드러내라 하는 것인지 궁금한 두령과, 대답할 수 없는 것을 묻는 주인의 말에 난감해하는 종자가 서로를 마주한다.

몇 번인가 눈을 깜빡거리던 흑강이 잠시 제 발끝을 바라보다 또다시 무연의 눈을 주시했다. 음, 낮게 소리를 내곤 흠흠, 두어 번 목을 가다듬었다.

"아직 부족하여 두령의 본심까지는 꿰뚫을 수 없습니다. 죄송합니다."

"더욱 노력하라. 나의 종자라는 놈이 무어라도 하나 부족하면 되겠냐 이 말이야."

쯧쯧, 혀를 차는 것까지 잊지 않은 채 무연은 고개를 절레절레 저어댔다. 영 마음에 들지 않단 표정이었다. 그런 무연을 빤히 쳐다보던 흑강 역시도 엷은 한숨을 뱉었다. 두령을 주인으로 모시는 게 이런 식으로 힘들 줄은 몰랐는데.

그러다 당황해서 잠시 잊고 있던 다른 두 가지의 방법도 떠올랐다. 이것이라면 무연 역시도 마음에 들어 할지도 몰랐다.

"두 가지가 더 있습니다."

하지만 무연은 그래그래, 고개를 끄덕일 뿐. 이제 별 기대가 되지 않는 모양이었다. 그는 차를 삼키며 창 너머로 시선을 돌린 채 머리를 굴리고 있었다. 가령 저 앞에 해사한 꽃밭을 만들면, 다른 요괴들이 저를 무어라 생각할까 하는 고민들 말이다.

"한 가지는, 고운 옷을 선물해 주면 될 것이라 하였고."

고운 옷. 무연은 문득 옷장 안에 있는 하얀 배자가 떠올랐다. 요화가 되고 나서야, 혹은 저에게 마음을 준 요화가 된 후에야 주려고 마음먹지 않았던가. 물론 홍이의 뽀얀 살결에 매우 잘 어울릴 것 같다는 생각은 하고 있었지만, 굳이 성급하게 주고 싶지는 않았다.

"아가씨가, 이 배자는 정인에게 주려 하는 사내에게만 내놓으라고 했는데 말이유."

저에게 배자를 팔았던 여인의 말이 떠올랐기 때문이었다. 그 배자에 수를 놓은 여인이 그런 말을 했다고 하니, 어찌 그 마음을 어길 수 있단 말인가.

정인에게 받는 여인의 마음으로 수를 놓았다고 했다. 또 그런 여인이 되어 행복하게 배자를 만들었다고 하니, 그 뜻을 따라주고 싶었다. 홍이가 저의 진정한 '정인'이 되었을 때, 그 배자를 주겠노라고 말이다.

"남은 한 가지는 무엇이더냐."

꽃, 본심 그리고 배자보다는 조금 더 나은 방법일 것이라 생각하며 무연은 재촉했다. 찻잔의 바닥이 드러나던 그 순간, 흑강의 입술이 달싹였다.

"무조건적인 애정을 전해주되, 가끔 무심한 척 돌아서라 하였습니다."

물론 그것은 제가 생각했을 때, 화람이 아닌 교하가 해준 말일 것이었다. 사내란 모름지기 듬직한 돌과 같으니, 매번 애정을 쏟는다 하여도 가끔 그 자리로 돌아와야 한다고 말했다. 그러면 자연스레 여인은 사내를 따를 수밖에 없다고 말했으니. 매번 챙겨주던 그가 저에게 등을 돌린 건 아닐까, 하여 마음을 돌리는 것이라고 말이다.

"그게 무슨 말도 안 되는 소리야!"

하지만 무연은 그 말을 받아들일 수 없다는 듯, 미간을 잔뜩 찌푸렸다. 무조건적인 애정과 무심함이 조화를 이룬다고 생각하는 것인가?

아무리 생각해도 흑강에게 알아보라 시킨 것이 잘못된 것 같았다. 차라리 제가 인간 마을로 내려가 알아보는 것이 훨씬 빠를 것 같다는 생각에 끙, 앓는 소리를 냈다.

하나, 흑강은 교하의 말에 동의하는 건지 무연을 설득하려 했다.

"사내는 돌과 같아야 합니다. 그런 사내가 여인에게 무조건적인 애정을 보여준다면 마음이 움직인다 들었습니다. 한데, 그렇게 당기기만 하면 여인들이 지겨워할 수 있으니, 때를 잘 보아 무심하게 굴어 여인의 마음을 잡아두어야 한다고……."

그리고 흑강은 제 설명에 무연이 그제야 고개를 끄덕이는 모습을 보았다. 제가 그를 설득한 모양이었다.

이제야 기분이 풀린 듯 뭔가를 골똘히 생각하는 무연의 모습에 흑강이 가슴을 쓸어내리며 안도의 한숨을 내쉬었다. 무연의 심기가 뒤틀어지면, 며칠 동안 피곤한 건 저였다. 지금은 요화가 있어 그러진 않겠지만, 그럴 때마다 인간의 마을로 훌쩍 떠나지 않았던가. 아니, 어쩌면 요화를 데리고 나갈 수도 있을 것이다. 저 아래, 요화와 같은 인간들의 마을로 말이다.

"듣고 보니 그렇구나. 지금까지 네가 해준 말 모두 일리가 있어."

꽃과 고운 옷을 주어 환심을 사고, 본심을 드러내어―물론 제 본심이 무엇인지 여전히 알지 못했지만― 그녀의 마음을 단단히 붙잡고, 더불어 무조건적인 애정으로 혼을 쏙 빼놓는다. 그러다 어느 날 갑자기 무심한 척 굴면, 갑자기 변한 제 모습에 더 안달이 나겠지.

"그래, 괜찮은 방법인 것 같구나."

고개를 끄덕이던 무연의 입술이 위쪽으로 말려 올라갔다. 턱을 쓰다듬는 두 손가락의 모습을 보니, 그 계획이 퍽 마음에 든 모양이었다.

"일단 정찰조에게 당장 꽃을 구해오라 일러라."

"예? 지금 당장 말입니까?"

놀란 듯, 되묻는 흑강의 얼굴에 무연이 미간을 살짝 찌푸렸다. 그를 슬쩍 한 번 노려봐 주곤 무연은 눈매를 길게 늘어뜨렸다.

"내 너에게 다시 한 번 말을 해주어야 하느냐."

심기가 불편한 것이 틀림없는 어투에 허리를 곧게 세운 흑강이 고개를 도리도리 저어댔다. 아닙니다, 낮게 깔리는 그의 목소리가 바르르 떨리는 것을 보아하니, 퍽 긴장을 한 모양이렷다.

흑강이 방을 나서고, 문이 닫히고 나서야 무연은 침대 위 홍이에게로 시선을 돌릴 수 있었다. 한참이나 잠든 그녀를 바라보던 무연이 깊은 한숨을 내뱉으며 몸을 일으켰다.

"아무리 너와 내가 인연이라 한들."

실바람이 새어 나온다. 그에 뒤엉킨 건 그의 웃음이요, 진실된 마음이니. 그녀의 옆으로 다가간 무연이 그 옆에 앉아 보드라운 머리칼을 쓸어 넘겼다. 두 눈에 담고, 또 담아도 모자라다.

손이 닿지 않으면 몸이 말라 버릴 듯하였고, 그 목소리를 듣지 않으면 귀가 꽉 막힌 듯 먹먹하게 느껴졌다. 더불어 눈에 보이지 않으면 심장이 쿵쿵 뛰어 불안하기까지 하니, 저가 아닌 듯한 느낌이 영 낯설었다.

"내가 이렇게 바뀔 줄 누가 알았단 말이야."

킥킥, 실없는 웃음을 터뜨리던 무연의 손끝이 그녀의 볼 위에 맞닿았다. 평생 느낄 수 없을 거라 생각했던 온기가 온몸에 퍼진다. 차가운 손끝으로 혈색이 돌기 시작했다. 그녀와 맞닿은 그 순간부터, 저 역시도 따스한 온기를, 붉은 혈색을 가진 이가 된 것 같은 착각이 일었다.

"어서 일어나라, 홍아."

새근거리며 숨을 내뱉는 그녀의 모습을 내려다보던 무연의 눈이 길게 휘어졌다. 검은 하늘 위 떠 있는 초승달처럼, 밝게 빛을 낸다.

"너의 목소리가 듣고 싶구나."

갓 따온 과일처럼 싱그러운 그 목소리를, 저 아래로 꺼진 마음마저 불을 밝혀주는 그 웃음소리를.

"그리고 너의 마음을……."

그 마음을 얻고 싶다는 말은 끝끝내 뱉지 못했으나, 그녀의 살갗에 닿은 손끝이 바르르 떨리며 주인 대신 진심을 전했다. 무연은 이미 자신이 본심을 뱉은 건지 알지 못한 채, 그렇게 하염없이 잠든 홍이를 내려다보고 있을 뿐이었다.

한편, 바깥으로 나간 흑강은 정찰조에게 꽃을 구해오라 일렀다. 정찰조들은 무연의 명이라는 말에 눈을 휘둥그레 뜨며 서로를 바라보았다.

"정녕 그것이 두령의 명이란 말이야?"

도저히 믿을 수 없다는 어투였다. 두령이 시킨 일이니 군말 없이 하긴 하겠다만, 왜 그런 명을 내리는지 도저히 알 수 없는 모양이었다. 어깨를 으쓱거리며 걸음을 옮기는 그들의 뒷모습을 보며 남모르게 흑강은 몇 번이고 한숨을 내쉬었다.

드높은 두령의 명성에 꽃밭이 더해진다 생각하니 온몸이 오싹해졌다. 사방의 요괴 중, 가장 냉철하고 판단력이 정확하다는 평을 받던 것이 자신의 주인이요, 북쪽의 두령인 무연이었다.

여인에게 단 한 번도 휘둘리지 않는 그에게 서쪽의 요괴들은 놀랍다 박수를 친 적도 있다. 서쪽의 두령은 심심할 때마다 인간들의 마을로 내려가 여인들을 탐한다며 말이다.

그러니 흑강은 제 두령이 자랑스러울 때가 아주 많았다. 북쪽 요괴들의 안위를, 또 그만큼 요화를 바라지만 굳이 티를 내지 않은 채 마음으로 꾹꾹 눌러 삼키는 인내를 존경했다.

"물론, 내가 지금 두령을 존경하지 않는단 건 아니다!"

찔린 건지, 냅다 소리를 지른 그가 앓는 소리를 뱉었다. 한쪽 손으로 이마를 꾹 누르며 고개를 도리도리 저어댔다. 존경하지 않는 건 아니었다. 다만, 지금 이 꼴이 누군가에게는 우습게 보이리라는 걸 모르는 그가 조금, 아주 조금 답답하게 느껴질 뿐.

흑강이 무연각 앞에서 오도카니 서 있던 그때, 사박사박 옷자락이 스치는 소리가 귀를 울렸다. 화들짝 놀라 고개를 돌렸을 때, 그의 앞에는 곱게 단장을 한 화람이 서 있었다.

"어머, 흑강이 어쩐 일로 두령의 곁을 떠나 있습니까."

웃음을 그리는 그녀의 모습에 고개를 꾸벅 숙였다. 비록 드높일 수 있는 신분은 아니라지만, 선대 두령과 요화 사이에서 나온 따님이 아니던가. 모두가 그녀를 '아가씨'라 부르는 이유도 그런 것이었다.

"두령의 명이 있어서 나왔습니다. 한데 아가씨께서는 어찌 교하 형님도 없이……."

그의 물음에 화람이 생긋 미소를 그렸다. 그리고 두 손에 쥐고 있던 작은 향유를 향해 시선을 내렸다.

"요화가 될 여인이 왔다고 들었습니다. 두령께서는 여인에 대해 아무것도 모르니, 저라도 챙겨주어야지요."

아. 낮은 탄식이 새어 나왔다. 사실 흑강은 요화가 태어나지 않았다면, 화람에게 그 증표가 나타날 것이라 믿고 있었다. 검보라색으로 반짝거리는 그 눈동자가 붉게 변하고, 고귀한 피가 흐르는 그녀가 더욱 고귀한 무연의 곁에 서서 북쪽을 지켜줄 것이라고 말이다.

물론 요화로서 태어난 홍이가 마음에 들지 않는 건 아니었다. 다만, 같은 요괴이자 전대 두령의 피를 타고난 여인이 되었다면 더욱 좋았을 텐데 하는 생각일 뿐.

"두령께서는 늘 그랬던 것처럼 냉대하시겠지만."

문득 두령의 눈빛이 머리를 스쳤다. 저와 이야기를 하면서도 잠든 홍이를 쳐다보는 눈빛이라던가, 마음을 얻어야 한다는 말에 소스라치게 놀라더니 더불어 꽃밭을 일구라 말했을 때에 불그스름해지던 두 볼까지. 화람이 말한 '냉대'와는 전혀 거리가 먼 모습이 떠올라 아하하, 어색한 웃음만 흘려댔다.

실상 화람의 마음이야 모든 요괴들이 알고 있지 않은가. 두령을 벌써 몇 년째 마음에 품고, 또 그 마음을 지키기 위해서 제 저택에서 근신을 하고 있었다. 이곳저곳을 여행하며 풍류를 즐기는 제 부모와는 전혀 다른 삶을 살고 있다 이 말이다.

"맞아, 어제 알려 드린 방법은 마음에 들었나요, 흑강?"

다리에 힘이 풀릴 뻔했다. 왜 어제는 생각지 못한 것이 오늘의 화살로 돌아와 저를 이리도 괴롭게 만드는 것인가. 아니, 어쩌면 그 화살 모두 자신이 자초한 것이니 쉽게 원망을 할 수도 없는 노릇이었다.

마른침을 꿀꺽 삼키던 그가 하하, 웃음을 터뜨렸다. 매우 실없는 웃음이었다.

"혹시 그 여인이 마음에 들지 않는다고 한 거예요?"

걱정스레 묻는 그녀에게 무슨 말을 해주어야 할까. 그건 사실 저의 문제가 아닌 두령의 문제였다고, 두령이 인간인 요화의 마음을 얻고자 하여 자신이 솔선수범하였다고 해야 하는 걸까.

아니, 그랬다간 폭주할지도 모른다. 얼마나 긴 세월 동안 그녀가 꾹꾹 눌러 담았던 마음이던가. 몇 번 표현을 하며, 받아주지 않는 두령에게 화도 내보고 울음을 터뜨린 적도 있다지만, 그럼에도 과욕을 부리지 않은 여인이 아니던가. 밀어내면 조용히 뒤로 물러나 기다렸다 또다시 밀어내면 기다리고, 다가선 순간 밀려나도 기다리던 여인. 만약 이 사실을 알고 변이를 한다거나, 폭주를 하여도 이상할 것이 없다.

"흑강?"

눈을 반짝이는 그녀의 부름에 흑강이 몸을 흠칫 떨었다. 그는 아, 낮게 신음하다 어색하게 머리를 긁적거렸다.

"아닙니다. 아직 아무것도 써먹지 못했습니다. 밤이 깊어……."

결국 숨기기로 하였다. 들키지만 않으면 그만 아닌가. 무연도 타인에게 그러한 모습을 보이는 게 썩 좋지만은 않을 테니 속으로 꾹꾹 눌러 삼킬 것이 분명했다. 그러니 그녀에게만 들키지 않으면 된다.

홍이가 요화가 될 때까지, 화람이 폭주를 하여도 요화가 막아줄 수 있는 그 순간까지. 제가 입을 다물고 있으면 되는 일이라 생각했다.

"빨리 잡지 않으면 도망갈지도 몰라요."

이윽고 화람의 얼굴에 쓴웃음이 번졌다. 제 이야기를 하는 것처럼 슬퍼 보였다. 검보라색의 눈동자가, 진하게 물들어 있던 눈매가 아래로 잔뜩 휘어졌다.

"나처럼 미련하게 도망가지 못하는 여인도 있지만……."

후후, 웃음을 터뜨리고 있었지만 그조차도 슬퍼 보였다.

화람은 마치 자신의 다리에 족쇄가 연결되어 있는 듯하다고 생각했다. 그 끝은 무연이라는 자의 손에 쥐어져 있지만, 그는 결코 그것을 잡은 채 그녀를 휘두르지 않는다. 오히려 열쇠까지 내주어서 그 족쇄를 풀고 도망가라 말할 뿐. 주인 없는 족쇄요, 언제고 풀어버릴 수 있는 족쇄라니. 이 얼마나 우스운 일인가.

"아가씨……."

흑강의 걱정 어린 목소리에 화람은 힘껏 웃음을 그렸다. 괜찮다는 듯, 어깨를 으쓱거리다 예쁜 눈을 길게 휘어 꽃을 피운다.

"그러니 흑강은 그 여인을 잘 잡도록 해요. 뒤늦게 후회해도 한번 떠난 여인의 마음은 다시 잡기 힘들답니다?"

어깨를 으쓱거리던 그녀가 걸음을 옮겨 흑강을 지나쳤다. 살랑거리는 그녀의 금발에서 좋은 향이 풍겼다. 자박자박. 여린 발걸음이 멀어지는 소리가 들리기 무섭게 흑강의 잇새에서 거친 한숨이 새어 나왔다.

"모자란 놈."

꿍, 앓는 소리를 내다 스스로 주먹을 쥐어 머리를 세게 내리쳤다. 꽝! 소리가 나는 것과 동시에 미간을 잔뜩 찌푸렸다.

어쩜 이렇게 미련했을까. 다른 여인들에게 물어도 되었을 걸, 굳이 화람을 찾아간 이유가 무어란 말이냐. 몇 번이고 거칠게 한숨을 내쉬던 그가 두 눈을 질끈 감았다. 부디 무연이 쓸데없는 말을 하여 그녀의 화를 사지 않길. 그렇게 바랄 뿐이었다.

무연각 계단을 오르던 화람은 몇 번이나 끓는 속을 가라앉혀야 했다. 사실 요화를 챙겨주기 위해 간다는 건 한낱 핑계에 불과했다. 그저 그녀를 챙겨주는 척하며, 조금이라도 무연을 보고 싶은 제 욕심이었다.

그렇게 요화를 챙기는 저의 모습을 그가 좋게 보다 보면 분명 없던 연정도 생길 것이라 믿고 있었다. 당장에 일어날 수 있는 일은 아니지만, 마음이라는 건 몇 번이고 뒤바뀔 수 있는 것이니까.

"이렇게 챙길 수 있는 건 저밖에 없지 않습니까."

중얼거리던 화람이 걸음을 멈추곤 고개를 도리도리 저어댔다.

"너무 과하잖아. 마치 유세를 떠는 것 같아."

다시, 다시 생각해 보자. 고개를 끄덕이곤 걸음을 뗐다. 무연의 방까지는 고작 한 층밖에 남지 않았다. 몇 번이고 머리를 굴리고 입술을 달싹이며 그가 뱉을 질문에 답할 말을 떠올렸다.

그렇게 가벼운 듯 무거운 듯, 이도 저도 아닌 걸음을 옮겨 어느 덧 무연의 방 앞에 다다랐을 때 화람은 몇 번인가 크게 심호흡을 이어갔다. 숨을 들이마시고 내뱉으며 몸에 힘을 꽉 주었다.

"이 기회에 찰거머리라는 생각은 지우게 하는 것이다, 화람아."

잘할 수 있지? 싱긋 웃음을 그리던 그녀가 인기척을 내기 위해 손을 들어 올렸다. 크게 심호흡을 한 뒤, 문을 똑똑 두드렸다. 이 제 곧 무연이 나올 것이다. 귀찮은 듯, 놀랐다는 듯. 그녀만이 아 는 표정을 지으며.

"누구냐."

"화람입니다."

걸음을 옮기는 소리가 들렸다. 처음엔 조금 주저하는가 싶었지 만, 이내 빠르지도 느리지도 않은 그의 발소리가 들렸다. 어쩜 시 간이 흘러도 변하지 않는 것이 있을까. 킥킥, 웃음을 터뜨리던 그 때 문이 벌컥 열리며 무연의 모습이 드러났다.

"좋은 일이 있나 보아."

아아, 정말. 이 사내는 보고 또 보아도 질리지 않는다. 자신이 생각하던 표정을 지으며 저를 내려다보고 있으니 말이다. 그에 기 분이 좋아진 화람이 고개를 끄덕였다. 그리곤 문 너머로 어둑한 방 안을 쳐다보며 눈을 휘어 미소를 그린다.

지금 이 기분이라면, 그녀를 제 아우처럼 챙겨줄 수 있을 것만 같았다. 물론 그것은 무연이 그녀에게 연정을 품지 않는단 조건하에 이야기였지만.

"어쩐 일로 나를 찾아왔는가."

"제가 두령을 찾는 데에 이유가 있었나요?"

하긴, 그랬지. 고개를 끄덕이는 그의 모습에 화람은 쿵쿵 뛰는 심장을 꽉 부여잡아야만 했다. 무심하기만 한 그 눈 안에 들어가기 위해, 저를 담아주었으면 하는 마음에 얼마나 노력했던가. 또 굳게 다물어진 그 입술에서 제 이름이 나오는 것을 듣기 위해 얼마나 그의 앞을 서성거렸던가.

새삼 지난날의 노력이 떠오르니 눈물이 울컥, 차오르는 건 어쩔 수 없었다. 물론 그것을 그의 앞에서 티 낼 수 없는 노릇이었지만.

"오늘은 이유도 없이 찾아온 그대를 반길 수는 없을 것 같으니 이만 가보아."

"죄송한 말이지만, 저 역시도 오늘은 두령을 찾아온 게 아닙니다."

후후, 웃음을 터뜨리는 그녀의 모습에 무연이 살며시 미간을 찌푸렸다. 자신이 아니라면 볼일은 홍이에게 있다는 말밖에 되지 않는다. 흑강은 이미 밖에 나가 있을 것이고, 굳이 그녀가 흑강을 만나기 위해 무연각 안으로 들어올 리가 없으니 말이다.

생글거리며 웃음을 그리는 화람을 빤히 쳐다보던 무연이 입술을 달싹였다. 이 요새에서 홍이에게 위협적인 존재를 꼽으라 한다면 단연코 그녀를 첫 번째로 생각하고 있었기 때문이었다.

"그럼 더 이상 볼일이 없겠군."

그렇게 돌아서려던 그때, 화람의 손이 무연의 옷깃을 부여잡았다. 그에 화들짝 놀란 무연이 뒤를 돌아보니, 어젯밤 홍이의 손길이 미친 곳이었다. 그녀의 온기가 따사로이 남아 있을지도 모르는 그곳.

저도 모르게 화람을 탁 뿌리치고 말았다. 굳이 그렇게까지 할 필요가 없음을 알고 있었지만, 왠지 홍이의 손길이 닿은 곳에 다른 이가 닿는 것이 싫었다. 저 아닌 다른 이의 손길이 닿아 홍이의 온기가 사라질까 두려웠다. 어쩌면 차디찬 아침 공기에 다 식어버렸을지도 모르는 일인데.

"두, 두령."

화람 역시도 무연과 다른 의미에서 당황한 듯했다. 늘 차가운 말로 저를 밀어내고, 애정이 없는 시선으로 저를 무시했다 하지만 이렇게까지 격한 반응을 보인 적은 없었다. 무심한 만큼 거절을 하는 것 역시도 밋밋할 뿐이었다.

그렇다고 하나 그의 태도에 놀람을 표할 수 없었다. 분명 왜 그러냐 호들갑을 떨면 날카로워졌다 이야기하며 저를 보낼 것이 분명했다. 무연이라면, 응당 그러고도 남을 사내였다. 그랬기에 애써 웃음을 그렸다. 아무렇지 않은 척, 괜찮은 척. 이미 그의 마음을 얻기 위해 몇 번이고 해보았던 '척'이 아니었던가.

"많이 날카로워지셨나 봅니다. 하긴, 그럴 만도 하지요. 먹이라 생각했던 인간이 요화로 들어와 있으니……."

"그런 게 아니다."

"이해합니다. 저라도 이해해야지요."

그대가 나를 이해하려고 하지 않으니.

중얼거리다 깊게 숨을 들이마시던 화람이 무연을 향해 날이 선 시선을 향했다. 애써 좋은 마음으로 온 이 순간을 망치고 싶지 않았다. 요화, 비록 자신이 되지 못하는 자리였지만 그곳에 앉는 여인의 고독함을, 또 그 외로움을 함께 나누고 싶었다.

두고두고 그 감정을 이어가기 위해선 무연의 행동에 예민하게 반응해선 안 된다는 것을 알고 있다.

"요화님을 뵐 수 있을까요?"

"물러가라."

이유조차 없이 물러가라는 그의 말에 울컥, 분이 차오를 뻔했지만 또다시 꾹꾹 눌러 삼켜야 했다. 무연이라는 사내는 언제나 저에게 차갑고, 또 매정한 사내였으니까.

"챙겨 드리려 합니다. 해코지를 하거나, 나쁜 마음으로 다가서려는 게 아닙니다."

화람의 말에 무연이 고개를 돌렸다. 정말이냐는 눈빛으로 쳐다보았지만, 그것도 아주 잠시일 뿐. 그는 이내 인상을 찌푸리며 검보라색의 눈을 뚫어져라 응시한다.

"아버지 화평의 이름을 걸고 맹세하지요. 여인이니 두령께서 챙기지 못하는 것들을 제가, 이 화람이 챙겨 드리기 위해 왔다 이 말입니다."

화람은 강단 있는 여인이었다. 만약 요화의 증표가 그녀에게 나타났다 하여도 이상할 것이 하나 없는. 아비인 화평, 전대 두령의 패기와 전대 요화의 기품을 모두 안고 태어난 그야말로 완벽한 여인.

"그러니 요화님을 뵙게 해주셔요, 두령."

이어지는 화람의 미소에 무연이 깊은 한숨을 내쉬었다. 결코 만나선 안 될 사이라는 걸 알고 있지만, 그녀의 말이 틀린 것이 하나 없다. 자신이 챙길 수 없는 것을 언젠가 다른 요괴에게, 여인에게 부탁해야 하지 않았던가.

물론 그 대상이 화람이 될 것이라는 건 꿈에도 예상치 못했던 일이지만 말이다. 한참을 고민하던 무연이 고개를 끄덕였다. 어쩔 수 없는 일일지도 몰랐다. 비록 그녀에게 알릴 순 없으나, 마음을 얻는 법 역시 화람을 통해 알게 된 것이니.

"들어오라."

제 손으로 직접 홍이의 위험을 열어주는가 싶었지만, 그 불안은 속으로 꾹꾹 눌러 삼키기로 했다. 부디 아무 일이 없기를, 화람이 과욕을 부려 그녀를 해하려 하지 않기를 바라고 또 바랄 뿐.

무연의 방에 들어온 화람은 말없이 눈동자를 굴렸다. 딱히 어딘가 달라진 건 없었다. 여인이 들어왔다 하여 방을 화사하게 꾸민다거나, 인간을 위해 방의 온도를 높이거나 하는 그러한 노력 말이다.

그러다 그런 것에 문득 마음을 놓는 제 자신이 한심해 피식 코웃음을 치고 말았다. 이 얼마나 추한 행동인지. 무연이 저를 질려 하더라도 이상할 게 아니다. 아니, 이미 질려 있을까.

향유를 들고 있던 가느다란 손가락에 아주 작게 힘이 들어갔다. 이 방이 자신의 것이라 생각했다. 제 뒤를 응시하는 사내가, 응당 자신의 것이라 생각했다. 그게 순리이고 당연한 것이라 믿으며 자랐다.

"무연…… 님?"

여인의 여린 목소리에 화람은 정신을 차렸다. 앞으로 한 걸음을 내디디려 할 때, 무연이 그녀의 곁을 스쳤다.

"아아, 일어났는가."

언뜻 스치는 그의 표정에 화람은 더 이상 움직일 수 없었다. 엷은 웃음이 걸린 그의 얼굴에 온몸이 굳어버렸다. 무연이라는 커다란 얼음장이 제 발을 얼려 버린 것 같았다.

"설마 내가 없다고 겁을 먹은 건 아니겠지."

"아, 아닙니다. 그저…… 문 쪽에서 말소리가 들리기에……."

둘의 대화에 또 한 번 걸음이 막혔다. 단 하루 만에 저들은 무언가를 쌓은 걸까. 유대감이 생긴 걸까. 혹시라도 그녀가 자신이 가지지 못한 그것을 가지기라도 할까 바짝 조바심이 생겼다.

화람은 어렵게 걸음을 뗐다. 커다란 바위에 묶인 듯 떨어지지 않던 걸음을 힘들게 내디뎠다.

"죄송합니다. 제가 잠을 방해했나요?"

딱히 사랑을 속삭인다거나, 드러내어 마음을 표현하는 것도 아니었다. 다만 저 둘이 가까워지는 모습을 보는 것이 참을 수 없었을 뿐이다. 자신이 모르는 유대감을 쌓지 않기를. 자신이 알고 있는 무연의 모습으로 남아주길 바라는 아집일 뿐.

"아, 아니, 아닙니다."

활짝 편 두 손바닥과 얼굴을 도리도리 흔들어대는 홍이의 모습에 무연이 설핏 웃음을 그렸다. 화람이 없었다면 아마도 그녀를 제 품으로 끌어안았을 것이다.

잠에서 막 깨 자신을 찾는 모습도, 놀라 고개를 도리도리 내젓는 모습도 사랑스러워 어쩔 줄 모르겠으니.

"소개를 해주셔야지요, 두령."

그런 무연의 이상 행동을 눈치챈 건지, 코를 찡그리며 웃던 화람이 그에게 시선을 굴렸다.

"아, 그래. 그래야지. 인사 나누어라, 오늘부터 홍이 너의……."

무어라 소개를 해야 할까. 선대 두령의 여식이 홍이의 수발을 들어주러 왔다고? 아니, 그렇게는 소개할 수 없었다. 아무리 그래도 요새에서 '아가씨'로 통하는 그녀가 수발을 들러 왔다는 소개를 하다니.

도움을 주러 왔다는 말은 어디엔가 어색하고, 도통 무어라 말을 해야 할지 알 수 없었다. 무연이 그렇게 머리를 더듬으며 말문을 이어가지 못할 때, 못 이기겠다는 듯 고개를 저어대던 화람이 입을 뗐다.

"두령께서 말주변이 없으시니, 서쪽 두령에게 그리도 당하시는 거여요."

"그, 그렇게 생각하는가?"

"예. 서쪽 두령께서 얼마나 두령을 골리기를 좋아하시는지 아시지요?"

깔깔, 웃음을 터뜨리는 화람과 어쩔 줄 몰라 하며 머리를 긁적이는 무연을 보며 홍이는 그저 눈꺼풀을 깜빡거릴 뿐이었다.

홀로 덩그러니 남겨진 듯했다. 알 수 없는 그들의 대화 속에서 홍이는 온몸에 도는 오한을 이를 꽉 문 채 견뎌야만 했다.

저 여인을 보기 전까지만 하더라도, 자신은 무연의 울타리에 들어왔다고 생각했다. 비바람도, 천둥도 와 닿지 않는 그곳에서 그와 무언가를 공유하고 있다고.

"아, 안녕하세요. 홍이라고 합니다. 성은 없고, 그냥 홍…… 홍이라고 불러주시면 됩니다."

하지만 그 울타리를 뺏길까 저어해 그녀를 투기하는 건 제 분에 넘치는 일이니, 자신이 그곳에 끼기로 했다.

"무, 무연님께 잠시 신세를 지고 있습니다."

가슴이 쿵쿵 뛰기 시작했다. 이런 마음으로, 또 이런 기분으로 누군가와 대화를 하는 건 처음이었기에 더더욱 긴장이 됐다.

찰나의 정적이 이어지고, 홍이를 빤히 쳐다보던 화람이 이내 빙긋 미소를 그렸다.

"참으로 씩씩한 여인을 데려오셨네요, 두령. 요괴를 보고도 자기소개라니요."

킥킥, 뒤이어 터지는 웃음소리에 무연 역시도 함께 웃음을 터뜨렸다. 그래, 그렇지. 고개를 끄덕이며 이내 홍이의 긴 머리칼을 쓸어내렸다.

그때에, 화람의 눈이 길게 찢어졌다. 숨기려야 숨길 수 없는 제 표정에 황급히 뒤를 돌아 향유를 작은 서랍장 위에 올려놓았다. 그리고 몇 번인가 심호흡을 한 뒤에야 자연스럽게 웃음을 그리며 뒤로 돌 수 있었다.

"화람이라고 합니다. 잘 부탁드려요, 인간 아가씨."

요화라 부를 수 없었다. 요새의 모든 이들이 저의 어머니를 부르던 그 이름, 요화. 당연히 자신의 것이 되리라 믿고 살았던 그 이름으로 절대 제가 다른 이를 부를 수 없었다.

"화람님……"

하지만 그 마음을 아는지 모르는지, 홍이는 가까이에서 본 화람의 모습에 넋이 나가 있었다. 아름다웠다. 자신과는 다르지만 무연과는 같은 금발이, 눈처럼 반짝이는 하얀 피부에서 눈을 뗄 수 없었다.

그러다 문득 무언가 머리를 스친 건지, 눈을 동그랗게 뜬 채 그녀를 향해 목을 바짝 세웠다. 가슴 한구석에서부터 무언가 몽글몽글 피어오르기 시작했다.

"그럼, 그럼 혹시 제 친우가 되어주시기 위해 오신 건가요?"

친우. 간간이 마을에 배자니, 삯바느질이니 하는 일거리들을 갖고 내려갔을 때 가장 갖고 싶던 것이었다. 마음이 통하는 또래의 친우.

간혹 까르르, 웃음을 터뜨리며 지나가는 또래 처녀들을 보며 그 얼마나 부러워했던가. 만약 자신이 그곳에 살았다면, 하고 바란 적이 한두 번이 아니었는데.

"저, 정말 제 친우가 되어주시기 위해 오셨어요?"

그 존재를 자신이 가질 수 있게 되다니! 가슴이 쿵쿵 뛰는 것이 낯설기 짝이 없었다. 당장에라도 하늘 위로 날아가더라도 이상할 것이 하나 없을 것 같았다.

"치, 친우요?"

물론 그 반응에 놀란 건 화람, 그리고 홍이의 곁에 앉아 있던 무연 역시도 마찬가지였다.

이 둘이 친우라, 그것도 나름대로 흥미진진할 테지만 구태여 그런 도박을 할 필요가 없을 텐데.

"홍아, 그것보단……."

그저 잠깐 너의 말벗, 이라고 말하려던 그때였다.

"예, 그럼요. 친우. 친우라고 해두죠."

무연의 말을 가로챈 화람이 예쁘장한 얼굴로 해사한 웃음을 그렸다. 길게 휘어지는 그 눈꼬리가 어쩐지 묘하게 뒤틀려 있었지만, 무연도 홍이도 절대 알아챌 수 없었다.

홍이는 아무것도 모른 채, 화람의 대답에 신이 나 해맑게 웃고 있을 뿐이었다. 그것이 날카로운 얼음을 숨긴 부드러운 미소인 줄은 결코 모른 채.

"자, 그럼 친우가 아닌 무연님께서는 이만 나가주시지요."

"내가? 어째서?"

나가달라는 화람의 말에 무연이 화들짝 놀라 어깨를 움찔거렸다. 동시에 휘둥그레진 눈으로 두 여인을 번갈아 보았다. 어째서 자신이 나가야 하는 건지 이해할 수 없단 표정이었다.

그런 그의 모습에 화람이 엷게 한숨을 내뱉었다. 못 말려, 작게 속삭이는 것 또한 잊지 않는다.

"몸도 닦아야 하고, 단장도 해야 하지 않겠습니까. 그걸 모두 지켜보시려는 건 아니겠지요?"

몸을 닦아야 한다, 는 말에 무연의 얼굴색이 변했다. 단번에 붉게 물든 그 모습에 화람은 가슴 한구석이 저릿해졌다. 저에게는 단 한 번도 보이지 않았던 그 모습이 낯설어 어쩐지 서글프게 느껴질 뿐이었다.

"두령께서 그간 요새를 비우신 덕에, 요새에 쌓인 일들이 꽤나 많은 걸로 알고 있습니다."

아닌가요? 생글생글 웃는 화람의 말에 무연은 얼굴을 휙 돌린 채 흠흠, 헛기침을 내뱉었다.

자신의 앞으로 쌓인 일이 싫어 도망갔다는 말을 홍이의 앞에서 차마 할 수 없었다. 무연은 떨떠름한 표정을 지으며 두 여인을 번갈아 쳐다보았다. 나가기 싫었다. 조금이라도 더 홍이 곁에 있고 싶었다.

"또한, 홍이 아가씨 역시 여인임을 알아두셔야지요, 두령."

하나, 그 단호한 목소리를 어찌 이길 수 있으랴. 더불어 '여인'이라 칭한 것은, 홍이를 부끄럽게 만들지 말라는 말이 분명했다. 결국 화람을 이기지 못한 무연이 몸을 일으켰다. 그리고 화람을 바라보며 허탈한 듯 웃음을 그렸다.

"그대가 요화가 되지 않아 다행이라 생각한다면, 나를 미워할 텐가."

"뭐…… 저도 이런 철부지 두령의 곁에 있어야 했다면, 조금 생각해 볼 문제라 말했을 것 같네요."

그래, 그렇겠군. 중얼거리며 웃는 무연과 그 곁에서 씁쓸한 미소를 그리는 화람의 모습에 홍이는 또 한 번, 알 수 없는 이질감을 느껴야 했다.

더불어 무연이 그 자리를 떠난단 사실에 마음이 허해지니, 저도 모르게 그의 옷깃을 붙잡고 말았다. 마치 가지 말라 떼쓰는 어린아이처럼 말이다.

"왜 그러느냐, 홍아."

하지만 다정히 저를 부르는 그의 목소리에 이질감도, 공허함도 모두 눈 녹듯 사라지고 말았다.

"걱정…… 걱정하지 마시라고……."

결국 거짓을 말하며 해사하게 웃음을 그려주었다. 사실 마음속으로는 그 반대의 말을 하고 있었으면서. 걱정해 달라, 제 생각으로 머리를 가득 채워달라. 자신이 생각해도 탐욕스러운 그 말과 생각을 전할 수 없어 그저 속으로만 꾹꾹 눌러 삼킬 뿐.

홍이를 쳐다보던 무연이 입술을 부드럽게 말아 올렸다. 그리고 그녀의 머리통을 품 안에 넣은 뒤, 허리를 구부정하게 숙여 몸을 낮췄다.

"잘 들어라. 이번 한 번만 말해줄 터이니."

꿀꺽, 홍이는 자기도 모르게 마른침을 삼켰다. 노래를 하듯 유유히 흐르는 그의 목소리가 귀에 휘감기듯 들어와 눈앞이 아득해지는 기분이었다.

그러니 더더욱 둘을 쳐다보던 화람의 서글픈 눈빛이 보일 리 만무한 일이었다.

"난 너를 만난 이래 너만을 생각하고 있단다. 자고 일어난 지금까지도 내 머리엔 네 생각만이 가득하니 걱정하지 않아도 될 듯하구나. 또한."

홍이는 힉, 괴상한 소리를 낼 뻔했다. 자신의 속을 읽힌 것 같아 놀라움이 반, 무연이 그 탐욕을 들여다보았다는 것에 민망함이 반. 한데 엉킨 그 감정이 요란한 소리를 내며 소용돌이치고 있다.

"난 네가 부르면 어디서든 달려올 것이다. 그리 보고프면, 그 붉은 입술로 날 부르거라."

무연은 홍이의 몸이 바짝 굳어 있는 이유를 알고 있었다. 붉으락푸르락 난리가 난 얼굴이라거나, 잔뜩 긴장해 꾹 다물어진 입 모양만 보아도 단번에 알아챌 수 있었다.

"자, 그럼 여인들끼리 좋은 시간을 보내시게. 나는 할 일이 쌓여 나가봐야겠으니 말이야."

"다녀오셔요, 두령."

"홍이를 잘 부탁하오, 화람."

그 말을 들었을 때에 화람의 마음이 어땠는지, 무연이 알았더라면. 커다란 파도가 몰아치고 비바람이 불고 있음을, 뾰족하게 선 가시들이 마음을 사정없이 찌르고 있다는 것을 그가 진즉 눈치채 주었더라면.

"아무렴요."

희미하게 웃는 그녀의 모습에 무연이 슬쩍 뒤를 돌아보았다. 여전히 얼굴을 붉히는 홍이를 향해 입술을 동그랗게 말아 올린 뒤 문을 향해 걸음을 옮겼다.

이윽고 문이 닫히는 소리와 함께 방 안으로 정적이 흘렀다. 작은 소음이라 한다면, 바깥에서 전해지는 바람의 흐느낌이나 새들의 노랫소리뿐.

"그럼, 몸부터 닦을까요?"

괜한 정적에 휩쓸리고 싶지 않았다. 홍이에게 서슴지 않게 손을 대던 무연을, 또 그런 무연에게 티 없는 모습을 보여주던 홍이를 머릿속에서 지우려고 노력했다. 그 둘 사이를 투기하는 탓에 속이 울렁거려 미칠 지경이었으니까.

하, 짤막하게 숨을 터뜨린 화람이 속을 달래고 있을 때였다.

"저, 저기."

떨리는 목소리가 옷깃을 붙잡았다. 돌아볼 수도, 움직일 수도 없이 꼿꼿이 서 있던 그녀가 천천히 고개를 돌려보니, 그 아래로 홍이의 수줍은 웃음이 화람을 향해 있었다.

"감사합니다."

그리고 그때, 화람은 가슴 언저리가 묵직해지는 것을 느껴야 했다. 왜, 무엇이, 어째서 고맙다고 하는 건지 마음이 혼란스러워졌다.

"사실…… 또래의 친구라는 걸 가져 본 적이 없어요. 어릴 때부터 조부님과 둘이만 살아서……."

화람은 묘한 눈빛으로 홍이를 보았다. 내가 당신을 마음으로 투기하고 있다고, 사랑받지 말라, 저처럼 외면받으라 그토록 빌고, 빌고 또 빌었다고. 어둠으로 얼룩진 제 마음을 밝혀야 할까, 충동이 일었다. 그녀의 신뢰와 감사의 표현을 받는 건 절대 옳지 않다고 생각하고 있었다.

"어, 그러니까. 제가 혹 실수라도 한다면 타일러 주셔요. 혹 잘

못한 것이 있다면 꾸짖으셔도 됩니다. 어…… 이게 친우끼리 하는
게 맞는지 모르겠는데…….”

수줍어 그런 건지, 아직 화람이 어려워 그런 건지. 말을 제대로
잇지 못하던 홍이의 얼굴이 벌겋게 달아올랐다. 어버버, 입술을
떨던 그녀가 요리조리 눈을 굴리며 입을 달싹이다 이내 환한 웃
음을 그려주었다.

“어찌 되었든 잘 부탁드립니다, 화람님.”

그 미소를 마주할 용기가 나지 않아서, 어둠으로 물든 제 마음
을 들킬까 두려워서. 두 팔을 뻗은 화람이 홍이를 제 품으로 가
득 끌어안아 버렸다.

“저도…… 저도 잘 부탁드립니다.”

아직 무연이 그녀를 마음에 두었다 이야기하지 않았다. 더불어
저에게 내주지 않았던 그 마음을 덥석 쥐어준 것을 본 것도 아니
었으니 더더욱 싸구려 투기 따위는 하고 싶지 않았다. 더더군다
나 스스로 요화가 되고 싶어 된 것도 아닐 테니, 홍이를 향한 시
기나 투기는 이 상황에 걸맞지 않은 감정인 것이다.

그건 절대 틀리지 않은 저만의 확신이었다.

잠시 후, 둘은 멋쩍게 서로를 떼어냈다. 좋은 향유가 들어왔으
니 몸을 깨끗이 하자는 화람의 말에 따라 지하에 마련된 커다란
욕탕으로 향했다.

“아이들에게 일러 그대의 옷을 가져오라고 했는데, 잘 어울렸
으면 좋겠네요.”

“제, 제 옷이요?”

“이곳은 인간들의 마을보단 추운 곳이니, 조금 더 따뜻하게 입

어야 할 필요가 있어요. 우리는 요괴라서 괜찮지만 아가씨는 인간이잖아요?"

그러네요. 작게 속삭이던 홍이가 고개를 끄덕였다. 인간이었지 참, 짤막하게 터지는 숨소리와 함께 저도 모르게 고개를 푹 숙이고 말았다.

무연뿐만이 아닌, 요새에 모든 요괴들이 마음만 먹으면 먹이로 잡아먹을 수 있는 존재, 인간. 혹시라도 그들에게 먹힌다면, 이라는 생각을 이어하니 온몸으로 우두두 소름이 돋았다.

그에 눈을 질끈 내리감았을 때, 앞서가던 화람이 슬쩍 고개를 돌려 홍이를 쳐다보았다.

"걱정하지 말아요. 두령이 직접 데려온 당신을 먹을 리 없으니까."

"네?"

마치 그 마음을 읽었다는 듯 대답을 툭 내던지니, 홍이로서는 놀랍기 그지없을 뿐이었다. 눈이 휘둥그레진 그녀가 화람을 따라잡기 위해 잰걸음을 옮겨보지만, 화람은 아랑곳 않은 채 묵묵히 걸음을 재촉할 뿐이었다.

"어떻게…… 어떻게 아셨어요?"

홍이의 물음에 화람이 걸음을 우뚝 멈추었다. 그리고 몸을 돌려 홍이와 눈을 마주했다. 붉게 타오르는 눈동자. 그토록 갖고 싶던 요화의 상징을 보자마자 급히 얼굴을 돌렸다.

"얼굴에 다 쓰여 있잖아요. 잔뜩 긴장하고 있는 게 보이는데, 당연히 알 수밖에 없죠."

"아, 얼굴에……."

화람의 대답에 홍이가 얼굴을 매만졌다. 굳어져 있었는지, 떨고 있었는지 손끝으로 분간하기는 힘이 들었지만 그녀의 대답이 틀린 건 아닐 것이다. 한순간이었지만, 두려움에 휩싸인 것은 사실이었으니.

"두령이 아가씨를 먹이로 생각했다면, 어제 무연각으로 데려오지도 않았을 거예요. 바로 요새의 요괴들에게 던져 주었겠죠."

고개를 끄덕인 홍이가 마주 잡고 있던 손가락에 힘을 주었다. 무연은 저를 잡아먹지 않을 것이다. 그러기 위해 데려온 것이 아니라 했으니, 그에게 두려움은 없다. 다만 무연이 아닌 다른 요괴의 존재에 겁을 먹은 것뿐이었다.

"걱정하지 말아요. 요새에 두령의 뜻을 거스르는 바보는 없어요. 더불어 나 역시 그렇고."

무연의 심기를 흩뜨리고 싶지도, 그에게 미움을 받고 싶지도 않았다. 괜히 요화를 겁먹게 했다는 걸 알게 된다면, 그와는 돌이킬 수 없을 정도로 멀어지고 말 것이다.

"그리고 우리, 친우라면서요."

또, 겁먹게 하고 싶지 않았던 이유 중 하나가 있다면 저에게도 처음 생긴 친우였기 때문이었다. 무연의 진실 어린 마음을 얻지 못하는 것도 비슷한 처지가 아닌가.

그러한 이유들이 한데 엉키니, 이내 둘 사이에 빨간 줄이 이어졌다. 인연의 줄이라고도 하는 그 붉은 실이 얼마만큼 길게 이어질지는 그 아무도 모를 일이었지만.

"아니에요?"

화람의 말에 놀란 듯, 입만 벙긋거리던 홍이의 어깨가 움찔거렸다. 그러나 곧 그녀의 말에 화답이라도 하듯, 환한 웃음을 그려주었다. 앞으로 모으고 있던 손에 힘을 꼭 쥔 채 고개를 끄덕였다.

"맞아요!"

마음이 벅차올랐다. 그것은 홍이도, 화람도 마찬가지였다. 어쩌면 가장 비슷한 둘이 만난 것일지도 몰랐다. 그들의 세계에 존재하는 이는 한정적이었다. 볼 수 있고, 느낄 수 있는 것 역시도 한정적이었고 누군가 그 세계에 끼어든다는 건 상상조차 해본 적이 없는 일일 것이다.

하물며 그들이 저들과는 다른, 이질적인 존재와 연을 맺는다니. 그 누가 이런 상황을 생각해 본 적이라도 있겠냐는 말이다.

"아 참, 들어가기 전에."

환하게 웃는 홍이를 바라보던 화람이 두 손을 가볍게 마주했다. 그리곤 이내 엄지손가락을 입에 가져다 대곤, 살갗을 세게 물어뜯었다.

"화, 화람님!"

홍이의 놀란 외침에도 불구하고 화람은 피가 몽글몽글 맺힐 때까지 바라보기만 할 뿐이었다. 그러다 이내 그것이 어느 정도 고였을 때, 홍이에게 제 손가락을 가져다 댔다.

아주 담담한 표정이었다. 당연한 일을 한다는 듯, 그녀를 쳐다보는 눈빛은 아픔조차 느끼지 못하는 것 같았다.

"핥아요."

"네?"

"이 동굴은, 요괴의 사념이 가득한 곳이에요. 요화라면 상관없겠지만, 그래도 인간의 몸이니까."

화람이 등지고 있는 커다란 문을 쳐다보던 홍이가 침을 꿀꺽 집어삼켰다. 사념. 듣기만 해도 온몸으로 오소소 소름이 돋는다. 그런 무시무시한 곳에 목욕을 하러 온다니.

홍이가 화람과 눈을 마주했다. 그리곤 고개를 꾸벅 숙인 뒤, 화람의 손가락을 제 입속으로 집어넣었다.

바느질을 하다 보면 이따금 바늘에 손가락을 찔려 피가 나오는 때가 있는데, 홍이는 버릇처럼 그것을 입속으로 집어넣곤 했다. 그때 느꼈던 피 맛이 어떠했더라. 곰곰이 생각하던 홍이가 두 눈을 지그시 내리감았다. 아무 맛도 느껴지지 않는다.

피비린내도, 달콤함도, 쌉쓸함도.

"이제 됐어요."

더 이상 홍이의 혀끝으로 제 피가 맺히지 않음을 느낀 화람이 손가락을 뺐다. 그리고 홍이의 입술을 닦아주며 생긋 미소를 그려주었다.

"목욕이 끝날 때까진, 인간 냄새가 나지 않을 거예요."

들어가요. 화람의 조근조근한 목소리에 홍이가 고개를 끄덕였다. 이윽고 화람이 문에 제 손바닥을 올려놓으니, 커다란 소리와 함께 문이 천천히 열리기 시작했다.

대대로 두령과 그의 자손, 그리고 요화만이 사용할 수 있는 욕탕이었다. 들리는 바에 의하면 두령과 요화의 첫 합방 장소라고 했으나, 진위는 확인할 길이 없었다.

"와……."

욕탕에 들어선 순간, 홍이의 입술에서 커다란 탄식이 새어 나왔다. 고개를 힘껏 젖혀야 끝이 보이는 높이라던가, 눈이 부실 정도로 화려한 황금 장식들 때문이었다. 주위를 두리번거리던 그때, 그녀의 눈앞에 보인 건 이루 말할 수 없을 정도로 커다란 장식판이었다.

그곳에는 누군가의 얼굴이 새겨져 있었다. 아주 아름다운 외모를 뽐내는 이들의 얼굴이.

"선대 두령들이지요. 대대로 북쪽을 지켜온 요괴들의 우두머리."

"아! 전부 아름다우세요. 여인이라 해도 믿겠어요."

"후후. 그래요?"

홍이의 말에 고개를 들어 올린 화람이 맨 마지막에 새겨진 얼굴을 빤히 바라보았다. 저 멀리 동쪽으로 여행을 가, 아직까지 연락이 없는 제 아비 화평이었다.

그리움이 물씬 밀려오던 그 순간, 홍이의 목소리가 화람의 귀를 스쳤다.

"화람님을 닮은 것 같아요."

"무엇이요?"

"저기, 저분이요."

화람은 곧게 편 홍이의 손가락을 따라 시선을 향했다. 그리고 그 끝자락에 머무른 화평의 조각을 보고 작게 웃음을 터뜨렸다.

"닮을 수밖에요."

그립지 않다면 거짓말일 것이다. 제 어미와 훌쩍 떠나 버려 어디에서 무엇을 하는지도 알 수 없는 아버지. 무연이 북쪽을 다스리는 데에 자신이 있으면 방해가 될 것이라 말하며 미련도 남기지 않고 떠났었다.

"저의 부친이셔요. 지금은 여행을 떠나셔서 요새에는 계시지 않지만요."

화람의 대답에 홍이가 놀란 듯 눈을 동그랗게 떴다. 그리고 다시 화평과 그녀를 번갈아 보다 고개를 끄덕였다.

"예. 그렇게 들으니 더 닮은 것 같습니다. 정말로요!"

잔뜩 신이 난 홍이의 목소리에 화람 역시도 엷은 미소를 그렸다. 닮았다는 이야기는 지금까지 커오는 내내 귀에 박히도록 들었던 이야기였다. 요화인 어머니의 기품까지 쏙 빼닮았으니 분명 무연의 요화는 저일 것이란 말도 함께. 하지만 아버지는 그 말에 아무런 답도 하지 않았다. 쓸쓸한 표정으로 고개를 끄덕일 뿐.

그러다 문득 화평은 알고 있었을지도 모른다는 생각이 들었다. 자신이 요화가 될 수 없는 것도, 무연과 맺어질 수 없는 것도. 해서 그토록 쓸쓸하게 웃으며 아무런 답을 주지 않았겠지.

더불어 그는 여행을 떠날 때에 저를 함께 데려가고 싶어 했다. 요새보다 더 넓은 곳을 보며 더 많은 이들을 만나기를 바랐다. 떠나지 않은 이유는 단 하나, 무연 때문이었다. 언젠가 그의 요화가 될 여인은 자신이라 믿고 있었다.

한편으로는 아비가 원망스러웠다. 자신에게 조금의 기회도 없다면 차라리 알려주는 편이 나았을 텐데. 그랬더라면 제 마음을 조금이라도 더 다잡을 수 있지 않았을까.

"함께 가지 않으셨어요?"

홍이의 물음에 화람이 고개를 끄덕였다.

"예. 요새를 떠나고 싶지 않았으니까요."

정적이 흘렀다. 홍이의 시선은 화평의 얼굴로 향해 있었고, 화람은 여전히 제 아비를 마주하지 못하고 있었다. 원망할까 봐, 미워할까 봐. 운명이 손을 들어준 이가 자신이 아니라는 걸 굳이 몇 번이나 깨닫고 싶지 않았다.

"저분께 감사드려야겠네요."

그렇게 절망감으로 잔뜩 물들어가고 있던 그때, 화람의 정신을 깨운 건 다름 아닌 홍이의 목소리였다. 고개를 들어 그녀를 바라보니, 붉은 눈동자가 타오르고 있었다.

무연처럼 차가운 푸른 불꽃이 아닌, 온 마음이 사르르 녹아내리는 따스한 불꽃으로.

"무엇…… 을요?"

"부모님과 떨어져 있어야 할 화람님께는 실례가 될지 모르지만, 함께 떠나지 않으셔서……."

이윽고 홍이의 눈동자가 화람을 향해 돌아왔다. 길게 휘며 웃는 눈꼬리에 괜스레 가슴이 저릿했다.

"이렇게 좋은 친우를 사귈 수 있었으니, 감사해야 마땅하죠."

화람은 그 말에 울컥거리는 마음을 꽉 다잡은 채, 홍이의 여린 어깨에 제 얼굴을 톡 떨어뜨렸다. 참 따뜻한 어깨라고 생각했다.

저는 이런 어깨를 가지지 못해 요화가 되지 못한 것일까. 고된 하루를 끝마치는 무연에게 홍이처럼 따스한 온기를 내어주지 못해서 요화가 되지 못한 것일까.

"화람님?"

"잠시 이러고 있게 해줘요. 잠깐이면 돼요. 잠깐이면……."

잡음은 커져만 갔다. 잘 참아오던 마음의 응어리는 점점 더 불어나 결국 걷잡을 수 없게 되어버렸다. 욕탕의 온기에 홍이의 체온이 더해져 더욱 뜨겁게 느껴졌다. 제발 그렇게 해서 제 응어리가 녹아내리길, 사라질 수 있길 바랐다.

그러나 작은 바람에도 아픈 가슴은 좀처럼 나아지질 않았다. 웃음으로 넘어갈 수 있다면 좋을 텐데. 이루어질 운명이 아니었으니, 그렇게 받아들인 채 그녀의 말대로 친우가 되어줄 수 있다면 좋았을 텐데.

"정말, 이곳에 오길 잘했어요."

그러다 곧 웃음기 어린 홍이의 목소리에 저도 모르게 입술을 동그랗게 말아 올렸다. 고개를 들어 올려 붉은 눈동자를 빤히 쳐다보았다. 그토록 갖고 싶어 하던 요화의 증표, 그토록 저에게 와달라 빌었던 그 증표를 마주하자마자 가슴이 또 한 번 무너지고 말았다.

"화람님의 이야기를 들을 수 있어 기뻐요."

입술을 꾹 누르던 화람이 애써 웃음을 그렸다. 아무런 대답도 할 수 없었다. 친우라 답은 했지만 진심으로 나온 말은 아니었다. 또 시간이 지난다 해서 홍이를 그렇게 받아들일 수 있을 리 만무하다.

그토록 갖고 싶어 했던 운명을 가로채 간 홍이와 어찌 진정한 친우가 된단 말인가.

"종종 이렇게 이야기를…… 나누고 싶어요."

머뭇거리는 홍이의 말에 화람이 손을 꽉 말아 쥐었다. 그럴 사이가 아니라 말을 하려다 이내 고개를 끄덕였다. 진심이 아니더라도, 그녀와 가까워져 무연의 시야에 자신이 들 수만 있다면. 그보다 더한 것도 할 수 있을 것 같았다.

"예. 그렇게 해요."

화람의 대답에 홍이의 얼굴이 환하게 피어올랐다. 겨울을 이겨내고 봄을 맞이하게 된 한 송이 꽃처럼, 사르르 눈이 녹아 고개를 들어 올린 푸른 풀숲처럼 그렇게.

운명이라는 커다란 파도가 그들을 집어삼키기 위해 머리 끝까지 솟구쳐 올랐다. 하지만 그들은 결코 알 수 없었다. 그 파도에 휩쓸려 간 후 어떠한 결과를 맞이할지, 또 어떤 장애물을 만나 좌초될지. 절대 알 수 없는 일이었을 것이다.

＊

"하여, 동쪽의 무리들이 모두 남쪽으로 이동하였다?"

무연각의 바깥을 걷던 무연의 표정이 사뭇 진지해졌다. 딱딱하게 굳은 그의 얼굴에서 긴장감이 엿보인 건, 비단 그것이 결코 평범한 일은 아니었기 때문이었다.

"예. 보고받은 바로는 그러합니다."

흑강의 대답에 무연이 길고 긴 한숨을 내뱉었다. 동쪽의 무리가 남쪽으로 모두 이동하였다 하는 것은, 분명 그쪽의 두령이 무언가 꿍꿍이가 있다는 것. 그리고 그것은 분명 북쪽과 연관이 된, 그 어떠한 일일 테다.

"동쪽으로 보낸 첩자는?"

"일단 함께 남쪽으로 넘어간 후, 이상한 조짐이 보이면 바로 넘어온다 연통을 주었습니다."

어째서 이리도 불안한 것일까. 가슴이 턱턱 막히는 것과 동시에 가슴 한구석이 불편해짐을 느꼈다. 이상하다. 숨을 쉬는 것도, 침을 삼키는 것조차도 힘들다. 커다란 실타래 하나가 구석에 박혀 가슴을 꽁꽁 옭아매는 것만 같았다.

"조심하라 일러라."

손끝이 저릿해졌다. 요화를 찾았음을 기뻐해야 하건만, 어쩐지 기쁜 일만 생기지 않을 것 같은 느낌에 숨이 턱 막혔다.

큰일이 생길 것이라는 건 느낌으로도 알 수 있었다. 또, 그것을 막기 위해선 어떠한 일을 해야 하는지 또한 너무나 잘 알고 있다.

"무연님, 일단 요화의 의식을…… 치러야 하지 않을까요."

흑강의 말이 북쪽의 요새를 지키는 데 가장 좋은 방법일지도 모른다. 요화를 받아들인 두령은 그 능력이 더욱 강해져 북쪽은 물론이거니와 남쪽의 두령처럼 다른 지역의 요괴들까지 통솔할 힘을 가질 수 있다.

다만 그리하지 않는 건, 홍이에게 스스로 '진심'을 전해 요화로 맞이하고 싶기 때문이다.

"아직 때가 아니다."

물론 다른 지역의 요괴들까지 제 손아귀에 넣는 것이 그의 취향에 맞지 않는 이유이기도 했다.

"정찰병을 늘려라. 그리고 혹시 모르니 무연각 앞을 지키는 이들도 몇 더 붙여놓아. 인간이 요화가 되어 북쪽에 나타났다는 소문은 금방 퍼질 것이다."

무연의 말에 흑강이 고개를 숙였다. 그리고 곧 무연의 명을 따르기 위해, 그 앞에서 홀연히 제 모습을 감추었다. 그가 사라진 자리에는 흙먼지만이 미미하게 남아 코를 간질일 뿐이었다.

그러다 문득 여전히 사나운 북쪽의 날씨에 절로 눈살이 찌푸려졌다. 눈보라가 몰아치고, 커다란 천둥이 설산의 위쪽을 내리쳤다. 번쩍이는 빛과 동시에 하늘을 쪼갤 듯 커다란 소리가 울려 퍼지니, 그에 무연이 눈을 길게 늘어뜨렸다.

"홍이가 저 소리를 무서워하는데 말이야."

천둥이 무서우니, 함께 있어달라 옷깃을 부여잡던 그녀의 모습이 떠올랐다. 기다란 속눈썹에 애처롭게 맺힌 눈물, 금방이라도 울 것처럼 벌겋게 달아오른 얼굴. 모두 잊으려야 잊을 수 없는 모습이었다. 무슨 짓을 하더라도 다시 한 번, 꼭 보고 싶은 얼굴.

"지금쯤, 화람과 함께 있겠지……."

왜, 어째서. 홍이가 제 곁에 없음을 쓸쓸하게 느끼고 있는 걸까. 것보다 어째서 그녀의 생각만으로도 가슴이 벅차오르는 건지 아무리 생각해도 이상했다.

"무연님."

간밤에 제 귀를 옭아매던 그 목소리가 잊히지 않았다.

"사랑해 마지않던 것들을…… 보내야지요."

서럽게 울던 그녀의 얼굴이 가슴에 새겨져 떨어질 생각을 않는다. 저 깊은 곳까지 떨어져 그를 헤집기 시작했다. 심지어 먼 곳에서 불어온 바람에는 홍이의 모든 것이 실려 있었으니.

두 볼을 발갛게 붉히며 수줍어하는 모습도, 저를 향해 해사하게 웃던 그 모습도. 더불어 슬며시 내리 앉던 긴 속눈썹이 파르르 떨리는 모습까지. 무엇 하나 머리에서 떠나보낼 수 없다.

"이상한 일이지."

중얼거리며 고개를 푹 숙였던 그때, 차가운 손끝에 느껴지던 홍이의 뜨거운 체온이 되살아났다. 그것은 막을 새도 없이 손을 타고 흘러 그의 온몸으로 전해졌다.

"무연님."

그리고 또 한 번, 그녀의 목소리가 머리를 울렸다. 그것은 매우 이례적인 일이었다. 방금 전, 홍이의 음색을 되새길 때와 전혀 다른 느낌이다. 가슴이 벅차오르다 이내 울렁거리기 시작했다. 그리고 그것은 꽤 오래 지속되어 무연의 온몸을 헤집어놓았다.

단 한 번도 심장이 뛴다는 것을 느껴본 적이 없었기에, 지금 홍이를 떠올리며 느끼는 떨림이 더욱 어색한 터였다.

혼란이 가중되어 눈을 깜빡거리는 것도 힘들게 느껴지던 그때.

"무연님."

자신을 부르는 누군가의 목소리에 절로 미간이 찌푸려졌다. 홍이의 목소리를 떠올린다거나, 간밤의 일을 되새기는 게 그리 나쁘지 않았는데 방해를 받은 것이 영 기분이 좋지 않다.

"꽃을 가져왔습니다."

하나, 저를 부른 이유를 알기가 무섭게 언제 그랬냐는 듯, 표정이 풀어졌다. 고개를 돌리는 것과 동시에 사나운 눈꼬리가 길게 흐드러져 웃음을 그린다.

"아아, 그래. 빨리 구해왔구나."

"눈 속에서는 절대 구할 수 없을 것 같아, 남쪽으로 넘어가는 국경에서 가져왔습니다."

"남쪽?"

무연의 되물음에 정찰을 맡은 두 요괴가 눈치를 보기 시작했다. 혼란이 시작되는 지점이 남쪽이라는 걸 잘 알고 있기 때문이었다. 한참을 쭈뼛거리던 두 사내는 몇 번인가 눈빛을 주고받은 후에야 입술을 달싹였다.

"하지만 걱정하지 마십시오. 국경에는 아무도 없었습니다요."

"예, 조금 분위기가 이상하긴 했지만……."

그 말에 무연이 입술을 꾹 눌렀다. 아무런 징조가 없다 하여 돌풍이 일어나지 않던가. 폭풍이 몰아치기 전이 더 고요하다는 누군가의 말이 떠올랐다. 어쩌면 자신이 생각하는 것보다 더 큰 파란이 일어날 것 같아 내심 두려워졌다.

"이, 이 꽃은 어디에 심으면 되겠습니까!"

하지만 아직 일어나지 않은, 또 어떤 일이 벌어질지 모르는 추후의 상황 때문에 지레 겁을 먹을 필요는 없겠지. 낮게 한숨을 내쉬던 그가 고개를 돌려 무연각의 앞을 죽 훑어보았다.

무연각의 앞을 화려하게 장식하는 꽃. 그보다 더 좋은 건 없을 것이다. 요화로서의 의식을 치른 뒤, 홍이가 오고 가며 그 꽃밭을 보고 즐거워하는 모습을 보는 것도 눈요기로 꽤 좋을 테지. 하지만 금세 고개를 도리도리 젓고 말았다.

"무연님은…… 평생 사랑조차 할 수 없었으면 합니다."

명색이 두령인 자신이 그녀의 눈치를 보게 되는 이유는 아마, 그녀가 보살펴 주겠다 말한 홍이의 존재 때문일 것이다. 더불어 그녀에게 그토록 모질게 대해놓고, 보란 듯 다른 여인에게 꽃밭을 선물하는 건 그리 보기 좋은 일은 아닐 테니.

"보이지 않게 뒤쪽으로 심어라."

결국 눈에 띄지 않는 곳에 꽃을 심기로 했다. 오고 가며 아예 보지 않을 순 없겠지만, 드러내어 홍이를 위하는 마음을 표현하는 것보단 더 나을 것이란 생각이 들었다.

두 사내가 수레를 끌어 무연각의 뒤쪽으로 향하고, 그 역시도 수레를 뒤쫓아 묵직한 걸음을 옮겼다. 덜컹거리는 수레에 가득 쌓인 꽃 더미에 저도 모르게 웃음이 그려졌다.

"네가 좋아해야 할 텐데 말이야."

중얼거리는 그의 목소리에 두 사내가 놀란 듯 어깨를 움찔거렸지만, 구태여 뒤를 돌아 되묻지 않았다. 두령이 변하는 모습이 썩 나쁘지 않았기 때문이다.

고르지 않은 길 위에서 수레가 덜컹덜컹, 소음을 내며 흔들렸다. 그러다 높게 쌓인 꽃 더미에서 노오란 꽃 한 송이가 바닥으로 툭, 떨어졌다. 차디찬 땅 위에 떨어진 꽃이 살바람에 꽁꽁 얼어가기 직전, 기다란 손가락이 그것을 주워 들었다.

"홍아."

꽃 한 송이, 두 송이 그리고 세 송이에 제 마음을 담아 진심을 전하려 하는 사내, 무연이었다.

"웃음을 보여줄 것이냐."

여전히 사나운 눈보라와 더불어 거친 바람이 불던 오후였다. 얼음장과 같다 소문이 났던 북쪽의 두령, 무연의 입가에는 꽃송이와 같은 웃음이 피어 질 생각을 하지 않더라.

꽃밭을 만드는 일은 생각보다 더 험난했다. 설산의 한가운데에 만들어진 요새의 땅은 마을의 땅처럼 부드럽지 않아 꽃을 심을 수 있도록 파내는 것이 꽤 힘들었다.

더더군다나 홍이에게 보여줄 곳이라 무연은 직접 땅을 파는 것도 마다하지 않았으니 그 고충을 뼛속까지 느낄 수 있었다.

해가 지고, 밤이 찾아오고 나서야 꽃밭을 만드는 일은 끝이 났다. 온몸이 흙투성이가 되었지만, 꽤 기분이 좋았다. 누군가를 위해 정성을 다한다는 일이 그에게는 처음이었기 때문이라.

"고생했다. 가서 쉬어라."

그렇게 정찰조를 보내고, 무연 역시도 방을 향해 걸음을 옮겼다. 홍이가 와 있을까, 아직 화람이 그 자리에 있을까. 여러 가지 생각이 얽혀 그의 금발을 타고 흘러내렸지만, 어쩐지 입술에 걸린 웃음은 가실 생각을 않았다.

계단을 오르고, 문 앞에 다다랐을 때 무연은 난생처음으로 심호흡이라는 것을 해보았다. 만약 홍이가 와 있다면 꽃밭으로 데려갈 것이다. 분명 환하게 웃어줄 것이라 믿고 있었다. 그리고 그 웃음을 떠올리는 내내, 그 역시도 입가에 걸린 햇살을 거둘 수 없었다.

크게 심호흡을 한 무연이 문을 열었을 때, 그의 모든 바람은 한낱 먼지가 되어 흩날리고 말았다.

"늦으셨네요, 두령."

그를 반기는 건, 홍이가 아니었다.

"인간들은 금방 피곤해하네요. 방금 잠들었어요."

그토록 원하던 홍이는 깊은 잠에 빠져 있고, 그녀와 하루를 함께 보냈던 화람이 그를 반기고 있었으니. 저도 모르게 흘러나오는 탄식에 문고리에서 손이 탁, 떨어지고 말았다.

"그대는 늦게까지 이곳에 있는군."

괜한 심통이었다. 하루 종일 홍이를 독점하는 것도 모자라, 잠에 드는 모습까지 지켜본 화람을 향한 심통. 그리고 저를 기다리지 않은 채 잠든 홍이로 인한 심통.

"두령이 보고 싶어 기다렸지요."

후후, 낮은 웃음소리에 무연이 화들짝 놀라 그녀를 쳐다보았다. 그리고 곧 재차 홍이가 잠든 모습을 확인했다. 그녀가 그 말을 듣기라도 한다면, 괜한 오해가 생길까 지레 겁을 먹고 만다.

잰걸음으로 침대로 걸어간 그가 확인한 건, 곤히 잠든 홍이의 모습이었다. 그리고 화람 역시도 그런 무연의 얼굴을 마주했으니.

"변하신 것 같아요."

떠보는 것이 분명했다. 그건 무연도, 화람 본인도 잘 알고 있었다. 변하지 않기를, 변한 모습을 들키지 않기를. 엇갈리는 바람이 따스하게 변한 방 안의 온도를 현저히 낮추어 버린다.

"그럴 리가."

고개를 도리도리 젓던 무연이 뒤를 돌았다. 홍이가 깰 때까지 의자에라도 앉아 있겠다는 심산이었다. 물론 화람이 돌아갈 때까지만 그럴 생각이었지만.

"두령."

그 걸음은 곧 우뚝 멈추어 버렸다. 무연의 옷깃을 부여잡은 화람의 손가락 때문이었다. 살갗에 와 닿은 것도 아니건만, 홍이와 전혀 다른 차가운 손끝의 느낌이 온몸으로 전해졌다.

갑작스러운 화람의 행동에 놀란 무연이 뒤를 돌아보던 그때, 화람이 그의 널따란 품으로 뛰어들어 허리를 와락 끌어안고 말았다.

"화, 화람!"

처음이었다. 늘 제 마음을 표현하고 내비치고, 저를 통해 정기라도 취하라 몇 번이나 이야기했지만 이렇게 직접적으로 다가온 적은 한 번도 없었다.

"왜, 왜 이러는 것이야!"

그렇기에 더더욱 당황할 수밖에 없다. 떼어내려 어깨를 잡았지만, 그는 힘을 줄 수 없었다. 홍이의 어깨처럼 여리다. 얇고 가늘어 금방이라도 부서져 버릴 것 같았다.

그런 그의 상냥함을 이용하고 있다는 건, 화람 본인도 잘 알고 있었다. 단 한 번도 몸으로 부딪쳐 표현한 적이 없었으니, 마지막이라 생각하는 지금 모든 것을 표현하고 싶을 뿐이었다. 두 번 다시 저에게 기회란 오지 않을 것이 분명했으니.

"저는 태어날 때부터 두령의 여인이라 생각했습니다."

"화람, 일단 좀 떨어져서……."

"그리고 저는, 이제껏 두령 이외의 사내에게 연정을 품어본 적이 없습니다."

그 말에 무연은 아무런 말도 할 수 없었다. 화람의 목소리가 가느다랗게 떨리고 있었기 때문이다. 제 허리를 끌어안은 두 팔이, 가슴에 파묻고 있던 얼굴이 이제까지의 화람과는 다르게 평정심을 찾지 못하고 있었다.

"단 한 번도 희망을 놓아본 적이 없습니다. 제가 두령의 곁에서 살아갈 것이라는 확신 또한, 저버린 적이 없었습니다."

알고 있다. 모르는 것이 아니었다. 늘 저를 향하던 그 눈빛을, 마음을, 진심을. 결코 거짓이라 생각한 적은 단 한 번도 없다. 다만 그것을 곧이곧대로 받아들일 수 없어 미안했을 뿐.

"또한…… 이 마음을 끝내야 하는 상황 역시……."

끝끝내 생각해 본 적이 없었단 말을 전할 수 없었다. 입술을 꽉 씹는 것과 동시에 투명한 눈물이 흘러내렸기 때문이다.

그때, 화람은 처음으로 자신이 요괴임을 원망했다. 홍이처럼 뜨거운 체온을 갖고 있지 않은 제 존재가, 차갑기 짝이 없는 피부가 이리도 싫었던 적이 없었는데. 뺨을 타고 흐르는 눈물조차도 뜨거운 것과는 전혀 거리가 멀었다.

"화람."

무연의 목소리가 화람의 귓가에 나지막이 내려앉았다. 움찔거리는 그녀의 어깨를 꽉 부여잡았던 그가 깊게 한숨을 내쉬었다.

무어라 말을 해주어야 할까, 어떤 행동으로 그녀를 달래주어야 할까. 아무런 생각도 들지 않았다. 그녀에게는 미안한 일이었지만, 이 순간까지도 홍이가 깨어 오해라도 하면 어쩌나 하는 걱정뿐이었다.

"마지막…… 두령에게 마지막 부탁이 있습니다."

하지만 그것을 알 리 없는 화람으로선, 자신의 마지막 바람을 그에게 전할 뿐이었다. 물기 어린 두 눈동자가 무연을 향해 반짝거리며 빛을 내고 있다.

"말해보라."

"두령의…… 두령의 입술에 닿고 싶습니다."

불그스름해진 얼굴을 보았지만, 눈물에 영롱하게 빛나는 그 눈빛과 맞닿았지만 무연은 결코 그녀의 바람에 답해줄 수 없었다. 고개를 저으며 여린 어깨를 슬쩍 밀쳐 낼 뿐.

무연의 행동에 화람의 가슴이 바닥을 향해 내동댕이쳐졌다. 결국 그 바람조차 쉽사리 닿지 못하는 것인가 싶어 온몸이 찢어질 듯 아팠다.

"왜…… 어째서……."

이해가 가지 않는단 표정이었다. 그 누구에게도 마음을 줄 수 없는 얼음장 같은 사내라면, 마음이 담기지 않는 입맞춤을 주는 것이 어렵지 않을 게 분명한데. 그리 어려운 일은 아닐 텐데.

"화람."

수많은 감정이 뒤엉킴에, 가슴이 내려앉음과 동시에 밀려온 절망감이 그녀를 주저앉게 만들었다. 다리에 힘이 풀린 화람을 부여잡은 건, 무연의 단단한 두 팔이었다.

"나는 그대를 마음에 품을 수 없어."

"그 누구도······ 품지 마셔야지요."

그것이 화람의 마지막 자존심이라는 걸 알고 있었다. 그리고 그것이 그녀의 괜한 아집이라는 것 역시도 모르는 게 아니었다. 하지만 그 말에 아니라는 대답을 하고 싶지 않았다.

"그대의 말대로 누구도 마음에 품을 수 없다면, 그대가 원한 입맞춤 또한 그 누구에게도 해줄 수 없는 것이 아닌가."

그때 화람은 자신의 눈에 비친 무연의 표정을 기억하지 않으려 애써야 했다. 쓸쓸하기 짝이 없는, 단 한 번도 본 적 없던 눈빛으로 웃는 그 표정을. 그녀는 기억하지 않기 위해 미간에 잔뜩 힘을 줬다.

자신이 이토록 슬프고 아프니, 그 역시도 마찬가지로 힘들고 슬퍼야만 했다. 물론 그런 표정을 짓는 것 자체를 이해할 수 없었지만.

"내가 해줄 수 있는 건."

이윽고 무연이 화람의 손목을 부여잡았다. 그리고 자신의 입술 가까이로 올려 뽀얀 손등 위에 입술을 맞댔다.

그때, 화람은 울컥 밀려오는 눈물을 삼켜야만 했다. 그의 차가운 입술의 감촉을 전혀 원하지 않았던 방법으로 느낀다는 것에 슬픔이 잔뜩 밀려왔다.

"이것뿐."

"참······ 잔인한 분입니다."

"그렇담, 애정 한 톨 없는 이 마음으로 그대를 안기라도 하라 이 말인가."

분명 그런 말을 했었다. 정기라도 취하라, 그리 말하며 그의 가슴팍에 안기려던 때가 있었다. 하지만 진심으로 원한 건 아니었다. 그리해서라도 저에게 마음을 품기를, 혹 요화가 나타나더라도 진심은 저를 향하기를 바란 것뿐.

"그렇게 하면, 그대는 만족하고 나에 대한 그 마음을……."

화람의 손을 잡고 있던 무연의 손아귀에 힘이 들어갔다. 서슬 퍼런 빛을 발하던 눈매가 잔뜩 치켜 올라갔던 그때, 화람의 온몸이 부르르 떨렸다.

그런 눈빛을, 마음을, 더불어 이런 상황을 원한 게 아니었다. 이런 결말을 위하여 제 마음을 온전히 쏟은 게 아니란 말이다.

"접어줄 텐가."

쾅! 천둥이 내리쳤다. 어제보다 더 강하게 몰아치던 눈보라와 함께 설산 위로, 무연의 방 안으로. 그리고 결코 맞닿을 수 없는 연정을 잔뜩 끌어안고 있던 화람의 마음으로. 이윽고 번개가 번쩍이며 돌풍이 부는 소리가 들렸다.

"어떤 것이 그대를 위한 방법일지 나는 모른다. 하지만."

"그만하십시오."

"난 그대의 연정에 화답할 수 없어."

"무연!"

"내 마음이 녹는다 하여도."

"제발!"

듣고 싶지 않았다. 그 말의 끝을, 그의 진심을 구태여 목소리를 통해 전해 듣고 싶지 않아 입술을 꽉 깨물었다. 송골송골 맺히던 눈물이 흘러내릴 듯, 흘러내리지 않을 듯 위태롭게 흔들리고 있었다.

"그것 또한 그대 때문이 아닐 것이야."

무연의 말이 끝나기 무섭게, 손바닥이 뺨을 스치는 소리가 방 안에 가득 울렸다. 무연의 얼굴이 돌아가고, 허공에 떠 있는 것은 화람의 손바닥이었으니. 순간 무연은 흑강이 방을 지키고 있지 않음을 다행이라 생각했다. 제아무리 화람이라 할지라도, 두령에게 손을 대는 것은 용서받지 못할 일이었다.

"예. 아주…… 아주 잘 알아들었습니다."

그의 팔을 뿌리친 화람이 후들거리는 다리에 힘을 꽉 주었다. 집에 돌아갈 때까지, 제 마음을 안아줄 사와와 교하가 기다리는 그 집에 갈 때까지 결코 쓰러지지 않겠다 다짐하며 치맛자락을 꽉 붙잡았다. 볼을 타고 흐르는 눈물도 개의치 않았다.

"저 인간 여인이 어찌나 가여운지 두령은 모르실 겁니다."

그 말을 끝으로, 화람은 무연을 지나쳐 방을 빠져나갔다. 그녀의 머리칼이 무연을 스치며 묘한 향을 발했지만, 그의 코끝으로 와 닿을 리 만무했다.

쾅! 문이 닫히는 소리가 크게 울림과 동시에 무연의 잇새에서 커다란 한숨이 새어 나왔다. 그녀가 자신에게 저돌적으로 달려든 것도 처음이었지만, 저 역시도 그녀에게 모진 말을 한 것이 처음이었다.

언젠간 자신의 말이 칼날이 되어 그녀의 마음을 베어내리라 짐작은 했지만, 이러한 끝을 예상한 건 아니었기에 가슴 한켠이 무거워지며 온몸에 힘이 빠졌다.

"내가…… 내가 참으로……."

못된 자로다. 중얼거리며 고개를 푹 떨어뜨렸던 그때, 살랑거리는 실바람이 불어왔다. 코끝에 내려앉는 향기가 달콤했다. 바닥으로 흘러내리는 검은 물결에 눈이 휘둥그레졌다.

설마, 하는 마음으로 얼굴을 들어 올렸을 때 그의 앞에는 울먹거리는 홍이의 모습이 있었다.

"호, 홍아."

"어째서⋯⋯."

자고 있을 거라 생각했다. 분명 잠에 들어 있다 생각했기에 그리 모진 말을 할 수 있던 것이다. 왜 그런지 이유를 알 수 없지만, 홍이에게는 그런 모습을 보이고 싶지 않았다. 냉정한 모습을, 너무하다 느껴질 정도로 모진 말을 뱉는 그 모습을.

"어째서, 그리도 냉정하십니까."

홍이에게만큼은 결코 보이고 싶지 않았건만.

"무연님께서는 어쩜 그리 여인에게 무정하십니까."

그토록 보고 싶었던 얼굴이 눈앞에 있었다. 또 한 번, 우는 모습을 보고 싶다 생각했었다. 하지만 막상 보게 된 그 모습이 생각처럼 달갑지 않았다. 전날 밤처럼 마음이 간질거린다거나, 혹은 그 모습이 사랑스러워 어쩔 줄 모른다거나 하지 않았다.

"어째서⋯⋯ 어째서 그렇게 냉정히⋯⋯."

두 손으로 얼굴을 가린 채 우는 그 모습에 가슴이 찢어질 듯 아팠다. 간간이 터져 나오는 울음소리가 그의 머리를 헤집었다. 귓가에 맴도는 울음은 분명 화람과 홍이 두 여인의 것이건만, 마음으로 전해져 오는 건 홍이의 울음뿐이었으니.

"홍아, 울지 말거라."

두 팔을 뻗어 그녀를 제 품으로 끌어당겼다. 작은 몸이, 뜨거운 체온으로 요동치는 그 몸이 너른 가슴팍에 안겨 바들바들 떨고 있음에 숨이 막히기 시작했다.

왜, 어째서. 화람의 눈물에는 그토록 무심했던 제가 홍이에게는 이토록 약해지는 것인지 도통 알 수 없었다.

"놓으세요! 싫습니다. 이런 무연님은, 이런 무연님은!"

"제발!"

그 순간, 무연을 뿌리치려던 홍이와 그녀를 끌어안고 있던 무연이 움직임을 멈추었다. 약속이라도 한 것처럼 그 자리에 꼿꼿이 서버린 둘의 사이로 정적이 흘렀다.

여전히 바람 소리가 거칠었다. 간간이 천둥소리가 울리긴 했으나, 전날 밤처럼 홍이에게 크게 와 닿지 않는 것 같았다.

"날 싫어해도 좋아. 네가 날 뿌리쳐도 좋아. 하지만 홍아……."

무연의 커다란 손바닥이 홍이의 팔을 꽉 부여잡았다. 하지만 전날처럼 그의 손끝은 뜨거워지지 않았다. 옷깃에 맞닿은 손가락은 여전히 차디찬 얼음장을 가득 끌어안고 있을 뿐이었다.

"울지 말거라."

마음이 무너졌다. 그 말을 전하는 무연의 마음도, 그 말을 전해 듣는 홍이의 마음도. 불어 닥치는 돌풍에 의해 산산조각이 난 마음이 흩어져 내렸다.

"제발…… 울지 말거라. 네가 울면 난 어찌해야 할지 알 수 없어. 네가 울면…… 마음이 찢어질 듯 아프니, 제발……."

결국 홍이의 두 팔에 힘이 탁, 풀렸다. 그토록 싫다 외치던 그 품에 얼굴을 파묻은 채 눈물을 꾹꾹 삼켰다. 울지 말라는 무연의 그 말이 가슴을 미어지게 만들어 남은 눈물을 흘릴 수 없었다.

"두령이 오면, 자는 척을 하고 잘 들으세요."

그때, 왜 화람의 목소리가 머리에 남아 그토록 떠나지 않았을까.

"절대 누군가를 사랑할 수 없는 분입니다. 그 곁에서 그분에게 마음이 동하더라도……."

창밖으로 천둥이 내리치고 있었다. 설산을 쪼개기라도 할 것처럼 세게 내리치던 굉음이 무연의 방까지 전해지고 있었지만, 홍이는 그 소리에 두려워할 틈조차 없었다.

"아가씨는 결코, 그 마음에 화답받지 못할 거예요. 나처럼 말이에요."

도망치듯 무연각에서 뛰쳐나온 화람은 바깥의 공기와 맞닿고 나서야 크게 숨을 들이마실 수 있었다. 꽉 막혀 있던 코가 한 번에 뚫리는 기분이었다. 아니, 그보다 슬픔으로 꽉 막혀 버린 가슴이 저 밑으로 내려가는 것 같아 절로 한숨이 새어 나왔다.

"난 그 마음에 화답할 수 없어."

한두 번 듣던 거절이 아니었다. 그래, 처음도 아니었고 새삼스러울 일도 아니다. 하지만 오늘은 달랐다. 그 눈빛도, 말 한마디 속에 녹아들어 있던 마음도 평소와 같지 않았다.

닿을 수 없을 것이다. 일말의 희망도 가질 수 없을 것이고, 아주 작은 바람조차 그에게 전하지 못할 것이다.

"이것을…… 이런 것을 원한 게 아니었는데."

울음이 터지고 말았다. 두 손으로 얼굴을 가려 차가운 눈보라

요화 妖花-요괴의 꽃

를 막아보려 하지만, 그것은 꽤 쉽지 않은 일이었다. 턱에 맞닿은 손목으로 눈물이 맺혔다. 팔을 타고 흘러내리는 눈물 탓에 공기가 더욱 서늘하게 느껴졌다.

"당신이……."

전부였는데.

바닥을 향해 떨어지는 것은 그녀의 마음이요, 하늘로 높이 날아가는 건 무연을 향한 원망이었으니.

화람은 아주 오랫동안 그 자리에 서 있었다. 눈에서 쏟아지는 눈물이 마를 때까지, 그 슬픔이 다할 때까지. 꽤 오랜 시간 한자리를 지켰다.

설산의 밤이 지나갔다. 평소보다 거친 눈보라가 몰아치고, 천둥이 내리친 이후에는 생각보다 더 푸른 하늘이 요새의 위를 장식했다. 하지만 전날보다 더 나아지지 않은 것이 있다면 분명, 알수 없는 무게로 가득 찬 무연의 방이었다.

울음을 꽉 참던 홍이는 무연에게 안긴 채 죽은 듯 잠이 들었다. 무연 역시도 그런 홍이를 꽉 끌어안은 채, 두 눈을 감았다. 하지만 그는 잠을 잘 수 없었다. 홍이의 울음이 귓가를 맴돌아서, 머리를 떠날 생각을 하지 않아서. 도저히 잠에 들 수 없었다.

"홍아."

그리고 아침이 밝았을 때, 그제야 무연은 홍이의 이름을 나지막이 읊조렸다. 진정이 되었을 것이라 생각했기 때문이다. 전날 밤처럼 울부짖으며 아픔을 토하지 않을 것이라 생각했다.

"홍아."

그리고 그때, 홍이가 몸을 벌떡 일으켜 무연을 내려다보았다. 밤새 잠을 제대로 이루지 못한 건지 눈 밑으로 거무죽죽한 그림자가 드리워져 있었다. 벌건 핏줄이 선 눈동자가 이내 아래로 축 내려와 울상을 지었다.

"아무리 생각해도, 이해가 가지 않습니다."

"무엇이 말이야."

불안했다. 화람의 마음을 받아주지 않는 자신이 이해가 가지 않는다 할까 봐, 그녀에게 모질게 굴었던 자신이 이해가 가지 않는다 할까 봐. 지레 겁을 먹은 채 입술을 뗐다. 물론 그런 무연의 마음을 알 리 없는 홍이로서는 잔뜩 울상을 지으며 그를 쳐다볼 뿐이었지만.

"무연님도, 화람님도. 모두 그럴 수밖에 없는 상황인데 왜 그리 상처를 주고받으시는지."

그녀의 말에 무연의 눈이 휘둥그레졌다. 홍이와 시선을 마주하기 위하여 저 역시도 몸을 일으켰다. 이상하지. 단 한 번도 방 안에서 온기를 느낀 적이 없건만, 그녀가 제 방에 자리 잡은 후부터 따뜻하기 그지없다. 이곳이 설산인지, 인간들의 마을인지 구분조차 힘들 정도로.

"어째서, 그렇게 상처를 가득 끌어안아야 했는지…… 정말 모르겠습니다."

"내가…… 그녀에게 너무했으니."

그 말의 끝으로 씁쓸한 웃음이 그려졌다. 교하도, 흑강도 그리 말하곤 했다. 자신이 너무하다고. 그녀의 애절한 마음 한 번 돌아보지 않는 자신이 너무하다고 말이다. 홍이 역시도 그런 말을 할

妖花-요괴의 꽃

것이라 생각하며 고개를 푹 숙이던 그때, 햇살처럼 따스한 그녀의 손이 무연의 손등을 살며시 포개었다.

"텅 빈 마음으로 화람님을 안는 것이 더…… 잔인하다고 생각합니다."

그때, 왜 마음이 울렁거렸는지 무연은 결코 알 수 없었다. 그 언젠가 자신이 너무하다고 하여, 그 마음을 돌아보지 않는 것이 잔인하다고 하여 그런 사내가 되리라 마음먹었었다. 어차피 받아주지 못할 바에야, 악역을 자처하고 말겠다고. 나쁜 사내가 되더라도 상관없다 생각했건만.

"어제는 화람님의 마음이 너무 깊게 와 닿아서……. 그 말이 자꾸 떠나지 않아서, 무연님에게 심한 소리를 했습니다."

아니, 그런 적이 없다. 너는 단 한 번도 나에게 상처인 적이 없다. 터지지 않는 그 말을 몇 번이고 속으로 삼켰다. 꼭 말해주고 싶었는데, 말해야 했는데 입술 바깥으로 새어 나올 생각을 않는다.

"무연님이 너무한 것이 아닙니다. 화람님 또한 잘못한 것이 아닙니다."

그 말을 듣고 싶었다. 자신이 너무한 것이 아니라는 말을, 마음이 동하지 않는 건 어쩔 수 없는 것이라는 그 말을. 그토록 듣고 싶었으나, 어째서 한 번도 듣지 못했던가.

"그러니…… 괴로워 마세요."

제 손을 꽉 부여잡는 홍이의 손길에 그만 왈칵 눈물이 터질 뻔했다. 전날 그리 휘몰아치던 설산의 눈보라가 이 푸르른 아침을 위한 것이었나 싶었다.

"또, 간밤에 곰곰이 생각해 보았습니다."

"무엇을……."

"제가 잘못하고 있는 건지, 제가…… 보답받지 못할 마음을 함부로 품고 있는 것인지."

홍이의 대답에 무연의 눈동자가 세차게 흔들렸다. 찰랑이며 빛나던 물색의 눈동자가 창가에 내리쬐는 햇볕에 의해 산산이 부서졌던 그때, 붉게 달아오른 홍이의 얼굴이 그 앞으로 그려졌다.

"무연님을 따라온 그 순간부터 지금까지…… 이상하리만치 무연님에게 닿고 싶었습니다. 가까워지고 싶었고, 그 곁을 떠나지 않고 오래도록…… 머물고 싶었습니다."

그것은 요화이기에 어쩔 수 없이 느끼는 숙명이라 할지도 몰랐다. 그의 꽃으로 태어났으니, 그 기운에 이끌려 머무르고 싶은 것 역시 당연한 것일 터.

"이게……. 화답받지 못할 마음인가 싶어, 밤새 생각해 보았는데."

"그랬는데?"

"전혀, 전혀 알 수 없었습니다."

손가락을 움찔거리는 모습도, 두 볼을 붉히는 모습도 너무나 사랑스러워 어찌할 바를 모르던 무연이 실없는 웃음을 터뜨렸다. 잔뜩 긴장하고 있던 건 오히려 자신이었다는 건 차마 말할 수 없는 사실이었지만.

아침이 다가오는 것이 처음은 아니었건만, 어쩐지 오늘만큼은 남다르다고 생각했다. 평소에 맞이하던 순간과는 다르다는 사실에 가슴이 쿵쿵 뛰기 시작했다.

"그렇담 방법이 하나 있다."

무연의 부드러운 목소리에 홍이가 고개를 들어 올렸다. 얼굴만큼이나 붉던 눈동자가 왜 그리 고와 보였는지, 결코 알 수 없는 일이었다.

"내 곁에서 지켜보면 된다."

그리고 자신이 왜 그런 말을 하고 있는지조차 알 수 없었다. 운명적으로 끌릴 것이라는 걸 모르는 게 아니었다. 요화이기에, 또 북쪽을 어깨에 짊어지고 있는 두령이기에 자연스레 끌릴 것이라는 건 어렴풋이 짐작하고 있었다. 다만 그 이상의 감정이 생길지도 모른다는 건, 절대 생각지 않았던 일이었으니.

"너의 그 마음에 내가 화답할 수 있을지, 화람처럼 내가 너를 밀어낼 수밖에 없을지."

결코 화람처럼 내치지 않을 것이라는 말은 하지 않기로 했다. 더불어 홍이가 요화라는 존재라는 것 또한 아직은 밝히지 말자 다짐했다. 홍이가 제게 마음이 동하기 시작한다면, 그때에 요화임을 알리고 의식을 치르자고 그리 결심하고 있었다.

"그럼 되지 않느냐?"

물론 그 사실을 알 리 없는 홍이로서는 그저 환한 웃음으로 그에게 대답을 전할 뿐이었지만.

제 앞에 핀 화사한 꽃 한 송이에 무연이 손을 들어 올렸다. 보드라운 살갗을 어루만지던 그가 희미하게 웃음을 남기며 어젯밤, 울음을 터뜨리던 홍이의 모습을 떠올렸다.

"싫습니다!"

머리에 떠오른 그 말에 입술을 꽉 씹었다. 사실 상처를 받았던 건 그 말 때문이 아니었다. 홍이가 저를 좋아하건 싫어하건, 아직 그에게 크게 와 닿을 리 만무하니. 다만 마음이 찢어질 듯 아팠던 건, 붉은 눈동자에서 뚝뚝 떨어지던 커다란 눈물 때문이었다. 그토록 보고 싶던 표정이, 마음을 찢어놓는 칼날이 될 줄이야 누가 알았을까.

"그나저나…… 왜 이리 옷가지가 흙투성이십니까."

무연이 현실로 돌아올 수 있었던 건, 걱정으로 잔뜩 내려앉은 홍이의 목소리가 아주 가까이에서 들렸기 때문이었다. 화들짝 놀란 그가 휘둥그레진 눈으로 그녀와 시선을 마주했다.

그리고 곧 그녀의 말이 가리키던 '흙투성이가 된 옷'을 슬쩍 내려다보았다.

"아……."

꽃밭이 있다고 말해야 하는데, 홍이 너를 위해 가꾸었다 한마디면 되는데 어쩐지 쉽게 터져 나오지 않았다. 아니, 제 나름대로 조금 심술을 부리고 싶었는지도 모른다.

"어제 방에 들러 너를 본 후, 욕탕으로 가려 했는데 그게 잘 되지 않았지."

"그럼 지금이라도 어서 가셔요. 옷도 갈아입으셔야 하니, 저는 무사님께 무연님의 의복을 챙겨달라 말을 하겠습니다."

조곤조곤 이야기하는 그 모습에 가슴 한구석이 간질거렸다. 알 수 없는 미미한 떨림에 저도 모르게 몇 번인가 헛기침을 뱉었다. 그러지 않고서야, 그 간질거림이 해소되지 않을 것 같았다.

무연이 눈을 길게 휘어 웃음을 그렸다. 홍이에게서 눈길을 떼지 않은 채로.

"사실 내가 어제 너에게 주고 싶은 게 있었는데 말이다."

"저에게요?"

고개를 끄덕이던 무연이 턱을 괸 채 홍이를 주시했다. 분명 그게 무어냐 기뻐할 것이다. 그 고운 얼굴을 붉히며 궁금하다 난리를 피울지도 모른다. 요새에 있는 몇 여인들의 그러한 모습을 본 적이 있었으니.

"괜찮습니다. 그런 걸 받을 만한 일을 한 적도 없고……."

홍이의 대답은 무연을 얼떨떨하게 만들기 적당했다. 왜? 눈을 동그랗게 뜬 그가 손바닥에서 얼굴을 뗀 채, 그녀를 빤히 쳐다보았다. 자신이 생각했던 답과는 전혀 다른 이야기가 돌아오니, 어안이 벙벙했다.

"또 괜한 것으로 무연님을 귀찮게 해드릴 순 없습니다. 저는 객식구이니까요. 혹시라도 무연님을 귀찮게 한다거나, 무연님의 일에 방해가 되기라도 하면……."

홍이는 쫓겨날까 겁이 난다는 말은 하지 못했다. 또 무연이 화를 낼까 무섭기도 했고, 그 말이 현실로 이루어지기라도 할까 겁이 났기 때문이었다. 고개가 절로 숙여지는 이유도 알 수 없었건만, 그러나 그가 저에게 주고 싶다는 것의 정체가 궁금해지는 것도 사실이었다.

언제부터 이렇게 욕심이 많아졌을까.

"아…… 아니, 네가 무언가 착각하는 것 같은데, 홍아."

아아, 그래도 그 욕심은 버리고 싶지 않다. 만약 그 욕심이 꼭 버리지 않아도 괜찮은 것이라 한다면, 다른 방법을 써서라도 욕심을 부리고 싶었다.

"지, 진정 저에게 그것을 주고 싶으시다면!"

그때, 제 마음이 그러라 했다는 말을 전하려던 무연을 막아선 것은 곧 터질 것처럼 얼굴이 달아오른 홍이의 모습이었다. 입술을 꽉 문 채 바닥을 내려다보는 그녀의 모습에 그는 다시 한 번 말문이 막힐 수밖에 없었다.

부끄러운 걸까, 화가 난 걸까. 하는 고민은 필요치 않았다. 바들바들 떨린 채 숨소리가 거칠어지는 걸 보면, 그 행동은 분명.

"제, 제가 무연님을 도울 수 있게 해주세요. 사, 상으로 그것을 받을 테니."

부끄러운 것이 분명한 일.

그녀의 반응에 무연은 기가 막힌 듯 입을 반쯤 벌렸다가, 이내 작게 웃음을 터뜨릴 수밖에 없었다. 킥킥, 웃음소리가 그녀의 붉은 얼굴을 톡톡 두드린다.

"너는 참, 종잡을 수 없는 여인이야."

어쩌면 휘둘리고 있는 건 자신일지도 모른다. 저를 따라 이곳에 와, 영문도 모르고 이곳에서 살아가야 하는 홍이가 휘둘리는 게 아니라. '아무것도 모르는' 여인의 감정에 울고 웃는 자신이 휘둘리고 있는 것이라고 생각하며 길게 숨을 내뱉었다.

"안…… 안 됩니까?"

지레 겁을 먹고 있는 게 분명했다. 동그랗게 뜬 눈동자나, 치맛자락을 꽉 부여잡은 한쪽 손을 보더라도 잘 알 수 있는 일이었다.

놀리고 싶었다. 그 얼굴이 더욱 붉어질 수 있도록, 제 앞에서 어쩔 줄 몰라 안달이 난 그 모습을 계속 볼 수 있도록.

"안 될 건 없다. 뭐…… 네가 정녕 할 수 있다면야."

미안하다는 말은 잠시 접어두기로 했다. 욕심을 부리는 걸로 미안해한다면, 아마 이후로 홍이에게는 그 어떤 것도 할 수 없겠다는 생각이 들었기 때문이다. 희미하게 웃는 그의 얼굴에 홍이가 몸을 바짝 세운 채 고개를 끄덕였다.

"하, 하겠습니다! 할 수 있어요!"

"호…… 그래?"

하마터면 그것을 받기 위함이라 말할 뻔했던 홍이가 입을 꾹 다물었다. 여전히 웃음이 가시지 않은 얼굴을 위아래로 끄덕이며 잡고 있던 무연의 손을 더욱 세게 그러쥐었다.

어쩐지 생각보다 더 따스한 아침이었다. 화람과 무연, 그들이 서로 생채기를 내던 간밤의 일은 그녀의 머릿속에서 사라진 지 오래가 되어버린 아주 따뜻한 아침.

"무, 무연님. 아, 아무리 생각해도 이것은 조금……."

따뜻한 아침이라 생각한 것이 반 시진도 지나지 않았다는 건 홍이 스스로도 잘 알고 있었다. 무엇이든 할 수 있다는 자신의 말에 흥이 난 무연이 부리나케 방을 나섰기 때문이었다. 물론 그 일이 무엇인지 묻지 않았던 것을 가장 후회하고 있었지만.

"왜, 홍이 네가 할 수 있다 하지 않았느냐. 이제 와서 못 하겠다 하면, 그건 두령인 나를 놀리는 꼴이 되는 것이지."

이런 일이라는 걸 말씀해 주셨어야지요. 그 말이 목 끝까지 차올랐지만, 차마 터져 나오지 않아 입꼬리에 힘을 주었다.

"하, 하지만……."

"뭐, 할 수 없다면 방에 올라가 있어라. 약속한 그것은 추후에 네가 해주었을 때 주도록 하지."

웃고 있는 게 분명했다. 굳이 무연을 쳐다보지 않아도, 자신이 얼굴을 푹 숙이고 있어도 충분히 알 수 있는 일이었다. 홍얼거리는 목소리에 괜히 울컥, 무언가 차올랐다.

그래, 사실 어려운 건 아니었다. 이것이 어렵다 한다면 이제껏 조부와 함께 살아온 지난날들은 사람이 살 수 없을 정도였을 것이다.

"자, 어떻게 하겠느냐. 네 대답이 없으니 내가 벗을 수 없다."

다만 그의 채근에도 쉽게 대답할 수 없는 명확한 이유가 있다면, 첫 번째는 무연이 자신을 데려온 장소가 하필이면 욕탕이라는 사실이었고.

"자, 잠시만 기다려 주십시오! 자, 잠시만!"

두 번째 이유는, 그가 홍이의 앞에서 옷을 벗겠다며 허리춤에 꽉 묶어놓은 매듭을 풀고 있기 때문이었다.

더불어 가장 큰 이유를 따지라면, 무연이 도와달라 한 것이 등을 밀어달라는 것이었기 때문이다. 목욕을 도와달라는 이유인데, 그것은 곧 그의 적나라한 나체를 보아야 한다는 것이 아니던가.

"무, 무연님!"

이제껏 남자와는 단 한 번도 접촉을 하지 않은 채 살아왔다. 남자와 대면한 적은 기껏해야 마을에서 일을 연결해 주던 행상인 혹은 장날, 고기를 싸게 팔던 상가의 주인이라거나 하는 정도였는데.

이렇게 갑작스럽게 사내의 벗은 몸을 보게 되다니. 홍이의 인생에서 결코 있을 수 없는 커다란 사건 중 하나였다.

"네가 알아서 하거라. 난 더 이상 못 기다리겠구나."

이러지도 저러지도 못하던 홍이가 여간 답답한 모양이었는지, 결국 무연은 제 허리를 단단하게 묶고 있던 매듭을 한 번에 푸르고 말았다. 이윽고 옷가지가 느슨해졌고, 그는 일말의 고민도 없이 그것을 벗어 내렸다.

후두둑. 옷가지가 바닥에 떨어지는 소리와 함께 홍이는 외마디 비명을 질러야만 했다.

"꺅!"

뒤이어 킬킬, 웃음소리가 들렸다. 잠시 후면 참방, 물에 들어가는 소리가 들리는 게 맞다고 생각했건만 홍이의 귀에는 아무런 소리도 들리지 않았다.

두 손으로 얼굴을 가린 홍이가 손바닥 안에서 슬며시 두 눈을 떴다. 움직이는 소리도, 물에 들어가는 소리도 없는 고요한 정적에 슬쩍 손을 내리려던 그때였다.

"홍이 네가 보기와는 다르게 엉큼한 면이 있어."

"무, 무연님께서 더 엉큼하십니다! 어, 어찌 처녀 앞에서!"

"처녀 앞에서? 내가 무얼?"

"무, 무엇이라니요! 오, 옷을 벗으신 것만 해도!"

이윽고 또다시 무연의 웃음소리가 홍이의 귀를 툭툭 건드렸다. 그것은 즐거움이 반, 놀리고자 하는 마음이 반 뒤엉켜 있던 웃음이었지만 홍이는 결코 알 수 없었다. 더불어 동그란 귀까지 발갛게 달아오른 것 역시 그녀를 내려다보고 있던 무연만이 볼 수 있는 모습이었다.

"그럼 홍이 네가 엉큼한 게 맞지 않느냐, 나는 결단코 부끄러운 짓은 하지 않았거늘."

놀리는 듯, 흥얼거리는 무연의 목소리에 홍이의 어깨가 움찔거렸다. 설마, 설마 하는 마음으로 몇 번이나 심호흡을 하던 그녀가 자신의 얼굴을 감싸던 손을 슬그머니 아래로 내렸다. 그리고 당당히 서 있는 무연을 따라 천천히 고개를 들어 올리던 그때, 아뿔싸! 작은 탄식이 새어 나왔다.

"거봐, 내가 너에게 부끄러운 모습이라도 하고 있더냐?"

순간, 홍이는 목 끝까지 차오르는 민망함에 입술을 힘껏 씹어야만 했다. 그러지 않았다면 붉어진 얼굴이 당장에라도 펑 터져 버릴지도 몰랐다. 아니 괴상한 목소리로 무연에게 따지고 들었을 수도 있지.

무연이 벗어 던진 건, 본래 걸치고 있던 옷이 분명했다. 한데 안에 또 다른 옷을 덧입고 있었을 줄이야, 홍이로서는 전혀 상상조차 할 수 없던 일이었다.

"뭐, 상상하는 것은 네 맘이지만 나는 아직 그럴 맘이 없다, 홍아."

킥킥, 웃음을 던진 무연이 어깨를 으쓱거리며 몸을 돌렸다. 탕 안으로 들어가기 위해 한 걸음을 내디디면서도 그의 얼굴엔 웃음이 가실 생각을 않았다.

지금쯤 홍이의 얼굴은 그 눈동자보다도 더 발갛게 달아올라 있을 것이다. 너무 붉어 잘못 보면 까맣게 보일지도 모르겠다. 소리조차 지를 수 없어 주먹을 꽉 쥔 채, 저를 원망스레 쳐다보고 있겠지.

"너, 너무하십니다."

"맘대로 생각한 건 네 쪽이 아니더냐."

괴롭히는 건 미안했지만, 그는 홍이를 놀리는 것을 멈출 수 없었다. 부끄러움에 잔뜩 취한 얼굴을 보고 싶어서, 이러한 상황에 대처하는 홍이의 표정을 놓치고 싶지 않아서.

그녀를 등진 채 앉아 있던 무연이 슬그머니 몸을 돌렸다. 그리고 당장에라도 울 것 같은 표정을 짓는 홍이를 빤히 바라보았다.

이상했다. 절대 보고 싶지 않다고 아침에 다짐했던 그 우는 얼굴이 전날과 너무나 달라 보였다. 울음이 터질 것 같은 얼굴은 똑같았건만, 가슴으로 전해지는 반응은 전혀 다른 것이었다.

"자, 등을 밀어줄 테냐. 아니면 포기하고 방으로 돌아가 있을 테냐."

그러니 더더욱 놀리고 싶어지는 것이다. 그렁그렁한 눈동자를 보는 일도, 붉게 달아오른 두 볼과 입술이 어쩔 줄 몰라 하는 것도 꽤 즐거운 일이었으니.

반면에 홍이는 그와 정반대의 기분을 느끼고 있었다. 수치스럽다거나, 그가 원망스러운 건 아니었다. 그저 그가 말한 것처럼 엉큼한 생각을 하고 있던 것이 자신의 쪽이었다는 게 민망하기 짝이 없을 뿐.

주먹을 꽉 쥔 채, 다소곳이 앉아 있던 홍이가 고개를 들어 올려 무연과 눈을 마주했다. 여전히 부끄러워하고 있었지만, 무언가 결심했다는 듯 반짝이는 눈빛은 그대로였다.

"하, 하겠습니다."

어려운 일이 아니라는 건 이미 잘 알고 있다. 그래, 그냥 등을 닦아주기만 하면 되는 일이 아닌가. 절대 어렵다거나 힘든 일은 아니다.

"그래, 부탁하마."

무연의 얼굴에는 여전히 웃음이 가득했다. 그것이 홍이를 놀리기 위함인지, 이 상황에 만족해 그려지는 웃음인지는 절대 알 수 없었지만.

무연이 몸을 돌림과 동시에 참방거리는 물소리가 천장으로 높이 치솟았다. 둘 사이에 존재하는 건 무연이 움직일 때마다 울리는 물소리라던가, 아주 조금 거칠어진 홍이의 숨소리뿐이었다.

"여인의 손길이라는 건, 참으로 좋은 것이구나."

두 눈을 지그시 감은 무연이 목을 조금 숙이며 웃음을 그렸다.

자신의 등을 닦아주는 수건의 감촉도 좋았지만, 그보다 더 좋은 건 홍이의 손길이었다. 간간이 목덜미를 스치는 보드라운 살갗 혹은 그 열기.

"펴, 평소에 무연님의 시중을 드는 여인들이 있을 것 아닙니까."

홍이는 그 말을 던지고 나니 괜히 마음 한구석이 저릿해졌다. 두령이라 함은, 저가 살던 세계로 비유한다면 왕과 마찬가지이니 분명 궁녀나 시녀와 같은 위치의 여인이 몇은 있을 것이라 생각하는 것이다.

어쩌면 아주 당연한 일일진대, 그렇게 생각하니 가슴이 따끔거렸다. 숨이 잘 쉬어지지 않았다.

"아아, 그래 있었지. 그게 여인이 아니라 조금 아쉽다고 해야 할까."

하지만 그것도 잠시, 무연의 말에 놀란 홍이가 토끼 눈을 한 채 손을 멈추었다.

"거, 거짓말하지 마십시오. 제가 아무것도 모른다 하여 그런 것까지 모를 거라 생각하셔요?"

홍이의 목소리가 조금 달아올라 있지 않은가. 무연의 입술 한쪽이 비스듬하게 말려 올라갔다. 무언가 떠올랐다는 듯 잔뜩 기대에 찬 얼굴이었다.

"흐응, 모르는 게 없는 여인이로구나."

콧바람이 새어 나옴과 동시에 무연이 흥얼거림을 이어갔다. 그리고 홍이의 손길이 목덜미를 지나 날개뼈 부근으로 향했을 때, 반쯤 몸을 돌린 무연이 그녀와 눈을 마주했다.

"그럼 말해보아."

그의 기다란 손가락이 홍이의 얼굴을 향했다. 뜨거운 물에 담그고 있어 그런 건지, 차갑기만 했던 그의 손끝이 아주 조금 달아올라 있었다. 아니, 어쩌면 손길이 닿은 홍이의 얼굴이 여러 가지 이유로 뜨거워져 있기 때문일지도 모른다.

"무, 무엇을."

"네가 알고 있는 것."

하얀 손끝이 홍이의 얼굴을 스쳤다. 깜빡거리는 붉은 눈동자의 밑을 지나, 뽀얘진 그녀의 두 볼을 어루만졌다. 살살 간질이는가 싶더니 이내 귀를 덮고 있던 검은 머리칼을 넘겨주었다.

머리를 올리라 할걸, 그리 생각했다. 부드럽게 떨어지는 뽀얀 목선이 생각보다 더 색정적이었다. 반짝거리며 빛나는 그곳에서 시선을 떼려야 뗄 수가 없다.

"내가 모를 거라 생각했던."

귀조차도 참으로 어여쁘다고 생각했다. 날카롭게 치켜 올라간 제 귀와는 다르게, 동그랗게 떨어지는 선이 참으로 곱다고. 매끄럽게 떨어지는 그 선에 맞닿고 싶었다.

"그 사실을 말해보라 하였어."

결국 속으로만 생각하던 행동을 저지르고야 말았다. 동그란 귀를 따라 스치던 그의 손길이 얇은 목선으로 흘러내렸다. 그 움직임과 함께 움찔거리는 모습에 가슴 한구석이 찌르르 울렸다. 참으로 자극적인 모습이로다.

조금씩 열기를 잃어가는 차가운 손끝이 느껴질수록 홍이의 열기는 더욱 세게 와 닿으니, 그야말로 심장이 터진다 하여도 이상할 일이 아닐 것이다.

바르르 떨고 있는 모습이, 붉어진 얼굴에 흔들리는 동공이. 어쩜 그리도 사랑스러운지.

"말을 하지 못하겠다면."

입술 한쪽을 말아 올리던 무연이 홍이를 향해 몸을 살짝 기울였다. 그리고 목덜미를 스치던 손을 그녀의 머리 뒤쪽으로 깊숙이 집어넣었다.

"내가 직접 알려주는 수밖에."

예? 홍이의 눈이 휘둥그레졌다. 무연의 손에 힘이 들어가는 것을 느낀 홍이가 눈을 질끈 내리감았다. 한 번도 경험한 적이 없었지만 느낌으로 알 수 있었다.

입술이 맞닿을 것이다. 손끝으로 느끼는 체온과 입술의 체온이 다른지, 같은지 알 수 있을지도 모른다 생각했던 그때.

첨벙! 커다란 소리와 함께 온몸이 흠뻑 젖는 느낌에 홍이가 화들짝 놀라 눈을 떴다. 그리고 곧 눈앞에 보이는 무연의 모습에 입이 떡 벌어지고 말았다.

"아아, 물이 뜨거워 머리가 식진 않겠구나."

그리 말하며 킥킥, 웃음을 터뜨리고 있으니. 하지만 완벽하게 속아 넘어갔다 생각했을 땐 이미 늦은 법. 아랫입술을 세게 씹던 그녀가 몸을 벌떡 일으켰다.

"설마 그러고 무연각을 휘젓고 다닐 셈이더냐."

놀란 듯 되묻는 무연의 말에 홍이가 고개를 갸웃 기울였다. 이윽고 홍이가 슬쩍 제 아래를 내려다본 그때, 닫혀 있던 잇새에서 괴상한 소리가 터져 나왔다.

결국 나갈 생각은 하지도 못한 채, 그대로 물속에 몸을 숨기고 말았다. 어찌나 급하게 앉았는지, 고요하던 수면이 철썩이며 흔들거렸다. 물론 그 모습을 지켜보던 무연의 입가에는 잔잔히 웃음이 그려졌지만.

"다, 다 보셨지요!"

속살이 다 비치는 것을 무연이 보았다 생각하니 좀처럼 진정이 되지 않았다. 하지만 당장에라도 울 것 같은 홍이의 목소리에도 무연은 천연덕스러운 반응을 보일 뿐이었다.

"아니, 보지 못했다. 물이 뜨거워 안개처럼 자욱하니, 앞이 잘 보이지 않아."

고개를 도리도리 저어대던 그가 두 손으로 눈을 비볐지만, 홍이가 그 말에 넘어갈 리 만무했다. 씩씩거리며 그를 노려보던 그녀가 잽싸게 몸을 돌렸다. 이럴 줄 알았다면 자신이 갈아입을 옷도 가져왔을 것이다.

이대로 돌아갈 순 없는데, 입술을 꽉 누르며 탄식을 내뱉던 홍이가 몸을 움찔거렸다. 낯설지 않은 감촉이 허리춤에서 느껴졌기 때문이라.

"이왕 이렇게 된 거, 잠시 함께할 수밖에 없겠구나."

목소리에 정신을 차렸을 땐, 이미 그의 두 팔이 자신의 허리를 끌어당긴 뒤였다. 길게 뻗은 등줄기로 느껴지던 그의 가슴팍은 생각보다 더 넓고, 단단했다. 간밤에도 그 품에 안겨 있었건만. 어쩐지 그때의 느낌보다도 더 적나라한 것 같아 가슴이 뛰었다. 정녕 무연의 말대로 엉큼한 건 자신인가 싶어 침이 꼴깍 넘어갔다.

"부끄러운 것이냐."

홍이는 그 말에 왜 자신이 고민하고 있는지 이유를 알 수 없다. 부끄러운 건 사실이었다. 하지만 그게 왜 부끄러운 건지, 이해를 할 수 없다.

단지 젖은 모습을 보여서? 그게 아니라면, 이런 상황에서 그의 젖은 손길에 민감하게 반응해서? 어쩌면 두 가지 모두 해당이 될지도 모른다 생각하니 가슴이 더욱 세차게 뛰는 것이 느껴졌다. 엉큼한 건, 무연이 아니라 저인 것 같아 홍이의 얼굴이 붉어졌다.

"너는 참, 내가 말을 너무 많이 하게 만든다."

"처, 처음 온 날도 그런 말을 하셨습니다."

"대답을 해달라는 뜻이다."

무연의 목소리는 꽤 낮은 편이었다. 조부와 함께 살던 집에서 들리던 산속의 바람 소리라던가, 겨울철에만 들리던 눈보라의 울음소리와 매우 비슷하다고 생각했었다.

한데, 지금 무연의 목소리는 평소와 달랐다. 무엇에 비유해야 할지 알 수 없을 정도로 귀에 사르르 녹아내려 목 언저리로 흘러 들어 오는 것만 같았다. 그리고 곧 그것은 제 가슴 구석구석을 타고 내려와 온몸을 뜨겁게 만들어 버린다.

"뭐, 굳이 대답을 하지 않아도 된다. 충분히 알 것 같으니."

그 말이, 그의 목소리가, 또 자신의 몸을 꽉 끌어안는 손가락의 감촉과 두 팔의 단단함이 심장을 더욱 세게 뛰게 만드는 것 같았다. 아니, 그런 것이 분명하다.

저도 모르게 눈을 질끈 감은 홍이가 무릎을 세워 그 위로 얼굴을 묻었다. 부끄러워 미칠 지경이었다.

홍이의 뒷모습을 바라보던 무연이 양쪽 입꼬리를 묘하게 말아 올렸다. 그녀를 끌어안고 있는 팔에 더욱 힘을 주었다. 제 품으로 쏙 들어오는 그 감촉이 퍽 나쁘지 않았다.

"내가 지금 너에게 하고 싶은 것이 있다."

홍이는 머리가 울린단 기분이 이런 것이구나 싶었다. 욕탕에 울려 퍼져야 할 무연의 목소리가 제 귓가로 모두 들어와 머리를 헤집고 있었다. 숨을 가득 참으며 고개를 들어 올리려던 그때, 목덜미에 닿는 것이 느껴졌다. 온몸의 털이 바짝 섬과 동시에 심장이 저 바닥으로 내려앉는다.

잘못 느낀 것이 아니라면, 분명 무연의 입술이 분명했다. 생각보다 더 부드럽고, 생각보다 더 뜨겁게 달아올라 있던 그의 입술이 남긴 감촉. 공기 중에서 차갑게 식어버린 목덜미에 그의 입술이 닿는 건, 생각보다도 더 자극적인 일이었다. 온몸이 움찔거려 힘을 준 두 손을 그러쥐었다.

"하지만 아직 네 입술에 닿을 때는 아닌가 보아."

홍이의 얼굴이 눈동자처럼 빨갛게 달아오름과 동시에 눈이 휘둥그레졌다. 하지만 또다시 무연의 입술이 닿아오는 것에 눈을 질끈 감아 내리고 만다. 이상했다. 그 행동이 싫다 느껴지지 않는 것이, 설렘이 더해져 가슴이 터질 듯 뛰어오는 것이. 참으로 이상했다.

"그때까지, 이것으로 만족하도록 하지."

뒤쪽에서 무연의 목소리가 들리는 것과, 귀 언저리에서 들리는 것의 차이는 매우 극명했다. 마음이니 몸, 모든 것이 달아오를 대로 달아오른 상태에서는 말이다. 머리로 피가 쏠리는 기분이었다. 정신을 바로 잡고 그에게 왜 이런 행동을 하느냐 묻고 싶었지만, 결국 그 질문은 홍이의 속에서만 맴도는 이야기가 되어버렸다.

"홍아, 홍아!"

홍이는 뜨거운 물의 온도만큼이나 달아오른 탓에 까무룩 정신을 잃고 말았다.

"정신 차려라! 홍아, 홍아!"

무연의 목소리가 들렸지만, 그것은 이미 점점 멀어지는 중이었기에 홍이는 입술 한 번 달싹이지 못했다. 다만 너른 가슴에 안겨 있는 것이 참 좋다는 생각이 머리에서 떠나지 않았을 뿐.

애달픈 무연의 목소리가 욕탕을 가득 채우고 있었지만, 갑작스러운 열기 탓에 정신을 잃은 홍이가 눈을 뜰 리 만무했다.

쓰러진 홍이를 방으로 데려온 무연은 의원 노릇을 하는 의백이 왔다 간 이후에도 그녀의 곁을 떠나지 못했다. 의백의 말에 의하면 쓰러진 홍이의 건강에는 아무런 문제가 없다고 했다. 그저 뜨거운 곳에 오래 있어 정신을 잃은 것일 뿐이라 하였다.

"인간의 몸으로 요기를 이만큼이나 버틴 게 용한 겁니다."

껄껄, 호쾌하게 웃어 젖히던 의백의 모습을 떠올린 무연이 깊은 한숨을 내쉬었다. 요화로 태어났으니, 그깟 요기쯤 쉽게 이겨 낼 수 있을 거라 생각했다. 아니, 그게 당연하다 믿고 있었다. 그래서 아무런 의심도, 걱정도 없이 그녀를 그 장소에 데려간 것이다. 요화이기에, 요화이기 때문에.

"홍아."

나지막이 그녀를 부르는 목소리에 근심이 가득했다. 오랜 시간 일어나지 않아 걱정이 앞섰지만, 또 한편으로는 그런 그녀가 귀엽기 짝이 없었다.

손가락으로 한 장난, 그리고 목덜미에 짧게 남긴 입맞춤. 그 두 가지만으로도 정신을 잃다니. 욕탕에서의 일을 떠올리던 그가 짤막하게 웃음을 내뱉었다.

"그 정도 장난으로 정신을 잃으면 어쩌누."

쯔쯔, 혀를 차는 척하던 그가 홍이의 머리칼을 한 줌 쥐어 제 입술 가까이 가져다 댔다. 물결처럼 흐르는 머리칼에서 좋은 냄새가 풍겼다. 인간들의 마을에서 자주 맡던, 꽃밭에 온 듯한 착각을 일으키던 향유 냄새가 분명했다.

"홍아."

어서 일어나길 바라며 그녀의 이름을 나지막이 읊조렸을 때, 꼭 감겨 있던 긴 속눈썹이 바르르 떨리는 것이 보였다. 홍이를 원하는 마음이 커져 그런 건지, 안달이 난 가슴이 쿵쿵 뛰기 시작했다.

"홍아."

그리고 다시 한 번, 꽃을 닮은 그녀의 이름을 중얼거렸다. 꼭 잡고 있던 부드러운 손등을 살살 어루만지며 눈을 길게 휘었다.

어서 눈을 뜨라 비는 내내 코끝으로 향기가 진동했다. 어떤 향기인지 뚜렷하게 인식하지는 못했으니 온 머리와 마음을 들뜨게 만드는 것임은 틀림없었다. 향기는 마음 깊은 곳으로 스며들어 홍이라는 존재를 무연에게 각인시키기 시작했다.

홍이의 머리를 쓸어 넘기던 무연의 눈동자가 그녀의 얼굴로 향했다. 긴 속눈썹을 천천히 올려 뜨기를, 태양을 닮은 붉은 눈동자로 저를 바라봐 주기를 바라는 마음으로 손을 꽉 붙잡았다.

"일어나 있는 걸 아는데, 자는 척을 하는 이유는 무얼까."

노래를 부르듯 중얼거리던 무연의 목소리가 홍이의 눈꺼풀을 파르르 떨게 만들었다. 하나, 그녀는 결코 눈을 뜨지 않았다. 그가 손을 꽉 부여잡고 있어 아플 법도 하건만, 여전히 눈을 꼭 감은 채 침묵을 지킨다.

"내가 있어 일어나지 못하는 거라면, 이만 나가도록 하마."

곤히 잠든 척을 하느라 애쓰고 있는 그녀의 모습을 바라보던 무연이 빙긋 미소를 그렸다. 마음은 그렇지 않은데 일부러 하는 소리였다.

"자, 그럼 편히 쉬어라. 내 저녁이 되면 돌아올 테니."

킬킬, 새어 나오는 웃음을 억지로 꽉 참은 채 몸을 일으킬 때, 무연은 제 옷자락을 잡아채는 강한 힘을 느꼈다. 예상했던 일이었으나, 생각보다 더 급박하게 잡는 손길에 절로 눈이 휘둥그레졌다.

"내가 나가는 게 싫은 것이냐."

웃음을 머금은 목소리에 홍이의 속눈썹이 잘게 떨렸다. 이내 숨을 크게 들이마시다 천천히 내뱉으며 얼굴을 끄덕였다. 그 모습에 무연은 여전히 입술을 말아 올린 채 웃음을 그릴 뿐이라.

"그럼 어디 눈을 떠보아라, 네 눈을 마주할 수도 없는 이 공간은 있으나 마나 한 곳이니."

무연의 말에 홍이의 얼굴이 움찔거렸다. 그리고 이내 천천히 눈꺼풀을 들어 올리며 입술을 꾹 눌렀다. 두 볼이 발그레해진 것이, 욕탕에서의 일이 어지간히 부끄러운 모양이었다.

이불을 끌어 올려 얼굴을 반쯤 가린 홍이의 눈동자가 이리저리 굴러다녔다. 물색의 눈동자를 마주하지 못한 채, 계속해서 애먼 곳만 도르륵 도르륵 굴러다녔다. 그 모습을 지켜보던 무연의 얼굴에선 웃음이 가시질 않았다.

"왜 나를 쳐다보지 못할까."

"아, 아닙니다."

아니라 말을 하면서도 홍이의 시선은 여전히 무연을 보는 듯, 그 뒤를 보는 듯 애매한 곳을 향하고 있었다. 물론 눈동자 색만큼이나 얼굴이 붉게 달아오른 건 불 보듯 뻔한 일이었고 말이다.

킥킥, 결국 참고 있던 웃음을 터뜨린 무연이 손을 뻗어 그녀의 머리를 쓸어 올렸다. 손가락 사이를 스치는 머리칼의 부드러운 감촉에 가슴 한구석이 찌르르 울렸다.

"네가 너무 늦게 일어나 조금 걱정이 되던 참이다."

"그, 그렇게 오래 잠들어 있었습니까?"

"그냥 잠들어 버린 것이라면 이리 걱정도 하지 않지."

죄송합니다. 어린아이의 옹알이와 같던 홍이의 목소리에 무연이 슬그머니 미소를 그렸다. 어쩜 이리도 마음을 간질이는 여인이던가. 손가락 사이를 스치는 머리칼의 느낌과, 가슴팍을 파고 들어오는 홍이의 목소리가 주는 느낌이 별반 다르지 않다고 생각했다.

그래, 인간들의 마을에서 느꼈던 그 봄이라는 계절과 매우 닮은 여인임이 분명하다. 홍이를 빤히 내려다보던 무연이 손을 뻗어 그녀의 얼굴을 어루만졌다.

"그래도 이렇게 깨어나지 않았느냐. 그걸로 됐다."

환하게 웃는 그의 모습이 어찌나 수려한지, 홍이는 숨을 잔뜩 참은 채 그와 시선을 마주해야만 했다. 그러지 않았다면 쿵쿵 뛰는 심장이 당장에라도 펑 터져 버릴 것 같았다. 욕탕에서 보았던 무연의 모습은 이제껏 보았던 그의 모습과는 확연하게 달랐다. 그래서 더더욱 심장이 가만있지 않는 것이다. 그때의 열기를, 설렘을 자꾸만 되새겨 주니.

"왜 이렇게 얼굴을 가리느냐. 네가 보고 싶어 깰 때까지 기다린 것을."

여전히 웃음을 머금고 있던 무연이 그녀의 얼굴을 반 이상 가리고 있던 이불을 세게 움켜쥐었다. 당장에라도 모두 끌어 내리고 싶지만, 혹 몸이라도 상할까 싶어 행동으로 옮길 수 없다.

"홍아."

단호하게 그녀를 부르던 무연이 미간을 살짝 찌푸렸을 때, 홍이가 두 눈을 질끈 내리감았다. 여전히 이불을 꽉 쥔 채, 그 아래로 제 얼굴을 숨기기 바빴다. 고개를 양옆으로 저어대는 모습에 가슴 한구석이 간질거렸다.

"부, 부끄럽습니다."

작게 들리는 그 목소리에 무연은 결국 큭큭, 웃음을 터뜨리고 말았다. 꾹 참고 있던 그것이 잇새로 터져 나오는 동시에 가슴이 뛰기 시작했다. 이유를 알 수 없는 떨림이 그의 온몸을 요동치게 만들었다. 이윽고 그녀가 깨지 않았어도 괜찮았을 것이라는 생각에 마른침을 꿀꺽 집어삼켰다.

그만하라 스스로에게 이르는 것도 잠시, 조금 더 쳐다볼 수 있었을 거란 아쉬움이 가득 밀려와 그를 잡아먹는다. 눈을 꼭 감은 채 잠든 그 모습을, 죽은 듯 침묵을 지키면서도 그녀가 갖고 있는 아름다움은 저버리지 않은 그 모습을.

"홍아."

하지만 가장 좋아하는 건, 눈을 감은 채 곤히 잠든 모습이 아닌.

"네 눈을 마주하며 이야기하고 싶은데 그리 계속 있을 것이냐."

그녀의 붉은 눈동자와 마주하며 꽃을 피우는 이 시간일 터.

그리 생각하는 것과 동시에 부드럽게 말려 올라가던 무연의 입꼬리에 봄바람이 걸렸다. 설산의 바람과는 전혀 어울리지 않는 봄의 싱그러움이 그의 가슴에 잔뜩 서려 있었다.

무연의 말에 무언가 느낀 걸까, 이불 안에서 무언가 움직이는 느낌이 들었다. 그리고 그의 입가에 잔잔한 미소가 그려질 때쯤,

홍이의 두 눈동자가 안쪽에서 슬그머니 모습을 드러냈다.

"눈을 마주하고 싶다 하여, 눈만 보여주는 것이냐."

무연의 질문에 홍이가 고개를 도리도리 저어댔다. 사실 얼굴을 보여주고 눈을 마주하며 이야기를 하는 게 나쁘다거나, 어려운 건 아니었다. 다만 그를 쳐다볼 때마다 자꾸 욕탕에서의 기억이 떠올라 온몸으로 열기가 도는 것을 어찌할 수 없기 때문이었다.

온몸이 달아올라 당장에라도 흐물흐물 녹아내릴 것 같은, 그런 열기가 머리까지 잡아먹으려 밀고 올라오니 그와 눈을 마주하는 것을 피할 수밖에.

"하지만 아직 네 입술에 닿을 때는 아닌가 보아."

자꾸 그때의 목소리가 머리를 괴롭혔다. 목덜미에 닿던 입술의 감촉과, 허리를 꽉 끌어안던 그의 두 팔의 단단함이 떠올라 온몸을 저릿하게 만들었다. 심지어 눈을 마주하는 것만으로도 그 감각이 떠오르니, 이 얼마나 답답하고 심각한 상황이던가.

"흠, 그럼 네 선물은 추후에 주도록 하지."

결국 답답함을 느낀 무연이 몸을 일으키자, 얼굴을 반쯤 가리고 있던 홍이가 급하게 이불을 끌어 내렸다.

고개를 돌린 무연은 또 한 번, 크게 터지려는 웃음을 속으로 꽉 참아야만 했다. 반짝거리는 눈동자도, 저를 바라보며 울상을 짓는 표정도. 무엇 하나 놓칠 것이 없다.

"시, 싫습니다."

"선물을 나중에 받는 것이 싫은 것이냐, 아니면 내가 가는 게 싫다는 것이냐."

아무런 대답도 못 하는 홍이에게 서운할 법도 하건만, 무연의 얼굴에는 여전히 웃음이 드리워져 있었다.

사실은 이미 알고 있는 것일지도 모른다. 그 질문이 홍이에게 얼마나 부질없는 것인지, 또 얼마나 의미 없는 대답이 될 것인지까지도 모두.

"두, 둘 다 싫습니다."

"둘 다 싫다라."

흥얼거리며 읊조리던 그가 홍이의 곁에 털썩 앉았다. 그리고 싱글벙글한 표정으로 그녀를 빤히 쳐다보았다. 눈물이 그렁그렁한 눈과 아래로 바짝 내려간 입꼬리에 코가 근질거렸다.

"욕심쟁이가 아니더냐."

"무, 무연님도 욕탕에서 욕심을 부리지 않으셨습니까."

"내가?"

놀라 되묻는 무연의 말에 홍이가 고개를 끄덕였다. 여전히 몸이 뜨거웠다. 아직 다 빠져나가지 않은 열기가 온몸을 타고 흐르는 듯했다.

"뭐, 그래. 그건 나도 인정하마. 욕심을 부렸지."

"그, 그러니 저도 욕심을 부릴 겁니다. 두, 둘 다 싫어요."

단호하게 고개를 젓는 그녀의 모습에 무연이 고개를 끄덕였다. 그리고 홍이의 손을 잡아 자신의 입술에 맞대었다. 부드러운 감촉이 입술 끝에 닿는 순간, 온몸으로 전율이 느껴졌다.

드디어 찾았구나! 그리 외치던 그날, 설산에서 홍이를 만난 날과 같은 전율이.

"그럼 너에게 선물을 줄 차례인가."

무연의 말에 홍이가 고개를 끄덕였다. 당장에라도 자리를 박차고 일어날 것처럼 쌩쌩한 눈빛을 한 채 그를 빤히 쳐다보았다. 잔뜩 흥이 돋은 모양인지, 어깨가 들썩이기까지 했다.

"일어날 수 있겠느냐."

사실 무연은 홍이가 아니라고 하길 바랐다. 홀로 걸어갈 수 없으니 안아달라 투정을 부린다거나, 수줍어하며 고개를 젓는다거나. 하지만 그건 혼자만의 바람이었을 뿐.

"그럼요! 거뜬합니다!"

그리 말하며 몸을 일으킨 홍이가 웃고 있었으니, 그 역시도 허탈하게 웃음을 터뜨릴 수밖에.

"자, 이제 눈을 감아야 한다."

"눈을요?"

홀로 올 수 있다 그리 자신만만해하더니, 아래층에 다다른 홍이는 무연에게 안겨 있었다. 그의 목을 와락 끌어안고 있는데, 얼굴이 꽤 붉게 달아올라 있었다. 그 상황이 민망하기도 하고 자신만만하게 걸어가겠다 이야기했던 제 자신이 창피하기도 했다.

"너를 위해 몰래 준비한 것을 미리 알아버리면 안 되니, 눈을 감아야지."

가슴이 쿵쿵 뛰었다. 매해 생일이 되면 챙겨주시던 조부님을 제외하곤 저에게 선물을 주는 이는 처음이었다.

"눈을 감지 않으면, 보여주지 않을 것이다."

옛 추억에 휩쓸려 가던 홍이를 꺼내준 건, 장난기가 가득 어린 무연의 목소리였다. 무연은 오히려 제가 더 신이 나서 얼굴에 싱글벙글 웃음이 떠나지 않았다.

"자, 어서 눈을 감아."

또 한 번, 채근하는 그의 목소리에 홍이가 고개를 끄덕였다. 그의 목을 감았던 한쪽 팔을 내려 손으로 눈앞을 가리고 나서야 무연은 만족한다는 듯 흡족한 미소를 그렸다.

"좋아해 주었으면 좋겠구나."

이윽고 끼이익- 날카로운 소리와 함께 문이 열렸다. 둘 앞으로 차가운 바람이 불어왔다. 하나, 그들은 결코 인상을 찌푸린다거나 몸을 움츠리지 않았다.

"나의 요새, 북쪽에 온 것을 환영한다."

무연의 입술이 홍이의 이마에 닿았다. 부드러운 감촉에 홍이가 눈꺼풀을 슬그머니 들어 올렸다. 그리고 이내 제 앞에 펼쳐진 광경에 입을 다물지 못했다.

"네가 잘해주었으니, 주는 선물이다. 좋아했으면 좋겠구나."

"이, 이게……. 이게 무엇입니까, 꼬, 꽃밭이 아닙니까!"

화들짝 놀라는 홍이의 반응에 기분이 좋은 건지, 웃음을 감추지 못한 무연이 고개를 끄덕였다. 그녀를 안고 있는 손에 힘이 들어갔다.

"인간들이 꽃을 좋아한다지? 정찰조에게 명해 가져와 보라 하였는데 네 마음에 드는지 모르겠구나."

홍이는 눈앞에 펼쳐진 광경에 말을 이을 수 없었다. 무연각의 뒤뜰을 가득 채운 꽃밭의 모습에 절로 탄식이 새어 나왔다.

추운 공기에도 몸을 웅크리지 않은 채 살아 있는 모습이 신기했다. 아니, 그보다 그가 저를 위해 이런 선물을 준비했다는 것 자체로 가슴이 붕 떠올랐다.

"마음에 들지 않느냐?"

무연은 짐짓 불안한 듯 그녀를 내려다보았다. 소리를 지른다거나 기뻐 날뛴다거나 하는 제가 생각하던 반응이 나오질 않으니 괜히 조바심이 났다.

그의 걱정 어린 목소리에 홍이가 고개를 돌려 그와 눈을 마주했다. 반짝거리며 빛을 내는 무연의 물색 눈동자가, 꽃잎에 맺혀 있는 이슬과 같았다. 꽃 위로 잘게 쏟아지는 햇살과 같으니 저도 모르게 눈을 질끈 내리감았다 떴다.

"너무 마음에 들어요."

꽃이라 불렸었다. 꿈속을 헤매고 있을 때, 무연이 저를 보며 꽃이라 불렀던 것이 어렴풋이 기억났다.

그의 옷깃을 꽉 부여잡은 홍이의 손가락 끝에 힘이 바짝 들어갔다. 가슴이 쿵쿵 뛰어 숨을 쉬는 게 힘들 정도였다. 기분이 좋아서, 너무 행복해서 당장에라도 하늘 위로 날아가 버릴 것만 같았다.

"감사해요, 무연님."

무연은 제 품으로 와락 안기는 홍이에, 잔뜩 들떠 귓가를 응응 울리는 그녀의 목소리에 온몸이 저릿해졌다. 머리가 아득해짐과 동시에 가슴 한구석이 간질거리기 시작했다.

"다음에는…… 더 좋은 선물을 해주마."

또 한 번, 그 기분을 느끼고 싶어 홍이에게 다른 선물을 약속하는 것이다. 또 한 번, 그녀의 행복한 웃음을 보고 싶어서. 고맙다 말하며 안기는 그녀의 행동이 너무 사랑스러워서.

고개를 들어 올린 그가 그리 크지 않지만, 작지도 않은 꽃밭을 죽 훑었다. 북쪽 요괴의 땅과는 어울리지 않는 곳이지만.

"너와 아주 잘 어울리는 곳이다, 홍아."

그녀가 좋아하는 장소이니만큼, 저 역시도 이곳을 사랑할 수밖에 없게 될 것이다. 보기만 하여도 홍이의 따스함이 절로 전해지는 이곳이라면, 사랑하고도 남게 되겠지. 그러니 더욱 이곳을 홍이에게 주고 싶은 것이다. 그녀의 온기가, 체취가 남을 수 있도록. 북쪽 땅에서 가장 따뜻하고, 가장 싱그러운 곳이 될 수 있도록.

"앞으로 이곳은 네가 관리하거라."

홍이를 세게 끌어안던 무연이 짤막하게 숨을 내쉬었다. 부드러운 머리칼에 코를 묻은 채, 두 팔에 잔뜩 힘을 주었다. 그 온기를 잊지 않으려, 그 감촉을 제 몸에 새겨 넣으려 애를 썼다.

"이곳을 너에게 맡기마."

무연은 홍이를 꽃밭 위로 슬그머니 내려주었다. 그리고 그녀의 곁에 앉아 제 이마를 그녀의 작은 이마에 대고 그 온기를 느꼈다.

쿵쿵. 쿵. 쿵. 묘하게 엇갈리는 심장박동 소리에 둘은 눈을 지그시 내리감았다. 이윽고 그의 입술이 홍이의 콧대에 내려앉아 짤막하게 마음을 남겼다.

"잘⋯⋯ 보살피겠습니다."

고개를 끄덕이며 수줍게 속삭이던 홍이의 목소리가 한 줄기 바람에 실려 저 먼 곳으로 날아갔다.

향긋한 봄 냄새가 가득한 오후였다. 설산에도 꽃이 피었음에 놀란 바람이 잰걸음을 옮겨 북쪽을 빠져나가려 했지만, 금세 꽃향기에 붙잡혀 이도 저도 가지 못하는 꼴이 되고 말았다.

홍이와 무연은 꽃밭에서 꽤 오랜 시간을 보냈다. 오후의 뜨거운 햇살과 더운 바람이 설산의 중턱을 넘어 요새의 바닥으로도 천천히 내려앉기 시작했다. 눈보라가 조금씩 멎어가던 그 시각, 방으로 돌아온 홍이의 얼굴에는 꽃보다 더 화려한 웃음이 서려 있었다.

그렇게 행복만을 만끽하며 오후를 보낼 수 있을 거라 생각했던 것도 잠시, 쿵쿵 계단을 오르는 소리에 무연의 미간이 슬쩍 구겨졌다. 이곳을 마음대로 드나들 이는 그리 많지 않으니. 지금 무연각을 바삐 오르는 사내는 흑강이 분명할 터였다. 소리가 점점 더 가까워지고, 비로소 그것이 방문 앞에 다다랐다.

"두령, 흑강입니다."

문 건너편에서 들리는 목소리에 무연이 아, 짧은 탄식을 내질렀다. 목소리가 상기된 것으로 보아 분명 중요한 일로 저를 부른 것일 테다.

"나갈 테니 기다려라."

"예, 두령."

홍이를 홀로 내버려 둔 채 무연각을 비워야 한다는 사실에 걱정이 되었다.

"무슨 일이라도……."

그런 무연의 마음을 알아챈 건지, 그게 아니면 심상치 않은 분위기를 직감한 건지. 홍이의 목소리가 부르르 떨렸다. 무연을 쳐다보는 걱정 어린 눈빛이 바람 앞에 촛불처럼 위태롭다.

그런 모습조차도 그저 아름답게만 보일 뿐이라, 손을 죽 뻗은 무연이 홍이의 얼굴을 부드럽게 쓸어내린다. 그리고 입술을 달싹였다.

"아니, 별일 아닐 것이다. 요새를 꽤 오래 비웠으니, 날 부려먹고 싶은 것이겠지."

길게 휘어졌지만, 어딘가 모르게 쓸쓸해 보이는 눈빛에 홍이는 자신의 볼을 쓰다듬는 무연의 손을 부드럽게 감싸 쥐었다. 지금 자신이 할 수 있는 일이 무얼까 생각했다.

"무리하지 마세요, 무연님."

그저 희미한 웃음으로, 해사한 웃음으로 그의 마음을 달래주는 것뿐일 테다. 그렇게 생각한 홍이의 입가에 전보다 더 환한 미소가 그려졌다.

"무리해야 하는 일이었다면, 가지도 않았을 것이다."

홍이를 두고 방을 떠나고 싶지 않았다. 하나, 이미 흑강의 상기된 목소리가 상황이 꽤 좋지 않다는 것을 말해주고 있었으니 결국 무거운 발걸음을 옮길 수밖에.

무연의 손은 한참이나 홍이의 한쪽 볼에 머물러 있었다. 부드러운 감촉과 뜨거운 온기를 손바닥으로 기억한 뒤, 못내 아쉬운 걸음을 옮겼다.

"……무연님!"

그의 손이 문고리를 잡았을 때, 뒤쪽으로 홍이의 다급한 목소리가 들렸다. 고개를 돌리자 홍이는 수줍게 웃으며 인사를 건넸다.

"무사히…… 다녀오세요."

더불어 그녀의 작은 목소리가 그를 배웅했다. 무연은 누군가 기다리고 있는 방을 떠나고, 또 그 방으로 돌아온다 생각하자 가슴이 간질거렸다. 더 이상 제 방이 차가운 냉기만이 도는 곳이 아니라는 걸 깨닫는 순간, 가슴이 세차게 뛰기 시작했다.

"그래, 다녀오마."

방을 나서는 그의 얼굴에는 환한 봄 햇살이 서려 있었다. 문밖에서 기다리고 있던 흑강을 내려다볼 때에도 그의 얼굴에는 웃음이 가시질 않았다.

"무슨 일이라도 생겼느냐."

부디 아무 일도 아니길, 별것 아닌 일이어서 버럭 화를 낸 뒤 방으로 돌아갈 수 있길. 잘 다녀오라던 그 인사가 무색해질 정도로, 민망해질 정도로 별거 아닌 가벼운 일이기를.

　"결계에 금이 갔습니다."

　그토록 바라던 것은 왜 이루어지지 않는 것인가. 거친 탄식이 새어 나옴과 동시에 머리가 아득해졌다. 무연은 손을 들어 관자놀이를 꾹꾹 짚었다.

　"또, 남쪽에서 도망 온 요괴가 변이를 일으켰는데 결계에 걸쳐져 죽어 있는 것을 정찰조가 발견했습니다."

　"변이?"

　"예. 폭주로 인한 변이로 보입니다."

　그 말에 무연의 낯빛이 어두워지기 시작했다.

　변이.

　멋 옛날부터 요괴들에게 존재하는 고질적인 문제였다. 보통은 정기를 제때 취하지 않아 굶주림에 일어난 변이가 대부분이었다. 응축된 힘이 폭발하며 자아를 잃게 만들고, 정기를 탐하는 본능만이 남는다. 인간과 요괴의 구분을 짓지 않고 정기를 취하려 덤벼드는 것이 변이의 주된 증상이었다. 물론 주술을 이용해 정신을 건드리는 그 외의 경우도 있었다. 하지만 무연은 그 경우를 생각하고 싶지 않았다.

　제때 정기를 취하기만 했다면 폭주를 하지도 않을 텐데, 어째서 폭주로 인한 변이를 일으켰다는 것인가. 더불어 남쪽의 요괴가, 북쪽까지 도망을 와서 말이다.

　도저히 이해가 가지 않는 상황에 무연의 표정이 삽시간에 굳어져 버렸다.

"결계를 침투했다고는 하나 문제는 그들이 아니겠구나."

"예……."

흑강이 침통하다는 듯 인상을 구겼다. 낮게 흘러나오는 탄식이 지금 무연의 기분을 단번에 말해주고 있었다.

"송구합니다, 두령."

흑강의 말에 무연은 조용히 한숨을 내쉬었다. 사실 그가 송구할 일은 없었다. 제가 두령이면서도 요화를 빨리 얻지 못해 힘이 부족하여 이런 일이 벌어진 것뿐이다. 굳이 원인을 찾고 잘잘못을 따진다면, 모두 저 때문이었다.

"어찌할까요."

"일단 결계로 가보지. 그 뒤에 어찌할지 결정하겠다."

고개를 조아리는 흑강을 지나치는 무연의 얼굴에 평소보다 더 딱딱한 돌 같았다. 도대체 무슨 일이 벌어지고 있는 걸까, 막연한 두려움에 마른침이 몇 번이나 그의 목을 타고 흘러 넘어갔다.

＊

동서남북. 각 지역에 사는 요괴들은 저들의 요새를 지키기 위해 주위에 결계를 친다. 그것은 같은 종족끼리의 충돌을 피하기 위한 것도 있었지만, 멋모르는 인간들이 그들의 요새를 침범할 수 없도록 하기 위함이기도 했다.

"저거, 남쪽 놈이 아닌가?"

"그러게, 머리 색을 보면 남쪽 놈이 분명한데 말이야."

북쪽의 요괴들은 금색의 긴 머리칼과 창백한 피부가 특징이었고, 서쪽의 요괴들은 이마에 푸른 보석을 갖고 태어나되, 머리칼과 눈동자의 색은 제각각인 것이 특징이었다.

동쪽의 요괴들은 왜소한 몸을 가졌고 평화를 중시하였다. 인간들과의 공존을 가장 먼저 생각해 낸 것도 그들이었다.

남쪽의 요괴들은 검은 머리칼과 회색의 눈동자를 가졌으며 잔악하기 그지없었다. 그리고 남쪽의 요괴는 이미 동쪽의 요괴를 무너뜨린 상태였다.

"근데 이상하네. 남쪽의 요괴들은 당분간 동쪽에 처박혀서 나오지 않을 거란 이야기가 있었는데."

"나는 반대로 들었어! 남쪽에서 처박혀서 나오지 않을 거란 이야기!"

제가 맞네, 틀리네로 옥신각신하던 이들이 이내 서로를 노려보았다. 그러다 숨이 끊어진 남쪽의 요괴를 슬쩍 내려다보고 끙, 앓는 소리를 뱉었다. 남쪽의 요괴가 북쪽으로 넘어온 게 필시 보통 일은 아니라 생각한 것이다.

동쪽의 요괴들을 모두 장악한 이들이 어째서 이곳까지 내려왔을까.

"이거, 어쩐지 느낌이 안 좋은데."

고개를 젓던 이의 표정이 단단하게 굳었다. 동시에 그 옆에 서 있던 요괴도 흠, 낮은 숨을 내뱉었다.

"비켜라."

그때, 뒤에서 들리는 묵직한 목소리에 모여 있던 요괴들이 어깨를 움찔거렸다. 급하게 양옆으로 길을 트는 그들의 사이로 걸어오는 건 흑강과 무연이었다.

두령의 등장에 모두들 다행이라 안도의 한숨을 내쉬었지만, 개중 몇은 무연을 원망스러운 눈으로 쳐다보았다. 본래 요새의 결계라 함은, 그곳을 지키는 두령에게서 나오는 힘이었다.

"이거, 요화가 인간이라 두령이 영 힘을 못 쓰는 거 아냐?"

이제껏 요화를 맞이하지 못했던 북쪽의 두령, 무연을 향해 원망이 하나둘 생기는 것 역시 자연스러운 일이었다.

"아직 요화로서 의식도 치르지 않았어."

"이대로 괜찮은 건가?"

수군거리는 목소리가 더욱 높아졌을 때, 그들을 향해 돌아온 건 흑강의 서슬 퍼런 눈빛이었다. 손가락을 바짝 세우며 미간을 좁히는 그의 모습에 수군거리던 요괴들이 몸을 움츠렸다.

"그리 원망을 하고 싶다면 두령에게 대놓고 해보지, 왜."

화가 치밀었다. 요화를 늦게 맞이한 건 그의 의지가 아니었다. 더불어 그녀가 인간인 것 역시, 어둠의 힘이 선택한 결과일 뿐 무연이 원하여 이렇게 된 것이 아니지 않은가. 이를 까득 씹던 흑강이 성을 내려 할 때였다.

"그만."

시체를 살피던 무연이 몸을 일으켰다. 흑강과 자신을 향해 수군거리는 이들을 죽 훑어보다 한숨을 푹 내쉬었다.

이 상황에서 무슨 이야기를 할 수 있을까. 그들의 말대로 요화를 늦게 찾은 제 업보요, 뒤늦게 찾은 요화와의 의식을 미루는 건 또 그녀의 마음을 얻고 싶은 제 욕심인 것을.

"결계가 깨진 곳을 손봐야겠다."

복잡한 마음을 끌어안은 채 자리에서 일어난 무연이 결계가 쳐진 장소를 휘둘러보았다. 군데군데 금이 간 것을 보아 자연스럽게 결계가 약해진 건 아닐 것이다.

더더군다나 남쪽의 요괴가 결계에 걸쳐진 상태로 숨이 끊어진 것을 보아, 음모가 있는 것이 분명했다. 인간들의 마을에 내려가기 전, 서쪽의 두령이 저에게 밀서를 보냈다. 남쪽의 움직임이 심상치 않으니, 절대 결계를 소홀히 관리하지 말라는 내용이었다. 무슨 일이 벌어지고 있는지 재차 물어보았지만, 무연이 원하는 답은 날아오지 않았다. 그저 조심하라 그 말 한마디만 남겼을 뿐.

인간들의 마을에 내려가고 나서도, 그 묘한 불안감은 가시질 않았다. 남쪽의 송안국과 그의 속국이 된 동쪽의 유연국이 손을 잡고 전쟁을 일으킬 것이란 소문으로 장터가 시끄러웠다. 유연국을 무너뜨려 속국으로 삼을 수 있었던 건 송안국에 괴물이 있기 때문이라는 소문도 함께 떠돌았다.

그 무수한 소문 중 무연을 가장 긴장케 한 것은 송안국에 존재한다는 괴물에 관련된 이야기였다. 송안국이 인간이 아닌 자들과 손을 잡아, 네 나라를 하나로 통일해 황제가 되려 한다는 이야기였다.

인간이 아닌 자들, 분명 요괴일 것이라 생각했다. 무연의 안에서는 이미 그런 해답이 내려져 있었다.

"너희들은 이만 물러가라. 괜한 소란은 용서치 않아."

무연의 날카로운 눈빛에 요괴들이 몸을 움찔거렸다. 저들끼리 눈을 마주하다 이내 지레 겁을 먹고 그 자리를 피했으니, 멀어지는 이들의 뒷모습을 바라보던 무연에게서 짙은 한숨이 터져 나왔다. 설산의 냉기가 폐부 깊숙이 스며들어 그의 마음을 시리게 만들었다.

"두령, 심상치 않습니다."

알고 있다. 대답하고 싶었으나, 목 끝까지 차올라 대답을 할 수 없었다. 그 뒤로 이어질 상황이 어떨지 스스로가 제일 잘 알고 있었으니.

"두령께 이런 말씀 드리고 싶지 않았지만, 요화를 빨리 맞이하셔야 합니다."

"그 이야기는 나중에 하도록 하지."

"하지만 두령! 남쪽의 요괴가 나타난 것은 예삿일이 아니라는 걸 가장 잘 알고 계시지 않습니까!"

흑강의 외침에 무연이 눈을 질끈 내리감았다. 홍이의 웃음을 떠올리려 해보지만, 어쩐지 머리에 잘 그려지지 않았다. 이를 꽉 깨문 무연의 손에 힘이 잔뜩 들어갔다.

바람이 불어왔다. 그의 머리 위로 불던 한 줄기 바람이 그의 가슴을 지나치며 꽁꽁 얼어버리게 만들었다. 유난히 춥다고 느껴지는 오후였다.

✻

한편, 무연이 떠난 방에 홀로 남은 홍이는 곧 외로움을 느낄 새도 없어졌다. 그녀를 찾아온 화람 덕분이었다.

무연이 결계로 향했다는 교하의 말에, 홀로 남은 홍이가 걱정되어 찾아온 화람의 품에는 다과가 들려 있었다.

"향이 참 좋아요."

찻잔을 손에 쥔 홍이가 눈을 감은 채 향을 듬뿍 들이마셨다. 코끝에 잔잔하게 남는 향에 가슴 한구석이 말랑거렸다.

"두령께서 인간의 마을에 갈 때마다 사다 주시는 선물이에요. 향이 좋아 매번 부탁드리고 있는데, 아가씨께서는 익숙할지도 모르겠네요."

무연의 이야기를 꺼내자마자, 얼굴을 딱딱하게 굳힌 화람이 이내 찻잔을 들어 올렸다. 이윽고 차를 한 모금 목으로 넘기는 그녀의 표정이 영 좋지 않았다. 전날의 일이 떠올랐기 때문이다.

그는 몇 번이고 저를 밀어낸 적이 있었다. 그에게 거절을 당하는 것에 새삼 상처받을 때도 지났고 받아들이지 못하는 결과도 아니었다. 다만 전날처럼 단호하게, 그리고 그리도 냉정하게 거절 당한 것이 처음이었기에 이번은 조금 다르게 느껴졌다.

"저기, 화람님."

홍이가 먼저 입술을 열었다.

"네?"

자신의 목소리에 금세 시선을 마주하는 화람의 표정에 홍이가 눈을 길게 휘어 웃음을 그렸다. 그녀를 볼 때마다 요괴는 참 아름다운 존재라는 걸 깨닫고 만다.

무연도, 흑강도 남자치고는 꽤 곱상한 얼굴이었지만, 화람을 보면 온 세상의 아름다움은 모두 그녀에게 향한 것 같은 착각이 일었다.

무연이 왜 그녀를 거절했는지 잘 알 수 없었지만, 한편으로는 내심 안심하고 있으니. 그런 제 자신이 낯설어 자기도 모르게 목소리에 힘이 들어가고 말았다.

"어…… 그, 요괴…… 그게 그러니까, 추위를 타지 않나요?"

더듬더듬 날아온 홍이의 질문에 화람이 고개를 갸웃거렸다.

"요괴들은 추위를 타지 않냐는 거죠?"

사실 '요괴들'이라 지칭하는 것이 조금 어려웠다. 저를 제외한 이곳의 모두가 요괴들이라 말 한마디 꺼내는 것도 조심스러웠다. 고개를 끄덕이는 홍이의 모습에 화람이 엷은 미소를 그렸다.

"설마요. 만약 그랬다면 이렇게 옷을 갖춰 입고 있지도 않았겠죠."

인간들처럼 크게 추위를 타지 않지만, 그렇다 해서 추위를 전혀 느끼지 못하는 건 아니었다. 간혹 설산에서 길을 잃은 어린 요괴들이 얼어 죽기도 하는 경우가 발생하곤 하니 말이다.

"그런데, 갑자기 왜……"

왜 그런 것이 궁금했을까. 화람의 눈동자가 반짝였다. 무연이 인간들에게 흥미가 생겨 마을을 자주 오르락내리락한 이유를 내심 알 수 있을 것만 같았다.

"화람님께서 이렇게 저를 챙겨주시는데, 제가 따로 해드릴 수 있는 건 없고……. 제가 할 수 있는 거라곤 옷을 만들고 수를 놓는 것뿐이니, 배자를 만들어 꼭 화람님께 선물해 드리고 싶어서요."

아직 솜씨는 부족하지만, 중얼거리는 홍이의 얼굴이 발갛게 달아올랐다. 그 수줍은 얼굴에 화람의 입가에 절로 미소가 드리워졌다.

그 언젠가 무연이 인간들의 마을에서 사들고 온 배자를 본 적이 있었다. 훗날 요화가 될 여인에게 줄 것이라 했던 말을 듣고 저가 더 설레어 잠 못 이룬 그날.

"그럼, 염치없지만 부탁드려도 될까요."

그 배자에 어떤 자수가 새겨져 있었는지는 모른다. 그것이 궁금하다 무연에게 물어볼 수도 없었고, 그렇다 하여 가르쳐 줄 무연도 아니었으니.

"사내가…… 연모하는 여인에게 주고 싶은 배자로…… 그런 배자로 만들어주세요."

그 마음을 그렇게나마 느끼고 싶은 것이다. 그때에 무연은 누구보다 더 행복해 보였고, 잔뜩 들떠 있는 것이 눈에 보였었다. 물론 요화의 소식이 전혀 없어 금세 풀이 죽었지만 말이다.

수줍게 대답하는 화람의 모습에 홍이가 아! 짤막한 탄성을 질렀다. 그리고 자신이 먼젓번 마을에 팔았던 하얀 배자가 떠올랐다. 빨간 꽃을 수놓았던 털배자. 그것을 맡아주었던 아낙은 아주 멋진 도련님이 사가셨다며 안심하라는 말을 해주었었다. 그때의 그 기분이 떠올라 절로 흥이 났다.

"어렵지 않아요. 꼭, 꼭 그런 배자를 만들어 드릴게요."

저가 더 신이 나 목소리를 높이는 홍이를 보며 화람이 수줍게 웃음을 그렸다. 설마 인간에게 이런 부탁을 할 줄 누가 알았겠는가. 것도 무연이 데려온, 어쩌면 자신이 가장 미워해도 모자랄 여인에게 말이다.

"무슨 색이 좋을까요? 화람님께서 원하시는 색으로 만들어 드릴게요."

자신보다 더 들뜬 듯한 홍이의 모습에 화람의 마음에 잔잔한 물결이 일었다. 그녀는 제 가슴이 왜 이리도 설레는지 너무나 잘 알고 있었다.

절대 뒤돌아보지 않을 무연의, 절대 제게 올 수는 없을 그의 진심을 홍이에게서 느끼고 싶었던 것일지도 모른다.

"검은색이 좋겠어요."

그날, 무연이 들고 왔던 건 하얀 배자였으니 저는 그와 반대되는 색으로 하는 것이 좋겠다고 생각했다.

"밤하늘을 닮은 색으로……."

더불어 그에게 저는 결코 환한 햇살로 다가갈 수 없으니, 그림자처럼 머무는 밤하늘이 될 것이라 생각했다. 포기할 수 없는 연정이라면 그렇게라도 지켜가는 것이 할 수 있는 모든 것이었기에.

"예, 그렇게 만들어 드릴게요."

신이 난 홍이가 고개를 끄덕이며 찻잔을 매만졌다. 훗날 친우가 생기면 꼭 손수 만든 배자를 선물하겠다 결심했던 것이 이루어질 거란 사실에 가슴이 설레었다.

그리고 화람은 또 한 번, 어젯밤의 일을 떠올렸다. 그리고 곧 가슴에 힘을 꽉 준 채 눈을 내리감았다 떴다.

"혹시."

크게 숨을 들이켰다. 지금 자신이 하려는 일이 굉장히 치졸하다는 걸 알고 있다. 하지만 그럼에도 말을 해야 했다.

이토록 사랑스러운 여인을 배척하고 싶지 않았다. 저를 '친우'라 부르는 홍이를 미워하고 시기하고 질투하고 싶지 않다.

"무연님께 마음이 있다면."

더불어 사내 따위로 인해 처음 얻은 '친우'를 저버리고 싶지 않았으니.

"부디…… 깊어지지 않게 하세요."

결국 생각하던 것을 터뜨리고 마는 것이다. 그녀를 미워하고 싶지 않지만, 만약 그런 상황이 된다면 미워하지 않을 것이라 장담할 수 없으니.

"네? 그게 무슨……."

"누군가를 마음에 담는 것, 무연님은 결코 하실 수 없는 일이에요."

화람의 단호한 말에 홍이의 눈동자가 크게 요동치기 시작했다. 가슴이 쿵쿵 뛰고 목 끝이 따가워졌다. 입술 바깥으로 새어 나오는 숨소리가 거칠어졌다. 왜, 어째서. 마음이 이리도 아픈 걸까.

"아가씨는 인간이니까, 괜히 요괴를 마음에 담아 상처받지 않았으면 하는 거예요."

화람의 말이 가시가 되어 홍이의 가슴을 쿡쿡 찔렀다. 걱정임을 알고 있으나, 그 말이 온전히 마음에 새겨지지 않았다.

"더불어 인간은…… 요괴에게 그저 먹잇감일 뿐이니까."

먹잇감. 그 말에 억장이 무너졌다. 결국 제 존재는 그 정도밖에 되지 않는 건가 싶어 울컥, 눈물이 차올랐다. 하나 그것도 잠시일 뿐. 저를 먹기 위해 데려온 것이 아니라 말하던 무연의 말이 떠올랐다.

"아니…… 아니에요."

제발 그런 말을 쉽게 하지 말라며 저를 꼭 안아주던 무연의 품이 떠올랐다.

"무연님은…… 절 먹지 않는다 하셨어요."

곧 가슴을 집어삼키던 불안감이 사르르 녹아내렸다. 무연의 웃는 얼굴이 떠올라서, 저를 꽉 끌어안아 주던 단단한 품이 느껴져서.

"그리고."

그에 자기도 모르게 입술을 달싹이니, 당황한 듯 흔들리던 화람의 눈빛이 홍이를 향했다.

"혹 그분에게 마음이 향한다 하더라도, 접고 싶지 않아요. 상처를 받아도, 맺어질 수 없다 하여도……."

탁자 아래로 숨어 있던 손톱을 톡톡 부딪치던 홍이가 입에 힘을 꽉 주었다. 한 번도 느껴본 적 없는 감정을 한 번에 정의 내린다는 게 쉽지 않은 일이지만.

"무연님에 대한 감정이니, 소중하게 여기고 싶어요."

결코 그것을 바닥에 내던진 채 모른 척한다거나, 굳이 크기를 줄여 그 마음을 꼭꼭 눌러 삼키고 싶지도 않았다. 그것 역시 그에 대한 마음이요, 진심일 테니.

두 개의 마음이 엇갈려 생긴 파동이 스친 자리에, 잔잔한 떨림만이 남아 있을 뿐이더라.

오후의 햇살이 저물고, 설산에도 어둑한 구름이 내려앉을 무렵이었다. 금이 간 결계를 보수하는 작업을 모두 끝낸 무연이 지친 걸음으로 계단을 오르고 있었다.

"요화의 존재가 왜 필요한지, 오늘 이 사건이 말해주고 있지 않습니까!"

처음이었다. 흑강이 저에게 화를 내고, 목소리를 높일 줄이야. 그의 얼굴에서, 목소리에서 저를 걱정하는 진심이 느껴졌기에 무연은 그에 대해 아무런 반박도 할 수 없었다.

온몸이 아래로 꺼지는 기분이었다. 피곤함에 지쳐 겨우 문 앞에 다다랐다.

"무연님!"

밝은 목소리와 함께 벌컥 문이 열렸다. 홍이가 환하게 웃음을 그리며 그를 맞이했다.

"왜 이리 늦으셨어요. 혹시라도 안 좋은 일이 있는 건 아닐까, 걱정했는데."

시무룩해진 홍이의 표정을 바라보던 무연의 눈이 휘둥그레졌다. 누군가 저를 기다리며 반긴다는 것이 너무 오랜만이라 적응이 되질 않았다.

오래전, 이런 기분을 느낀 적이 있었다. 어릴 적 화평의 곁에 머무르던 그 시절. 흑강과 요새를 돌고 온 뒤, 방으로 돌아오면 화평의 호탕한 웃음이 저를 반겼었다.

"무연님?"

제가 다 자라서 이젠 화평이 저를 기다려 주지 않는 텅 빈 방에 들어올 때마다 가슴이 묘하게 저릿했었다. 하지만 그 이유를 알 수 없어 흑강을 불러 종종 술을 마시곤 했었다. 문득 그때가 떠오르니, 가슴 한구석이 시큰해졌다. 또다시 그런 상실감이 반복될까 하는 작은 걱정이었다.

"언젠가 네가 이렇게 나를 반기지 않게 된다면."

무연의 차분한 목소리에 홍이의 속눈썹이 파르르 떨렸다. 쓸쓸하게 늘어지는 물색의 눈동자가 왜 이리도 처연하게 느껴지는 걸까.

"이 방에 홀로 있는 게 싫고……. 이곳 구석구석에서 널 떠올린다면……. 난 그 감정을 무어라 해야 할까."

촉촉이 젖은 목소리가 홍이의 귓가를 스쳤다. 저를 내려다보는 무연의 눈동자와, 그 목소리의 색이 같다고 느껴져 괜히 가슴 한구석이 시큰해졌다.

"나는 왜……."

"사라지지 않아요."

곧 꺼져 버릴 것 같았다. 위태롭게 흔들거리는 촛불과 같은 눈빛을 한 무연이 곧 무너질까 두려웠다. 두 손을 뻗어 그의 얼굴을 감싸 쥔 순간, 손끝으로 전해지는 냉기가 그녀의 마음을 시리게 만들었다.

그녀의 단호한 대답이 떨어지기 무섭게, 무연의 눈이 휘둥그레졌다.

"그러니 걱정하지 마세요. 오늘도 고생하셨어요, 무연님."

이윽고 해사하게 그려지는 그 미소에, 무연은 꽁꽁 얼어 있던 마음이 사르르 녹아내리는 것을 느꼈다. 산자락에 봄이 찾아오듯, 추운 겨울에 불어오는 따스한 봄바람에 온몸이 녹아내리듯.

단 한 번도 느껴본 적 없던 따뜻함이었기에 더더욱, 그 말이 크게 와 닿았다.

"그래. 다녀왔다, 홍아."

나의 홍아. 그리 부르고 싶은 마음을 꽉 억누른 채, 방 안으로 들어섰다. 문이 닫힘과 동시에 무연각의 안으로 설산의 바람이 불어왔지만, 굳게 닫힌 방문을 두드리진 못했다.

방으로 들어온 홍이는 꼼짝 없이 무연을 끌어안은 채, 침대에 누워 있어야 했다.

"네 품속에서 쉬게 해다오."

그렇게 속삭이던 무연 때문이었다. 거절하지 못했던 건, 그리 말하는 무연의 표정이 너무 쓸쓸해 보여서였다. 더불어 늘어지는 눈꼬리가 평소와 다른 냉기를 품고 있어, 차마 싫다 말을 하며 뿌리칠 수 없었다.

"무연님."

제 품에 안겨 눈을 감고 있는 무연을 부르던 홍이의 목소리가 미세하게 떨리고 있었다. 제 허리를 꽉 끌어안은 그의 두 팔이 단단하게 느껴졌다. 당장에라도 허리가 녹아내릴 것처럼 뜨겁다.

"쉿. 아무 말도 하지 마라."

낮게 울리는 그의 목소리가 몸속으로 울리는 것 같아 얼굴이 벌겋게 달아올랐다. 간질거린다고 해야 할지, 아니면 온몸이 저릿하다고 해야 할지. 도통 알 수 없는 기분에 괜스레 발가락이 움찔거렸다.

"네 심장 소리가 듣기 좋구나."

나지막이 울려 퍼지는 그의 목소리가 홍이의 가슴에 스며들었다. 분명 귀가 아플 정도로 시끄러울 것이다. 무연과 몸이 맞닿기 무섭게 큰 소리를 내며 뛰었으니까, 그게 전달되지 않을 리 없다.

숨을 크게 들이마시던 홍이가 눈을 살포시 내려 감았다. 그의 하루를 다독여 주기 위해 이렇게 있는 것인데 오히려 위로받고 있는 건 제 쪽이라는 생각이 머리를 떠나지 않았다. 제 등을 토닥여 주는 커다란 손바닥과, 몸을 꽉 끌어안은 두 팔의 든든함 때문이 분명했다.

"무연님."

이윽고 태양의 색과 닮은 무연의 머리 위로 홍이의 엷은 목소리가 흘러내렸다. 살랑이며 부는 바람과도 같았고, 나풀나풀 떨어지는 꽃잎과도 같다.

"저를 잡아먹기 위해 데려온 것이 아니라 하셨어요."

그 말에 무연의 미간이 살며시 좁아졌다. 그녀를 끌어안고 있는 팔에 미미하게 힘이 들어갔다.

"저를…… 먹이로 생각하는 게 아니라 하셨어요."

그녀와 이야기를 나누며 조금 더 가까워지고 싶었다. 그렇게 하면 조금이라도 빨리 홍이의 마음을 얻을 수 있을 것 같았다.

"왜 저를 데려오셨는지…… 제가 어떤 존재로 무연님의 곁에 남아 있어야 하는지 궁금하지만, 아직은 듣고 싶다 떼를 쓰지 않으려고 해요."

어쩐지 금방이라도 울 것 같아 보이는 그녀의 얼굴에 무연은 목 끝까지 차오르는 말을 꾹꾹 눌러 참아야 했다. 네가 내 요화라는 말, 남은 삶을 내 곁에서 함께 살아가자는 말, 조금이라도 평정심을 흩뜨리면 그녀에게 모두 쏟아낼 것 같았다.

"나중에 말씀해 주셔도 좋아요."

이윽고 무연의 머리 위로 홍이의 손길이 다가왔다. 부드러운 머리카락을 쓸어내리는 그녀의 손끝이 가느다랗게 떨리고 있었다.

"다만, 무슨 일이 생겼을 땐 이렇게 저를 찾아주세요."

"그러다 평생 말하지 않고, 너만 찾는다면 어찌하려고."

킥킥, 웃음을 터뜨린 탓에 무연의 어깨에 힘이 바짝 들어갔다. 말은 그리하면서도 홍이의 품으로 더욱 깊게 파고들었으니, 그를 꼭 끌어안고 있던 그녀는 희미한 웃음으로 무연을 더욱 따뜻하게 받아들일 뿐이다.

"이게 제가 할 수 있는 일이라면, 얼마든지……."

무연은 어렴풋이 알 수 있었다. 그녀의 진심과, 그녀의 마음이 어떤 것을 말하려 하는지.

그녀를 끌어안은 두 팔에 더욱 힘이 들어갔다. 짤막한 숨소리에도 심장이 빠르게 뛰고, 콧잔등으로 내려앉는 그녀의 향기에 가슴이 시렸다.

그날 밤, 유독 천둥이 크게 내리치고 눈보라의 울음이 거칠었다. 하지만 다른 날과 다르게 홍이는 아주 깊은 잠에 빠질 수 있었다. 무연의 품에 안겨, 천둥의 호통에도 아랑곳 않은 채 꿈속의 꽃길을 걷고 있었다.

✳

그날 밤 이후로 홍이는 무연과 마주할 수 있는 시간이 많이 줄어들었다는 것을 깨달았다. 일이 많이 바빠졌다는 그는 밤늦게라도 홍이의 곁으로 돌아와 잠을 청하곤 했는데, 날이 더 지나면서 밤에조차 돌아오지 못하게 되었다.

하지만 홍이는 그에 불만을 표시하지 않았다. 저를 자주 찾아주는 화람과 간간이 무연의 소식을 전하러 오는 흑강이 있기 때문이다.

"요새의 결계가 약해진다고 하더군요."

그 말을 전하는 화람의 눈동자는 저 먼 곳을 바라보고 있었다. 화람은 말은 하지 않았지만, 그 눈동자가 향하는 곳에 자신이 알고 있는 사내가 있을 게 분명했다.

"홍이님!"

홍이의 뒤로 다급한 목소리가 들렸다. 그 목소리에 실린 묘한 감정에 홍이의 가슴이 저 아래로 곤두박질쳤다.

깜짝 놀라 뒤를 돌아보니, 거친 숨을 몰아쉬는 흑강이 있었다. 요동치는 눈동자하며, 불안에 잔뜩 물든 표정하며.

"무, 무슨 일…… 무슨 일인가요?"

분명 보통 일로 저를 찾은 것이 아니라 생각했다. 입속으로 끈적이는 침이 잔뜩 고이기 시작했다. 몇 번이나 목으로 넘기고, 넘기고 또 넘겨보지만 목 끝으로 차오르는 불안은 사라지지 않았다.

"어서, 어서 나가보셔야 할 것 같습니다."

거친 숨소리에 뒤엉킨 불안함에 괜히 손이 떨리기 시작했다. 마음을 잡아먹은 불안감은 이내 커다란 돌덩이가 되어 그녀의 마음을 꾹 짓누르기 시작한다. 데굴데굴 굴러가다 한구석에 콱 박혀 빠질 생각을 않았다.

"무슨 일인데 그러세요. 혹시, 혹시 무연님께……."

"예. 무연님께서 쓰러지셨습니다. 그러니 어서!"

결국 그녀의 몸과 마음이 한 번에 내려앉고 말았다. 거대한 소리와 함께 와르르 무너지던 건 과연 무엇이었을까. 제 품에서 쉬게 해달라 어리광을 부리던 그와 그에게 제 품을 내어준 저의 시간이었던가. 아니, 그게 아니라면 그에 대한 믿음과 더불어 조금씩 싹트고 있는 어떤 감정이던가.

홍이는 복잡한 머리와 마음을 채 정리하지 못하고 그의 뒤를 따랐다. 무연각을 떠나 그가 있는 곳으로 향할 때까지, 크게 뛰는 심장은 결코 멈출 생각을 않았다.

"왜, 왜 쓰러지신 거예요?"

산길의 중턱까지 온 홍이가 다급한 목소리로 흑강에게 물었다.

"요 며칠 결계의 보수로 조금 무리하신 것 같습니다. 어제까지는 괜찮으셨는데, 오늘 갑자기 쓰러지셨습니다."

"정신을 아예 잃으셨나요?"

제 입으로 뱉어놓고도 가슴이 덜컥 내려앉았다. 더불어 당황하는 흑강의 얼굴까지 마주하니 그 긴장은 배가되었다.

"제가 떠날 때까지만 해도 정신을 차리지 못하셨는데, 지금은 모르겠습니다. 죄송합니다."

당장에라도 터질 것처럼 뛰는 심장에 숨이 가빠졌다. 걸음을 재촉하는 탓도 있었지만, 무연의 걱정에 그 증상이 더욱 심해졌다.

괜찮을 것이라고, 괜찮아야 한다고 생각하면서도 눈두덩이 뜨끈해졌다. 조금 피곤해 보이는 건 느끼고 있었는데, 이 정도로 상태가 좋지 않음은 눈치채지 못했다. 꼭 무연이 쓰러진 것이 제 탓인 것 같았다.

해서 홍이는 제 조부에게 빌었다. 부디 무연에게 아무 일이 없게 해달라고. 겨우 찾은 안식처가 또다시 사라지는 건 싫다고. 그기도가 하늘까지 닿길 바라며 작은 발을 쉬지 않고 움직였다.

둘은 꽤 먼 길을 달렸다. 중간중간에 바위를 올라야 하는 일이 있었지만, 홍이는 개의치 않았다. 산길의 중턱에 무연이 있다는 그의 말에 가슴이 터질 듯 뛰어올랐다.

그렇게 잰걸음으로 무연이 있는 곳까지 도착했을 때.

"두령!"

흑강이 우렁차게 외쳤다.

두려웠다. 그가 사라져 버리는 건 아닐까, 혹 이대로 그를 보내야 하는 건 아닐까. 수많은 걱정이 머리를 가득 채워, 홍이는 터질 듯 차오르는 울음을 참기 위해 입에 힘을 꼭 주었다.

"무연⋯⋯."

그리고 그의 이름을 부른 순간, 홍이는 온몸에 힘이 풀려 자리에 털썩 주저앉고 말았다.

"아아, 어째서 홍이를 데려온 것이야."

돌을 베개 삼아 누워 있던 무연이, 조금 피곤해 보이는 그가 인상을 잔뜩 찌푸린 채 입술을 달싹이고 있었기 때문이었다. 그에게 정말로 큰일이 생겼을까 봐 걱정으로 복잡하게 엉켜 있던 머릿속이 순식간에 깨끗해졌다.

주변에서는 인간이 왔다 수군거리는 소리가 들렸지만 홍이는 그런 것에 신경 쓸 겨를이 없었다.

"무연…… 무연님……."

바들바들 떨리는 그녀의 목소리에 무연의 구겨진 얼굴이 제자리를 찾았다. 희미하게 웃음을 그리며 한쪽 손을 뻗는다.

"네가 올 줄 몰랐다."

"아무, 아무 일…… 아무 일 없으신 거예요?"

울먹이는 홍이의 목소리에 무연이 엷은 미소를 그렸다. 그는 괜찮다며 고개를 끄덕이다 아랫입술을 꽉 눌렀다. 고개를 움직이자 머리가 지끈거린 탓이었다.

이윽고 홍이가 긴 숨을 내뱉었다. 떨림을 숨기지 못하는 숨이 고르지 못해 함께 듣는 이마저도 가슴이 불안해졌다.

"저놈이 요란스레 널 불렀나 보구나. 걱정 마라. 아무 일 없으니 너와 이리 대화도 할 수 있지 않으냐."

희미하게 미소를 그리는 무연의 얼굴에 홍이는 결국 참았던 눈물을 하나둘, 떨어뜨리기 시작했다. 툭. 투둑. 바닥을 향해 쏟아지는 투명한 물방울에 놀란 건 비단 무연만은 아니었을 것이다.

"호, 홍아."

놀란 무연이 몸을 반쯤 일으키자, 주변에서 그를 붙드는 몇 개의 손이 다가왔다. 하나 무연은 그 손을 모두 만류했다. 스스로 일어나 그녀의 눈물을 닦아주고 싶었기 때문이었다. 눈을 꽉 감은 채 눈물을 쏟는 그녀를 향해 무연이 손을 뻗어 보드라운 볼을 어루만졌다.

뜨거운 체온, 그리고 그 위를 흐르는 뜨거운 눈물.

"왜 우는 것이야. 아무 일도 없다고 하지 않아."

타이르는 듯, 그 목소리는 매우 부드러우니 주변에 서 있던 요괴들이 키득거리며 웃음을 터뜨렸다.

"모르겠…… 모르겠습니다. 그냥, 그냥 무연님께서 쓰러지셨단 이야기를 듣고…… 불안했는데……. 이렇게, 이렇게 괜찮으신 걸 보니……."

결국 말을 채 잇지 못한 홍이가 눈물만 툭툭 떨어뜨렸다. 볼 위로 길게 흐르는 물줄기를 몇 번이나 닦아내 보지만 뿌옇게 흐려진 시야는 원래대로 돌아오지 않았다.

말도 못 하고 눈물만 흘리는 홍이를 보는 무연의 입술이 실룩거렸다. 간질거리는 가슴에 힘을 꽉 준 채 웃음이 나오려는 걸 애써 참았다.

"흑강."

"예, 두령."

손을 뻗어 홍이의 눈물을 닦아내던 무연이 고개를 들어 흑강을 올려다보았다.

"얼음 동굴로 갈 것이다. 채비를 하라."

"예. 그렇담 홍이님은……."

제가 모르는 이야기가 오가자 홍이의 눈물 머금은 눈동자가 또 불안스레 떨렸다. 그 눈빛에 무연은 결국 새어 나오는 웃음을 참지 못한 채, 미소를 만개했다.

그녀는 왜 저에 대한 걱정이 이리도 많은지, 또 저는 왜 이리도 그녀에게 안달이 나는지. 명확하지 않은 감정들에 머리가 복잡했지만 굳이 깊게 생각하지 않기로 했다.

"함께 데려갈 것이다."

그녀이기에 이런 감정을 느끼는 것이겠고, 또 그녀이기에 자신이 안달 나는 게 당연한 것일 테지. 다른 존재도 아닌, 요화이니까.

"하지만 두령!"

"내가 그리하겠다고 하면 그리하는 것이다."

담담한 무연의 목소리에 흑강이 입술을 꾹 눌렀다. 그리고 곧 고개를 숙인 채, 주위를 정리하기 시작했다.

홍이와 무연은 아무런 말없이 서로를 응시했다. 둘 사이로 정적이 흐르고, 먼저 입을 연 것은 무연이었다.

"내가 걱정되었느냐."

그의 질문에 홍이가 조심스레 고개를 끄덕였다. 시선을 아래로 툭 떨어뜨리다 이내 땅을 짚고 있던 그의 손을 꼭 쥐었다.

"가슴이…… 떨어지는 줄 알았습니다."

잘게 떨리는 긴 속눈썹에 눈송이가 내려앉는다. 하나둘 땅으로 떨어지던 하얀 눈꽃과 홍이의 까만 머리가 너무나 잘 어울려, 무연은 그녀에게서 시선을 떼지 못했다.

"나도 그렇다."

뜬금없는 대답에 홍이가 고개를 들어 올렸다. 붉은 눈동자와 물색의 눈동자가 마주하기 무섭게 눈꽃이 사르르 녹아내렸다.

"너와 만나지 못하던 며칠 동안, 가슴이 떨어져 내리는 줄 알았어."

어쩌면 그 눈꽃 중 하나는, 절대 녹아내린 적이 없던 무연이라는 눈꽃이었을지도 모를 터.

"어찌 된 일인지는 모르겠지만…… 지금 널 보니…… 가슴이 터질 것 같다, 홍아."

그녀의 얼굴에 제 손을 얹은 무연이 몇 번이나 눈동자를 굴려 그녀를 쳐다보았다. 꽃을 닮은 눈동자를, 곧게 뻗은 콧날과 도톰한 입술을. 눈물로 얼룩진 그녀의 얼굴에서 시선을 떼지 못했다.

홀린 듯 그녀에게 가까이 얼굴을 가져감과 동시에 탐스러운 입술을 손으로 살살 어루만졌다. 하지만 괜스레 떨리는 마음을 이유로, 그 끝에 닿지 못한 채 제 품으로 와락 끌어안고 말았다.

"너는 참, 이상한 여인이야."

유난히 눈꽃이 예쁘게 내리던 오후였다. 며칠 만에 만난 홍이와 무연의 마음이 한데 엉켜 뜨거운 열기를 자아내고 있었다.

어쩌면 이미 맞닿았을지도 모르는 두 개의 가슴이 쿵쿵, 커다란 소리를 내며 뛰고 있었다. 살바람이 불어와 그들의 뺨을 톡톡 두드리고 지나갔지만, 그들의 얼굴에 완연한 봄기운을 걷어내진 못했다.

제2장.

얼지 않는 꽃

"거참, 두령께서 그러는 건 처음이지?"

"그러게, 쓰러진 것도 놀랐지만 인간 여자를 그곳에 데리고 갈 줄이야."

너털웃음을 터뜨린 한 요괴의 목소리가 요새의 한가운데를 파고들었다. 결계의 보수 작업을 채 끝내지 못하고 돌아온 이들 중 한 명이었다.

기세등등하게 선 무연각을 빤히 바라보던 그가 앞에 놓인 술잔을 덥석 집어 들곤 꿀꺽꿀꺽 그것을 넘기기 시작했다. 향긋한 냄새가 나던 술을 모두 털어 넣고 난 뒤, 거친 탄식을 내질렀다.

"천하의 흑강조차도 데려가지 않는 곳을, 그 인간 여인과 함께 가다니."

"얼음 동굴 말하는 건가?"

이내 다른 요괴들도 그들 주위에 옹기종기 모이기 시작했다. 너나 할 것 없이 술을 부어라 마셔라 하던 이들의 안주는 얼음 동굴로 들어간 무연과 그의 요화, 홍이에 대한 이야기였다.

인간이라 마음에 들지 않네, 그럼에도 요화이니 인정을 해야 하네. 여러 의견이 엇갈리는 가운데, 묵직한 인기척이 그들의 말소리를 뚝 끊었다.

"그게 정말인가."

이윽고 들리는 쇳소리에 화들짝 놀란 이들이 고개를 돌렸다.

"그게 정말이냐고 물었어."

서늘한 초록색 눈동자에 요괴들은 곧 어깨를 으쓱거리며 고개를 끄덕였다.

"우리가 교하 너에게 거짓을 말해봤자 이득이 될 게 하나 없지 않겠어?"

누군가의 목소리에 다들 그 말이 맞다며 고개를 끄덕였다. 그럼, 그럼. 한데 터져 나오는 목소리에 교하가 미간을 살포시 찌푸렸다.

"두령께서 홍이님을 얼음 동굴로 데려갔다, 이 말인가요?"

그리고 곧 또 다른 목소리가 들리자 술잔을 기울이던 이들이 몸을 벌떡 일으켰다. 꼿꼿이 세워진 허리 위쪽으로 커다란 진동이 일기 시작했다.

"그대들이 거짓을 말하는 거라면, 내가 가만히 있지 않겠어요. 다른 이도 아니고 두령의 일이니."

서늘한 목소리의 주인공은 모두가 요화가 될 것이라 믿어 의심치 않았던 여인, 화람이었다. 교하의 뒤를 따르던 그녀는 절대 믿을 수 없다며 불편한 내색을 보였다.

"저, 정말입니다! 흐, 흑강이 그 인간을 데려왔는데 두령께서 함께 얼음 동굴로 향하셨습니다!"

"그럼요, 그럼요! 저, 저희가 똑똑히 봤습니다, 아가씨."

몸에 힘을 바짝 준 이들의 목소리에 화람의 미간이 종잇장처럼 가볍게 구겨졌다. 화람은 치마를 한껏 움켜쥔 뒤, 아랫입술을 세게 씹었다.

"그래, 그랬군요."

"아가씨."

교하의 부름에도 화람은 아무런 대답도 하지 않았다. 그저 찬 바람을 남긴 채, 뒤를 돌아 제 거처를 향해 거친 걸음을 옮길 뿐.

그 뒷모습을 지켜보던 교하가 뒤를 슬쩍 돌아보며 미간을 찌푸렸다. 하지만 그들이 잘못한 건 아무것도 없었다. 교하는 그들에게 타박을 놓는 대신 화람을 뒤쫓았다.

"교, 교하! 잘 가게!"

어색한 인사를 건넨 이들이 자리에 털썩 주저앉아 또다시 술잔을 나누었다.

"화람 아가씨만 불쌍한 셈이지 뭐."

"거참, 근데 어쩔 수 없는 노릇 아닌가? 동굴의 선택이 그렇다고 하는데, 어쩔 거야!"

"그래도, 아가씨가 두령을 얼마나 연모했나? 두령은 몰라도 우린 모르면 안 돼."

쯧쯧, 혀를 차는 소리가 이어졌다. 하지만 그들의 화제가 또 다른 이야기로 바뀌는 데에는 그리 오랜 시간이 걸리지 않았다.

"아가씨, 아가씨!"

교하의 외침에도 화람은 걸음을 멈추지 않았다. 교하는 냉정을 유지하지 못한 채 걸음을 빠르게 옮기는 그녀의 뒷모습에 당황했다.

"화람!"

교하가 화람의 손목을 거칠게 붙잡았다. 그 행동만큼이나 거친 목소리 끝으로 불규칙한 숨이 튀어나왔다. 이글거리는 녹색 눈동자에 애처롭게 떨리던 화람의 어깨가 들어왔다.

"나…… 나 좀 제발……."

화람이 그를 밀어내며 중얼거렸지만 교하는 오히려 제 손에 더욱 힘을 줄 뿐이었다.

"무너지지 않겠다고 하셨습니다."

"알아, 나도. 절대…… 지지 않을 거라고 한 것도 알아……."

"그렇담, 눈물은 보이지 마셔야지요."

그 목소리에 담긴 것은 화람을 향한 비난도, 원망도 아니었다. 그녀가 안쓰러워 어쩔 줄 모르는 애처로운 마음이었으니.

다만 화람으로서 그 마음을 깨달을 리 없어 그저 이 상황에 슬픈 눈물만을 쏟아낼 뿐이었다.

"제발…… 강해지십시오, 아가씨."

교하의 목소리마저 떨리고 있었다. 잡지도, 놓지도 못한 그 마음에 담긴 바람이 화람을 향해 불고 있었지만, 그녀는 그것을 눈치채지 못하였다.

"다녀오십시오, 두령."

흑강의 안내에 따라 무연과 홍이가 함께 도착한 곳은 커다란

동굴의 입구였다. 그 끝이 제대로 보이지 않을 정도로 어둠으로
덮여 있는 입구에 홍이가 몸을 흠칫 떨었다.

"알아서 무연각으로 돌아갈 테니, 너는 이만 돌아가도 좋아."

홍이와 둘만의 시간을 만끽하고 싶었다. 열흘이 넘는 시간 동
안 제대로 함께한 적이 없었으니, 지금 이 순간만이라도 단둘이
고 싶었건만.

"기다리겠습니다."

흑강은 단호했다. 그러곤 절대 물러서지 않겠다는 기세로 동굴
의 앞에 자리를 잡은 채 굳건히 서 있었으니 무연의 잇새에서 엷
은 한숨이 새어 나왔다.

"넌 너무 주인의 마음을 모르는군."

"모르는 건 아닐 테죠."

그의 대답에 끙, 앓는 소리가 터져 나왔다. 무연은 관자놀이를
꽉 짚다 고개를 젓곤 홍이의 어깨를 꽉 감싸 안았다.

"다녀올 테니, 지키고 있든지 돌아가든지 마음대로 해."

그렇게 퉁명스러운 말 한마디만을 남긴 무연은 그녀와 함께 동
굴 안으로 걸음을 옮겼다. 벌써부터 찬 기운이 밀려오니 홍이의
몸이 걱정되었다. 그러지 않아도 인간은 추위를 잘 타는데 말이
다.

"몸이 많이 차가워지면 말하라. 돌아가도 된다."

무연의 말에 홍이가 고개를 저었다. 괜찮다는 뜻으로 빙긋 미
소를 그려주니, 그에 무연 역시 흐뭇하게 웃음을 그리는 건 당연
한 일이었다.

둘은 그렇게 몸을 꼭 밀착한 채 동굴 안으로 들어갔다. 참 신
기한 곳이었다. 바깥에서 볼 때에는 캄캄한 어둠으로 물들어 아

무엇도 보이지 않을 것 같더니, 막상 안으로 들어오니 앞이 보이지 않는 게 더 이상할 정도였다.

사방에서 빛나는 얼음 결정들이 푸른색으로 빛나며 동굴을 환히 밝히고 있었다. 그 위로 똑, 똑 물방울 떨어지는 소리가 마치 노랫소리와 같으니 홍이의 마음을 잡아먹던 두려움도 눈 녹듯 사라지고 말았다.

"이곳은 두령 외에는 들어올 수 없는 곳이다."

"예?"

하나, 두려움이 사라진 것도 잠시. 갑작스런 무연의 말에 놀란 홍이가 휘둥그레진 눈으로 그를 쳐다보았다. 그런 곳에 저를 데려오다니!

"그, 그럼 저도 나가서 무, 무사님과 함께!"

"아니, 그러지 않아도 된다."

"하지만 무연님!"

두려웠다. 혹 감당할 수 없는 큰 벌이 내릴까 하여 가슴이 쿵쿵 뛰기 시작했다. 불안함이 잔뜩 묻은 눈동자로 그를 쳐다보던 홍이가 아랫입술을 꾹 눌렀다.

무연은 희미하게 웃음을 그렸다. 괜찮다 하며 그녀의 여린 어깨를 잡은 손에 힘을 꽉 주었다.

"지금은 내가 두령이니, 내가 법이지. 내가 괜찮다 하는데 네가 겁먹을 필요는 없다."

"하지만……."

"그저 너는 내 곁을 지키면 된다."

괜찮다는 무연의 말에도 홍이는 불안함이 가시질 않았다. 그와 함께 걸음을 옮기는 내내 홍이는 그저 입술을 꾹 누르고만 있을 뿐이었다.

얼마나 걸었을까. 긴 통로를 지나고 나니, 이제까지보다 더 찬란한 빛이 쏟아졌다. 밝은 빛에 눈을 살짝 찌푸리다 고개를 든 홍이는 앞으로 보이는 풍경에 입을 다물지 못했다.

"대, 대단해요!"

실로 아름답다 할 수밖에 없는 곳이었다. 벽을 빼곡히 채워 솟은 얼음 결정은 손이 스치기만 하여도 피가 뚝뚝 흐를 정도로 날카로워 보였다. 그 얼음 결정 덕에 온 동굴 안이 푸른빛으로 가득했다.

"아름…… 아름다워요."

보고 있기만 하여도 절로 감탄이 흘러나왔다. 이내 홍이의 시선이 동굴 안쪽 커다란 연못으로 향했다.

"여기는…… 두령이 태어나는 장소이다."

무연의 말에 홍이는 머리끝까지 전율이 이는 것을 느꼈다. 두령이 태어나는 장소. 이는 곧 그의 고향에 온 것이나 다름없는 일이었다.

그 사실을 깨닫기 무섭게 왠지 자신이 특별한 여인이 된 것 같은 착각이 머릿속을 가득 메웠다. 그것은 착각이 아니라 진실이었지만 홍이만이 모르고 있었다.

"너에게 보여주고 싶었다."

홍이의 어깨를 꼭 안은 무연의 눈동자가 크게 요동쳤다. 그의 물색 눈동자가 얼음 빛과 부딪쳐 반짝였다. 그 빛이 향하는 곳은 붉게 타오르는 홍이의 두 눈동자였다.

"내가 태어난 이곳을."

어깨를 쥔 무연의 손에 힘이 들어가는 것이 느껴졌다. 그가 어떤 마음으로 저를 이곳에 데려온 건지 홍이로서는 알 수 없었지만, 그럼에도 행복했다.

두령을 제외한 그 누구도 오지 못한다는 곳에 저를 데려왔다는 사실 하나만으로도 작은 기대가 생겨나기 시작했다.

"요새는 나를 두려워하는 이들로 가득해. 그들은 나를 숭배하고, 우러러보지. 그래야만 하고, 그럴 수밖에 없는 이들뿐이야."

그의 곁에 머물러도 되는 걸까.

"하지만 홍아."

그 마음에 화답이라도 하듯, 무연이 그녀의 얼굴을 어루만졌다. 홍이와 눈을 마주하는 내내 가슴이 쿵쿵 뛰고 있었다. 그는 그 '떨림'을 홍이가 요화이기 때문이라 생각했다. 그렇지 않고서야 이 감정을 이해할 수가 없었다.

"너만은 나를 그리 생각하지 마라."

하지만 또 요화이기에 당연히 이끌리는 것이라 하자니 그것만은 아닌 것 같았다. 홍이가 다른 이들처럼 저에게 굴복하고, 저를 섬기는 것을 원하냐 하면 그것은 또 아니었다.

"너만은…… 나를……."

그렇담 이 감정은 무엇일까. 눈을 마주하기 무섭게 가슴이 떨린다거나, 손끝에 닿는 체온에 온몸이 저릿해지는 것은. 홍이의 붉은 눈동자를 마주하며 몇 번이고 생각하고 또 생각해 보았지만 결국 답을 찾을 수 없었다.

말의 끝을 채 맺지 못한 그의 입술이 애처롭게 떨렸다. 도대체 저는 홍이에게 저를 어떻게 생각해 달라 말하고 싶은 건가.

"무연님."

그때, 홍이의 따스한 손길과 동시에 부드러운 목소리가 함께 찾아왔다. 무연은 희미하게 웃는 그녀의 얼굴을 바라보았다.

붉은 눈동자가 가진 열기 때문일까, 마음이 데워지는 기분이었다. 무연은 무언가 사르르 녹아내리는 것 같은 기분에 그녀의 어깨에 얼굴을 파묻었다.

"설산에서 저를 데려오신 날, 기억하고 계신지요?"

"그럼…… 잊을 수 없지. 잊으려야 잊을 수 없지."

"부모를 찾고자…… 마을로 향하던 중이었습니다."

무연은 홍이의 기억에서 본 그들의 모습을 떠올렸다.

그들은 널 버렸다, 그들은 널 팔아넘긴 것이나 다름없다. 그렇게 말하며 잊으라 하고 싶지만, 그 말로 홍이가 상처받을까 걱정하고 마는 것이다.

"하지만 실은……"

이윽고 홍이의 쓸쓸한 웃음이 그를 향했다. 홍이는 제 얼굴을 어루만지는 그의 손을 꼭 잡으며 눈을 아래로 내리 깔았다. 입가에 번진 미소가 여전히 아슬아슬했다.

"죽고 싶었습니다. 혼자…… 혼자서는 이 세상을 살아갈 자신이 없어……"

죽는다. 홍이가 이 세상에서 사라진다. 그렇게 생각하자마자 무연은 숨이 멎는 듯한 기분이었다. 그녀가 사라지면 새로운 요화가 나타나겠지만, 그는 홍이가 아닐 것이었다. 무연은 그제야 제 곁을 오래도록 지킬 요화는 홍이, 그녀이기만 하면 된다는 결론을 내리게 되었다.

"그때, 무연님께서 저를 찾아주셨지요."

고개를 든 홍이가 무연을 향해 빙긋 웃음을 그렸다. 길게 휘어지는 눈꼬리가 너무 예뻐 무연의 가슴이 요동쳤다. 곱디고운 저

웃음을 언제부터 좋게 되었던 걸까.

"저를 필요로 해주셨고, 제 곁에 있어주셨으니. 그러니 저 역시도 무연님에게 필요한 이가 되고 싶습니다."

아니다, 그게 아니다. 할 말은 많은데 무연은 또다시 말문이 막히고 말았다. 그럼, 그게 아니라면 자신은 도대체 무엇이 되고 싶단 말인가.

"그런데 참 이상하지요…… 제가, 제가 너무…… 욕심이 많은 것 같아……."

하얗기만 하던 볼이 어느새 불그스름하게 물들었다. 홍이는 수줍은 듯 그의 시선을 피했다.

"그거면 된다 생각했는데, 언제부턴가 무연님과 더 가까이 닿고 싶고, 무연님의 곁에 오래도록, 함께 있고 싶어져……."

무연은 그녀의 말에 주먹을 꽉 말아 쥐었다. 그리고 고개를 푹 숙인 홍이가 중얼거리는 소리에 터져 나오려는 웃음을 애써 참아야만 했다.

가슴이 간질거리기 시작했다. 손가락 끝이 저릿저릿하다 이내 아랫배가 시큰해졌다. 난생처음 느껴보는 이 기분을 뭐라 말해야 할지, 또 어떤 것이라 정의 내려야 할지. 머리가 딱딱하게 굳어버린 것만 같았다. 깨지지 않는 돌덩이처럼 변해 머릿속을 데굴데굴 굴러다니고 있다.

"제가…… 제가 너무 욕심이 많은 것이겠지요."

목소리의 떨림마저도 무연의 마음을 사르르 녹였다. 무연은 그녀의 작은 손을 세게 움켜잡았다. 조금이라도 빨리 보여주고 싶은 게 있었다. 멀뚱히 서서 시간을 낭비하고 싶지 않다.

이윽고 깜짝 놀라며 저를 바라보는 홍이의 모습에 무연은 또

한 번, 가슴이 떨리는 것을 느꼈다. 이상했다. 그 어떤 경우에도 이런 감정을 느껴본 적이 없건만, 꼭 홍이의 붉은 눈동자만 보면 가슴이 어찌할 바를 모른 채 요동쳤다. 그녀를 만난 뒤, 자신에게 정의할 수 없는 현상들이 너무 많이 일어나고 있었다.

"무연님?"

이름을 부르는 그 목소리만으로도 귀가 예민하게 반응했다. 하지만 자신의 그런 모습을 들키고 싶지 않아, 애써 아무렇지 않은 척 대답했다.

"새로운 세상을 보게 될 것이야."

무연은 홍이를 번쩍 안아 까맣게 물든 호수로 성큼성큼 걸음을 옮겼다. 이윽고 풍덩! 소리와 함께 물줄기가 높이 치솟았다.

갑자기 물에 빠졌다는 공포에 무연에게 매달린 홍이가 입을 뻐끔거렸다. 숨을 쉴 수가 없어, 지레 겁을 먹은 그녀가 무연의 옷을 더욱 세게 쥐었다.

'무연님!'

속으로 그를 다급하게 불렀을 때, 그의 다정한 손길이 홍이의 등을 단단하게 받쳐 주었다.

[쉬, 숨을 쉴 수 있을 것이다.]

귀가 아니라 머릿속으로 울리는 듯한 그 목소리에 홍이는 무심코 숨을 들이마셨다. 이윽고 목 끝까지 꽉 막혔던 숨이 탁 트이고 홍이의 두 볼에도 다시 생기가 돌았다.

숨은 다시 쉴 수 있게 되었지만 홍이는 내내 눈을 감고 있었다. 무연의 몸에 매달려 그에게 모든 것을 의지한 채로 움직이지 않았다.

[눈을 떠도 된다.]

다시 안심시키는 무연의 목소리가 들리고 나서야 홍이는 조심스레 눈을 깜빡거렸다.

[이 연못은, 물이 아니다.]

연못 바닥에서 작은 기포들이 뽀글뽀글 올라오는 것이 보였다. 눈앞까지 올라와 퐁, 터지는 그것에 홍이의 몸이 움찔거렸다. 홍이는 무연의 팔을 세게 움켜쥐곤 그에게 더욱 몸을 밀착했다.

[아아, 두려워하지 않아도 괜찮다.]

어째서 입술을 움직이지도 않았는데 목소리가 들리는 걸까. 뒤늦게 이상한 것을 느꼈지만, 물어볼 수 없었다. 지금 겪고 있는 모든 일들이 이상했으니, 물어볼 수 없는 것이었다.

이리저리 둘러보다가 무연을 향해 고개를 돌린 홍이는 믿을 수 없는 광경을 목격했다. 바닥에서 올라온 기포들이 하나둘, 그의 몸으로 모여들고 있었다.

[이곳은 내가 정기를 채우는 곳이지.]

각기 다른 크기의 기포들이 그를 감쌌다. 이윽고 그것들은 무연의 몸으로 녹아들었고, 기포가 하얀 피부로 스며들 때마다 무연의 눈이 빛을 냈다.

입술을 말아 올리며 웃던 무연이 홍이를 향해 눈동자를 굴렸다. 기묘한 빛을 내는 물빛 눈동자와 마주친 홍이는 몸을 움츠렸다.

[이곳은…… 내가 태어난 곳이다, 홍아.]

이미 들어서 알고 있었지만, 신기한 건 매한가지였다. 여전히 그의 옷깃을 세게 쥐고 있던 홍이가 아래를 내려다보았다.

바닥을 쓰는 듯한 무연의 손짓에 바닥에 불그스름한 빛이 깔렸다. 드넓게 펼쳐진 꽃이 홍이의 시선을 사로잡았다.

[저 꽃들이 보이느냐.]

홍이가 고개를 끄덕였다. 어쩐지 낯설지 않고, 그립기까지 한 풍경이었다. 물론 그러한 감정이 이어지는 이유는 알 수 없었다.

홍이를 안고 있는 무연의 손아귀에 힘이 들어갔다. 정기가 차오르자 온몸이 나른해졌다.

[나의 반려, 요화가 태어나는 것을 알리는 꽃이지.]

그의 말에 홍이의 눈이 휘둥그레졌다. 아, 작게 숨을 토하던 발간 입술이 아래로 살짝 기울어졌다.

홍이는 새삼스러운 눈으로 다시 꽃밭을 내려다보았다. 몇 송이는 꽃잎이 활짝 벌어져 있었고, 또 몇 송이는 이미 다 시들어 바닥에 힘없이 쓰러져 있었다. 아직 채 피지 못한 봉오리들도 즐비했다.

[두령의 반려가 태어나면, 저 꽃이 활짝 피어오른다. 아직 피지 않은 새싹도 있지만 말이야. 훗대 요화가 살아 있다면 꽃 역시도 시들지 않고, 그들이 생을 마감하면 꽃 역시도 함께 시들어 버리지.]

반려. 홍이는 덜컥 마음이 내려앉는 기분이 들었다. 방금 전, 그를 욕심내던 제 모습이 떠올라 민망하기 이를 데가 없다.

왜, 하필 이런 곳에 오기 전에 그에게 그 말을 한 것일까. 휴, 한숨을 내쉬니 공기 방울이 기포가 되어 눈앞으로 퍼져 나갔다.

[요화는 나에게 꼭 필요한 존재다.]

그게 홍이 너라, 무연은 그 말을 전할까 잠시 고민을 했다. 생각 같아선 내 요화가 되어달라고 하고 싶었지만, 혹 그녀가 원하지 않는 건 아닐까 하여 입을 다물었다. 요화가 된다는 것은 그저 제 반려가 되는 것만이 아니었다. 어쩌면 그녀가 가진 것들을 모두 저버려야 할지도 몰랐다. 해서 아무런 말도 하지 못했다. 오랫동안 제 곁에 머무르고 싶다는 홍이의 말이 떠올랐지만, 그것이 요화가 되고 싶다는 말은 아니지 않던가.

[요화가 생기면 내 힘은 더 강해진다. 그리하여 이 북쪽을 더 안전하게 지킬 수 있게 되지. 남쪽이 동쪽을 집어삼키고 이곳도 호시탐탐 노리고 있는 지금, 가장 필요한 힘일지도 모르겠구나.]

무연의 목소리가 너무 쓸쓸한 것 같아, 홍이는 아무런 말도 할 수 없었다. 홍이가 요화는 아직 나타나지 않았느냐 물으려 할 때, 무연의 입술이 엷은 미소를 그렸다. 곧 홍이는 지독한 상실감을 느껴야만 했다. 만약 무연에게 요화가 생긴다면, 그에게 저는 필요 없어지게 되는 게 아닌가 하는 걱정에서였다.

그때가 되면 그가 부드러운 눈빛으로 바라보는 이도, 머리를 쓰다듬고 안아주며 곁에 있어달라 얘기할 사람도 자신이 아닌 '요화'일 테니. 만약 그렇게 된다면 저는 어떻게 해야 하는 것일까. 이 욕심을 잠재울 수는 있는 것일까. 마음에 미미한 고통을 전해주는 고민이 이어졌고, 홍이의 얼굴에 그늘이 졌다.

[불편한 것이냐.]

연못 바닥에서 솟아오른 기포들은 아직도 그의 몸에 달라붙어 있었다. 톡, 톡 터지며 그의 안으로 스미던 기포를 바라보던 홍이가 저도 모르게 그의 품으로 안겼다.

[홍아.]

그가 나지막이 이름을 부르자, 홍이는 천천히 고개를 올려 들었다.

'싫습니다.'

무연의 목소리가 제게 들린 것처럼, 제 목소리도 그에게 들릴지도 모른다는 생각이 얼핏 들기도 하였지만 홍이는 그렇게 중얼거렸다. 그가 듣더라도, 듣지 못하더라도 상관없었다.

'싫습니다. 무연님께 그런 소중한 여인이 생긴다는 것도, 제가 아닌 다른 여인을 소중히 여기셔야 하는 것도……'

이윽고 그녀의 붉은 눈이 단단하게 굳어졌다. 무언가 크게 결심한 듯, 혹은 마음을 먹은 듯. 홍이는 고개를 숙여 그의 품으로 얼굴을 파묻었다.

'만약 나타난다면 사라지라고 욕이라도 할 거예요.'

홍이는 모르고 있지만 그녀의 말은 고스란히 무연에게도 들리고 있었다. 그녀의 말이 너무 기뻐서, 또 그녀의 마음에 너무 행복해서 무연은 홍이를 안은 채로 아무 말도 하지 못했다.

'저는 욕심쟁이입니다…… 무연님의 곁을…… 떠나고 싶지 않아요.'

거기까지 듣고 나서 무연은 정기가 채 다 채워지지 않았는데도 그녀를 안고 위로 향했다. 급하게 수면을 차고 올라온 무연은 그녀를 데리고 연못 밖으로 나와서는 한참을 바라보았다. 기쁘기 그지없는 홍이의 말을 듣고 난 뒤라 그런 걸까. 눈에 비치는 홍이의 모습이 평소보다 더 곱게 보였다. 푸른빛에 반사되어 반짝이는 그 모습에 온몸이 저릿해졌다.

'만약 나타난다면 사라지라고 욕이라도 할 거예요.'

귓가를, 머릿속을 맴도는 홍이의 목소리에 심장이 세차게 뛰었다.

"무연님?"

너무 기뻐 어쩔 줄 모르는 것이다. 분명 화람이 바라던 것도 제 옆자리이고 제 옆에 저 말고 아무도 서지 못하게 되는 것이었는데, 같은 것을 바라는데도 어째서 홍이의 그 바람은 이리도 기꺼운 것일까.

"아아, 다 끝났다. 이제 모두 끝났어."

차마 네 말 때문에 빨리 올라와야 했다는 말을 할 수는 없었기에, 무연은 희미한 웃음으로 마무리했다.

정기를 가득 채워야만 만족스러웠던 지난날과는 다르다. 무연은 그녀와 함께 온 것을 참 다행이라 생각했다.

그리고 그는 홍이에게 네가 바로 요화라고 말하는 것을 좀 더 미루기로 하였다. 그것은 그녀의 어리광을 조금 더 보고 싶은 작은 바람 때문이었다.

동굴에서 정기를 채운 탓인지 유난히 무연의 상태가 좋아 보였다. 다음 날에도 그는 여전히 결계의 복구를 위해 밖으로 나가야 했지만, 평소처럼 피곤해 보이지는 않았다.

"가는 길에 흑강을 시켜 화람을 불러오도록 하지."

"화람님을요?"

"네가 적적할 것 아니냐. 나를 기다리는 동안 화람과 담소나 나누고 있으려무나."

손을 뻗어 홍이의 머리를 헝클던 무연의 입가에 잔잔한 미소가 걸렸다. 그 어느 때보다도 더 부드러운 웃음이라 홍이는 급히 고개를 숙였다.

온몸이 심장박동에 맞춰 뛰고 있는 기분이었다. 머리끝부터 발끝까지 커다란 진동이 일어 숨을 제대로 쉴 수 없었다.

"어디 좋지 않은 것이냐."

얼굴을 푹 숙인 홍이가 걱정된 무연이 그녀의 얼굴을 붙잡고 들어 올려 이마를 맞댔다. 그러나 곧 이상하다는 듯 고개를 갸웃거렸다.

"열은 없는데……."

"괘, 괜찮아요! 어디 안 좋거나 한 것은 아닙니다."

붉게 달아오른 홍이의 얼굴과, 그녀를 바라보는 무연의 따스한 눈빛에 내내 한쪽에 서서 무연을 기다리고 있던 흑강이 눈을 가늘게 떴다가 이내 무언가 알아챘다는 듯 입술을 동그랗게 말아 올리며 고개를 숙였다. 괜히 제 주인에게 들켰다간, 뭐 하는 거냐며 핀잔을 들을지도 모르는 일이니.

"그래, 그렇담 다행이고."

둘 사이에 뒤엉켜 있는 건 설산에 결코 오지 않을 것이라 믿었던 봄바람이었다.

"어, 어서 다녀오셔요!"

빨리 가라 등을 떠미는 홍이의 손길마저도 사랑스러워 웃음을 멈추지 못하던 무연이 흑강과 함께 걸음을 옮겼다.

"저, 저기 무연님!"

그러다 뒤에서 부르는 홍이의 목소리에 무연이 뒤를 돌았다. 무슨 이야기를 하려 부른 걸까, 무연의 눈에 기대감이 잔뜩 묻어 있었다.

"화, 화람님께 꽃다발을 드려도 될까 해서……."

순간, 기대감이 와장창 무너졌지만 무연은 애써 표정을 관리했다. 하지만 단단하게 굳은 얼굴은 펴지지 않았다.

"꽃다발? 화람에게?"

"저를 잘 챙겨주시기도 하고……. 화람님도 여인이시니, 꽃을 좋아하지 않을까 해서요."

무연은 고심했다. 사실 그러지 말라 하고 싶었다. 제가 홍이를 위해 꽃밭을 만든 것을 화람이 알게 되어 혹시라도 화람이 홍이를 미워하게 되는 건 아닐까 싶었다.

"그래. 그렇게 하려무나."

하지만 무연은 화람은 자신이 생각하는 것보다 더 현명한 여인일 거라 믿었다. 또, 무연에게는 홍이의 부탁을 싫다 거절하는 것이 더 힘든 일이었다.

방을 나서는 무연의 뒷모습을 바라보는 홍이의 얼굴에도 해사한 꽃이 만개했다. 그러다 문득, 어제 보았던 꽃이 떠올랐다.

"만약 요화가 화람님이시라면……."

홍이는 짙은 탄식과 함께 한숨을 푹 내쉬다 눈을 질끈 내리감았다.

"저는…… 어떡하면 좋을까요, 무연님."

휑한 바람이 방 안을 맴돌았다.

이러고 있어봤자 고민만 더 깊어질 뿐이라 홍이는 생각을 멈추고 꽃밭으로 나가기 위해 느린 걸음을 옮겼다. 계단을 천천히 내려가는 동안에도, 그녀의 머릿속에 불던 눈보라는 그칠 생각을 하지 않았다.

무연각을 오르던 화람이 계단에 우뚝 멈추어 서 고개를 들어 올렸다. 어제 이후로 기운이 없어 내리 누워만 있었다. 저를 걱정한 교하와 사와가 몇 번이나 들락거렸지만, 일어나고 싶지 않아 침대를 지키는 것으로 하루를 보냈다. 오늘도 종일 그러고 있을 참이었는데 흑강이 찾아왔다.

"아가씨께서 괜찮으시다면, 홍이님의 말동무를 부탁하고 싶다
하셨습니다."

무연의 부탁이라 했다. 참 이기적인 남자였다. 제가 그에게 어
떤 마음을 품고 있는지 모르지 않으면서 이런 부탁을 하다니. 가
고 싶지 않다 거절을 하려 했다. 오늘 만큼은 홍이도, 무연도 모
두 보고 싶지 않았다.

"홍이님께서 아가씨께 선물을 준비하신다고 합니다."

만약 무연의 부탁뿐이었다면 코웃음을 친 채 무시했을지도 모
른다. 하지만 저를 찾는 게 홍이라면 이야기가 또 달라졌다. 아무
리 투기에 불타오른다 할지라도, 어쨌든 처음으로 생긴 '친우'가
아니던가.

'그래, 그게 편해질 수 있는 길이라면, 그렇게 하자, 화람아.'

계단의 난간을 꼭 붙잡던 화람이 한숨을 내쉬며 걸음을 옮겼
다. 한 계단, 한 계단을 밟아 올라가며 몇 번이나 한숨을 쉬었는
지 모른다.

저는 그렇게 바랐지만 결국 가질 수 없는 그 자리. 원하지 않았
지만 어쩔 수 없이 평생을 반요로 살아야 하는 여인. 분명 인간
으로서 살아갈 수는 없을 것이다. 보통의 요괴들이었다면 요화의
봉인된 힘을 스스로 풀 테지만, 그녀는 인간이지 않은가. 분명 의
식 전에 두령의 요력을 받아 인간도 아닌, 요괴도 아닌 삶을 살아

가야 할 것이 분명했다.

원하지 않은 삶을 살아야 할 그녀와 원하지만 얻을 수 없는 저의 서로 다른 운명이 원망스러웠다.

"무연님에 대한 감정이니, 소중하게 여기고 싶어요."

제 마음을 솔직하게 고백하던 홍이가 떠올랐다. 그리고 홍이를 대하던 무연의 모습도 함께 떠올랐다. 저를 대할 때처럼 칼날을 서슬 퍼렇게 세워가며 그녀를 거부하지도, 결코 닿지 못할 마음이라 말하며 밀어내 상처를 입히지도 않았다. 어쩌면 자신에게 느끼지 못한 그 감정을 홍이에게서 느낀 것은 아닐까. 문득 그런 걱정이 밀려들었다.

"아니야, 아닐 거야."

하지만 화람은 그런 걱정을 빠르게 부정하며 고개를 흔들었다. 자신이 아는 무연이라면, 그래, 결코 변하지 않을 것이라면 분명 저에게 했던 행동을 그대로 보여줄 것이다.

"그래. 분명 그럴 거야. 내가…… 내가 그 누구도 사랑하지 말라 했으니."

입술을 꽉 씹던 그녀가 다시금 계단을 올랐다. 한 걸음, 또 한 걸음을 내디디던 그녀의 눈꼬리에 말간 물방울이 맺혔다. 강해지자, 강해지자. 그렇게 몇 번을 되뇌어보지만, 생채기로 가득한 마음이 아프지 않을 리가 없었다.

무연의 방 앞에 선 화람은 수도 없이 심호흡을 했다. 숨을 들이마시고 내쉴 때마다 무연의 얼굴과 해사하게 웃는 홍이의 얼굴이 떠올랐다.

"하……."

화람은 두 손을 들어 얼굴을 감쌌다. 졸렬하기 짝이 없다. 지금의 제 모습이, 홍이를 대하는 제 마음이.

"제발……. 제발……."

무연과 홍이의 얼굴이 눈앞을 떠나지 않았다. 다리에 힘마저 풀려 주저앉으려는데 누군가 그녀의 팔을 붙잡아주었다.

"화람님!"

아, 왜 하필…….

"왜 여기에서 이러고 계셔요."

단단한 팔을 가진, 커다란 바람에도 쓰러지지 않을 강인함을 지닌 사내. 무연이길 바랐건만.

"괜찮으세요?"

걱정스레 묻는 그녀의 목소리에 화람은 그저 미소만 보였다. 이렇게 저를 걱정하는 그녀에게 제 추악한 마음을 보일 수는 없었다.

"어디 다녀오시는 길이신가 봐요."

어느새 자세를 곧게 하고 묻는 화람의 목소리에 홍이가 환히 웃는 얼굴을 해보였다. 그리고 그녀에게 손에 든 것을 내밀었다.

"이게……."

놀란 듯, 눈이 휘둥그레진 화람을 향해 홍이가 수줍게 웃음을 그렸다.

"화람님께 드리고 싶어서 준비했는데."

홍이의 붉은 눈동자가 아래로 향했다. 몇 번 입술을 달싹이다 화람의 눈을 똑바로 마주한 채 말했다.

"화람님과 잘 어울려서 꼭 드리고 싶었어요."

화람은 홍이와 그녀가 내민 꽃다발을 번갈아 보았다. 졸렬한 생각을 했던 자신이 부끄러워지는 순간이었다.

"이거, 어디에서 났어요? 요새에서 본 적이 없는 꽃인데."

홍이의 눈동자가 잘게 요동쳤다. 하지만 화람은 그것을 눈치채지 못하고 꽃향기를 맡기에 여념이 없었다.

화람의 갑작스러운 질문에 홍이가 입을 꾹 다물었다. 무연이 만들어주었다 말을 해야 하는데, 도저히 입이 떨어지지 않았다. 무연이 자신을 위해 만들어주었다 말을 하면 화람이 상처를 받을 것 같았다.

천둥이 내리치던 그날, 무연과 설전을 벌이던 화람이 떠올랐다. 그래서 더더욱 입을 닫기로 결정했다. 시간이 조금 더 흐르고 난 뒤에 말을 해도 늦지 않을 것이라 생각했다.

"무연님과 함께 갔던 얼음 동굴에서……. 그곳에서 가져왔어요."

그 말에 화람은 아무 대꾸도 하지 않았다. 그게 거짓말인지, 진실인지도 그녀는 알 수 없었다. 그저 저를 위해 준비했다는 홍이의 말을 믿는 것이다. 그녀의 예쁜 마음을, 그 진심을.

자신을 위해 꽃다발을 만들어준 홍이 덕에, 화람의 머리를 가득 채우고 있던 무연에 대한 생각이 눈 녹듯 사라졌다.

"꽃에 대한 보답을 해야 할 텐데요."

"예? 보답이라니요. 아니에요. 제가 드리고 싶어서 드린 건데!"

괜찮아요. 덧붙이는 말에는 거짓이 없었다. 결코 대가를 바라거나, 무언가를 원해서 한 일이 아니라는 것을 알 수 있었다.

꽃다발을 손에 쥔 채 곰곰이 생각을 하던 화람이 무언가 떠올랐다는 듯, 홍이의 손을 덥석 붙잡았다.

"그럼 요새를 구경시켜 드릴게요. 어때요, 이건 괜찮죠?"

"요새…… 를요?"

그녀의 말에 홍이의 붉은 눈동자가 휘둥그레졌다. 잔뜩 기대가 서린 눈동자가 반짝반짝 빛을 냈다. 무연이 바쁘지만 않았더라도 그에게 요새 구경을 하고 싶다 말하고 싶었다.

"그렇게 해주세요. 꼭, 구경하고 싶었어요."

신이 난 그녀의 목소리에 화람은 예쁜 미소를 지었다. 그리고 한쪽 손으로 홍이의 손을 꼭 부여잡았다.

처음엔 낯설기만 했던 그녀의 따뜻한 손이 오늘은 그리 싫다는 생각이 들지 않았다. 그녀의 체온만큼이나 따스한 햇살이 설산에도 드리우길 바라며 화람은 홍이와 함께 무연각을 벗어났다.

무연각을 나와 홍등가로 내려온 홍이는 화람과 걷는 내내 휘둥그레진 눈을 감출 수 없었다. 종종 배자를 팔러 내려가던 마을과 닮은 것 같으면서도 또 다른 것 같은 풍경이었다.

옹기종기 모인 요괴들이 술을 마시는 주막이 보였다. 오색의 비단으로 지은 옷을 내놓은 집이 있었고, 또 그 옆에는 낡은 책을 쌓아두고 몇 요괴들이 바닥에 앉아 책을 읽는 집이 있었다.

"인간의 마을과 다를 게 없죠?"

후후, 웃음 짓는 화람의 목소리에 바짝 정신을 차린 홍이가 고개를 끄덕였다. 그녀의 말마따나, 이곳은 인간의 마을이라 해도 믿을 만큼 닮아 있었다.

화람이 해사하게 웃으며 홍이를 주막으로 안내했다. 아직 해가 지기까지는 한참 전이건만, 벌써 술에 거나하게 취한 요괴들이 보였다.

홍이는 그들에게 인사를 하고 싶었다. 앞으로 계속 얼굴을 보게 될 사이인데 지금까지처럼 무연각 안에만 혼자 있고 싶진 않았다.

"아, 내가 잠깐 집에 두고 온 게 있었지."

"어어, 같이 가세. 제화도 보고 싶고 말이야."

마주 앉아 술잔을 기울이던 이들이 몸을 일으켰다. 그들은 화람에게는 반가운 미소로 화답했지만, 홍이에게 보내는 건 떨떠름한 눈빛, 그 이상도 이하도 아니었다.

냉정하게 지나치는 요괴들에게서 서늘한 바람이 전해졌다. 그 바람은 곧 홍이의 가슴을 관통했다.

"아가씨?"

화람의 부름에 홍이의 어깨가 움찔 떨렸다.

"아, 죄송해요. 잠시…… 잠시 다른 생각을 하느라."

홍이는 그들이 저를 피했다는 생각을 했다는 것이 미안해졌다. 잘못 본 것일지도, 그저 저의 착각일지도 모르는데.

"불편하면 다시 돌아가도 괜찮아요."

더더군다나 화람이 이토록 저를 걱정해 주고 있지 않은가. 절대 제 착각일 거라 생각하며 가슴팍에 힘을 꽉 주었다. 크게 심호흡을 하며 홍이는 마음을 단단히 먹었다.

"아니에요. 괜찮아요."

"정말…… 괜찮으시겠어요?"

"그럼요! 아, 저긴 뭐예요?"

애써 괜찮은 척을 하기 위해, 혹은 기분을 풀기 위해 홍이는 화람의 손을 잡고 그녀를 어느 집 앞으로 데려갔다.

여인들의 장식품을 만드는 곳인 듯했다. 대부분이 모양을 다듬어놓은 금석에 은을 새겨넣은 세공품이었다. 조가비를 잘게 부숴 그 가루로 장식을 해놓은 것도 있었는데 오색으로 반짝이는 게 어찌나 예쁜지 눈을 뗄 수가 없었다.

"와……."

"마음에 드세요?"

홍이가 고개를 끄덕였다. 그녀의 눈에 띈 것은, 백색과 흑색 그리고 금색의 실로 가닥을 잡고 파란 보석을 한가운데 박은 팔찌였다.

눈을 반짝이는 홍이가 퍽 귀여운 모양인지 화람은 세공사에게 물었다.

"이거, 가져가기로 이가 있나요?"

화람이 묻자 장식품을 만드느라 정신없던 세공사는 손을 멈춘 채 그녀를 보았다. 그는 반색을 하며 화람에게 대답했다.

"아니요, 아직 없습니다. 아가씨가 가져가시게요?"

"내가 아니라, 여기……."

화람이 홍이를 가리키자 세공사는 표정을 일그러뜨렸다. 홍이를 위아래로 훑어 내리는 눈빛이 어찌나 서슬 퍼런지, 그와 시선을 마주한 홍이의 어깨가 움찔거렸다.

"아……."

홍이는 노골적으로 싫어하는 티를 내는 그를 보자 가슴이 저 아래로 굴러떨어지는 것 같은 기분이 들었다. 그렇담, 방금 전 주막에서 보았던 그들도…….

"뭐…… 가져가십시오."

마음에 드는 물건을 갖게 되었는데도, 홍이는 기쁜 마음으로 그것을 받을 수 없었다. 감사하다 인사를 건네기도 전에, 집 안으로 쏙 사라지는 그의 행동 때문이었다.

쾅! 문이 닫히는 소리와 함께 홍이는 고개를 떨어뜨렸다.

"아가씨가 가져가시게요?"

화람을 향해서는 분명 웃고 있었다. 그런데 그가 갑자기 태도를 바꾼 건, 화람이 아닌 자신이 그 팔찌를 마음에 들어 했기 때문일 것이다.

그는 요괴이고, 저는 그들에게 한낱 먹이일 뿐인 인간이니까. 순간 온몸에 오도도 소름이 돋았다. 머리칼이 쭈뼛거릴 정도로 소름 끼치는 느낌에 홍이는 입술을 꽉 씹으며 정신을 차리기 위해 애를 썼다.

"아가씨."

화람이 걱정스러운 듯 그녀를 불렀다. 하나, 그 눈빛에 담긴 건 오롯이 '걱정'뿐만은 아니었다. 인간인 그녀가 무시당할 거라는 것도, 요괴들이 그녀를 받아들이지 못할 것도 모두 예상하고 있는 일이었다.

"너무 상심하지 않으셨으면 좋겠어요. 이들도 아가씨를 받아들이는 데 시간이 필요할 테니까……."

화람은 제 마음 한구석에서 고개를 드는 승리감을 못 본 척했다. 그녀와 저의 차이가 이런 것에서 극명하게 갈린다는 것을, 그로 인해 느껴지는 쾌감을 무시했다.

"괜찮아요. 제가 인간이니 그런 거겠죠."

"이 팔찌는……."

"아니. 괜찮아요. 받지 않아도…… 괜찮아요."

화람은 더는 권하지 않았다. 그녀의 내면에서도 수많은 생각들이 충돌하고 있었다. 홍이가 자신을 믿는 만큼, 저 역시도 그녀를 '친우'라 생각하고 아껴야 하건만. 왜 이런 데서 희열을 느끼고 그녀가 저보다 아래에 있다는 데에 만족스러운 것일까. 참으로 졸렬한 마음이 아닌가.

"돌아갈까요?"

화람은 홍이가 돌아가고 싶다고 말하길 바랐다. 제 이런 추악한 모습을 그만 볼 수 있도록. 스스로의 못난 모습에 더 이상 후회하지 않도록 해주길. 하지만 홍이는 화람의 기대에 부응하지 않았다.

"아니요. 더 돌아보고 싶어요."

화람은 입술을 꾹 눌렀다. 탄식도, 긴 한숨도 그저 안으로만 뱉었다.

둘이 그다음으로 향한 곳은 요괴들이 부락을 이룬 거주 지역이었다. 하지만 홍이는 그 안으로 한 발자국도 내디디지 못했다.

"맛있는 피 냄새가 난다, 했더니. 고귀한 피가 방문하셨군그래."

"어이, 괜히 건들지 마. 두령에게 혼쭐이 날걸?"

낄낄, 웃음을 터뜨리며 조롱하는 그들의 목소리 때문이었다. 치맛자락을 붙든 손에 힘이 들어갔다.

"아아, 두령도 참……. 어쩌자고 저런 인간을 요새에 데려와선."

홍이는 순간 머리가 아찔해졌다. 저를 운운하는 건 괜찮지만, 그 쉬운 말 속에 무연이 오르내릴 이유는 없었다. 울컥 차오르는 것을 꾹 누른 홍이가 입을 열려던 그때, 화람이 홍이의 손목을 꼭 붙잡았다.

"그대들은 이 아가씨께서 인간이기 이전에, 어떤 존재인지 잊었나 보군요."

순간, 정적이 흘렀다. 누구인지 모를 이가 마른침을 삼키는 소리가 크게 들릴 정도였다.

"그것을 부정하고자 한다면, 북쪽을 떠나세요. 무연님의 결정에 반하는 이들은 이 요새에 있을 자격이 없습니다."

단호한 화람의 말에 요괴들은 너 나 할 것 없이 시선을 돌렸다. 북쪽을 떠나야 하네 마네 수군거리는 중에도 화람은 눈 하나 깜빡 하지 않았다.

"화람님……"

"아가씨는 인간이십니다."

단호한 어조에 담긴 건, 그녀를 질타하는 마음이었다. 홍이의 실수와 잘못은 곧 무연의 탓으로 돌아갈 것이다. 더불어 그녀가 저들에게 해를 입고 나면, 더욱 걷잡을 수 없는 상황이 벌어지고 말 것이다.

"섣부르게 요괴들에게 가까이 가지 마세요."

그때, 홍이는 제가 어떻게 했어야 했는지 깨달았다. 그들에게 맞서려 한 것이 아니었다. 인간인 저를 싫어해도 되지만, 무연만큼은 욕보이지 말라. 그리 말하고 싶었다. 화람이 하려던 말이 제가 하고 싶은 것이었다.

"무연님께서 아가씨에게 원하는 건, 그게 아님을 아셔야지요."

하지만 제 마음을 전혀 반대로 생각하는 화람의 말에 반발심이 들었다. 홍이가 입술을 달싹였다.

"무연님을 곤란하게 할 생각은 없었습니다. 또, 제가 그리 생각이 얕지도 않고요."

처음 보는 홍이의 의연한 모습에 화람은 놀란 듯 눈을 동그랗게 떴다.

"하지만 앞으로는 조심하겠어요. 무연님에게 폐가 되면 안 되니까요."

화람은 인간이란 나약하기만 한 존재라고 생각했다. 짧은 생을 살며, 병에 걸리기도 쉽고 죽는 것도 쉬운. 요괴와 비한다면 인간이란 하잘것없는 존재라고 생각했다. 한데, 홍이는 요괴를 앞에 두고도 겁을 먹지도 않았고, 기죽지도 않았다.

"알아서 잘 하실 거라 믿어요."

생각은 많았으나 화람은 그것 외에 어떤 말도 할 수 없었다. 자신이 고작 인간 여인의 기세에 눌려 당황했다는 사실이 믿어지지 않았다.

한동안 어색한 분위기를 유지하며 걷던 두 여인이 멈춰 선 곳은, 빛이 번쩍이는 결계의 근처였다. 그 자리에 서서 번쩍이는 곳을 바라보던 홍이가 맨 처음 입을 열었다.

"저…… 화람님."

홍이의 말을 듣지 않아도 알 것 같았다. 분명 홍이가 미안하다는 말을 할 것임을 직감한 그녀가 설핏 웃음을 그렸다.

"됐습니다. 아무 말도 하지 마세요. 원래 친우라는 게, 싸우며 정 드는 사이라면서요?"

"예?"

"방금 전 일은, 우리가 좀 더 친해지기 위한 과정이라 생각할게요. 그러니 아무 말도 하지 마세요."

화람이 먼 곳으로 시선을 던지며 하는 말에 홍이는 고개를 숙였다. 그러다 문득 스치고 지나간 생각에 다시 화람을 주시했다.

먼 곳을 바라보고 있는 화람의 눈빛을 본 적이 있었다. 무연을 생각하고 그리는, 그에 대한 마음이 담긴 눈빛이었다. 화람의 눈빛에 홍이는 괜히 마음이 불안해져 입술을 달싹였다.

"저쪽에 무연님이 계시면 참 좋을 텐데 말이에요."

"계실 거예요, 아마."

"예?"

뜻밖의 대답에 홍이의 가슴이 쿵쿵 뛰기 시작했다. 무연이 저기에 있다니. 아침에 헤어져 놓고, 또 그가 보고 싶었다.

"결계를 복구하느라 빛이 번쩍이는 것이니, 저곳에 계시는 게 맞겠죠."

말끝에 담긴 건 무연에 대한 그리움 아닌 그리움이었다. 화람은 이제껏 무연이 보고 싶을 때마다 그를 찾아갔었다. 저는 그렇게 할 수 있는 유일한 여인이었다. 하나 지금은 요화가, 홍이가 있기에 그럴 수가 없었다.

"보고 싶으세요? 무연님께서 결계를 복구하시는 모습."

그러니 화람의 그 질문은 스스로에게 던지는 것이나 마찬가지였다. 제 마음에 상처를 만든 그 밤 이후 단 한 번도 무연과 얼굴을 마주한 적이 없는 제 자신에게.

홍이를 핑계로 대서라도 무연을 볼 수만 있다면. 이렇게라도 그를 볼 수 있는 기회를 기꺼워하는 자신이 치졸하기 그지없었지만 어찌할 수 없었다.

"네! 보고 싶어요!"

화람은 이번엔 제 마음이 간파당한 것이라 생각했다. 천진난만하게 웃으며 고개를 끄덕이는 홍이가, 제 마음을 모두 알아채 그리 대답을 하는 것이라고 말이다. 결국 화람이 홍이의 청을 들어주는 것 같은 모습이 되었다.

화람은 결계 부근으로 향했다. 두근거리는 이 심장 소리가 제 것인지, 홍이의 것인지도 모를 정도로 마음이 급해 잰걸음을 재촉했다.

홍이와 화람은 결계가 육안으로 보이는 곳까지 다다른 후에야 걸음을 멈췄다. 이 이상 다가가면 무연의 집중이 흐트러져 방해가 될지도 모르기 때문이었다.

"저 작업이 끝나면, 그때 내려가죠."

화람은 그렇게 홍이를 달랬다. 물론 가장 위로가 필요한 제 마음에게 하는 이야기일지도 몰랐지만.

"네. 저도 방해가 되고 싶지 않아요."

홍이가 고개를 끄덕였다. 둘은 근처 바위 위로 올랐다. 무연의 모습이 훤히 내려다보이는 곳이었다.

"아, 저기 무연님이 보이네요!"

홍이의 말에 화람의 눈이 급히 아래를 향했다. 그리고 곧, 금색의 긴 머리칼을 휘날리는 그의 모습에 시선을 고정시켰다.

뾰족한 귀, 얼음과 같이 꽁꽁 얼어 있는 물색의 눈. 그 누가 보아도 두려워할 설산의 요괴, 그 자체인 것을.

"아가씨는, 두령에게 두려움을 느낀 적이 한 번도 없었나요?"

화람은 저도 모르게 홍이에게 그런 질문을 던지고 말았다. 홍이가 무연에게 겁을 먹고, 옆에 있는 것을 두려워하게 되어 도망칠지도 모른다는 기대를 품었다.

"있죠. 저와 다른 존재라는 걸 느낄 때마다 두려운걸요."

듣기만 해도 반가운 소리에 화람이 눈을 반짝이며 고개를 돌렸다. 홍이의 옆모습을 빤히 쳐다보던 그녀의 입꼬리가 위쪽으로 씰룩거렸다. 홍이는 내내 무연에게서 시선을 떼지 못하고 있었다. 원한다면 이곳에서 빠져나가게 해주겠다 할까. 설산을 내려가다 얼어 죽는다 하여도 제 잘못은 아닐 것이다.

"그러니 무연님께서 저를 더욱 신경 써주시는 거라고 생각해요. 그래서…… 그래서 더 다정하게 대해주시는걸요."

하지만 헛된 기대는 커다란 실망을 불러온다고 했던가. 결국 이곳을 떠날 생각이 없다는 홍이의 대답에 화람은 새삼 충격을 받았다. 하마터면 다리에 힘이 풀려 주저앉을 뻔했지만, 그녀는 애써 마음을 다잡으며 고개를 끄덕였다.

다정하다. 저는 단 한 번도 보지 못한 모습이었다. 그토록 원했지만 결코 가질 수 없던, 그저 상상만 해보았던 무연의 다정함이라니.

"그렇다면……."

무연에 대한 마음을 물어보려던 찰나, 심상치 않은 기운을 느낀 화람이 잽싸게 몸을 돌렸다. 온몸이 오싹해지는 살기에 머리카락이 쭈뼛거렸다.

"호오…… 이게 웬 떡이야."

화람은 반사적으로 홍이를 제 뒤로 숨겼다. 모습을 드러내지 않은 자의 기이한 웃음소리가 울렸다.

"모습을 드러내라!"

화람의 앙칼진 외침에 바스락바스락, 풀잎이 스치는 소리가 들렸다. 꼿꼿이 세운 등줄기에서 다 식어버린 땀이 죽 흘러내렸다. 거친 숨소리와 함께 입맛을 다시는 소리가 들려 화람은 인상을 잔뜩 찌푸렸다.

"어서 모습을 드러내라 하지 않았나!"

그 목소리에 반응하기라도 하듯 풀숲에서 누군가 천천히 모습을 드러냈다. 곧 화람과 홍이가 뒤로 주춤 물러났다. 숨을 쉬는 것조차 두려운 순간이었다.

"역시, 이 냄새가 틀린 게 아니었어."

비틀어진 두 팔이 배배 꼬여 꿈틀거렸다. 귀까지 길게 찢어진 입꼬리가 기이한 웃음을 그리며 화람과 홍이를 향했다.

그에게서 나는 지독한 악취에 화람의 얼굴이 잔뜩 일그러졌다. 검은 머리를 보아하니, 남쪽의 요괴가 분명했다. 동쪽을 잡아먹었다던, 잔악하기 그지없는 족속들.

"나는 북쪽의 전대 두령, 화평의 딸 화람이다! 감히 남쪽의 요괴 따위가 두령과 요화의 딸을 건드리려 하는가!"

화람의 고함에도 불구하고 남쪽 요괴는 거친 웃음소리를 터뜨렸다. 낄낄, 목을 긁는 쇳소리가 화람과 홍이의 귀를 자극했다.

화람이 뒤를 슬쩍 돌아보았다. 저 아래에서 무연이 결계를 보수하고 있다. 만약 이곳에서 홍이를 보호하려다가 자신이 다친다면.

"인간이라, 인간이야. 정기를 채워줄 인간. 인간!"

그렇다면 무연은 저를 한 번이라도 돌아봐 줄 것인가.

"게다가 선대 두령과 요화의 피를 한꺼번에 받은 고귀한 공주님까지! 아! 이 얼마나 축복받은 상황인가!"

만약이라도 그렇게 된다면, 찰나일 뿐이라도 무연을 독점할 수 있는 기회가 아닐까.

"좋아, 모두 내 힘이 되는 것이다. 너희 두 계집 모두!"

순간, 요괴의 검은 눈이 희한할 정도로 길게 찢어졌다. 그의 주위에서 커다란 불꽃이 하나둘 피었다.

"물론 네년을 먼저 쓰러뜨려야겠지!"

그의 목표는 화람이었다. 요괴는 커다란 불꽃을 쏘아댔다. 화람은 겨우 커다란 얼음벽을 만들어 불꽃을 막았지만, 물과 불은 상극인지라 어쩔 수 없이 밀리고야 말았다.

더더군다나 이런 상황에서 큰 힘을 발하지 못하는 건, 곁에 홍이가 있어 힘을 제대로 쓰지 못하는 화람 쪽이었다.

"화람님!"

"내 뒤에 있어요!"

북쪽의 요괴로서, 요화인 홍이를 지켜야 한다. 화람은 그런 의무를 잊지 않았다. 하지만 또 한편으론 무연을 향한 욕심도 존재했다.

분명 소란이 일어나면 무연이 올 것이다. 자신이 홍이를 지키다 다치기라도 한다면, 혹은 다치지 않더라도 홍이를 끝까지 지켜낸다면 무연이 자신을 다시 보게 되지 않을까 하는 기대가 생겼다.

"어디까지 막을 수 있나 보자. 킬킬킬."

소름 끼치는 웃음을 터뜨리던 그가 불꽃을 쏘아 내렸다. 화람은 방금 전처럼 얼음벽으로 충분히 막을 수 있다 생각했으나, 그건 오산이었다. 화람과 홍이의 주위를 불꽃이 둘러싸기 시작했다. 점점 안으로 좁혀 들어오는 불꽃에 홍이는 하얗게 질렸다.

"화, 화람님. 무연님을 부르면!"

"안 돼요! 결계가 약해져 또 다른 이들이 이곳을 덮친다면 결과는 똑같아요!"

"하지만!"

홍이의 말마따나 무연을 부르면 쉽게 끝날 일이었다. 하지만 화람은 홍이의 말에 반대했다. 기회일지도 모른다. 무연의 발목을 잡을 수 있는, 옹졸하지만 그래도 단 한 번뿐일지 모르는 그런 기회. 그래서 약하게나마 자신들이 서 있는 바위에 결계를 쳤다. 저 아래에 있는 무연이 들을 수 없도록, 조금이라도 늦게 알아챌 수 있도록.

"이번에도 막아보시지요!"

킬킬, 웃음소리와 함께 쏟아진 불꽃이 바닥에 내리꽂혔다. 다행히 화람의 얼음벽은 여전히 굳건해 그것을 막아냈지만, 조금씩 금이 가고 있어 앞으로도 계속 무사할 수 있을 거란 보장이 없었다.

화람은 순간적으로 바닥에 얼음을 깔아 불꽃의 접근을 막았다. 그리고 얼음벽을 더욱 견고하게 다졌지만, 떨어지는 불꽃은 끝이 보이지 않았다.

화람은 커다란 얼음 화살을 만들었다. 그러나 화살과 얼음벽을 동시에 유지하기란 매우 힘든 일이었다.

쾅!

굉음과 함께 화람과 홍이의 앞으로 요괴가 몸을 떨어뜨렸다. 불꽃이 확 피어오르는 것과 동시에 그의 손이 화람의 목을 힘껏 움켜잡았다. 황홀한 듯, 초점이 나간 눈으로 화람을 쳐다보던 요괴가 고개를 갸우뚱, 기울였다.

"아아…… 보통 영특한 게 아니라 하더니, 그 말이 맞나 보군."

잔뜩 갈라진 목소리에 담긴 건, 당장에라도 그녀를 죽일 것 같은 살기였다.

"일단 네년의 정기부터 취하는 게, 내 힘을 더욱 강하게 해줄 것 같아."

"큭…… 네…… 네 이놈…… 감히……."

"더 발버둥 치거라. 살려고 바둥거리는 꼴이 아주 재미있구나."

히죽이는 요괴의 입이 또다시 길게 찢어졌다. 그의 팔뚝에 혀처럼 날름거리는 커다란 불꽃이 일었다. 보기만 해도 뜨거운 그것이 점점 팔을 타고 내려와 울퉁불퉁한 손목에 다다랐을 때.

딱! 소리와 함께 커다란 돌이 그의 머리를 강타했다. 인상을 잔뜩 찌푸린 요괴가 옆으로 고개를 돌렸다. 주먹만 한 돌을 손에 쥔 홍이가 그를 노려보고 서 있었다.

"여, 여기다!"

온몸을 바들바들 떨면서도 도망치지 않고 맞서겠다는 의지는 높이 살 만하였으나, 요괴에게는 그것마저 그저 우스울 뿐이었다.

"어쩌면……."

희번덕거리는 검은 눈이 홍이를 향했다. 이윽고 그는 화람의 목을 놓고 일어났다.

"인간을 사냥하는 게 더 즐거울지도 모르겠군."

"하, 할 수 있으면 해봐!"

홍이는 또다시 돌을 그에게 던졌다. 이마 한가운데에 정확히 맞은 돌에 요괴의 이마는 붉은 피로 물들었다.

악! 낮은 비명 소리와 함께 요괴가 제 이마를 붙잡았다.

"잡아볼 수 있으면, 잡아봐!"

손에 쥔 다른 돌을 또 세게 던진 홍이가 뒤를 돌아 무연이 있는 쪽을 향해 냅다 달리기 시작했다. 화람은 안 된다 하였지만 저 요괴를 물리치기 위해서는 무연이 필요했다.

"인간…… 인간 계집 따위가!"

감히 인간에게 당했다는 생각에 요괴가 분노하며 홍이를 뒤쫓으려던 그때, 화람이 그의 발목을 붙잡고 늘어졌다. 요괴는 험악한 얼굴을 한 채 아래를 노려보았다.

"안…… 안 돼."

쿨럭, 기침과 함께 화람의 입에서 붉은 피가 쏟아졌다. 요괴는 상처투성이가 된 화람을 기이한 눈빛으로 바라보았다.

"지금은 네년이 중요한 게 아니지. 저 인간, 요화가 맞지? 북쪽의 요화가 인간이라는 소문이 있던데, 정말일 줄이야. 붉은 눈동자를 한 계집이 요화가 아니면 무어겠어."

아아, 즐겁다. 즐거움으로 가득한 목소리가 둘 사이를 메웠다.

순간, 화람은 오싹한 한기를 느꼈다. 마음에 생긴 어둠이 스멀스멀 자라나기 시작했다. 그 어둠이 몸집을 부풀려 화람의 모든 것을 잡아먹을 듯 달려들었다.

"부러 변이를 감수하면서까지 결계를 뚫은 보람이 있군."

요괴가 혀를 길게 내밀어 입맛을 다셨다.

"듣자 하니 네년, 요화를 꿈꿨다지. 으응?"

안 돼, 듣지 마! 화람의 얼굴이 처참하게 일그러졌다. 어둠으로 가득 찬 그 말과 속삭임이 달콤하게 느껴졌다.

"저년을 나에게 넘기면 네년은 살려주도록 하지. 혹시 알아? 그러고 나면…… 네가 요화가 될지도."

화람은 저도 모르게 그의 발목을 잡고 있던 손에 힘을 풀어버렸다. 머리로는 안 된다 외치는데, 유혹에 흔들리는 마음을 이기지 못했다.

킬킬, 끈적거리는 웃음소리와 함께 요괴가 잽싸게 잔달음을 쳤다. 멀어지는 홍이를 잡기 위하여, 그녀의 정기를 취하기 위하여.

"화람님!"

홍이의 웃는 얼굴이 스쳤다. 저에게 꽃다발을 내밀던 그녀와 그녀의 수줍은 미소가 눈앞에 아른거렸다.

"네가 요화가 될지도."

하지만 그보다도, 그토록 오랜 시간 동안 염원하던 바람이 더 컸다. 화람은 눈을 질끈 감았다. 좀 전까지만 하더라도 요괴의 발목을 붙들었던 손에 힘을 주었다.

"더, 더! 더 도망가 보아! 더!"

요괴는 홍이의 뒤를 쫓으며 기이한 웃음소리를 냈다. 무엇이 그리도 즐거운지, 입술을 귀까지 찢은 채 웃음을 터뜨렸다.

헉, 헉. 거친 숨소리에 귀가 시끄러웠다. 숨이 목 끝까지 차올라 당장에라도 심장이 펑 터져 버린다 하여도 이상할 게 없을 정도였다.

"인간 주제에 잘도 뛰는구나!"

바로 뒤에서 들리는 듯한 그의 날카로운 웃음소리에 홍이는 눈을 질끈 감았다. 무서웠지만, 두 다리를 멈출 수 없는 건 저를 지키기 위해 만신창이가 된 화람이 떠올랐기 때문이다.

"내 뒤에 있어요!"

급박한 상황인데도 저를 지키려던 그녀의 목소리가 떠올랐다. 홍이는 울컥 차오르는 눈물을 애써 삼키며 끊임없이 달음박질을 이어갔다.

그리고 비로소 저 멀리 무연의 뒷모습이 보였다. 그 거리가 여전히 멀어 아주 작게 보였지만.

"무연님!"

크게 소리 내어 그를 불렀다. 하지만 들리지 않는지 돌아보지 않는 그가 야속했지만, 또 한 번 크게 숨을 들이마시며 목청을 높였다.

"무연님!"

하필 바닥에 솟은 돌부리에 걸린 홍이가 그만 털썩 넘어지고 말았다.

"아, 안 돼!"

다시 몸을 일으키려는데 머리에 커다란 충격이 가해졌다.

"쥐새끼 같은 년!"

요괴에게 머리를 밟힌 충격에 홍이는 꼼짝도 하지 못했다. 두려움에 온몸이 덜덜 떨렸다. 생각나는 이라곤 온통 무연뿐이었다.

자신을 이렇게 아프게 하는 이도 요괴, 같은 방을 쓰고 함께 아침을 맞는 것 역시 요괴인데 그 둘은 너무나 다르다. 저를 소중히 여겨주는 무연과 이 요괴가 같을 리 없다.

"자, 이제 도망가는 것도 끝이로구나, 인간 계집."

"무, 무연님. 무연님."

홍이는 계속해서 그를 불렀다. 제 목소리가 닿을 것이다. 그는 저를 매일 생각한다고 했으니, 제 걱정에 머리가 터질 것 같다고 했으니.

분명 달려올 것이다. 그렇게 생각하며 눈을 질끈 감았다. 무연의 웃는 얼굴을 떠올리며 이 공포를 이겨내려 노력했다.

"어떻게 네년의 정기를 취할까."

홍이의 얼굴을 지르밟고 있는 발에 더욱 힘을 준 요괴가 기이

한 목소리로 웃음을 흘렸다.

"자, 어서 울부짖어!"

옆으로 죽 뻗은 손에 붉은 불꽃이 일었다. 위협적으로 타오르는 불꽃이 그 크기를 점점 불려갔다. 요괴는 입을 길게 찢어 웃음을 그리다, 희번덕거리는 눈을 아래로 굴려 홍이를 바라보았다.

"불쌍한 인간 계집, 그깟 요화의 자식을 구하려다 네년이 죽음을 맞이하는구나. 그년은 끝까지 널 지킬 생각은 없었던 것 같은데 말이야."

쯧쯧, 혀를 차던 요괴가 허리를 숙여 제 발 밑에 깔린 홍이의 얼굴을 마주했다.

"전대 두령의 딸년, 화람이라 했던가?"

화람의 이름이 나오자 홍이는 날카롭게 치뜬 눈으로 그를 노려보았다. 붉게 타오르는 눈동자를 마주한 요괴는 오싹한 한기가 도는 것을 느꼈다. 고작 인간의 눈빛에 그런 기분이 들었다는 것을 인정할 수 없는 요괴는 오히려 더 아무렇지 않은 척 나불거렸다.

"네년을 죽이러 가는 나를 알면서도 막질 않더군. 분명 네년의 정기를 취하러 가는 것임을 알고 있는데도 말이야!"

하지만 홍이는 비명도 지르지 않은 채 요괴를 노려볼 뿐이었다. 요괴는 킬킬 웃었다. 과연 북쪽의 요화라, 그런 여인의 정기를 자신이 취한다니. 이보다 더 짜릿한 일이 또 어디 있겠는가!

"그 눈빛, 아주 좋구나. 남쪽의 하룬님께서 북쪽을 점령하시면, 그때 북의 두령에게 네년의 마지막을……."

요괴는 말을 채 잇지 못했다. 제 옆으로 날아온 뾰족한 얼음 때문이었다. 그는 여전히 홍이의 얼굴을 밟은 채, 온몸을 꼿꼿이 세웠다. 눈알이 도르륵 굴러갔다. 그리고 자신의 앞에 서 있는 화람을 바라보며 아득 이를 갈았다.

"네년이……."

입술을 비틀던 요괴가 있는 힘껏 주먹을 쥐었다. 홍이를 밟고 있던 발을 떼며 정면을 응시했다.

"구하러 온 것이냐? 이깟 인간을 위해? 네년이 그토록 원하던 요화 자리는 안중에도 없이?"

요괴는 미친 듯이 웃으며 어리석은 선택을 한 누군가를 비웃었다.

"이 얼마나 눈물겨운!"

"그 입 다물어."

요괴를 공격한 이, 화람이 홍이를 내려다보았다. 제가 조금만 늦었어도 당장에라도 목숨을 잃었을 하찮기 그지없는 인간 여인. 이토록 무력한 존재를 위해, 자신이 무엇을 걸어야 하는 걸까.

"화람…… 님."

화람을 쳐다보던 홍이의 눈에서 투명한 눈물 한 줄기가 죽 흘러내렸다. 저를 구하러 온 것이다. 요괴가 한 말이 거짓이라는 걸 알게 되어 흐르는 감격의 눈물이었다.

"네놈 덕에 다시 깨닫게 되었지."

바람이 분다. 한 번도 불지 않던 여린 가슴에 서슬 퍼런 칼날을 품은 바람이 불었다.

"원하던 것을 가지지 못함을 받아들이는 게 아니라, 원하던 것을 가지고자 욕심을 내는 것이 맞겠다는 것."

검은 머리칼을 훑는 바람에 요괴가 한쪽 눈을 찡그렸다. 그때, 화람의 한쪽 손이 사내를 향했다. 이윽고 그를 향해 날카로운 얼음 창들이 쏟아졌다.

"이, 이런 미친 계집이!"

뾰족한 얼음 창은 홍이와 요괴를 상관 않고 마구잡이로 쏟아지기 시작했다. 요괴는 급히 불로 장벽을 만들어 얼음 창을 피했다.

"이 인간 계집이 어찌 되어도 상관없다는 말이냐!"

화람은 표정 하나 변하지 않은 채 요괴를 쳐다볼 뿐이었다.

"말한 것 같은데. 원하는 것을 가지기 위해 욕심을 내겠다고."

쓰러져서 움직이지 못하는 홍이와, 그 곁에 선 요괴를 쳐다보던 화람이 한쪽 입술을 비릿하게 말아 올렸다.

그녀와 눈을 마주한 요괴가 온몸을 부르르 떨었다.

"이곳에서 네놈과 함께 사라져도 좋겠지만……."

중얼거리던 그녀가 쓰러진 홍이를 다시 한 번 응시했다.

"오늘의 목적은 그게 아님이 아쉬울 뿐."

이윽고 그녀의 손에서 더욱 많은 얼음 조각들이 쏟아졌다. 요괴는 저도 모르게 저와 홍이 모두를 보호하기 위해 힘을 썼다.

요괴로서 요화를 떠받드는 본능이 깨어난 것이었다. 방금 전까지만 하더라도 하찮은 인간이라, 정기를 취하려 했지만 공격받는 입장이 되고 보니 '요화'를 지켜야 한다는 생각이 무엇보다 우선한 것이다. 요화는, 그 존재만으로 지켜야 할 이유가 충분한 존재였다.

"아아. 이제 그만해도 될 것 같아."

화람이 능력을 사용하는 것을 멈췄을 때, 요괴가 이를 부득 갈았다.

"내가 네년에게 놀아날 성싶으냐!"

천둥 같은 목소리를 내지르는 것과 동시에 화람에게로 불꽃이 떨어졌다. 여러 개로 나뉜 불꽃은 당장에라도 그녀를 잡아먹을 듯했다.

쾅! 쾅! 커다란 소리를 내며 저를 향해 쏟아지는 불꽃에도 화람은 결코 반항하지 않았다. 그저 희미하게 웃음을 그리며 스르르 눈을 감을 뿐이었다. 온몸에 힘을 풀고 그녀가 불꽃의 공격을 받던 그때였다.

"홍아!"

무연의 외침이 들렸다. 동시에 남쪽 요괴의 표정이 단단하게 굳어졌다. 그는 그제야 화람의 계략을 눈치챘다는 듯, 입술을 비틀어 웃음을 그렸다.

남쪽 요괴의 손을 떠난 불덩어리가 화람의 위로 쏟아졌다. 그러나 그녀는 방금 전처럼 그의 공격을 막지 않았다. 되레 미소를 그리며 불덩이를 온몸으로 받아낼 뿐이었다.

"네년!"

하지만 그 당혹감도 오래가지 않았다.

"하……."

북쪽 두령의 무시무시한 힘이 느껴지자 요괴는 실없는 웃음을 그렸다. 아아, 낮게 새어 나오던 탄식을 목으로 깊게 삼키던 그때, 무연이 쏟아낸 날카로운 얼음 조각이 그의 가슴을 꿰뚫었다. 남쪽 요괴의 입에서 끈적이는 핏물이 터져 나왔다.

"네…… 계략……."

그의 마지막 말은 차마 바깥으로 흘러나오지 못한 채, 불어오던 바람에 실려 사르르 녹아내리고 말았다.

요괴의 심장에 박힌 얼음은 곧 그의 온몸을 꽁꽁 얼어붙게 만들었다. 온몸이 바짝 굳은 요괴가 바닥에 쿵 하고 쓰러졌다. 바닥과 부딪치면서 온몸이 산산이 부서진 그는 결국 시신조차 온전히 남지 않아, 그가 요괴였는지 알 수 없을 정도였다.

"호, 홍아. 홍아!"

무연이 홍이를 급하게 안아 들었다. 두려움에 떠는 사내의 물색 눈동자가 자잘하게 요동쳤다.

"정신 차려보아! 홍아!"

그의 목소리에 홍이가 어렵게 눈꺼풀을 들어 올렸다. 바들바들 떨리는 그녀의 긴 속눈썹에 송골송골 눈물이 맺혔다. 지금까지의 일들을 믿을 수 없었지만, 홍이는 아무런 말을 하지 못했다.

"무연…… 무연님."

겨우 몸을 일으킨 화람이 둘을 향해 다리를 절며 걸어왔다. 크게 다쳤는지, 한쪽 팔에서 붉은 핏물이 쉬지 않고 떨어졌다. 그 모습에 무연의 얼굴이 하얗게 질렸다.

"화람, 그 모습은 대체……."

"아가씨는…… 무사하십니까."

화람의 목소리에 홍이가 바짝 굳어서는 그녀를 보았다. 무연 앞에서의 화람과, 무연이 없는 곳에서의 화람이 너무나 달라서 끔찍하기까지 했다.

"홍이는 무사하다. 화람, 대체 그 상처는 어떻게 된 건가!"

"아아……. 다행…… 다행입니다."

안심했다는 표정으로 자리에 털썩 주저앉은 화람이 미소를 그렸다. 그녀는 잔뜩 상처를 입은 팔을 부여잡은 채 희미하게 한숨을 내쉬었다.

"아가씨를…… 지키고자……."

숨을 헐떡이던 화람이 고통스러운 듯 미간을 찌푸렸다. 쿨럭, 커다란 기침 한 번에 붉은 핏덩어리가 바닥으로 툭툭 떨어졌다.

"화람!"

"무사하셔서…… 정말 다행……."

그 말을 끝으로 화람이 바닥에 풀썩 쓰러졌다. 그 순간, 화람을 부르던 무연의 외침이 바람에 실려 공중으로 흩날렸다.

제 앞에서 쓰러진 화람을 바라보는 홍이는 눈물만 뚝뚝 흘렸다. 아닙니다, 아닙니다. 몇 번을 그리 중얼거리다 이내 까무룩 정신을 잃고 말았다. 가냘프게 떨고 있던 눈꺼풀이 천천히 닫혔다.

가늘기만 한 홍이의 숨소리에 담겨 있던 건, 결코 말하지 못하고 숨겨진 진실이었다.

＊

화람과 홍이가 외부의 습격으로 큰 상처를 입은 건 요새에 커다란 충격을 안겨주었다. 견고하기 그지없던 결계가 뚫렸다는 것과, 그것을 뚫을 정도로 강해진 남쪽 요괴의 습격에 북쪽 요새는 대책을 논의하느라 정신이 없었다.

몇은 요새를 떠나고, 또 몇은 무연에게 하루 빨리 요화의 의식을 치러달라 간곡한 청을 올리기도 했다. 하지만 무연은 그들에게 명확한 답을 주지 않았다. 홍이가 열흘 만에 정신을 차렸기 때문이었다.

"화람님은…… 어떻게……."

"괜찮다. 그녀의 거처보다 무연각이 더 나을 것 같아 빈방에서 치료 중이니 걱정하지 않아도 된다."

홍이는 눈을 뜨자마자 화람을 찾았다. 그녀의 안위가 궁금했던 것은 아니지만 홍이는 무연에게 결국 아무런 말도 하지 못했다.

"지금은 많이 좋아지고 있는 상태라 하는군."

듣고 싶지 않았다. 그녀의 이름을 들을 때마다 자꾸 그날의 시선이 떠올랐다. 불덩이를 맞으면서도 말려 올라가던 입꼬리가 떠올라 온몸이 부르르 떨렸다.

"참 고마운 일이야……."

"무엇이요?"

무연의 눈가가 촉촉하게 젖어들었다. 그때, 홍이는 알 수 있었다. 무연이 무엇을 고마워하는지, 어떤 이유로 안심하고 있는지.

"그녀가 너를 지켜주어, 네가 무사한 것이나 다름없으니……."

"무연님."

"네가 잘못되기라도 했으면……. 그랬다면 나는……."

묵직한 한숨과 함께 고개를 푹 숙이는 무연의 모습에 홍이는 아무런 말을 할 수 없었다. 자신만이 볼 수 있었던, 결코 무연의 앞에서는 내보이지 않을 그녀의 본모습을.

"화람님을 만나고 싶어요."

홍이의 말에 무연이 앙상한 그녀의 손을 꼭 잡아주었다. 웃음을 그리며 고개를 끄덕인 무연이 손아귀에 힘을 꽉 주었다.

"화람도 너를 만나고 싶다 하던데, 내가 모르는 사이에 가까워졌구나."

무연의 말에 가슴이 따끔거렸다. 깊은 구석에 바늘이 숨어 들어가 쿡쿡 찌르는 것만 같았다. 하지만 평소처럼 어색한 웃음조차도 나오지 않았다. 가까워졌다. 그건 화람을 제외한 모두의 착각이 분명할 텐데.

"일어나기 힘들면, 내가 부축해 주마."

하지만 그의 다정함에마저 얼굴을 굳힐 수 없는 일. 고개를 끄덕이던 그녀가 엷은 웃음을 그렸다. 머릿속은 복잡했지만, 그에게는 결코 드러낼 수 없었다.

홍이는 무연의 부축을 받으며 방을 나섰다. 그리고 반대편에 위치한 또 다른 방으로 걸음을 옮겼다. 문 앞에 다다른 순간, 홍이는 온몸으로 우두두 소름이 돋는 걸 느꼈다.

"원하는 것을 가지기 위해 욕심을 내겠다고."

"무연님."
떨림을 애써 숨긴 채, 입술을 달싹이던 홍이가 고개를 돌려 그를 바라보았다. 단단하게 굳어 있는 얼굴이 저조차도 어색할 따름이었다.
"방에는 저 혼자 들어가겠어요."
만약 그날 제가 본 것이 그녀의 진짜 모습이라 하여도, 화람은 이 무연각에서는 저에게 해를 입히지 못할 것이다.
"하하, 그래. 그렇게 하여라. 어쩐지 홍이 너에게 뒷전이 된 것 같아 속상하지만……."
무연이 멋쩍게 머리를 긁적이는데도 홍이는 표정 변화가 없었다. 화람을 만나고 그녀와 나눌 이야기만으로도 머릿속이 가득 차 다른 생각은 할 수 없었다.
"그럼 난 잠시 결계에 다녀오마. 데리러 올 테니 화람과 함께 있으면……."
"아니에요. 이야기가 끝나면 알아서 방에 돌아갈 테니, 걱정 마세요."

단호하게 고개를 젓는 홍이의 표정에 무연은 알 수 없는 이질감을 느꼈다. 그녀의 얼굴에 담긴 미소가 왠지 낯설게 느껴졌다. 하지만 괜찮다고 하니 지금은 일단 자리를 피해주기로 하였다.

무연이 먼저 계단을 모두 내려갈 때까지 홍이는 숨소리조차 크게 내지 않았다. 다시 돌아서서 방문을 뚫어져라 쳐다보다 눈을 지그시 내리감았다.

"들어오세요."

문을 두드리려는데 그보다 먼저 화람의 목소리가 안쪽에서 들렸다.

"두령은 이미 무연각을 나섰습니다."

모두 보고 있었구나. 아랫입술을 꾹 깨문 홍이가 심호흡을 크게 한 후 천천히 문을 밀었다. 나무가 바닥에 긁히는 소리와 함께 보인 건, 여기저기 붕대를 감고 있는 화람의 뒷모습이었다.

"기어코 눈을 뜨셨군요."

창밖을 쳐다보던 화람의 어깨가 들썩였다. 옅은 한숨을 내쉰 게 분명했다.

"눈을 뜬 게 아쉬운가 봐요?"

"이제 그런 것까지 눈치챌 수 있게 됐네요."

킥킥, 웃음을 터뜨린 화람이 고개를 돌려 홍이를 마주했다. 홍이는 그녀가 처음 보는 표정을 하고 있었다. 절대 어울리지 않을 거라 생각했던 날카로운 시선과 냉정하기 그지없는 눈빛이었다.

"왜 그랬냐 묻지 않아요?"

덤덤한 화람의 질문에도 홍이는 표정 하나 변하지 않았다. 천천히 걸어 들어와 의자에 앉은 홍이가 화람을 뚫어져라 쳐다보았다.

"묻는다 해서 과거가 달라진다면 백 번도 묻겠어요."

순간, 둘 사이로 정적이 흘렀다.

"계절이 몇 번이나 바뀌었을까요."

설산에서 반사되는 빛에 화람의 눈동자가 반짝였다. 홍이를 빤히 쳐다보던 그녀의 눈빛은 차디찬 눈의 냉기를 닮아 있었다.

"내가 두령을 마음에 품고 산 동안, 셀 수 없이 수많은 계절이 흘렀어요."

화람 스스로도 알고 있었다. 제가 얼마나 오랫동안 두령을 좋아했건, 홍이보다 얼마나 먼저 좋아했건 제 잘못이 합리화되지 않을 거란 것을. 더불어 그녀에게 저를 이해시킬 수도 없다는 것까지도.

"냉정하게 내쳐도, 나는 그분을 평생 마음에 품고 살아가겠다 다짐했어요. 나뿐만이 아닌 그 누구에게도 얼음장 같을 테니까."

홍이는 입을 꾹 닫은 채 화람을 조용히 응시할 뿐이었다.

홍이가 아무런 말을 하지 않으니 화람은 오히려 마음이 더 편해졌다. 홍이가 눈물을 흘린다거나 했다면 더 말을 길게 잇지 못했을 것이다.

"아가씨에게만은 다르더이다. 그 얼음장 같은 분께서 웃고, 걱정하고, 안달이 나고."

부러웠다. 그가 홍이를 향해 웃어주는 것이, 그녀를 향해 부드러워지는 물색 눈동자가 부러워 미칠 것 같았다.

"저를 친우라 말해준 아가씨를 미워하지 않으려 했습니다. 미워하고 싶지 않았어요. 꽃과 닮았다 이야기해 주는 그대를……
잃고 싶지 않았어요."

화람은 스스로에게 물었다. 무얼 원하는 거니. 무연의 연정?
그게 아니라면, 친우라 말하는 홍이와의 관계?

남쪽의 요괴가 한 말이 자꾸 마음에 남아 싹을 틔우려 했다. 너만 없다면, 너만 사라진다면. 그 악한 생각이 가시지 않아 지금도 그녀와 눈을 마주칠 수 없었다.

"정말로 화람님을 친우라 생각했어요."

홍이의 말에 가슴이 저릿해졌다. 가슴 한구석이 미어지는 것 같아서 화람은 고개를 돌려 그녀를 바라보았다. 차라리 아니라 말해주길, 요괴와 인간은 역시 친우가 될 수 없는 거였다고 후회해 주길 바랐다.

홍이가 엷게 한숨을 내쉬었다. 화람을 벗으로 삼고 기뻐했던 그 마음은 결코 거짓이 아니었다.

"화람님이 저를 향해 얼음을 쏟아내던 그 순간까지도, 그렇게 믿고 싶었어요."

화람은 저릿한 손끝을 꼭 쥐었다. 뜨거운 것이 목 위로 올라오려 해 그것을 힘을 주어 눌렀다. 덕분에 눈가도 뜨거워져 화람은 고개를 푹 숙이며 얼굴을 가렸다. 홍이의 목소리가 또 한 번, 그녀의 가슴을 스쳤다.

"무연님을 마음에 두어, 유독 무연님이 저에게만 다른 행동을 보이는 것을 투기하여. 예, 모두 이해합니다. 화람님께서 왜 제게 그러셨는지 이해할 수 있습니다."

"아가씨……."

"이해는 하겠지만, 용서할 마음은 없어요."

두 여인 사이로 동장군의 칼날이 스쳐 지나갔다. 온몸이 아릴 정도로 날이 선 바람결에 몸을 부르르 떨었던 건 누구였을까.

"무연님께…… 사실대로 고하시겠군요."

그렇다면, 저와의 인연은 여기까지가 끝일 것이다. 홍이와도,

무연과도 결코 다시 돌아갈 수 없는 길을 걷게 되고 말겠지. 화람은 후회하지 않을 거라 생각했다. 후회하지 않고 스스로를 달래겠다고 다짐했다.

"아가씨와의 연이 닿은 게 싫지 않았습니다. 하지만."

하지만. 그 말을 끝으로 화람이 크게 숨을 들이마셨다. 그래, 이것이었다. 진정 원하고 생각하던 것은. 결국 이 결말이었다.

"그대를 아끼고, 좋아할 수는 없어요."

홍이를 위한답시고 했던 제 행동은 모두 무연의 눈에 띄기 위한 것들이었다. 오직 무연이 자신을 한 번 봐주길, 고마운 마음에서라도 저를 찾아주길 하는 마음이었다.

"이만 일어나 보겠습니다."

홍이는 그럴 줄 알았다는 듯, 덤덤하게 받아들였다.

다시 방문 앞에 선 홍이가 고개를 돌려 화람을 쳐다보았다.

"무연님께는 고하지 않을 것입니다. 그것이 화람님을 친우라 생각했던 저의 마지막…… 배려일 테니까요."

그 말을 끝으로 홍이는 방을 빠져나갔다. 문이 닫히고 치맛자락이 보이지 않게 되고, 그리고 까만 형체가 문 앞을 지날 때까지. 화람은 그곳에서 눈을 뗄 수 없었다.

"왜…… 왜 이러는 것이야."

이윽고 눈물 한 방울이 볼을 타고 죽 흘러내렸다. 이불 위로 툭, 툭 떨어지는 눈물이 무엇 때문인지 그녀는 결코 알 수 없었다.

화람의 방에서 나온 홍이는 느릿하게 복도를 걸었다. 걸음을 내디디는 순간순간마다 목 끝으로 울음이 왈칵 차올랐다.

"그대를 아끼고, 좋아할 수는 없어요."

화람의 말이 머리를 떠나지 않아서, 그 말에 또 이렇게 상처가 아로새겨져서 홍이는 그 자리에 털썩 주저앉고 말았다. 차가운 벽에 손을 얹고 하염없이 눈물을 흘렸다. 소리 없는 눈물이 떨어지며 그녀의 마음을 대변했다.

손을 뻗어 잡을 수 있다면야 몇 번이고 그렇게 하겠지만, 그렇게 해도 얻을 수 없는 건 어떻게 잡아 제 품으로 끌어안아야 하는 걸까.

수없이 많은 질문들이 머리를 스치고, 마음을 울리지만 답을 내릴 수 없었다. 슬픈 울음이 흐르는 아침, 무연각을 휘젓고 있던 냉기가 유독 시리던 때였다.

결계 복구는 짙은 어둠이 펼쳐진 밤이 되어서야 끝이 났다. 지친 걸음을 끌고 돌아온 무연은 홍이가 잠든 방 안으로 걸음을 옮겼다.

깊이 잠들어 있는 홍이의 얼굴을 보던 그가 나지막이 한숨을 내쉬었다. 사실 돌아오는 내내 두려움이란 놈이 그의 마음을 잡아먹은 터였다.

인간이기에, 상처를 버티지 못해 제 앞에서 사라져 버릴까. 연약하기 그지없는 몸이 결국 제 앞에서 차갑게 식어버리면 어쩌나, 하는 두려움.

"홍아."

무연은 그녀의 이름을 부른 뒤, 조금 야위었지만 여전히 뽀얀 빛의 볼 위에 제 손을 올려놓았다. 혹 제 손이 차가워 놀라 깨는 건 아닌가, 걱정이 앞섰지만 그럼에도 손을 떼지는 않았다. 오히려 잠에서 깨어 눈을 뜨고 저를 똑바로 봐주었으면 하는 바람이었다.

"홍아."

두 번째 부름에도 그녀는 대답을 하지 않았다. 쌕쌕거리는 숨소리가 귓가에 간지럽게 내려앉았다.

"홍아."

그리고 또 한 번, 그녀의 이름을 불렀을 때. 홍이가 비죽 웃음을 그렸다. 입꼬리에 맺힌 미소에 그를 보는 무연의 기분도 좋아졌다.

손끝에 닿는 살갗의 부드러운 감촉도, 손바닥으로 전해지는 그녀의 온기도. 이젠 그 무엇도 없으면 안 되는 것이 되어버렸다. 그 체온을 더욱 느끼고자 무연이 그 자리에 털썩 주저앉았다.

"두령."

흑강의 목소리에 무연은 뒤를 돌아보았다. 어느새 흑강이 문 앞에 서 있었다.

"남은 균열은 저에게 맡겨주십시오."

홍이가 눈을 뜨지 못했던 그동안, 무연이 얼마나 힘들어했는지 가장 가까이에서 지켜본 이가 흑강이었다. 무연의 짐을 조금이라도 덜어주고 싶었다.

"너에게?"

"예. 그 정도는 저도 할 수 있습니다, 두령."

"됐다. 두어라. 내가 해도 별문제 없으니."

"홍이님이 걱정되셔서 일에 집중하지 못하시는 두령이 할 말은 아닙니다."

그에 뜨끔했는지 무연이 슬쩍 고개를 돌렸다.

"벌을 주실 거라면, 결계 작업이 모두 끝난 뒤에 받도록 하겠습니다."

무연은 더 이상 아무런 말도 할 수 없었다. 흑강의 말대로 홍이가 신경 쓰여서 일이 손에 잡히지 않던 것도 사실인지라, 그는 흠흠, 헛기침으로 제 대답을 대신했다.

"그럼 그렇게 알고 이만 물러가겠습니다. 편히…… 화람님?"

예상치 못한 이의 등장에 무연이 다시 문 쪽으로 시선을 주었다. 그의 손은 여전히 홍이의 볼에 닿아 있는 상태였다.

"아아, 죄송해요. 엿들으려던 건 아닌데."

희미하게 미소 짓는 화람의 표정에 흑강은 재빨리 고개를 숙였다. 사실 그는 요번 사건에서 가장 큰 의문을 갖고 있었다.

화람이라 하면, 전대 두령의 힘과 요화의 딸로 저와 비등한 요력을 갖고 태어난 여인이었다. 하급 요괴, 비록 변이가 진행 중이라 할지라도 그에게 밀릴 만큼 약하지 않은 이였다.

홍이를 지키려다, 라는 이유를 대도 이상한 건 이상했다. 저 화람이 온몸에 타박상을 입고 제대로 걸을 수 없을 정도로 타격을 입었다? 말이 되지 않는다. 그 누구도 아닌, 화람이기 때문에.

"별말씀을요. 그럼, 이야기 나누십시오."

무연의 방 앞에서 물러나며 흑강은 화람의 뒷모습을 슬쩍 쳐다보았다.

이상했다. 분명 화람은 홍이를 지키려다 상처를 입었다고 했다. 하지만 홍이와 화람은 함께 있지 않았다. 오히려 홍이와 함께 있었던 건 남쪽 요괴였고, 그 반대에 서서 공격을 잔뜩 받은 것 역시 화람이었다. 그 때문에 뒤쪽에는 상처가 없을 수밖에 없겠지만. 의문은 거기에서부터 시작되었다.

홍이가 도망을 치다 남쪽 요괴에게 잡혀 그러한 대치 상황이 되었다는 화람의 말은 또 다른 의문을 품게 만들었다. 홍이가 도망을 쳤다면 화람은 더욱 쉽게 남쪽 요괴를 처치할 수 있었을 것이다. 자신의 힘에 홍이가 다치기라도 할까 전전긍긍하며 힘을 온전히 쓰지 못하던 때와는 다를 테니 말이다.

하지만 남쪽 요괴는 홍이를 붙잡았고, 결국 화람은 남쪽 요괴에게 붙잡힌 홍이와 대치 상태가 되었다. 것도 화람에게 일격을 가할 수 있는 멀쩡한 상태로 말이다.

계단을 내려가는 동안 수많은 의문이 찾아왔다. 하지만 섣부르게 의심을 할 수 없음을 누구보다 잘 알고 있었다.

정적을 깬 건, 화람의 낭랑한 목소리였다.

"이제 막 들어오셨나 봅니다."

화람은 사실 아주 조금 기대하고 있었다. 그가 저를 찾아올 것이라고, 몸은 어떠냐 물으러 올 것이라고. 하지만 그것은 한낱 기대였을 뿐이다. 결코 이룰 수 없는 꿈이나 마찬가지였다.

"아아, 그래. 지금 막 돌아왔지. 왜 잠들지 않고 나와 있나. 몸도 성하지 않은 이가 말이야."

말은 다정했지만, 그 안에 숨어 있는 건 방해하지 말라는 무언의 압박이었다. 그것을 모를 리 없는 화람은 입가에 굳은 미소를 띠울 뿐이었다.

화람은 무심코 고개를 들다가 잠든 홍이의 뺨을 부드럽게 어루만지는 무연을 보고 또다시 상처를 받았다.

"화람? 어쩐 일로 찾아온 것이냐 묻지 않았어."

결국 좁힐 수 없는 현실의 차이와 높은 벽을 깨달았다.

"저에게 소원 한 가지를 들어주시겠다, 약조하셨지요."

꼬박 여덟 날이 지난 뒤에야 정신을 차리고 나니 무연이 눈앞에 있었다. 온몸 구석구석 안 아픈 곳이 없었지만, 그럼에도 화람은 행복했다. 자신이 결단한 것이 결코 틀리지 않았음을 다시 한 번 느낄 수 있었다.

화람의 손을 꼭 잡던 무연은 고맙다는 말을 전하며 따스한 미소를 그려주었다. 그리고 훗날 화람이 원하기만 한다면 소원 한 가지를 꼭 들어주겠다 말했다. 그런 건 없다고, 괜찮다 말을 했지만 그는 완강했다. 꼭 들어줄 것이라 말하며 다시 한 번 약조를 굳혔다.

하지만 그녀는 조금의 기대도 갖지 않았다. 무연은 자신이 원하는 것을 줄 수 없을 것이다. 말을 해도 이루지 못할 것을 알기에, 그저 마음으로 삼키자고 스스로를 달래고 있었다. 그 약조만으로도 만족하려 했다.

하지만 마음이 바뀌었다. 이 모든 건, 저와 홍이를 다르게 대하는 무연과 갑자기 나타나 제 모든 걸 빼앗아가려는 홍이 때문이라 생각했다.

"그래. 그랬지. 한데 그대가……."

"아니요. 생각이 났습니다. 원하는 것이 있습니다, 두령."

화람의 어투가 어쩐지 조금 불안했지만, 자신이 먼저 한 말이니 이제 와 무를 수도 없었다. 고개를 끄덕인 무연이 홍이의 뺨에서 손을 떼며 몸을 일으켰다.

무연을 따라 눈동자를 굴리던 화람의 입가에 미묘한 웃음이 번졌다.

"분명 들어주신다 약조했습니다."

"그래, 홍이를 지켜주었는데 그 정도는 해주어야겠지. 다만 화람."

강경한 그의 목소리에 화람이 고개를 들어 올렸다.

"난 그대에게 마음은 줄 수 없어."

알고 있는 이야기였고, 이미 포기한 사실이었건만. 그 한마디에 가슴이 와르르 무너졌다. 애써 마음을 다잡으며 담담한 표정을 유지하려 해보지만, 그것은 쉽지 않은 일이었다.

"예. 굳이 그런 말로 경계하지 않으셔도, 그런 소원을 빌지는 않을 것입니다, 두령."

조금이라도 아쉬운 표정을 보고 싶다는 건, 제 욕심이라는 걸 알고 있었다. 욕심일 수밖에 없지만. 어쩐지 마음이 아릿했다.

"그래, 내가 괜한 걱정을 했군."

그런 말을 뱉으며 웃음을 터뜨린다거나, 그 눈동자에서 홍이의 잔해를 발견한다거나 하는 것들이 아픔이 되어 입술 끝에 자잘한 떨림을 가져다주었다.

"말해보아. 가능한 것이라면 내 무엇이든 들어주지."

"가능합니다. 가능하고말고요."

이윽고 그녀의 시선이 침대에 누워 있는 홍이에게로 향했다. 죽은 듯 잠든 여인을 바라보다 이내 눈을 질끈 내리감았다. 약해지지 말자. 스스로를 다독였다.

"제 몸이 회복될 때까지, 단 며칠만이라도 제 곁을 지켜주세요, 두령."

어느덧 요새에도 밝은 아침이 찾아왔다. 유독 새가 밝게 지저귀는 탓에, 홍이는 평소보다 일찍 눈꺼풀을 들어 올렸다. 눈을 뜨고 나니 한기가 느껴져 몸이 부르르 떨렸다. 한기가 느껴지는 쪽으로 고개를 돌리니, 제 손을 꼭 잡은 무연이 단잠에 빠져 있는 것이 보였다.

"무연……."

나지막이 그의 이름을 부른 홍이가 이내 입을 꾹 다문 채 미소를 그렸다. 그의 잠을 깨우고 싶지 않기도 했지만, 좀처럼 그가 잠든 모습을 보기 힘드니 이 기회를 놓치고 싶지 않은 것이다.

빤히 쳐다보던 홍이가 손가락을 뻗어 그의 얼굴을 조심스레 어루만졌다. 하얗게 빛을 내는 살갗을 쓸어내리다, 차디찬 기운에 저도 모르게 또 놀라고 말았다.

모르는 게 아니었다. 그가 저보다 체온이 낮다는 것도, 손을 대면 그 냉기에 놀라 몸이 움찔거린다는 것도. 모두 홍이가 좋아하는 것들이었다. 보드라운 피부에 차가운 냉기, 더불어 저릿할 정도로 느껴지는 두근거림까지. 모두 무연이기에 느낄 수 있는 것들이었다.

홍이는 손가락을 곧게 세워 그의 볼을 쿡 찔렀다. 저도 모르게 새어 나오는 웃음을 꾹 참으며 또 한 번, 다시금 볼을 쿡 눌렀다.

"이놈."

그러다 무연이 갑자기 눈을 뜨자 화들짝 놀라고 말았다. 홍이가 급히 손을 떼었지만 무연에게 바로 잡히고 말았다.

"무, 무연님."

"홍이 네가 죽을 고비를 넘긴 건 맞나 보아. 이런 장난을 치기도 하고 말이야."

"그, 그게 아니라."

놀라기도 하고 장난을 치다 들켰다는 생각에 민망해 얼굴을 발

갖게 데운 그녀가 말을 더듬었다.

그 발개진 얼굴을 빤히 바라보던 무연은 괜히 더 놀리고 싶어졌다. 더 곤란하게 만들어도 괜찮을 것 같았다. 이런 느긋한 오전을 맞는 것도, 그녀와 함께하는 순간도 아주 오랜만이었다.

"그, 그러니까 그게."

"아아, 됐다. 너를 꾸짖는 게 아니야."

무연은 지금이 너무 행복하다는 걸 말하고자 입술을 달싹였지만, 문득 제가 말했던 '장난'이라는 게 머리를 스쳤다. 그는 의미를 모를 웃음을 잔뜩 담은 얼굴로 그녀를 빤히 응시했다.

"다만, 나 역시도 조금 너에게 장난을 쳐도 될까 하는 것이지."

"예? 장난이라니……."

홍이의 말이 채 끝나기도 전, 무연은 홍이의 손을 가까이 끌어당겼다. 그리고 뜨거운 피가 흐르는 그녀의 손바닥에 살며시 입술을 포갰다.

"무, 무연님!"

화들짝 놀란 홍이가 손을 빼려 했지만 무연에게 붙잡힌 채로 빠져나올 수가 없었다. 안 그래도 불그스름했던 홍이의 얼굴이 이제는 곧 터질 것처럼 달아올랐다. 어쩐지 그의 입술이 닿은 손만은 제 것이 아닌 것 같았다.

"벌을 줄 것이야."

손바닥에 입술을 묻은 채로 하는 말에 홍이가 딸꾹질을 시작했다. 서둘러 다른 손으로 입을 막았지만 눈이 휘둥그레진 것까지는 감추지 못했다.

"첫 번째는, 크게 다쳐 쓰러진 것에 대한 벌."

무연의 입술이 홍이의 엄지에 닿았다. 차디찬 느낌에 저도 모르게 움찔했지만, 그보다 더욱 놀란 건 입술의 촉촉함 때문이었다.

"두 번째는, 오래 눈을 뜨지 않은 것에 대한 벌."

엄지에서 떨어진 입술이 검지에 닿았다. 홍이의 몸이 움찔거리는 것을 느낀 무연의 입꼬리에 만족이 묻어났다.

"세 번째는, 이런 위험한 때에 바깥을 나다닌 것."

순서대로 무연의 입술은 중지로 향했다.

"무, 무연님. 차, 차라리 혼을 내주셔요."

홍이가 벌겋게 달아오른 얼굴로 겨우 중얼거리는 것에 무연은 만족스러운 웃음을 그렸다.

"아까 말하지 않았느냐."

무연의 목소리가 가슴을 후벼 파는 것 같았다. 온몸이 찌르르 울렸다. 먹먹해진 귓속으로 들리는 건, 온전히 무연의 목소리뿐이었다.

"이미 벌을 주고 있다지 않아."

낮은 웃음소리에 온몸이 반응했다. 홍이는 온몸에 힘이 바짝 들어가는 게, 자신이 숨을 제대로 쉬고 있긴 한 건지 궁금해졌다.

"자, 네 번째는."

이윽고 그의 입술이 약지로 향했고, 전보다 조금 더 진한 입맞춤을 남겼다.

무연은 모두 즐기고 있었다. 저로 인해 홍이가 안달이 난 것도, 어쩔 줄 몰라 하는 이 상황도.

"그런 행동으로 내가 널 걱정하게 만든 것."

터질 것처럼 뛰는 심장 소리가 무연의 귀에 선명하게 전달되었다.

점점 가빠지는 숨소리마저도 그에게는 그저 아찔하기만 할 뿐이었다. 자꾸 듣다 보니 제 머리도 멍해지는 것 같아 그는 온몸에 힘을 꽉 주었다. 그러지 않는다면, 당장에라도 그녀를 제 것으로 만들고 말 것이다.

"다섯 번째, 마지막 네 잘못은."

"무, 무연님……."

홍이의 우는 소리에 무연은 아랫배가 부글부글 끓는 것을 느꼈다. 만약, 그녀가 요화임을 받아들인 상태였다면 지금 당장 품에 안았을지도 모르는 일이다.

"그런 내 맘을 몰라주는 것."

이번엔 짧은 소지 전체에 무연의 입술이 닿았다. 촉, 소리와 함께 입술을 떼어내며 무연은 그녀의 손가락을 살짝 깨물었다. 홍이에게서 짤막한 신음이 새어 나오자 그 역시 끙, 앓는 소리를 냈다.

"앞으로 또 잘못을 저지르면, 이런 벌을 줄 것이야. 알겠느냐."

이젠 오히려 제가 견디기 힘들어질 정도가 되었으면서도 무연의 말려 올라간 입꼬리가, 홍이 난 목소리가 그가 얼마나 즐기고 있는지 이야기해 주고 있었다.

"참 어여쁜 손이구나."

무연의 손가락이 홍이의 손바닥을 쓰다듬고, 그 위로 또 한 번 그의 입술이 맞닿았다. 그 순간, 홍이의 온몸으로 자잘한 전율이 일었다. 놀란 홍이가 잽싸게 제 손을 빼려 했지만 아까와 마찬가지로 무연에게서 벗어날 수는 없었다.

"다, 당치도 않습니다! 매, 매일 삯바느질에 집안일에 어, 얼마나 거친지 모릅니다."

그저 그것이 부끄러웠다. 다른 여인들처럼 부드러운 손이 아니라는 게. 오히려 제 손보다 무연의 손이 훨씬 부드럽다. 여인의 손이라 하여도 믿을 수 있을 것 같았다.

"아아, 그래. 그러니 좋다 이 말이다."

"예?"

화들짝 놀란 홍이의 눈이 동그랗게 변했다.

"앞으로 이 손바닥이 부드러워질 수 있게 만들 수 있으니 말이야. 내가 너를 위해 무언가를 해줄 수 있는, 좋은 기회가 아니더냐."

심장이 터질 것 같았다. 홍이는 당장에라도 심장이 살갗을 뚫고 나와 방 안을 뒹군다 하여도 놀라지 않을 것이라 생각했다.

"그러니 홍아."

무연의 목소리가 한결 부드러워졌다. 홍이는 그가 노래를 부르고 있는 것처럼 느껴졌다.

"내 곁에 머물러다오."

누군가 저에게 이런 진심을 전한 적이 있었던가, 이렇게 부딪쳐 오며 제 마음을 두드리려 한 적이 있기나 했던가.

"네가 쓰러졌을 때, 얼마나 불안한지 마음이 갈기갈기 찢어지는 것 같았다."

"무연님."

"그러니 제발, 홍아. 다치지 말아다오. 내가 널 괜히 데려왔다는 그 생각을…… 하지 않게 도와다오."

두 손으로 그녀의 손을 꽉 붙잡은 무연이 눈을 지그시 내리감았다. 홍이는 울컥, 차오르는 것을 애써 참아야만 했다.

왜, 어째서. 저에게 이리도 모든 것을 쏟아주는 것일까. 자신이 무어라고, 대체 저라는 존재가 그에게 무엇이라고.

"너는 나에게 특별한 여인이다."

꼭 감고 있던 눈을 뜬 무연이 그녀의 예쁘장한 얼굴을 훑다, 이내 엷은 미소를 그렸다.

"제, 제가……. 어째서 무연님께…… 특별한가요?"

홍이의 질문에 무연의 얼굴이 벌겋게 달아올랐다. 하얀 얼굴이 붉게 물들어 버리는 모습을 그리 쉽게 볼 수 있는 게 아니었으나, 홍이는 두근거리는 심장을 진정시키는 것으로 바빠 그 사실을 눈치챌 수 없었다.

"그건, 그것은……."

무연이 입술을 벙긋거렸다. 그것이, 그게. 몇 번이나 같은 말을 반복하다 이내 맘을 먹고, 크게 숨을 들이쉬었다.

"무연님."

그때, 문을 두드리는 소리가 들렸다. 짧게 숨을 들이마시던 무연이 다시 홍이의 손을 맞잡았다. 무시하기로 한 모양이었다. 다시 입을 벙긋거렸다. 말을 뱉기만 하면 되는데.

똑똑. 다시 들리는 소리에 무연이 미간을 좁혔다.

"누구냐."

"화람이옵니다. 들어가겠습니다, 두령."

달갑지 않은 목소리에 홍이와 무연의 표정이 딱딱하게 굳어졌다. 들어오라는 답도 없었건만, 화람은 자신의 이름만을 밝힌 채 문을 벌컥 열었다. 방 안으로 들어오는 그녀의 표정 역시 그다지 좋아 보이지 않았다. 억지로 웃음을 그리고 있다는 것을, 누가 보아도 알 법했다.

"저와 약조하신 시각이 되어도 오지 않으시기에, 모시러 왔나이다."

"나가 있게. 금방 갈 테니."

"빨리 좋아지려면 적당히 움직이는 것이 좋다 하여, 무연님과 함께 산보를 나가고 싶었는데요."

"그러니까 밖에서 기다리라 이 말이야."

저를 얼른 내치려는 무연의 말과 표정에 화람은 마음이 저릿했다. 홍이의 앞에서는 그토록 다정한 표정과 목소리를 하더니 어째서 저에게는 이리도 차가운지. 목 끝까지 우는 소리가 밀고 올라왔지만, 애써 목 너머로 삼켰다.

방문을 닫고 돌아섰는데도 화람은 발을 뗄 수가 없었다. 오랜 시간 동안 마음에 품고 있던 님에게 외면받는데 어찌 서럽지 않을 수 있으랴.

화람이 나간 뒤, 무연은 거친 탄식을 내뱉으며 머리카락을 쓸어 올렸다. 짜증이 치미는 것이 견디기 힘들었다.

"무연님."

홍이의 부름이 있자마자 무연은 언제 그랬냐는 듯 부드러운 표정이 되었다. 그녀의 앞에선 좋은 사내가 되고 싶었다. 요괴고 인간이고를 떠나, 좋은 모습만을 보이고자 하였다.

"저, 그게……."

"괜찮으니 말해보아."

한결 부드러워진 무연의 목소리에 홍이가 입술을 빼끔거렸다. 묻고 싶은 게 많은데 뭣부터 물어야 할지 알 수 없었다. 화람과 무슨 약조를 했는지, 또 자신에게 무슨 말을 하려 한 건지. 머릿속을 떠다니는 말들을 정리하지 못하고 있는데 무연의 손이 홍이의 볼에 닿았다.

"혹시 내가 너에게 무언가 실수를 한 건 아니더냐."

"예? 실수라니요, 그런 게 아니에요."

시무룩한 표정을 짓는 홍이가 걱정스러워 눈썹을 아래로 늘어 뜨린 무연이 나지막이 한숨을 내쉬었다.

"그렇담 다행이지만, 홍아."

홍이가 눈을 깜빡이며 그를 쳐다보았다. 가슴이 울렁거렸지만 이제 곧 그가 화람을 만나러 방을 나선단 생각을 하니, 한시도 그를 놓치고 싶지 않았다.

"웃어다오. 난 너의 그 웃음이 참으로 좋으니."

순간, 자신이 뱉은 말에 스스로도 놀라 무연의 눈꺼풀이 바르르 떨렸다.

"너는 나를 이상하게 만드는구나."

무연의 긴 손가락이 홍이의 볼을 쓸어내렸다. 따뜻한 감촉에 묘한 기분이 들었다. 그러다 괜히 놀라 손가락을 뗐다. 혹 희디흰 그녀가 저로 인해 어둠으로 물들어 버릴까 봐. 묻지 않아도 될, 묻을 수 없는 검댕이가 잔뜩 묻어버릴까 봐.

"무연님도 그래요."

하지만 홍이는 그런 무연에게 보란 듯 웃어 보였다. 결코 그 어둠에 지지 않을 것이라고, 그가 가진 어둠마저도 끌어안을 기세로.

"무연님도 저를 이상하게 만들어요."

그리고 그 어둠을 걷어내, 그의 안에 있는 빛줄기를 발견해 줄 요량으로. 그의 앞에서 햇살보다 더 따스한 웃음을 만개했다.

무연이 결국 못 이기겠다는 듯 웃음을 터뜨렸다. 간질거리는 웃음소리가 홍이의 귓가에 내려앉았다.

"잠시 다녀오마."

맞닥뜨리고 싶지 않았던 순간이 되자 홍이의 눈꼬리가 아래로 축 처졌다.

"어딜…… 요?"

화람과 어딜 가는 거냐고, 저 몰래 무슨 약조를 하였느냐고 묻고 싶지만. 그건 꼭 서방에게 하는 말 같지 않은가. 것도 바가지를 벅벅 긁는 안사람이 되어서.

그러다 문득, 무연을 제 서방님처럼 생각했다는 사실을 깨닫고 홍이의 얼굴이 붉게 달아올랐다. 펑! 터질 것 같은 얼굴을 한 그녀는 여전히 무연에게서 눈을 떼지 못하고 있다.

"그게……."

무연은 쉽게 입을 떼지 못했다. 화람과 시간을 보내기로 했다는 말을 하려니 홍이에게 미안해졌다.

"그게 홍아."

왜 미안해지는 건지도 이유를 알 수 없었지만, 그녀 몰래 화람과 약속을 했다는 것이 마음에 걸렸다.

"사실은 네가 잠들어 있을 때, 화람에게…… 약조를 해주었다."

홍이의 눈빛에 이길 수 없어, 사실대로 말하라는 제 마음의 외침을 저버릴 수 없어 이실직고하듯 털어놓고 말았다.

"약조요?"

"널 구하려다 다쳤으니, 그녀의 소원을 들어주겠다 하였지. 원하는 건 모두 말해보라 말이야."

"그래서요?"

"다친 게 모두 나을 때까지 곁에 있어달라 하기에, 그 정도는 해줄 수 있겠다 싶어 승낙을 했어."

순간, 홍이의 마음에 커다란 돌풍이 휘몰아쳤다. 구했다니. 대체 누가 저를 구했단 말인가. 따지고 보면 자신이 죽을 고비를 넘긴 건, 무연이 때맞춰 등장했기 때문이었다. 만약 그가 오지 않았더라면, 자신은 화람이 쏟아내던 얼음 조각들에 맞아 그대로 죽어버렸을지도 모른다.

부글부글 끓는 속을 애써 억누른 홍이가 무연의 손을 잡았다.

"무연님."

무연이 그 손을 마주 잡으며 말해보란 듯 보았다.

"저도 함께 가겠어요."

홍이는 화람이 저를 구하려던 것이 아니라는 말을, 사실은 저를 구한 건 무연이라는 말을 다시 한 번 속으로 삼켰다. 그 정도로 비겁해지고 싶지 않았다. 먼저 비겁한 짓을 한 건 화람이라지만, 저는 그녀처럼 변할 생각이 없다.

"저를 구해주시려다 다치셨으니, 무연님이 아니라 제가 곁에 있어야 옳아요."

그러므로 부딪치기로 마음먹은 것이다. 무연을 연모하고 있으니, 제 곁에서 그를 빼앗아가려고 하는 것이라면 그 자리에 저도 함께 가겠다고. 결코 비겁함에 넘어가 그를 놓지 않겠다고 말이다.

"그래도 너 역시 다친 몸인데……."

"가겠어요. 무연님과 함께…… 함께 가고 싶어요."

홍이의 부탁을 이길 수 없던 무연은 결국 고개를 끄덕이고 말았다. 사실 저 역시도 홍이가 함께 있어준다는 데 거절할 이유가 없었다.

"그래, 함께 가자꾸나."

그 말을 던지기 무섭게 홍이의 얼굴에 꽃이 폈다. 환하게 웃으며 와락 끌어안는 것에 무연은 순간 제 가슴이 펑! 터질지도 모른다고 생각했다.

"하여, 저도 함께 동행하려 합니다, 화람님."

문밖에서 기다리던 화람의 얼굴이 잔뜩 구겨졌다. 드디어 무연을 제가 차지하게 되었다 생각했는데 계획에 없던 이의 등장은 절대 반갑지 않았다.

"이해해 주게 화람. 홍이가 어찌나 떼를 쓰는지, 원."

"무, 무연님! 제가 언제 떼를 썼다 하셔요!"

"그러지 않았느냐. 꼭 함께 가고 싶다고 말이야."

더더군다나 저는 안중에도 없이 사이좋은 둘을 봐야 한단 말인가. 넉살 좋게 웃는 무연과 그 곁에서 볼을 붉히는 홍이는 자신의 계획에 없던 것들이었는데.

"하나, 두령. 분명 제 약조는……."

"화람님께서 다치신 것이 저 때문이라는데, 제가 가만히 있을 수 있나요."

홍이의 말에 화람의 미간이 움찔거렸다. 순해 빠졌다고 생각했던 그녀의 매서운 눈빛을 본 순간, 목 끝이 아릿했다.

"그러니, 저 역시도 무연님과 함께 화람님을 보살펴야겠죠."

홍이가 환히 웃는 것과 달리 화람은 그녀처럼 웃음을 그릴 수 없었다. 화람은 입술을 꽉 씹으며 어색하게 입꼬리를 올렸다.

"예. 그래주시면 더욱 감사할 따름이지요, 아가씨."

애써 웃음을 그려야 하는 제 자신이 싫었다. 홍이를 거절할 수 없는 자신이 초라했다. 아니, 것보다 자신의 청을 이런 식으로 물리치는 무연이 미웠다. 그리고 그를 그렇게 만든 홍이가 미웠다. 한 번도 가져 본 적 없는 것을 조금이라도 느껴볼 수조차 없게 만드는 그녀가 거슬리기 시작했다.

요화 妖花-요괴의 꽃

"그럼 가지. 홍이가 그대에게 꼭 보이고 싶다 말하던 곳이 있으니."

"보이고 싶은 곳이요?"

화람의 물음에 홍이와 무연이 서로 눈을 마주했다. 둘만의 비밀이라도 이야기하는 것 같은 모습에 화람은 마주 잡은 손에 꽉 힘을 주었다.

자신이 모르는 이야기, 저는 알 수 없는 둘만의 유대감. 그것을 목도한 순간, 참을 수 없이 화가 치밀었지만 참아야 했다.

어서 가자는 말을 꺼내려 할 때, 무심코 화람과 홍이의 시선이 마주쳤다. 가증스러운 인간 계집. 화람이 저도 모르게 그러한 생각을 할 때, 홍이의 입꼬리가 슬쩍 말려 올라갔다. 평소와 다르게 매섭게 치켜 올라간 눈매와 묘한 웃음을 그린 입술이 참으로 거슬렸다.

"자, 그럼 어서 내려가지. 날이 더 궂어지기 전에 말이야."

이윽고 무연의 재촉하는 목소리가 들렸고, 홍이의 얼굴은 거짓말처럼 풀어졌다. 마치 그런 적이 없었다는 것처럼, 환한 웃음을 그리고 있었다.

화람을 지나치는 무연과 그를 따르기 위해 걸음을 옮기는 홍이를 넋 놓고 바라보던 순간, 고개를 반쯤 돌린 홍이의 눈동자가 화람을 마주했다. 또 한 번 입술을 바짝 말아 올리는 홍이를 본 화람은 아득, 이를 갈았다.

"어서 오세요, 화람님."

화람은 표정을 굳힌 채 그들의 뒤를 따랐다.

가운데에 무연을 두고, 양옆으로 화람과 홍이가 섰다. 그들과 함께 걸음을 맞추던 홍이는 무심코 바닥을 내려다보며 짙은 한숨을 내쉬었다. 무연이 화람과 나누는 이야기 같은 건 하나도 귀에 들어오지 않았다.

"너는 나를 이상하게 만드는구나."

그 말이 마음에, 머리에 남았다.

어떤 의미로 이상하게 만드는 걸까. 무연이 아닌 다른 이의 생각을 할 수 없는 저처럼, 그런 이상함일까? 그게 아니라면 요괴로서 저를 먹잇감으로 보게 되는 그런 이상함일까.

그에게 닿고 싶고, 더욱 가까이하고 싶고, 그의 곁에서 평생 머무르고 싶은 이 마음이 연정이라 한다면 무연의 마음은 무엇일까.

"하여, 아이들이 지낼 수 있는 공간을 만들어주신다면 참 좋을 것 같습니다."

"호오. 그것참 좋군. 화람 덕에 좋은 걸 배웠네."

불현듯 무연의 말에 화들짝 놀란 홍이가 고개를 들어 올렸다. 둘이 무슨 대화를 나눈 것이냐고 묻고 싶었지만, 애초에 듣지 않았던 제 잘못이니 아무런 말을 하지 않았다. 그러다 눈을 들어 화람을 담으니, 목 끝이 따끔거리기 시작했다.

친우라 생각했다. 아니, 설령 그것이 애증으로 바뀌었다 하여도 그녀는 화람을 원망치 않을 자신이 있었다. 누군가에 대한 감정이라는 건, 어쩔 수 없는 것이 아닌가.

한 가지를 얻으려면 한 가지를 버려야 하는 것이 감정의 교류라고. 그리 말하던 조부의 말이 떠올라 가슴께가 시큰해졌다.

"자, 여기일세."

무연의 목소리에 홍이가 고개를 들었다. 무연이 만들어준 꽃밭. 그곳에 도착하기 무섭게 마음이 사르르 녹아내렸다. 이제껏 저를 괴롭히던 고민들도, 마음을 잔뜩 옭아매고 있던 덩어리들도.

"이건, 대체⋯⋯."

놀라움을 금치 못하는 화람의 얼굴에 홍이가 해사하게 웃음을 그렸다. 사실 소심한 복수나 다름없었다. 비겁한 방법으로 무연의 환심을 사려고 했던 그녀에 대한 복수.

"무연님께서 저에게 만들어주셨어요."

"두령⋯⋯ 께서요?"

조금 격양된 목소리에 떨림이 잔뜩 묻어 있었다. 화람은 믿을 수 없단 표정으로 꽃밭을 바라보았다.

이 모든 것이 홍이를 위한 것이라고? 화람은 넋을 놓은 채 서로를 향해 방긋 웃고 있는 홍이와 무연을 보았다.

"모두 그대 덕이야."

그러다 무연이 하는 말에 웬 헛소리냐는 듯 인상을 찌푸렸다.

"해괴한 소리를 하십니다."

화람은 짜증이 치솟았다. 저는 아무것도 한 적이 없었다. 더군다나 그게 홍이와 두령을 위한 것이라면, 그 어떤 것도 하고 싶지 않았다.

"아아, 그대 덕이 맞아. 그대가 알려준 것이니."

"두령, 언제부터 이리 농을 좋아하셨습니까."

어설픈 웃음을 터뜨리는 화람의 목소리에 이상하다는 듯, 무연이 고개를 갸웃거렸다.

"그대가 흑강에게 알려주지 않았소."

"제가 흑강에게요?"

"당신에게 들었다며, 흑강이 나에게 이야기를 해주었소. 여인에게 꽃을 주라 했다지? 그러니 이게 다 그대 덕이 아니면 누구 덕이겠어."

가슴이 와르르 무너지는 것 같았다. 오래전의 일이 머리를 스쳤다. 흑강이 교하를 찾아와, 어떻게 해야 여인의 마음을 얻을 수 있느냐 물었었다. 드디어 그에게도 짝이 생겼는가 싶어 저가 더 기뻤다. 해서 화람은 제가 무연에게 바라는 것들을 이야기해 주었었다.

"하, 그게…… 그것이……."

허탈한 웃음을 흘리는 화람의 반응에 무연의 표정이 서서히 굳어졌다. 눈물까지 글썽거리는 것이 심상치 않아 보였기 때문이다.

"네. 제가…… 알려 드린 게 맞군요."

"화람, 어디 안 좋은 데라도 있는 거라면."

"먼저 들어가겠습니다. 모처럼 데려와 주셨는데 죄송합니다."

화람은 상처를 핑계로 자리를 피했다. 몸이 아픈 것은 사실이지만 비참함에 젖어 무너지는 마음만큼이나 아플 리 만무했다. 급히 뒤돌아 걸음을 옮기는 내내, 화람은 찢어지는 가슴을 꽉 부여잡아야 했다.

아둔하고, 우매하기 짝이 없지 않은가. 어째서 흑강이 좋아하는 이가 생긴 것이라고 단순하게 생각했던 것일까. 흑강은 그의 종자인데, 어째서 그가 명령한 것이라 생각지 못했던 걸까.

"맞아, 어제 알려 드린 방법은 마음에 들었나요, 흑강?"

흑강에게 그리 물었었다.

아아, 목을 긁는 쇳소리가 터져 나왔다. 속이 부글부글 끓어오르고 얼굴이 홧홧해졌다.

"그러니 흑강은 그 여인을 잘 잡도록 해요. 뒤늦게 후회해도 한 번 떠난 여인의 마음은 다시 잡기 힘들답니다?"

가슴이 미어졌다. 숨이 차오르고, 콧잔등이 시큰해졌다. 무연 각에 올라, 자신이 머무르는 방에 도착할 때까지 화람은 비참하 기 짝이 없는 마음으로 울음을 참아야만 했다. 공공연하게 모두 의 눈이 닿는 장소에서, 궁상맞은 모습으로 울고 싶지 않았다.

"교…… 교하…… 교하."

방에 도착해 문을 쾅! 닫음과 동시에 제 친오라비와 같은 사내 의 이름을 읊조렸다. 무너질 것 같을 때에, 산산조각이 날 것 같 을 때에 자신의 힘이 되어주는 그러한 사내.

"교하…… 교하."

그렇게 그의 이름을 부르고 있는데 어디에선가 차가운 바람이 살랑였다. 이윽고 화람은 울음을 터뜨렸다.

"나는…… 나는……."

화람의 앞으로 든든한 두 팔이 다가왔다. 바들바들 떠는 여인 을 가득 그러안으며 깊은 한숨을 쉬는 이가 있었다.

"아가씨."

그녀가 그토록 애절하게 부르던 교하였다.

"무너지지 마십시오."

교하는 안타까운 눈으로 화람을 보았다. 제 진심은 전해지지 않아도 좋았다. 먼발치에서 바라만 보아도 괜찮다고 생각했다. 하지만 이런 모습을 보기 위해 물러난 것이 아니었다. 결코 그녀의 눈물을 보기 위함이 아니었다.

"아가씨는 강한 분입니다. 화평님의 강인함을 닮으셨고, 세난님의 총명함을 닮으셨습니다. 이대로…… 이대로 무너지지 마십시오."

자신이 할 수 있는 건 그녀의 행복을 찾아주는 것, 더불어 화람이 원하는 일들을 함께 이루어주는 것뿐.

그의 눈동자에 날이 바짝 선 순간이었다. 흐느끼던 화람의 주위에 맴돌던 칼바람은, 결코 궂은 날씨를 예견하는 것만은 아니었다.

약조를 지키지 않은 무연이 야속하기 그지없었지만, 그렇다 하여 화람은 다시 그를 찾지 않았다. 또다시 비참해질까 두려웠기 때문이다. 그러나 제가 찾아가질 않으니 절대 저를 먼저 찾지 않는 무연에게 또다시 상처받기도 했다.

한 번쯤은 와주겠지, 무슨 일이냐 묻기라도 하겠지, 하고 기대했건만 하늘이 어둠으로 뒤덮이고 눈보라가 시작되는 밤이 찾아올 때까지 화람은 혼자였다. 침대에 앉아 창밖을 쳐다보는 내내 짙은 한숨이 끊이질 않았다.

어째서 자신은 안 되는 것일까. 어째서 쌀알만큼의 마음도 받을 수 없단 말인가. 바람결에 스미는 안타까운 한숨이 방 안을 가득 채우던 순간, 문을 두드리는 소리가 들렸다.

"화람, 안에 있는가."

무연의 목소리였다.

"……예."

문이 열리고 나무가 나무를 스치는 둔탁한 소리에도 화람은 가슴이 울렁였다. 자신에게 가까이 다가오는 무연의 발자국 소리에 코가 시큰해졌다. 이전까지 찾아오지 않는 이를 원망하던 것이 한 번에 날아가 버렸다.

"어찌 잠에 들지 않고."

"바람에 엉긴 얼음이 시리고도 시려 잠에 들 수 없었습니다."

긴 한숨이 섞인 그녀의 목소리에 무연이 이를 꾹 씹었다. 그 아픔을 함께할 순 없으나, 느껴지는 것을 모른 척할 수는 없는 일이었다.

"화람."

"어째서…… 말하지 않으셨습니까."

무연은 화람이 무엇을 묻는지 알고 있다. 그녀가 무엇을 그토록 원망하는지 그가 모를 리가 없다.

"말하면 혹 제가 아가씨에게 해를 끼칠까 두려우셨습니까."

어째서 아니란 대답을 하지 못하는 걸까.

"그게 아니라면, 두령에게 거절당한 제가 비참해지지 않았으면 했던 두령의 배려이십니까."

그 또한 사실이었으니. 아무 말도 하지 못하는 무연의 시선이 아래로 또르르 흘러간다.

화람이 허탈하게 웃음을 그렸다. 말로 설명할 수 없는 기분이었다.

"참으로…… 잔인하셔요, 두령."

"그대에게는 단 한 번도 잔인하지 않았던 적이 없었겠지."

화람의 마음이 미어졌다. 그것을 알면서 왜 저에게 이리도 냉정하냐 묻고 싶지만, 돌아오는 대답은 같을 것이다.

마음은 줄 수 없는 상대여서. 저는 요화라는 짝이 있어서. 그리고 결국 화람은 그의 마음에 닿을 수 없을 것이다.

"어찌 이 야심한 시각에 들르셨습니까."

울음이 터질 것 같은 얼굴을 보이고 싶지 않았기에. 화람은 창쪽으로 얼굴을 완전히 돌렸다. 목에 힘을 주어 한 마디, 한 마디를 내뱉는 것이 참으로 힘들었다.

"몸은 어떤가 하여, 보러 왔네."

"아주 괜찮습니다. 당장 이 무연각을 나가고 싶을 정도로 말입니다."

숨 막히는 정적이 흘렀다. 서로가 서로에게 할 말이 많지만 어떤 표정과 말투로 말해야 할지 알 수 없는 둘의 사이에는 설산의 냉기만이 잔뜩 맴돌 뿐이었다.

"궁금한 것이 있습니다."

꽉 막힌 숨을 터뜨리듯, 어렵게 뱉은 말 한마디에 무연이 고개를 들었다. 숨이 막히는 것은 둘째 치고, 그녀의 한숨에 엉킨 설움을 어찌 달래줘야 할지 막막하던 참이었다.

"말해보아."

"아직 아가씨에게 요화인 사실을 알리지 않으셨지요."

화람은 무연이 그녀를 특별하게 대하는 것은 모두 그녀가 '요화'이기 때문이라고 생각했다. 그런데 그녀에게 '요화'임을 밝히지 않았다는 걸 알자 거기에 또 다른 의미를 부여하고자 했다. 그녀가 인간이라 그것을 인정하지 못하는 것이라고. 홍이를 바라보던 무연의 눈빛이 그렇지 않다는 걸 이미 알면서도 헛된 희망을 품었다.

"아직 알리지 못했어."

하지 않은 것과 하지 못한 것의 차이는 크다. 이불을 쥐고 있던 화람의 손에 힘이 들어갔다. 하지 못한 걸까, 하지 않은 걸까.

"어째서 알리지 않으셨나요. 의식을 치르기 위해서라면, 하루 빨리 알려야 할 텐데요."

담담하게 묻고 있었지만, 그 목소리가 심하게 떨렸다. 무연은 침대 근처에 있던 의자를 가져와 그 위에 몸을 앉혔다.

"다른 이야기를 하는 게 좋을 것 같아. 그래, 화평은 어디에 계시다고 하던가. 나에게는 영 연통을 주지 않으셔서 말이야."

어설프게 화제를 돌리는 무연의 노력에도 화람은 반응이 없었다.

"화람."

"말해주십시오. 어째서 요화임을 밝히지 않는 것인지."

"그대가 왜 자꾸 거기에 집착하는지 모르겠네만."

그 야속한 말에 고개를 돌린 화람이 그와 눈을 마주했다. 눈물이 그렁그렁 맺힌 긴 눈꼬리가 달빛에 반짝이고 있었다.

"일말의 미련이라도 남았기 때문이겠지요."

그녀의 대답에 무연은 숨이 막히는 기분이었다. 몇 번이나 거절하고 밀어내도 그녀는 아무렇지 않게 제게 다가왔다.

이리도 무심하고 냉정한 저인데도 제 곁을 오래도록 지켜주는 게, 한편으론 고맙지만 또 한편으론 그 마음이 무섭기도 하였다. 이토록 한 길만을 달려온 그녀가 무너지면 어떻게 될까. 그녀의 존재가 혹 훗날 홍이에게 해가 되지 않을까.

"내가 그 이유를 말하면, 일말의 미련이라는 것이 사라지겠는가."

무연의 말을 잠자코 듣던 그녀가 고개를 끄덕였다. 장담할 수는 없지만, 이렇게라도 그에게 대답을 듣고 싶었다.

"나는, 홍이에게 섣불리 다가가고 싶지 않네."

저 멀리서 까만 구름이 다가왔다. 조금씩, 달이 구름 뒤로 숨으며 방 안에 드리웠던 약간의 빛도 거두어가고 있었다.

"요화임을 성급히 알려 그 아이에게 혼란을 주고 싶지 않아. 요괴의 신부로 태어났다고 하면 그 어떤 인간이 당연히 받아들일 수 있겠어."

"그래서 숨기셨습니까."

"가장 큰 이유는……."

무연의 대답이 가시가 되어 화람의 마음에 박혔다. 그렇게 박힌 가시에서 새어 나온 독이 그녀의 온몸으로 스며들었다. 그것만으로도 충분히 아프고 괴로운데 화람은 그의 또 다른 대답을 기다렸다.

"그게 무엇입니까."

"그 아이의 마음을 받고 싶었지."

쿵, 쿵. 가슴속에서 돌덩어리가 떨어지는 듯한 느낌이 들었다. 그것은 제 마음일까, 아니면 미약하게 싹을 틔웠던 희망이라는 것이었을까. 화람은 가슴에 손을 얹었다.

"진심이 통하여 그 아이의 마음을 내가 받았을 때. 요화로서의 의식을 치르게 하고 싶었어. 반요로 살아간다는 건, 인간의 두 배라는 세월을 살아야 하는 것이지. 그게 얼마나 큰 짐일지 모르는 나로선, 그게 최선의 방법이었네."

"그렇담 두령께서는…… 어떤 마음이십니까."

화람은 제 입을 막고 싶었다. 그가 홍이에게 끌릴 수밖에 없다는 건 알고 있었다. 화람은 요화와 두령은 일평생 함께해야 하는 운명을 타고난 사이임을, 그리고 요화의 존재가 두령에게 얼마나 힘이 되는지 아주 잘 알고 있었다. 본인 스스로가 요화와 두령의 사이에서 난 결실이 아니던가.

스스로가 모순이라고 생각하면서도 화람은 기대를 버리지 못했다. 무연이 홍이를 특별히 대하는 것을 단순히 그가 두령이고 홍이가 요화이기 때문이라고 스스로를 다독였다.

"어떤…… 마음이냐니…….'

"아가씨를 향한 연정인지, 요화이기에 끌릴 수밖에 없는 본능인 것인지 묻는 겁니다."

무연은 입을 다물고 머리를 굴렸다. 아무리 생각해도 답을 내릴 수 없는 문제였다.

"두령."

"이게 도대체 어떤 감정인지 나도 잘…….'

"한번 받아보시지 않았습니까. 그 연정."

결국 제가 이렇게까지 말하는 것이 매우 비참했지만, 화람은 이렇게 할 수밖에 없었다. 무연이 아는 '연정'이라 할 만한 것이 저 외에 없었으니.

무연은 언젠가의 그녀를 떠올렸다.

"어제 무연님을 떠올리다 잠을 한숨도 못 잤지 뭐예요."

아직 화람이 어린 아가씨였던 시절, 수줍게 웃던 모습이 떠올랐다. 그리고 홍이와의 내일을 그리다 밤마다 잠 못 이루던 자신을 발견했다.

"무연님을 위해 해드리고 싶었습니다. 별거 아니지만."

화람이 손수 지은 두루마기를 건네주었었다. 그 이후로도 몇 번, 화람은 무연을 위한 것들을 종종 가져오곤 했다.

말하지 않아도 챙겨주려 하기에 왜 그러냐 물었더니, 그저 해주고 싶다고 하였다. 제가 그랬다. 홍이는 아무것도 원하지 않는데 제가 더 홍이에게 무엇이든 해주고 싶었다.

"무연님에게 유일한 여인이 되고 싶습니다."

화람의 고백이 떠올랐다. 하지만 그는 코웃음을 치며 저에겐 요화밖에 없다 이야기했다. 그 존재가 아니라면 제 마음을 줄 수 있는 곳이 없다 냉정하게 잘랐었다.

무연의 얼굴이 곧 창백하게 변했다.

"홍이에게…… 유일한 사내가……."

되고 싶다. 무연이 한 손으로 제 입을 틀어막았다.

그저 요화이기에 끌린다 생각했었다. 그래, 운명이라니 어쩔 수 없는 것이라고 생각했었다. 그런데 이미 마음을 준 것이었다. 언제부터 '어쩔 수 없는 것'이 진심이 되어버린 걸까.

"무연님?"

당황한 표정의 무연을 지켜보던 화람의 목소리가 떨렸다. 두려웠다. 그가 진정 제 마음을 알아버려, 자신이 가지지 못했던 그 마음을 홍이가 갖게 될까 봐. 그리고 결국 저는 '지난 여인'조차 되지 못하는, 그의 기억 속 그늘에 갇힌 존재가 되어버릴까 봐.

"연정이…… 맞군."

무연의 입가에 미소가 피어올랐다. 연정이야, 연정이었어. 중얼

거리던 그가 한 손으로 얼굴을 쓸어내리며 하하, 웃음을 터뜨렸
다.

"하여."

이불을 꽉 그러쥔 화람의 손에 힘이 잔뜩 들어가 실핏줄이 불
거졌다.

"마음을 전하시렵니까."

진심이 닿을 수 있도록, 그 마음을 전하여 요화로 만들 것인
가. 침을 꿀꺽 삼키는 화람의 얼굴 위로 하얀 눈발이 내린다. 서
서히 식어가고, 얼어가는 것은 그녀의 마음일지도 모르지만.

"전하신다 하면, 제가 도와드리겠습니다."

이를 아득 씹던 화람이 무연을 향해 날이 선 미소를 지었다.
길게 늘어지는 눈꼬리에 맺힌 건, 결국 온몸을 깊게 파고든 가시
의 독이었다.

"그대가, 도와준다고?"

무연은 그녀가 미심쩍었지만, 그 말에 흔들렸다. 그가 아는 화
람은 언제나 진심만을 보이는 이였기에 믿을 수 있었던 것이다.
그것이 저를 향한 '연정'이 있었기에 가능했다는 건 알지 못한 채.

"예. 제가 해드릴 수 있는 것이 있다면, 그렇게라도 해드려야지
요."

그녀가 내민 손이, 독으로 잔뜩 물들었다는 것을 결코 알지 못
한 채.

"무연님께서 마음을 전한다 하신다면, 제가 도와드려야지요.
이 화람이…… 마땅히 그래야 하지요."

희미하게 그리는 웃음 끝으로, 차가운 바람이 불었다. 그 속으
로 알싸한 향이 흘렀지만, 무연은 그게 어떤 것인지 알 수 없었다.

무연이 나가고 난 뒤, 화람의 방 안에는 소리 없는 울음만이 가득했다. 내 님이라 단 한 번도 부르지 못하고, 그 님의 마음에 단 한 번 들어가 보지도 못한 여인의 설움은 쉬이 그치지 않았다.

"아아, 아니야. 내가 직접 전해야 옳아."

이것만은 자신이 직접 전해야 한다던, 그 웃는 얼굴이 눈앞에 아른거렸다.

"그대에게 미안하다는 말은 하지 않겠네."

마지막까지는 모질지 못한 무연의 배려에도 화람은 기뻐하지 못했다.

"그대가 나를 미워한다 해도, 나는 할 말이 없어."

하나, 그 배려가 오히려 독이 되는 것을 모르는 걸까. 아무 말도 하지 않겠다는 그 마음이 오히려 더 날카로운 가시가 된다는 걸, 진정 모르는 것일까.

"모든 일이 잘 마무리된다면."

화람은 어금니에 힘을 꽉 주었다. 동시에 손을 힘껏 그러쥐며 짤막한 숨을 몇 번이나 터뜨렸다.

"그 모든 건 그대의 덕이겠지."

무연의 목소리는 멍하니 앉아 있던 화람의 온 정신을 잡아먹고
말았다.

"훗날 그대가 원하는 것이 있다면 꼭 말해주게."

그게 당신이라 한다면, 죽을 때까지 원하는 게 당신의 마음이
라 한다면.

"내가 해줄 수 있는 것이라면 있는 힘을 모아 모두 해줄 터이
니."

그렇다면 그것을 모두 저에게 줄 수 있겠냐고. 그 마음을 모두
그러모아 자신의 손에 고이 넘겨줄 수 있겠냐고.
"나는…… 결코 묻지 못하겠지요, 두령……."
화람에게서 목을 긁는 소리가 흘러나왔다. 우는 소리와도 같은
그것이 텅 빈 방에 울렸다.
"어디서부터 잘못됐을까……."
고개를 뒤로 젖힌 화람이 눈을 지그시 내리감았다. 바들바들
떨리는 속눈썹 위로 하얀 서리가 맺혔다. 달빛이 내려와 그녀의
눈물을 닦아주려 해보지만, 저만으로는 힘들다는 듯 이내 제자리
로 휙 돌아가고 말았다.
"당신을 연모하기 시작했던, 그 시절의 내가 잘못인 걸까."

꺄르르, 간드러지게 웃음을 터뜨리던 어릴 적의 제 모습을 떠올렸다. 무연의 말이라면, 그의 눈빛이라면 그저 행복하기 그지없던 그 시절.

"아니…… 아니지."

화람이 천천히 눈을 떴다. 고개를 바로 하는 화람의 눈동자는 그 어느 때보다도 더 날카롭게 날이 서 있었다.

한쪽 입꼬리를 비틀어 웃음을 그리자 하얀 볼 위로 눈물 한 줄기가 죽 흘러내렸다.

"내가…… 요화가 되지 못한 시점에서부터겠지."

화람의 시선이 느릿하게 방문을 향해 돌아갔다. 저 문 너머, 무연이 향한 곳, 홍이가 기다리고 있는 그곳을 응시했다.

"네년이…… 이 세상에 태어나, 내가 가지 못한 것을 가졌을 때부터."

킥킥. 자그마한 웃음소리는 점점 더 날카로워져 방 안을 쩌렁쩌렁하게 만들었다.

유독 눈발이 잠잠하던 밤이었다. 화람의 마음으로 옮겨온 돌풍이 눈보라를 만들었으니 요전의 모습은 온데간데없이 사라지고, 냉랭한 모습만이 남은 게 이상하지 않을 터였다.

결국 그 돌풍이 향할 곳은 단 한 곳뿐이었다. 하나, 요새에서 그 사실을 알고 있는 자는 아무도 없었다.

＊

간만에 화창한 날씨가 이어지던 오전이었다. 방에 앉아 수를 놓던 홍이가 고개를 들어 창밖을 바라보았다.

"내가 없으니 또 말썽이 일어나는구나."

그 말과 함께 쓸쓸한 웃음을 그리던 무연이 떠올랐다. 열흘 전, 흑강과 이야기를 나눈 후 무연은 다시금 결계를 복구하기 위해 밖으로 나가기 시작했다.

"이 일이 정리되면 너에게 꼭 해주고 싶은 말이 있다."
"지금 해주시면 안 되는 말인가요?"
"급히 말을 하고 떠나야 하지 않느냐. 그러고 싶진 않아."

기다려 줄 수 있겠냐, 는 무연의 말에 홍이는 조금의 고민도 않고 고개를 끄덕였다.

사실 불안한 것이 없다는 건 거짓말이었다. 혹 살던 곳으로 돌아가라는 이야기가 아닐까 하여 머리가 아득해졌지만 금세 그 걱정은 먼지처럼 휙 사라지고 말았다.

"고맙다, 홍아."

그렇게 말하며 웃던 무연이, 냉정한 말로 저를 내칠 것 같지 않았기 때문이다. 홍이는 무연을 믿었다.

홍이의 손끝에서 동백꽃 다섯 송이가 곱게 피었다. 찬바람에도 시들지 않을 것이며, 여름이 찾아와도 지지 않을 것이다. 그 어떤 여인처럼.

"다 됐다."

홍이가 해사하게 웃음을 그렸다. 검은 털배자가 햇빛을 받아 반짝였다. 눈송이가 하나둘 떨어지면 그것은 그것대로 참 고울 것이었다. 검은색 배자에 붉은 동백. 어울릴까 싶었는데 제 생각보다 더 잘 어울렸다.

"어떻게 전해 드리지?"

한숨을 폭 내쉰 홍이가 배자를 다시 무릎에 올려놓고 고민에 빠졌다.

이것은 화람의 것이었다. 배자에 수를 놓아주겠다고 약조를 했으니 지키고 싶었다. 지금 사이가 틀어졌다고 친우일 때에 한 약속을 저버린다면, 그때의 감정마저 모두 거짓이 될 것 같은 기분이었다.

"아가씨와의 연이 닿은 게 싫지 않았습니다. 하지만, 그대를 아끼고, 좋아할 수는 없어요."

적어도 서로를 친우라 부르던 그때만큼은 화람도 저와 같은 마음이었을 거라 믿고 싶었다. 지금은 저를 그리 생각할 수 없다 하여도, 적어도 당시에 그녀에게 저는 친우였을 것이다.

그녀가 밉지 않은 건 아니었다. 용서를 하고 싶다거나, 다시 사이를 되돌리고 싶은 것도 아니다. 그저 그 시절의 화람에게, 그때 자신의 친우였던 화람에게 선물을 해주고 싶은 것뿐.

"어렵구나."

고개를 뒤로 젖히고 천장을 바라보며 홍이가 크게 한숨을 내쉬었다. 무엇 하나 쉬운 일이 없다. 이 배자를 어떻게 전해주어야 할까, 그 생각으로 머리가 꽉 차오르던 그때, 똑똑, 문을 두드리는 소리가 홍이를 깨웠다.

"아가씨, 화람입니다."

홍이는 문밖에서 나는 목소리에 화들짝 놀라고 말았다.

"화, 화람님?"

자리에서 벌떡 일어난 홍이의 눈이 휘둥그레졌다.

"잠시 들어가도 되겠습니까."

"아…… 네, 네. 괜찮습니다."

분주히 탁자 위를 치우던 홍이가 손에 든 배자를 꽉 쥐었다. 그래, 이번이 기회인지도. 지금 주는 게 맞을 것이다. 그러지 않는다면 평생 주지 못할지도 모른다.

이윽고 문이 열리고, 방 안으로 화람이 걸어 들어왔다. 확연히 좋아진 안색에 홍이는 속으로 다행이라 생각했다.

"갑작스레 찾아와 죄송합니다."

"아, 아닙니다. 괜찮…… 괜찮아요."

"잠시 앉아도 될까요. 이제껏 신세를 졌으니, 차라도 대접하고 싶은데요."

"아, 그럼 제가 찻잎을……."

홍이의 손목을 잡은 화람이 엷게 웃음을 그렸다. 홍이를 다시 자리에 앉히고 저도 그 앞으로 앉았다.

"오라비께서 가져오기로 하였으니, 우린 담소나 나누지요."

홍이는 이상하다고 생각하면서도 화람의 웃는 얼굴에서 눈을 떼지 못했다. 지금의 화람에게는 날카로운 가시도, 얼음도 돋아 있지 않았다. 봄날의 바람처럼 따스했고, 솜털처럼 부드럽다.

"아…… 네. 그렇게 하지요."

화람과 나란히 마주 앉은 홍이의 머릿속이 복잡했다. 그녀의 떨떠름한 반응에도 화람은 웃는 낯을 지우지 않았다. 교하가 들어와 다과를 내올 때까지 둘은 이렇다 할 이야기를 나누지 않았다.

"무연님께서는 아직 결계 보수에 바쁘신 듯하더군요."

차를 한 모금 넘긴 화람이 먼저 말을 꺼내고 홍이는 고개를 끄덕였다.

"예. 열흘 전부터 다시 나가셨어요."

"그래서 저와의 약조를 지키지 못하셨군요."

"어쩔 수 없는 일이니까요."

담담하게 대답하는 홍이의 모습에 화람이 입술에 가져다 댄 찻잔을 천천히 내려놓았다. 그리고 그녀를 빤히 쳐다보며 묘한 웃음을 그렸다.

"아가씨도 많이 변하셨습니다."

벌벌 떨던 작은 새 같던 여인은 그새 많이 변했다.

"뭐, 나쁘진 않네요."

"무연님을 찾아오신 거라면 제가 무연님께……."

"아니요. 오늘은 아가씨를 만나러 왔어요."

홍이의 눈이 또 한 번, 휘둥그레졌다. 홍이는 그녀를 빤히 바라보며 좁힌 미간에 힘을 풀기 위해 노력했다.

"그리 경계하지 않아도 돼요. 사과를 하고자 찾아온 것이니까."

사과라는 말에 홍이는 등에 쭈뼛쭈뼛 소름이 돋았다. 제가 죽을지도 모르던 상황을, 부러 무연에게 보이기 위해 거짓을 반복하던 그 상황을.

"사과라고요?"

고작 말 한마디로 끝내기 위해 찾아왔단 말인가. 손이 부들부들 떨렸다. 화람에게 그게 그토록 쉬운 문제였나 싶었다.

"용서할 수 없다는 거 알아요."

"알고 계시면서, 무연님께 그런 부탁을 하셨어요?"

"욕심냈던 것을 가지고자 했을 뿐이에요."

홍이는 가슴이 답답해져 숨을 크게 들이마셨다.

"그렇게 경계하지 않으셔도 돼요."

차분하게 웃는 그녀의 모습에 헛웃음이 터져 나올 뻔했다. 경계를 하지 않으면 지난번처럼 죽을 뻔할지도 모르는데 저 말이 저렇게 쉽게 나오나 싶었다.

"나를 용서해 달라 애걸하지 않겠어요. 더불어 다시 예전처럼 친우가 되자는 말도…… 난 못 해요."

무슨 말을 하고 싶은 것일까. 가늠이 가지 않는 그녀의 행동에 홍이가 미간을 좁혔다. 찻물을 목으로 넘기며 마음을 다잡으려 애를 썼다.

"아가씨에게 난 좋은 이는 될 순 없겠지만."

찻잔을 탁, 내려놓은 화람의 눈꼬리가 아래로 늘어져 있었다. 홍이의 머릿속이 복잡해졌다.

"적어도 앞으로 아가씨의 운명에 있어서 나는, 큰 도움이 될 것임은 확실해요."

운명이라는 말에 홍이가 한쪽 눈썹을 찡그렸다.

"그게 무슨 뜻이에요?"

그때, 화람은 홍이가 눈치채지 못하게 비릿한 미소를 지었다. 그리고 찻잔을 들어 그 독기 품은 미소를 가렸다.

"아아, 무연님께서 아직 말씀해 주시지 않았나 보네요."

제 운명을 알게 되면 그녀는 좌절할까, 울부짖을까. 받아들일 수 없어 미쳐 버려도 좋을 것이고, 요새를 떠나 마을로 돌아가고 싶다 울부짖어도 괜찮을 것이다.

"열흘 전, 간밤에 저를 찾아와 상의를 하셨는데. 아가씨에게 이미 말씀드린 줄 알았어요."

"열흘 전…… 밤에요?"

화람은 미소를 지으며 고개를 끄덕였다. 네. 작게 대답하며 찻물을 목으로 넘겼다. 적당히 식은 찻물이 가슴을 타고 들어가니 뜨겁게 끓어오르기 시작했다.

"궁금하지 않으세요?"

홍이는 흔들리지 말자고 생각했다. 절대, 화람이 무슨 말을 하든 동요하지 말자고 생각했건만 무연이 그녀에게 먼저 상의할 만한 일이라는 게 무엇인지 궁금했다.

"궁금하다 하면…… 대답해 주실 건가요?"

화람은 속으로 쾌재를 불렀다. 뜻대로 되었으니, 이 이후가 중요할 테다.

"차에서 참 좋은 향이 나죠?"

후후, 웃는 화람의 미소에 홍이는 이유 모를 조바심을 느꼈다.

"화람님."

"얼음 동굴에 다녀오셨으니, 요화에 대해 들어보셨겠죠."

순간, 무연이 해주었던 말이 홍이의 머리를 스쳤다. 두령의 반려요, 그의 곁에서 평생을 살아갈 존재라는 것. 꽃이 피면 요화가 태어났다는 증거라 하였다.

"예. 들었어요."

"그 존재가, 지금 두령의 곁에 있다는 것도…… 아시나 모르겠네요."

"무연님의…… 곁에요?"

흔들리는 홍이의 눈동자에 화람이 고개를 끄덕였다. 찻잔을 쥔 홍이의 손에 힘이 들어갔다. 화람이 무슨 뜻으로 이런 이야기를 하는지 알 수 없어 머리칼이 쭈뼛쭈뼛 서는 기분이었다.

"두령과 평생을 함께해야 하는 존재. 그의 힘이 되어 요새를 지켜야 하는 존재. 더불어 북쪽 요괴들의 어머니가 되어야 하는 존재."

탁. 찻잔을 내려놓는 소리가 유독 크게 들렸다. 홍이가 어깨를 움찔거리자 화람은 그만 소리 내어 웃음을 터뜨릴 뻔했다. 오늘따라 날씨는 왜 이리도 청명한지, 마치 저를 위해 햇살이 내리쬐는 것 같아 웃음을 참을 수 없었다.

"누구…… 그게 누구죠?"

설마 화람은 아니겠지, 그 생각만이 머리를 가득 채우고 있었다. 탁자 아래로 내려놓은 손에 더더욱 세게 힘이 들어갔다.

"제 앞에 계신, 아가씨가 그 요화입니다."

순간, 홍이는 그 말에 머리가 아득해졌다. 너무 놀라서 소리를 지르지도 못했다. 얼음 동굴에 다녀와서 지금까지, 언젠가 나타날 그 존재에 투기를 했던 적이 한두 번이 아니었다. 그리고 그게 저이길 바라며 기도하고 잠든 것이 또 몇 번.

"그, 그게…… 정말…… 인가요?"

믿을 수 없다는 듯, 눈을 동그랗게 뜬 홍이의 목소리가 바들바들 떨렸다.

화람은 웃는 낯으로 고개를 끄덕였다. 그녀는 속내를 감추며 다음 말을 준비했다. 이미 무연에게 마음을 준 홍이이니, 그의 반려가 된다는 사실이 믿기지 않을 만큼 행복할 것이다. 하지만.

"그러나, 아가씨께서 인간이라는 건 잊지 않으셨지요."

그녀가 행복에 겨워하는 건, 제가 원하는 것이 아니었다.

"무연님이나 저와 같은 요괴가 아닌, 뜨거운 체온을 가진 인간."

저 혼자만 나락에 떨어질 수 없으니, 함께 절벽으로 데리고 가겠다.

"그게…… 무슨 상관인 거죠?"

"당연히 상관이 있는 이야기지요."

그 절벽 아래로 함께 떨어지는 것은 누가 될 것인가. 슬픔이 되었든, 좌절이 되었든. 그로 인해 그들이 힘들어 한다면 화람은 그 이상 바랄 것이 없었다.

아니, 거기까지 갈 것도 없이 이 이야기를 듣고 홍이가 도망가주길 바랐다. 요새에서 벗어나려다 그 길에 탈주자나 침입자를 만나 목숨을 잃는다면 더할 나위 없을 테고.

"인간인 아가씨로서는, 요화의 힘을 감당치 못할 겁니다. 의식을 치르는 날, 요화로서 각성을 하고 바로 죽음을 맞이할 수도 있지요."

"주…… 죽음이요?"

"예. 인간의 몸으로 요기를 모두 받아들일 수 있을 것이라 생각하십니까? 아니지요. 어림도 없는 일입니다."

홍이는 동요하고 있었다. 두 눈을 크게 뜨고 빠르게 깜빡이는 모습에 화람이 입꼬리를 살짝 올리다 내렸다.

"아가씨가 죽고 나면, 두령은 또 하염없이 요화를 기다릴 겁니다. 반쪽짜리 힘으로 요새를 지키고, 간헐적으로 무너지는 결계를 보수하며……. 아아, 물론 방법이 없는 건 아니에요."

화람은 기도했다. 홍이 스스로 요화가 되기를 거부하겠다 말하길.

"아가씨께 남은 것은 두 가지입니다. 요화로서의 힘을 두령에게 모두 전해주고 죽음을 맞이하든가."

꿀꺽. 홍이가 굵은 침을 집어삼켰다. 죽음을 이렇게 쉽게 입에 담는 것이 무서웠다. 이게 요괴와 인간의 차이인가 싶었다.

"아니면 두령의 남은 생의 반을 받아 아가씨의 생을 이어가든가."

화람의 한쪽 입꼬리가 비스듬히 치켜 올라갔다. 충격을 받은 듯, 동공이 흔들리는 홍이를 보니 속이 다 시원할 지경이었다.

"만약 두령께 삶을 받는다 한다면, 아가씨는 반요로서 살아가실 수 있겠습니까."

찬바람이 창을 넘어왔다. 생각에 잠긴 홍이의 머리 위에 앉았던 바람은 이내 그 냉기를 잃고 바닥으로 툭 떨어지고 말았다.

홍이는 말문을 잃고 넋마저 놓았다. 한 번도 생각해 본 적 없었다. 요화라 하기에, 그저 그의 반려라 하기에 곁에서 함께 살아가며, 미래를 꿈꾸면 좋을 것이라 생각했다. 자신이 인간이어도 그 곁에 남을 수만 있으면 좋겠다고 생각했건만.

"아가씨와 같은 인간들의 생기를 빼먹는 것도, 서슴지 않아야 합니다."

"저는……."

"아아, 두 번 다시. 마을에도 돌아가지 못하겠군요."

가슴에 큰 파문이 이는 듯했다. 언젠가 낳아준 부모님을 찾으러 가겠다 생각하고 있었다. 무연에게 부탁하면 아비와 어미를 찾을 수 있지 않을까 생각했었다.

한데, 그의 반려가 되면 그것을 포기해야만 한다. 두 번 다시, 혹은 죽을 때까지 만날 수 없을지도 모른다.

"이야기가 너무 길어졌네요. 어찌 되었든 아가씨가 요화라는 건 사실입니다. 그러나 아가씨."

홍이의 초점 잃은 눈이 어딘가를 헤매는 것을 보며 화람은 입술을 찢어 웃음을 그렸다. 잘만 한다면, 제가 바라는 대로 일이 풀릴지도 모르겠다. 원하던 것을 잡을지도 모른단 생각에 가슴이 쿵쿵 뛰어왔다.

"저는 아가씨에게 도움이 될 수 있어요."

화람이 손가락을 뻗어 창밖을 가리켰다. 곧 눈보라가 칠 모양이었다. 회색으로 물든 먹구름이 저 먼 곳에서부터 슬금슬금 밀려오고 있었다.

"가령, 아가씨께서 이 요새를…… 탈출하고 싶다면, 저는 기꺼이 돕지요."

"탈…… 출이요?"

걸렸다.

회심의 미소를 그리던 화람이 고개를 끄덕였다.

"예. 탈출. 마을에 내려가 인간으로서 살아갈 수 있도록 도와드리지요."

화람의 제안은 생각보다 더 달콤했다. 그에 흔들리지 않았다면 거짓일 것이다. 홍이는 갈등했다. 요화가 되면 더 이상 부모를 볼 수 없다. 평생 무연의 곁에서 그를 위한 여인으로만 살아야 한다.

그 운명에서 벗어나게 해주겠다는 화람의 말이 홍이의 머릿속에 박혀 움직이려 하질 않았다.

"어때요, 꽤 좋은 제안이라고 생각하는데요."

홍이를 뚫어져라 쳐다보던 화람이 눈을 길게 휘었다. 검보라색 눈동자가 반짝였다.

화람은 홍이가 제발 자신의 제안을 받아들이길, 그렇게 저와 무연의 앞에서 사라지길 바랐다.

"화람님의 호의는 정말 감사하오나."

홍이의 입에서 나온 말에 화람의 눈은 금세 빛을 잃었다.

"괜찮습니다. 부모님을 만나지 못한다는 것은…… 조금 슬프지만."

탁자를 내려다보는 홍이의 눈동자가 촉촉이 젖어 있었다. 그러나 그것도 잠시, 고개를 든 홍이는 아무렇지 않은 척하며 눈매를 휘어 미소를 보였다.

"도망가고 싶지 않습니다. 그런 이유로 무연님의 곁을 떠나고 싶지 않아요. 그분과 약속했는걸요. 아무 데도 가지 않겠다고, 사라지지 않겠다고 말이에요."

화람이 이를 아득 씹었다. 당장에라도 탁자를 내리칠 기세로 주먹을 그러쥐었지만, 차마 힘을 줄 수 없었다. 다른 이도 아닌 홍이의 앞에서 이성을 잃은 채 화를 내는 모습을 보일 수는 없었다. 이깟 인간 계집 하나 때문에 스스로를 놓을 생각은 없었다.

"하지만 아가씨, 요화로 사는 것이 그다지 쉬운 일은 아닐 텐데요. 거기다 인간이 아닌 반요로서 살다 죽어야 해요. 이도 저도 아닌 존재가 되어 살아갈 수 있겠어요?"

어쩌다 보니 잔뜩 비꼬는 소리가 되고 말았다. 다급하게 쏟아지는 화람의 말에 홍이가 입술을 꾹 눌렀다.

두렵지 않은 게 아니었다. 평생 인간이었는데 이젠 그들과 같지도 다르지도 않은 모습으로 살아간다는 게 어찌 두렵지 않을 수 있으랴.

"두렵습니다. 인간도 아니고, 요괴도 아닌 반요라는 존재. 그 이름만으로도 두려움이 밀려옵니다."

그에 화람의 얼굴이 살짝 달아올랐다. 그래, 그렇지. 그렇게 나와야지.

"하지만."

그러나 바로 뒤이은 홍이의 말에 화람의 얼굴은 금세 차갑게 굳어졌다.

"그 두려움조차 덮는 것이 무연님의 곁에 머무를 수 있다는 희망 하나인 걸요. 그분의 곁에서 긴 시간을 함께할 수 있다는 사실 하나만으로도 행복하기 그지없습니다."

"무연님께 연정이라도 품은 것처럼 들리네요."

화람 딴에는 비꼬기 위해 툭 던진 말이었는데, 홍이는 예상외의 반응을 보였다.

"예?"

깜짝 놀라는 홍이의 얼굴이 불그스름하게 물들었다. 그리고 화람의 시선을 피해 창밖을 바라보았다. '연정'이라는 단어에 두근거림과 설렘이 찾아왔다.

"아가씨?"

화람의 부름에도 얼굴을 돌릴 수 없었다. 이젠 열기가 귀까지 퍼져 화끈거렸다. 손가락 마디마디에서도 심장이 뛰는 것 같았다. 무연, 그의 이름만으로도 이렇게 몸이 뜨거워졌다.

화람은 부글부글 끓어오르는 마음을 꽉 그러안은 채, 최대한 숨을 가다듬었다.

"그리도 좋으셔요?"

화람의 물음에 홍이는 천천히 고개를 돌렸다. 그리고 대답보다도 먼저 고개가 끄덕여졌다.

"무연님께 당장에라도 당신이 요화라고 말하고 싶으신가요?"

"네, 말하고 싶어요."

홍이의 단호한 대답에 화람은 당황했다. 숨을 가다듬고 마음을 편히 먹으려 노력을 해보아도, 달라지는 건 없었다.

"무연님께 말을 하겠다고요?"

수만 가지 생각이 스쳤다. 그 속에 후회가 섞여 있지 않다면 거짓일 테다. 숨을 꽉 참고 있던 화람이 주먹을 그러쥐었다. 손등 위로 울긋불긋 튀어나온 핏줄이 그녀의 떨림에 함께 반응했다.

"해야죠. 제가…… 당신의 반려라는 것을 알게 되었다고. 말해야지요."

화람은 결국 홍이를 똑바로 바라보지 못하고 고개를 돌리고 말았다. 무연의 반려가 자신임을 확신하는 그녀의 당당한 모습에 꾹꾹 눌러 참던 무언가가 가슴속에서 치고 올라왔다.

몇 번이고 상상했었다. 홍이가 제가 드디어 '요화'임을 그의 '반려'임을 알게 되면 자신은 눈물이 차오르는 슬픔을, 눈시울이 찢어질 듯한 고통을, 가슴이 터질 것 같은 답답함을 느낄 것이라고. 심지어 그러다 제가 죽을지도 모른다는 생각도 했었다.

"그래요?"

하지만 막상 맞닥뜨리고 나니 아프지도, 슬프지도 않았다.

"지금 무연님의 상황을 알고도 기뻐하실 수 있으려나 모르겠네요."

다만 그녀에게 남은 건, 제 스스로를 좀먹을지도 모르는 투기와 원망이었다. 악에 받칠 대로 받친 설움이 그녀의 목을 넘어왔다.

어째서 나는 그대의 반려가 되지 못하는가. 그리 울며 원망했던 날들은 더 이상 없을 것이다. 내가 아니라면 그 아무도 그 옆에 서지 못하게 하면 된다. 설령 그것이 제 아비가 아끼고 지켰던 북쪽을 무너뜨리는 일이라 할지라도.

"무연님의 상황이요?"

"인간을 반려로 들여야 하니, 이 요새의 요괴들이 어찌 생각할까요. 인간은 우리 요괴들보다 생도 짧고 약한 종족인데 말이에요."

홍이의 눈동자가 파르르 떨렸다. 일전에 화람과 나가서 본, 저를 무시하던 요괴들의 모습이 떠올랐다. 헛구역질이 나올 것 같았다. 속이 울렁거리고 머리가 아득해졌다.

화람이 입가에 회심의 미소를 띠운 채 입을 열었다.

"하여, 요괴들의 반발이 이만저만이 아니랍니다. 두령의 힘을 더욱 강력하게 해주고, 북쪽을 함께 다스려야 할 그들의 어머니가 인간이라니 도저히 받아들일 수 없는 일이겠지요."

"그 말은…… 저에게로 와야 할 화살이 무연님께로 향한다는 말인가요?"

홍이의 물음에 화람이 고개를 끄덕였다. 둘 사이에 다시 정적이 흘렀다. 정적이 길어질수록 웃는 쪽은 화람이었다.

"이미 부족을 떠난 이들이 수두룩하다지요."

화람은 허리를 곧게 세우고, 홍이를 빤히 쳐다보며 비스듬히 미소를 그렸다.

"인간 요화를 곁에 둔 수장의 지배를 받고 싶지 않다면서 말이에요."

없는 말을 한 것은 아니었다. 실제로 몇이 북쪽을 떠나기도 했기에 화람은 그렇게 말을 하는 데 거리낌이 없었다.

화람은 홍이가 저보다 더 절망하길 바랐다. 저는 이제 자그마한 희망조차 가질 수 없게 되었으니 홍이는 마음을 앓다 콱 죽어버리길 바랐다.

스멀스멀, 마음속으로 벌레가 잔뜩 기어가는 기분이었다. 마음 깊숙한 곳에서 피어난 어둠의 감정들이 화람을 좀먹고 있었다.

"요괴가 인간과 엮이다니…… 그보다 치욕적인 일이 어디 있겠어요."

고작 이 정도에 충격을 받는 얼굴을 보며 당장에라도 숨통이 끊어지면 좋을 거라고 바랐다. 나약해 빠진 인간 따위, 콱 죽어버려도 아쉬울 것 하나 없다. 그리고 한편으로는 이렇게밖에 하지 못하는 제 자신이 너무나 끔찍했다.

무연이 무어라고, 어째서 이렇게밖에 할 수 없는 걸까. 하지만 이제 더 이상 돌아갈 곳이 없다는 것을 알기에, 화람은 제 마음의 소리를 외면했다.

홍이는 무릎 위에 가지런히 올려놓은 손을 꽉 말아 쥐곤 숨을 크게 들이마셨다. 작은 어깨가 파르르 떨리는 것까지도 화람의 눈에 적나라하게 비쳤다.

"제가 드린 제안은 언제까지나 유효할 테니."

기한이 없다는 그 말에 힘이 잔뜩 들어가 있었다. 화람은 아무 미련 없이 자리에서 일어났다.

"생각이 바뀌시면 저를 찾아주세요."

화람은 기다리고 있겠다는 말은 속으로 삼켰다. 거기까지 했다가는 제 속을 적나라하게 드러내게 될 것 같았다.

교하는 문 옆에 서 있었다. 그가 열어주는 문을 넘어 나가려는데 홍이가 일어나는 소리가 들렸다. 그에 화람은 그대로 멈칫했다. 무언가 제 발목을 잡고 있는 기분이었다.

"찾지 않을 겁니다."

홍이의 단호한 목소리가 들렸다. 화람이 고개를 돌렸다. 그게 무슨 말이냐는 듯, 가늘게 뜬 눈은 서늘한 빛을 띠고 있었다.

"저는 절대 화람님을 찾지 않을 겁니다."

"아가씨가 무연님께 힘이 될 수 있다고 생각하시는 거예요?"

코웃음이 새어 나왔다. 인간 따위가 어찌 요괴, 것도 그들의 수장인 무연에게 힘이 될 수 있단 말인가. 도저히 이해할 수 없는 그녀의 말에 화람도, 교하도 우습다는 듯 입꼬리를 말아 올렸다.

"무엇을 할지 모르지만, 한번 해보시는 것도 나쁘지 않겠네요."

괜한 긴장을 했다며 화람은 코웃음을 쳤다.

"당신이 얼마나 하찮고 우스운 존재인지, 그로 인해 두령에게 어떠한 악영향을 끼치는지 직접 느껴보세요. 그리도 현실을 맞닥뜨리고 싶다면 말입니다."

화람이 날카로운 웃음소리를 내며 방을 나섰다. 그녀의 비웃음은 문이 닫히고 혼자가 된 홍이의 주변을 쉽사리 떠나지 않았다. 홍이는 팔을 끌어안으며 그 소리를 떨쳐 내기 위해 안간힘을 썼다.

"부끄럽지 않은 요화가 될 것입니다. 꼭…… 꼭 그럴 것입니다."

차마 화람에게 하지 못한 말을 중얼거리며 홍이는 입술을 꾹 눌렀다. 마음 한구석이 시큰거렸다. 꼭 그리되고 말 것이다, 조용히 읊조리던 그녀의 마음이 보이지 않는 눈물을 툭, 툭 떨어뜨리고 있었다.

홍이는 배자를 만드는 것도, 수를 놓는 것도 하지 못했다. 멍하니 앉아 짓궂게 변화하는 창밖의 날씨를 바라보고 있기만 했다.

한숨에 한숨이 이어졌다. 꼬리에 꼬리를 물듯 이어지는 기나긴 한숨에 맞추듯 번개가 번쩍였고, 천둥이 울음을 터뜨렸다. 하나, 홍이는 전처럼 천둥을 두려워하지 않았다. 번개에 놀라 몸을 움츠리지도 않았다. 머릿속을 가득 채운 고민이 너무나 깊어 천둥의 큰 소리도 들리지 않고, 번개의 번쩍임도 보이지 않았다.

또 깊디깊은 한숨을 내쉬려던 그때, 문이 열리는 소리가 들림과 동시에 홍이의 눈썹이 움찔거렸다.

"홍아."

이윽고 들리는 무연의 낮은 음성에 홍이는 고개를 돌렸다. 그토록 그리던 그의 목소리인데, 그의 눈과 마주하기 무섭게 화람의 목소리가 떠올랐다.

"요괴가 인간과 엮이다니…… 그보다 치욕적인 일이 어디 있겠어요."

울음이 터질 것 같아서 홍이는 주먹을 꾹 쥐며 목에 힘을 주었다. 그에게 달려가 안겨 평펑 울음을 터뜨리고 싶은 것을 눌러 참으며 애써 활짝 웃음을 그렸다.

"이제야 오십니까."

목소리가 떨리진 않았을까, 혹 웃는 얼굴이 일그러지지는 않았을까.

"그래……. 다녀왔다, 홍아."

무연이 다가와 두 팔을 벌렸다. 순식간에 자그마한 몸뚱이를 제 품으로 안았다. 등을 토닥이는 단단한 손바닥에 홍이는 마음속 뭉쳐 있던 응어리가 녹아내리는 것을 느꼈다.

널따란 어깨가 잔뜩 처져 있는 것 같아, 홍이 역시도 손을 뻗었다. 하지만 단번에 그의 몸을 끌어안기란 쉬운 일이 아니었다. 바로 어제까지만 하더라도 어렵지 않았던 일이, 지금은 왜 이리 힘든지.

홍이가 숨을 잔뜩 들이마시곤 입술을 달싹였다.

"무연님."

"그래, 홍아."

그녀의 존재를 되새기기라도 하는 듯, 잊지 않으려는 듯 무연은 언제고 그녀의 이름과 함께 대답을 했다.

천천히 숨을 들이마시며 마음을 가다듬던 홍이가 눈을 질끈 내리감았다. 마음의 준비는 단단히 했다고 생각했는데도 머릿속은 여전히 복잡했다.

"혹여 제가…… 제가 나타나 무연님께 해가 되고 있는지요. 그러니까…… 그러니까 무연님의 뜻에 반하는 분들이 계신지…….'

제가 듣기에도 목소리에 떨림이 가득해 말을 꺼내자마자 후회가 밀려왔다.

그녀를 안고 있던 무연이 천천히 몸을 떼어냈다. 그 잠깐의 포옹에도 그새 익숙해져서 그가 멀어지자 허전함이 밀려왔다.

이러한 익숙함이 가장 두려웠다. 아니, 정확히 말하자면 익숙해졌다가 다시 혼자가 되어버리는 것이 두려운 것이다. 누군가의 흔적이 지나간 뒤의 허망함이, 외로움이 얼마나 큰 것인지 홍이는 너무 잘 알고 있었다.

"누가 너에게 그런 망언을 하더냐."

그러지 않아도 날카로운 눈빛이 더욱 첨예하게 빛을 냈다. 잔뜩 위로 솟아오른 눈썹이 그의 기분을 말해주는 것 같아 홍이는 저도 모르게 마른침을 꿀꺽 집어삼키다 고개를 저었다.

"아닙니다. 그 누구도 저에게 그런 말을 하지 않았습니다."

"정말이더냐."

"제가 무연님에게 거짓을 이야기할 연유가 없지요."

잠시 침묵이 흘렀다. 낮게 흐르는 침묵의 물결 속에서 무연은 홍이를 뚫어져라 쳐다보았다. 거짓 없이 빛나고 있는 그녀의 붉은 눈동자를 몇 번이나 훑어 내리고 나서야 짤막한 날숨을 터뜨릴 수 있었다. 안도의 한숨이었다.

"괜한 것을 묻는구나, 홍아."

"염려가 되어 그런 것입니다. 혹…… 저의 존재가 무연님에게 짐이 되진 않을까, 하여……."

자신이 요화이기에, 그 말을 꺼내야 했지만 어쩐지 목에 돌덩이가 걸린 듯 터져 나오지 않았다. 아무것도 아닌 존재인 자신이, 화람의 말마따나 약해 빠진 인간이 아니던가.

그런 자신이 요화임을 알게 되었단 말을 하고 싶지 않았다. 아니, 할 수 없었다. 적어도 조금이나마 인정을 받은 뒤, 그의 반려임을 기쁘게 받아들이고 싶었다.

"네가 왜 그것을 걱정하는지 모르겠구나."

조금 지친 듯한 목소리에 홍이는 마음이 먹먹해졌다. 결코 순탄치만은 않았을 그의 하루에 보탬이 되지 못할망정, 힘든 짐이 된 것 같았다.

"저들에게 나는 삶이요, 법이다. 내가 있기에 저들이 살아 있는 것이고, 저들이 있기에 내가 살아가는 것이지. 내가 하고자 하는 일이 저들이 하고자 하는 일이 되는 것이고, 내가 옳다 하는 일은 저들에게도 옳은 일이 되는 것이다. 그러니 내 곁에 네가 머무는 것이 짐이 될 리가 없지."

홍이의 허리를 끌어안고 있던 무연의 손에 힘이 들어갔다. 아랫배가 그렁그렁 울고 있었다. 제 눈앞의 여인을 당장에라도 침대에 눕혀 제 것으로 만들고 싶었다.

이것은 요화를 향한 이끌림 따위가 아니었다. 마음에 둔, 연정을 품은 여인을 향한 사내로서의 욕정이었다.

"내가 옳다 하는 일을 저들이 옳지 않다 할 이유는 없다."

아아, 낮은 떨림이 탄식이 되었다. 그의 가슴팍의 옷자락을 쥐고 있던 홍이가 고개를 푹 숙였다. 숨을 천천히 들이마시다 내뱉으며 고개를 끄덕였다. 그렇지요, 그렇겠지요. 중얼거리는 그녀의 말에 담긴 것이 안도의 한숨 혹은 걱정 어린 한숨이었음을 무연은 알 수 없었다.

"그러니 부디 괜한 걱정은 말아다오. 네가 이렇게 불쑥 물어올 때면 영 불안하단 말이다."

"왜 불안하셔요?"

홍이의 질문에 무연의 눈동자가 흔들렸다. 바람에 속절없이 흔들리는 깃발과도 같이 하늘하늘 흩날리는 그의 물색 눈동자가 오롯이 홍이만을 향하고 있었다.

"혹…… 네가 이곳이 싫어 떠나고 싶다 할까 봐."

가슴이 쾅 주저앉는 것만 같았다. 어찌 자신이 그를 떠날 수 있으랴. 그를 위해 태어난 요화라는데, 그를 위해 살아갈 수 있다는데. 무연의 존재로 인해 자신은 태어나는 그 순간부터 혼자가 아니었는데.

"나에게 놓아달라 말을 하는 건 아닐까."

"괜한 걱정은 무연님께서 더하시는걸요."

그의 힘없는 말을 듣고 싶지 않아서, 일어나지 않을 미래의 이야기를 그의 입에서 듣고 싶지 않아서 홍이는 그의 말을 잘라 버리고 말았다.

무연이 놀랐다는 듯 눈썹을 꿈틀거렸다. 하지만 곧 해사한 그녀의 미소에 낭창한 허리를 꼭 부여잡으며 짤막한 숨을 터뜨렸다.

"그래, 그런 것 같구나. 괜한 걱정을 한 것은 내 쪽이었어."

그의 품으로 파고들던 홍이가 너른 가슴팍에 얼굴을 비벼댔다. 이것으로 된 것이다. 그에게 어리광을 부리는 것도, 약한 소리를 해서 그의 걱정을 사는 것도 이젠 더 이상 안 된다.

홍이는 갈 곳 없이 흔들리던 손을 곧게 펴 그를 끌어안았다. 이제야 비로소 그를 끌어안을 수 있음에 미소가 잔잔히 번졌다.

"홍이는 무연님의 곁에서 살아갈 것이어요."

무연의 심장 소리가 들리는 듯했다. 홍이는 무연의 가슴에 얼굴을 묻고 아득하게 들리는 것 같은 그 소리에 귀를 기울였다.

"절대로……."

그를 놓고 싶지 않다는 말은 속으로 삼킨 채, 홍이는 무연의 품으로 더욱 깊이 파고들었다. 무연 역시도 그녀의 말에 흡족해하며 홍이를 제 품으로 꽉 끌어안았다.

그날 이후로도 무연은 날이 밝으면 흑강과 함께 결계를 복구하기 위해 무연각을 나섰다. 벌써 열흘도 넘게 반복되는 일이었다. 전보다 결계가 더욱 견고해지기는 했지만, 그럼에도 무연은 마음을 놓지 않았다. 요화의 힘이 자신에게 보태지기 전까지, 또다시 같은 일이 반복되어선 안 되기 때문이었다.

무연이 나가면, 홀로 남은 홍이는 무언가를 분주히 준비했다. 산더미처럼 쌓여 있던 옷감은 열흘이라는 시간 동안 조금씩 줄어들어 어느새 바닥을 보이고 있었다.

오색으로 곱게 빛나던 실마저 몽땅 다 써버렸을 때, 그제야 홍이는 활짝 웃을 수 있었다. 꽤 많은 양의 배자와 허리 치마, 그리고 사내들이 입을 바지와 저고리를 앞에 두고서 홍이는 만족스러운 미소를 지었다.

"이 정도면 되겠지."

옷가지들을 두고 홍이는 방을 나섰다. 그리고 무연각을 나가는 문 앞에 서서 잠시 고민했다. 급한 일이 아니면 밖으로 나가지 말라던 무연과 흑강의 말이 떠올랐지만 고민은 길지 않았다. 무연각 밖으로 나와 계단을 내려온 홍이는 굳게 한 다짐과는 달리 한 발자국도 쉽게 움직이지 못했다.

그녀가 나타남과 동시에 요괴들이 술렁였다. 저를 향한 번뜩이는 시선들에 홍이는 이러지도 저러지도 못하고 그 자리에 굳은 듯 서 있었다.

더럭 겁이 났다. 각오하고 내려왔지만, 저들과 눈이 마주치자 본능적인 두려움에 손 하나 까딱할 수가 없었다. 홍이는 심호흡을 연달아 하고 무연을 위한 일이라고 연신 되뇌며 겨우 입을 열었다.

"호, 혹시 저를 도와주실 분 안 계십니까?"

하지만 그렇게 용기를 냈음에도 돌아오는 건 냉대뿐이었다. 홍이는 이미 예상하고 있던 일이기에 실망하지 않고 다시 재차 청했다.

"잠깐이면 됩니다. 아주 잠깐만, 어려운 일은 아닐 테니!"

그럼에도 불구하고, 요괴들은 그녀를 무시했다. 대놓고 코웃음을 치며 돌아서는 이들도 있었고, 그냥 지나치곤 한참 멀리 가서 괜히 돌아보는 이들도 있었다. 모두가 들은 척도 하지 않고 제 할 일만 했다.

아, 짤막한 소리와 함께 홍이는 맥이 탁 풀리고 말았다. 코끝이 시큰해졌다. 요화로서 뭔가를 해보고 싶었는데 시작부터 이래서야 아무 소용이 없게 되었다.

무연이 아닌 스스로의 힘으로 저들에게 다가가고 싶었다. 그들과 다른 인간이더라도, 함께 살 수 있음을 보이고 싶었다. 울음이 섞인 한숨이 터진 그때였다.

"제가 도와드리겠습니다."

저는 안 되는 건가 싶어 실망하려던 때 누군가 다가와 말을 걸었다. 홍이는 놀라서 고개를 들었다. 꽤 건장한 체격의 남자 요괴였다.

"어려운 일만 아니라면……."

그리고 그가 나서는 것을 본 다른 이들 몇도 쭈뼛쭈뼛 앞으로 나왔다. 하지만 그러면서도 머뭇거리던 그들은 다른 요괴들을 쳐다보고 있었다. 아니, 어쩌면 눈치를 보고 있는 것일지도 모른다. 안절부절못하는 이들에 비해 가장 먼저 말을 건 사내는 흔들림이 없어 보였다. 그는 당연하다는 듯, 혹은 옳은 일을 한다는 듯 의연하게 홍이를 대했다.

"무엇을 도와드리면 되겠습니까."

"아…… 아, 그게 저……."

"나쁜 마음을 먹지 않았으니, 편히 말씀하셔도 됩니다."

어쩔 수 없는 두려움을 들킨 것 같아 조금 부끄러워졌다. 어깨를 움찔거린 홍이가 앞으로 모으고 있던 손을 꼭 부여잡았다.

"저 위에 있는 옷가지들을 함께 옮겨주셨으면 합니다."

"옷가지요?"

그들이 놀란 듯 서로를 쳐다보자 홍이가 머쓱하게 웃음을 그렸다.

"여러분에게 나누어 드리고 싶어. 서툰 솜씨지만 옷을 지었는데…… 혼자 옮기기에는 또 제법 양이 되어……."

쑥스럽게 웃는 얼굴 때문이었을까. 요괴들의 눈빛에 서려 있던 경계심이 조금씩 사라졌다.

"모두에게 나누어주실 거라면, 부락 근처로 나가야겠군요."

"그럼 수레가 필요하겠네요."

그녀가 차마 생각지 못한 것을 말하는 이도 있었고,

"아, 그건 내가 갖고 있어. 금방 가져오겠네!"

솔선수범하여 몸을 움직이는 이도 있었다.

그들의 행동에, 변화에 놀란 건 홍이뿐만이 아니었다. 먼발치에서 아닌 척하면서도 그들을 지켜보던 다른 요괴들 역시 놀라고 있었다. 좀처럼 이해가 가지 않는단 표정이었다.

"그럼 우리는 올라가서 옷을 가져오지."

가장 먼저 도와주겠다 나섰던 사내가 남은 이들을 채근했다. 여인들도, 사내들도 너 나 할 것 없이 고개를 끄덕이자 홍이의 얼굴에 환한 웃음이 피어올랐다.

✳

"여기가 끝입니다. 고생하셨습니다, 두령."

"고생하셨습니다, 두령!"

흑강의 말이 끝나기 무섭게 뒤를 따르던 수많은 요괴들이 외쳤다. 무연은 긴 한숨을 몰아쉬었다. 이제야 끝이 났다. 물론 이후로 결계에 다시 문제가 생기지 않는다는 보장은 없었다. 다만 홍이가 요화로서의 의식을 치르고, 북쪽을 지키는 데에 보탬이 될 때까지는 버틸 수 있을 정도였다.

하늘을 올려다보던 무연이 눈을 길게 늘어뜨렸다.

"하늘이 참 맑구나."

아주 오랜만에 비치는 햇살이 그의 얼굴 위로 쏟아졌다. 잘게 흩뿌려지는 밝은 빛 조각들에 어쩔 수 없이 눈살이 찌푸려졌지만 그게 싫지 않았다.

"동굴에 들러 기를 보충하시는 건 어떨까요, 두령."

"아아, 아니다. 무연각으로 바로 갈 것이야."

홍이가 보고 싶었다. 꽤 오래 그녀를 홀로 둔 것 같아 마음이 편치 않았다. 드디어 일을 끝냈으니, 어서 빨리 그녀와 함께 시간을 보내고 싶었다.

매일 밤 자신만을 오매불망 기다리던 홍이의 모습이 떠올라 괜스레 마음 한구석이 시큰거렸다. 걸음을 옮기는 무연의 입가에 싱글벙글 웃음이 만개했다. 왜 이리 일찍 왔냐 저를 반길 홍이를 떠올리니 어쩐지 기분이 좋아졌다.

일을 팽개치고 오신 것은 아니시지요?

눈을 동그랗게 뜬 채, 놀라서 그렇게 물을지도 모르겠다. 그럼 무어라 대답을 해야 할까. 네가 눈앞에 아른거려 빨리 돌아올 수밖에 없었다고 할까. 아니면 생각보다 일이 잘 끝났다고 사실대로 말을 할까. 행복한 고민이 이어졌다.

홍이를 빨리 보고 싶은 마음에 무연은 걸음을 재촉했다. 요새에 들어서 얼른 무연각으로 향하는데 길게 늘어진 줄이 보였다. 근래 요괴들이 이렇게 줄을 서서 뭔가를 하는 일이 없었기에 무연은 의아해졌다.

"두령! 이제 오십니까!"

그 맨 뒤에 서 있던 한 요괴가 반갑게 인사를 건넸다.

"이게 무슨 일인가?"

무연을 지나쳐 앞으로 나선 흑강이 그를 대신해 물었다. 앞에 길게 이어진 줄을 죽 쳐다보던 요괴가 입술을 말아 올려 웃음을 그렸다.

"아아, 이거 말인가? 아, 왜 두령께서 데려오신 아가씨 있지 않은가!"

"아가씨? 홍이님 말인가?"

"아아, 그래! 홍이님!"

홍이의 이름이 나오기 무섭게 무연의 얼굴이 일그러졌다. 혹 자신이 없는 틈을 타 그녀에게 무슨 일이 생긴 건 아닌가 하는 염려 때문이었다. 저 멀리에서 불어온 매서운 바람이 무연의 주위에서 술렁거렸다. 여차하면 모두 날려 버릴 것이라는 위협이었다.

"홍이님께 무슨 짓이라도 한 것이라면……."

주인의 뜻을 읽은 흑강의 눈이 사납게 번뜩였다. 들리지 않는 울음소리가 그를 위협하는 듯했다.

"어허! 두령 앞에서 못 하는 말이 없네!"

"그럼 이 줄은 대체 뭔가!"

"홍이님께서 우리에게 주실 옷을 지으셨다고 하여 그걸 받기 위해 서 있는 것뿐이네. 설마 우리가 무슨 짓을 하려고 이렇게 줄을 섰겠나?"

"옷?"

고개를 갸우뚱 기울이는 이는 비단 흑강 혼자만이 아니었다. 무연도 의아한 눈으로 길게 늘어진 줄을 쳐다보았다.

요새 계속 무언가를 하고 있다는 건 알고 있었다. 방까지 따로 내달라 하기에, 쓰지 않는 구석의 방을 내어주었었다. 절대 보지 않겠다는 약속을 깨뜨리기 싫어 그 방의 문조차 연 적이 없었는데. 그게 이것을 위한 준비였다니.

"그래! 옷! 마침 새 옷을 맞춰야 하나 했던 참인데, 이게 우리가 만드는 옷이랑 차원이 다르더군. 두령께서 인간 마을에 다녀오며 입고 오던 그 고운 옷과 똑 닮았어!"

너털웃음을 터뜨리는 그와 홍이가 만들었다는 옷을 들고 싱글 벙글 신이 나 웃으며 돌아가는 이들의 모습에 무연은 기쁨을 감출 수 없었다.

절로 미소가 나왔다. 그녀의 노력이 가상해서, 그 마음가짐이 너무 기특해서. 홍이를 어떻게 예뻐해야 할지 모를 지경이었다.

"두령."

"아아, 됐다. 이들이 모두 물러갈 때까지 여기에서 기다리자꾸나."

"예? 홍이님께 가보시지 않으시고요?"

"그 아이가 하고자 하는 일에 내가 끼면 그 의미가 퇴색될지도 모른다."

무연의 대답에 흑강이 고개를 끄덕이고는 조용히 뒤로 물러났다.

"가보아도 좋다."

무연의 말에 그의 뒤를 따르던 요괴들이 서로를 쳐다보았다. 사실 결계를 보수하며 옷이 너덜너덜해진 참이었다. 매번 갈아입고 나가는 옷마다 구멍이 뚫리거나 해지기 일쑤라 더 갈아입을 옷도 없었다. 그러니 이처럼 좋은 기회가 또 어디 있겠는가.

고개를 꾸벅 숙여 보인 그들은 잔뜩 신이 난 걸음으로 길게 늘어진 대열에 합류했다. 어떤 옷이 있는지 앞에 서 있는 이들과 이야기를 나누며 한껏 기대에 부푼 모습이었다.

그런 이들의 모습을 죽 훑던 무연의 시선이 제 옆에 멀뚱히 서 있던 흑강을 향했다. 말뚝처럼 제 옆을 오도카니 지키고 있는 그는 왜 줄을 서지 않고 이러고 있나 싶었다.

"너는 왜 가지 않고."

"저는 됐습니다."

일말의 아쉬움도 보이지 않는 그의 모습에 무연이 피식 웃음을 흘렸다. 이럴 때에는 제 욕심을 좀 더 좇아도 좋으련만.

"그래, 내 홍이에게 네 것은 따로 부탁하마."

"구태여 그러지 않으셔도 됩니다."

"아아, 됐다. 내가 원하는 일이니 네가 거절해도 소용없어."

"두령."

"내가 하고자 하는 일이, 네가 하고자 하는 일이겠지."

애초에 두령에게 이길 수 있을 리가 없다. 결국 그의 말에 따르겠다는 듯, 흑강이 고개를 조아렸다.

"무연님!"

자그마한 요괴 아이가 그를 부르며 저 앞에서 조르르 달려왔다. 아이를 본 무연의 입가에 부드러운 미소가 생겼다.

아이는 자그마한 털배자를 입고 있었다. 하얀 털배자에는 자잘한 꽃잎들이 흩날리고 있어, 작은 아이와 딱 어울려 보였다.

"너도 받았더냐."

홍이의 여린 손가락이 떠올랐다. 그 작은 손에서 어찌 이런 옷들이 나왔는지 생각만으로도 신기했다.

"너무너무 곱습니다. 요화님께서 지어주신 옷이 너무 고와서 기분이 좋습니다!"

까르르, 웃음을 터뜨리는 아이의 입에서 나온 '요화'라는 이름 때문에 무연의 가슴 가득 설렘이 들어찼다. 인간을 요화로 받아들이지 않을 것 같던 이들이, 홍이의 자그마한 호의에 마음의 문을 열었다.

"이것 보셔요! 얼마나 고운지 몰라요!"

그것만으로도 가슴이 터질 듯한데, 무연은 순간 제 눈을 의심해야만 했다. 바로 앞에 와 선 아이의 털배자에 시선이 꽂혔다. 털배자 위를 수놓은 꽃잎의 솜씨가 눈길을 잡아끌었다.

"그게…… 그게 홍이가 준 것이냐."

머릿속을 스치는 생각에 무연은 목이 바짝 마르는 기분이었다. 무연은 무릎을 굽히고 아이와 눈높이를 맞추었다. 아이가 입은 배자를 살핀 그가 침을 꿀꺽 집어삼켰다.

"예. 홍이님께서 지어주신 배자여요. 곱지요?"

천진난만하게 웃는 아이의 호들갑에, 무연이 고개를 끄덕였다. 곱구나, 짤막한 대답 속에 뒤엉킨 수많은 감정에 마음이 벅차올랐다.

무연은 손을 뻗어 아이의 배자를 만졌다. 부드러운 솜털이 손끝을 간질였다. 눈에 익숙한 자수였다.

"그래. 예쁘게…… 예쁘게 입거라."

무연이 고개를 끄덕이며 몸을 일으키자 아이는 해사한 웃음을 남긴 채 자리를 떠났다. 하지만 그는 멀어지는 아이의 뒷모습에서 좀처럼 눈을 뗄 수 없었다.

자신이 잘못 본 게 아니라면, 착각하는 게 아니라면. 무연이 휙 몸을 돌렸다. 그리고 조금씩 줄어드는 줄을 바라보다 흑강을 향해 말했다.

"무연각으로 갈 것이다."

"예? 홍이님을 기다리지 않으십니까?"

"아아, 급한 일이 떠올랐다. 홍이는 네가 데려오려무나."

다급한 어조에 흑강이 고개를 조아렸고, 무연은 잰걸음으로 무연각 쪽으로 향했다. 홍이에게 들킬세라 조심스러운 움직임이었다.

무연각에 올라, 무연은 곧장 옷장이 있는 방으로 향했다. 숨이 턱턱 막혔다. 옷장 앞에 서서 무연은 잠시 숨을 골랐다. 겨우 진정하고서 옷장 문을 열었다. 가지런히 정리된 옷들 사이에서 비로소 찾는 것이 보였다.

하, 길게 터져 나오는 숨소리와 함께 웃음이 만개했다.

"맞구나."

무연은 그것을 품에 안고 활짝 미소를 지었다. 창문이 덜컹거렸다. 그의 기쁨에 함께 반응하기라도 하는 듯, 북쪽 요새에 바람이 소란스럽게 불어오고 불어가기를 반복했다.

"홍아……. 나의 홍아."

입가에 사르르 번진 웃음이 설산에 내리는 눈꽃과 같았다.

한참 동안을 그러고 섰던 무연이 진정하고 그 방을 벗어난 것은 아래층에서 홍이와 흑강의 목소리가 들린 후였다.

"무연님께서 먼저 올라가셨다고요?"

저를 부르는 홍이의 목소리에 기분이 잔뜩 들떴다. 저 위로 둥실 떠올라 고운 꽃잎이 되어 하늘하늘 떨어져 내리는 듯했다.

"예. 방에서 기다리고 계실 것입니다."

무연은 심호흡으로 소란스러운 마음을 정리한 뒤, 급하게 방에서 걸어 나왔다. 조금이라도 빨리 홍이를 보고 싶었다.

방을 나서 긴 복도를 지났다. 그리고 계단 가까이 다다랐을 때, 홍이의 까만 머리가 힐끗 보였다.

"홍아!"

무연은 반가운 목소리로 그녀를 불렀다. 잰걸음으로 그녀에게 향하는 걸음이 한결 가벼워졌다. 어쩜 이리도 좋은 일만 생긴단 말인가.

"무연님!"

홍이 역시도 반가움에 잔뜩 달아 있었다. 남은 계단을 뛰듯이 올라오기 무섭게 무연에게 빠르게 달려왔다. 붉게 상기된 두 볼이 그녀가 얼마나 들떠 있는지 말해주고 있었다.

"들어보세요. 제가, 제가 오늘!"

무연과 눈을 마주하던 홍이가 그의 손을 잡았다. 그때, 손목에 무언가 부드러운 솜털이 스치는 것이 느껴졌다. 깜짝 놀라 고개를 내려서 그게 무엇인가 확인한 후 홍이는 벌린 입을 다물지 못했다.

"이게 왜……. 아니, 아니 어떻게 무연님께서……."

놀란 홍이가 고개를 돌려 무연과 눈을 마주했다. 그가 들고 있는 것은 제가 지은 것이 분명한 배자였다. 하지만 여기에 와서는 동백을 수놓은 하얀 털배자를 만든 적도 없고 더군다나 이것은 여인의 것이었다.

"이 배자는, 홍이 네가 지은 것이다."

부드러운 무연의 목소리가 들렸다. 평소보다 더 자상한 웃음이 그녀의 앞에 그려졌다.

"알고 있습니다. 이건…… 이건 제가 지은 게 맞지요. 한데 어찌 무연님께서 이 배자를 갖고 계시냐 이 말이어요."

무연은 홍이의 질문에 부드럽게 웃으며 제가 이것을 간직하고 있었던 이유를 말해주기로 하였다. 뭐 하나 꾸미지도, 더하지도 않은 있는 그대로의 이야기를.

"몇 년 전, 인간들의 마을에 잠시 내려간 적이 있었다. 그리고 이건 그때 머무르던 주막에서 어느 아낙이 팔던 배자였다. 고운 정인이 있는 사내에게만 팔아달라 그리도 당부했다지."

홍이의 입에서 짤막한 탄식이 새어 나왔다. 흔들리는 눈동자가 무연을 향했다. 붉은 눈동자가 무연을 응시했다. 얼마나 놀란 건지, 벌어진 입이 좀처럼 다물어지지 않았다.

"하여, 나는 그 아무에게도 이 배자를 꺼내 보이지도, 건네주지도 않은 채 기다렸다."

"무연님……."

무연은 배자를 한 번, 홍이를 한 번 번갈아 보았다. 잔뜩 들뜬 마음을 숨길 수가 없었다.

"고운 정인이라 부를 수 있는 여인이 생기면, 꼭 주리라. 그리 결심하며 기다렸다."

그 말과 함께 무연이 홍이에게 배자를 건네었다. 하얀 눈송이를 쏙 닮은 배자가 그녀를 향해 활짝 미소를 그렸다.

"네가 그 주인이었구나."

홍이의 긴 속눈썹이 파르르 떨렸다. 홍이는 아랫입술을 꽉 씹은 채, 무연과 눈을 마주했다. 손끝이 바짝 당겼다. 세차게 뛰는 가슴이 당장에라도 펑 터질 것 같아 두려웠다. 이러한 기쁨을, 또 이만큼의 설렘을 언제 느껴본 적이 있었던가.

"네가 이 배자의 주인이다, 홍아."

홍이의 눈가에 촉촉이 물기가 배였다. 설산에서 떨어진 눈꽃이 그녀의 눈에 사르르 녹아내린 것만 같았다. 속눈썹에 대롱대롱 걸려 떨어질 듯 떨어지지 않을 듯 애처롭게 매달려 있었다.

"받아주겠느냐."

도저히 목소리가 나오지 않아서, 홍이는 고개를 끄덕였다. 하지만 이것으로도 부족한 것 같아 배자를 잡고 있는 그의 손을, 그의 손에 들려 있는 배자를 꼭 움켜잡았다.

체온이 낮은 그의 손마저 따스하게 느껴지던 찰나였다. 마음속에서 우러나오는 그의 진심이 그녀의 마음속 깊은 곳에 와 닿았을 때, 홍이가 입술을 달싹였다.

"저도…… 저도 할 말이…… 할 말이 있습니다."

기어코 쥐어 짜낸 목소리가 잔뜩 갈라졌다. 높낮이조차 제멋대로인 우스꽝스러운 목소리였지만 무연은 웃지 않고 고개를 끄덕였다.

"물러가도 좋다. 당분간은 나가지 않을 테니 그리 알라."

"예, 두령."

흑강의 대답이 떨어지기 무섭게 무연이 홍이의 손을 꼭 잡은 채 긴 복도를 걸었다. 저 먼 곳에서 설산의 울음이 크게 터졌다. 무연은 홍이가 겁을 먹진 않을까 걱정스런 눈빛으로 옆을 바라보았다.

뒤에 남은 흑강이 엷은 한숨을 내뱉었다. 무연이 조금씩 무뎌지고 있음을 기뻐해야 하는 것일까, 경계해야 하는 것일까.

설산의 밤이 깊어가고 있었다. 매서운 눈보라가 요새 위로 몰아치고 있었지만, 간만에 핀 웃음꽃은 쉬이 질 생각을 하지 않았다.

방에 들어온 둘은 침대에 나란히 앉아 있기만 했다. 홍이도 무연도 입을 떼지 않았다. 둘 사이에 머무는 것은 정적뿐이었다.

홍이의 가느다란 숨소리가 새어 나왔다. 그녀는 무언가 말을 하려는 듯 입술을 달싹이다 말았다. 그 붉은 입술을 빤히 쳐다보던 무연이 괜스레 안달이 나 안절부절못했다.

숨을 크게 들이마신 홍이가 드디어 입을 뗐다. 가느다란 목소리가 숨소리와 뒤엉켰다.

"저…… 알았습니다."

고개를 든 홍이가 무연과 눈을 마주했다.

"무엇을?"

"제가…… 무연님에게 어떠한 존재인지요."

쿵. 무연은 가슴속에서 돌이 떨어지는 것 같았다. 어떻게? 머리가 하얗게 굳어지고, 손발이 바짝 당겼다.

"어떠한 존재라니."

"제가……."

홍이의 입술이 파르르 떨렸다.

무연의 온 신경이 홍이에게 향했다.

"제가 당신의 요화인가요?"

"홍아, 그건!"

무연은 순식간에 두려워졌다. 혹 그녀가 자신을 떠날까, 요화임을 거부하며 부정할까. 반요로 살아야 함을 인정하지 못하고 떠나겠다 하는 것은 아닐까.

무연이 당황하고 있던 그때, 홍이가 두 손으로 그의 두 볼을 조심스레 감싸 쥐었다. 손의 온기에 무연은 바짝 곤두섰던 신경을 가라앉혔다.

"누가…… 누가 너에게 말하더냐. 도대체 누가……."

"누가 말해주었든, 그것이 중요한 것이 아니어요."

제 반려이니 자신이 알리는 게 옳다 생각했다. 요화라는 존재로 제 곁에 살아가야 한다는 의미와 뜻을 차근차근 말해주고 싶었다. 그러기 위해 최대한 일을 빨리 끝내려 노력한 것인데.

대체 누가 홍이에게 그런 말을 한 걸까.

"무연님."

그녀의 부름에, 그 따스한 목소리에 무연은 눈을 깜빡거리며 그녀와 시선을 마주했다.

"저는……."

홍이는 무연을 똑바로 바라보며 미소를 지었다.

"저는 행복해요."

믿을 수 없는 말이 그의 귀를 찔렀다.

"무연님의 반려라는 사실이…… 당신의 곁을 오래도록 지킬 수 있는 유일한 여인이 저라는 사실이…… 행복하기 그지없는걸요."

무연의 눈이 커다래졌다. 두려움으로 쿵쾅대던 가슴은 이젠 다른 의미로 뛰어댔다.

"정말 괜찮은 것이냐."

무연의 손이 홍이의 손을 감싸 쥐었다.

"요화가 된다는 것은, 인간으로서의 생 역시도 끝이라는 것이

다. 앞으로 네가 살아갈 삶은…… 인간도, 요괴도 아닌 반요로서
의…… 삶일진대."

그럼에도 제 곁에 머물러 주겠냐는 말을 하지 못해 무연은 마
른침만 삼켰다.

"괜찮습니다."

그의 마음을 알아챈 걸까. 홍이의 입술에 엷은 미소가 담겨 있
었다.

"곁에 오래도록 머무를 수 있다는데, 인간의 삶이든 반요의 삶
이든 그 무엇이 중하겠어요. 제가 무연님의 곁을 지킨다는 건 변
하지 않을 텐데요."

무연은 손을 뻗어 그녀를 제 품으로 와락 끌어안고 작은 어깨
위에 코를 묻었다.

"무연님."

"무어라 말해야 할지 도저히 알 수 없구나."

지금 무연은 마치 어린아이 같았다. 홍이는 무연의 등에 손을
올리고 그 너른 등을 부드럽게 쓸었다.

"하나만 너에게 물어도 되겠느냐."

"예. 물어보셔요."

홍이가 고개를 끄덕이자 무연의 두 팔에 더욱 힘이 들어갔다.

"나의 요화인 것이 행복하다 하였다."

창밖으로 천둥의 울음소리가 들렸지만 홍이는 두려움에 떨지
않았다. 혼자서 버티던 많은 날처럼 눈물을 흘리지도 않았다.

"그 말인즉……."

떨리는 무연의 목소리에 홍이 역시 긴장했다. 마른침을 꿀꺽
삼키며 그의 말을 기다렸다.

"네 마음이 나에게 향해 있는 것이라 생각해도 되는 것이냐."

천둥이 내리쳤다. 어서 대답하라 채근하는 듯, 홍이의 마음을 두드렸다.

"내가 너의 마음을 가졌다 생각해도 되겠느냐 이 말이다."

무연의 질문에 홍이는 슬그머니 미소를 그렸다. 그리고 그의 품으로 더욱더 깊이 파고들었다. 뜨겁다. 그의 품이 뜨겁게 느껴지는 순간이었다.

"어찌 여인에게 그런 걸 물어보셔요."

홍이를 제 품에서 떼어낸 무연이 그녀와 눈을 마주했다. 오롯이 저만을 위해 태어난 요화, 붉게 빛나는 요화의 증표를 바라보았다.

"저는 아무 말도…… 안 할래요."

무연은 눈동자만큼이나 붉은 홍이의 입술 위로 제 입술을 슬며시 포개었다. 냉기와 온기가 한데 맞닿았다.

그 입맞춤에 담긴 건 오랜 시간 기다려 온 요화를 향한 갈망이 아니라, 본능적인 이끌림을 뛰어넘은 무연의 진심이었다.

길게 이어진 입맞춤 끝에 어느새 홍이는 침대에 누워 무연을 올려다보고 있었다. 무연은 두 볼이 불그스름하게 달아오른 홍이를 내려다보았다.

"이대로 너를 안을 것이다."

그의 낮은 목소리가, 직설적인 한마디가 홍이의 온몸을 바짝 당기게 만들었다.

"나의 여인이 되겠느냐. 싫다면……."

"싫지 않아요."

단호하다고까지 할 수 있을 만큼 확실한 대답에 무연이 슬그머

니 한쪽 입술을 말아 올렸다. 그리고 손을 뻗어 홍이의 얼굴을
쓰다듬었다.

"긴장을 풀어라."

얼굴을 지난 그의 손이 홍이의 목덜미 근처를 배회했다. 옷깃
을 스치고 곱게 묶여 있는 옷고름 위에 머물렀다.

무연은 눈을 굴려 홍이를 내려다보았다. 당당하게 말을 한 것
치곤 잔뜩 경직되어 있었다. 꽉 깨문 입술이라든가, 질끈 내리감
고 있는 눈이 그녀가 얼마나 긴장하고 있는지 말해주고 있었다.

"후…… 푸흐…… 됐다, 됐어."

결국 무연은 웃음을 터뜨리고 말았다. 그리고 곧 그녀의 옆에
풀썩 누웠다. 여전히 몸은 홍이를 향해 있었지만, 좀 전처럼 욕정
에 불타오르는 눈빛은 없어진 지 오래였다.

"예? 버, 벌써 끝난 건가요?"

"허, 끝나다니. 무얼 시작도 한 적이 없거늘."

흥, 무연이 코웃음을 치자 홍이의 큰 눈이 빠르게 깜빡였다.
예? 반문하는 그녀의 목소리가 살짝 떨리고 있었다.

"왜, 왜 아무것도 하지 않으십니까?"

홍이의 몸이 반사적으로 튀어 올랐다. 잔뜩 달아오른 두 볼이
사랑스러워 하마터면 웃음이 터질 뻔했으나, 무연은 입에 힘을 꽉
주며 참았다.

"이대로 내 품에 안길 수 있겠느냐."

홍이에게로 손을 뻗은 무연이 그녀의 손목을 부여잡았다. 한
손에 쏙 들어오는 얇은 뼈가 그다지 마음에 들지 않았다. 조금
더 살이 붙어도 좋을 것 같았다.

"나는 아침을 허락지 않을 것이다. 너를 안으면 어둠을 불러와

이 방에 가득 채울 것이야."

"어, 어둠을요?"

"내 성이 찰 때까지 방에선 어둠이 사라지지 않을 것이고, 홍이 네가⋯⋯."

무연의 손가락이 홍이의 손등을, 그리고 손목을 살살 간질였다. 그 느낌이 못내 야릇해 홍이는 저도 모르게 흠칫했다. 목 끝이 바짝 당기고 발가락이 간질거리는 느낌이었다.

"울며 매달려도 절대⋯⋯ 놓아주지 않겠지."

저를 보며 웃는 무연의 얼굴이 낯설게 느껴져서 홍이는 마른침을 꿀꺽 삼켰다.

"우, 울며 매달려도 놓아주지 않는 건 너무해요."

울 것 같은 목소리 탓에 무연의 가슴이 울렁거렸다. 그 울렁거림은 곧 아래쪽으로 슬금슬금 내려가면서 몸을 간지럽혔다. 그 간지러움을 무연은 꾹 참아냈다. 그리고 홍이의 얼굴을 쓰다듬으며 인내하고 또 인내했다.

"그게 내 탓은 아니지."

소리에 온도가 있을 리 만무한데 홍이는 마치 무연의 목소리가 굉장히 뜨거운 듯한 느낌을 받았다. 듣기만 했는데도 괜히 귓가가 뜨거워졌다. 입안에는 침이 잔뜩 고였다.

홍이는 이것이 아까의 입맞춤 때문이라 생각했다. 그 열기가 아직 잔뜩 남아서, 입술에서 심장이 뛰는 것 같은 거라고.

"나의 요화가 이리도 아름다운 탓이라 말해야 할지⋯⋯."

무연의 손이 홍이의 뒷덜미로 스르르 움직였다. 홍이는 바짝 굳어서 그의 손길을 받기만 했다. 오한이 돋을 정도로 기분이 좋았다. 차가운 손인데도 애정이 담뿍 담겨 있어서인지 그 어느 때보다도 뜨겁게 느껴졌다.

"홍이 네가 우는 모습이 워낙 고와 그런 것인지."

"우는 모습이 어찌 고울 수 있겠어요."

"다른 여인은 모르겠지만, 네가 우는 모습은 곱더구나."

그녀의 말을 받아친 무연의 말에는 일말의 망설임조차 없었다. 그녀를 품에 담은 하늘색 눈동자가 반짝였다. 그 푸른빛은 홍이에게 안도감을 주었다.

푸른 눈동자에 폭 빠져 있던 그때, 홍이는 불현듯 요화가 되는 방법이 궁금해졌다. 또, 화람의 말대로 죽음을 각오해야 하는 건지도 확인하고 싶었다.

"요화가 되려면 목숨을 버려야 하나요?"

갑작스러운 홍이의 물음에 무연의 눈이 커다래졌다.

"알고 싶어요."

그의 소맷자락을 잡은 손에 힘이 들어갔다. 동그랗게 뜬 두 눈동자가 반짝였다. 이윽고 한층 낮아진 무연의 목소리가 들렸다.

"요화란, 두령의 반려요, 요새의 어머니이다. 그건 홍이 너도 알고 있겠지."

홍이가 고개를 끄덕이자 무연이 피식 웃음을 터뜨렸다.

"한데 이제껏 요괴 외의 존재가 요화가 된 적은 단 한 번도 없었다."

무연의 말에 홍이가 몸을 흠칫 떨었다. 이도 저도 아닌 존재가 되어버린 것 같았다. 이질적인 존재. 그것은 어쩌면 무연이나 요새 안 요괴들이 아닌, 저를 가리키는 말일지도 모른다.

요괴도, 인간도 아닌 그러한 존재.

"그게 잘못되었다는 건 아니다. 그저 이례적이라는 거다."

순간, 미간을 찌푸리던 무연이 그녀의 목을 잡고 있던 손에 힘을 주었다. 성이 난 듯 보였다. 한숨을 크게 내뱉던 그가 홍이의 머리를 살살 쓰다듬어 주었다.

"그저 네가 인간이기에, 내가 이토록 걱정을 하는 것이야. 요화가 되는 의식을 치를 때 나의 요기를……"

무연은 아주 잠시 말을 이어가지 못했다. 흐릿해진 눈동자로 그녀를 뚫어져라 쳐다보다 이내 입술을 꽉 짓눌렀다. 말을 내뱉어야 했는데, 목 끝이 꽉 막힌 것 같아 터져 나오지 않았다.

어쩌면 그녀에게 있어 중대한 사항이 될지도 모른다. 요화로 남느냐 벗어나느냐에 대한 고민을 할지도 모르지. 더욱 지독한 현실이라면, 그녀가 이 요새를 벗어나는 것. 저 먼 곳으로 도망쳐 버리는 것.

물론 그리해도 무연은 그녀를 찾지도, 붙잡지도 못할 것이다. 그것이 그녀의 바람이라면 그리 살라 놓아줄 것이라 생각했다. 설령 그 때문에 힘을 잃은 자신이 단명하게 되더라도.

"인간인 네가 받아들이긴 힘들 것이야. 죽음을…… 각오해야 할 수도 있어."

화람에게 먼저 들은 탓인지 그다지 충격적인 이야기는 아니었다. 다만 죽음을 각오해야 한다는 사실에 긴장이 되었다. 이제껏 죽음이라는 것을 상상해 본 적이 없었다. 지금 무연에게 이야기를 듣기 전까지는 말이다.

홍이는 조부의 마지막 모습을 떠올렸다.

"홍아, 내일 아침엔…… 세숫물을 준비하지 않아도 된다."

그런 말을 남긴 채 잠에 들었던 조부는, 다음 날 아침 결국 눈을 뜨지 않았다.

순식간에 누군가의 곁을 떠나야 하는 것이 죽음이었다. 그녀가 아는 죽음은 아주 허망하고, 슬프고, 애달프고, 아픈 것이었다. 특히 남은 사람에게 말이다.

"싫습니다."

역시 죽는 것은 싫겠지, 무연은 씁쓸한 웃음을 삼켰다. 예상하고 있던 일이었다. 죽음 앞에서 의연할 수 있는 자는 없다. 하물며 오랜 시간을 살아가는 요괴인 저 역시도 그 끝을 상상하면 아주 조금은 허망하건만.

머리로는 이해를 하지만, 그래도 조금 울적해진 무연이 입술을 깨무는데 홍이가 그의 손을 잡고 품에 안았다. 당장에라도 울 것 같은 표정이었다.

"제가 죽으면…… 남겨진 무연님은 어찌하라고."

무연의 눈이 휘둥그레졌다. 그녀가 이런 생각을 할 줄은 꿈에도 몰랐다.

"누군가 머무른 자리가 죽음으로 텅 비어버리는 것만큼…… 더 이상 돌아오지 못하는 곳으로 가버렸다는 사실만큼 슬프고, 아프고…… 외로운 것은 없습니다."

홍이의 목소리가 떨렸다. 그것은 자신의 '죽음' 때문이 아니었다. 오롯이 홀로 남을 무연을 위해서, 자신이 죽은 뒤 무연의 마음을 걱정하는 것이었다.

무연은 그에 깜짝 놀랐다. 이것은 인간의 위선인지, 그게 아니라면 그녀만의 따스함인지 알 수 없었다.

"그런 아픔을 무연님께서 겪을 필요는 없습니다."

아아, 낮은 탄식이 새어 나왔다. 앓는 소리를 뱉기 무섭게 저릿한 가슴에 힘을 꽉 주었다.

"걱정하지 마라."

"무엇을요?"

"네 인간으로서의 삶이 끝나는 순간, 내가 네게 요괴로서의 삶을 줄 것이다."

"요괴로서의…… 삶…….

화람이 했던 말이 홍이의 머리를 스쳤다.

"아니면 두령의 남은 생의 반을 받아 아가씨의 생을 이어가든가."

화람의 말이 사실이었다. 그의 생을 받아 자신의 생을 이어가는 것이다. 홍이의 가슴이 쿵 내려앉았다. 그럴 순 없었다. 하지만 그러지 않으면 그의 곁에 있을 수 없다. 그의 곁에 있기 위해선, 요화가 되어야 하고 그의 생을 반이나 빼앗아야 한다. 수많은 생각이 머릿속에서 교차하기 시작했다.

"홍아."

무연이 한숨을 내쉬며 홍이를 불렀다. 매우 가볍고, 허탈한 숨소리와 비슷했다.

"너는 너무 걱정이 많구나."

"예?"

"표정에 다 드러나니 하는 말이다."

"무연님."

"억겁의 세월을 살아가는 건, 생각보다 지루해. 그렇기에 전대 두령인 화평도 긴 여행을 떠난 것이겠지만."

어르고 저를 안심케 하기 위해 일부러 하는 말이라 생각했지만 어쩐지 마음이 편안해졌다. 입술을 깨문 홍이의 눈에 그렁그렁 물기가 맺혔다.

"그 세월의 반을 너에게 주어, 가장 행복하고 벅찬 순간을 살아갈 수만 있다면야. 두 번이고, 세 번이고 줄 수 있다."

"그리 많이는 필요 없습니다."

"아니, 너와 함께 살아갈 수 있다 한다면, 그보다 더한 것도 줄 수 있지."

해사하게 웃는 무연의 얼굴에 홍이가 고개를 푹 숙였다. 너무 눈이 부셔 쳐다볼 수 없었다.

"거참…… 내 너를 이리 울적하게 만들려고 말을 한 것이 아닌데 말이야. 그저 네가 그러한 존재가 되는 것을 두려워할까 걱정이 된 것뿐이다."

무연은 일부러 투덜거리며 홍이를 안심시켰다.

"두렵지 않느냐?"

"두렵지 않습니다."

"숨이 멈춘 뒤에는, 인간의 삶이 끝나 버리는 것인데도?"

홍이는 대답 대신에 복잡한 눈빛으로 무연을 쳐다보는가 싶더니 이내 숨을 크게 들이마셨다.

"지금과 다른 사람이 되겠지요?"

"뭐…… 그건 내 장담할 수 없다만, 인간으로서의 너는 끝이겠지."

홍이는 무연의 손을 꼭 부여잡았다. 맞닿은 손바닥의 온도가 극명한 차이를 보였지만, 둘은 금세 하나로 녹았다.

"복잡해 보이는구나."

홍이의 눈을 뚫어져라 쳐다보던 무연이 힘없이 웃음을 그렸다.

"복잡한 건 아니지만……."

무연은 말끝을 흐리는 홍이의 모습에 입술을 꾹 눌렀다.

"끝을 마주하기 전에 꼭 해야 할 일이 있습니다."

"그게 무엇이냐."

들어주고 싶었다. 저가 할 수 있는 것이라면 있는 힘껏 그녀의 바람을 이루어줄 것이다.

"어미와 아비를…… 부모님을 찾고 싶습니다."

"너를 버린 이들인데도?"

홍이의 표정이 굳어졌다. 그러다 곧 고개를 저으며 그의 손을 더욱 세게 맞잡았다.

"버린 게 아닙니다."

그리 믿었다. 아니, 그리 믿고 싶었다.

"그럼, 그들과 다시 어우러져 살고 싶으냐."

"그러지도 못할 것입니다. 떨어져 산 세월이 이리도 긴데…… 자식이라 받아들이기엔 힘이 드실 거여요."

"그럼 네 바람은 무엇이냐."

홍이가 쉽게 대답을 하지 못하고 입만 달싹거렸다. 고민이 길어지는가 싶더니 그녀가 입을 열었다.

"한 번이라도…… 불러보고 싶습니다."

순식간에 쓸쓸한 분위기를 풍기는 홍이가 안쓰러워 무연은 입술을 꽉 짓눌렀다.

"어머니라…… 아버지라…… 불러보고 싶습니다."

무연에겐 부모가 없기에, 그래서 홍이가 느끼는 감정을 이해할 수가 없었다. 그렇기에 그녀가 더욱 탐이 나는 것이다. 자신이 모르는 것을 갖고 있는 그녀가, 자신은 느껴보지 못한 것들을 알려줄 수 있는 그녀가.

"나의 요화가 될 여인의 바람을 들어줄 수도 없다면, 내 면이 서질 않겠지."

"예?"

"내 그들이 사는 곳을 알아보마."

"그럼!"

"찾게 되면, 널 데리고 가주마."

무연의 말에 홍이의 얼굴이 활짝 피어올랐다. 두 볼도 곱게 붉은 물이 들었다.

"정말입니까?"

"난 거짓을 말하지 않아."

무연의 호언장담에 홍이는 기뻐하며 두 팔을 뻗어 그의 목을 와락 끌어안았다.

"감사합니다! 무연님, 감사합니다!"

홍이를 마주 안으며 무연 역시 미소로 화답했다. 아아, 그래. 낮게 속삭이며 고운 머리카락을 살살 쓰다듬었다. 그녀의 온기가, 이토록 기뻐하는 모습이 너무 좋았다.

"네가 원하는 건 무엇이든 해주마."

낮게 깔리는 그의 목소리에 방 안의 달뜬 공기가 사르르 녹아내렸다.

"그러니 넌 지금처럼 웃기만 하라. 이처럼 행복하기만 하면 된다, 홍아."

무연은 그녀를 제 품으로 더욱 깊게 끌어당겼다. 어깨에 입맞춤을 몇 번이나 남기며 그 위로 제 코를 파묻었다.

"그저 이렇게…… 내 곁에서 웃어주었으면 좋겠구나. 나는……
나는 그것으로 충분하다, 홍아."

무연의 속삭임에 홍이 역시 고개를 끄덕였다.

아주 오랜만에 설산으로 따스한 공기가 맴도는 밤이었다. 꽁꽁
숨어 있던 별님이 하나둘 고개를 내밀고, 스치는 바람이 구름을
걷어가는 그러한 밤.

그토록 행복한 밤이 깊어가고 있었다.

제3장.

비틀리는 바람

　며칠이 흘렀다. 수색조와 정찰조를 모두 동원해 마을을 뒤진 끝에, 무연은 홍이의 부모가 살고 있는 곳을 알아낼 수 있었다.

　홍이는 무연에게 걱정이 된다 말했다. 조부가 돌아가시기 전 듣게 된 소문 때문이었다. 마을에 기근이 들었던 이야기를 하며 제 부모를 걱정했다.

　무연은 그런 홍이에게 아무런 말도 해줄 수 없었다.

　"으리으리한 기와집이었습니다. 고운 옷을 입은 인간들이 몇 번이나 들락거리더군요. 아들 녀석은 나라님 아래에서 일을 하게 됐다나 뭐라나, 마을의 자랑거리라 하였습니다."

　정찰조의 이야기에 무연이 미간을 좁혔다. 뒷짐을 진 채 창 너머를 바라보던 그가 입술을 잘근 씹었다. 침대에 오도카니 앉아 듣고 있는 홍이가 걱정이 되었지만, 돌아볼 수 없었다. 속상해하고 있을 얼굴을 보고 싶지 않았다.

"저들이 오래전 지은 죄 때문이라며 달에 한 번은 큰 잔치를 연다고 합니다요. 그 이유가 뭔지는 동네 사람들도 모른답니다. 그저 베푸는 것만이 속죄의 길이라고 한답니다, 두령."

아득, 이를 씹었다. 정녕 죄라 생각했다면, 아이를 다시 찾기 위해 노력이라도 했을 것이다. 하지만 그들은 홍이를 찾지 않았다. 꽁꽁 얼어버린 제단 위에서 얼어 죽었는지, 사라졌는지 궁금하긴 했을까.

문득 부모를 찾고 싶다 말하던 홍이의 붉은 눈동자가 떠올랐다. 그때, 그 속에서 일던 쓸쓸한 바람이 지금 무연의 가슴으로 큰 소리를 내며 불어왔다.

"지도에 위치는 표시해 놓았느냐."

"예, 해두었습니다. 마을에서 가장 큰 기와집이니, 찾는 데에는 어려움이 없을 것입니다."

가장 큰 기와집. 코웃음이 흘러나왔다. 그것이 누구의 희생으로 인한 것인지 알고 있는 것일까. 그에 죄스러운 마음은 정녕 있는 것인가.

인간이 아니기에 무연은 그들을 이해할 수 없었다. 이렇게 화가 나는 건, 홍이를 생각하는 제 마음이 특별하기 때문일 것이다. 더불어 이런 일에 화를 낼 홍이가 아니니, 저라도 화를 내는 것이다. 그녀 대신 울분을 삭이며 마음을 다스렸다.

무연이 고개를 돌려 정찰조와 수색조를 바라보았다.

"이만 물러가라. 더 이상 마을로 내려갈 필요 없으니, 평소처럼 요새의 주변만 잘 살피거라."

"예, 두령."

"받들겠습니다."

곧 그들이 방에서 물러갔다. 방에는 다시 둘만 남았지만 홍이와 무연 사이에는 정적만이 흘렀다.

무연은 그 정적이 참기 힘들었다. 가까스로 마음을 다스린 뒤에야 홍이에게로 시선을 돌렸다. 무릎을 곧게 세운 채 오도카니 앉아 있던 그녀는 표정에 복잡한 심경을 그대로 내비치고 있었다.

"홍아."

낮고 부드러운 목소리에 홍이가 천천히 고개를 들어 올렸다. 붉은 눈동자가, 평소에는 그리도 아름답던 보석이 어쩐지 쓸쓸하게 보였다.

"예?"

대답 역시도 힘이 없어 저 역시도 진이 빠지고 말았다. 무연이 그녀의 앞에 무릎을 굽히고 앉았다. 그리고 무릎을 덮고 있는 홍이의 손을 살살 어루만져 주었다.

"괜찮으냐."

다른 이들에게는 한없이 냉정한 사내가 저에게는 이토록 따뜻하다. 그 차이에 꽁꽁 얼어붙을 것 같던 마음이 사르르 녹아내리기 일쑤였다.

"잘된 일이지요. 잘…… 잘 지내고 있다 하니, 얼마나 잘된 일이어요."

"네가 원한다면 가지 않아도 좋다. 나는…… 네가 무리하지 않았으면 해."

홍이의 표정이 묘한 흔들림을 보였다. 하지만 그것은 아주 잠시뿐이었다. 홍이는 금세 환한 웃음을 그리며 고개를 저었다.

"아니요, 가고 싶습니다."

"홍아."

"가야 합니다. 이제 제게 미련이란, 그것밖에 없는걸요……. 인간의 삶이 끝났을 때, 후회로 남는 것이란 그뿐일 텐데……. 미련을 남겨두고 싶진 않으니 꼭 가야 합니다, 꼭."

홍이의 단호한 목소리와 결정에 무연은 더 이상 안 된다, 하지 말라 말릴 수 없음을 깨달았다. 무연이 홍이의 머리를 살살 쓸어내렸다.

"나는 걱정이구나."

"무엇이 그리도 걱정이셔요."

입술을 꾹 누르던 그가 홍이를 보며 눈을 휘었다. 길게, 가느다랗게 늘어지는 그의 눈꼬리가 어느새 해사한 빛을 발하고 있었다. 설산의 요괴라는 것이 믿기지 않을 정도로 따스한 색이었다.

"네가 상처를 받는 건 아닐지……."

혹 너를 잃어버리는 건 아닐지.

결코 던지지 못한 한마디는 몇 번이고 삼켜 목 깊은 곳으로 욱여넣어 버렸다. 그러지 않도록 자신이 잡아주면 된다고, 끌어안고 놓지 않으면 된다 그리 마음을 다잡았다.

"무얼 그리 걱정하셔요."

무연의 애절한 마음을 느낀 것일까. 환하게 웃던 그녀가 자신의 얼굴로 내려온 그의 손을 꼭 부여잡았다.

홍이에게만은 언제나 따뜻한 손이었다. 체온이 낮아 차갑디차가운, 얼음장과 같은 요괴라 할지라도. 그는 따뜻한 사내였다.

"저에게는 무연님이 계시는걸요."

"그래, 너에게는 내가 있지."

"그러니 전 괜찮아요. 저는……."

끝까지 말을 잇지 못했지만, 무연은 그녀의 마음을 어렴풋이 알 수 있었다. 고개를 끄덕인 그가 한쪽 팔을 뻗어 홍이를 제 품으로 그러안았다.

부디 아무런 일 없이 무사히 다녀올 수 있기를. 그렇게 비는 사내의 마음이었다.

설산의 눈구름이 서서히 걷히고 있었다. 먼 길을 떠나는 둘의 앞길을 걱정했는지, 어느덧 천둥과 번개 역시 저 멀리로 물러났다. 오랜만에 푸른 하늘이 보이는 오후였다.

그로부터 나흘 후.

마을로 내려갈 준비를 모두 마친 무연과 홍이는 동굴 앞에서 흑강의 배웅을 받고 있었다. 극비리에 향하기로 한 것이라, 그 앞에는 다른 요괴들의 머리털 하나 보이지 않았다.

"부디 무사히 다녀오십시오, 두령."

흑강이 허리를 굽혀 인사를 하는데도 무연은 무심하게 그저 고개만 끄덕였다.

"그래. 다녀오겠다."

"홍이님께서도 부디 무사히 다녀오시기를."

"예. 다녀오겠습니다, 흑강님."

뒤이어 저에게까지 인사를 건네자 홍이가 생긋 미소를 그려주었다. 남색으로 물들인 치맛자락을 꼭 붙잡으며 고개를 끄덕였다.

"가자, 해가 떠 있을 때에 마을로 내려가야 편할 것이야."

서로를 바라보며 인사하는 둘을 쳐다보던 무연의 얼굴이 심통으로 가득해졌다. 그는 홍이의 팔을 꽉 붙잡으며 제 쪽으로 끌어당겼다. 그리고 동굴 안으로 잰걸음을 옮겼다. 동굴의 중간 즈음 왔을 때, 홍이가 무연의 옷깃을 잡아당겼다.

"무, 무연님."

목 끝까지 차오른 숨소리가 퍽 힘들어 보였다. 그제야 아차 싶었던 무연이 걸음을 멈추고 그녀를 돌아보았다.

"조, 조금만 천천히. 조금만."

가쁜 숨을 내쉬는 그녀를 보고 무연은 아아, 낮은 탄식을 내질렀다.

"미안하다. 내 마음이 너무 급했구나."

무연의 사과에 홍이는 히죽 웃음을 그릴 뿐이었다. 괜찮다며 고개를 끄덕이는 걸 보니 무연은 방금 전의 모습을 떠올렸다.

잘 다녀오라는 흑강에게 활짝 웃던 홍이의 얼굴이 눈앞에 어른거렸다. 결국 참으려 했던 심통이 목 끝까지 차올랐다.

"나 이외의 사내에게 웃어주지 말거라."

"예?"

홍이의 눈이 휘둥그레졌다. 붉은 눈동자가 요동치고 있었다. 그러다 이내 고운 빛을 뿌리며 눈매가 곱게 휘어졌다.

"그거, 흑강님도 포함……."

"당연하지! 네 웃음을 볼 수 있는 이는 나뿐이다."

말을 내뱉고도 민망했던 건지, 무연이 흠흠 헛기침을 했다.

"알았다면 어서 가자. 해가 지기 전에 내려가야지."

고개를 휙 돌린 무연이 홍이의 손을 잡아끌었다. 그러면서도 혹시나 그녀가 아파할까 힘은 하나도 들어가지 않은 부드러운 손짓이었다. 다정하기 짝이 없는 그의 손길에 홍이는 웃음을 그렸다.

"천천히 가요, 무연님."

소리 없는 웃음이 동굴 안을 가득 채웠다. 부디 걱정하는 일이 벌어지지 않길, 그들의 마음이 떠도는 공기 중에 사르르 녹아내리고 있었다.

길고 긴 동굴을 빠져나올 동안, 무연의 금색 머리칼은 어느새 검게 물들었다. 끝이 뾰족한 귀는 보통 사람처럼 둥그런 모습을 갖추었고, 희디흰 피부에도 혈색이 비쳤다.

홍이는 처음 보는 무연의 낯선 모습을 뚫어져라 쳐다보고 있었다. 반짝거리는 붉은 눈동자가 무연의 얼굴에서 떨어질 생각을 하지 않았다.

"왜 그러느냐."

무연이 묻자 깜짝 놀란 홍이가 고개를 도리도리 저었다. 인간의 모습이 너무나 멋져 시선을 떼지 못했다는 말은 차마 할 수 없었다. 새삼 그에게 반했다는 말을 하는 게 민망해졌다.

홍이가 눈을 맞추지 못하고 시선을 돌리자 무연이 입술 한쪽을 비스듬히 말아 올렸다. 그리고 손을 뻗어 그녀의 턱을 제 쪽으로 당겼다. 눈동자만큼이나 붉게 달아오른 두 볼이 사랑스럽기 그지 없었다.

"혹 이 모습에 홀린 것이야?"

홍이의 얼굴이 새빨갛게 달아올랐다. 동그래진 눈이 요동치는 게 보였다. 무연이 아아, 낮은 소리를 내며 주먹을 불끈 쥐었다.

당장에라도 요새로 돌아가 제 것으로 만들고 싶었다. 아니, 아니지. 요새로 갈 필요도 없다. 마을로 내려가 머무를 곳을 잡고, 그대로 품에 안아 마음껏 귀여워해 주어도 괜찮을 것 같았다. 절대 빠져나가지 못하도록 제 안에 꽁꽁 가두어놓을 것이다.

무연은 즐거운 상상을 하며 홍이를 응시했다. 지금은 그저 상상만으로도 좋은 바람이었다.

"그, 그저 무연님께서 너무 아름다우셔서."

"그리하여 나에게 홀렸다, 이 말이 아니던가."

요괴란, 아름다운 모습으로 상대의 혼을 빼는 존재라 하였다. 그들의 겉모습에 마음을 빼앗기면, 그들은 자연스레 인간의 영혼을 좀먹는다.

'정기'는 곧 '혼'이니. 요괴에게 있어 인간의 정기만큼 맛있는 것이 또 어디 있으랴.

"들어보지 못하였느냐."

입술을 비죽 말아 올리던 무연이 홍이의 턱을 살살 어루만졌다.

"요괴에 홀리지 말라, 그들의 아름다움에……."

무연이 홍이의 한쪽 귓가로 고개를 숙였다. 입술을 달싹이자 매혹적인 목소리가 흘러나왔다.

"속아 넘어가 혼을 바치지 말라."

야릇한 숨결이 섞인 목소리가 홍이의 귓가에 스며들었다. 홍이는 얼굴이 새빨개져서는 그의 숨결이 스치고 간 귓가를 꽉 막으며 입술을 꾹 눌렀다.

무연은 발갛게 달아오른 홍이의 얼굴과 귀에 큭큭 웃었다. 휘둥그레진 두 눈동자가 오롯이 저만을 담고 있다는 사실이 퍽 마음에 들었다.

"방심하지 말라는 이야기이다. 너는 나의 요화가 될 여인인데, 다른 요괴에게 홀리면 곤란하지 않겠느냐."

말도 안 되는 이야기였다. 요화로 태어난 여인이 다른 요괴에게 홀려 정기를 내어줄 리가 없다. 하지만 아무것도 모르는 홍이는 새빨간 얼굴로 고개만 주억거렸다.

"며, 명심하겠습니다."

"자, 이제 어서 가보자꾸나."

"예? 마을에서 그리도 가까운 곳이었습니까?"

"혹 내가 마을까지 걸어갈 것이라 생각했느냐."

"예? 그, 그럼……."

의아해하는 기색이 역력한 홍이의 얼굴에 무연은 아아, 낮은 탄식을 뱉더니 설명했다.

"내가 말해주지 않았구나."

무연의 입술이 미묘하게 위쪽으로 치켜 올라갔다.

"잘 보거라. 내가 어찌 마을로 가는지."

무연이 한쪽 손을 들어 올려 천천히 움직이기 시작했다. 눈에 보이지 않는 무언가를 동그랗게 만드는 듯 꽤 유려한 손짓이었다.

"무, 무연님! 저기, 저기 눈보라가!"

홍이는 커다란 눈보라가 휘몰아치며 다가오는 것을 보곤 깜짝 놀랐다. 질겁하며 무연의 뒤로 숨는 홍이의 몸짓에도 그는 아랑곳 않은 채 계속해서 손을 움직일 뿐이었다.

"무, 무연님!"

"자아, 됐다. 이제 멈추려무나."

무연의 한마디에 위협적으로 휘몰아치던 눈보라가 그의 앞에서 움직임을 우뚝 멈추었다. 주위는 눈보라의 거친 바람으로 엉망이 되고 있었지만 홍이와 무연은 그것의 영향을 받지 않았다.

"오랜만이구나, 노아야."

신기한 일이 벌어졌다. 당장에라도 커다란 나무 서너 그루는 우습게 꺾을 것 같던 바람이 단숨에 걷히고, 아름다운 사내 한 명이 그들 앞에 모습을 드러냈다.

어깨까지 내려오는 금발이 바람에 흩날렸다. 그의 옷차림은 다른 요괴들보다 간소하게 느껴졌다. 백색의 쾌자와 옥색의 저고리가 꼭 눈밭에 녹아내릴 것만 같았다. 홍이와 마주하는 녹안에는 숲의 청량함이 스며들어 있었다.

"어찌 또 요새를 나오셨나이까, 두령."

허리를 숙이며 예를 갖춰 인사를 건네는 노아의 모습에 무연이 흐뭇하게 웃음을 그렸다.

"아아, 마을에 볼일이 있어 잠시 내려가는 중이다."

"동쪽에서의 움직임이 심상치 않습니다. 하루라도 빨리 요새로 돌아가심이 좋을 것 같습니다."

"그래, 그리하도록 하마."

노아는 무연의 등 뒤에 숨어 얼굴만 내민 홍이를 보곤 다시 허리를 숙여 인사했다.

"요화님도 함께 나오셨습니까."

홍이가 눈을 깜빡였다.

"겁먹지 않아도 되느니라. 수색대와 정찰대의 대장이니."

"노아라고 합니다. 요화님께 인사를 드릴 수 있어 영광입니다."

노아가 제 소개를 하자 홍이가 얼른 앞으로 나와서는 허둥지둥 그를 말렸다.

"아, 아닙니다. 아직 요화의 의식은 치르지 않았으니 이렇게까지 하지 않으셔도 됩니다!"

"어허, 그 무슨 망언이더냐. 의식을 하든 하지 않든 네가 요화라는 사실은 변하지 않아. 그리고 너에게 예를 보이지 않는 건, 나를 얕보는 것이나 다름없다. 어디 가서 절대 그런 말을 하면 아니 된다."

"하지만."

홍이가 무어라 더 말을 하려는데 노아가 무연의 말에 맞장구를 쳤다.

"무연님의 말씀이 옳습니다. 요화님께서는 무연님과 함께 저희 북쪽을 보살필 어머님이십니다. 당연히 예를 받으셔야지요."

무연과 노아가 이렇게 나오니 홍이는 꿀 먹은 벙어리가 되었다. 누군가에게 떠받들어져 본 적도 없고, 또 그런 것을 꿈꿔본 적도 없어서 불편하기 짝이 없었다.

"마을까지 뫼실까요."

"아아, 그래. 들키면 안 되니 근처까지만 데려다주려무나."

"예, 그리하겠습니다."

이윽고 노아의 모습이 커다란 눈보라에 녹아들었다. 하늘 끝까지 치솟는 커다란 바람이 무연과 홍이에게로 천천히 다가왔다.

"자, 어서 내 목을 끌어안아라."

"예?"

"어서. 아직 네가 스스로 몸을 싣기엔, 무리일 것 같으니."

영문을 모른 채로 홍이는 무연의 말에 따라 그의 목을 안았다. 서로 몸이 붙자마자 눈보라가 그들을 부드럽게 감싸 안았다.

"꺄!"

무연이 홍이의 다리와 허리를 받쳐 안음과 동시에 그의 몸이 허공으로 붕 떴다. 그 기묘한 감각에 홍이는 저도 모르게 무연의 목을 감싼 팔에 힘을 주었다. 의지할 곳이라고는 무연 하나뿐인 상황에서 그렇게 매달릴 수밖에 없었다.

겁에 질려 눈도 뜨지 못하고 부들부들 떨고만 있는 홍이를 달래며 무연은 눈을 떠보라 말했다. 인간인 홍이에겐 첫 경험일 텐데 무서워만 하게 하고 싶진 않았다.

"자, 아래를 내려다보아라."

달콤한 목소리에도 불구하고 홍이는 고개만 저을 뿐이었다. 두려웠다. 이대로 눈을 떴다가 아래로 뚝 떨어지는 건 아닐까 겁이 났다.

몸에 너무 힘을 줘서 이제는 어깨와 팔이 아플 정도였다. 미동도 하지 못하고 굳어 있는 그 모습에 무연이 작게 웃었다.

"내가 떨어지지 않게 꼭 잡아줄 터이니, 어서 아래를 한번 보거라. 쉬이 볼 수 없는 장관이니 말이야."

나를 믿지 못하느냐? 그의 한마디에 홍이는 움찔하더니만 겨우 눈만 가늘게 떴다. 태산 같은 그의 품에 안긴 채로 한참 심호흡을 한 후에야 홍이는 겨우 고개를 들어 올렸다.

"무연님, 정말 놓지 않으실 거지요?"

"아아, 그럼. 내 너에게 설마 거짓을 말할까."

무연의 대답에 홍이가 침을 꿀꺽 삼켰다. 그리고 천천히 고개를 돌려 아래를 내려다보았다.

"와아!"

눈앞에 펼쳐진 광경에 홍이는 무서워하던 것도 잊고 탄성을 질렀다. 숨이 막힐 정도로 아름다운 풍치였다.

"내가 자주 나오고 싶어 하는 이유 중 하나이지."

산자락에 하얀 눈이 뒤덮여 있었다. 사람들이 오가는 발자국마저 선명히 내다보일 정도였다. 산의 구석 즈음 있는 계곡은 꽁꽁 얼어 반짝거렸다.

소나무 위에 앉은 눈꽃이 계절감마저 잊게 만들었다. 붉은 동백꽃보다 더 고운 꽃이 되어 산의 절경에 이바지를 하고 있었다.

온 세상이 하얗게 반짝이고 있었다. 눈으로 뒤덮인 산이 이토록 고울 줄은 몰랐다. 위에서 내려다보는 산이 너무나 아름다워 홍이는 반짝이는 눈으로 그 모든 것을 눈에 담으려 애썼다. 오롯이 이 계절에만 볼 수 있는 풍치였다.

"아름답습니다."

"모두 네 것이 될 것이다. 북쪽을 관장하는 나, 무연의 요화가 될 너에게 이 모든 것을 줄 것이야."

홍이의 허리를 끌어안고 있는 무연의 팔에 힘이 들어갔다. 콩 닥거리는 그녀의 심장 소리를 마음껏 들으며 그는 입술을 부드럽게 말아 올렸다.

"그러니 너는 내 곁에서 떠나지 말라. 무연의 요화로서, 오래도록 내 곁에…… 머무르거라, 홍아."

홍이는 고개를 끄덕였다. 추위 때문인지 아니면 그의 고백 때문인지 그녀의 볼이 발갛게 변해 있었다.

바람이 부드럽게 설산을 타고 내려갔다.

절경을 즐기게 해주기 위함이었는지, 노아는 꽤 오랜 시간을 하늘에서 머물렀다. 설산을 한 바퀴 돌고 마을 근처에 내려서는데 꽤 오래 걸렸지만 무연은 그에게 무어라 하지 않았다. 오히려 아름다운 광경을 보아 신이 난 홍이 덕에 그도 기분이 좋았다.

"그럼 두령, 돌아가실 때 다시 불러주십시오."

"아아, 그래. 수고했다."

"별말씀을. 부디 즐거운 시간이 되시길 바랍니다."

노아가 허리를 숙여 인사하는 것에 홍이는 저도 그렇게 화답해야 할 것 같아 몸이 움찔거렸지만 겨우 꾹 참고 고개를 가볍게 끄덕이는 것으로 인사를 대신했다.

"감사합니다. 덕분에 즐거웠습니다."

"두령의 뜻이 저의 뜻이니, 감사는 두령께 하시면 됩니다, 요화님."

곧 그의 주변으로 눈보라가 몰아쳤다. 처음 보았을 때처럼, 노아의 모습이 몰아치는 바람에 서서히 녹아들었다. 눈보라는 눈깜짝할 사이에 하늘 저 멀리로 사라졌고, 무연과 홍이는 마을로 들어가기 위해 준비했다.

마을을 앞에 두고 두려움이 엄습해 홍이는 잠시 머뭇거렸다. 혹 그들이 저를 알아보지 못하는 건 아닐까. 아니, 그게 아니라 제가 부모를 만날 용기를 내지 못할까 그것이 가장 두려웠다.

무연이 그녀의 작은 손을 꼭 붙잡으며 용기를 주었다.

"자, 이제 가보자꾸나."

"무연님, 잠시만!"

홍이는 그 자리에 서서 쉬이 발을 떼지 못하고 망설였다. 흔들리는 붉은 보석을 보고서 무연은 그녀가 겁을 내고 있다는 걸 알아차렸다.

"어찌 그러느냐."

홍이는 차마 무섭다는 말을 할 수가 없었다. 자신이 원해 내려온 마을이었다. 요화가 되기 전, 꼭 부모를 만나고 싶다 한 자신을 위해 무연이 이렇게 힘을 써준 것이었다. 한데, 이제 와 무섭고 두려워서 겁이 난다는 말을 할 수 없었다.

"홍아."

"조금, 조금⋯⋯."

말하지 않아도 홍이의 마음을 알고 있는 무연이 그녀를 끌어안았다. 그리고 부드러운 손길로 그녀의 등을 토닥였다.

요화 妖花-요괴의 꽃

"내가 이리 곁에 있지 않느냐, 무엇이 그리 두려운 게야."

그의 커다란 손에 홍이는 위로를 받았다. 걱정하지 마라, 괜찮다, 그리 말하는 듯한 손길에 홍이는 드디어 고개를 끄덕였다.

그래, 저는 더 이상 혼자가 아니었다. 이렇게 든든히 제 곁을 지켜주는 이가 있다. 무엇이 두려우랴. 낳아준 부모가 저를 외면한다 하더라도, 무연이 제 곁을 지켜줄 것이다.

"두려워하지 않겠습니다."

홍이가 두 팔을 뻗어 무연을 꼭 끌어안았다. 그의 품으로 더 깊숙이 파고들었다.

"괜찮습니다. 이제…… 정말 괜찮습니다."

한결 차분해진 홍이의 목소리에 무연이 슬그머니 미소를 그렸다. 그녀가 무엇을 걱정하는지 알고 있다. 무연은 그들이 홍이에게 상처를 준다면 가만있지 않을 생각이었다. 하지만 그 말을 구태여 입 밖으로 내지는 않았다. 홍이에게는 좋은 모습만을 보이고 싶었다.

잠시 후, 무연의 품에서 벗어난 홍이가 그의 손을 잡으며 이제 가자 하였다.

"괜찮은 것이냐."

"예, 이제 괜찮아졌습니다."

"그래, 그렇담 다행이구나."

손을 꼭 잡은 둘은 마을을 향해 천천히 걸음을 옮겼다. 마을 안으로 들어서자마자 시끌벅적한 장터가 보였다. 길게 늘어선 초가집들도 지났다.

사람들과 지나칠 때마다 홍이는 긴장한 듯 입술을 꾹 누르기도 했고, 숨을 크게 들이마시며 맞잡고 있던 손에 힘을 주기도 했다. 그러나 무연은 아무 말도 건네지 않았다. 그저 묵묵히 잡은 손을 놓지 않을 뿐이었다.

마을 가장 안쪽으로 들어온 무연이 이내 걸음을 멈추었다. 그와 손을 잡고 있던 홍이도 덩달아 그 자리에 멈춰 섰다.

"저기다."

도착했다는 말에 홍이는 뻣뻣하게 굳어 고개도 들지 못했다. 그렇게 바라고 꿈에서도 그리던 순간이었다.

낳아주신 어머니, 아버지. 함께 살았더라면 남매가 되었을지 모르는 언니, 오라버니들. 꿈에서 보았던 그들의 모습을 머리로 그리다 시큰해지는 코끝에 힘을 잔뜩 주었다.

"가보겠느냐."

홍이는 제 손을 단단하게 붙잡아주는 손에 의지하여 드디어 용기를 냈다. 고개를 들어 똑바로 앞을 보았다.

"홍아."

무연이 부르는 제 이름에 혹 어머니가 저를 알아봐 주는 건 아닐까, 그러한 기대를 잠시 가졌지만 홍이는 금세 그 생각을 털어냈다. 저는 이름조차 없는 막둥이였다. 요괴에게 바치기 위해 이름조차 지어주지 않은 아이였다.

또 뜨거운 울음이 터질 것 같아서 목에 힘을 꽉 주었다. 그것을 겨우 삼켜내고 앞으로 한 걸음 나서려던 순간이었다. 한 여인이 그들의 앞을 스쳐 지나갔다.

홍이의 눈이 커다래졌다. 제 앞을 지나는 여인의 얼굴을 그대로 눈에 담았다. 분명 꿈에서 본 제 어미와 똑 닮아 있었다. 여인은 곧 홍이를 지나쳐 뒷모습을 보였다.

잡아야 한다. 저 여인이 집으로 들어가기 전, 잡아야 한다는 생각만이 머리에 가득 찼다.

"어……."

홍이가 입술을 뗐다. 멀어지는 여인을 향해 손을 뻗었다. 그렇게 되뇌고 연습을 했었는데도 입술 사이에서 나오는 건 작은 바람 소리뿐이었다.

"어…… 어……."

애처롭게 뻗은 손끝이 바르르 떨리던 그때, 무연이 숨을 크게 들이마셨다.

"이보시오!"

묵직한 그의 부름에 앞장서 걸어가던 여인이 걸음을 멈추고 뒤를 돌아보았다. 퍽 조심스러운 몸짓이었다.

"무슨 일이시오?"

차분하고 부드러운 목소리에 홍이는 입술을 짓씹었다. 꿈에서 들은 그 목소리였다. 절대 잊을 수 없었던, 아가, 아가. 내 아가. 그리도 애처롭게 불러주던 어미의 목소리가 분명했다.

"물어볼 게 있어 불렀소."

여인이 고개를 갸웃 기울였다. 여인의 시선이 무연과 그 옆에 선 홍이에게로 이어졌다. 낯선 이들이 제게 무슨 볼일인가 하여 아무렇지 않게 스쳐 지났던 시선은 이내 다시 홍이에게로 돌아갔다. 여인의 낯빛이 파랗게 질리기 시작했다. 숨소리가 거칠어지더니 여인은 결국 자리에 털썩 주저앉고 말았다.

"너, 너는…… 너는……."

여인이 저를 알아보았단 사실에, 그녀가 제 어미가 맞다는 사실에 홍이는 참고 있던 눈물을 왈칵 터뜨렸다. 목 끝까지 밀려 올라오는 그리움이 그녀의 마음을 꽉 옥죄었다.

"어…… 어…… 머니."

겨우 토해낸 말과 함께 뜨거운 눈물이 볼을 타고 흘러내렸다. 턱 끝에 대롱대롱 매달린 눈물이 바닥으로 툭, 툭 떨어져 진한 자국을 남겼다.

목이 시큰해졌다. 이제나 만나려나, 저제나 만날 수 있으려나. 그토록 그리던 어머니가 제 앞에 있었다.

홍이는 그녀와 가까이 마주하고 싶어 한 걸음을 내디뎠다.

"어머니……."

어머니라고, 그리도 부르고 싶던 호칭을 나지막이 내뱉었을 때 바닥에 주저앉아 있던 여인이 잽싸게 몸을 일으켰다. 그 서슬 퍼런 기세에 홍이는 눈물로 범벅된 얼굴을 하고서도 움찔했다.

바라는 건 하나뿐이었다. 저를 보고 '우리 아가'라고, '내 딸'이라고 한 번만 불러주면 그것으로 족하다 생각했었다. 그것 하나면, 그들이 저를 잊지 않았다는 사실만으로 남은 생을 살 수 있다 생각했다.

"자, 잘못 보셨소!"

하지만 여인은 홍이를 부정했다. 홍이의 걸음이 우뚝 멈추었다. 어미에게로 향하던 고운 꽃신이, 그대로 멈춰 움직이지 않았다. 누군가 발목을 붙잡고 놓아주지 않는 듯했다.

"저…… 저입니다. 제단…… 제단에……."

홍이의 말에 여인은 금방 뒤로 넘어가도 이상하지 않을 얼굴로 잽싸게 고개를 저었다. 앞섶을 꽉 붙잡은 손가락마저 하얗게 질려 바들바들 떨리는 모양새가 퍽 가련해 보였다.

"아니! 나에게는 그런 자식이 없소! 산으로 보냈으니, 산이 품은 자식이오. 이미, 이미 내 자식이 아니오!"

"발칙한 것! 네 자식을 팔아 그리 사는 것을 정녕 잊은 것이냐!"

여인의 말에 잔뜩 화가 난 무연이 여인을 향해 소리를 질렀다.

"예! 잊었습니다! 요괴에게 팔았든, 산에게 팔았든 이미 내 품에서 떠난 자식이 아니오! 그러니 잊어야지요! 나는 이제 더 이상 그 아이의 어미가 아닙니다!"

세상이 무너지는 것이 이런 것일까. 마음이 깨지고, 저 밑으로 나동그라진다는 느낌이 바로 이런 것일까. 천둥과 같은 소리가 귀를 울렸다. 몸이 아래로 푹 꺼져 그저 눈앞이 아득하기만 하였다.

"찾아오지 마시오. 나는…… 나는 더 이상 그 아이의 어미가 아닙니다. 썩 물러가시오!"

홍이의 팔이 힘을 잃고 아래를 향해 툭 떨어졌다. 달싹이던 입술도 이내 꾹 다물렸다. 하지만 뜨거운 눈물은 쉴 새 없이 흘렀다.

여인은 홍이를 한참이나 쳐다보다가 이내 몸을 돌려 걸음을 옮겼다. 위태롭게 흔들리는 몸이, 비틀거리는 걸음이 안타까웠다.

홍이의 손이 움찔거렸다. 차마 앞으로 내뻗지 못하는 손이, 입 밖으로 꺼낼 수 없는 소리가 바람이 되어 흩날렸다.

"어머니."

여인에게 들리지 않을 소리를 작게 속삭이는 홍이의 목소리에 무연의 눈빛이 살기로 가득해졌다. 당장에라도 홍이를 부정한 여인을 끌어내고 싶지만 그럴 수 없었다. 그것은 홍이가 바라는 것이 아님을 잘 알고 있었다.

"어머니……."

여인의 뒷모습이 점차 멀어져 갔다. 홍이는 여인이 대문 안으로 사라지는 모습을 한시도 놓치지 않고 바라보았다. 눈에 눈물이 가득 고여 앞이 흐려 아무것도 보이지 않게 될 때까지 그곳에서 눈을 떼지 않았다.

그리고 눈물을 흘리는 홍이를, 결코 마주하고 싶지 않았던 현실에 부딪친 홍이를 안아주는 건 무연이었다. 무연은 너른 품에 그녀를 안고 그녀의 상처받은 마음을 위로했다.

"울어도 좋다."

마음이 아프다는 게 이런 것일 테다. 차라리 자신이 슬펐으면 하는 마음이 이런 것일 테지.

"마음껏 울어라. 괜찮다…… 괜찮다, 홍아."

눈으로 뒤덮인 설산이 울음을 터뜨렸다. 청명했던 하늘에 회색 구름이 몰려와 금세 비를 쏟아낼 듯했다. 천둥이 울리고 번개가 번쩍였지만 서로를 품에 안고 품에 안긴 그들은 움직이지 않았다.

빗소리에 울음이 녹아들기를, 천둥 소리에 울음소리가 묻히기를. 그리 바라던 무연이 천천히 눈을 감았다.

홍아, 나의 홍아. 자그마한 외침이 그녀의 마음으로 스며들기를 간절히 바라며.

✳

"마을에 다녀오면, 즉각 의식을 치를 것이다."

흑강은 주막 안에 앉아 술잔을 기울이고 있었다. 무연이 홀로 인간 마을에 내려갈 때에만 보내는 그의 혼자만의 시간이었다.

그가 잔에 담긴 투명한 술을 한 입에 털어 넣었다. 목을 타고 내려가는 쓰디쓴 향기에 눈이 질끈 감겼다.

무연이 드디어 의식을 치르겠다 하였다. 기뻐해야 마땅할 일인데 왜 이리도 마음이 불편한지 흑강은 내색도 하지 못했다.

아니, 불편한 게 아니었다. 두려운 것이었다. 아직 오지도 않은 그 순간을 떠올리니 온몸에 우두두 소름이 돋았다. 이상하리만치 불안했다.

"허, 별일이구나. 네가 한가로이 술이나 마시고 있다니."

미간을 잔뜩 찌푸리다 펴기를 반복했을 때, 그의 앞으로 교하가 나타났다. 얼굴 한가운데를 가로지르는 상처는 입술이 달싹일 때마다 함께 움직였다.

그를 빤히 바라보던 흑강이 짧게 웃음을 뱉었다.

"그러게 말입니다. 제가 이리도 한가로운 순간을 맞다니, 참 신기하기도 하지요."

"두령은 어쩌고 이리 나와 있는 게야."

주막을 책임지는 요괴가 술병을 들고 와 교하 앞에 놓아주었다. 함께 놓인 술잔에 쪼르르, 술을 따르는 소리가 둘 사이를 가로질렀다.

"안 계십니다."

"또 마을에 간 것이야? 그 여인을 두고?"

흑강은 대답을 골랐다. 두령이 홍이와 함께 내려갔다 하면 되는 일인데 입이 떨어지지 않았다. 교하에게 그들의 이야기를 전하고 싶지 않았다. 어차피 알게 될 일이었지만, 자신이 한 말이 교하를 통해 화람에게 전해지는 것이 싫었다.

"아니면 함께 떠나신 거냐?"

흑강은 대답 대신 술잔을 꽉 붙들었다. 하지만 그것이 이미 대답이나 마찬가지였다.

"네 반응을 보니 맞군그래."

흥, 코웃음을 친 교하가 술을 목으로 털어 넣었다. 잔뜩 미간이 찌푸려지는 게, 술이 써서 그런 건지 기분이 좋지 않아 그런 건지 알 수 없었다.

하, 커다란 한숨이 새어 나왔다.

"어딜 가셨는지 물어도 말하지 않겠지."

"마을에 가셨습니다."

"인간들의 마을에? 왜, 그 여인이 돌아가고 싶다 했나 보아?"

킥킥, 웃음을 터뜨리며 교하가 비아냥거리자 흑강이 미간을 찌푸렸다. 흑강은 교하와 오랜 시간을 알고 지냈다. 흑강의 어린 시절 스승이 바로 교하였다.

교하처럼 되고 싶었다. 어린 화람을 지키려다 얻은 상처가 영광이라 말하는 교하가 흑강의 꿈이었다. 자신이 지키고자 하는 것은 끝까지 지키려 노력하는 그는 제가 본받고 싶은 대상이었다.

그런데 어쩌다 이렇게 되었을까. 왜 소중한 이를 지키고자 서로 칼날을 겨누어야 하는 상황이 되고 만 걸까.

탁. 잔을 탁자 위에 내려놓은 흑강이 매서운 눈으로 교하를 노려보았다.

"요화님이십니다."

무례를 용서치 않겠다는 듯한 기세에 술잔을 들던 교하가 움직임을 우뚝 멈추었다. 교하는 새삼스러운 눈으로 흑강을 보았다.

형님, 형님. 그리 부르며 저를 쫓아다니던 어린아이가 언제 이렇게 커버렸을까. 비록 같은 주인을 섬기지는 않지만, 그는 저에게 소중한 존재였다.

"요화?"

그렇기에 이 뒤틀림에 마음이 미어질 듯 아픈 것이겠지. 그를 등져야 하는 이 현실이. 결코 같은 곳을 바라볼 수 없는 그와 자신의 처지가.

"내가 요화라 부를 수 있는 분은 따로 있다."

술잔을 쥔 손에 핏줄이 불거졌다. 눈매가 매섭게 변하며 얼굴을 가로지르는 흉터의 흔적이 더 깊어졌다.

"맛있는 냄새를 풍기는 인간 계집이 아닌."

교하의 말이 끝나기 무섭게 흑강이 칼날을 휘둘렀다. 동시에 바람을 가로지르는 소리가 들렸고, 교하가 쥐고 있던 술잔이 쨍그랑, 소리와 함께 깨졌다. 교하의 손을 타고 흘러내린 술이 탁자 위로 뚝, 뚝 떨어졌다.

"정통의 피를 물려받은, 화람님 한 분뿐이야."

"반역이라도 할 셈입니까?"

"그럼 네가 내 목을 치면 되겠구나."

아득, 이를 가는 소리가 들렸다. 흑강이 교하를 죽일 듯 노려보았다. 제아무리 저와 척을 져도, 설령 그가 꿈꾸는 것이 반역이나 마찬가지라 할지라도 그는 저에게 하나뿐인 형제였다.

"떠나십시오."

흑강의 말에 교하가 피식 웃었다.

"떠나라……. 나에게 하는 말이냐, 화람님에게 전하라는 말이더냐."

"두 분 모두, 이 요새를 떠나시라 말씀드리는 겁니다."

정적이 흘렀다. 살바람조차 끼어들 수 없는 둘의 냉기가 이젠 뾰족한 얼음꽃으로 변해 사방에 피고 있었다.

"여기서 멈추지 않는다면 두 분이 두령과 요화님께 해가 되겠지요."

교하가 웃음을 터뜨렸다. 손을 뻗어 술병을 잡은 그가 천천히 술을 목으로 넘겼다. 쌉싸름한 액체가 넘어가며 목을 저리게 만들었다.

쾅! 술병을 내려놓는 소리가 크게 울렸다. 그러나 흑강은 여전히 그의 목을 겨눈 칼을 거두지 않았다. 교하를 향한 눈빛이 서슬 퍼런 빛을 발했다.

"저는 형님께 칼을 들이댈 자신이 없습니다."

"칼을 쥔 자가 그리 약한 소리를 하면 쓰나."

킬킬, 얇은 웃음 뒤로 씁쓸함이 뒤엉켰다. 그 뒤로 이어지는 한숨이 쓸쓸한 바람이 되었다.

"저는…… 당신을 벨 수 없습니다."

교하가 눈을 질끈 내리감았다. 저도 그와 같은 마음이라는 걸 보일 수도, 약해 빠졌다며 그를 힐난할 수도 없었다. 답답한 마음을 드러내지 않으려 있는 힘껏 힘을 주었다.

"벨 수 없는 자는, 베이기 마련이지."

교하는 천천히 몸을 일으켰다. 그리고 저를 향해 칼을 겨눈 흑강을 똑바로 바라보았다.

두 번 다시는 예전처럼 지낼 수 없게 될 것이다. 그는 저를 감시할 것이고, 저는 화람을 지키기 위해 그와 부딪쳐야 할 것이다.

"떠나라는 말, 못 들은 걸로 하겠다."

"형님."

어쩌면 두 번 다시 듣지 못할 부름.

"잘 들으시오, 흑강."

흑강의 어깨가 움찔거렸다.

"화람님께서는 화평님의 피를 이어받았소. 당신이 아무리 두령의 호위라 한들, 전 두령의 여식에게 이곳을 떠나라 명령할 권한은 없소. 아니, 그럴 자격조차 없지."

"명령하지 않았습니다."

"도리에 어긋나는 일이오. 제아무리 이 설산을 지키는 이가 무연이라는 이름의 사내라 할지라도."

무연의 이름이 나오기 무섭게 흑강의 눈빛 역시 날카로워졌다. 교하의 목에 닿은 칼날이 서늘한 빛을 발하며 그를 위협했다. 시퍼런 날 아래로 붉은 핏방울이 또르르 흘러내렸다.

"애초에 이러한 평화를 만들어준 것은, 화평님이 먼저였다는 것을 잊지 마시오."

정적이 이어졌다. 교하는 목에 닿은 칼날을 피해 걸음을 옮겼다. 흑강은 그를 막지 못했다. 흑강의 옆을 스쳐 지나며 교하는 마지막으로 읊조렸다.

"두령의 호위가 아닌, 흑강으로서 찾아온다면…… 이야기 정도는 들어주마. 힘들 땐 어려워 말고 찾아오너라."

어깨를 두드리는 손은 단단했다. 흑강과 무연과는 다른 세월이 그의 손을 이루고 있었다. 세월의 무게가 잔뜩 실린 두드림에, 흑강은 마음 한구석이 미어졌다.

머리를 스치는 기억의 편린에도 그는 교하를 잡을 수 없었다. 차곡차곡 쌓아온 두툼한 시간들이 저 밑으로 가라앉는 걸 알고 있었지만 결코 끄집어낼 수 없었다.

처음으로 설산의 눈발이 차갑게 느껴지는 순간이었다. 볼에 닿아 사르르 녹아내리는 눈송이에 온 얼굴이 꽁꽁 얼어버릴 것 같았다.

흑강에게서 돌아선 교하 역시도 다를 바 없었다. 결코 그와 맞닿을 수 없음을 깨닫고 난 뒤에는 걷고 있는 길이 가시밭길처럼 느껴졌다.

아우라 부르던 그 시간들을, 형님이니 의지하라 말하던 그 순간들을 다시 되돌릴 수 없음에 소리 없는 울음을 터뜨렸다. 흘리지 못하는 눈물은 속으로 흘려보냈다.

차라리 떠나야 할까. 그 마음을 짓밟지 말고, 화람을 데리고 저 멀리 떠나 다시는 마주치지 말아야 하는 걸까. 수많은 생각이 머리를 스쳤다.

무거운 걸음으로 집 앞에 다다랐을 때, 밖으로 나와 있던 화람과 마주쳤다.

"나와 계셨습니까, 아가씨."

교하는 황급히 허리를 굽혔다. 표정을 들키고 싶지 않아 얼른 고개를 숙였는데도 화람의 눈을 피할 수는 없었다.

"사와가 도통 오질 않아서…… 그나저나, 무슨 일 있으셔요? 안색이 안 좋아요."

교하는 눈을 질끈 감았다 뜨곤 그녀를 보았다.

"오라버니?"

화람의 부름에도 교하는 대답은 않고 그녀를 보기만 하였다. 이상하지. 이제껏 계속하던 고민이 한순간에 씻겨 내려가는 것 같았다. 아니, 도리어 자신의 선택이 옳다는 확신마저 들었다.

그래, 그녀가 저의 길이었다. 비록 아우와 등을 질지라도, 혹 그 아우를 상처 입힐지라도.

"술을 좀 마셨더니……. 아무 일 없습니다. 걱정 안 하셔도 됩니다, 아가씨."

"그래도……."

교하는 어깨를 으쓱이며 아무 일도 없다고 다시 한 번 강조했다. 그리고 화람의 앞으로 한 발자국 다가갔다.

"부탁이 있습니다."

"말해보셔요."

화람이 고개를 끄덕이자 교하가 크게 심호흡을 하곤 두 팔을 뻗어 그녀를 제 품으로 끌어당겼다. 갑자기 교하에게 안긴 화람이 두 눈을 동그랗게 떴다.

놀라기는 했지만 그녀는 그에게서 벗어나려 하진 않았다. 교하가 이러는 이유가 있을 거란 생각이 들었다. 그리고 단단한 그의 품에서 고독이 느껴졌기에 이렇게라도 도움이 된다면 위로를 해주고 싶었다.

"이번 한 번만, 무례를 범하겠습니다."

알 수 없는 슬픔이 담긴 교하의 목소리가 화람의 목을 따끔거리게 만들었다. 그녀를 끌어안는 두 팔에 힘이 들어갈수록, 그녀의 마음 역시도 먹먹하게 아려오기 시작했다.

화람을 품에 안은 채 교하는 불호령이 떨어질 것을 각오하고 있었다. 이게 무슨 짓이냐고 화를 내도 감내하리라 생각했다. 하지만 그의 예상과 다르게 화람은 얌전했다.

"못 말리신다니까요."

후후, 화람의 웃음소리가 들렸다. 새털과 같이 가벼운 숨결이 그의 귀를 간질였다.

거짓말 같은 순간이었다. 꿈이라면 절대 깨고 싶지 않았고 찰나의 행운이라 한다면 시간이 멈추길 바랐다. 화람의 가느다란 팔이 제 등을 감싸 안았을 때 교하는 심장이 멈추는 것 같았다.

"가끔은…… 제가 오라버니를 위로해 드리는 것도 나쁘지 않을 테니."

교하는 눈을 감았다. 그녀의 마음이 안타까워서, 제 마음이 미련해서 눈물이 터질 것 같아 코끝이 시큰해졌다.

"무례가 아니어요."

화람의 길쭉한 손이 교하의 등을 토닥여 주었다. 괜찮다는 말도, 힘내라는 말도 없지만 그 어떤 위로보다 교하의 마음 깊숙한 곳에 닿는 손짓이었다.

✻

온 세상을 덮는 밝은 빛이 사라지고, 가슴을 잔뜩 얼리는 서늘함이 순식간에 다가왔다. 비단결 같은 하늘은 유독 짙은 어둠에 갇혀 그 작은 별님 하나 내보이지 않았다.

예로부터 요괴는 하늘이 사랑한 자, 그러나 그 사랑을 거부해 미움을 받게 된 자라 하였다. 인간과 닮았지만 결코 인간일 수는 없었다. 흉측한 괴수는 아니었지만, 그들처럼 인간에게 배척당해야 했다. 이도 저도 아닌 존재로 살아가야 하지만, 그들은 그 사실을 사랑했다.

하지만 사랑은 미움보다 우선하여, 하늘은 자신이 사랑한 요괴의 슬픔을 쉬이 넘길 수 없었다. 그렇기에 요괴들의 슬픔에 함께 반응했다.

그들의 기이한 모습을 감추고자 어둠 속 한편에 그들의 자리를 주었고, 그 눈물을 마르게 하기 위해 서늘한 바람을 일으켰다. 모두 그들을 사랑하사 가능한 일이었다.

지금의 밤도 그러한 신의 사랑이었을까. 함께 목 놓아 슬퍼할 수도, 이제 그만 기운을 차리라 안아줄 수도 없는 존재를 위한 별빛 하나 빛나지 않는 밤이었다.

"홍아."

무연의 목소리에 힘이 죽 빠져 있었다.

"홍아……."

그녀를 바라보는 눈동자에 서글픔이 어렸다. 하늘에서 채 내리지 못한 눈물이 그의 눈에 잔뜩 고여 있는 듯했다.

마을에서 모친을 만난 이후, 넋을 놓은 홍이를 안고 주막에 들어왔다. 넋을 놓고 기력도 놓아버린 홍이를 위하여 음식을 잔뜩 대령하라 일렀건만, 모두 쓸모없는 일이 되어버렸다.

홍이는 바짝 마른 나뭇잎처럼 죽은 듯 누워 있기만 했다. 차라리 울기라도 하면 나을 텐데 홍이는 아무런 표정도 없이 멍하니 누워 있기만 할 뿐이었다.

무연은 홍이가 당장에라도 죽어버릴 것 같아 두려웠다.

"내가…… 내가 어찌해 주면 될까."

목소리가 바짝 말랐다. 당장에라도 쩍 갈라질 것처럼 위태로운 그의 목소리에 창호지가 몸을 파르르 떨었다.

"말해보아, 네가 해달라는 대로 해주겠다. 네가…… 네가 원하는 대로 해줄 터이니."

잔뜩 긴장한 그의 손가락이 홍이의 머리를 쓰다듬었다. 여린 어깨를 그러쥐며 짙은 한숨을 내뱉었다.

이럴 줄 알았다면 데리고 오지 않았을 것이다. 인간들은 부모와 자식의 연을 천륜이라 중하게 생각한다 하여 데리고 온 것이었다. 그토록 중한 연이라면, 자신의 뜻으로 끊어내라 해선 안 된다 생각했기에.

더불어 그들의 눈물을 믿었다. 홍이를 보낼 때 터뜨리던 그들의 눈물을, 사랑한다는 고백을 믿었기에 홍이를 데려온 것이건만.

"아니! 나에게는 그런 자식이 없소!"

이 얼마나 파렴치한가. 그토록 중하다는 천륜을 어긴 것이다. 그렇담 그 여인은 인간이 아닌 것인가. 혹 저와 같은 요괴이기에 이토록 홍이에게 모질게 군 것일까.

"……무연님."

그가 괴로워하고 있는데 가느다란 홍이의 목소리가 들렸다. 당장에라도 숨을 놓을 것 같은 가냘픈 목소리였다.

"그래, 홍아."

"너무…… 아픕니다."

그 말에, 무연은 심장이 저 아래로 떨어지는 것 같았다. 머리가 아찔했다. 아프다니, 그 애절하고도 구슬픈 울음에 무연이 입술을 잘근 씹었다.

홍이의 마음이 어둠으로 조금씩 물들어가고 있었다. 가슴에 맺히는 시퍼런 멍은 구슬픔으로 물들어 까맣게 죽어갔다. 무연이 어찌할 새도 없이 그녀의 주변으로 까만 어둠이 스멀스멀 밀려왔다.

무연의 눈동자가 크게 요동치기 시작했다. 찬란한 빛으로 반짝거리던 그녀가 조금씩 그 색을 잃어가고 있었다. 물론 어둠이 요화로서의 의식에 영향을 주는 건 아니었다. 아니, 그들의 근본은 어둠이니 오히려 도움이 되면 될 것이었다.

단지 무연이 싫을 뿐이었다. 홍이가 어둠에 물드는 것이, 햇살 같은 미소를 두 번 다시 보지 못하는 것이 싫었다.

무연은 결국 몸을 벌떡 일으켰다.

"내가 하려 하는 일이, 홍이 너에게는 지독한 일이 될지도 모른다."

주먹을 꽉 그러쥐었다. 인간의 몸은 나약하다. 정신이 무너지면 나약한 몸뚱이는 버텨내질 못한다. 그렇게 놔둘 수 없었다.

"하지만 나는 할 것이다."

목소리에 힘이 들어갔다.

"설령 네가 날 원망할지라도."

그 마음에 잔뜩 기합이 들어갔다.

"나는 널 위해서…… 망설일 수가 없구나."

처연하게 누워 있는 그녀를 지켜보는 눈동자에 슬픔이 잔뜩 어려 있었다. 한참이나 홍이를 지켜보던 무연이 몸을 돌려 방을 나섰다. 문을 닫고 주막을 뛰쳐나온 그가 향한 곳은, 마을의 뒤쪽에 늘어진 산의 입구였다.

주변을 살펴 누군가 없는지를 몇 번이고 확인한 뒤에야, 무연은 원래의 모습을 찾았다. 금색의 머리칼이 바람에 나부끼고, 물색의 눈동자가 바람에 젖어들었다. 하얗게 빛나는 피부가 꽁꽁 숨어버린 달님을 대신했을 때.

"나의 부름을 들으라."

그의 목소리가 천둥이 되어 하늘로 향했다. 쾅! 산으로 내리 떨어지는 번개 한 줄기에 검은 하늘이 번쩍였다.

"지앙 할미를 데려와라."

번개가 번쩍였다. 설산에서 거대한 울음이 터졌고, 노아가 일으키는 눈보라가 그 위를 휘몰아쳤다.

어둠을 타고난 사내의 분노에 산천이 몸을 떨었다. 신은 여전히 슬피 울며 하늘을 어둠으로 뒤엎었고, 그를 달래려 서늘한 바람을 불어주었다.

하지만 그의 분노는 가라앉지 않았다. 생각 같아선 당장 마을을 쑥대밭으로 만들고 싶었다. 죄 없는 이들의 희생도 상관없었다.

홍이의 슬픔이, 아픔이 오롯이 인간 때문이라면 그것만으로 이유는 충분했다. 자신이 그들을 벌할 이유, 그들이 제 손에 죽어 나갈 이유.

하나, 홍이가 그 사실을 알면 저를 두려워할까 봐, 그녀에게 지독할지도 모르는 또 다른 결과를 택한 것이다.

"어찌 요괴 놈이 신령에게 오라 가라 명령을 하느냐."

꽤 오랜 시간이 흘러 잔뜩 성이 난 노파의 목소리가 들렸다. 눈을 가늘게 뜬 그가 위를 올려다보았다.

"북쪽의 두령, 무연이오. 내 오늘 그대에게 청이 있어 찾았소."

그가 말을 마치기 무섭게 커다란 웃음소리가 들렸다. 꼭 그를 비웃는 것 같은, 날카로운 웃음소리였다. 하지만 그는 눈 하나 깜짝하지 않았다.

비웃어도 좋았다. 어둠 그 자체로 위협이어야 할 그가 멍청해졌다 욕해도 상관없었다. 홍이만 괜찮다면. 그녀가 예전처럼 웃을 수만 있다면.

"요괴 놈이 부탁이라, 어지간히 급한가 보구나."

"알면 모습을 드러내시오."

이윽고 그가 서 있는 곳으로 커다란 바람이 휘몰아쳤다. 하지만 나무는 흔들리지 않았고, 소리조차 들리지 않았다. 그 바람에 영향을 받는 것은 무연의 긴 머리카락뿐이었다.

잠시 후, 그의 앞으로 주름이 자글자글한 노파가 모습을 드러냈다. 노파의 길게 휜 눈매가 무연에게서 떨어질 생각을 않았다.

"호, 소문으로 듣던 대로 북쪽의 요괴는 절세미인이로구나."

"쓸데없는 소리 마시오. 한가해서 이렇게 예를 차리고 있는 게 아니니."

끌끌, 혀를 찬 지앙 할미가 뒷짐을 진 채 그를 빤히 쳐다보았다. 겉으로 보기엔 인자하기 그지없는 인간의 모습이다.

"요괴가 나에게 청이라, 그래 일단 말해보아라."

"나의 반려가 인간이오."

"그것 참 말세로구나, 인간이 요괴의 반려라니."

무연의 말이 마뜩잖은지 지앙 할미의 얼굴이 일그러졌다.

"내 반려와 그 부모의 천륜을 끊고 싶소."

무연의 말이 끝나기 무섭게 지앙 할미의 눈이 위로 잔뜩 치켜올라갔다. 아까와는 또 다른 천둥 소리가 하늘을 울렸다. 거친 바람이 몰려와 무연의 주위를 에워싸고, 지앙 할미의 분노가 그에게 향했다.

"한낱 요괴 놈이 하늘의 귀여움을 받는다 하여 세상모르고 날뛰는구나."

"그깟 귀여움 원한 적도 없다."

"네놈들이 동쪽과 남쪽에서 한 짓을 알고 있느냐! 네놈들이 무력으로 끊어버린 무고한 생명들을, 알고 있느냔 말이야!"

노한 목소리가 번개가 되어 애먼 나무 위에 내리쳤다. 꼿꼿이 서 있던 나무가 두 쪽이 되어 쓰러졌다.

하지만 무연은 눈 하나 깜짝하지 않았다.

"내 소관이 아니니, 나에게 따질 것이 아니라 보는데."

"너도 그놈들과 같은, 천하디천한 요괴라는 건 변하지 않아! 한데, 네가 감히 인간의 천륜을 끊겠다 해! 인간이 요괴 놈의 반려로서 살아가는 것도 원통할진대, 어찌 네놈이 그깟 망언을 해!"

우레와 같은 목소리에 땅이 울렸다. 발 아래로 느껴지는 진동에도 무연은 아랑곳 않았다. 홍이를 위해서라면 이깟 분노쯤 얼마든지 감내할 수 있었다.

슬픔과 아픔으로 허우적거리며 괴로워하던 그녀의 모습을 다신 보고 싶지 않았다. 찬란한 빛이었던 그녀가 눈앞에 아른거려 미칠 것 같았다.

"나의 반려는 태어나자마자 부모에게 버림받았소! 전대 두령에게서 쌀을 받고, 패물을 받는 조건으로 그녀를 버렸다 이 말이야! 그런 그녀가 어미를 찾는다, 한 번이라도 그 얼굴을 보겠다 나를 따라왔어. 한데, 어미라는 자가 무어라 했는지 알고 있는가?"

지앙 할미의 눈썹이 꿈틀거렸다. 분노를 감추지 못하는 무연의 울부짖음에 그녀는 흥, 코웃음을 쳤다. 동시에 휘몰아치던 바람이 사그라졌다.

"저의 자식이 아니라 하였어. 이미 보낸 자식, 더 이상 제 자식이 아니니 찾지 말라 하였단 말이오. 나의 반려는 지금…… 죽어 가고 있소. 그토록 찾던 제 부모에게 제 존재를 부정당하고, 그리던 제 어미에게 버림을 받아……."

무연의 주먹이 부들부들 떨리기 시작했다. 무연은 눈을 질끈 감았다. 울고 싶다는 기분이 이런 느낌이라는 것을 왜 이럴 때에 알게 되는 걸까.

"요새로 돌아가면 그녀는 나의 반려가 되오. 요괴로서의 삶을 내어줄 것이니, 그런 천륜은 필요 없는 것 아니오!"

지앙 할미가 짧게 한숨을 내쉬었다. 어느덧 바람이 그쳐 잠잠해진 탓에 그 한숨이 더욱 크게 들렸다.

"그 아이가 원하는 일이더냐."

무연은 대답을 못 하고 움찔했다. 아니라 말을 하면 되는 일인데, 차마 대답을 할 수가 없었다.

"말하지도 않았소."

"반요로서의 삶을 살아갈 것이라면, 끊어주는 것 역시 그다지 어려운 일이 아니지. 하지만."

오도카니 서 있던 둘의 사이로 낮은 긴장감이 흘렀다.

"너는 그 모든 원망을 감당할 수 있겠느냐, 요괴 놈아."

무연은 숨을 흡 들이켰다. 저를 원망할지도 모를 홍이의 모습을 떠올리니 목이 콱 막혔다.

"나 역시 하늘의 천명을 어기는 일이나, 네 말이 맞다면 결국 그 아이는 하늘 신의 손길에서 벗어날 운명인 게지. 다만 네가 그 업을 감당할 수 있겠냐 이 말이다."

"아아, 내가 그 업을 받는 것이라면 괜찮소. 그 아이에게 향하는 것이 아니라면……."

일말의 고민도 필요 없는 문제였기에, 무연의 입가에 환한 미소가 만개했다. 다행이라 고개를 끄덕이는 그를 보며 지앙 할미가 눈을 가늘게 떴다.

요괴란, 제 탐욕만을 좇으며 혼란을 꾀하는 자들이라 생각했다. 그 욕망이 너무나 커 하늘조차도 어찌할 수 없는 것이라고. 한데, 지금 제 앞에 있는 요괴는 무엇이란 말인가.

생각지도 못한 모습에 마음이 움직인 건지. 그게 아니라면, 인간과 요괴와의 인연에 흥미가 생겨 마음이 움직인 건지. 지앙 할미가 걸음을 옮겨 무연을 지나쳤다.

"네 반려가 있는 곳으로 가자."

깜짝 놀란 무연이 지앙 할미의 뒷모습을 쳐다보았다.

"슬픈 일이로다. 어미가 자식을 버리다니…… 슬픈 일이야."

지앙 할미의 구슬픈 목소리에 무연이 걸음을 재촉해 그 뒤를 따랐다. 그들이 숲을 벗어나자, 낮게 깔려 있던 어둠이 물러갔다. 그리고 하나둘, 하늘 위로 별님이 떠올랐다. 두 개의 인영이 거뭇한 어둠에 묻혀 사라졌을 때, 묘한 울음이 산 중턱을 울렸다.

곧 끊어질 인연의 붉은 실타래가 슬피 우는 것이던가, 하였다.

"대체 언제까지 이렇게 지켜만 보고 있을 거요?"

무연이 볼멘소리로 투덜거렸다. 벌써 홍이가 자고 있는 방에 들어온 지 반각이 지났다. 방에 들어선 후부터 지금까지, 지앙 할미는 한마디도 꺼내지 않고 홍이를 내려다보고 있었다.

"이보시오."

그의 부름에도 지앙 할미는 조금의 대꾸도 하지 않았다. 한숨을 내쉬며 미간을 잔뜩 찌푸리기만 할 뿐.

"대체 뭘 하긴 할 거요?"

이윽고 무연이 다시 한 번 짜증을 냈을 때, 지앙 할미가 그를 향해 고개를 돌렸다. 그녀의 표정에 의아함이 가득해 무연은 더럭 겁이 날 정도였다.

"이 아이, 제 부모와 언제 떨어졌다고?"

"갓 태어나, 눈도 채 뜨지 못했을 때 떨어졌소."

쯧쯧. 혀를 차던 지앙 할미가 다시금 홍이를 향해 고개를 돌렸다. 대체 왜 그러냐 무연이 한 소리를 하려는데 할미의 눈이 길게 늘어졌다.

"애초에 이 아이에게 부모 자식 간의 연이란 없었다. 아무리 찾아도 그 실이 보이지 않는구나."

"뭐요?"

"요괴의 반려로 태어날 운명이었기에 그런 것인지, 아무것도 보이지 않아."

둘 사이로 정적이 흘렀다. 차라리 잘됐다, 그리 웃어야 할까. 그게 아니라면 애초에 없는 연 때문에 이리도 힘들어하는 홍이를 보며 울어야 할까.

저를 버린 부모를 찾으려는 마음을, 한 번이라도 보고 싶다는 간절함을, 무연은 이해하지 못하였지만 홍이가 바라기에 들어주고자 하였다.

한데, 아예 연이 없다니. 이젠 화가 날 지경에까지 이르렀다. 그런데 왜 그녀가 아파해야 하는가, 왜 이렇게 무너져야 하는 걸까.

"네놈은 이해할 수 없을 것이야."

단박에 마음을 읽혀 버렸다. 지앙 할미의 일침에 무연이 입술을 꾹 눌렀다.

"이해가 안 되오. 연이 없다면, 이 아이가 왜 이리 아파하는 것이냔 말이야."

"열 길 물속은 알아도, 한 길 사람 속은 모른다 하였다. 연이 이어지지 않았어도, 이 아이에게 부모라는 존재가 컸다면…… 그럴 수도 있겠지."

"연이 없다는 건, 그들이 홍이를 사랑하지 않았다는 것 아니오."

무연의 짜증에 지앙 할미가 고개를 돌렸다. 그리곤 쯧쯧, 혀를 차며 고개를 좌우로 저어댔다.

"이 아둔한 요괴 놈아. 너는 만약 이 아이가 반려로서의 자격을 잃어 그 연이 끊겨졌다 해서, 네가 품었던 마음이 거짓이라 말할 것이냐?"

"그건 아니지. 내가 홍이를 은애하는 마음과 연은 다른 것인데 어찌!"

"보아, 이러니 네가 아둔하다는 것이야."

다시 한 번, 혀를 크게 찬 지앙 할미가 고이 잠든 홍이를 내려다보았다. 그 흔한 부모 자식 간의 연도, 형제 자매간의 연도 없었지만 마음속은 들끓는 애정으로 가득했다.

저를 버렸다지만 끝까지 사랑한다 속삭여 주었던 아비에게. 결코 저를 보낼 수 없다 울부짖던 어미에게. 그리고 막둥이를 보내지 말라 애원하던 형제자매들에게. 무수히 많은 마음들이 한데 뭉쳐 붉게, 붉게 피어오르고 있었다.

"안쓰러운 것. 네가 이리 꽃을 피운다 해도…… 그들은 꿀은커녕 양분조차 주지 않을진대. 이 미련한 것……."

주름이 자글자글한 지앙 할미의 손이 홍이의 머리를 쓰다듬어 주었다. 부드럽게 얽히는 그녀의 머리칼에 노파의 주름은 더더욱 깊어져만 갔다.

"혹 방법이 없다는 건……."

"방법은 있지."

"그럼 당장 해주시오. 무얼 망설이고 있는 게요."

무연의 채근에 지앙 할미가 천천히 고개를 돌렸다.

"채 이어지지 않아, 이래저래 설킨 실타래를 내가 가져갈 것이다. 본래대로라면 길게, 길게 이어져 끊어지지도 않게 팽팽해야 하겠지만, 지금은 이 아이의 마음에 잔뜩 엉켜 있으니 말이야. 한데, 요괴 놈아."

곧 지앙 할미의 얼굴이 딱딱해졌다. 그녀는 홍이와 무연을 번 갈아 쳐다보았다.

"그들과 이어지지 못한 인연의 실 대신, 그만큼의 실이 너와 연 결될 것이다. 하나, 너와 같은 요괴들은 천 년을 살고 인간의 피 가 반이 섞인 반요는 천 년도 채 살지 못하는 운명."

무연의 시선도 누워 자고 있는 홍이에게로 향했다. 사실 그런 것까지는 생각해 본 적이 없었다. 반요가 그 생이 매우 짧다는 건 알고 있었지만, 저보다 더 짧은 생을 살아갈 것이라 생각하지 않 았다.

그저 저와 같은 존재가 된다는 것만 기억하며 잔뜩 부풀어 올 라 있었을 뿐. 저보다 먼저 떠난다. 제 곁에 잔뜩 그려놓은 흔적 들만 남긴 채, 영영 사라지고 만다.

요괴란 완전한 어둠에서 태어난 완벽한 어둠의 존재였으므로, 죽음을 맞이함과 동시에 후생이 약조되지 않았다. 그저 땅과 하나 가 되어, 하늘에 흩날리는 바람과 하나가 되어 그렇게 사라질 뿐.

이제 와서 그 생각을 하니 가슴이 찢어질 듯 아팠다. 홍이가 떠나 버린다.

"이 아이의 빈자리를 너로 채우는 대신, 둘 중 하나가 사라지 게 되면 남은 자는 큰 고통을 받게 될 것이야. 마음이 불타는 듯 한 고통 속에서 남은 생을 살아야 하겠지. 그리해도 이겨낼 수 있 겠느냐?"

"그 말인즉…… 고통을 느끼는 게, 홍이가 아닌 내가 될 가능 성이 더 높단 말이지?"

"이거 하나만큼은 잘 알아듣는구나."

홍, 지랑 할미가 코웃음을 치는데도 무연은 아랑곳 않았다.

"다행이지 않은가."

무연은 진심으로 다행이라는 듯 웃었다. 그는 매우 행복해 보였다. 세상 다시없을 환한 웃음을 그렸다.

"실성이라도 한 게야?"

"홍이가 아니라, 내가 아프다고 하니 다행이라 하는 것이오. 내가 고통을 겪는다 한다면, 난 상관없소."

"혹 네가 먼저 세상을 뜬다면 어쩌려고."

"아아, 그럴 리 없어. 절대…… 절대 그럴 일은 없을 것이오."

무연이 확신하자 지랑 할미는 입술을 일자로 꾹 닫았다.

그는 제가 알고 있는 요괴와 달랐다. 어찌 이자가 포악하기 그지없다는 요괴란 말인가. 아니, 어쩌면 이 아이가 특별하여 요괴까지 변화시킬 수 있었는지도 모른다.

"이리되는 것도 하늘의 뜻이겠지."

결국 마음을 먹은 지랑 할미가 홍이의 위로 손을 뻗고 눈을 감았다. 그녀가 중얼거리는 작은 소리에 따라 홍이의 몸에서 붉은 실 여덟 가닥이 천천히 빠져나오기 시작했다. 붉게 물든 그것들에서 붉은 물방울이 똑, 똑 떨어졌다. 바닥에 떨어져 생긴 동그란 원은 금세 흔적도 없이 사라지고 말았다.

"우는 것이야. 결국 제 길을 찾지 못한 이 아이의 마음이…… 얼마나 아팠을꼬."

쯧쯧, 혀를 차는 소리에 무연이 입술을 잘근 씹었다. 제 앞에서는 울지도 못했을 것이다. 결코 슬퍼 말아달라 해서, 울지 못한 것이다.

"내 탓이오."

자신이 이렇게 만든 것 같았다. 차라리 처음부터 안 된다고 했으면 좋았을 것이다. 끝까지 만나지 못하게 홍이를 말렸더라면 일이 이렇게까지 되지 않았을지도 모른다.

"내가…… 이렇게 만들었어."

탄식으로 젖은 그의 목소리에 지앙 할미는 아무런 말을 하지 않았다. 아니라는 부정도, 맞다는 긍정도 하지 않은 채 홍이에게서 실을 뽑아내는 데 열중할 뿐이었다.

어느새 지앙 할미의 손안에는 실타래가 들려 있었다. 여전히 붉은 물을 뚝, 뚝 떨어뜨리는 실이었다.

"이제 곧 너와의 실이 이어질 것이다. 그러니 요괴 놈아."

"무연이오."

"네 이름은 알 것 없다. 인간 아이는 생각 외로 강하지만, 또 생각보다 약해. 그러니 네가 잘 보살펴야 한다."

"흥, 누가 들으면 손녀라도 되는 줄 알겠군."

"이 아이와 이어진 가족의 연이 없으니…… 나라도 그리해야지."

지앙 할미의 목소리에는 안쓰러움이 가득 묻어 있었다. 할미는 꽤 오랜 시간 홍이를 내려다보았다.

"나는 이만 가봐야겠구나, 요괴 놈아."

무연은 지앙 할미가 저를 요괴 놈이라 부르는 것이 영 마음에 들지 않았다. 하지만 지금으로선 그녀에게 그저 고마울 뿐이었다.

"고맙소, 할멈."

"신령님이라 불러라. 요괴 놈아."

"난 그런 말 모르오. 요괴니까."

"에잉, 썩을 놈……. 잘 보살펴 주어라. 불쌍하고 또 불쌍한 그 아이를."

알겠다. 그러니 걱정하지 마라. 대답을 하기도 전에 문으로 향하던 지앙 할미의 뒷모습이 점차 흐려지고 있었다. 그리고 이내 연기처럼 문 너머로 사라졌다.

참 이상하지. 지앙 할미가 사라진 뒤로, 무연은 홍이에 대한 제 마음이 조금 더 깊어진 것 같았다. 기분 탓인가 싶기도 했지만, 확실히 전과는 달랐다. 온통 홍이 생각뿐이었다.

그러다 왜 홍이가 이렇게 아파해야 하는지 생각하다가 이를 아득 갈았다.

"네 이놈들⋯⋯."

결국 화를 참지 못한 무연이 몸을 벌떡 일으켰다. 홍이를 잠시 내려다보는가 싶었지만, 그는 방에서 홀연히 모습을 감추었다.

휙, 바람이 불어 방 안을 휘저었다. 서늘한 공기가 방 안을 가득 채웠을 때, 잠든 홍이의 눈에서 투명한 물줄기가 흘러내렸다.

"어머⋯⋯ 니. 아⋯⋯ 버지."

말끝에 슬픔이 묻어 있었다. 그러나 잠시 후, 굳게 다물려 있던 입술에 미소가 맴돌았다. 이윽고 달싹이는 입술 사이로 누군가의 이름이 흘러나왔다.

그 무엇과도 인연이 아니 되는 자, 무연 그의 이름을 나지막이 속삭이며 단잠을 이어갔다.

무연이 홍이마저 내버려 두고 도착한 곳은 홍이의 부모가 살고 있는 으리으리한 기와집 앞이었다. 여섯 개의 돌계단 위에 선 그가 매서운 눈으로 문을 노려보았다.

"문을 열어라."

낮은 음성이 날카로운 칼바람에 실려 흩어졌다. 동시에 쾅! 커다란 소리를 내며 나무 문이 양쪽으로 활짝 열렸다.

"네 이놈, 감히 여기가 어느 안전이라고! 어디서 온 왈패냐!"

문이 열리는 큰 소리에 곧 거대한 덩치의 사내가 달려 나왔다. 예가 어디라고 감히 행패냐며 언성을 높이는 그를 앞에 두고 무연은 흥, 코웃음을 쳤다.

그 순간, 꽁꽁 숨어 있던 커다란 달이 모습을 드러냈다. 검은 구름이 걷히고 서늘한 달빛이 땅 아래로 가득 쏟아졌다.

"그러니까 대…… 대답…… 대답을."

무연에게 달려오던 사내의 입이 꽁꽁 얼어붙고 말았다. 배짱 좋게 뛰어오던 걸음 역시도 그 자리에 꽁꽁 묶였다.

"요…… 요……."

사내의 눈앞으로 금색의 긴 머리칼이 흩날렸다. 얼음을 잔뜩 담아 서슬 퍼런 빛의 눈동자에 간담이 서늘해졌다. 뾰족한 귀와 창백하기 그지없는 피부가 그의 존재를 말해주었다.

"이 집의 주인은 어디에 있는가."

범의 울음소리와 같고, 날카로운 폭풍의 울음과도 비슷했다. 저 바닥을 기고 울리는 소리에 사내가 덜덜 떨리는 손을 들었다.

"저, 저쪽. 저쪽에 있습니다."

커다란 집의 한가운데를 가리키는 사내의 눈동자에서 두려움이 여실히 느껴졌다. 다닥다닥 이가 부딪치는 소리가 텅 비어버린 마당을 가득 울렸다.

아아, 무연의 입에서 흐느끼는 웃음소리가 흘러나왔다. 홍이를 제외한 인간들은 모두 쓸모없는 놈들이다. 이러니 멍청하고 잔악한 남쪽 놈들에게 지배당하는 것이겠지.

"너는 아무것도 보지 못한 것이다."

하나, 그 입을 막아둘 필요는 있었다. 괜히 요괴가 마을에 내려왔다는 말이 들리면 필요 이상으로 설산이 시끄러워질 것이다.

"네가 오늘 본 것은……."

"꾸, 꿈입니다! 꾸, 꿈! 쇠, 쇤네가 꿈을 좀 잘 꿉니다!"

공포로 파들파들 떠는 그 모습이 처량할 정도였다. 더 이상 상대할 가치도 없는 인간이었다. 무연은 느긋한 걸음으로 그를 지나쳤다.

"그래……. 부디 몸 조심히 일어나길 바란다."

킬킬, 쇳소리가 섞인 비웃음과 함께 무연이 사내의 어깨를 톡톡 두드렸다. 그와 동시에 거짓말처럼 사내는 자리에 털썩 쓰러져 정신을 잃고 말았다.

한편, 홍이의 부친은 늦게까지 서책을 읽고 있었다. 하지만 오늘따라 옆에 앉은 부인이 안절부절못하는 기색이라 온전히 책에 신경을 쏟지는 못했다.

"부인, 무슨 일인지 말을 하시오."

밖에서 돌아오는 저를 맞이하던 그 순간부터 부인은 이상한 말을 계속했다. 돌아왔다는 둥, 무섭다는 둥. 이유를 알 수 없는 말을 반복하니 얼마나 답답한 일이던가. 결국 책을 탁, 덮은 그가 시름이 잔뜩 묻은 목소리로 부인을 달래었다.

"부인이 이러고 있으니, 내 불안해서 책이 눈에 들어오질 않소."

남편이 달래는 것에 마음이 풀어진 걸까. 입술을 달싹이던 여인이 잔뜩 구겨져서 이제는 볼품이 없어진 치맛자락을 다시 구겨

쥐며 남편의 곁으로 바짝 다가앉았다.

"오래전…… 제단에 버린 아이를 기억하십니까, 서방님."

"제단에 버린 아이?"

여인의 물음을 곱씹던 사내의 얼굴이 흙빛이 되었다. 그는 눈을 가늘게 뜨다 크게 뜨기를 반복했다. 떨리는 입술이 그의 마음을 대변하고 있었다.

"그, 그 아이 이야기는 왜 갑자기……."

공포 혹은 죄책감으로 물든 사내의 눈빛에 여인의 얼굴에도 북풍이 불었다. 서린 눈바람에 얼굴이 꽁꽁 얼어버렸다.

"그러니까, 그러니까 그게……."

여인이 입을 달싹이던 그때였다. 무언가 우지끈 내려앉는 소리가 들렸다. 깜짝 놀란 두 사람이 문을 향해 고개를 돌렸다. 하지만 그 소리를 끝으로 더 이상은 아무 소리도 들리지 않았다.

이 정도 큰 소리가 났으면 누군가 와서 상황을 설명한다거나 무슨 일이냐 물으러 오기라도 할 텐데 이상하게도 고요한 정적이 흘렀다.

부부가 서로를 돌아보았다. 긴장으로 찐득한 침을 목 너머로 잔뜩 넘겼을 때, 쾅! 커다란 소리와 함께 부서진 문짝이 바닥으로 나동그라졌다. 그리고 그 사이로 길게 흩날리는 금발을 가진 사내, 무연이 등장했다.

"누, 누구냐!"

"요, 요괴입니다, 서방님. 요괴입니다!"

당장에라도 기절할 듯, 소리를 지르던 여인이 뒷걸음질을 치며 제 서방에게 폭 안겼다. 부부는 벌벌 떨며 서로를 꼭 부둥켜안았다. 아니, 정확히 말하자면 애처로운 눈빛으로 그에게 전하고 있었다.

"왜, 살려달라 말하고 싶은가?"

생각을 읽힌 건지, 부부의 눈이 휘둥그레졌다. 숨을 크게 들이마시던 그때, 킬킬 웃음을 터뜨린 무연이 천천히 다가와 그들의 앞에 몸을 앉혔다.

"요괴 따위가…… 어찌 마을에 내려와 횡포를 부리는지 궁금하겠지."

"무, 무얼 원하시오."

두려워하면서도 용기를 낸 사내의 말에 무연이 입술을 길게 말아 올렸다. 그리고 날카롭게 손톱을 세운 손바닥 위에서 눈바람을 살살 굴렸다. 그의 손바닥 위에서 동그랗게 뭉쳐지는 눈발이 매서운 소리를 냈다.

"너희가 버린 아이를 기억하느냐."

"서, 설마! 아, 아까 그 아이와 함께 있던!"

"아아, 그래. 계집, 너는 날 보았지, 참."

무연을 알아본 부인이 소리를 지르고, 무연이 그것을 아는 척을 하자 사내의 눈동자가 흔들렸다.

"왜, 왜 찾아온 것이오!"

사내의 물음에 무연이 눈썹을 찡그렸다. 그는 한쪽 손으로 턱을 괸 채 눈을 내리깔았다.

"아아, 그리 물으면 내가 할 말이 너무 많아서 말이야."

"하, 한낱 요괴 놈이!"

요괴 놈. 그 한마디에 무연의 눈이 번뜩였다. 순식간에 앞으로 나간 무연이 사내의 목을 움켜쥐었다.

"큭!"

"그래, 그 요괴 놈이 왜 찾아왔는지 이야기해 주마."

"서, 서방님!"

"네들이 버린 그 아이가 내 곁에 있다. 조금 착오가 생겨 이제야 내 곁으로 왔지만…… 뭐 그건 좋아. 너희가 부러 그런 것은 아닐 테니 말이야."

사내의 얼굴이 발갛게 달아올랐다. 울고불고 난리가 난 여인이 남편을 놓아달라 애원하며 무연의 팔을 붙잡았다.

"나의 요화가 될 그 아이가 네들이 보고 싶다 말했지. 한 번이라도 좋으니, 아비라 어미라 불러보고 싶다고 말이야."

순간, 사내의 눈이 휘둥그레졌다. 목을 졸려 눈동자에 핏발이 잔뜩 선 것과는 별개로 붉게 충혈되기 시작했다. 그리고 눈꼬리 끝으로 송골송골 눈물이 맺혔다.

한 방울, 그리고 두 방울. 아래로 떨어지는 눈물이 그의 마음을 말해주는 것 같았다. 그 때문인지 사내의 목을 쥐고 있던 무연의 손에 힘이 탁, 풀리고 말았다.

바닥에 털썩 쓰러진 사내가 크게 기침을 시작했다. 무연의 손자국이 그의 목에 붉게 남아 있었다. 마치 죄인에게 찍는 낙인처럼, 형벌을 받을 것을 예고하는 것처럼. 아주 선명하게.

"하지만 너희는 그 아이를 잔인하게 내쳤다. 요괴에게 보낸 것이라 하여, 아주 잔인하게…… 아이를 내버렸지."

허공에 남아 사내의 목을 옥죄는 모양을 하고 있던 무연의 손가락이 파르르 떨렸다. 그리고 곧 허공을 꽉 움켜쥐는 모양을 취하다 얼굴을 빳빳하게 굳혔다.

"해서, 나는 너와 그 아이의 연을 끊었다."

무연의 말에 부부의 안색이 희게 질렸다. 제 아이가 아니라 외치던 여인의 눈동자가 파르르 떨렸다. 사내 역시도 놀란 표정을 감추지 못했다.

붉게 충혈된 눈에서 굵은 눈물방울이 툭, 툭 떨어졌다.

"이제 아이에게 네 년놈들은 애초부터 없는 것이다. 아비가 있었는지, 어미가 있었는지조차 모르고 살겠지."

"네 이놈! 한낱, 한낱 요괴 따위가! 요괴 따위가 감히!"

"모두 네놈들이 자초한 짓이 아니던가."

부르르 떨리는 것은 비단 창살만은 아니었다. 집을 지탱하는 기둥과 마당에 선 나무들마저 요괴의 분노에 몸을 떨었다. 설산에서 휘몰아쳐 온 서늘한 눈바람이 방 안으로 들이닥쳤다.

"생각 같아선 네놈들의 가죽을 모두 뜯어 설산에 던져 버리고, 그 몸뚱이와 정기는 나의 부하들에게 던져 흔적도 남기지 말고 먹어 치우라 하고 싶은 심정이다."

한마디 한마디가 가슴에 꽂혔다. 그것이 결코 헛소리가 아님은 말 속에서 느껴지는 칼날 때문에라도 충분히 알 수 있었다.

부부는 그저 부들부들 떨며 망연자실한 채로 무연을 쳐다보고 있었다.

"하지만…… 그러지 않는 것 또한 그녀의 뜻일 테니."

홍이가 슬퍼할 거라 생각하니 무연은 그리할 수 없었다. 만약 홍이가 그들을 잊지 않게 된다면, 그들을 죽인 게 자신이라는 걸 알게 되어버린다면 분명 슬퍼할 것이다.

"목숨은 살려두마."

그의 한마디에 휘몰아치던 눈보라가 우뚝 멈추었다. 하지만 살을 에는 추위와 날카로운 공기는 여전히 방 안에 가득 차 두 사람을 꽁꽁 얼리고 있었다. 움직이지도 못한 채, 그를 올려다보던 두 사람이 마른침을 꿀꺽 집어삼켰다.

"다신 아이를 찾지 마라. 두 번 다시, 그 아이를 부르지도, 생각도 하지 마라! 네 연놈들이 버린 그 아이는 나의 반려가 되어 이 세상의 모든 것을 가질 테니!"

휘이이, 가느다란 바람이 그들 사이를 삭 훑고 지나갔다.

"네들은…… 영영 그 죄책감을 안고 살아라. 그 아이에게 너희는 더 이상 부모가 아닐 테니."

무연이 흥, 코웃음을 치며 뒤를 돌았다. 어서 홍이에게 돌아가고 싶었다. 이 지친 마음을, 그들의 이기심에 젖어 검게 변해 버린 마음을 그녀에게서 위로받고 싶었다.

산산조각이 난 문으로 날이 선 바람이 잔뜩 휘몰아쳤다. 무연이 사라진 복도 위로 가느다란 울음이 흘러나왔다. 아이야, 나의 아이야. 눈보라가 휘몰아치던 밤, 그때에 흘러나오던 울음소리와, 울부짖음과 아주 비슷하였다.

별이 쏟아졌다. 하나는 부모를 그리는 아이의 마음이요, 또 하나는 아이를 떠올리며 울부짖는 부모의 마음이었으니. 그에 울부짖는 이질적인 바람 한 줄기가 별 하나를 툭 떨어뜨렸다.

아이의 아픔에 동조하여, 그 마음에 동화되어 울부짖던 바람 한 줄기가 떨어지는 별빛에 몸을 기댄 채 눈을 감았다.

어둠이 드리운 시간이 점차 지나가고 있었다. 검은 비단이 깔렸던 하늘은 어느새 푸르스름한 비단이 펼쳐지는 새벽이 되었다.

"두령."

살을 에는 한기가 불어온다 싶더니, 어느새 바람을 타고 온 노아가 그의 곁에 나타났다. 걱정 어린 초록 눈동자가 아래로 축 늘

어져 있었다. 어깨 위로 찰랑거리는 금색의 머리칼, 그 끝에서 하
얀 눈송이가 떨어져 내렸다.

"무슨 일이냐."

어쩐지 겁이 나 방으로 들어가지 못하던 참이었다. 홍이가 저
를 보면 울음을 터뜨릴까 봐, 왜 그런 짓을 했냐 자신을 탓할까
봐. 수많은 걱정과 두려움이 앞섰다.

그저 마루에 앉아 설산을 바라보는 것 외엔 할 수 있는 게 없
었다. 아침이 오기만을 기다리던 터라, 노아의 방문이 그다지 반
갑지 않았다. 이 사색의 시간을 오롯이 혼자만 즐길 수 있도록
도와줄 수는 없는 걸까.

"어서 요새로 돌아가 보셔야 할 것 같습니다."

보채는 말에 한숨이 푹 새어 나왔다. 구태여 보채지 않아도 어
련히 돌아갈 생각이었다. 더 이상 홍이를 이 마을에 머무르게 하
고 싶지 않았다.

"변이를 일으킨 자가 있습니다."

운명은 때로 험한 장난을 치곤 한다는 화평의 말이 떠올랐다.
어쩌면 지금이 딱 그 시기인지도 모른다. 운명이 친 장난질에 알
면서도 놀아나야 하는 때.

"해서, 어찌하였느냐."

낮아진 그의 음성에 노아가 몸을 움츠렸다. 어깨에 힘을 잔뜩
준 그가 눈을 힘껏 감았다 떴다.

"흑강이 결계로 가두어두었습니다."

잇새에서 앓는 소리가 끙, 새어 나왔다. 흑강의 결계라면 분명
얼마 버티지 못하고 무너지고 말 것이다. 애초에 결계는 흑강의
특기가 아니었다. 손톱을 길게 빼 상대의 심장을 후벼 파고, 살점

을 뜯어내 갈기갈기 찢어버리는 일이라면 모를까.

"변이가 빠르게 퍼질지도 모른다며, 두령의 빠른 귀환을 촉구하였습니다."

울대를 벅벅 긁으며 새어 나오는 무연의 날카로운 울음소리에 노아가 몸을 한껏 움츠렸다. 불안하게 떨리는 눈동자에서 두려움이 느껴졌다.

"알겠다고 전해라."

노아가 고개를 조아렸다. 돌아오는 시기를 확답받아 오라는 흑강의 말이 있었지만 지금은 도저히 그런 것까지 물을 수 있는 때가 아니었다. 괜한 말로 그의 심기를 거스르고 싶지 않았다.

"귀환하실 때……."

노아가 겨우 입술을 달싹이던 그때였다. 홍이가 머무는 방의 문이 거칠게 열렸다. 화들짝 놀란 둘이 뒤를 돌았을 때, 걱정 어린 눈빛을 한 홍이가 있었다. 아롱거리는 그녀의 붉은 눈동자가 무연을 향하다 다시금 노아를 향했다.

"홍아."

"요화님."

홍이가 천천히 방에서 걸어 나왔다. 하지만 그녀는 웃지도 않았고 고운 목소리로 그를 부르지도 않았다.

무연은 지레 겁을 먹었다. 한 번도 본 적이 없는 표정에 가슴 한구석이 시큰해졌다.

"더 자지 않고."

아무렇지 않은 척 말을 걸었지만, 그의 흔들리는 눈동자에 오만 가지 감정이 뒤엉켜 있었다. 하얗게 질린 얼굴을 본 건, 그의 얼굴을 스치는 찬바람 한 줄기뿐이었다.

"요새에 일이 있는데, 어찌 당장 움직이지 않으셔요."

하지만 홍이의 입에서 나온 말은 그가 걱정하고 염려하던 것과는 전혀 다른 것이었다.

"그게……."

"정말. 자꾸 그러시면 미움받으셔요."

웃어주었다. 저를 비난하지 않고, 원망하지 않고 입을 길게 말아 올려 눈을 휘어주었다. 햇살보다 더 찬란한 미소를 보인 그녀가 툇마루에서 내려와 그에게 가까이 다가왔다.

"더 이상 구경은 하지 않아도 좋으니 돌아가요, 무연님."

"구경?"

"예. 장이 서는 날도 아닌데, 왜 그리 구경을 오고 싶었는지 모르겠어요. 그냥…… 그냥 뭔가 자꾸 그리워서……."

그런데 그게 무언지 잘 모르겠어요.

중얼거리는 소리에 무연은 가슴이 주저앉는 기분이었다. 이것을 좋아해야 할까, 마냥 미안해하며 가슴을 꽉 움켜잡아야 하는 걸까. 도저히 알 수 없었다.

"이럴 시간이 어디 있어요. 어서, 어서 가요, 무연님."

"정말 괜찮은 게냐."

해서 다시 한 번 묻기로 하였다. 정말 이대로 돌아가도 괜찮은 것인지, 정녕 아무것도 기억나지 않는다 하여 잊어도 되는 것인지.

그의 질문에 잠시 고민하던 홍이가 고개를 살랑거렸다.

"예, 괜찮아요. 그러니."

"다시 한 번 묻겠다. 정녕…… 정녕 이대로 돌아서도 너는……."

괜찮은 것이냐. 무연은 입 밖으로 쉬이 나오지 않는 한 마디와 두려움을 꾹 삼켜냈다.

그 마음을 알기나 하는 건지, 홍이의 눈동자는 반짝반짝 빛을 내며 그를 향하고 있었다. 대체 무슨 말을 하는 거냐 묻는 것 같은 그녀의 눈동자에 무연은 숨이 턱 막히는 것만 같았다.

"무슨 일…… 있으셔요?"

이러니 생각하는 동물은 참으로 간사하다는 것이다. 아무것도 모르는 것 같은 그녀의 표정에, 한마디에 금세 불안함이 눈 녹듯 사라져 안심을 하게 되지 않는가.

알고 있다. 이게 얼마나 간사하고 이기적인 일인지. 자신이 옳다 판단해 행동한 일 때문에 그녀는 생에 있어 모든 것일지도 모르는 '가족'을 잃고 말았다.

더 이상 그 머릿속에, 마음속에 저 외에 아무것도 없을 것이라 말한다면 홍이는 무어라 할까.

"아니다. 아무 일도 아니야."

무연은 더 이상 묻는 것도, 그녀의 마음을 확인하는 일도 하고 싶지 않았다. 겁이 났다. 더 이상 돌이킬 수 없는 상황이 될까 봐 두려웠다.

"무연님."

"가자. 가자꾸나, 우리의 집으로."

"예. 돌아가요, 무연님."

홍이는 그런 자신의 마음은 영영 알 턱이 없을 것이다. 무연은 제 입으로 먼저 진실을 말할 용기가 나지 않았다.

평생 혼자만의 비밀로 할 것이다. 훗날, 눈을 감는 날이 찾아오면 그때서야 밝힐 수 있을까. 그러한 생각을 잇던 무연이 홍이의 손을 세게 움켜잡았다.

돌아가자. 돌아가자. 입가에 맴도는 말 한마디가 사탕처럼 사르르 녹아내리고 있었다.

홍이와 무연이 요새에 도착한 건 해가 중천에 떠오른 오후 즈음이었다. 뜨거운 햇살이 설산을 내리쬐었지만, 그들이 있는 요새는 결코 밝지 않았다.

"두, 두령이다!"

"두령, 두령!"

저를 보자마자 급하게 달려오는 요괴들의 모습에 무연은 미간을 찌푸렸다. 그들의 표정에서 공포와 두려움을 본 것이다.

변이된 남쪽 요괴가 결계에 걸쳐 죽은 채 발견된 것 외엔 북쪽에서는 일어나지 않았던 일이다. 간혹 남쪽에서 변이를 일으킨 이들이 난동을 부렸다던가, 동쪽의 몇이 결계를 넘어서 굶주리다 결국 폭주해 변이를 일으켰다던가 하는 소문 외에는 직접 겪어본 적이 없는 일이었으니, 더더욱 두려움이 가중되는 것이겠지.

집단을 흩뜨리기 가장 쉬운 방법은 공포를 이용하는 것이다. 뼛속까지 스며든 공포라는 놈이 그들을 쥐고 흔들 때, 집단에는 균열이 일고 판단력은 점차 흐려지기 마련이다.

지금 무연의 눈에 이들이 그러했다. 공포에 잡아먹혀 생각을 하지 않는 그들을 보니 절로 미간이 찌푸려졌다.

"변이된 자는 어디에 있는가."

무연의 낮은 목소리가 거친 바람이 되어 설산을 내리쳤다. 평소와 다른 무게가 실린 울림에 바람은 더욱 거칠어졌고, 잔뜩 날이 서 설산의 나무들마저 갈라놓았다.

무연의 서슬 퍼런 기색에 앞에 모여 선 이들의 어깨가 사시나무처럼 떨렸다. 뒤늦게 그들을 헤치고 흑강이 앞으로 달려 나왔다. 꽤 지친 기색이었다.

"오셨습니까, 두령."

"어디냐."

"징벌의 방에 가두어두었습니다."

"앞장서라."

무연이 걸음을 떼자 요괴들은 한결 밝아진 얼굴로 그를 바라보았다. 이제 두령이 자신들을 구해줄 것이다. 변이된 고통 속에 울부짖는 제 형제를 편히 쉬게 해주고, 두려움에 떠는 자신들을 구원해 주겠지. 그게 두령이니까, 그것이 두령이 해야 할 일이니까.

숨이 막힐 듯한 그들의 바람이 무연의 뒤를 따랐다. 그들의 마음이 하나로 모여 무연을 쿡쿡 찔렀다. 눈빛만 보아도 그들이 원하고 말하고자 하는 것을 단박에 알 수 있으니, 이럴 때에는 홍이와 같은 인간이 되고 싶었다. 비록 약하고 그 생이 짧다 하더라도, 평범하게 그녀와 살아갈 수 있을 테니 말이다.

그렇담 홍이와 조금 더 행복하게 살아갈 수 있지 않았을까.

"……령."

문득 머리를 덮치는 이러한 생각이 그를 권태로운 기분으로 만들었다. 어쩌면, 정말 작은 확률로 차라리 인간으로 태어났다면 그게 더 행복하지 않았을까. 그래. 차라리 자신이 홍이에게 위협한 톨도 되지 않는 인간으로 태어났다면.

"두령."

짧지만 굵직한 흑강의 목소리가 무연의 머리를 세게 내리쳤다. 화들짝 놀란 그가 고개를 들어 옆을 바라보았다. 마치 자신이 하고 있던 생각을 들킨 것처럼 얼굴이 화끈거렸다.

"무엇이냐."

툭 터져 나온 그의 목소리는 꽤 낮았다. 하지만 그 안에 불규칙한 숨이 섞여 있어 어쩐지 민망해졌다. 혹 자신이 한 생각을 읽혀 질타라도 받으면 어쩌나 싶었다. 두령이나 되는 자가 일탈을 떠올렸다니, 결코 있어선 안 될 일이지 않은가.

"요화님께서 따라오고 계십니다."

하지만 흑강에게서 나온 말은 다행히도 질타나 힐난의 말이 아니었다. 그가 눈치채지 못하도록 천천히 안도의 한숨을 몰아쉰 무연이 홍이를 돌아보았다.

겁먹은 홍이를 본 무연은 미처 그녀를 챙기지 못한 저를 질책했다. 변이자가 생겨 모두가 혼란스러워하는 이때에 저마저 거기에 휩쓸려 뒤를 보지 못하였다.

"홍아."

무연각에 가 있으라, 그렇게 말하려다가 무연은 대신에 그녀에게 손짓했다. 겁에 질린 그녀의 표정 때문이기도 했지만, 저부터가 그녀를 떼어놓고 싶지 않기 때문이었다. 홍이를 떼어놓으면 그녀에 대한 생각으로 일에 집중하지 못할 것 같았다.

"이리 오너라."

그럴 바에야 차라리 그녀를 데리고 가는 게 나을지도 모르는 일이다. 눈이야 가리면 되는 것이요, 귀를 막아 고운 것만 들을 수 있도록 도와주면 되는 것이니.

무연의 손짓에 따라 천천히 떨어지는 소맷자락이 마치 한 떨기 꽃과 같았다. 홍이는 금세 무연의 곁으로 다가섰다.

"네들은 할 일을 하라. 변이자는 내 알아서 처리할 테니."

요새에서 그의 말을 거역할 자는 단 한 명도 존재하지 않았다. 모여 있던 요괴들이 그의 손짓에 우르르 흩어졌다.

징벌의 방으로 향하는 동안 안달이 난 건 흑강뿐이었다. 어떤 꼴을 보게 될지 모르는데 그곳에 요화를 데리고 가려는 두령이 이해가 되지 않았다.

"무연님, 요화님을 모시고 가도 되겠습니까."

결국 흑강은 말을 꺼내고 말았다.

"괜찮습니다. 괜찮아요. 그러니 데리고 가주세요!"

대답을 한 건 홍이였다. 혹시라도 저를 떼어놓고 갈까 봐 울 것 같은 표정으로 두 남자를 올려다보는 그녀의 손에 힘이 잔뜩 들어갔다. 무연의 옷자락을 잡고 있는 손가락이었다.

"하지만 변이자가 있습니다. 자칫 홍이님께 위협이 될지도 모릅니다."

흑강이 무엇을 걱정하는 건지 알고 있는 무연이기에 따로 대답은 하지 않았다. 이미 본능만이 남은 그들에게 홍이의 존재는 매우 먹음직스러운 음식이나 다름없을 것이다.

하지만 그렇다 하여 그녀를 두고 갈 수 없었다. 곁에서 떨어뜨리고 싶지 않다. 될 수 있다면, 제 곁에 두고 싶다. 비록 그게 욕심이라 할지라도.

"아아, 됐다. 여차하는 순간에는 내가 지켜주면 될 것이 아니냐."

홍이를 향한 무연의 눈동자에는 사랑이 어려 있었다. 행여나 제 곁에서 휙 날아가 버릴까 하는 두려움마저 묻어났다. 설산의 우두머리요, 완연한 어둠이라는 단어가 어울리지 않을 만큼 온몸이 녹아내릴 듯한 눈빛을 하고 있었다.

"나의 요화이니 내가 지켜주마."

홍이는 제 어깨를 쥔 무연의 손에 힘이 들어가 있음을 느꼈다.

저를 단단하게 지탱해 주는 그 손이, 무슨 일이 있더라도 지켜줄 것이라 약속해 주는 온기가 안심이 되었다.

마음이 부풀어 올랐다. 그 애정에 오롯이 답하고 싶은 마음이 쿵쿵 뛰었다.

흑강은 더 이상 아무 말도 하지 않았다.

설산의 중턱으로 구름이 잔뜩 몰려오던, 어느 늦은 오후였다. 앞으로 일어날 일에 대해 그 아무도 위험을 감지하지 못한, 평화로운 시간이었다.

변이된 요괴로 인해 요새가 시끄러운데, 단 한 명만이 평정심을 유지한 채 시간을 보내고 있었다. 제 방에서 바깥을 쳐다보고 있는 이는 요새의 유일무이했던 고귀한 피, 화람이었다.

"두령은 돌아오셨나요?"

"예. 지금 막 징벌의 방으로 향하시는 걸 보고 오는 길입니다."

교하의 대답에 화람이 입술을 잘근 씹었다. 손이 벌벌 떨렸다. 변이자라니. 물론 북쪽에서도 언제든 변이자가 나와도 이상하지 않을 때이긴 했다.

요화의 힘이 더해지지 않으니 두령의 힘은 나날이 약해져만 갔고, 그로 인해 결계가 약해져 언제든 침입을 받을 수도 있는 상황이니 두려움이 본능을 뚫고 나올 법했다. 게다가 요새에 가득 찬 인간의 정기 냄새를 얼마나 버틸 수 있을지 아무도 모르는 일이지 않던가. 제아무리 요화라 할지라도 그녀는 인간이었다. 그러니 요새의 요괴들이 요화임을 잊고 달려들어도 이상하지 않다.

물론 그녀가 무서워하는 건, '변이된 요괴'의 존재도 아니었고 자신이 변이할지도 모른단 걱정도 아니었다.

"그럼 곧…… 의식을 치르겠군요."

더 이상 변이자가 생기는 것을 막고 외부의 침입에도 대비하기 위해 두령이 할 일은 이제 하나뿐이었다.

요화와의 의식.

언제고 닥칠 일이었다. 두령이 홍이를 데리고 왔을 때부터.

꽉 쥔 주먹이 바들바들 떨렸다. 막아야 하는데, 그녀에게는 도저히 방법이 없었다. 이대로 무연이 다른 여인의 사내가 되는 것을 바라보고만 있어야 한다. 이십여 년도 넘게 지켜온 애정은 그 누구에게도 지지 않을 정도로 큰데 말이다.

"아마도…… 그러겠지요."

그 울분을 가장 잘 알고 있는 교하는, 그런 대답 외에 할 수 있는 것이 없었다. 북쪽을 떠나라 하던 흑강의 말이 떠올랐다. 교하는 화평님이 있는 곳을 찾아낼 테니, 그곳으로 가자 이야기를 할까 했다.

부모를 만나면 화람이 품은 울분이, 화가 조금은 사그라질까 하는 작은 기대였다. 하지만 그는 결코 떠나자는 말을 뱉을 수 없었다.

"어이하여 저는……."

그녀의 떨리는 목소리 때문에. 뽀얀 볼을 타고 흐르는 눈물 때문에. 여러 가지 이유가 한데 섞여 그를 뒤흔들었다.

"안 되는 걸까요……."

꽉 쥔 그녀의 주먹이 바들바들 떨리는 게 보였다. 보랏빛 눈동자가 눈물을 머금고 애처롭게 흔들렸다. 당장에라도 달려가 그 눈가에 입을 맞추고 싶었다. 입술을 맞대고, 숨을 불어넣어 제 마음을 전한다면. 아니, 아니다. 그가 할 수 있는 건 그저 지켜보는 것뿐이다.

"어째서 나는!"

교하가 스스로의 감정을 억누르고 있는데 갈가리 찢어진 목소리가 들렸다. 그것은 꼭 울음을 억누르는 포효와도 같았다.

화들짝 놀란 그가 화람을 쳐다보았다. 그리고 그 순간, 온몸의 털이 쭈뼛 섰다.

"왜, 나는! 어찌 이 화람을 두고, 어찌!"

의자의 팔걸이를 내리치는 그녀의 입 주변으로 핏줄이 불거졌다. 굽이친 금색의 머리칼이 저 아래쪽부터 색을 잃어가고 있었다.

대경실색한 교하가 서둘러 화람에게 달려가 그녀를 붙잡았다.

"아가씨, 안 됩니다. 아가씨!"

손이 데일 정도로 뜨거운 피부에 놀랄 겨를도 없었다. 교하는 화람을 진정시키기 위해 안간힘을 쏟았다.

"내가, 내가 먼저였습니다. 오라버니도 아시지요? 제가 먼저 두령을 흠모했습니다. 아니, 아니! 은애하였습니다. 그분 없이는 하루가 가질 않았고, 그분 없는 하루는 상상조차 해본 적이 없을 정도로!"

울부짖는 그녀의 눈에서 눈물이 떨어져 내렸다. 촉촉이 젖은 그것이 제 손등에 떨어졌을 때 교하는 이를 악물어야 했다. 목숨과도 같은 여인이 울고 있다. 제 모든 것을 바쳐도 아깝지 않을 소중한 여인이 제 앞에서 아파하고 있었다.

그것만으로도 마음이 갈기갈기 찢어지는 것 같건만, 이제는 또 다른 문제가 그를 괴롭게 만들었다.

"그분을 은애하였습니다. 이 작은…… 작은 마음에는…… 그분 뿐이었습니다, 오라버니."

가슴을 두드리며 쥐어뜯는 그녀의 얼굴, 뽀얀 볼 위로 핏줄이 불거지다 가라앉기를 반복했다.

결코 저를 향하지 않을 무연의 마음에 상처 입은 화람이 분노를 터뜨렸다. 그 분노가 어찌나 컸던지, 결국 화람의 정신을 붕괴시키고 말았다. 옳고 그름의 경계선이 희미해졌다. 그녀에게 남은 건 분노와 마음속의 고통뿐이었다.

정신이 무너지니, 이성마저 사라졌다. 가슴속 깊은 곳에 숨어 있던 본능이 조금씩 머리를 내밀기 시작했다. 변이의 전조였다.

"어찌해야 할까요. 이…… 이 아픈 마음을, 이 찢어질 듯 아픈 제 마음을!"

앙칼진 목소리와 함께 집 안의 모든 것들에 금이 갔다. 단단한 나무 탁자와 의자, 언젠가 화평이 선물해 준 조가비를 박은 경대까지 금이 가다 못해 조금씩 바스라지기 시작했다.

교하는 떨리는 눈빛으로 화람을 내려다봐야 했다.

"저는…… 어찌하면…… 좋을까요, 오라버니."

그녀의 아픔이 오롯이 마음으로 새어 들어와 견딜 수 없었다. 온몸이 갈기갈기 찢어지는 것 같은 고통에 입술을 꽉 깨물었다.

"아가씨."

"말해주세요. 제가, 제가 어찌해야 할까요. 차라리……."

그녀가 숨을 들이마시는 순간, 얼굴에 핏줄이 불거졌다. 눈동자에 서린 금빛이 더욱 환해지며 변이의 심각성을 보여주었다.

"이 목숨을…… 버리면 될까요."

교하가 두 팔을 벌려 그녀를 와락 끌어안았다. 단단한 두 팔로 그녀의 떨림을 막고 제 낮은 체온으로 뜨거워진 그녀의 체온을 낮추고자 하였다.

닿고 싶었다. 그녀에게 닿고자, 거리낌 없이 손을 맞잡고 끌어안을 수 있길 몇 번이고 하늘에 빌었다. 저들에게 신은 없다지만, 인간들이 믿는다는 신에게 몇 번이고 부탁하였다.

그녀에게 닿을 수 있기를, 그 마음에 기꺼이 자신의 진심이 스며들 수 있기를.

"아닙니다. 어찌…… 어찌 당신의 목숨을 그리 쉽게 버리십니까!"

하나, 이런 상황이 오기를 바란 것은 아니었다. 이렇게 닿고자 그토록 빌고 바란 것이 아닌데. 어째서 이렇게 된 걸까. 왜 이렇게까지 되고야 만 것일까.

가슴이 답답해졌다. 코가 시큰해지고 눈두덩이 뜨끈해졌다.

"그럼 어찌할까요…… 어떻게 할까요, 오라버니."

그는 이미 대답을 알고 있었다.

"아가씨."

그녀가 마음을 접어주기를 바랐던 적이 있었다. 하지만 그것은 결국 이룰 수 없는 바람, 그만의 욕심이었다.

"요화가 사라지면 되겠지요."

목에 힘을 잔뜩 주어 목소리가 갈라졌다. 그에게 안긴 화람이 빙긋 미소를 그렸다.

길게 휘어 올라가는 눈꼬리가 색정적이면서 그 눈빛은 어떤 요괴보다도 살벌했다.

"그런가요?"

"그다음 요화는 분명 아가씨일 겁니다."

"내가 아니면요?"

한층 부드러워진 목소리가 귀를 스쳤다. 하지만 이미 마음이 무너지고 갈기갈기 찢어진 그에게 그것이 중요할 리가 없었다.

"당신이 요화가 될 때까지……."

이를 아득 씹은 교하가 손에 힘을 주어 화람을 안았다. 교하의 마음속 깊은 곳에 숨어 있던 애정, 화람에 대한 감정에 불이 붙었다.

"이 교하, 그 어떤 일도 망설임 없이 해낼 것입니다."

그의 말이 마음에 들었는지 화람이 가느다란 한숨을 내쉬었다. 어느새 얼굴을 뒤덮었던 핏줄도, 눈동자에서 번쩍였던 금색의 빛도 사라지고 없어졌다.

"고마워요."

노래하듯 중얼거린 그녀가 천천히 두 눈을 감았다. 긴 속눈썹이 불어오는 바람에 파르르 떨렸다. 두 팔을 뻗어 교하를 끌어안는 몸짓이 퍽 요염하여 교하의 몸이 움찔 떨렸다.

"하지만 오라버니."

바람이 불었다. 설산의 중턱에서 내려온 서늘한 바람은 징벌의 방을 거쳐 서슬 퍼런 빛으로 바뀌어 그녀의 곁까지 날아왔다. 마치 지금 그녀의 마음을 대변해 주는 듯, 아주 살벌한 바람이었다.

"인간 계집, 그 계집은…… 제가 끝내겠어요. 내 손으로…… 그 계집을 꼭, 끝내야 해요."

교하는 침묵을 지켰다. 알겠다는 말도, 안 된다는 말도 하지 않았다. 높은 웃음소리가 이어졌다. 살벌한 바람과 어우러진 그녀의 웃음소리는 자그마한 집을 맴돌다 금세 휙 사라지고 말았다.

무연을 따라 징벌의 방에 도착한 홍이는 철창 너머를 바라보곤 말을 잃었다. 자신이 보아온 요괴들과 너무도 다른 변이자의 모습에 홍이가 몸을 부르르 떨었다.

"언제 변이가 시작되었는가."

"오늘 아침입니다. 같이 술을 마시던 자의 말로는, 갑자기 울분을 토하다 변이를 일으켰다고……."

무연의 눈썹이 꿈틀거렸다. 울분. 대체 그렇게 감정이 격해질 일이 무엇이었을까. 무연이 철창 가까이 다가가자 덜컹! 철창이 흔들거리며 요란한 소리를 냈다.

흑강이 무연의 앞을 가로막으며 손톱을 길게 뺐다. 여차하면 베어버리기라도 할 셈이었다.

"네가 북쪽을 망쳤어! 무연, 어둠의 이름에 어울리지 않는 놈! 네가, 네가 다 망쳤어!"

철창에 매달린 요괴에게서 목을 긁는 소리가 났다. 철창이 덜컹거리는 소리에 맨 뒤에 선 홍이는 흠칫 몸을 떨었다.

철창 안의 변이자는 녹아 없어진 것처럼, 머리카락 길이가 일정치 않았다. 어떤 것은 허리에까지 닿았고, 어떤 것은 어깨에 닿지도 않을 정도로 짧았다. 게다가 끝에서부터 색을 잃어버린 것처럼 하얗게 바래고 힘없이 바스라지곤 했다.

눈동자는 원래 무슨 색인지 알 수 없게 금색으로 물들어 있었고, 얼굴은 푸른 핏줄이 불거져 울퉁불퉁했다. 길게 찢어진 입에서는 진득한 침이 흘러내렸다.

홍이는 숨을 흡 들이켰다. 그리고 자신이 두려워하고 있음을 보이지 않기 위해 애썼다.

"너 따위가 두령이 됐기에, 인간 계집이 요화가 된 것이다! 그깟한 끼도 되지 않는 인간 계집이 요화라니! 네놈은 북쪽의 수치야!"

무연을 욕하는 소리에 홍이는 저도 모르게 앞으로 나가려다가 그 자리에 도로 멈춰 섰다. 순간 변이자가 그녀를 향해 시선을 굴렸다. 그의 금색 눈동자가 오른쪽으로 한 번, 다시 왼쪽으로 한 번 굴러갔다. 입술을 길게 찢은 그가 철창 사이로 손을 불쑥 내밀었다.

"인간! 인간! 먹이, 먹이다! 먹이!"

핏줄이 불거지고, 살이 썩어 들어가는 팔이 그녀를 향해 마구 흔들렸다. 철창 사이에 눌어붙은 가죽이 치이익, 소리를 내며 녹아들었다.

"꺄악!"

갑작스러운 상황에 놀란 홍이가 소리를 지르며 그 자리에 주저앉았다. 그 끔찍한 광경과 소름 끼치는 소리에 애써 밀어냈던 두려움이 왈칵 밀려들었다.

"홍아!"

홍이를 제 품으로 안고 보호한 무연의 눈이 날카로워졌다. 변이자라 하여 안쓰러운 마음을 품었었다. 따지고 보면 그가 이리 된 것도, 자신이 홍이와의 의식을 미룬 탓이 아니던가.

그렇기에 가엾이 여기어 최대한 고통 없이 보내주려 했다. 아니, 그래야 한다고 생각했다. 두령이지 않은가. 그들을 끝까지 보살피고 끌고 가야 할, 그들의 두령.

하나, 지금 모든 생각이 뒤바뀌었다. 그가 가엾은 제 동족이라 할지라도, 자신의 반려를 건드린 것은 용서할 수 없었다.

"킥킥. 킥. 킥킥. 혼자 먹지 마, 이 교활한 요괴. 혼자, 혼자 그 맛있는 걸 먹으려고!"

철창이 덜컹거리는 소리와 킥킥대는 웃음소리가 한데 뒤엉켰다. 무연과 흑강에게는 그저 께름칙한 소리였지만 홍이에게는 아니었다. 홍이는 무연의 품에서 벌벌 떨었다.

"너 때문이야, 너. 너! 너! 너희, 너희 때문에 우리가! 북쪽은 끝났어! 이제 북쪽은 몰살당하고 말 거야! 온다, 어둠이 온다! 어둠이 와! 우리는 다시 태어난 곳으로 돌아가는 거야, 너희 때문에! 너희 때문에!"

무연이 끙, 낮은 신음 소리를 냈다. 그리고 홍이를 더 있는 힘껏 끌어안았다.

"홍아."

그의 목소리에 고개를 들어 올린 홍이가 무연과 눈을 마주했다. 그녀의 눈동자가 어느새 공포에 빛을 잃어 어둑해져 있었다. 무연은 그녀를 바라보기만 한 채 뭐라 말해야 할지 생각했다. 흔들리는 눈동자에 두려움이 가득했기에, 어떤 위로도 통하지 않을 것이라는 건 스스로가 가장 잘 알고 있었다.

"금방 끝날 것이다."

괜히 데려왔다는 생각을 했다. 무연각에 두었다면 이런 공포 따위 느끼지 않아도 되었을 텐데. 후회 중인 그의 곁에 검은 바람이 몰아쳤다.

"크윽. 큭! 어둠, 어둠이다! 어둠이야!"

환희에 찬 목소리가 방 안에 울렸다. 덜컹거리는 철창에 얼굴을 박은 변이자가 실성한 것처럼 웃음을 터뜨리기 시작했다.

홍이를 뒤로 물러나게 한 무연이 천천히 몸을 일으켰다. 뒤를 돌아 변이자를 노려보는 그의 눈이 날카롭게 올라가 있었다.

"너를 보듬었던 두령으로서, 최대한 편한 길을 안내하고자 하였다."

휘이잉- 어디선가 불어온 바람에 실린 것은 그가 태어난 얼음 동굴, 그 안에서만 존재하는 검은 바람과 요기였다. 무연의 온몸을 가득 채운 요기가 소용돌이치며 그의 주위를 감쌌다.

쾅! 철창에 부딪치는 바람 소리에 깜짝 놀란 홍이가 몸을 움츠렸다. 하지만 아까처럼 놀라서 주저앉지는 않았다. 제 옆에 흑강이 있고 또 그 앞에는 저를 지켜주려는 무연이 있다.

그러니 두려워할 필요가 없다. 아니, 두려워하지 않아도 된다는 것을 깨달았다.

"더러운 놈! 인간에게 홀린, 이 더러운 요괴!"

"닥쳐라!"

무연의 목소리와 함께 칼날과 같은 바람이 변이자의 몸에 꽂혔다. 피는 흐르지 않았으나, 썩어 문드러진 살갗이 바닥으로 툭, 툭 떨어졌다.

"끄…… 끄으……. 배…… 신자."

헐떡이는 요괴는 숨이 끊어질 법한 상황에서도 입을 달싹였다. 두려움과 원망이 한데 뒤엉킨 그의 본능이었다.

"나의 반려에게 손을 댄 것은 결코 용서하지 못할 일."

"킥. 킥킥! 킥! 인간, 인간이 반려! 반려!"

요괴가 웃음을 터뜨릴 때마다 입에서 검은 액체가 솟구쳤다. 무연의 바람은 점점 형체를 갖추며 요괴의 안으로 파고들었다.

홍이는 눈을 질끈 내리감았다. 차마 눈으로 볼 수 없는 끔찍한 장면이었다.

무연이 철창 안으로 손을 들이밀었다. 변이자의 머리를 움켜잡았다. 당장에라도 사지를 뜯어내고 싶었지만, 홍이에게 그 모습을 보라는 것은 무리겠다 싶어 참기로 했다.

"어둠에서 태어난 자, 어둠으로 돌아가라."

변이자의 날카로운 울음소리가 이어졌다. 그리고 곧 밝은 빛이 번쩍하는가 싶더니 설산의 매서운 바람이 몰아쳤다.

"큭큭! 큭! 북쪽의 멸망을! 북쪽의 배신자에게 지독한 안식을!"

이제 끝났나 싶어 눈을 뜨려는데 듣는 것만으로도 소름이 돋게 하는 말소리가 이어졌다. 홍이가 화들짝 놀라 뒤를 돌아보았지만 그저 스치는 바람 소리만이 방 안에 가득할 뿐이었다.

고개를 갸웃하며 무연을 향해 고개를 돌린 홍이는 눈앞의 광경을 믿을 수가 없어 눈을 크게 떴다.

철창 안에 있던 변이자가 보이지 않았다. 철창 안에는 그가 입고 있던 옷만이 까맣게 그을린 채 남아 있었다. 하지만 그녀에게 중요한 것은 사라진 요괴 따위가 아니었다. 바닥으로 허물어지듯 쓰러지는 무연의 모습에 홍이는 서둘러 달려갔다.

"무…… 무연님!"

흑강 역시도 재빠르게 그를 부축했다.

"무연님! 무연님, 정신 차려보세요! 무연님!"

"두령, 두령!"

쓰러진 무연을 부르짖는 외침이 징벌의 방 안에 가득 찼다. 불길한 기운이 스멀스멀 올라오고 있었다. 해가 지고, 눈보라가 몰아쳤지만 그 기운은 결코 사라지지 않았다.

홍이는 무연각에서 무연을 기다려야 했다. 무연이 정기를 채우기 위해 얼음 동굴로 향했기 때문이었다. 마음 같아서는 그를 따라가고 싶었지만, 내내 마음에 걸리는 게 있어 그러질 못했다.

"너 때문이야. 너. 너! 너! 너희, 너희 때문에 우리가! 북쪽은 끝났어! 이제 북쪽은 몰살당하고 말 거야!"

변이한 요괴의 말이 떠올랐다.

자신이 정말 여기에 있어도 되는가 의심이 생겼다. 정녕 자신이 무연의 반려, 요화가 맞는지 다시 생각하게 되었다.

끙, 앓는 소리를 내며 고민에 빠져 있던 그때였다.

"그럼 편히 쉬십시오, 두령. 말씀하신 건 다른 이들에게 이르도록 하겠습니다."

"아……. 그래. 그러도록 하라."

걱정스러운 기색이 가득한 흑강과 어쩐지 힘이 죽 빠진 무연의 목소리가 들렸다. 의자에서 몸을 벌떡 일으킨 홍이가 문을 돌아보았다.

"홍아."

반쯤 열린 문으로 무연의 금색 머리칼이 반짝였다. 그녀를 향한 애정 어린 목소리가 좁은 틈 사이로 새어 들어왔다.

"무연님."

제가 요화가 아닐지도 모른다는 의구심과 자신의 존재가 북쪽에 해가 될지도 모른단 불안감은 어느새 사라져 버렸다. 그녀에겐 줄곧 무연을 향한 올곧은 애정, 그뿐이었다.

"왜 이리 빨리 오셨어요."

울먹임이 섞인 그녀의 목소리에 무연이 힘없이 웃음을 그렸다. 느릿하게 걸어오는 것 같았지만, 어느새 홍이의 앞에는 무연이 서 있었다.

"네가 보고 싶어, 몸이 달아 죽을 것 같았다."

"해서 치료도 다 안 되었는데 오신 거여요?"

"아아, 아니다. 한꺼번에 힘을 너무 많이 써 그런 것이야. 조금 쉬면 나아지겠지."

"그래도!"

"됐다. 그만하라. 흑강에게 잔소리를 들었더니 귀가 아파 죽을 지경이구나."

귀를 톡톡 두드리던 무연이 힘없이 웃음을 그렸다.

"그리고 난, 네 곁에 있는 것이 더 편하다. 그쪽이 더 치료받는 느낌이기도 하고."

"하지만……."

"뭐, 홍이 네가 싫다면 돌아가고."

그녀의 반응이 영 탐탁지 않자 무연이 그러면 다시 돌아가겠다며 뒤를 돌았다. 금빛 머리칼이 찰랑이며 뒷모습을 보이자 그녀가 손을 뻗어 무연의 손목을 붙잡았다.

"아, 아닙니다!"

떨리는 목소리에 담긴 건, 불긋한 꽃봉오리.

"저도 함께 있고 싶습니다."

그리고 그 꽃봉오리가 피어난 건, 고운 여인의 마음 한가운데.

"하오나, 이런 제가…… 도움이 될까 하여……."

붉게, 붉게 피어오른 꽃망울을 본 사내가 입술을 말아 올려 웃음을 그렸다. 그리고 천천히 몸을 돌려 그녀의 손을 꼭 잡아주었다. 꽃망울의 주인인 그의 얼굴에 어느새 꽃잎의 색이 물들어 버렸는가 하였다.

"너는 참 잔걱정이 많아."

못 말린다는 듯, 작게 웃던 그가 홍이의 한쪽 얼굴을 쓰다듬어 주었다. 부드러운 손길에 그녀의 눈꺼풀이 움찔거렸다.

"네가 도움이 되지 않는다면, 이 요새에서 나에게 도움이 되는 이가 누가 있단 말이냐."

어르고 달래는 말이 싫지 않았다. 언젠가부터 그의 목소리가 없는 하루를 상상할 수 없게 되었다. 깊은 밤에도, 밝은 아침에도 그와 함께이고 싶었다.

그게 비록 자신만의 욕심이라 할지라도.

홍이를 빤히 쳐다보던 무연이 손을 뻗어 그녀를 꼭 끌어안았다. 그녀를 품에 안은 채, 한숨을 내쉬었다. 눈을 질끈 감았다 뜨는 그의 얼굴에 근심이 가득했다는 건, 홍이로서는 알 수 없는 일이었다.

무연이 홍이의 등을 조심스레 토닥였다. 단단한 손바닥이, 단단한 두 팔의 느낌이 좋아 홍이는 두 눈을 감았다.

"홍아."

"예, 말씀하셔요."

무연은 그녀의 등을 살살 토닥이다 볼과 귓불 그 언저리에 입술을 맞댔다. 두툼한 입술이 살갗에 닿았다 떨어지는 느낌이 참으로 서글픈 것 같기도 하였다.

"나를……."

말을 채 잇지 못하던 무연이 천천히 숨을 들이켰다. 그녀를 품에 안고 더욱 힘을 주었다. 그의 가슴이 뛸 때마다 홍이의 가슴도 뛰었다.

"나를 은애하느냐."

무연의 물음에 홍이의 눈이 휘둥그레졌다. 예? 짤막하게 되묻는 그녀의 얼굴이 붉게 달아올라 있었다. 심장이 손가락 끝에서 뛰는 기분이었다.

말 한마디, 한마디가 간질거린다는 느낌이 이런 것일까. 코끝이 짜릿해지고, 머리가 아찔해지는 것 같았다. 바로 앞에서 꽃향기가 나는가 싶더니 눈앞에서 꽃잎이 휘날리는 착각마저 일었다.

"나는 너를 은애한다."

홍이의 눈꺼풀이 파르르 떨렸다. 대답을 해야 하는데, 너무 기뻐 목이 꽉 막히는 기분이라 입이 열리지 않았다. 말해야 하는데. 그 마음과 같다고, 저의 세상에는 온통 무연뿐이라고.

하지만 입술이 떨어지지 않았다. 목 끝에서 막힌 목소리가 터져 나오지 않아 입술만 벙긋거리는 모양새가 되고 말았다. 얼굴은 이미 터질 듯 달아올라 있었다. 이제 곧 터진다 해도 이상하지 않을 테다.

"대답해 다오."

무연의 채근이 홍이의 마음을 저릿하게 만들었다. 목소리가 파르르 떨리고 있었기 때문에. 또, 그의 손이 점점 힘을 잃어갔기에.

"거절이라도 좋으니……."

그가 홍이의 어깨에 얼굴을 기대던 그 순간이었다. 화들짝 놀란 홍이가 그를 끌어안았다.

"아니어요. 거절이라니요. 절대 그렇지 않습니다!"

안달이 난 그녀의 목소리가 무연의 얼어붙은 가슴을 사르르 녹아내리게 만들었다. 방금 전까지 거절을 당하면 어쩌나, 잔뜩 가슴 졸이던 자신이 우스워질 정도로.

무겁게 느껴졌던 눈꺼풀을 서서히 들어 올렸다. 차갑게 얼어버린 얼굴에 점차 생기가 돌았다.

"저, 저도, 저도 무연님을. 그러니까 저도."

홍이는 머리가 엉망진창이 된 기분이었다. 머리부터 가슴까지 여기저기 흩어진 감정을 추스르는 게 왜 이리 힘든 걸까. 은애한다는 한마디면 되는데, 어쩐지 그것만으로는 부족한 느낌이었다.

하지만 그렇다 해서 이대로 대답을 하지 못한다면 분명 무연이 상처를 받을 것이다. 저를 싫어한다, 요괴이기에 거절하는 것이라 생각하겠지. 그건 싫었다. 괜한 오해를 사는 것도, 그에게 상처를 주는 것도.

"은…… 은애합니다. 소녀 역시 무연님을 은애하고 있습니다."

해서 용기를 냈다. 가슴 깊은 곳에 뭉쳐 있던 숨을 끌어모아 겨우 말할 수 있었다. 입으로 뱉고 나니 온 세상이 빙빙 돌아가는 착각이 들었다. 눈앞이 빙글빙글 돌다, 이내 머리가 아찔해졌다. 그에게서 나는 향기에 코가 시큰해졌다.

무연이 천천히 몸을 일으켰다. 그리고 홍이를 뚫어져라 쳐다보았다. 붉게 타오르는 눈동자와, 그 색처럼 물들어 버린 얼굴을 눈에 담았다.

"진심…… 이더냐."

믿을 수 없다는 듯, 떨리는 그의 목소리가 사랑스럽다. 크게 요동치는 그의 물색 눈동자가, 빳빳하게 굳어진 그의 몸이 못 견디게 사랑스럽다.

"진심이냐 물었다. 네 마음이, 그 애정이 정녕 나를……."

무연이 말을 채 잇지 못하자 홍이가 입술을 살짝 말아 올렸다. 늘 냉정을 잃지 않으려 노력하는 그가, 자신을 보며 아이 같다 말하는 그가 당황하는 모습이 왜 이리도 귀여운 것인지 모르겠다.

얄궂게 애태우고 싶었지만, 저보다 잔걱정이 많은 무연임을 알기에 욕심은 마음으로만 눌러놓기로 했다.

"거짓부렁으로 말할 수 있는 감정이 아니지요."

무연은 그녀의 한마디에 마음이 펑, 터지는 느낌을 받았다. 잔뜩 부풀어 오른 가슴이 꽃잎이 되어 하늘에 흩날렸다.

"홍아."

"예?"

"나의 반려가 되어주겠느냐."

몇 번이고 하고 싶던 말이었다. 요화가 되어달라는 말. 제 반려가 되어 평생을 함께하자는 말. 하지만 그녀의 마음을 받았다 확신할 수 없어 입술 안쪽으로 몇 번이고 숨겼었다.

그의 떨림이 가득한 고백에 홍이가 눈을 동그랗게 뜨고 그를 바라보았다.

"반요의 삶이 순탄치만은 않을 것이다. 인간에 비한다면 무던히도 긴 삶을 살아야 한다. 어쩌면 억겁과도 같은 세월이 지루하기 짝이 없어 죽음을 바라게 될지도 모른다."

그럼에도 나와 함께해 주겠느냐.

왜인지 모르겠지만, 어쩐지 눈물이 왈칵 터져 나올 것 같아 홍이는 마음이 먹먹해졌다. 진심 어린 고백에 심장이 시큰해질 정도로 떨렸다. 아아, 낮게 새어 나오던 탄식을 꾹 억누른 홍이가 그의 손을 꽉 잡아주었다.

제 온기가 그에게 조금이라도 안식을 주길 바라며, 자신의 마음이 어떠한지 전해주기를 바라며.

"억겁의 세월이라도…… 무연님과 함께라면 행복할 것이어요."

떨리고 있었다. 홍이의 목소리도, 무연의 마음도. 맞닿은 둘의 모든 것이 설렘으로 잔뜩 떨리고 있었다.

"무연님께서 말씀하셨지요. 요화는 두령을 위해 태어난다고. 두령에게 있어 가장 중요한 존재가 요화라는 반려라고."

홍이의 입술이 동그랗게 말려 올라갔다. 그를 올려다보는 눈동자가 반짝반짝 빛을 냈다. 그 어느 것보다 아름다운 빛이요, 그 무엇보다 사랑스러운 보석이었다.

"제가 그러한 존재가 될 수 있음에…… 얼마나 행복하고, 행복한지 무연님은 모르실 거여요."

"홍아."

"무연님을 만나고 요화에 대해 알고 난 후로 제가 요화가 되길 바라지 않은 적이 없었습니다. 요화임을 모를 때에도, 요화임을 알게 된 지금도. 저는 무연님의 요화라는 사실이 너무나 행복합니다."

서로의 마음이 하나라는 사실이 이토록 행복할 줄 누가 알았을까. 무연은 기다렸다는 듯 그녀를 제 품으로 끌어당겼다. 몇 번을 안고, 몇 번을 품에 새겨도 모자랐다.

코끝에 아른거리는 홍이의 향기가, 귓가에 가라앉는 그녀의 숨결이 그의 마음을 벅차게 만들었다.

쿵쿵. 쿵. 쿵쿵. 누구의 것인지도 모를 심장 소리가 울렸다. 한데 뒤엉킨 떨림이 눅눅한 공기와 하나가 되어 방 안의 온도를 높였다.

설산의 우중충한 구름이 조금 물러간 어느 밤의 일이었다. 서로가 서로의 것이 되기를 약속하는 둘의 마음에 붉은 꽃이 피던 밤.

이토록 행복한 순간은 또 오지 않을 것이다, 그리 이야기하던 그들의 마음이 같은 색으로 물들어가고 있었다.

종장.

설산에 피는 꽃

다음 날, 아침이 밝기 무섭게 요새에 기쁜 소식이 퍼졌다. 나흘 뒤, 요화의 의식을 치를 것이라는 무연의 공표였다.

"홍이님 만세!"

"무연님 만세!"

요새 곳곳에서 무연과 홍이의 이름을 외치며 만세를 부르는 소리가 높아졌다. 그에 덩달아 바빠진 흑강은 쉴 틈도 없이 의식을 치를 준비를 했다.

남쪽의 요괴들이 쳐들어올 것을 대비해 서쪽의 두령에게 지원을 요청하는 서신을 보냈다. 하지만 본래의 목적은 인간인 홍이가 요화로서 첫 발을 내딛는 순간을 공식적으로 자랑하고 싶은 무연의 욕심이었다.

오랜만에 요새가 시끌벅적해졌다. 여기저기서 의식을 위한 음식을 준비해야겠다며 난리를 피웠고, 또 몇은 맛 좋은 술을 담그기 위한 준비를 했다.

요새의 모든 이들이 기쁨과 환희에 즐거워했지만 딱 한 명, 화람만이 거기에 어울리지 못했다. 무연과 홍이, 그들이 간밤에 나눈 이야기를 상상하면 할수록 속이 뒤집어지는 느낌을 받았더랬다.

어떤 말로 요화가 되어달라 했을까, 어떤 표정을 짓고 또 어떤 기분이었을까. 수없는 상상 속에서도 화람은 제가 본 적이 없는 무연의 얼굴을 그릴 수가 없어 더 화가 났다. 화람의 속은 화와 욕망이 엉켜 까맣게 물들어가고 있었다. 팔걸이를 꽉 움켜잡은 그녀의 손가락이 파르르 떨렸다.

"아가씨."

교하의 목소리가 화람의 귓가를 스치고 지났다. 화람은 천천히 숨을 들이켰다.

"기회가 올 겁니다. 아니, 올 수밖에 없습니다."

화람의 시선이 교하에게로 돌아갔다. 첨예한 빛을 뽐내는 보라색 눈동자에 교하가 잠시 주춤했다. 곧 고개를 숙인 그가 숨을 고르게 내쉬려 노력했다.

그녀는 지금 자신이 알던 화람이 아닌 것 같았다. 말갛게 웃을 줄 알던 그녀의 미소는 온데간데없이 사라졌다. 화람이 이토록 변해 버렸다는 것을 그는 믿을 수 없었다.

"무슨 말인가요."

노래를 부르는 것 같던 목소리마저도 차갑게 식어버렸다. 어디서부터 잘못된 것일까. 무연에 대한 화람의 욕심이 생각보다 더 커졌기에? 그게 아니라면, 엇나가는 그녀를 자신이 잡아주지 못했기 때문에?

수많은 생각에도 교하는 답을 내리지 못했다. 그저 모든 것이 제 탓인 것 같았다. 요화로 태어난 인간 계집 때문도, 화람의 마음을 받아주지 않는 무연 때문도 아니었다.

원인은 교하, 저 자신일 것이라 생각했다. 때맞춰 그녀를 잡아주지 못한 자신이 이 모든 일의 원흉이라고.

"물었어요, 교하."

화람이 더 이상 그를 오라버니라고 부르지 않는 순간, 교하는 온 세상이 무너지는 듯한 느낌을 받았다. 화람이 변해가고 있다는 걸 분명히 깨달았기 때문이다. 교하는 뻣뻣하게 굳은 주먹을 꽉 쥐었다. 뼈가 으스러질 듯 아려왔다.

"요화로서의 의식을 치르기 위해선, 전대 요화님이나 두령께서 내리는 축복의 맹세가 필요합니다."

화람은 대답이 없었다. 교하는 주먹을 말아 쥐며 눈을 질끈 감았다 떴다.

"하지만 지금은 두 분 다 요새에 계시지 않지요."

그 말뜻을 이해한 화람의 거친 호흡이 교하의 귀를 찔렀다. 순간 온몸을 찌르는 냉기에 그가 천천히 고개를 들어 올렸다. 차디찬 냉소를 짓는 화람이 낯설었다.

"그렇지요, 본래 축복의 맹세는 요새에서 가장 고귀한 자만이 할 수 있지요."

화람은 웃고 있었다. 입술을 잔뜩 말아 올리고, 눈을 길게 휘어 섬뜩할 정도로 환히 웃고 있었다. 하지만 그 웃음에는 따스함이 없었다. 늘 발갛게 피어 있던 보랏빛의 꽃 또한 보이지 않았다.

교하는 울컥, 눈물이 차오르려 하는 것을 숨겼다. 자신이 알던 화람은 어디로 간 것인가. 대체 그 해사한 여인은 어디로 사라졌는가.

"아가씨."

"그래요, 그 방법이 있었네요. 그래…… 그거였어요."

번뜩이는 화람의 눈빛에 교하는 입이 바짝 마르는 것 같았다. 축복의 맹세를 거절하라는 것이었다. 그녀의 손에 피를 묻히고 싶지 않아 생각해 낸 방법이었다. 화평이 언제 돌아올지 기약이 없으니, 의식은 미루어질 것이다.

요화를 처리하는 건 그 뒤에 생각해도 늦지 않다고 생각했다. 화람의 손에 피가 묻는 걸 원치 않아 생각해 낸 방법이었건만, 뒤이어 들리는 그녀의 말에 온몸이 딱딱하게 굳어버렸다.

"축복이 저주가 되는 것도…… 나쁘지 않겠어요."

"아가씨, 그게 무슨!"

"축복만 아니면 되잖아요? 둘이 이루어지는 의식이 될 수 없도록……."

말끝을 흐리는 화람의 모습에도 교하는 아무런 말을 할 수 없었다. 무엇이든 주겠다 약조하였으니, 또 그녀가 원하는 건 모두 이루게 해주겠다 그리 마음먹었으니. 결국 쓰디쓴 침과 함께 목 너머로 꿀꺽 삼켜낼 뿐이었다.

화람의 통쾌한 웃음소리가 집 안을 가득 울렸다. 그 웃음소리에 지나던 동장군이 몸을 움찔거리며 주위를 피하기에 바쁘다.

욕심으로 잔뜩 피어오르는 오후의 일이었다. 북쪽에 찾아온 요화의 존재에 기뻐하는 이들이 춤을 추고, 노래를 부르는 오후. 햇살이 짙어질수록, 저 먼 곳의 먹구름이 두꺼워지기 시작했다. 내리쬐는 따사로움을 모두 잡아먹어 버리겠다는 듯, 냉기가 가득한 바람 역시도 세차게 불어오고 있었다.

하지만 그 바람이 누구를 향할 것인지는 아무도 모른 채 당장의 햇살만을 잔뜩 만끽할 뿐이었다.

무연은 홍이를 잠시도 제 품에서 떼어놓지 않았다. 아니, 더 정확히 말하자면 방에서 나가지 않았다. 의식을 앞두고 누군가 요화를 해하려 하는 것은 아닐까 하는 두려움 때문이었다.

종일 그녀와 함께하기로 마음먹었다. 나흘 뒤 이루어질 요화의 의식 전까지는 그녀의 곁에서 떠나지 않을 작정이었다. 해서, 그의 모든 일과는 방에서 이루어졌다.

서쪽 두령의 답장을 확인하고 다시 답장을 보내는 것도, 남쪽과 동쪽의 동태 보고를 듣는 것 역시도.

"무연님, 잠시 드릴 말씀이 있습니다."

"여기서 하라."

"중요한 일입니다."

중요한 일. 홍이의 앞에서 하지 못하는 말. 무연이 영 못마땅하다는 표정으로 흑강을 보았다. 하지만 그렇다 해서 흑강의 말을 무시할 수 없었다. 그가 중요하다고까지 한 일을 듣기 위해 무연은 잠시만 홍이의 곁을 비우기로 하였다.

"먼저 나가 있어라. 금방 따라갈 테니."

그의 말에 흑강이 방을 나섰다. 문이 닫히는 소리와 함께 무연이 홍이를 돌아보았다.

"나가지 말고, 여기에서 기다려야 한다."

"제가 어딜 가겠어요. 걱정 마시고 다녀오셔요."

홍이가 수줍게 웃음을 그렸다. 제 곁을 떠나지 않으려는 그에게 과한 보호라 말을 할까 고민한 적이 한두 번이 아니었다. 하지만 이러한 애정이, 그의 마음과 관심이 오롯이 저를 향해 있음에 행복했기 때문에 아무 말도 하지 않았다.

마을에 다녀온 이후, 이상하리만치 자신의 모든 감각이 무연을 향해 깨어 있는 기분이었다. 눈을 감을 때에도, 눈을 뜰 때에도 무연과 함께라는 사실만이 머리를 가득 채웠다. 그가 없는 하루는 이제 상상조차 할 수 없을 정도로, 홍이에게 무연은 전부가 되어버렸다.

간질거렸다. 가슴 한구석부터 시작한 간질거림은 곧 온몸으로 퍼져 그녀의 얼굴에 웃음꽃을 피웠다.

"그래, 다녀오마."

"예, 다녀오셔요."

주고받는 말 한마디에도 애정이 듬뿍 담겨 있었다. 눈을 마주하고, 고개를 끄덕이는 그 순간이 어찌나 행복한지 눈물이 왈칵 날 뻔했더랬다. 깨어질까, 그 행복에 금이라도 갈까. 두려운 마음이 앞섰다.

문고리를 잡는 순간까지도 무연은 몇 번이고 뒤를 돌아보았다. 어서 다녀오라 손짓을 하는 홍이의 모습에 웃음이 가시지 않았다. 다시금 홍이의 곁으로 돌아가고 싶은 마음을 겨우 억누른 채 문을 나섰을 때, 언제 그랬냐는 듯 그의 얼굴이 딱딱하게 굳어졌다.

"무슨 일이기에 여기에서 보고를 해야 하는 것이냐."

무연이 미간을 찌푸린 채 물었다. 일그러진 미간과 주름에서 그의 기분이 확연히 드러났다. 흑강이 잔뜩 긴장한 채로 대답했다.

"소려 할멈이 꼭 두령에게 전해달라는 말이 있었습니다."

"소려 할멈?"

소려라는 이름에 무연의 눈썹이 움찔거렸다.

"예, 간밤에 꿈을 꾸었다 합니다."

무연이 숨을 크게 들이마시고 길게 내뱉었다. 소려는 대대로 북쪽에서 일어날 일을 꿈을 통해 보는 예언자와 같은 존재였다. 무연의 탄생도, 화평이 요새를 떠나는 날도 꿈을 통해 보았다고 했었다. 그뿐이랴. 남쪽이 동쪽을 점령하는 것 역시 소려 할멈의 꿈에서 미리 예고되었었다.

하지만 예지몽은 자주 있는 일이 아니었기에 소려 할멈이 꿈을 꾸었다고 하면 요괴들은 늘 촉각을 곤두세웠다. 그녀의 꿈이 틀린 적은 단 한 번도 없었기에 더더욱.

"무슨 꿈이라 하더냐."

"그게……."

"당장 고하라."

무연의 얼굴이 일그러졌다. 흑강이 제대로 대답을 하지 못하는 것을 보니 불안감이 차올랐다. 홍이 앞에서 얘기하지 않으려 한 것을 보면 그녀와 관련된 일인가 싶었다.

"요화님께 핏빛 그림자가 비친다 하였습니다."

흑강의 말에, 무연은 다리에 힘이 풀려 휘청댔다. 만약 흑강이 잡아주지 않았더라면 꼴사납게 바닥에 주저앉았을지도 몰랐다.

"그게 홍이가 맞다 하더냐. 정확히…… 정확히 홍이라 하더냐 이 말이야!"

무연이 외치는 소리에 흑강은 눈을 질끈 내려감았다. 저 역시도 소려 할멈에게 그 말을 들었을 때 같은 기분으로 똑같이 되물었다.

그게 사실이냐 몇 번이나 묻고, 믿지 못한다며 몇 번이나 부정했다. 하지만 그렇다 해서 소려 할멈이 꿈을 꾼 것이 없던 일이 되는 것은 아니었다. 그가 할 수 있는 건, 그리고 무연이 할 수 있는 것이라곤 그저 홍이를 지키는 것뿐. 그저 부디 이번만큼은 꿈이 빗나가기를 바랄 뿐이었다.

"말도 안 된다. 이건 정말…… 말도 안 되는 일이란 말이다."

충격이 가시지 않는 듯, 그의 얼굴은 여전히 새하얗게 질린 채였다. 홍이가 없는 삶을 상상한 무연의 입에서 탁음이 새어 나왔다.

"왜…… 어째서."

"정찰조의 인원 반을 떼어 요화님 근처를 호위하라 명했습니다. 그리고……."

홍이를 호위하기 위한 온갖 수단을 동원했다는 말이었다. 하지만 그런 것들은 이미 무연의 귀에 들어오지 않았다. 홍이가 위협을 받는다. 홍이의 목숨이 위험하다. 자신의 반려가 곁을 떠날 수도 있다. 수많은 가설에 머리가 흔들리는 느낌이었다. 마음이 짓무르고 숨이 막혔다. 어째서 하늘은 저에게 이토록 견디기 힘든 고통만을 주려는 것일까.

아니, 애초에 고통이라는 걸 몰랐으니 이참에 배워보라 기회를 주는 것일까. 그렇담 다른 것으로 주어도 달게 받겠다 속삭였다. 홍이만 제 곁에 두어준다면. 홍이만 제게서 앗아가지 않는다면.

"두령."

무연은 흑강을 뿌리친 뒤 숨을 잔뜩 들이마셨다. 가슴에 힘을 주며 눈을 부릅떴다.

"나흘간, 너를 제외한 그 누구도 무연각을 드나들 수 없게 하

라. 주위를 호위하는 인원을 두 배로 늘리고, 의식을 치르는 날까지 이곳의 이야기는 그 어느 곳에도 들리지 않도록 무연각에 결계를 칠 테니, 네가 살펴라."

흑강이 고개를 숙임과 동시에 무연이 뒤를 돌아 문고리를 잡았다. 당장에라도 홍이를 봐야 할 것 같았다. 두려움이라는 것이 몸과 마음을 모두 집어삼키는 듯한 느낌이었다. 무연은 떨리는 손으로 문을 열었다.

"아, 무연님."

하얀 저고리에 수를 놓고 있는 홍이의 모습에 마음이 사르르 녹아내렸다. 두려움이 언제 그를 지배했냐는 듯 뜨거운 햇살에 눈이 녹아내리듯 형체도 없이 사라지고 말았다.

"이것 보셔요. 의식 때 입을 저고리여요."

신이 난 아이처럼 자랑을 하는 그녀의 모습에 절로 웃음이 새어 나왔다. 사랑스럽다. 그 어느 하나 사랑스럽지 않은 것이 없었다. 두려움으로 빠르게 뛰던 맥박을 숨을 고르게 내쉬며 정리한 그가 걸음을 옮겼다.

무연은 침대 가까이로 다가가 그녀의 곁에 앉았다.

"어찌 네가 만드느냐. 다른 이를 시켜도 될 일을."

"그래도…… 이게 혼례나 다름없다는 말에 꼭…… 제가 수를 놓고 싶었는걸요."

혼례. 그 수줍기 짝이 없는 단어에 홍이와 무연의 얼굴이 동시에 붉게 달았다. 후후, 수줍은 웃음을 터뜨리던 그녀가 하얀 저고리를 만지작거렸다. 붉게 피어오른 꽃이 꼭 그녀와 닮아 있어, 무연은 어쩐지 마음 한구석이 뭉클해지는 것을 느꼈다.

나의 꽃, 나의 반려, 나의 홍아.

그토록 애달프게 부르는 목소리를 그녀는 알고 있었을까.

"해서, 무연님……."

신이 나 고개를 돌린 홍이가 그대로 얼음이 되고 말았다. 묘하게 애달픈 듯한 그의 눈빛 때문이었을까. 그게 아니라면 눈이 마주한 순간 방 안에 흐르는 뜨끈한 공기 때문이었을까. 시선을 마주하던 무연이 손을 뻗어 홍이의 얼굴을 쓰다듬었다.

손끝에 와 닿는 부드러운 살갗에 오싹한 소름이 돋았다.

"내가 지금 가장 하고 싶은 것이 무언지 아느냐."

고개를 도리도리 젓는 그녀를 바라보던 무연이 피식 웃음을 그렸다. 사랑스럽다. 맘속 깊은 곳에 숨어 있던 두려움마저 모조리 날아갈 정도로 사랑스럽고, 행복했다.

"너를 내 것으로 만드는 것."

"……저는 이미 무연님의 것이어요."

홍이의 대답에 무연이 킥킥, 웃음을 터뜨렸다. 아이 같다 해야 할까. 그게 아니라면, 모르는 척 꽁무니를 빼는 여우 같다 해야 할까.

"마음을 가졌으니, 너의 몸을 가진다 하여도 이상하지 않지."

그의 차가운 손가락이 뜨끈하게 달아오른 홍이의 귀를 툭, 건드렸다. 동시에 움찔거리는 그녀는 왜 이리도 고운 것일까. 가슴 한구석에서 으르렁거리던 사내의 본성이 스멀스멀 기어 올라오고 있었다.

"울어도 놓지 않을 것이다."

"무, 무연님."

"그만해 달라 빌어도 절대……."

차라리 그녀를 침대에서 놓아주지 않고 시간을 보내는 것도 좋을 것이다. 나흘 내내 제 곁에서 떠나보내지 않는다면, 아무 일도 일어나지 않을 테니.

"내 품에서 떠날 수 없을 것이야."

그 말을 끝으로, 무연의 입술이 홍이의 입술을 집어삼켰다. 잠시 입술이 떨어진 사이 무연이 그대로 홍이를 침대에 털썩 눕혔다.

홍이는 몸이 뒤로 푹 꺼지자마자 그의 손이 제 옷고름에 와 닿은 것을 알아챘다. 가슴이 터질 듯 뛰었지만, 그를 거부하고 싶지는 않았다.

해서, 눈을 꼭 감은 채 그를 받아들였다. 두 팔을 뻗어 그의 목을 그러안았다. 무연의 목에서 그르릉, 울음과 비슷한 숨소리가 터져 나왔다.

"내 곁에서 떠나지 마라."

"떠나지 않아요. 여기에…… 여기에 있을게요."

홍이는 무엇이 그리 두려우냐 묻고 싶었지만 하지 않기로 했다. 대신 떨고 있는 그를 안아주리라 결심했다. 자신이 할 수 있는 것이 두려워하는 무연을 보듬어주는 것이라면, 얼마든지 제 품에 그를 품으리라, 몇 번이고 끌어안아 온기를 전해주리라 다짐했다.

무연은 급하게 그녀의 저고리를 풀어 헤치고 봉긋 솟은 젖무덤 위에 입술을 묻었다.

"아……."

홍이는 낮은 신음을 흘렸다. 어째서 그의 손길이 닿는 곳마다 이리도 데일 것처럼 뜨거운지 알 수 없었다. 그 열기가 점점 타고 올라와 머릿속도 아득하게 만들었다.

무연의 손이 치마 속으로 들어오는 것을 느낀 홍이가 화들짝 놀라며 정신을 차렸다. 아직 환한 대낮임을 깨닫기 무섭게 그녀의 얼굴이 붉게 달아올랐다.

"무, 무연님! 아직, 아직 시간이!"

하지만 홍이의 걱정은 괜한 기우였다. 무연이 중지와 엄지를 부딪치자 방 안으로 어둠이 몰아쳤다.

"밤새 어둠을 물리지 않을 것이다."

그 언젠가, 묘하게 색정적인 목소리로 속삭이던 날이 떠올랐다. 그와 동시에 홍이는 눈앞이 아찔해졌다. 지금이 바로 그때인가 싶어 눈을 질끈 감았다.

모든 것이 어색하고 낯설었다. 제 입에서 새어 나오는 신음 소리도, 온몸을 관통하는 저릿함도 모두 낯선 것들뿐이었다. 해서, 어찌해야 할지 알 수 없었다.

몸을 지나는 촉감이 아찔했다. 눈을 질끈 감아도, 뜨고 있어도 매한가지였다. 마음을 진정시키기 위해 무연의 머리를 쓰다듬어 보았지만, 크게 도움이 되지 않았다.

가슴 언저리에서 움직이던 그의 손이 아랫배로 향했다.

정신이 없었다. 안 된다, 부끄럽다 말하고 싶건만 목소리 대신 신음 소리가 새어 나와 그녀의 말을 가로막았다.

무연의 긴 손가락이 다리 사이에 봉착했다. 어린아이를 달래듯 살살 어루만지다 이내 손가락 한 마디가 홍이의 안으로 파고들었다.

"아! 무, 무연님!"

홍이의 신음 소리와 무연의 탄식이 한데 엉켰다. 가슴에 머무르던 무연의 손이 홍이의 낭창한 허리로 향했다. 부들부들 떨리는 것이 안쓰러운 탓이었다.

이상하다 외치며 흐느끼는 홍이의 모습에 무연은 묘한 쾌감을 느꼈다. 그러나 아무런 대답도 하지 않았다. 처음 느껴보는 감각에 기뻐하며 울부짖는 그 모습을 더욱 오래 보고 싶었다.

"쉬……. 괜찮다. 괜찮아."

좋은 이인 척, 그녀를 달래고 있는 제 모습이 우습다. 여린 목선에 입술을 맞대고, 도톰한 귓불을 살짝 깨물며 그녀를 달래었다.

홍이의 안에서 느껴지는 열기에 머리가 찔해졌다. 무연이 인내한다는 것은, 그다지 흔한 일이 아니었다. 해서 그런 자신이 어색했다. 제 욕망을 참는 순간이 찾아오다니.

홍이를 제외한 일에서는 결코 볼 수 없던 모습에 웃음마저 새어 나왔다.

입술이 다시 포개어졌다. 전보다 조금 더 진한 입맞춤이었다.

홍이의 입안에서 앓는 소리가 터져 나왔다. 결국 꽁꽁 숨어 있던 욕정이 분수처럼 터지고야 말았다.

하나로 포개어진 입술 사이로 끈적한 소리가 길게 새어 나옴에 결국 참을 수 없던 무연은 홍이의 단의를 끌어 내렸다. 그녀는 안쓰러워 보일 정도로 떨고 있었다.

사랑스러운 여인이다. 오늘 밤이 다 가고 내일이 찾아와도 무연은 홍이를 예뻐해 줄 수 있을 것 같았다. 어려운 일이 아닐 것이다.

이어지는 자극에 홍이는 혼미해지는 정신을 몇 번이나 붙잡아야 했다. 입술이 떨어지고 그와 눈이 마주쳤을 때, 머리가 아득해졌다.

무연은 홍이의 그런 모습에 가슴이 뛰었다.

"홍아."

그의 부드러운 음성에 홍이가 애처롭게 그를 올려다보았다. 떨리는 속눈썹 아래로 눈물이 툭 떨어질 것 같았지만, 애석하게도 무연은 그 사실을 알아차리지 못했다.

무연이 웃옷을 벗자, 단단한 가슴팍이 홍이를 향해 활짝 열렸다. 살갗이 맞닿았지만 그녀는 차갑다는 느낌조차 느낄 수 없었다. 머리가 혼미해진 탓인 듯했다.

"예?"

"아프면 내 어깨를 물어라."

"아프다니요?"

"내 어깨가 부스러져도 나는 괜찮으니, 아프면 꼭……."

알았지? 되묻는 그의 말에 홍이가 고개를 끄덕였다. 이유라도 알려준다면 알아서 방도를 찾을 텐데. 겨우 진정을 하고 숨을 들이마셨을 때, 아래쪽으로 낯선 감촉이 느껴졌다. 홍이가 의문을 가지기도 전에, 묵직한 고통이 밀려와 손을 꽉 그러쥐었다.

비명조차 나오지 않는 고통이었다. 찰나에 지나갈 것이라 스스로를 달래며 무연을 꽉 끌어안았다. 아픔이 찾아오는 이 순간조차 행복했다. 비로소 무연의 진정한 반려가 된 것 같은 기분에 젖어들었다.

"하……."

둘은 서로의 뜨거운 숨결을 느끼며 눈을 감았다.

"무연님……."

홍이의 목소리에 맞춰 무연의 허리가 움직였다. 머리끝부터 발

끝까지 느껴지는 떨림에 절로 앓는 소리가 새어 나왔다.

"더 이상 못 참을 것 같다, 홍아."

나의 홍아. 나지막이 부르는 그 이름에 홍이가 입술을 꾹 눌렀다. 울음이 터져 나올 것 같았다.

"나의 반려, 나의 요화."

그리고 무연의 움직임이 시작됐다. 홍이는 발가락을 바짝 세우며 고통을 참아내려 했지만, 결국 무연의 어깨를 꽉 물어버리고 말았다.

무연의 움직임은 허리에 묵직한 고통을 주었다. 온몸으로 오르내리는 통증에도 홍이는 무연을 밀쳐 내지 않았다. 그의 것이 된다는 것을 알고 있기 때문이었다. 그의 여인이 된다는 의미를 알아챈 듯 묵묵히 그를 받아들였다.

무연의 입에서 거친 탄식이 흘러나왔다. 뚜렷이 느껴지는 감각에 온몸의 털이 바짝 섰다. 고통에 뒤엉킨 쾌감이 그녀의 머리를 정신없이 헤집어놓고 있었다.

방이 달아오를수록 홍이와 무연의 달뜬 숨소리도 커졌다. 이제는 무엇이 옳고 그른지조차 명확히 알 수 없을 정도였다.

아픔에 익숙해진 건지, 무연의 어깨를 물고 있던 홍이가 입을 뗐다. 동시에 피가 뚝뚝 떨어졌다. 동시에 무연의 입술에서 짧은 탄식이 새어 나왔다. 몸을 들어 올려 그녀의 잘록한 허리를 붙들었다.

"홍아."

거친 숨소리와 함께 이름이 툭, 터져 나왔다. 제 이름이 이토록 사랑스러울 줄이야. 그 누가 알았을까. 이처럼 꿈만 같은 순간에 녹아들 법한 이름이었던가. 절로 입술이 말려 올라갔다.

무연의 움직임에 맞춰 홍이의 숨소리도 더욱 뜨거워졌다.

"홍…… 홍아."

그녀의 이름을 몇 번인가 내뱉던 무연이 움직임을 멈추었다. 허리에 잔뜩 힘이 들어가 불거진 근육이 눈에 띄었다. 뒤이어 들리는 무연의 숨소리는 설산 너머로 들리는 짐승의 울음소리와 비슷했다.

홍이 역시도 마찬가지였다. 그의 움직임이 끝나기 무섭게 온몸을 떨었다. 그의 손목을 꽉 붙잡은 채 입술을 짓눌렀다. 아아, 뒤늦게 새어 나오는 기나긴 탄식에 묘한 숨소리가 뒤엉켜 있었다.

가쁜 숨을 내뱉는 홍이를 내려다보던 무연의 입술이 기분 좋은 미소를 그렸다. 그는 그녀의 얼굴을 어루만지며 하하, 실없는 웃음을 터뜨렸다. 이제야 제 것이 되었다. 비로소 저의 요화가 된 것이라.

비록 의식을 치르지 않았다 하여도, 그녀는 제 것이다. 그 사실 하나만큼은 변하지 않았다.

"홍아."

몇 번이고 계속되는 그의 부름에 홍이는 눈을 떠 그를 바라보았다. 대답을 할 힘도 없어 눈을 깜빡이는 것으로 대답을 대신했다.

"내가 지켜줄 것이다."

영문을 모르는 홍이는 그 말에 그저 웃기만 하였다. 이마에 닿는 입술에 작게 웃음이 터져 나왔다. 단단하고 차가운 가슴팍이 제 살갗에 맞닿는 게, 퍽 느낌이 좋았다.

"꼭…… 지켜줄 것이야."

속삭이던 무연이 천천히 눈꺼풀을 닫았다. 길고 긴 속눈썹 위로 반짝이는 별가루가 떨어져 내렸다. 이른 어둠이 찾아온 그의 방으로 하늘이 보내준 선물인가 싶었다.

둘이 하나가 되던 그 순간, 요새에 눈꽃이 한가득 내려왔다. 하얗고 고운 눈꽃이 요새를 잔뜩 뒤덮어 절경을 이루었으니, 요새 안 요괴들이 기쁨에 노래를 불렀다더라.

하나, 그때에도 무연과 홍이를 향한 위협은 끊이지 않고 서슬 퍼런 빛을 발하고 있었다. 아무도 모르는, 서글프고도 아픈 빛이었다.

무연각을 나선 흑강은 평소보다 더 분주하게 움직였다. 정찰조와 수색조의 반을 떼다 무연각 앞을 지키게 했다. 수상한 자가 무연각을 서성인다면 죽여도 좋다는 명을 내리다, 이내 한 가지를 더 당부했다.

"혹 화람님께서 찾아오셔도 절대, 절대 들여보내선 안 된다. 아가씨께서 오시면 즉각 나를 불러라."

흑강의 명을 받은 이들이 떨떠름한 듯 서로를 바라보았지만, 이내 고개를 숙였다. 흑강의 명령은 곧 무연의 명령이기 때문이었다. 왜 화람을 견제하는지, 왜 그녀가 찾아오면 절대 들여보내선 안 되는지 궁금했지만 그들은 묻지 않았다.

무연각의 주변, 그 일대의 숲까지 요괴들을 배치해 놓은 흑강이 무연각으로 돌아왔다. 앞으로 삼 일은 잠도 자지 않고 이곳을 지킬 생각이었다.

흑강은 일 층에 자리를 잡고 앉아 생각에 잠겼다. 오랫동안 생각해 오던 일을 다시 떠올렸다. 결계를 뚫고 들어온 요괴가 화람과 홍이를 습격했다고 할 때부터 무언가 이상하다는 생각을 지우지 못하고 있었다. 저와 비등한 요력을 가진 여인이 어째서 그런 공격에 만신창이가 되었을까.

홍이를 감싸려다 그러했다는 말에도 그는 납득하지 못했다. 두 령은 그때 요화에 대한 걱정으로 눈치채지 못하였는지 모르지만 그가 달려갔을 때 화람이 서 있던 곳과, 홍이가 쓰러져 있던 곳의 거리가 꽤 되었던 것도 이상했다. 어째서 홍이를 지키고자 했다는 이가 그리도 멀리 떨어져 있었는지 아무리 생각해도 이해할 수 없었다.

지키고자 했는가, 아니면 그냥 지키려는 모습을 보이려고만 했는가.

그 일 이후로 흑강의 마음에는 화람에 대한 불신이 싹트기 시작했다. 그녀의 모든 행동이 미심쩍었다. 해서 무연이 마을로 내려갔던 그때부터 믿을 만한 부하를 붙여 감시를 했었다. 크게 위협을 느낄 만한 일은 없었지만, 흑강은 그것조차 불안했다.

교하가 알게 된다면 불같이 화를 낼지도 몰랐다. 화람을 의심했다는 이유로 칼을 뽑아도 이상하지 않을 것이다. 요새에 파란이 일어 피바람이 불어올 수도 있겠지. 하지만 흑강은 아랑곳하지 않았다. 만약 이번에도 화람이 홍이에게 위협이 된다면, 주저하지 않고 칼을 뽑을 것이다. 비록 교하까지 다치게 될지라도.

그에게 중요한 건 홍이뿐이었다. 저들의 어머니, 요화가 될 여인보다 중요한 것은 없다.

이내 흑강이 고개를 돌려 홍이와 무연이 쉬고 있는 방을 바라보았다.

"요화님께 불길한 그림자가 보입니다. 아주 불길해……. 한데 그

그림자가 화람님께도······."

흑강이 있는 힘껏 주먹을 말아 쥐었다. 무연에게는 결코 전하지 못한 이야기였다.

"지켜드리겠습니다."

흑강은 두령과 요화, 둘을 꼭 지키겠다고 단단히 다짐했다.

목숨을 바쳐서라도 지킬 것이라 다짐하는 흑강의 중얼거림이 무연각을 가득 채웠다. 설산에서 불어온 냉기가 그의 발 언저리를 맴돌며 다리를 꽁꽁 얼리고 있었다.

유독 맘이 시린 바람이었다. 곧 불어닥칠 파란을 걱정이라도 하는 듯, 서글픈 울음이 터져 나왔다.

✳

평온한 밤이 지났다. 기쁨에 감격이 더해진 아침이었다. 어두운 하늘에 밝은 햇살이 드리울 때까지도 요괴들은 좀처럼 흥분을 가라앉히지 못했다. 드디어 북쪽에도 요화가 생긴단 사실 하나로도 가슴이 벅차오르는 건지, 밤새 노래를 부르며 춤을 췄다. 술독은 비워지기 무섭게 다시금 채워졌다.

모두가 그 순간을 즐기느라 여념이 없을 때, 누군가 헐레벌떡 달려왔다.

"크, 큰일! 큰일 났어, 큰일!"

절박하기까지 한 그 목소리에 많은 요괴들이 뒤를 돌았다. 왜 방해하냐는 듯 짜증을 내는 이도 있었고, 무슨 일인지 궁금해하는 이도 있었다. 모두의 시선이 헐레벌떡 달려온 그에게 꽂혔다.

"무슨 일이야?"

"어라? 너 결계 지키는 정찰대 아니야?"

"정찰대가 왜 이 시간에 여기 있어? 교대 시간까지 가서 기다려! 네 몫의 술은 남겨둘 테니까!"

동시에 모여 있던 요괴들이 껄껄 웃음을 터뜨렸다.

"저를 빼놓고 술잔치를 하는 게 영 샘이 났던 게지!"

누군가 하는 소리에 더욱더 큰 웃음소리가 들렸다. 맞네, 맞아! 고개를 끄덕이며 손바닥을 마주쳤다. 술병을 부딪치는 소리, 목으로 술을 넘기는 소리가 또다시 요새를 집어삼켰다.

하지만 헐레벌떡 달려온 이는 여전히 파리한 얼굴로 주위를 두리번거리고 있었다. 벌벌 떨던 그가 침을 꿀꺽 삼키다 겨우겨우 입술을 열었다.

"겨, 결계에 여기저기 금이 가 있네! 난리도 아니야! 흑강은, 흑강은 어디 있는가!"

"결계가?"

"에라이, 이놈아 말이 되나! 보수한 지 얼마나 됐다고 또 금이 가?"

또 한 번, 껄껄 웃음이 터졌다.

"헛소리 말고……."

술이나 마시라 하려 뒤를 돌아본 요괴는 들고 있던 술병마저 떨어뜨리고 입을 떡 벌렸다. 정찰조의 뒤로 저 멀리 보이는, 요새를 보호하며 감싸고 있는 결계에 쩍쩍 금이 가고 있었다. 이 먼 곳에서도 한눈에 보일 정도로 큰 균열이었다.

"겨, 결계에 금이 갔다!"

"흑강, 흑강을 불러!"

술판은 금세 아수라장으로 변하고 말았다. 결계를 보수할 줄 아는 요괴들은 서둘러 결계로 향했고, 몇은 흑강을 부르기 위해 무연각으로 뛰어갔다.

"흑강! 흑강!"

무연각 앞을 지키고 있던 이들이 먼저 그들을 보았다. 대체 무슨 일이기에 이 난리냐 물으려던 찰나, 그들의 뒤로 갈라지는 결계가 보였다. 탄탄할 것이라 믿었던, 무연이 그리도 고생해서 보수했던 결계에 쩍쩍 금이 가고 있었다.

"흑강님! 흑강님!"

무연각의 문이 벌컥 열리고 흑강을 찾는 목소리가 크게 울렸다. 이곳이 두령의 거처인 것도, 큰 소리를 내선 안 된다는 것도 알고 있었지만 지금은 그런 걸 따질 겨를이 없었다.

"크, 큰일입니다!"

일 층을 지키고 있던 흑강이 인상을 찌푸리며 돌아보았다.

"무슨 일이기에 이리도 호들갑이야."

"결계, 결계가!"

"결계?"

"나, 나와보십시오. 빨리! 빨리요!"

호들갑을 떠는 이를 따라 문밖으로 나간 흑강은 그만 그대로 우뚝 멈춰 서버리고 말았다.

깨지고 있었다. 무연이 그토록 발버둥 쳐 지켰던 결계가.

"보수 인원은?"

"보수를 할 수 있는 인원은 결계 쪽으로 갔네!"

흑강이 이를 아득 씹었다. 당장 이틀만 지나면 의식이었다. 의식만 치르고 나면 무연의 힘이 전보다 더욱 강해져 결계도 더 견고해질 터였다.

조금만, 아주 조금만 버티면 되는데!

"결계를 손볼 수 있는 이들을 모두 데려가게. 최대한 빨리 두령을 모시고 갈 테니."

흑강의 말에 무연각을 지키던 정찰조와 수색조까지 모두 결계 쪽으로 향했다. 균열이 시작한 곳을 막는 것이 급선무였다.

흑강은 급하게 위로 올라갔다. 그리고 곧장 무연의 방 앞으로 가 문을 두드렸다.

"두령."

똑똑.

나무 문을 두드리며 나는 소리가 오늘따라 더 크게 울리는 것 같다 생각하며 흑강은 무연의 답을 기다렸다. 하지만 대답이 없어 다시 문을 두드렸다.

"두령, 흑강입니다."

잠시 후, 침대가 삐걱거리는 소리가 들렸다.

"말하라."

문은 열리지 않았다. 잔뜩 잠긴 목소리를 보아하니, 이제 막 잠에서 깬 듯했다.

"위급 상황입니다."

흑강의 말에 굳게 닫혔던 문이 활짝 열렸다. 그 사이로 잔뜩 미간을 찌푸린 무연이 모습을 드러냈다.

"위급 상황?"

"결계에 금이 가고 있습니다."

그의 말이 끝나기 무섭게 무연이 얼굴을 콰직 구겼다.

"그 정도는 네가 알아서 하라 일렀을 텐데."

"단순한 금이 아닙니다. 조금만 더 지체한다면 결계가 깨질지도 모를 정도의 균열입니다, 두령."

흑강의 말에 무연이 입술을 깨물었다. 욕설을 내뱉는가 싶더니 뒤를 돌아 창가로 성큼성큼 걸음을 옮겼다. 아무렇게나 걸치고 있던 옷이 그의 움직임에 함께 나풀거렸다.

"무슨 균열이……."

중얼거리며 창밖을 확인한 순간, 무연은 더 이상 말을 이어갈 수 없었다. 아수라장이 되어버린 요새와, 우왕좌왕 난리가 난 요괴들, 그리고 조각조각 금이 가 언제 깨져도 이상하지 않을 결계를 보았다.

무연은 끙, 앓는 소리를 터뜨리기 무섭게 뒤를 돌았다.

"결계를 보완할 수 있는 이들은!"

"모두 결계로 보냈습니다. 두령, 빨리 나가셔야 합니다."

흑강의 채근에 무연이 큰 날숨을 내뱉었다. 그리고 침대에 앉아 이불로 몸을 감싸고 있는 홍이를 쳐다보았다. 이 소란에 잠에서 깬 그녀 역시도 놀란 건지, 두 눈을 동그랗게 뜬 채 무연을 바라보고 있었다.

"급한 일이면 어서 가보셔요. 이리 계실 시간이 없잖아요."

"혼자 있어도 괜찮겠느냐."

홍이를 홀로 두고 가야 한다는 것이 그의 가장 큰 걱정이었다. 소려 할멈의 불길한 꿈에 대해 들은 게 바로 어제이건만, 정녕 그녀를 두고 나가야 한단 말인가.

"예. 아이도 아니고, 괜찮지 않을 리가요."

무연이 소리 없는 한숨을 내뱉었다. 그리고 침대로 다가가 홍이를 안았다. 보드랍고 따스한 체온에 불안을 씻어내려 했다.

"금방 올 테니, 꼼짝 말고 기다려야 한다."

"그럼요. 걱정하지 마세요."

"그래……. 그래."

무연의 커다란 손이 홍이의 머리를 쓰다듬었다. 아무리 생각해도 가슴이 울렁거리는 게, 예감이 좋지 않았다. 이대로 돌아서면 어쩐지 홍이를 보지 못할 것 같은 불안함에 발을 떼기가 힘들었다.

"꼭, 꼭 여기에 있어야 한다."

무연의 불안을 모르는 홍이는 꼭 그가 칭얼거리는 아이 같다는 생각에 작게 웃음을 터뜨렸다. 고개를 끄덕이며 그의 어깨를 토닥토닥 두드려 주었다.

"무연님을 기다리는 이 방 외에, 제가 갈 곳이 어디 있겠어요."

무연은 홍이의 볼 언저리에 입을 맞췄다. 그때에, 왜 그리도 가슴이 저릿한지 알 수 없었다. 눈가와 콧잔등이 시큰거렸다. 하지만 시간을 지체할 수 없다는 걸 알기에 무연은 울며 겨자 먹기로 몸을 일으켰다.

급히 옷만 챙겨 입은 무연이 방을 나서기 직전 다시 한 번 그녀를 돌아보았다.

"다녀오마."

"예. 조심히 다녀오세요."

홍이의 말에 고개를 끄덕인 무연이 홍이에게 가까이 다가갔다. 한 뼘의 거리를 두고 다가선 무연은 그녀의 작은 손등을 어루만져 주었다.

"이 문에는 결계가 쳐져 있으니, 안심해도 된다. 그 누구도 너를 해하러 오지 못해."

"문밖으로는 한 발자국도 나가지 않을게요. 그러니 걱정하지 마세요."

햇살과 같은 미소가 이어졌다. 무연의 손을 덮은 홍이의 따뜻한 손이 불안에 떠는 마음까지 어루만지고 있었다. 그들은 한참이나 서로를 마주 보았다. 눈빛으로 오가는 간지러운 이야기들이 나비처럼 나풀나풀 날아다닌다.

"일찍 돌아올 테니, 꼼짝 말고 기다려라."

그의 당부에 홍이가 고개를 끄덕였다. 겨우 문이 닫히고 홍이는 참고 있던 한숨을 길게 내쉬었다.

사실 가지 말라 말하고 싶었다. 그가 문 앞에 서서 저를 돌아보던 그때부터 이유를 알 수 없는 불안감에 가슴이 두근두근 뛰었었다. 하여 저도 모르게 제발 가지 말라 애원할 뻔했다.

이대로 그를 못 볼 것 같아서, 어쩐지 이게 마지막일 것 같다는 끔찍한 예감만 계속됐다. 그와 함께해 따스했던 방 안이 다시금 차갑게 식어가고 있었다.

같은 시간. 화람과 교하는 높은 곳에 올라서서 아수라장이 된 요새를 바라보고 있었다.

"잘…… 마무리하고 오셨나요?"

"예, 명하신 대로."

고개를 숙이는 교하를 흘깃 쳐다본 화람이 묘한 미소를 띠며 요괴들이 달려가는 쪽을 바라보았다. 결계의 균열이 시작된 곳이었다.

일렁거리는 눈빛에서 불꽃이 튀었다. 독기로 가득 찬 표정으로 먼 곳을 바라보는 화람의 뒤에서 교하가 짧은 날숨을 뱉었다. 꽉 그러쥔 손바닥이 빨갛게 익어 있었다. 그것은 화상 자국과 비슷했다.

"아가씨."

"알고 있어요. 지금 내가 무슨 짓을 한 건지, 어떤 위험을 감수한 것인지."

"알고 계시다니 한 말씀 올리겠습니다."

교하의 말에 화람이 고개를 돌렸다.

"지금 두령은 화평님의 힘을 이기지 못합니다. 그렇기에 이 균열도 쉽게 수습하지 못하실 테지요."

"그런데요?"

"예. 아가씨께서 무엇을 행하려 하시는지 저도 잘 알고 있습니다. 그것에 반하려는 게 아닙니다. 아가씨께서 행복해질 수 있다면, 이 목숨 바칠 각오까지 되어 있습니다."

교하의 눈앞에 있는 화람은 더 이상 예전의 화람이 아니었다. 교하가 알던 화람은 이미 사라지고 없어진 지 오래였다.

"해서요?"

"저 결계는 어떻게 하실 겁니까. 아가씨의 목적을 이루고 나면, 저 결계는 대체……."

교하의 걱정에 화람이 킥킥 웃음을 터뜨렸다. 눈을 잔뜩 휘며 웃는 것이 꽤 즐거워 보였다. 하지만 교하는 그녀와 함께 웃을 수 없었다. 어쩐지 그 미소마저도 섬뜩했다. 등줄기로 불길한 기운이 스멀스멀 타고 올라오는 듯했다.

"교하."

"예."

"제가 그런 것까지…… 신경 써야 하나요?"

교하는 머리를 크게 얻어맞은 것 같은 기분에 충격을 받은 눈으로 그녀를 보았다.

화평과 세난이 공들여 지킨 요새를 저 역시 함께 지키고 싶다 말하던, 무연의 곁에서 북쪽을 함께 지키고 싶다 말하던 여인이었다. 한데 왜, 어째서 이런 말을 내뱉는 것인가.

그녀를 바라보던 그의 눈동자가 크게 흔들렸다.

"내가 이리도 힘들고, 아프고 외롭고. 이다지도…… 상처받았는데."

화람이 입술 한쪽을 바짝 말아 올렸다. 그녀의 눈빛이 이토록 차게 식어버릴 줄이야, 그 누가 알았을까.

"그 무엇을 신경 쓰고 생각해야 할 필요가 있습니까?"

"아가씨."

"다 죽으라지요, 다! 모두 몰살당해 버리라 하지요! 내가 아니면 요화가 될 이는 없다, 그리도 떠들던 이들입니다. 저 인간 계집이 나타나기 전까지, 나는 저들에게 어머니였고 내가 바로 요화였습니다! 교하도 잘 아시지 않습니까!"

그 표독스러운 외침에 교하는 입을 꾹 다물었다. 아아, 저는 이제까지 무엇을 보고 있었던 것인가. 하나, 그렇다 하여 그녀를 배반하거나 등을 돌리고 싶지는 않았다.

어쩐지 그 모습까지도 안쓰러워, 애처로워 더욱 안아주고 싶었다. 이대로 그녀를 데리고 도망을 간다면, 차라리 그게 나은 선택일까.

"한데 저들이 어찌 변했습니까! 한낱 인간 따위에게 요화라 부릅니다. 저깟 존재에게 이 북쪽을 맡기라 하고, 저딴 계집년 때문에 나라는 존재를 까맣게 잊었습니다! 요화! 요화! 그 빌어먹을 존재 때문에, 그 같지도 않은 존재 때문에!"

파들파들 떨리는 화람의 손등 위로 시퍼런 핏줄이 불거졌다. 눈동자에까지 금색의 빛이 스미자 교하가 얼른 화람의 어깨를 꽉 붙잡았다.

괜한 말을 꺼냈구나 싶었다. 이미 그녀에게 이 북쪽이, 이 요새가 중요하지 않은데. 이미 슬픔으로, 애통함으로 가득 차 다른 것들은 생각할 여유조차 없을 텐데.

"아가씨! 변이될 겁니다. 이제 그만하십시오!"

해서, 이 모든 것들은 저 때문이라 또 한 번 생각했다. 안아줄 이가 없다면 저 혼자서라도 그녀를 안아주겠다 다짐했다. 그래, 끝까지 그녀의 쉼터가 나타나지 않는다면 그녀가 쏟는 모든 것들을 자신이 오롯이 받아줄 것이라고.

교하의 외침에 화람은 정신을 차렸다. 동시에 눈동자의 빛이 사라지고, 불거지던 핏줄이 가라앉았다.

"알겠습니다. 당신의 그 애통함을 제가 모두 풀어드릴 테니…… 아니, 아니 제가 도와드릴 테니. 제발, 제발 진정하십시오. 당신이, 당신이 변이라도 된다면! 그렇다면 나는……."

상상만으로도 끔찍한 미래를 제 입으로 말할 수가 없어 교하는 결국 그녀를 제 품으로 와락 끌어안고 말았다. 바들바들 떨리는 팔이 그의 심정을 말해주고 있었다.

그의 품에 안긴 화람이 눈을 질끈 내리감았다. 바보 같은 사내. 이 아둔하고도 모자란 사내. 저에 대한 마음은, 그 애정은 이미 오래전부터 눈치채고 있었다.

다만 화답하지 못하기에, 단 한 번도 티를 내지 않았을 뿐. 차라리 이대로 저를 버리고 간다면 마음 편히 이 모든 것을 끝낼 텐데. 그깟 사랑이라는 감정 때문에 변이를 하는 여인이라 진절머리 난다며 어디론가 도망이라도 가면 될 것을.

아둔한 사내. 불쌍한 사내. 그리 생각하던 화람이 교하의 어깨에 얼굴을 기댔다. 그토록 안쓰럽다 생각을 하고 있음에도 불구하고, 저는 또다시 그에게 부탁을 하고 만다.

절대 그가 거절할 수 없음을 알고 있으면서.

"어서…… 모두 끝내 버리고 싶어요, 교하. 이제 나도…… 행복해지고 싶어."

교하가 고개를 끄덕였다.

예, 그 대답에 화람은 그의 어깨에 얼굴을 더욱 깊게 파묻었다.

언젠가 모든 벌을 달게 받을 것이다. 제가 한 짓, 저 때문에 교하가 한 짓, 그 모든 벌을 자신이 달게 받겠다. 교하에게 전하지 못할 그 말을 몇 번이고 되새기며 화람은 한숨을 내뱉었다.

천둥이 내리치고 있었다. 누군가의 마음을 세차게 내리치던 천둥은 어느새 북쪽 요새 위에서 번쩍이며 큰 소리를 울려댔다. 지독한 아침의 시작이었다.

결계에 다다른 무연은 자신의 앞에 놓인 상황에 아연실색했다.

전대 두령 화평은 두 개의 검을 지니고 다녔다. 하나의 검은 북쪽을 위협하는 요괴들을 치기 위한 것이었고, 또 하나는 자신의 힘을 담아놓은 검이었다. 혹 자신이 잘못되었을 때, 결계를 더욱 견고하게 만들기 위함이라 하였다.

물론 그 검을 만들기 무섭게 차기 두령, 무연이 태어나 모두 부질없는 것이 되고 말았지만.

두령들의 힘의 차이는 크게 없었다. 각자 다른 성질을 띠고 있을 뿐이었다. 다만 예외는 존재했다. 의식을 치러 온전한 힘을 가진 두령과, 아직 의식을 치르지 못해 반쪽의 힘만을 갖고 있는 두령의 힘은 크게 차이를 보였다.

지금 무연의 상황이 그러했다. 의식을 치르지 않아 반쪽의 힘만을 가진 무연은, 의식을 치러 온전한 힘을 가진 화평을 이겨본적이 없었다. 해서 눈앞에 펼쳐진 상황에 좌절할 수밖에 없었다. 바로 옆에서 들리는 이의 목소리가 멀게만 느껴졌다.

"화평님의 검입니다. 저희는 저 검에 도저히 손을 댈 수 없었습니다!"

한데, 바로 그 검이 결계에 꽂혀 있었다. 화평의 힘이 오롯이 담긴 그 검에서부터 균열이 시작된 것이다. 정확히 말하면 반쪽이 난 화평의 검이었다. 무연의 결계에 꽂힌 검의 주위로 빛의 파편이 튀었다. 무연의 결계는 화평의 검에 힘없이 무너지고 있었다.

"주위에는 아무도 없었는가?"

"예, 아무도 없었습니다."

이가 아득 갈렸다. 사실 결계에 균열이 생겼다고 했을 때부터영 느낌이 좋지 않았다. 분명 홍이를 통해 정기를 채웠을진대, 어째서 결계에 균열이 생겼단 것인가.

제발 쉽게 해결할 수 있는 일이기를 바라며 달려왔다. 조금이라도 빨리 해결하고 홍이에게로 돌아갈 것이라 마음먹었건만. 하필 이 균열의 원인이 화평의 검이라니.

"화평……."

그리고 화람이 떠올랐다. 사태가 이 지경이 되었는데도 코빼기도 비치지 않는 그녀가.

"아가씨와 교하 형님이 어디 있는지 알아볼까요."

"화람과 교하는 왜. 됐다. 이 검만 처리하면 되겠지."

"하지만 두령, 화평님의 검은 화람님이 갖고 계셨습니다. 알고 계시지 않습니까."

일순간, 주위에 있던 요괴들이 술렁이기 시작했다. 화람의 이름을 입에 담으며 어째서 이런 일이 벌어졌는지에 대해 실랑이를 하기 시작했다.

끙, 낮은 숨을 터뜨리던 무연이 입술을 세게 씹었다. 비릿한 냄새가 입안에 퍼졌다.

"두령."

"노아에게 수상한 자가 요새의 주변에서 어슬렁거리지 않는지 감시하라 전해라."

"하지만 두령."

"해서, 화평의 검이라 하여 무조건 화람을 잡아들이라 이 말인가? 화평의 딸을?"

무연이 버럭 소리를 지르자 당황한 흑강이 잠시 눈을 깜빡거렸다. 그러다 곧 뒤쪽으로 늘어진 수많은 요괴들의 모습에 아차 싶어 고개를 숙였다.

화람이 요화가 되지 못하였다 해도 그녀를 맘속으로 동경하는 이들이 적지 않은 것이 현실이었다. 애초에 화평은 전대 두령 중 가장 덕망 높은 이가 아니었던가.

무연이 새로운 두령의 자리에 오르고, 화평이 북쪽을 떠나 여행을 하겠다고 했을 때 아쉬워하며 함께 떠나고자 했던 이들이 한둘이 아니었다. 그러니 더더욱 화평과 화람이 연관된 이 문제에 예민해질 수밖에 없었다.

"경솔했습니다."

"당장 알아보라 일러라."

"예."

흑강이 뒤로 도는 것과 동시에 무연이 결계의 균열로 눈을 굴렸다. 알고 있다. 흑강이 짐작하고 있는 상황이 맞을지도 모른다. 아니, 맞겠지.

외부인이 침입해 화평의 검을 훔쳐 결계를 깼다. 그야말로 말도 안 되는, 헛소리나 다름없는 이야기였다. 두령의 힘이 담긴 검을 잡자마자 손이 활활 타버릴 것이다.

몸이 녹아 없어져도 이상하지 않을, 강대한 힘을 이겨내고 결계에 꽂았다. 애초에 오랜 시간 동안 같은 기운을 가진 자의 곁에서 그 힘에 익숙해지지 않고서야 말이 안 되는 이야기였다.

화평의 검, 그의 딸인 화람. 그리고 그들의 곁에서 오랜 시간 지내온 교하.

"두령, 이제 어찌할까요!"

하나 그러한 사색은 오래가지 못했다. 무연만을 믿고 의지하는 이들이 그의 곁에 잔뜩이었다.

화평이 떠나기 전, 무연은 그의 힘에 가까워지고 싶어 했다. 하지만 차이는 두드러지게 드러나기 일쑤였다. 무연은 그때마다 아직 의식을 치르지 못한 탓이라 불평했지만, 화평은 아직 자신이 찾지 못한 것이 있어 그렇다고 했다. 마음으로 지키고자 하는 것이 없으니, 힘을 모두 쏟아내지 못하는 것이라고.

무연은 그 말을 이해할 수 없었다. 지키고자 하는 게 왜 없는가. 이 북쪽 요새. 그곳에서 사는 모든 요괴들을 지키고자 자신이 태어난 것이 아닌가.

얼음 동굴의 어둠 속에서 그는 오롯이 북쪽 요괴들의 안위만을 생각했었다. 태어나기 전부터, 태어난 뒤까지 모두. 그렇기에 그의 말을 도저히 이해할 수 없었다.

"알게 될 것이야. 나도 그랬으니."

무엇을 알게 되느냐 몇 번이고 물었지만, 화평은 웃기만 했다. 그리고 끝끝내 그게 무엇인지 알려주지 않고 요새를 떠났다.

"그게 무업니까, 화평."

중얼거리던 무연이 얼음 칼을 만들어 손으로 꽉 쥐었다. 가늘게 뜬 눈이 파르르 떨렸다. 손바닥으로 느껴지는 한기에 온몸이 오싹해졌다. 홍이가 떠오름과 동시에 그녀만이 갖고 있는 온기가 생각났다.

"내가 가지지 않은 것이…… 대체 무엇이란 말입니까."

쩽! 무언가 크게 마찰하는 소리가 들렸다. 얼음의 비명이요, 설산의 외침이었지만 그 뜻을 알아들을 수 있는 이는 단 한 명도 존재하지 않았다.

오전이 지나고, 해가 쨍쨍한 오후가 되었는데도 무연은 좀처럼 방으로 돌아올 생각을 하지 않았다. 그사이 홍이는 무연에게 줄 두루마기에 수를 놓았고, 그의 배자를 만들었다.

그러다 어젯밤의 일을 떠올리며 헤죽헤죽 웃음을 그렸다. 아직 움직일 때마다 말하기 민망한 고통이 있긴 했지만, 그마저도 행복했다.

"홍이님."

똑똑, 누군가 문을 두드리며 그녀를 불렀다. 홍이는 그 목소리가 전혀 낯익지 않았기에 몸을 움찔했다.

"누구십니까?"

가슴이 바짝 조이는 기분이었다. 직감으로 목소리에 담긴 냉기를 느낀 그녀가 무연에게 줄 두루마기를 꽉 움켜쥐었다.

"무연님께서 보내서 왔습니다."

무연이라는 이름에 홍이는 금세 긴장이 풀리고 말았다. 절대 어떤 요괴도 믿지 말라 하던 흑강의 말은 금세 잊어버린 건지, 환한 미소를 그리며 몸을 일으켰다.

그러다 곧 고개를 돌려 창밖을 바라보았다. 오전과는 달리 텅 비어서 아무런 소리도 들리지 않는 그곳의 풍경에 어쩐지 몸이 오싹해졌다.

"지금 당장 홍이님을 모시고 오라는 전갈입니다."

홍이는 다시 고개를 돌렸다. 아니, 무연이라면 흑강을 보냈을 것이다. 무연과 흑강이 아니고서는 홍이는 그 누구도 믿을 수 없었다.

"무연님께서는 저에게 방에서 기다리라 하셨습니다."

홍이는 주먹을 꽉 그러쥔 채, 문을 뚫어져라 노려보았다. 하지만 그러면서도 한편으로는 안심하고 있었다.

"이 문에는 결계가 쳐져 있으니, 안심해도 된다. 그 누구도 너를 해하러 오지 못해."

나가기 전, 볼에 입맞춤을 남기며 저에게 속삭여 준 무연의 말 때문이었다. 홍이가 천천히 입술을 달싹였다.

"저는 이곳에서 기다릴 테니, 어서 가셔서 무연님의 힘이 되어 주십시오."

문밖에서 대답은 들리지 않았다. 홍이는 그가 제 말에 물러났길 바랐지만 그럼에도 긴장은 풀지 않았다. 혹시나 싶어 다시 한 번 돌아가라 말을 하려던 그때 낮은 음성이 들렸다.

"가셔야 합니다."

강압적이었다. 어서 가야 한다 말하는 그 목소리에는 강제로라도 데리고 가겠다는 듯한 뜻이 담겨 있었다.

"두령의 결계라 해서 못 뚫을 것 같습니까."

그 기세에 홍이의 온몸이 뻣뻣하게 굳어버렸다. 무연의 결계를 쉬이 뚫을 수 없을 것이라 몇 번이고 스스로를 달래보아도 두려움은 좀처럼 가시지 않았다.

무연의 결계가 지켜주는 방. 다시 말하면 홍이는 가장 안전하지만, 도망칠 수 없는 곳에 갇힌 것이나 다름없다는 소리였다.

"무, 물러가십시오! 두령의 방입니다!"

겨우 외치기 무섭게 쾅! 커다란 소리가 들렸다. 무언가 무거운 것이 떨어지는 소리 같기도 했고, 묵직한 것이 깨지는 소리 같기도 했다.

홍이는 문에서 가장 멀리 떨어진 곳으로 가 주저앉았다. 다리에 힘이 풀려 도저히 서 있을 수가 없었다.

"무연님, 무연님!"

무연을 애타게 부르며 홍이는 귀를 꽉 틀어막았다.

"네가 부른다면, 그 어디든 갈 것이다."

왈칵 눈물이 쏟아질 것 같았지만 애써 입술을 깨물며 참았다. 무연이 올 것이다. 그가 찾아와 저를 구해줄 것이다. 그러니 이 순간만 참으면 된다.

하지만 신은 그녀의 편이 아니었다. 결국 문은 부서지고 말았다. 커다란 문과 함께 파란 조각들이 바닥으로 쏟아졌다. 무연의 물색 눈동자와 쏙 닮은 조각이었다.

살을 에는 냉기가 방 안으로 가득 밀려왔다. 얼마 남지 않은 무연의 온기마저도 싹 밀어버린 냉기에 홍이가 몸을 움찔거렸다.

"무력은 쓰고 싶지 않았습니다."

싸늘하기 그지없는 목소리에 홍이의 손이 바들바들 떨렸다.

"가셔야 합니다."

뚜벅뚜벅 걸어온 자가 홍이의 바로 앞에 서서 말했다.

상황이 이쯤 되자 홍이는 어쩔 수 없이 귀를 막았던 손을 내리고 고개를 꼿꼿이 세웠다. 입술을 짓씹으며 몸을 일으켰다. 그리고 대체 누가 이런 짓을 하는 건지 똑똑히 보리라 다짐했다. 그리고 앞에 선 사내와 눈이 마주쳤을 때, 홍이는 그를 본 적이 있다는 사실에 놀랐다.

"당…… 신은."

언젠가 보았던 사내였다.

"무연님께서 기다리십니다."

거짓말이다. 자신을 쳐다보는 두 눈이 거짓이라 말해주고 있었다.

"아가씨."

홍이의 몸이 덜컥 굳었다. 그래, 이 목소리를 들은 적이 있다. 정확히 말하자면 '아가씨'라 부르는 목소리를 들은 적이 있었다.

이 요새에서 아가씨라 불리는 이는 단 한 명뿐이었다.

"다시 한 번 말씀드리지만."

화람. 그녀의 곁을 지키는 사내가 분명했다.

이름이, 이름이 뭐라고 했더라.

"무력은 쓰고 싶지 않다고 했습니다. 조용히 따라오시지요."

"시…… 싫어요. 화람님이 보내신 거잖아요."

혹시나 싶어 꺼내본 말에 사내의 표정이 일그러지자 홍이는 절망했다. 제 예상이 맞았음에, 그리고 이제 무슨 일이 벌어질 건지 예상이 가는 것에.

"도, 돌아가세요. 무연님은 이 방에서 기다리겠어요."

홍이가 주춤거리며 뒤로 물러나자 교하가 짙은 한숨을 내뱉었다. 그가 눈을 질끈 감았다 뜨는 것까지 본 홍이는 두려움에 떨었다.

"진작 이곳을 떠나셨어야 했습니다."

교하는 홍이가 뒤로 물러난 만큼 더 가까이 다가왔다. 홍이는 몸을 움츠리며 눈을 질끈 감았다. 그러자 교하가 그녀를 번쩍 들어 올렸다. 꺅! 홍이가 비명을 지르며 그에게서 벗어나려 발버둥쳤다.

"무, 무슨 짓이에요! 이거 내려줘요!"

있는 힘껏 다리를 움직이고, 손으로 그의 등을 두드렸지만 교하에게서 벗어날 수는 없었다.

흥, 코웃음을 친 교하가 그녀를 어깨에 둘러멘 채로 방을 나섰다. 그러는 그의 팔은 홍이가 발버둥을 치다 떨어질까 싶어 단단하게 힘이 들어간 상태였다. 그러곤 곧 제 상태를 알아채곤 한숨을 쉬었다. 빌어먹을 요화. 요화를 떠받드는 요괴의 본능이 원망스러웠다.

"다치십니다. 얌전히 가시죠."

"무연님이 보내셨다면, 나를 이렇게 데려갈 리 없어요!"

교하의 걸음이 우뚝 멈추었다. 제 처지를 알면서도 끝까지 발악하는 게 영 마음에 들지 않았다.

"인간 계집 따위가."

그녀가 발악하는 모습에 피가 거꾸로 치솟는 기분이었다. 오랫동안 자신이 지켜온 보물은 흙덩이에 구르고 여기저기 흠집이 생겨 더 이상 빛을 내지 않을진대.

"요괴의 모든 것을 알고 있는 것처럼 말하지 마라."

제 보석이 빛을 잃은 건 이 계집 때문이었다. 그렇기에 더더욱 목 끝까지 울화가 치밀었다. 그녀만이 전부였던 그의 세계가 무너졌기 때문에.

"계속 입을 나불대 봐, 그분께 데려가기도 전에 온몸의 뼈를 아작 낼 테니."

그가 으르렁대는 소리에 홍이는 더 이상 입을 열지 못했다. 조금씩 멀어지는 무연의 방을 보았다. 방문이 부서지고 엉망이 된 방 안, 그곳에 고여 있던 그의 온기, 애정이 잔뜩 서린 웃음소리, 그 모두가 멀어지고 있었다.

아침나절 그가 떠날 때 느꼈던 그 공허함과 두려움이 되살아났다.

"무연님. 무연, 무연님. 무연님!"

저에게 달려온다 하였다. 그를 생각하고 그리워하며 있는 힘껏 부르면, 언제든 제 곁으로 날아온다 하지 않았던가.

"무연님! 홍이어요. 무연, 무연님!"

요화 妖花-요괴의 꽃

있는 힘껏 소리를 지르느라 목이 금세 갈라지고 말았다. 하지만 홍이는 개의치 않았다. 그렇게 해서라도 그에게 제 부름이 전해진다면. 그렇게라도 저에게 닿아준다면. 저를 구해준다면.

"무연……. 무연님……. 무연님!"

"그리 불러도, 두령은 오지 않을 거요."

"온다고 하였습니다, 제 곁에! 제가 부르기만 하면 어디든, 어디든 달려와 주시겠다고!"

"온다 하여도 만나지 못하겠지."

홍이는 크게 충격을 받은 눈으로 교하를 보았다. 손끝이 저릿하고 눈앞이 아찔해졌다.

"의식조차 치르지 못한 두령이 화평님의 힘을 이길 수 있을 리가 없지."

"무슨…… 그게 무슨……."

무슨 이야기인지 묻고 싶었다. 하지만 목 끝까지 차오른 목소리는 좀처럼 입 밖으로 터지지 않았다. 숨이 막혀 입술만 벙긋거릴 뿐이었다.

"인간 계집인 네가 이 요새에 존재하는 것만큼 말도 안 되는 이야기이지."

홍이는 결국 고개를 푹 떨어뜨릴 수밖에 없었다. 결국 무연은 오지 못한다는 것이다. 목이 찢어라 그를 부르고 애달프게 찾아도 그는 영영 제 곁으로 돌아올 수 없다.

서글픈 울음이 터졌다. 툭, 툭 떨어지는 눈물방울이 그녀의 턱 끝에 아롱다롱 매달렸다.

"오지 않았으면 좋았을 것을."

쯧쯧, 교하가 혀를 차는 소리에 이어 홍이에게서 탁한 울음소리가 새어 나왔다.

아니다. 자신이 와 다행이라 하였다. 무연은, 오히려 왜 이리 늦게 왔냐 저를 타박했었다.

"차라리 요새 밖이 행복했을 거요. 인간에게 요괴의 소굴은 가당치 않아."

이곳이 더 행복했다는 말은 도저히 나오지 않았다. 홍이는 무연의 이름을, 그에게 전해질 리 없는 부름을 몇 번이고 반복하다 이내 까무룩 정신을 잃고 말았다.

한편, 흑강으로부터 무연의 전령을 전해 들은 노아는 황급히 눈보라를 일으켜 요새의 주변을 봉쇄했다. 만약 침입자가 있다면, 설산에서 나가지 못하도록 하기 위함이었다. 힘껏 눈보라를 몰아치던 때, 아래쪽으로 익숙한 기운이 느껴졌다. 그것은 아주 오래전, 저들을 지키던 이의 힘이었다.

"화평님?"

화평이 돌아온 것일까 싶어 노아는 반가움에 그쪽으로 향했다. 부풀어 오르는 마음을 꽉 억누른 채, 눈보라를 이끌고 잽싸게 날아갔다.

'화평님이 돌아오셨다면, 이번 일은 잘 끝날 수 있겠어.'

다행이다. 마음이 편안해졌다. 이 기쁜 소식을 무연에게 전해줘야겠다 마음을 먹으며 속력을 높이던 순간, 노아는 그 자리에 우뚝 멈추어 설 수 밖에 없었다.

"다녀왔습니다, 아가씨."

화평이라 믿었던 이는, 화평이 아니었다.

"생각보다 늦었네요."

"죄송합니다. 워낙 반항이 심해서."

"됐어요. 데려왔으니 된 거죠."

화평의 여식인 화람과, 그녀를 지키는 교하였다. 그들이 서 있는 곳은 얼음 동굴의 뒤편에 만들어진 작은 굴이었다. 가파른 절벽의 한가운데에 위치한 그곳은 정찰대나 수색대가 아닌 이상 알지 못하는 장소였다. 오르는 길 또한 험하고 가팔라 굴을 아는 이들조차도 쉽게 걸음을 하지 않았다.

"왜……."

저들이 왜 이런 곳에 있나 의아해하던 그때, 노아는 교하의 어깨에 걸쳐진 홍이의 모습을 발견하고 말았다.

"요화…… 님?"

그녀의 모습을 발견하기 무섭게 노아는 눈보라에 제 모습을 숨겼다. 화람과 교하가 저를 발견했을까 싶어 가슴이 콩닥거렸다. 노아는 제 눈을 의심했다.

둘은 아주 작은 목소리로 이야기를 나누었다. 눈보라에 몸을 숨기고 있는 터라 그들이 무슨 이야기를 하는지 잘 들리지 않았다. 하지만 노아는 한 가지만은 이해했다.

요화가 위험하다. 겨우 찾은 북쪽의 요화가, 매우 위험한 상황에 처해 있다. 그것을 깨우치기 무섭게 급하게 눈보라를 몰아쳤다. 한시라도 빨리 무연에게 가야 했다. 어서 요화의 위험을 전해야겠다는 생각뿐이었다. 이윽고 설산에 걸쳐 있던 눈보라가 크게 한 번 휘몰아쳤다.

한편 교하는 좋지 않은 예감에 입술을 잘근 씹었다.

"아가씨, 자리를 옮기는 게 좋지 않겠습니까."

하지만 화람은 아무런 답도 하지 않았다. 그녀는 교하가 땅에 내려놓은 홍이를 내려다보기만 하였다.

"교하가 그랬지요. 이 여인을 데리고 요새를 빠져나가겠다고."

화람의 말에 교하가 숨을 크게 들이마시며 주먹을 꽉 그러쥐었다.

"아가씨 손에 피를 묻힐 수 없습니다."

해서 그런 말을 한 것이다. 요화의 존재가 사라져야 한다면 그 것을 행하는 건 화람이 아닌 자신이어야 했다.

화람이 킥킥 웃음을 터뜨렸다. 그러고는 손가락을 곧게 뻗어 마른세수를 했다. 그 후로는 또다시 무언가 생각하는 듯 조용했다. 꽤 긴 침묵이었다.

무슨 생각을 하는지 너무나 느긋하기만 한 화람 덕에 교하는 안절부절못했다. 어서 자리를 옮겨야 했다. 갑자기 휘몰아치다 사라진 눈보라가 불안했다.

"아가씨."

"피를 묻히는 건 아무렇지 않아요."

하지만 화람은 이미 교하의 말을 듣고 있지 않았다.

"이깟 계집이."

홍이를 바라보던 그녀가 이를 부득 갈았다. 그 살기등등한 눈 빛이 어찌나 사나운지, 보는 교하마저 등이 서늘해졌다.

"요화로서 그분의 곁에 서는 것을 보는 것보다 끔찍한 건 없어 요."

교하는 이제 제가 화람을 말릴 수 없음을 깨달았다. 그는 그저 그녀가 행복하기를 바랐을 뿐이었다. 그녀가 원하는 것은 모두 들 어주고 싶을 뿐이었다. 교하는 이제 살기 가득한 그녀의 모습조 차도 아름다워 보이는 제 자신조차 멈출 수 없었다.

미치광이를 사랑하는 자는 또 얼마나 미치광이처럼 보일까. 아니, 애초에 미치광이를 사랑하였으니, 저 역시 미치광이가 아니었을까.

"어떻게 해야 할지…… 고민을 많이 했어요."

한숨을 내쉬는 모습조차 요염하기 그지없었다. 화람은 천천히 몸을 숙여 홍이의 곁에 앉았다. 그리고 손을 뻗어 그녀의 하얀 피부를 쓰다듬었다. 손에 감기는 따뜻한 온기가 맘에 들지 않아 미간이 일그러졌다.

"모른 척, 교하에게 넘기고 잊어야 할까."

"그리하십시오."

곧게 뻗은 그녀의 손가락이 파들파들 떨렸다. 그 작은 몸짓도 위태로웠다. 당장에라도 펑 터져 버릴 것 같았다.

"어쩜 그렇게 쉽게 대답을 할 수 있어요?"

눈빛만큼이나 살벌한 목소리였다.

"내가 얼마나 괴로웠는지, 아팠는지, 힘들었는지…… 치욕스러웠는지. 교하가 더 잘 알잖아요?"

"아가씨."

"내가, 화평의 딸인 내가! 두령의 마음을 얻기 위해 얼마나 무던히도 노력했는지 교하가 더 잘 아실 거예요. 내가, 이 화람이!"

귀가 찢어질 듯한 목소리에도 교하는 귀를 막지 않았다.

"그래서 어떻게 하고 싶으십니까."

교하의 물음에 화람이 그를 쳐다보며 이내 해사한 웃음을 그렸다. 교하가 처음으로 그녀에게 반해 버렸던, 꼭 지켜주겠다 마음을 먹었던 그 어느 날의 화람처럼.

"제가 끝을 내야지, 다른 방법이 있어요?"

하지만 그녀의 입에서 튀어나온 말은 그때의 화람이 할 수 있는 말이 아니었다. 탄식이 새어 나왔다. 어째서 이렇게 비틀어지고 만 걸까. 그토록 곱디곱던 여인이, 어째서 이렇게까지 변해 버린 것일까.

"죽이지 않으면, 기억을 지우면! 결국 다시 만나게 될 거예요. 요화와 두령은 그런 존재니까. 운명으로 이어져 있는 존재니까요! 같은 어둠에서 태어났어요. 완벽한 어둠에서 태어난 두 존재가 이끌리는 건 어쩔 수 없잖아요!"

"그 끝을 아가씨가 내야 할 필요는 없습니다!"

"나에게 올 운명을 이 계집이 빼앗았으니, 내가 끝을 내야지요! 아아, 그래. 빼앗은 건 이 계집만이 아니지요! 모든 걸 알면서 요화가 되기를 바라는 나에게 아무런 말도 해주지 않은 화평, 나의 아버지도 똑같지요. 아버지 역시 나의 운명을 앗아간 것이지요!"

화람의 절규가 계속될수록 교하는 죄책감을 하나둘 끌어안았다. 이 지경에 될 때까지 그녀를 지켜보기만 했던 저를 탓하며 마음속의 멍을 늘려갔다.

"그러니 내가 끊어야지요. 그 인연 같은 건, 부질없고 필요 없는 것이라 알려주기 위해서 끊어야지요."

"두령의 곁을 지키지 못할 겁니다. 평생."

그의 말에 화람이 몸을 움찔 떨었다. 커다란 눈동자가 눈에 띄게 요동치다, 이내 짙은 보랏빛 눈동자 위로 투명한 물결이 넘실거렸다.

"알고 있어요."

슬픔으로 얼룩진 목소리에 교하의 마음이 무너졌다. 알고 있음에도 낭떠러지 아래로 몸을 던지려는 그녀의 모습이, 못 견디게 안타까웠다.

"그분의 곁에…… 남을 수 없다는 거…… 알아요."

톡, 톡. 떨어지는 투명한 눈물이 바닥을 적셨다. 바르르 떨리는 입술의 끝이 처량해 보일 정도였다.

"그 마음을 뭉개놓고, 곁에 남을 수 없겠죠. 없을 거야."

"한데 왜!"

"그럼 어떡해! 어떻게 할까요. 이 계집이 그 곁에서 행복하게 웃는 걸 봐야 하나요? 내가, 내가 그 꼴을 보고 살아가야 해요?"

"나와 함께 떠나면 돼!"

우렁찬 교하의 목소리가 텅 비어버린 그곳을 쩌렁쩌렁하게 울렸다. 흔들리는 화람의 눈동자와 거칠게 갈라지는 그의 목소리가 절벽의 그 어딘가에서 마찰을 일으켰다.

"당신이 그 탐욕만 내려놓으면, 포기할 수만 있다면!"

안 돼. 새어 나오지 못하는 목소리가 화람의 목을 벅벅 긁었다. 옷깃을 꽉 부여잡는 그녀의 손가락이 바들바들 떨렸다.

결코 안 되는 일이었다. 절대, 있어선 안 될 일이다.

"내가 당신을 데리고 떠나겠어. 화람, 당신을 이 지옥에서 벗어나게 해주겠어."

안 돼. 애절한 바람은 전해지지 않았다. 결코 당신을 이 지옥불에 떨어뜨릴 수 없다는 말을 해야 하는데, 도저히 입이 열리지 않았다. 그저 서늘한 바람에 잔뜩 달아오른 제 마음을 식히려 노력하고, 또 노력할 뿐.

*

쨍! 쨍!

날카로운 마찰음이 몇 번이나 이어졌지만, 화평의 검은 좀처럼 결계에서 빠져나올 생각을 하지 않았다. 그러니 더더욱 무연의 답답함이 커지는 것이다. 그것만 빼낸다면 벌어진 균열은 자신의 힘으로도 충분히 보수할 수 있을 텐데.

해서 무연은 벌써 몇십 번, 아니 몇백 번이고 자신의 얼음으로 화평의 검을 내려쳤다. 그가 말하는 소중한 것, 지키고자 하는 것이 생겼는데 왜 이길 수 없냐 물었다.

하지만 그는 대답해 주지 않았다. 그의 힘은 무연에게 답을 내려주지 않은 채, 꼿꼿이 제자리를 지킬 뿐이었다.

또 한 번, 힘을 준 채 검의 조각을 내려친 순간이었다.

"두령! 두령!"

익숙한 목소리가 다급하게 그를 불렀다. 이곳에 있을 리 없는 이의 목소리였다.

"웬 소란이야, 노아."

무연보다 먼저 흑강이 그에 반응했다. 무연은 여전히 화평의 검을 빼내는 데 집중하고 있었다.

"요화, 요화님이!"

"요화님? 홍이님을 말하는 거야?"

"그럼 그분 말고 요화님이 또 어디 있어!"

화람과 노아의 대화에 무연이 손에 얼음을 쥔 채로 뒤로 돌았다.

"무엇을 보았느냐."

입술을 잘근 씹는 무연의 모습에 노아가 숨을 크게 들이마셨다.

"요, 요화님께서 끌려가셨습니다!"

동시에 그의 뒤로 서 있던 요괴들이 술렁였다. 당장 이틀 뒤면 의식인데 대체 요화를 누가 데려갔단 말인가.

"홍…… 홍이가 끌려가?"

"누구에게, 어찌 된 건지 자세히 설명해 봐, 노아!"

충격으로 말을 잇지 못하는 무연을 대신해 흑강이 소리를 높였다. 그에 요괴들의 웅성거림 역시도 더욱 심해졌다. 요화가 잡혀 갔다니. 어째서, 누가, 왜!

"명 받은 대로 눈보라를 불러와 요새의 바깥을 단단히 막고 있었습니다. 한데, 갑자기 화평님의 기운이 느껴지는 것 같아 그리로 가보았더니…… 교하 형님이 요화님을 들쳐 업은 채로 얼음 동굴 뒤쪽에서 나타났습니다."

교하, 그리고 화평의 기운. 그 말에 무연은 조각조각 나 있던 것들이 한데로 맞춰지는 것을 느꼈다. 자신이 틀린 게 아니라면, 그 중심에는 분명 그녀가 있을 것이다.

"교하가, 혼자 있었느냐."

하지만 아니길 바랐다. 부디 자신이 생각하는 것이 사실이 아니기를.

"그, 그게."

"말하라."

침을 꿀꺽 삼킨 노아가 눈을 질끈 내리감으며 대답했다.

"화, 화람님을 만나셨습니다."

노아의 말에 무연의 얼굴이 딱딱하게 굳어졌다.

"화람님?"

"화람님이라고 했나, 지금?"

"아가씨? 아가씨가 왜 요화님을?"

주위의 술렁임이 더해지면 더해질수록, 무연은 얼음 창을 더욱 세게 쥐었다. 온몸의 떨림이 멈출 생각을 하지 않았다.

당장에라도 모든 것을 버리고 그녀를 구하러 가고 싶었다. 이래서, 이 때문에 그녀를 두고 돌아설 때 그리도 마음이 아팠는가. 이렇게 될 줄 알고 발이 떨어지지 않았던 걸까.

"……흑강."

"예, 두령."

머리가 하얘졌다. 만약 노아의 말이 진짜라면, 그의 말이 정녕 맞다 한다면 자신은 어찌해야 하는 걸까. 요화를 납치한 죄를 물어 화람의 가슴에 얼음을 꽂아야 하는 건가.

이렇게까지 된 건 누구의 탓인가. 그녀의 마음을 받아주지 않은 제 탓인가? 홍이는 무사한가? 두서없는 생각들이 머릿속을 휘저었다.

"무연각으로 가…… 홍이가 있는지 확인하라."

당장에라도 달려가 제 눈으로 확인하고 싶었다. 모든 걸 내팽개치고 당장에라도 그녀를 구하러 가고 싶은 마음은 굴뚝같으나.

"이 균열을…… 두고 갈 수 없구나."

두령은 북쪽 요새의 모든 이들을 지켜야 하는 자였다. 이들을 지키기 위해 태어나는 존재였다. 그래서 그는 이대로 이들을 버려 두고 갈 수 없었다.

무연의 마음을 모를 리 없는 흑강이 고개를 숙였다.

"예, 두령."

무연이 마음을 다잡은 채 다시 뒤돌아서고, 흑강이 무연각으로 향하려던 그 순간, 믿을 수 없는 목소리가 쏟아졌다.

"두령, 그냥 가십시오!"

"요화님을 구하십시오!"

"이 결계는 저희가 어떻게든 하겠습니다!"

모두가 무연의 등을 떠미는 것이었다. 한 명에서 시작된 목소리는 모두에게로 퍼져 무연과 흑강 그리고 노아를 당혹스럽게 만들었다.

모두가 무연을 밀어냈다. 어서 가 요화를 구하라 하는 통에 무연은 어안이 벙벙했다.

"겨우 얻은 요화님을 잃을 순 없습니다!"

"아가씨께서 왜 그랬는지 알 것 같지만, 요화님을 해하는 건 안 되는 일입니다, 두령!"

목청을 높이는 이들을 바라보며 무연이 입술을 꽉 짓눌렀다. 어떤 것을 선택해야 옳은 것일까. 요화일까, 북쪽의 요괴들일까.

"결계가 깨진다 해서 당장 남쪽 놈들이 쳐들어오는 것도 아니니, 걱정 말고 다녀오십시오!"

아니, 사실은 이미 요화를 이들보다 더 우위에 놓은 지 오래였다. 마음 놓고 홍이를 구하러 갈 수 있기를, 그녀를 향해 달려갈 수 있기를 바라고, 또 바라지 않았던가.

"최대한 빨리 돌아오겠다."

해서, 그는 이들의 마음을 거절하지 않았다. 어서 요화를 구하러 가라 떠미는 그들의 손을 뿌리치지 않은 채 결단을 내렸다.

"다녀오십시오, 두령!"

"어이! 정신 놓을 틈 없어! 어서 이걸 막아야 해!"

저마다 최선을 다해 결계를 보수하고 화평의 검을 빼내려 노력하는 모습을 본 무연은 고마움과 미안함, 여러 의미와 감정을 담아 한숨을 터뜨렸다. 그리고 그들에게서 등을 돌렸다.

"앞장서라, 노아."

그의 말이 끝나기 무섭게 노아가 커다란 눈보라를 불러일으켰다. 눈보라는 곧 세 남자를 한데 집어삼켰고, 이내 쏜살같이 하늘 위로 솟구쳤다.

콰르릉. 천둥이 내리치며 까만 구름이 몰려왔다. 이제 곧 벌어질 일들을 슬퍼하기라도 하는 듯, 눈송이가 하나둘 떨어졌다. 그게 누구의 눈물을 대신하는 것이었는지, 그 아무도 모르는 서글픈 눈이었다.

교하의 간절한 부탁에도 불구하고, 화람은 좀처럼 마음을 다잡지 못했다. 교하에게 홍이를 보내고 잊고 살 것인가, 직접 요화의 생을 끊고 제 모든 것을 놓아버릴 것인가.

"당신이 무슨 생각을 하는지 알고 있습니다."

"교하."

"안 됩니다. 더 이상 앞으로 가지 마십시오."

"교하."

교하의 눈썹이 움찔거렸다. 주먹을 꽉 말아 쥔 그가 고개를 숙였다. 대답 대신이었다.

"이대로 떠나세요."

요화는 저에게 맡기고, 부디 모든 것을 잊고 행복하게 살아주기를 바랐건만 결코 바라지 않았던 답에 그는 절망했다. 머리가 아찔해지고 다리가 휘청거렸다.

"화람!"

"교하는 처음부터 저를 말리려고 하셨어요. 더 이상…… 저의 탐욕에 물들지 마셔요."

교하는 한 번도 저를 보지 않는 화람이 야속했다. 제가 어떤 마음으로 그녀를 지켰는지 알지도 못하면서. 어떤 마음을 숨기고, 또 어떤 감정을 꾹꾹 눌러가며 그녀의 사랑을 응원했는지 알지도 못하면서.

제가 그런 그녀를 두고 떠날 수 있을 리가 없다. 애초에 삶의 이유가 화람이었던 자신이, 어찌 그 곁을 떠날 수 있으랴.

"내가 당신의 곁에…… 어떤 마음으로 있었는지 알고 그런 말을 하는 것입니까."

"……그러니 가셔야지요."

이윽고 그녀의 손아귀에 첨예한 칼날이 쥐어졌다. 그 무엇보다 차갑고, 날카로운 얼음 칼날이었다. 서슬 퍼런 날이 그녀의 손바닥을 가로지르니 이내 붉은 핏방울이 툭툭 떨어졌다.

"무연님의 요화는 결국…… 되살아나지 못할 것입니다."

"화람, 지금…… 무엇을……."

"가장 고귀한 자의 피로 시작되는 저주는, 그 무엇보다 강력하다지요."

모든 것을 다 놓은 듯 웃는 모습에 교하는 움직이질 못했다. 어서 빨리 그녀를 막아야 한다 생각하면서도 다리에 힘이 들어가질 않았다.

안 돼. 그 속삭임에 화람이 빙긋 미소를 그렸다.

"이 저주는 저 또한 잡아먹을 것입니다."

"안 돼. 화람, 안 돼."

"그러니 이 저주에…… 교하가 그대가 있어선 안 될 일이어요."

교하를 향해 화람이 입꼬리를 말아 올렸다. 그 미소에 그는 마음이 미어질 듯한 아픔을 느껴야 했다. 그토록 바라던, 그토록 그리던 그날의 화람과 똑같은 미소였다.

결국 벼랑 끝까지 달려와서야, 저렇게 웃고야 마는 화람이 끔찍이도 서글펐다. 그럼에도 그녀를 은애하는 제 자신이, 참으로 못났다.

"화람!"

익숙한 목소리와 함께 칼바람이 몰아쳤다. 바람은 곧 그녀의 손에 쥐어 있던 칼을 빼앗아 저 멀리로 떨어뜨리고 말았다.

화람은 방해자가 나타났다는 데에도 아랑곳 않았다. 그녀는 실성한 듯한 웃음을 흘리며 목소리가 들린 쪽으로 고개를 돌렸다.

"……무연."

그토록 오지 않길 바란 사내가 저 앞에 서 있었다.

"홍이는 무사한가."

화람은 이런 상황에도 화를 내지 않는 그를 슬픈 눈으로 보았다. 그가 화를 내지 않는 건 저를 생각해서가 아니라 제 곁에 요화가 있기에, 자칫 잘못했다간 요화가 다칠 것을 걱정해서라는 걸 알기 때문이었다.

현실을 깨달을수록 비참해지는 건 저 혼자뿐이었다. 어째서 이토록 애달픈 사랑을 지켜왔던가. 왜 저의 곁에서 지켜주려는 손을 뿌리치고 여기까지 왔던가.

하지만 후회는 언제나 늦는 법, 그저 그 후회마저도 속으로만 꾹꾹 눌러 삼킬 뿐이었다.

"기절한 것뿐입니다."

"홍이를 이리 보내게."

"무연님의 눈에는…… 아가씨밖에 보이지 않나 봅니다."

"화람."

"아아, 그래요. 그게 당연한 것이지요. 이 아이는 요화이니…….
내가 그토록 되길 바라던 바로 그 요화니까요."

화람의 눈매가 아래로 축 처졌다. 씰룩이는 입술 사이로 터져
나오는 건 짙은 한숨뿐이었다.

한편 무연은 마음이 조급했지만 이도 저도 하지 못한 채 안달
이 나 있었다. 제가 괜한 행동을 해서 홍이가 위험해질까 봐, 그
녀가 잘못되기라도 할까 봐 겁이 났다.

"묻고 싶은 게 있습니다."

울음이 뒤엉킨 화람의 목소리에 무연은 괜히 마음이 따끔거렸
다. 그녀의 마음을 모르지 않았다. 하지만 그럼에도 머릿속은 온
통 홍이에 대한 걱정뿐이었다. 심지어 화람의 손에서 흘러내리는
피가 홍이에게 떨어지는 것마저 불안했다.

"말하라."

무연의 눈은 줄곧 홍이에게서 떨어지지 않았다. 화람은 그것을
알아차리곤 웃음을 터뜨렸다. 이런 상황에서도 자신은 그의 눈에
차지 못한다는 사실이 서글펐다. 결국 저는 그 마음 한구석조차
자리를 잡을 수 없는 존재였다.

서글프고, 구슬프고 애달프더라. 닿지 못하는 마음만큼 서러운
게 또 어디 있으랴.

"무연님의 마음에 제가 새겨진 적은 없었겠지요."

부디 한 번이라도 여인으로서 제가 눈에 밟힌 적이 있기를 바
라고 바랐다. 만약 그렇다고 한다면……. 그 한마디로 화람은 제
욕심을 여기에서 멈추리라, 그리 생각했다.

"그랬더라면……."

제발.

"그대를 내 곁에 두었겠지."

후두둑 떨어지는 것은 조각 난 마음이었을까, 결코 하나로 이어지지 못하는 기대감이었을까. 아니, 저 혼자만 잔뜩 키워갔던 그에 대한 애정이었을 테다.

화람은 킥킥 웃어댔다. 그와 동시에 눈물이 방울져 턱을 타고 흘러내렸다. 숨조차 쉬지 못할 정도로 마음이 아팠다.

어째서 이토록 서글픈 애정을 떨치지 못하는 것인가. 몇 번이고 내쳐지고 거절당하는데도 왜 그에게서 돌아서지 못하는 것일까.

"화람, 일단 진정하고 홍이를."

"홍이, 홍이. 홍이! 전혀 두령답지 못하십니다."

그러니 자신이 이러는 것은 당연한 일이다. 그래, 그렇게 생각하기로 했다. 그의 마음을 받고자 무던히도 노력하였으나, 그 보답조차 받지 못했으니.

이를 아득 갈던 화람이 고개를 들어 무연을 마주했다. 더 이상 그와 닿지 못하더라도 좋았다. 그의 얼굴을 보지 못하는 죽음에 이르더라도 그녀는 상관없었다. 그러한 각오조차 없이 이런 일을 벌인 게 아니었다.

"내가 당신을 어떤 마음으로 바라보았는데!"

비틀어진 마음을 결코 돌릴 생각이 없음을 굳혔을 때, 온몸으로 열기가 끓어올랐다. 가슴부터 시작한 그 열기는 이내 머리까지 치솟았다.

목을 긁는 소리와 함께 터져 나온 건, 이제껏 마음에 쌓아놓았던 울분과 서글픔이었다.

"당신의 요화가 될 수 없어도 좋았어. 어차피 그 얼어붙은 마음으로는 누구도 사랑할 수 없을 테니까! 제아무리 요화라 한들 내 아버지와 다르게 냉정한 당신은 절대, 결코 누군가에게 애정 어린 시선을 던지지 못할 테니까!"

쩌렁쩌렁한 그녀의 목소리에 무연이 입술을 꾹 눌렀다. 저 때문이다. 제 탓이다. 그래서 홍이가 이토록 위험한 순간에 처한 것이다.

"한데, 다른 여인을 마음에 품다니요! 것도 이 약해 빠진, 인간 계집을!"

"화람, 진정하고 내 말을 들어보게."

"진정이요? 그럴 필요 없습니다. 그럼요. 어차피 제 마음은 정해졌으니까요."

깔깔, 웃음을 터뜨린 화람이 손에 쥔 것은 또 다른 얼음 칼이었다. 날카로운 얼음 칼이 그녀의 피를 머금고 붉게 물들어가는 모습에 무연의 눈동자가 요동쳤다.

안 돼!

화람이 일말의 망설임도 없이 홍이를 향해 얼음 칼을 내리꽂았다.

"홍아!"

"요화님!"

흑강과 무연의 외침이 한데 뒤엉켰다. 그녀를 막기 위해 몸을 날렸지만, 끝끝내 비극은 막지 못했다. 보란 듯이 화람의 얼음 칼이 홍이의 가슴팍에 박혔다.

홍이가 입은 하얀 배자 위로 붉은 핏물이 배었다. 화려하게 핀 동백꽃이 서글픈 빛을 띤 것도 그 때문일 것이다.

얼음 칼을 쥐고 있던 화람이 비릿한 웃음을 지었다. 이상하리 만치 등이 서늘했다. 왜 자신의 손을 타고 핏물이 흐르는 것일까. 어째서 홍이의 배자에 번지는 것이, 또 다른 피란 말인가.

"교하 형님!"

"오지 마!"

흑강의 외침에 화람이 아래를 내려다보았다. 제 가슴을 뚫고 나온 칼날에 그녀는 탄식했다.

그는 이렇게 저를 또 지켜주었다. 본 모습을 잃어버릴 뻔했던 순간에 또다시 저를 지켜주었다. 왜, 어째서 그는 제 모든 것을 놓으면서까지 저를 구해주는 것인가.

"두령. 지금 제가 죽을죄를 졌다는 걸 알고 있습니다. 목숨을 내놓아도 씻을 수 없는 죄겠지요."

"형님!"

"아가씨의 죄까지 모두 제가 벌을 받을 테니, 아가씨를 얼음 감옥에 가두어두십시오."

교하의 말에 무연이 눈을 휘둥그레 떴다. 교하라면 화람을 용서해 달라고 할 것이라 생각했다. 저가 대신 목숨을 내놓을 테니, 그녀를 용서해 달라 할 줄 알았다.

"빨리! 서두르지 않으면 얼음 칼이 요화님을 더욱 고통스럽게 할 것입니다!"

그에 무연이 황급히 홍이를 내려다보았다. 하얀 배자가 어느새 붉은빛으로 변해 버렸다. 그것이 화람의 피인지 홍이의 피인지 알 수 없다는 사실이 그의 마음을 더욱 갈기갈기 찢어놓았다.

죽는다. 홍이가 죽는다. 제 안에서 무언가 점점 약해지는 느낌이 들기 무섭게 손가락의 끝이 바짝 당겼다.

"어차피 이대로 두어도 아가씨는 변이할 것입니다. 몇 번이나 그런 징조가 있었으니, 이번 변이는 피하지 못하실 테지요."

쓸쓸하게 웃던 교하가 화람을 내려다보았다. 보이는 건 그녀의 뒤통수뿐이었지만, 그 눈동자에는 애정과 쓸쓸함이 가득 담겨 있었다.

"아가씨에게 최선의 방법입니다. 그러니 어서, 어서 빨리 가두어주십시오!"

무연은 생각했다. 그의 말대로 화람을 얼음 속에 가두어야 할지, 이대로 요새에 끌고 가 잘잘못을 따질지.

하지만 곧 결정을 내렸다. 교하의 말이 맞다. 변이가 되고 나면 더 이상 구할 방도가 없어진다. 변이가 되기 전 손을 쓰는 게 옳다.

무연은 화람을 향해 손을 뻗었다. 이윽고 설산이 울음을 터뜨렸다. 허공을 나부끼던 차디찬 바람이 불어와 그의 손끝으로 모여들었다.

무색의 바람이 모여 하얀 얼음덩이가 되기까지는 그리 오랜 시간이 필요하지 않았다. 그리고 곧 얼음덩이의 날카로운 끝은 화람을 향했다. 칼에 가슴을 뚫린 채 피를 흘리고 있는 그녀는 오히려 평온한 표정이었다.

이제야 모두 끝났다는 듯, 더 이상 괴로워하지 않아도 되는 사실에 행복하다는 듯.

끝까지 그는 저의 것이 아니었다. 저의 것이 될 수 없음이, 왜 이리도 서글프면서 개운한 것일까.

이윽고 화람은 두 눈을 감았다. 무연님. 그의 이름을 마지막으로 읊조리는 것과 동시에 그녀의 주위를 얼음을 품은 바람이 휘감았다. 무연의 손짓에 화람의 몸이 우뚝 세워졌다. 그녀의 등에 꽂은 칼자루를 잡고 있던 교하도 손을 놓은 채 그녀를 올려다보았다.

쾅! 커다란 소리와 함께 화람의 몸이 벽으로 붙고, 눈덩이들이 바람과 함께 몰아쳐 그녀의 몸을 감쌌다. 하얀 눈덩이는 어느새 꽁꽁 얼어 투명한 얼음이 되었고, 어느새 거대해진 얼음벽이 그 자리에 굳건하게 섰다.

십(十)자로 선 채 꽁꽁 얼어버린 화람의 모습에 교하가 눈을 가늘게 떴다. 꽁꽁 굳어버린 두 손에는 아직 그녀를 찔렀을 때의 느낌이 여실히 남아 있었다.

화람을 얼음 감옥에 가두자마자 무연은 홍이에게로 달려갔다.

"홍아!"

울음에 젖은 무연의 목소리가 굴 안을 울렸다. 두 팔을 뻗어 그녀를 끌어안았지만, 홍이는 죽은 듯 누워 그의 목소리와 손길에도 눈을 뜨지 않았다. 약해진 숨결을 느끼기 무섭게 머리가 아득해졌다.

홍이의 가슴팍에 꽂힌 얼음 칼은 화람이 교하에게 칼을 맞음과 동시에 흔적도 없이 사라져 버렸건만. 정작 그것에 찔린 이는 눈조차 뜰 생각이 없다.

"호, 홍아. 홍아!"

간절한 부름에도 홍이는 눈을 뜨지 않았다. 무연의 심장이 쉴 새 없이 달음박질쳤다. 이대로 그녀가 제 곁을 떠날지도 모른단 생각이 들자 심장이 아래로 쿵 떨어지는 듯했다.

아니, 안 된다, 절대 그래선 안 돼. 무연이 간절하게 외쳤지만 그 소리가 홍이에게 닿았는지는 알 수 없는 일이었다.

"아, 아니다. 아니야. 눈을 떠라."

바들바들 떨리는 무연의 손이 홍이의 얼굴을 쓰다듬었다.

"내가 받아야 할 벌이다. 화람의 마음을 짓밟은 것. 그녀의 진심을 진심으로 대해주지 못한 것. 모두 내가 받아야 할 벌이야. 그런데 네가 왜 이렇게 있느냐."

제발, 제발. 무연은 홍이를 품에 안은 채 울부짖었다. 미동조차 없는 몸이 점점 식어가는 게 느껴졌다.

"제발…… 제발. 너를 지키겠다고 하였다. 너를 내 곁에 두고 평생을 은애하겠다 결심했었다. 지키고 싶었다. 내 생에, 처음으로 의무를 벗어난 감정이었단…… 말이다."

그의 눈에서 낯선 액체가 주르륵 흘러내렸다. 어둠 그 자체에서 태어난 두령의 눈에서 눈물이 흐르고 있었다. 힘없이 늘어진 그녀의 얼굴에 뜨거운 눈물방울이 톡, 톡 떨어졌다.

그녀를 품에 안은 무연 역시도 제 울음소리와 함께 힘을 잃어가고 있었다.

제발, 제발. 이어지는 울음에 흑강과 노아가 고개를 푹 숙였다. 결국 지켜내지 못했음에, 요화를 잃었음에 비통함이 커져만 갔다.

흑강의 좌절감은 노아보다도 더 컸다. 화람이 요화에게 해가 될 것을 알고 있었으면서 왜 그녀를 진작 막지 못했던가. 어째서 홍이가 무연각을 나오지만 않으면 된다 생각을 했었던가.

제 아둔함에 화가 났고, 화람과 여기까지 온 교하에게 화가 치밀었다.

"어째서!"

흑강은 그에게 달려가 멱살을 잡아 올렸다.

"떠나라 하였습니다. 요화님께 해가 된다면, 아가씨와 떠나라 그리도 부탁하였습니다. 한데 이게 뭡니까! 결국 이런 것을 바라셨습니까!"

"베지 않는 자는…… 베이기 마련이지."

모든 걸 포기한 듯 속삭이는 교하의 말에 흑강이 이를 아득 씹었다. 곧 그를 바닥으로 내팽개친 뒤, 허리춤에 차고 있던 칼을 빼내었다.

스르룽, 칼이 빠져나오며 울리는 소리가 참으로 서글펐다. 그 안에 흑강의 마음이 오롯이 담겼는가 하였다.

진작 그를 베지 못했기에, 이 요새에서 그를 떠나보내지 못했기에. 오늘의 일은 오롯이 저 때문이라는 생각으로 흑강은 칼을 뽑아 들었다. 자신의 실수는 자신이 책임질 것이라 다짐하며 흑강은 칼을 휘두르려 했다.

"그만하라."

서글픔으로, 울음으로 얼룩진 무연의 목소리가 그를 멈추게 했다. 흑강이 칼자루를 꽉 움켜쥔 채로 대답했다.

"말리지 마십시오, 두령."

"그만두라 하였다."

그 목소리가 어찌나 서글프고 사납던지 흑강은 손에 칼을 쥔 채로 부들부들 떨기만 했다.

무연이 천천히 몸을 일으켰다. 그의 품에는 축 늘어진 홍이가 안겨 있었다. 가슴팍에 붉은 동백꽃을 피운 그녀가 어찌나 평온해 보였던지, 잠을 자고 있는 것이라 착각마저 일었다.

"교하."

서늘한 표정으로 고개를 돌린 무연이 교하를 쳐다보았다. 맨 처음, 홍이를 만나기 전으로 돌아간 것 같았다. 그 어떤 것도 마음에 담지 않고, 무엇도 알려고 들지 않았던.

바람과 같고 얼음장처럼 차가운 무연. 그때로 돌아간 듯하여, 보는 이마저 마음이 싸늘해졌다.

"화람을 가둔 얼음 감옥은 때가 되면 녹을 것이다. 너는 그때까지…… 이 감옥을 지켜라."

"두령!"

"나의 명은 이것으로 끝이다. 가자, 노아. 흑강."

흑강은 여전히 교하를 향한 칼을 내리지 못하였는데 무연은 뜻을 굽히지 않았다. 노아가 안절부절못하는 얼굴로 흑강과 무연을 번갈아 보았다.

그러던 그때, 교하의 목소리가 무연의 걸음을 잡았다.

"얼음 동굴로 가십시오, 두령."

멈춰 선 무연이 그를 돌아보지 않은 채로 홍이를 한 번 더 추슬러 안았다. 헛웃음이 새어 나와 입술 한쪽을 말아 올렸다.

"그대는 이 상황이 되고도 나를 기만하려 드는가."

"그럴 만한 배짱은 없습니다."

바로 받아치는 교하의 말에 무연이 그제야 뒤를 돌아보았다.

"그분이 요화라면, 어둠에서 태어난 존재이겠지요."

"해서."

"무연님께서 정기를 회복하심과 같은 이치라 생각합니다."

교하의 눈빛에는 흔들림이 없었다. 그가 진심으로 하는 말일까. 홍이를 해하려 했던 자이니 들을 가치도 없는 말인가. 수없는 갈등이 무연을 괴롭혔다.

무연은 품 안의 홍이를 보았다. 이제 그녀의 몸은 언제 온기를 품었었냐는 듯 차가워졌다. 그게 그렇게 슬펐다.

이대로 얼음 동굴로 가 그의 말이 거짓임을 확인하든, 가지 않고 그녀가 식어가는 걸 무력하게 보든, 어느 쪽이든 결과는 같을 것이다. 그렇담 도박이라도 해보는 것이 옳은 것이 아닐까.

"네 말이 거짓이라면."

"오래전, 세난님이 크게 다치셨을 때에 화평님께서 쓰신 방법입니다."

화평, 그 이름에 무연의 마음이 움직였다. 홍이를 살릴 수 있다면야 지옥에라도 뛰어들 것이다. 벌은 자신이 모두 받을 테니, 그녀를 곁에 둘 수 있도록 해달라 하늘에 무릎이라도 꿇을까 생각했다. 한데, 그러지 않아도 그녀를 구할 수 있다면 그 작은 지푸라기라도 잡아야 하지 않겠는가.

그녀는 저의 숨, 저의 생명, 모든 것이니.

"먼저 돌아가라."

무연은 교하의 말을 믿기로 했다. 해서, 벽으로 막힌 굴의 뒤쪽으로 몸을 돌렸다. 그가 손을 들었을 때, 또다시 바람이 불었다. 검지를 곧게 세우자, 불어오는 바람이 벽의 한가운데로 휘몰아쳤다.

이내 벽의 한가운데에 까만 입구가 생겼다. 끝이 보이지 않는 어두운 통로에서 얼음 동굴의 요기가 새어 나왔다.

"두령, 정녕 저 말을 믿는 것입니까!"

"하면…… 다른 방법이 있더냐."

힘없는 그의 목소리에 흑강은 더 반발하지 못했다. 축 처진 그의 어깨와 바들바들 떨리는 팔에서 지금 그가 무엇을 얼마나 참고 있는지 짐작이 가기에 그를 붙잡지 못했다.

"다녀올 테니…… 요새를 부탁한다."

모든 것을 잃은 사내의 걸음걸이가 유독 느릿했다. 그는 더딘 걸음으로 벽 한가운데에 생긴 입구에 발을 들였다. 그의 금색 머리칼까지 흔적도 없이 사라졌을 때, 입구는 거짓말처럼 모습을 감추었다.

흑강이 짙은 한숨을 터뜨렸다. 이미 그의 칼은 아래로 내려간 후였다.

"왜 그러셨습니까."

"지키고자 하는 것이 달랐을 뿐이다."

"떠나라…… 떠나라 그리 부탁하였습니다."

"그래…… 그랬었지."

칼자루를 잡고 있는 흑강의 손이 눈에 띄게 떨렸다.

"미안하다. 그게 너의 최선이었음을…… 알지 못했어."

이윽고 흑강은 그대로 무릎을 꿇고 말았다. 챙강, 칼이 바닥에 떨어져 부딪치는 소리가 울렸다. 흑강의 괴로운 울음소리에 교하는 눈을 질끈 감았다.

"두령의 명을…… 어기지 마시오. 그땐! 그땐 내가 당신을…… 용서치 않아."

교하는 대답을 하지 않았다. 하지만 그가 화람의 곁을 떠날 리 없다는 것을 잘 알고 있는 흑강은 입술을 꾹 짓눌렀다. 피를 나누지 않았어도 형제다. 그리 부르던 지난날이 사무치게 그리워 눈시울이 뜨거워졌다.

"가자, 노아. 균열을 막아야 한다."

이내 몸과 마음을 추스르고 일어난 흑강이 노아를 채근했다.

흑강은 교하를 향한 원망을 속으로 삭였다. 왜 이리 아둔한 길을 택했느냐 물어봤자 소용없을 것을 알기에, 그의 마음이 어디로 향했는지, 그가 어째서 마음이 향하는 대로 할 수밖에 없었는지 잘 알기에 그냥 그렇게 그를 두고 돌아섰다. 형제라 부르던 연을 끊어버리겠다는 말을 할 배짱 따위, 그에게 존재하지 않았으므로.

교하 역시 흑강을 잡을 생각은 하지 않았다. 그럴 염치조차 없었다. 그 역시도 형제로서의 연을 이만 놓으라는 말을 할 엄두가 나지 않았다. 비겁할지도 모르지만, 그의 마음은 그러했다.

둘의 눈치를 보던 노아가 이내 두 팔을 벌려 눈보라를 불렀다. 크게 소용돌이치며 다가온 눈보라는 이내 흑강과 노아를 잡아먹은 뒤, 다시금 훌쩍 떠나 버렸다.

혼자 남은 교하는 흑강이 떠나고 남은 빈자리를 쳐다보다가 이내 얼음에 갇힌 화람에게로 시선을 옮겼다.

얼음 안에 갇힌 그녀가 편안해 보였다. 저는 이토록 서글픈데. 더 이상 그녀와 마주할 수 없음이 이토록 고통스럽기 짝이 없는데.

"이제 만족하십니까."

돌아오는 대답은 서늘한 설산의 바람뿐이었다. 얼음 속 화람은 별말을 다 한다며 핀잔을 주지도, 씁쓸한 듯 입술을 깨물지도 않고 표정조차 변하지 않았다.

"몇 번이고 물으셨지요. 어디서부터, 언제부터 잘못된 것이냐고. 대체 무엇이 그리도 잘못된 것이냐고."

이윽고 교하에게서 거친 숨소리가 새어 나왔다. 한숨과 비슷한 탁음을 내뱉은 그가 바닥의 흙을 잔뜩 그러쥐었다. 그는 지난날 자신의 과오를, 그녀의 아비 화평의 과오를 떠올렸다.

"그때부터일 겁니다."

머릿속에 떠오르는 과거의 편린이 그를 괴롭게 만들었다.

"화람에게는 알리지 않을 것이다."

오래전, 요화를 찾았다던 화평이 한 말이었다.

"인간의 생이란, 어찌 될지 모르는 법이지 않나. 요괴와는 전혀
다른 생이니……. 만약 그 인간 아이가 잘못된다면……. 내 딸아
이에게도 기회가 오지 않겠나."

씁쓸하게 웃는 그에게 교하는 그럼에도 알려야 한다는 말을 하
지 못했다. 그러면서 한편으로는 제발 그 인간 아이가 잘 살아남
아 주기를 바랐다. 해서, 화람이 조금이라도 저를 돌아볼 기회가
생긴다면.

"내가…… 기다리는 건 또 끝내주게 잘합니다. 그건 아가씨도
인정하실 테죠."

교하가 손을 뻗어 화람을 가둔 얼음을 어루만졌다. 온몸이 꽁
꽁 얼어버릴 것 같은 한기에 손가락이 따끔거렸다.

"여기에서 기다릴 테니, 푹 쉬십시오. 너무 오래…… 너무 길게
아파하셨으니, 이제는 푹 쉬십시오."

쓴침을 꿀꺽 삼킨 그가 목에 힘을 잔뜩 주었다. 더 이상 눈물
을 흘려선 안 된다. 화람이 다시 돌아올 그날까지, 결코 울지 않
을 것이라 다짐했다.

"기다리겠습니다. 이곳에서, 내가 사랑했던 당신이 돌아올 때

까지. 그 얼음이 녹아 당신이 웃음을 보여줄 때까지…… 기다릴 테니……."

너무 늦지 마십시오.

교하의 속삭임이 얼음 사이로 스미었지만, 꽁꽁 언 얼음 속에 갇힌 화람은 꼼짝도 하지 않았다.

설산마저도 슬프게 울던 순간이었다. 눈보라와 함께 몰아치던 서슬 퍼런 울음은 이내 교하의 마음 한가운데를 관통해 저 먼 곳 으로 날아가 버렸다.

먹구름이 개고 있었다. 눈송이를 쏟아내던 회색 구름이 점차 북쪽에서 벗어나던, 어느 오후의 일이었다.

노아의 눈보라를 타고 흑강이 돌아왔을 때, 결계의 균열은 여 전한 상태였다. 화평의 검은 좀처럼 빠지려 하지 않았고, 요괴들 이 달려들어 요기를 쏟아부어도 녹아들지 않았다.

"흑강! 왜 혼자야? 두령님은?"

"두령과 요화님은? 괜찮으신 거야?"

"화람 아가씨와 교하 형님은? 아무 일도 아니지?"

여기저기서 질문이 쏟아졌다. 흑강은 쉬이 대답하지 못했다. 아가씨가 요화를 해하려 했기에 그녀를 얼음 감옥에 가두었다고? 요화가 끝끝내 목숨을 거두었다고?

긴 생각 끝에 흑강이 겨우 입을 열었다.

"아가씨와 교하 형님은…… 멀리 여행을 떠났다."

"뭐야, 그런 거였어?"

"거봐, 아가씨가 그럴 리가 없다니까. 누구 따님이신데!"

일단 안심한 그들 사이로 노아가 걱정스레 흑강을 쳐다보았다.

"흑강."

"맞잖아. 둘이서 멀리…… 멀리 떠난 거."

씁쓸해 보이는 그의 얼굴 때문인지 노아는 아무런 말을 하지 않았다. 그래, 그렇지. 그의 말에 동의하며 고개를 끄덕일 뿐.

흑강이 바닥에 떨어진 무연의 얼음 칼을 집어 들었다. 손바닥이 저릿해졌다. 두령의 기운이 오롯이 담겨 있는 것이라 저마저도 이렇게 잡는 것조차 힘든데 다른 요괴들은 차마 이것을 건드릴 생각조차 못한 모양이었다.

"요화님과 두령은……."

이제는 두령과 요화에 대해서도 설명을 해야 할 때였다. 그가 막 입을 여는 순간이었다.

"저기, 저기 봐!"

누군가의 외침에 흑강을 비롯한 많은 이들의 시선이 결계의 균열로 향했다. 그리고 그때, 그들은 믿을 수 없는 광경을 마주했다.

언제 깨져도 이상하지 않을 정도로 잔뜩 금이 갔던 결계가 원래대로 붙고 있었다. 더불어 결계에 박혀 있던 화평의 검은 사르르 녹아 결계와 하나가 되었다.

금이 간 결계로 인해 전전긍긍하던 이들을 비웃기라도 하듯, 대체 언제 균열이 생긴 적이나 있었냐는 듯, 결계는 제 모습을 되찾았다.

결계가 절로 복구되는 광경을 지켜본 흑강이 입술을 꽉 씹었다. 두령, 요화님. 중얼거리는 그의 입술이 바르르 떨렸다.

"두령과 요화님은 얼음 동굴에서 의식을 진행하신 뒤, 조금 쉬다 나오신다고 하셨어. 그러니 다들 방해하지 않도록 해."

흑강은 자기도 모르게 거짓을 말했다. 어쩐지 제 말대로 무연과 홍이가 아무렇지 않게 얼음 동굴에서 걸어 나올 것 같았다.

조금만 더 기다리면, 그래. 조금만 더 있으면.

역시 두령이라는 외침이 여기저기서 터져 나왔다. 홍이의 이름을 부르며 요화를 찬양하는 목소리도 이어졌다. 북쪽의 번영을 바라며 다시금 축제를 벌이자고 하는 이들을 뒤로한 채, 흑강이 지친 걸음을 옮겼다.

"흑강, 어디 가! 쉬어야 하잖아."

노아의 걱정 어린 목소리에도 그는 멈추지 않았다. 제게 쉴 자격이 있을까. 요화를 지키겠다는 그 작은 결심조차도 지키지 못했는데 말이다.

주먹을 말아 쥐며 그는 발에 힘을 주며 앞으로 나갔다.

"기다려야 해. 두령이 나오실 때까지……. 얼음 동굴은 내가 지켜야 해."

"하지만."

흑강은 고개만 돌려 노아를 보았다.

"꼭 돌아오실 테니. 내가 그 앞을 지키는 게 옳아."

결국 노아는 그를 잡지 못했다. 지친 걸음으로 얼음 동굴을 향해 걸어가는 그의 뒷모습을 하염없이 바라보고 있을 뿐이었다.

✳

무연은 바닥에 누운 홍이를 물끄러미 바라보기만 하였다. 동굴까지 왔지만 어떤 것도 할 엄두가 나지 않았다. 무엇을 해도 그녀가 살아나지 않는다면. 그 후의 상실감은 또 어떤 것으로 채운단 말인가.

"나는 이제…… 네가 아닌 요화는 싫다, 홍아."

길게 뻗은 무연의 손가락이 홍이의 얼굴을 쓰다듬었다. 두려웠다. 영영 그녀가 정신을 차리지 않을까 봐.

눈을 뜨고 제 이름을 불러주는 일이, 이제는 꿈에서나 가능한 일이 되어버릴까 봐.

"나는…… 모르겠다. 왜 이렇게 눈이 뜨거운지, 왜 이렇게 가슴이 미어질 듯 아픈 건지 모르겠다 이 말이야. 이게 무엇이냐. 으응? 홍아, 네가 알려주어라. 제발…… 제발 네가 알려주려무나."

제발.

애절하게 울리는 무연의 목소리에도 홍이는 눈을 뜨지 않았다.

아아, 끔찍한 괴로움에 젖은 그의 탄식에 얼음 동굴의 기운이 반응했다. 처음 느껴보는 두령의 동요에 좀처럼 적응하지 못하는 것인지, 까맣게 뭉쳐진 정기들이 동굴의 안을 떠다니기 바빴다.

"홍아."

다시 한 번, 그녀의 이름를 부르며 그녀의 얼굴을 매만지던 무연은 익숙하지 않은 서늘함에 새삼 다시 놀랐다.

"아, 안 돼. 안 된다. 아, 제발. 제발!"

처음으로 간곡히 부탁을 해보았다. 누구인지도 모를 이에게, 하늘이 저를 보살피는 게 정녕 맞다면 제발 이 여인을 데려가지 말라 몇 번이고 애원했다.

그저 홍이만 돌려준다면. 저에게 홍이만 되돌려 준다면야.

"제발. 제발 일어나라, 제발. 눈을…… 제발."

무연이 팔을 그어 상처를 냈다. 그 사이로 붉은 피가 뚝뚝 흘렀다. 그렇게 떨어진 피가 굳게 다물린 홍이의 입술로 스몄다.

"안 된다. 나를 두고 가지 마라. 홍아, 제발 가지 말아다오. 이 대로 나를 두고 가면 안 된다. 제발, 제발…… 안 된다, 홍아."

무연은 제발 홍이가 저에게 돌아와 주기를 빌었다. 오늘의 일을 언젠가 회상하며 이야기꽃을 피울 수 있게. 앞으로 펼쳐진 저와의 나날을 이야기하며 행복을 꿈꿀 수 있도록, 제발. 제발.

수없이 애원하며 그녀의 입술에 피를 흘려주었다. 붉은 핏물이 그녀의 입술에 스며 다시 붉게 물들었지만 혈색은 돌아오지 않았다.

"돌아오라 말했다."

반응조차 없는 홍이를 안은 무연의 눈이 바르르 떨렸다.

"네가 전부란 말이다."

순간, 얼음 동굴의 공기가 미묘하게 바뀌었다. 그러나 슬픔에 잠긴 그는 알아채지 못했다. 제 반려를 잃은 슬픔에 취해, 공기의 뒤틀림마저도 알아채지 못했다.

"네가 없다면…… 나의 존재는 무엇이란 말이냐."

쿵. 쿵쿵. 얼음 동굴의 안에서 맥박이 뛰듯 작은 진동이 일었다. 무연은 계속해서 돌아오지 않는 홍이를 탓하고, 부르며 애달픈 마음을 토해냈다.

"다시 돌아와 준다면, 네가 다시 와준다면…… 너를 반드시 지킬 테니. 결코 그 손을 놓지 않을 테니."

무연은 소리 없이 눈물만 흘리며 애원했다.

"제발 돌아와 다오."

*

꽤 오랜 시간이 지났다. 밖이 낮인지, 밤인지도 모르는 채 무연은 멍하니 홍이만 바라보고 있었다.

떠났다. 그녀는 이제 자신의 손이 닿지 않는 곳으로 영영 떠나버리고 만 것이다.

"축복의 맹세를 하자꾸나."

이제는 무엇이 진실이고, 어떤 것이 꿈인지조차 구분이 가지 않았다.

그녀가 잠들어 있는 게 아니라는 걸 느끼는 순간마다 상실감이 그를 덮쳤다. 울며불며 그녀에게 돌아와 달라 애원했다. 제발 깨어나라 소리도 질렀고, 화도 내보았다.

이제 그만하자 싶다가도 금세 홍이가 일어나 어딜 가냐 울음을 터뜨릴 것 같아 꼼짝도 하지 못했다.

이제는 그냥 홍이와 함께 있고 싶었다. 다음 두령이 어서 태어나 저도 홍이의 곁으로 갈 수 있기를, 그것만 바랐다.

"축복의 맹세를 해줄 이가 없으니…… 내가 해주어야겠구나."

무연이 차게 식은 홍이를 품에 안고 천천히 연못에 몸을 담갔다. 차가운 느낌에 몸서리를 치며 무연은 홍이를 더욱 세게 안았다.

차가워요, 무연님.

그리 말하며 꺄르륵, 웃음을 터뜨리는 홍이의 목소리가 들리는 것 같아 무연은 자기도 모르게 미소를 그렸다.

"나, 북쪽의 무연. 나의 반려, 나의 요화에게 축복을 내리노니."

그가 움직일 때마다 찰박이는 소리가 들렸다. 무연은 엄지손가락을 들어 그녀의 이마에 妖(요) 자를 새겨주었다.

"그대의 머리는 북쪽의 설산을 닮아 냉철함을 잃지 않을 것이며. 그대의 심장은……."

무연의 손가락이 홍이의 가슴팍으로 향했다. 그리고 그곳에 花(화) 자를 새겼다. 마지막 획을 긋는 순간, 손가락이 바들바들 떨렸다.

"꽃처럼 활짝 피되, 어느 순간에도 절대 시들지 않을 것이다."

목이 따끔거렸다. 그는 돌아오기를 그토록 바랐건만 결국 영영 떠나 버린 홍이에게 제 마음의 맹세를 하고 말았다. 돌아오지 못할, 보답받지 못할 맹세를.

"그러니 나, 북쪽의 무연은 그대에게 나의 일생을 나누어주겠노라."

겨우겨우 말을 끝낸 무연이 제 엄지손가락을 물어뜯었다. 송골송골 맺히는 핏물을 그녀의 입술 사이로 흘려주었다. 그렇게 또 마지막으로 어리석은 기대를 하였다. 부디 돌아오기를.

"북쪽의 요화가 탄생했음을…… 설산의 모든 이들에게…… 알리노라."

그는 축 늘어진 홍이를 꽉 끌어안으며 천천히 호수의 안으로 몸을 담갔다. 이렇게 함께 꽃으로 돌아간다면 좋을 텐데. 이대로 둘이 함께, 영영 깨어나지 않는 것도 좋을 것이다. 그렇게 생각하며 연못 안으로 완전히 들어간 그 순간이었다.

[무…….]

익숙한 목소리가 들렸다. 깜짝 놀란 무연이 고개를 번쩍 쳐들었지만 아무런 소리가 들리지 않았다.

환청인가 싶었다. 환청이라도 좋았다. 그녀의 목소리를 다시 듣고 싶었다. 제발, 다시 한 번만 더…… 그리 바라던 순간 물결이 일렁였다.

[무연…… 님.]

다시 한 번 들리는 홍이의 목소리에 심장이 와르르 무너지는 기분이었다. 아니, 목 끝까지 차올라 당장에라도 입 밖으로 튀어나올 것 같았다. 무연은 품에 안은 홍이를 내려다보았다.

[무연님.]

그녀의 목소리가 또렷이 들린 순간, 온몸으로 전율이 느껴졌다.

홍이를 내려다보던 무연의 눈이 요동쳤다. 그는 그녀를 끌어안은 채 얼른 수면 밖으로 나왔다. 촤르르르, 연못 밖으로 물이 넘치는 소리가 동굴 안에 울렸다.

"호, 홍아."

무연은 잔뜩 기대를 담아 그녀의 이름을 불렀다.

"홍아."

돌아와라, 돌아와라, 그렇게 기도하며 그녀의 이름을 불렀다.

"무연……."

기적과 같은 일이 일어났다. 굳게 닫혀 있던 눈꺼풀이 파르르 떨리는가 싶더니, 이내 드러난 붉은 눈동자가 무연을 올곧게 응시했다.

이제 다시는 되찾지 못할 것이라 생각했던 보석이 돌아왔다. 다시 빛을 찾은 붉은 보석이, 그 안에 들어찬 제 모습을 믿을 수가 없어 무연은 뚫어져라 그녀를 바라보기만 하였다.

"무연님."

희미한 목소리에 무연이 입술을 벙끗거렸다. 이게 환청이고 환각일까 봐 두려웠다. 이대로 눈을 감았다 뜨면 다시 홍이가 눈을 감고 있을 것 같아 깜빡일 수도 없었다.

이건 꿈인가 싶었다. 제가 꿈을 꾸고 있는 것일까. 이대로 둘이 함께 잠들었으면 하고 바라서 그대로 얼음 동굴의 연못에 잠들게 된 걸까.

"무연님!"

홍이가 그리 외치며 무연을 끌어안았다. 무연은 여전히 어안이 벙벙하여 굳은 듯 멈춰 있었다. 홍이가 제게 안겼다. 홍이가 제 이름을 불렀다. 홍이의 향기가 느껴졌다.

꿈이 아니다. 이것은 절대, 꿈일 수 없다.

"홍아."

"무연님…… 얼마나, 얼마나 무서웠는지 모릅니다. 어둠이 너무 깊어서…… 아무리 불러도 무연님이 와주지 않아…… 또 혼자 버려진 것일까 봐."

무연은 와락 그녀의 허리를 껴안고 그녀의 목덜미에 제 얼굴을 묻었다. 다시 온기가 느껴졌다.

"무연님."

죽도록 그리웠던, 그토록 듣고 싶었던 목소리에 무연은 눈물을 왈칵 터뜨렸다.

돌아왔다. 진짜 홍이가 돌아온 것이다. 제 곁으로, 저의 곁으로 돌아왔다.

"어딜, 어딜 그리 다녀온 것이냐. 위험하니 기다리라 하지 않았느냐. 무연각에서 기다리라, 꼭 거기에서 기다리라 내가 몇 번을 말했는데!"

무연은 홍이를 안은 팔에 힘을 주었다. 다신 놓치지 않겠다는 듯이 제 품으로 가득 끌어안았다.

두 번 다시 놓지 않을 것이다. 결코 놓아주지 않을 것이라 중얼거리며 숨을 크게 들이마셨다.

"이제 아무 데도 가지 마라. 내 곁에서 웃어주려무나. 제발 내 곁을…… 떠나지 말아다오."

홍이 역시도 눈물을 멈추지 못했다. 그에게 폭 안겨 고개를 끄덕였다.

"나의 꽃, 나의 반려, 나의 홍아."

돌아온 요화를 축복이라도 하는 듯, 연못 바닥에 핀 꽃이 환한 빛을 쏟아냈다. 물속에서부터 시작된 빛은 이내 그들의 주변을 밝게 비추었다.

무연이 그녀의 볼을 조심스레 어루만졌다. 혹 깨지기라도 할까, 날아가기라도 할까. 매우 섬세한 손짓이었다.

"네가 나의 전부이니라."

물색의 눈동자가 빛을 받아 반짝였다. 그를 마주하는 홍이의 붉은 눈동자 역시도 평소보다 더 밝게 빛났다.

하나로 이어진 둘의 마음이 붉은 꽃을 피워냈다. 더 이상 헤어지지 않겠다. 그리 맹세하던 그들이 입술을 포갰다.

요화가 돌아왔다. 북쪽의 요화는 결코 시들지 않는 꽃이 되었다. 설산의 꽃이 되어 사그라지지 않는 빛을 전했다. 붉은 꽃잎을 담은 바람이 북쪽의 요새를 잔뜩 휘저었다.

설산에 남은 이야기

설산에 남은 첫 번째 이야기

무연은 홍이가 깨어난 뒤에도 여전히 얼음 동굴에서 나갈 생각을 하지 않았다. 홍이를 요새로 다시 들일 엄두가 나지 않았다. 혹 그곳에서 또 다른 위험에 빠지게 되는 건 아닐까 하는 작은 두려움 때문이었다.

홍이 역시도 말이 없었지만, 무연은 이유를 알 것 같았다. 화람과 교하의 끝을 들었던 탓일 테다. 이야기를 듣는 동안 얼굴에 드리워진 그림자가 여전히 가시지 않았다.

똑. 똑. 얼음 동굴에 고인 물 위를 두드리는 작은 소리만이 가득했던 그 찰나, 살며시 입을 떼는 홍이의 인기척에 무연의 눈동자가 데굴데굴 굴러갔다.

"참 이상합니다."

홍이의 허리를 끌어안고 있던 무연의 두 팔에 힘이 들어갔다. 몸이 굳어졌다. 한동안 같은 자세를 유지하다 고개를 내려 보드라운 볼에 입술을 맞댔다.

"무엇이."

"화람님의 칼에 찔려 의식이 멀어졌던 그때."

똑. 다시 한 번, 물방울이 수면에 부딪쳐 찰랑이는 소리가 났다. 동시에 무연의 미간에도 잘게 주름이 잡혔다. 그때의 기억은 생각하고 싶지도 않다는 양 눈을 질끈 내리감았다 떴다.

"그 이야기는 하지 않기로 하자꾸나."

떠올리는 것만으로도 고통스러웠다. 홍이가 떠나던 순간, 제 앞에서 차갑게 식어버려 영영 볼 수 없을 것이란 두려움으로 휩싸이던 그 찰나. 그녀가 깨어나기 전, 몇 번이나 머릿속에서 되감았던 장면이었다.

조금이라도 빨리 화람을 그녀에게서 떼어놓았더라면, 얼음에 가두었더라면. 그랬다면 상황이 조금 나아졌을지도 모를 텐데. 겹겹이 쌓이는 후회를 곱씹고 또 곱씹지 않았던가.

"들어주세요."

하지만 홍이는 그런 무연의 말에 조금도 굴하지 않았다. 되레 저를 끌어안고 있던 무연의 손을 맞잡아주었다.

"컴컴한 어둠 속을 꽤 오래 헤매었습니다. 걷고, 걷고 또 걸어도 끝이 보이지 않을 정도로 진득한 어둠이었지요."

그 길을 함께 걸어주었더라면, 아니 애초에 그런 길을 걷게 하지 않았더라면. 겹겹이 쌓여 있던 후회가 또다시 강한 바람에 부딪쳐 와르르 쏟아지고 말았다. 성이 난 물살처럼 마구 쏟아져 내려와 가슴을 친다. 어찌 홀로 내버려 두었냐고, 왜 그 어둠을 걷게끔 만든 것이냐고.

"무연님을 몇 번이나 부르고, 불렀습니다. 제발 데려가 달라 얼마나 외쳤는지요."

하지만 그런 무연의 마음을 알 리 없는 홍이는 계속해서 이야기를 이어갔다. 마치 꿈속의 일을 말하듯, 사근사근한 목소리였다.

"그러던 어느 순간, 갑자기 제 앞에 빛이 쏟아졌습니다. 눈이 부셔 앞을 볼 수 없을 정도로 찬란하고, 온몸이 녹아내릴 것처럼 따뜻한 빛이요."

잠시 무언가를 생각하던 홍이가 눈꼬리를 휘어 웃음을 그렸다. 수줍게 말려 올라가는 입술이 발간 홍색으로 물들어 곱게 꽃을 피운다.

"그리고 그 빛이 가까스로 사라졌을 때, 제 앞에 무엇이 보였는지 아셔요?"

무연이 고개를 도리도리 저었고, 홍이는 고개를 돌려 눈을 마주했다.

"아주 작은 무연님이셨습니다."

"나를 봤단 말이야?"

조금 놀란 듯한 그의 물음에 홍이가 천천히 고개를 끄덕였다. 희미한 미소 속에서 묘한 설렘이 묻어났다.

"지금처럼 아름다운 금발을 흩날린 채, 저 먼 곳을 바라보고 계셨습니다. 그 시선이 향하는 곳은 어디일까, 생각조차 할 수 없을 정도로 멀고 먼 그곳을요."

차마 쓸쓸해 보였다는 말은 할 수 없었다. 아무런 감정도 읽히지 않는 표정을 보고 있노라니 마음이 저렸다는 말도 결코 입 밖으로 낼 수 없다. 그 이유가 있다면 딱 하나.

"그리고 저는 그런 무연님을 바라보는…… 화람님이었습니다."

꿈속에서 홍이는 화람이었다. 무연을 지켜보는 두 눈은 화람의 보랏빛 눈동자였고, 그런 그의 뒷모습에서 쓸쓸함을 느끼는 것 역시 화람의 감정이었다.

자신이 홍이인지 화람인지조차 알 수 없음에 혼란스러워하던 그때, 멍하니 먼 곳을 응시하던 무연과 눈이 마주쳤다.

"네가 화람일 리가 없지."

결코 그녀일 리 없다. 그녀의 탐욕을 홍이가 쏙 빼닮을 수가 없다. 그건 꿈속에서라도 있을 수 없는 일이다. 아니, 있어선 안 되는 일이었다.

하나 홍이는 그런 무연의 말에도 말을 이어가는 걸 멈추지 않았다. 나긋나긋한 목소리가 마치 노랫소리처럼 들렸다.

"아니요, 저는 화람님이었습니다. 애가 타는 그 마음을 꾹꾹 억누르면서도 가슴 한구석이 세차게 뛰는 건 막을 수 없는……"

숨을 크게 들이마시던 홍이가 무연의 손가락을 꽉 부여잡았다.

"무연님에게 품은 마음이라곤 연정, 그 하나뿐이었던…… 화람님이 분명했습니다."

둘은 꽤 오랜 시간 아무런 이야기도 나누지 않았다. 마치 꺼내선 안 될 이야기를 꺼냈다는 듯 어색한 정적이 계속해서 이어졌다. 얼마나 지났을까, 다시 이야기를 시작하는 홍이의 목소리에 정적이 깨졌다.

"어린 모습의 무연님은 계속, 계속 같은 장소에 찾아가 먼 곳만을 바라보았습니다. 그리고 똑같이 어렸던 화람님 역시 매일, 매일 그 장소를 찾아 그런 무연님의 뒷모습을 바라보기만 하였고요."

알고 있었다. 모르는 게 아니었다. 그녀는 늘 저와 그러한 거리를 유지하곤 했다. 가깝지도 멀지도 않은, 그것이 무연과 화람 사이에 존재하는 거리였다.

"그런데 참 이상한 일이 아닙니까."

"무엇이 그리도 이상하더냐."

"무연님을 향하는 화람님의 그 마음이 어찌나 저와 같은지요."

일순간, 그들 사이에 정적이 흘렀다. 무연은 홍이가 무슨 말을 하려는지 알 수 없었다.

"먼 곳을 바라보는 무연님의 손을 잡아주고 싶었습니다. 혹 바람에 날리는 금발이 꽁꽁 얼까 털모자를 씌워 드리고 싶었고, 매일 찾아가는 그 장소가 궁금해 뒤를 쫓았습니다."

그곳이 어디냐 묻기라도 하는 건지, 아니면 그때의 화람을 알고 있었느냐 묻는 건지. 도저히 홍이의 말의 의미를 알 수가 없었다. 왜 저에게 그런 옛이야기, 꿈에서 보았던 일을 말하는 건지 묻고 싶었다.

하지만 무연이 말을 꺼내기도 전에, 홍이가 다시 이야기를 시작했다.

"그렇게 며칠을 맴돌다 드디어 무연님에게 다가갔습니다. 한참이나 맴돌다 겨우 다가갔을 때, 무연님께 던진 말을 기억하셔요?"

기대로 가득 차 있던 홍이의 눈빛에 무연은 고개를 도리도리 저었다. 그런 저의 반응에 분명 실망할 것이라 생각했지만, 홍이는 되레 미소를 그렸다. 그럴 줄 알았다는 표정이었다.

"무연님의 요화가 먼 곳에서 태어난 것 같다 하였습니다. 어쩐지 마음이 그렇기에 자꾸, 자꾸 그곳만을 쳐다보게 된다고."

"내가…… 그런 말을 했던가."

"해서, 요화가 태어났다면 가장 먼저 무엇을 하고 싶은지 물어보았습니다."

곰곰이 생각하고, 또 생각했다. 그때의 일이 뚜렷한 건 아니었으나, 눈앞으로 희미하게 그 광경이 그려지는 것도 같았다. 하얀 눈이 쏟아지던 밤이었을 것이다.

당장에라도 터질 것처럼 가슴이 두근거리던 밤이었다. 또 그 밤이 몇 날 며칠이고 계속 이어져 더더욱 잠을 이룰 수 없었다. 해서 매일매일 요새의 벽 근처로 걸음을 옮겼다.

보이는 것이라곤 까마득한 절벽밖에 없던, 그곳을 빤히 쳐다보았더란다. 그 너머에 있을 것 같았다. 자신이 그토록 찾고 헤매는 것이 있을 것 같아 하염없이 그곳을 찾곤 했다.

"무연님께서는 고운 꽃을…… 요화에게 선물해 주고 싶다 말씀하셨어요."

기억의 편린을 찬찬히 훑던 무연이 홍이의 말에 눈을 동그랗게 떴다. 그의 모습에 홍이가 후후, 웃음을 터뜨렸다.

"화평님에게 전해 들었다 했습니다. 바깥에 피는 꽃은 요새에 피는 꽃과 비교도 할 수 없게 아름답다고요. 눈송이보다 더 곱다는 바깥의 꽃을 안겨주고 싶다. 무연님께서 그리 말씀하셨어요."

어릴 적, 화평에게서 꽃에 대한 이야기를 들은 적이 있었다. 두령임에도 인간 세상에 자주 내려가 정세를 살피던 그는 무연에게 이런저런 이야기를 꽤 많이 들려주었다.

아마도 무연이 인간 세상에 내려가는 것을 즐기게 된 이유 역시도 화평, 그의 영향이 컸을지도 모른다.

"기억하셔요?"

무연이 고개를 끄덕였다. 하지만 그에 큰 감흥은 없었다.

과거는 과거일 뿐이다. 홍이가 요화로서 다시 태어난 지금, 과거를 질질 끌고 갈 필요가 없다.

"내가 화람에게 한 말을 모두 기억할 리 없지 않느냐."

"그 말이 지금 저에게 미리 해주신 약조라는 것도 모르시나 봅니다."

홍이가 눈을 흘기며 입술을 빼죽 내밀었다. 무연과 눈을 한참 마주치다 고개를 휙 돌렸다. 하지만 토라진 것은 아니었다. 고개를 돌린 뒤에도 홍이의 입가에는 웃음이 만개해 있었다.

"그래도 지켜주셨으니…… 괜찮습니다."

그녀는 제 허리를 끌어안고 있는 무연의 손을 어루만졌다. 그리고 몸을 뒤로 젖혀 그의 가슴팍에 기대었다. 둘은 꽤 오랜 시간 그 자세를 유지했다. 홍이를 끌어안고 있던 무연은 팔에 더욱 힘을 주었다. 제 품 안에 그녀가 있다는 사실 하나만으로 행복했다.

"해서, 꿈은 그것으로 끝이더냐?"

무연의 말에 홍이가 고개를 끄덕였다. 무연의 손을 어루만지는 움직임이 점차 느려졌다.

"다시 어둠이 찾아와 주위가 캄캄해졌을 때…… 화람님의 바람이 들렸습니다."

무연은 대답 대신 그녀의 볼에 입맞춤을 남겼다. 보드라운 볼에 입술이 닿았다 떨어지기를 몇 번. 다섯 번째 입맞춤이 끝나자, 홍이가 입을 열었다.

"그 꽃으로 꽃밭을 일구고, 그 위에 누워 내일을 이야기하고 꿈꾸기를. 하루의 시작과 끝을 함께하기를. 어떠한 궂은일이 찾아와도 맞잡은 손을 의지하며 이겨내기를……."

말끝을 흐리던 홍이가 무연에게 기대어 있던 몸을 일으켰다. 뒤를 돌아 그와 눈을 마주하며 느리게 눈을 깜빡였다. 물색의 눈동자에 비치는 붉은 보석이 반짝반짝 빛을 내고 있었다.

그리 길지 않은 시간이 지났다. 무연과 눈을 마주하던 홍이가 고개를 푹 숙였다. 들이마시고 내뱉는 숨이 불규칙했다.

"화람님을 용서하지 않을 겁니다."

"나 역시 너에게 한 짓을 용서할 생각은 없다."

비록 그 벼랑의 끝까지 내몬 이가 무연, 제 자신일지라도.

"하지만."

숨을 크게 들이마시고 내뱉던 홍이가 얼굴을 들어 무연을 올려다보았다. 무언가 결심했다는 듯, 비장한 표정이었지만 왜인지 모르게 붉은 보석은 복잡해 보였다. 오만 감정이 한데 엉켜 그 안에서 소용돌이치고 있었다. 그녀가 직접 말을 하는 건 아니었지만, 무연은 그 폭풍은 느낄 수 있다.

"그 바람은, 제가 꼭 이루어야겠습니다."

"화람의 바람을 네가?"

고개를 끄덕인 홍이가 다시 무연의 눈을 피했다.

"그게 저의 복수입니다."

곧 홍이의 긴 탄식이 들렸다. 고개를 푹 숙인 그녀는 긴 손가락으로 얼굴을 감쌌다. 몇 번이나 깊은 한숨을 뱉다, 마른세수를 했다. 입으로 새어 나오는 한숨 속에 답답한 마음이 엉켜 있었다.

그런 홍이의 모습에 무연이 손을 뻗어 검은 머리칼을 살살 어루만졌다. 덕분에 홍이의 마음속 돌풍이 조금씩 멎어들었다.

무연을 바라보는 화람이 되었을 때, 그 마음이 얼마나 애틋하고 가여운지 지켜보는 내내 마음이 아렸다. 화람의 목소리는 단한 번도 무연에게 닿지 않았다. 진심은커녕 아주 작은 욕심조차 좇지 못했다.

하나, 그녀가 설움 속에 살았다 하여 쉬이 용서하고 싶지 않았다. 화람. 이름만 들어도 온몸으로 소름이 돋았다. 화람의 애정이 애틋하다는 것을 느낄 때마다 화가 났다.

그래서 더욱 화람의 바람을 자신이 이루고 싶었다. 화람이기에 할 수 없는 것이라 보여주고 싶었다. 이 얼마나 옹졸한 마음인가. 절로 탄식이 새어 나왔다.

"보란 듯이 무연님의 곁에서 행복해질 겁니다."

이내 무연이 두 팔을 뻗어 홍이의 어깨를 붙잡았다. 그리고 저를 보게끔 그녀의 몸을 돌렸다. 하지만 무연은 그녀의 얼굴을, 붉은 보석을 마주할 수 없었다. 여전히 두 손으로 얼굴을 가린 탓이었다.

"홍아."

부드러운 목소리였다. 어깨를 감싸 안은 그 손길마저도 부드러웠다.

"내 눈을 보아라."

"못 봅니다."

"어서."

단호한 무연의 목소리에 홍이가 얼굴에서 손을 뗐다. 조금 고민을 하는가 싶더니 이내 고개를 들어 무연과 눈을 마주했다. 붉은 보석에는 무연의 눈동자 색과 꼭 닮은 물기가 그렁그렁 맺혀 있었다.

"나는 네가 행복하길 바란다."

무연의 한쪽 손이 홍이의 얼굴을 쓰다듬었다. 예전처럼 따뜻하지는 않지만, 같은 체온을 갖고 있다는 사실만으로도 충분했다.

"화람에게 복수하기 위해, 그 바람을 이루기 위함이 아닌."

말을 하는 무연도, 그 말을 듣는 홍이도 마음이 따끔거렸다.

"나의 반려로 살아갈 네가 행복하길 바라."

홍이가 왜 그런 말을 하는지, 복수라는 말을 입에 담으며 그 바람을 이루겠다 하는지 알 것 같았다. 그녀를 애틋하게 생각할 수도, 미워하지 않을 수도 없기 때문일 것이다. 애증이라는 감정이 폭풍우처럼 밀려와, 어쩔 수 없이 선택한 길.

하지만 무연은 홍이가 그런 길을 걷지 않길 바랐다. 오롯이 홍이 자신을 위해 행복을 만끽했으면 했다.

"화람의 극단적인 선택도, 못난 마음도 모두 나 때문이다. 현명하지 못했고 단호하게 끝내주지 못했다. 언제나 요화가 된다면 마음을 받아줄 수도 있다는, 고문과 같은 거절이었지."

이윽고 무연의 나머지 한쪽 손도 홍이의 얼굴로 향했다. 깨지면 어쩌나, 부서지면 어쩌나. 애틋한 손길이었다.

"아주 오랫동안 쌓은 나의 업이다. 그 업을 홍이 네가 짊어질 필요는 없다."

"하지만."

"네가 그 바람을 들었다 하여 마음속 짐으로 남길 필요도 없다는 말이다."

무연의 단호한 말에 홍이가 눈을 가늘게 떴다. 눈두덩이 시큰해지는 것이, 당장 눈물이 쏟아질 것 같았다. 턱에 힘을 주며 몇 번이나 마른침을 넘겼다. 울지 않으려 애를 썼다.

"내 부탁을 들어다오."

결국 홍이는 아무런 말도 하지 못한 채 고개를 숙였다. 참으려 했던 눈물이 툭 터져 나와 볼을 타고 흘러내렸다. 여전히 마음은 복잡했다. 무연의 말에도 해소되지 않는 무언가가 마음에서 돌풍으로 변해 휘몰아쳤다.

하지만 그녀는 아무런 말도 하지 못했다. 제 얼굴을 어루만지는 무연의 손을 붙잡은 채, 펑펑 눈물을 떨어뜨리기만 할 뿐.

요화의 눈물에 얼음 동굴도 함께 울음을 터뜨렸다. 휘이잉, 날카로운 바람이 불어왔지만 천장에 매달린 뾰족한 얼음에 걸려 산산이 흩어지고 말았다.

그로부터 세 번의 밤이 지나고 네 번째 아침이 찾아왔을 때, 홍이와 무연은 비로소 얼음 동굴을 걸어 나설 수 있었다.

어둠이 점차 걷히고 환한 빛이 쏟아지는 동굴 입구에 다다랐을 때, 홍이가 걸음을 우뚝 멈추었다. 어두운 동굴에 오래 있던 탓일까. 따가운 햇살이 익숙하지 않았다.

"홍아."

저를 부르는 소리에 홍이가 무연에게로 시선을 향했다. 마주 잡고 있던 무연의 손에 힘이 들어가는 게 느껴졌다.

"네가 눈을 뜨지 않았을 때…… 내 너에게 약조했다."

"약조요?"

"다시 돌아오면 내 꼭 너를 지킬 것이라고. 두 번 다시 놓지 않을 거라고."

이내 무연과 홍이가 눈을 마주했다. 뜨겁게 쏟아지는 햇살에 비친 서로의 얼굴을 뚫어져라 쳐다보다 싱긋 미소를 그렸다.

"지킬 것이다."

그의 말에 홍이가 고개를 끄덕였다. 믿고 있었다. 요새에 와 무연을 처음 본 그때부터 지금까지 믿음이 없던 적은 단 한 번도 없었다. 인간의 생을 버리고 반요의 생을 택한 것에도 한 톨의 후회

가 없다. 무연과 함께였으니. 억겁의 시간일지라도 그와 함께할
테니.

"자, 가자."

저를 잡아끄는 무연의 손길에 홍이가 고개를 끄덕였다. 이내 느
릿한 걸음을 옮겨 그를 뒤따랐다. 그리고 동굴의 입구까지 모두
빠져나왔을 때, 무릎을 꿇은 익숙한 누군가 있었다.

"두령님과 요화님을 뵙습니다!"

무연을 가장 가까이에서 보필하던 그, 흑강이었다.

"아아, 그래."

흑강이 기다리는 것을 알고 있었다는 듯, 무연이 고개를 끄덕
였다.

"흑강님?"

무연의 뒤에 서 있던 홍이가 놀라 앞으로 뛰어나왔다. 무릎을
꿇은 흑강을 보며 놀란 건지, 두 눈이 커다래졌다.

홍이의 목소리가 들리자 흑강이 고개를 들었다. 그리고 그녀의
얼굴을 보기 무섭게 입술을 짓씹었다. 그렁그렁해진 눈으로 둘을
쳐다보다 이내 고개를 푹 숙였다.

"저를 벌하여주십시오!"

갈라진 목소리에 울음이 뒤엉켜 있었다.

"모두 저의 불찰이니, 제가 벌을 받아야 마땅합니다!"

우렁찬 흑강의 목소리에 무연이 그를 쳐다보았다. 하지만 반응
을 보이지는 않았다. 그저 무미건조한 시선을 던지기만 할 뿐.

"아닙니다. 왜 무사님께서 벌을 받으셔요!"

오히려 놀란 건 홍이 쪽이었다. 무연과 흑강을 번갈아 쳐다보
던 홍이의 목소리가 잔뜩 상기되어 있었다.

"화람 아가씨를 의심했던 그 순간부터 두령에게 알려야 했습니다. 그분과 교하 형님의 행동이 의심쩍었던 그때 위험을 알아챘어야 했습니다."

이어지는 흑강의 말에도 무연은 반응이 없었다. 그저 홍이의 손을 꼭 잡은 채 그를 뚫어져라 응시할 뿐이었다. 그 눈동자의 색처럼 차가운 시선에 흑강은 여전히 고개를 들지 못했다.

"그게 무슨 말이어요. 아닙니다. 무연님, 어서 아니라고 말해주셔요!"

홍이의 채근이 이어졌지만, 무연은 굳건했다. 흑강 역시도 마찬가지였다. 무릎을 꿇은 채 고개를 들지 못했다.

"무연님!"

다시 한 번 이어지는 홍이의 채근에 무연이 천천히 숨을 들이마셨다. 그리고 흑강을 향해 느릿한 걸음을 옮겼다.

"흑강."

"예, 두령."

"그만하면 됐으니 일어나라."

"안 됩니다! 벌하여주십시오!"

다시 한 번 이어지는 흑강의 우렁찬 목소리에 무연이 작게 한숨을 뱉었다.

"두령의 명을 어길 셈인가."

무연의 말에 흑강의 어깨가 움찔거렸다. 그 말 때문이었는지, 자세를 유지하던 흑강이 몸을 일으켰다. 하지만 얼굴은 여전히 푹 숙인 상태였다.

"그리도 벌을 받고 싶으냐."

"두령을 모셔야 할 종자가 아둔하여 소중한 요화님께서 해를 입으셨습니다. 벌을 받아 마땅한 일입니다."

"아닙니다. 무연님, 아니어요! 흑강님의 탓이 아니어요!"

덜컥 겁을 먹은 홍이가 무연의 팔에 매달렸다. 그녀의 붉은 눈동자가 당장에라도 울 것처럼 그렁그렁해졌다. 흑강이 벌을 받으면 어쩌나 하는 마음이었다.

"미리 위험을 알 수 있을 리가 없지요! 제아무리 의심쩍다 해도, 그게 위협이 될지 되지 않을지 어찌 알겠어요. 그러니 무사님은 아무런 잘못이 없습니다. 그러니 무연님, 제발!"

하지만 무연은 아무런 대답이 없었다. 그렇다는 말도, 아니라는 말도 없이 그저 흑강을 뚫어져라 쳐다볼 뿐이었다. 묵직한 침묵이 이어졌다. 홍이 역시도 계속 매달릴 수 없는 분위기라는 걸 느껴 입을 꾹 다물었다.

요새의 저 너머에서 찬바람이 불었다. 그에 날아온 눈송이가 무연과 흑강 사이로 나풀거리며 날아갔다. 다시 한 번 바람 한 줄기가 불어왔을 때, 무연이 입을 달싹였다.

"그렇담 너에게 벌을 내리마."

"분부 받잡겠습니다."

"무연님!"

홍이가 무언가 말을 하려 하자, 무연이 손을 들어 그녀를 막았다. 그리고 하려던 말을 이어 했다.

"앞으로 너는 나와 나의 자손, 그 자손의 자손까지 대대로 보필해야 할 것이다. 혹 너의 생이 끝난다 하여도, 너의 자손이 나의 자손을 보필하게 하라."

이내 흑강이 고개를 번쩍 들어 올렸다. 휘둥그레진 두 눈이 흔들리고 있었다. 믿을 수 없다는 표정을 짓던 그가 고개를 도리도리 저었다.

"아닙니다. 그게 어찌 벌입니까!"

"본디 다른 두령이 태어나면 종자의 임무 역시 끝나는 게 옳은 법."

"예, 압니다. 알고 있지만, 무연님께서 말씀하신 것은!"

"아니, 벌이 맞다. 끝까지 나에게 묶여 있어야 한다는 족쇄이 니, 벌이 맞겠지."

그는 아무런 말도 하지 못했다. 지금껏 당연하다 생각해 왔던 일을 벌이라 말하니 무어라 답해야 할지 알 수 없었다.

"네가 원한 것이 벌이니, 그 벌. 달게 받으라."

무연은 저를 쳐다보는 흑강의 모습에 웃음을 던졌다. 너른 어 깨를 툭툭 두드리다 한쪽 손으로는 홍이의 손을 잡아끌었다.

"자, 어서 가자. 요화를 기다리는 이들이 많을 테니."

무연의 결정이 마음에 들었던 모양인지, 홍이의 얼굴도 환하게 피어 있었다. 활짝 웃는 얼굴로 그를 쳐다보며 고개를 끄덕였다. 손을 꼭 맞잡은 둘은 흑강을 지나치며 걸음을 옮겼다.

"늦지 않게 따라오너라."

그는 제 뒤로 들리는 무연의 목소리에 고개를 푹 숙였다. 맨 처음 무연의 종자가 되었던 날, 그는 바위가 되리라 결심했다. 그 어떤 풍파가 닥쳐와도 무연의 앞에 선 바위가 되어 묵묵히 그를 지키고 보필하겠노라고. 결코 흔들리지 않는 바위가 되어 그를 단단하게 받쳐 주겠노라 그리 결심했었다.

울지 않겠다 했던 결심이 와르르 무너졌다. 결국 흑강의 눈에서 뜨거운 눈물방울이 톡톡 흘러내렸다. 평생 그 바위가 되어 살 겠다, 그렇게 다짐하는 그의 마음이 그 어느 때보다도 더 뜨겁게 불타오르고 있었다.

✱

홍이가 요새로 돌아오자, 결계가 복구되었을 때보다 더 큰 잔치가 벌어졌다. 요괴들은 창고에 꽁꽁 숨겨놓았던 술독까지 꺼내며 요화의 탄생을 기뻐했다. 소리 높여 노래를 부르고, 무연과 홍이의 이름을 예찬했다.

그들의 잔치는 삼 일 밤낮으로 이어졌다. 밤이 깊어져 요새가 어둠에 차오르면 불을 피워 어둠을 쫓았다.

사흘째 되던 날, 홍이는 무연각에서 요새를 내려다보고 있었다. 아침이 밝아왔음에도 불구하고 잔치는 계속 이어지고 있었다.

홍이가 잔치를 즐긴 것은 고작 하루뿐이었다. 이튿째, 무연각으로 들어오기 무섭게 무연에게 안겨 침대에서 벗어날 수 없었다. 그녀는 허리가 뻐근해 제대로 일어나지 못할 정도로 그에게 안겼다.

아침인지 밤인지 생각할 필요가 없었다. 그저 행복할 뿐이었다.

"홍아."

잠시 침대에서 벗어난 홍이의 빈자리를 금세 느낀 건지, 졸음이 가득한 무연의 목소리가 들렸다. 툭툭, 침대를 두드리는 소리까지 이어져 홍이가 뒤를 돌아보았다.

"일어나셨어요?"

홍이의 목소리가 들리자 안심을 한 건지, 무연이 작은 소리로 웃었다. 그 여음이 채 가시기도 전에 홍이는 그의 곁으로 다가가

앉았다.

"더 주무시지 않고요."

"네가 없으니 잠에서 깬 것 아니냐."

무연의 칭얼거림에 홍이가 싱긋 미소를 그렸다. 아아, 그래요? 되묻는 그녀의 목소리가 마치 노래와 같아 무연 역시도 입꼬리를 말아 올렸다. 홍이의 손을 맞잡는 무연의 손에 힘이 잔뜩 들어가 있었다.

"더 주무셔요."

달래듯 말하는 홍이의 목소리에 무연이 고개를 도리도리 저었다.

"해야 할 일이 산더미야. 이제 그만 일어나야지."

"해야 할 일이요?"

"서쪽의 두령에게 와주십사 서신을 보냈는데, 일이 이렇게 되어 헛걸음이 되지 않았더냐. 사죄를 바라는 서신이라도 보내야지."

아아, 앓는 소리를 내는 무연의 모습에 홍이가 빙긋 미소를 그렸다. 길게 흘러내리는 금발을 살살 쓸어내리는 그녀의 손길이 퍽 다정했다.

"오늘은 무얼 하며 보낼 참이냐."

그녀를 바라보는 무연의 눈빛에 애정이 담뿍 담겨 있었다. 그에 화답하는 홍이의 눈빛 역시도 마찬가지였다. 그들의 시선에 물들어 있는 붉은 애정이 방 안으로 가득 차오르고 있었다.

"그러지 않아도 무연님께 청을 드리려 했습니다."

"무엇이든 들어줄 테니, 말해보아."

무연이 흔쾌히 대답했지만, 홍이는 망설이고 있었다. 그녀의 시선이 여기저기로 흩어졌다. 그렇게 찰나의 순간을 보내다, 이내 천천히 숨을 들이마셨다. 입을 달싹이는 것도 조심스러워 보였다.

"가고 싶은 곳이 있습니다."

"가고 싶은 곳?"

"예, 꼭…… 가야 하는 곳입니다."

그 순간, 무연의 가슴이 덜컹거렸다. 혹 잊고 있던 부모를 떠올린 건 아닐까. 그들이 그리워 마을로 내려가고 싶다 하는 건 아닐까. 수많은 걱정이 잇따랐다.

"……그게 어디더냐."

아무렇지 않은 척, 담담하게 뱉었지만 그 속은 두려움으로 가득 차 있었다.

그런 그의 마음을 알고 있는 건지, 홍이는 고민하고 또 고민했다. 무연과 침대를 번갈아 쳐다보기를 몇 번. 무거운 한숨을 연이어 내뱉다 이내 입을 열었다.

"화람님이 갇혀 있는 얼음 감옥이요."

"얼음 감옥? 그곳을 왜."

놀란 듯 묻는 무연의 말에 홍이가 씁쓸한 웃음을 그렸다. 이내 천천히 다가오는 무연의 손을 꼭 맞잡고 숨을 크게 들이마셨다.

그가 이토록 놀랄 거라는 것도, 그다지 달가워하지 않을 거라는 것도 모두 예상했다. 하지만 그렇다 해서 무를 생각은 없었다. 꼭 가고 싶었다. 가야 했다.

"아무것도 묻지 말고, 허락해 주세요."

"홀로 가는 건 절대 안 된다."

"무사님과 함께 가겠습니다."

"흑강과 함께?"

홍이가 고개를 끄덕이자 무연이 끙, 앓는 소리를 냈다. 안 된다고 할 수도 없었다. 뚜렷한 이유가 있는 것도 아니었고, 흑강과 함께 간다니 위험하다는 핑계를 댈 수도 없다.

결국 무연은 홍이의 청을 허락했다. 알겠다 고개를 끄덕이는 그 순간에도 마음은 불안했지만, 어쩔 수 없는 일이었다.

홍이는 생각보다 더 빠르게 얼음 감옥으로 갈 채비를 했다. 무연의 주위에는 평소보다 더 많은 요괴들이 붙었다. 흑강 대신 그를 호위할 이들이었다.

얼음 감옥까지 그들을 데려다주는 건 노아의 몫이었다. 무연각 앞에서 노아를 부른 무연은 홍이에게 몇 번이고 주의를 주었다.

위험한 행동은 하지 말 것, 교하와 필요 이상으로 말을 섞지 않을 것. 그리고 요새 밖으로 절대 벗어나지 말 것. 몇 번이나 주의를 받은 뒤에야 홍이는 얼음 감옥으로 떠날 수 있었다.

요화를 태우기 위함인지 노아의 눈보라는 평소보다 더 부드럽게 몰아쳤다. 이내 눈 깜짝할 사이에 홍이와 흑강이 무연각 앞에서 사라졌다.

눈보라는 위로 솟구쳐 올라 절벽을 타고 날았다. 가파른 그곳을 타고 오르자, 저 아래로 절벽의 한가운데에 파인 굴이 보였다.

"저기인가요?"

홍이의 물음에 흑강이 고개를 끄덕였다.

"예, 저기입니다."

그래요. 중얼거리던 홍이가 마른침을 꿀꺽 집어삼켰다. 두려운 건 아니었다. 그저 자신의 죽음을 마주한 곳으로 가고 있다는 사실에 조금 긴장이 되는 것뿐.

그들을 태운 눈보라는 생각보다 빠르게 굴 안으로 도착했다.

노아의 눈보라가 사라지는 것과 동시에 홍이와 흑강의 모습이 드러났다.

"그럼 돌아갈 때에도 불러주십시오. 이 주변에 있겠습니다."

고개를 숙인 노아의 말에 홍이가 고개를 끄덕였다. 고맙다는 말을 하기도 전에 노아의 모습은 온데간데없이 사라졌다. 그저 하얀 눈송이만이 그 자리에 남아 하늘하늘 떨어질 뿐.

그가 사라진 자리를 지켜보던 홍이가 굴의 한쪽 벽으로 시선을 옮겼다. 그곳을 꽉 채운 거대한 얼음벽 안에 평온하게 잠들어 있는 화람의 모습이 보였다.

"얼음 감옥……."

새하얗고 투명한 얼음 사이에서 화람의 가슴팍에 맺힌 붉은 핏자국이 유독 눈에 띄었다. 무연에게 들어 알고 있는 상처였지만 금세 모른 척 시선을 돌렸다. 굳이 알고 있다는 사실을 내색하고 싶지 않았다. 그저 어떤 모습으로 갇혀 있는지 궁금했을 뿐이니.

그런 홍이를 지켜보던 흑강이 굴의 구석진 곳을 쳐다보았다.

"교하는 일어나 요화님께 예를 갖추십시오."

그의 이름을 듣는 순간, 홍이의 온몸에 우두두 소름이 돋았다. 주먹을 꽉 쥐고 있었는데도 불구하고 손가락이 바짝 당기는 기분이었다. 어둠에 가려져 있음에도 그녀는 그의 얼굴이 뚜렷이 기억났다. 지우려야 지울 수 없는 얼굴이었다.

"인간 계집 따위가."

기억 너머에 존재하는 그의 모습에 홍이가 콧잔등을 잔뜩 일그러뜨리며 고개를 돌렸다. 그를 마주하고 싶지 않았다. 저를 죽음으로 내몬 건 화람이었지만, 그 문턱까지 데려간 것은 제 앞에 있는 교하였다.

"계속 입을 나불대 봐. 그분께 데려가기도 전에 온몸의 뼈를 아작 낼 테니."

잊으려 했던 그날의 기억이 밀려들어 왔다. 우악스럽게 저를 들쳐 업고 무연각을 나서던 그가, 그때의 두려움이 밀려와 홍이를 힘들게 했다.

"요화님께 인사드립니다."

몇 번이나 숨을 참고, 침을 넘겼는지 모른다. 간신히 마음을 가다듬은 후에야 그를 향해 고개를 돌릴 수 있었다. 고개를 숙인 그의 모습에 비웃음이 흘러나왔다.

"인사? 나를 죽이기 위해 이곳으로 데려온 자가 내게 인사를 해요?"

"요화님."

그때의 기억이 몰려오니, 담담하게 이성을 유지하는 것이 힘들었다. 몸이 오들오들 떨렸다. 눈을 질끈 내리감았다 뜨는 순간에도 그때의 기억은 떠나지 않았다.

그때, 커다란 기침 소리가 들렸다. 놀란 홍이가 고개를 돌리니, 입을 가린 채 기침을 하는 교하가 보였다. 금세 진정한 듯 보였지만 보통의 숨소리로는 들리지 않았다. 목을 벅벅 긁는 숨소리와 함께 터져 나오는 쇳소리에 홍이의 미간이 좁아졌다.

"요화님을 해하는 데에 동조한 죄……."

이상했다. 그때의 교하라고 하기엔 목소리에 힘이 없었다. 말하나로도 누군가를 죽일 수 있을 것 같던 살기마저도 사라졌다.

"이 한 목숨으로 갚을 수 있다면, 그리하겠습니다."

이어지는 그의 말에도 홍이는 흔들림을 보이지 않았다. 그저 그의 기침 소리와 숨소리에 조금 놀란 것뿐.

"무슨 말이에요?"

"제가 설명하겠습니다."

그 사이를 자른 건, 허리를 굽혀 홍이와 간격을 좁힌 흑강이었다.

"요화님께서 찔리셨을 때, 화람을 찌른 건."

"알아요. 저자가 그랬다는 거…… 무연님께 들었어요."

"그때, 요화님에게 향했던 저주가 교하에게로 향했습니다."

흑강의 말에 홍이의 눈이 가늘어졌다. 얼음 감옥에 갇힌 화람과 무릎을 꿇은 교하를 번갈아 보았다. 조금의 동요도 하고 싶지 않았다. 그들은 그 작은 동정심마저도 저에게 주지 않았었다. 그러니 저 역시 그런 감정을 가질 필요가 없다.

"왜요?"

"저주의 흐름을 끊으면, 그 저주는 흐름을 끊은 자에게 향합니다."

"흐름을 끊은 자가 저자고요."

고개를 끄덕이는 흑강의 모습에 홍이가 입을 꾹 다물었다. 그를 빤히 지켜보다 얼음 감옥으로 눈을 돌렸다. 가슴이 답답한 이유는 왜일까. 어째서 이렇게도 속이 꽉 막힌 것 같을까.

홍이는 아무것도 모른 채 평온하게 갇힌 그녀의 얼굴을 바라보다 다시 교하를 쳐다보았다.

"그대에게 화람은 어떤 존재였나요?"

툭 내던진 질문에 놀란 건 교하뿐만이 아니었다. 곁에 서 있던 흑강도 놀라 눈이 휘둥그레졌다. 하지만 홍이는 질문을 무르지 않았다. 묵묵히 그의 대답을 기다릴 뿐.

정적이 흘렀다. 입을 꾹 다물고 있던 교하가 숨을 크게 들이마셨다. 이내 입을 여는 그의 입에서 쇳소리가 들렸다.

"목숨이었고, 삶이었습니다."

흑강은 눈을 질끈 내리감았고, 홍이는 옅게 탄식을 내뱉었다. 그래요. 짧게 대답하는 그 목소리도 교하의 숨소리에 묻혀 들리지 않았다. 그녀는 말없이 화람을 쳐다보았다.

얼음 동굴에서 무연과 함께하는 내내 화람이 속죄할 수 있는 길이 있을까 생각했었다. 돌아오는 건 부정적인 대답이었지만 지금은 달랐다.

어쩌면 가장 고통스러운 속죄가 될 것이다. 외로운 결말을 맞이하게 될지도 모르지만, 가장 확실한 속죄의 방법이겠지.

말없이 화람을 지켜보던 홍이가 고개를 돌렸다. 교하에게는 시선조차 향하지 않은 채 굴의 입구로 걸음을 옮겼다.

"부디 잘 이겨내시길 바라요."

홍이의 말에 교하와 흑강의 시선이 향했다. 작은 어깨가 바르르 떨리고 있었다. 하얗게 뒤덮인 설산과 그녀의 뒷모습이 마치 한 폭의 그림처럼 잘 어울렸다.

"당신들을 용서할 마음은 없어요."

"바라지 않습니다."

"다행이네요."

홍이의 단호한 대답에 교하는 아무런 말도 할 수 없었다. 그저 눈을 꼭 감은 채 얼굴을 푹 숙이고 있을 뿐.

"돌아가고 싶어요."

꽤 오래 이어진 정적을 깨버린 건, 힘이 쭉 빠진 홍이의 목소리였다. 그에 흑강은 재빨리 노아를 불렀다. 하얀 눈보라가 굴의 입구에 오기까지는 그리 오랜 시간이 걸리지 않았다.

홍이는 재빨리 노아의 눈보라에 몸을 실었다. 그 뒤를 따른 흑강마저도 눈보라와 함께 모습을 감추었을 때, 굴 안으로 커다란 바람이 불었다. 눈 깜짝할 사이에 노아의 눈보라가 사라지고, 굴 안에는 하얀 눈송이만이 하나둘 날리고 있었다.

교하의 쓸쓸한 눈빛이 화람이 갇혀 있는 얼음 감옥으로 향했다. 하지만 그의 입에서 나오는 건 그 어떤 말도 아니었다. 옅은 한숨이 입술에서 새어 나왔다.

서늘하기 그지없는 바람만이 굴 안에 가득할 뿐이었다.

홍이는 무연이 일을 마치고 방으로 돌아올 때까지 침대에 누워 꼼짝도 하지 않았다. 어둠이 찾아왔음에도 불을 밝히지 않았다. 비로소 무연의 인기척이 바깥에서 느껴지고 나서야 몸을 일으켰다.

문을 열고 들어온 무연이 어둠 속에 묻힌 홍이를 바라보았다.

"어찌 불도 밝히지 않고."

"깜빡…… 잠이 들었습니다."

자연스럽게 말을 했다 생각했지만, 무연은 그 말이 거짓이라는 걸 단박에 알 수 있었다. 하지만 내색하지 않고, 그녀에게로 걸어갔다.

"그래, 잘 다녀왔느냐."

그녀의 곁에 앉은 무연이 홍이의 머리를 쓸어 넘겼다.

고개를 끄덕이는 홍이가 미소를 그렸지만, 어쩐지 평소처럼 해사하지 않았다.

"일은 잘 끝내셨어요?"

"네가 보고 싶어 일이 손에 잡히지 않았다."

"그래서 제대로 못 끝내셨어요?"

"그래서야 두령이라 할 수 없지."

서로를 마주 보던 무연과 홍이가 입술을 말아 웃음을 그렸다. 하지만 그 어떤 말도 오가지 않았다. 무연은 그녀의 머리를 쓰다듬어 주었고, 홍이는 그를 바라보고 있었다.

침묵의 시간이 이어지고, 황금색의 달빛이 구름에 다시금 가려졌다. 어둠이 찾아와 둘의 시야를 가렸을 때 홍이가 입을 열었다.

"무연님."

어둠 속에서 듣는 홍이의 목소리는 평소보다 더 청아했다.

"제가 행복하길 바란다고 하셨죠."

무연이 대답을 하기 위해 입을 열었던 그때, 까만 구름에 가려진 달님이 다시금 모습을 드러냈다. 이윽고 어둠에 뒤덮여 있던 방 안으로 환한 달빛이 새어 들어왔다. 아주 오랜만에 안개가 걷혀 달빛을 오롯이 받을 수 있는, 밝은 밤이었다.

"행복했으면 한다."

담담하게 무연을 쳐다보던 홍이가 두 팔을 뻗어 그에게 안겼다. 익숙한 체온과 체향이 그녀의 코를 간질였다.

"행복해지겠습니다."

이어지는 그녀의 대답에 무연이 눈을 동그랗게 떴다. 그리고 이내 두 팔을 뻗어 그녀를 제 품으로 가득 끌어안았다. 한데 맞닿는 보드라운 살갗의 느낌이 생각보다 더 기분이 좋았다.

"무연님."

"그래, 홍아."

나의 홍아.

제 이름을 부르는 여음에 홍이의 입술이 살짝 말려 올라갔다. 그를 끌어안고 있는 두 팔에 힘을 준 뒤, 천천히 숨을 들이마시고 내뱉었다.

"은애합니다."

숨이 멎기 직전까지 뱉고 싶던 말이었다. 수백 번 수천 번이고 전하고 싶어 머리에 맴돌던 고백. 이제야 할 수 있음에 가슴이 벅차올랐다.

"나도 은애한다. 나의 요화, 나의 홍아."

이어지는 무연의 고백에 홍이가 숨을 크게 들이마셨다. 얼음 감옥의 화람과 교하, 그 둘이 머리에서 떠나지 않아 마음이 묵직했지만 곱씹지 않으려 노력했다.

무연의 말대로 행복해지고 싶었다. 행복해지려 마음먹었다. 제 곁에 무연이 있음에, 함께 또 다른 생을 살아감에 감사하며 그저 지그시 눈을 감을 뿐이었다.

달님이 휘영청 비치는 어느 밤이었다. 행복해지길 바라는 사내와, 행복해지겠다고 다짐하는 여인의 마음이 방 안으로 뒤엉키고 있었다.

설산에 남은 두 번째 이야기

"아가씨."

마른땅처럼 갈라지는 목소리가 굴 안에 잔뜩 울렸다. 어느덧 오십 년이라는 시간이 흘렀다. 교하는 그 기나긴 시간 동안 매일 매일 화람에게 말을 걸곤 했다.

혹 저의 목소리를 들어 생각보다 빨리 눈을 뜨는 건 아닐까 하는, 그런 부질없는 바람 때문이었다. 하지만 바람은 그저 바람이었을 뿐. 화람은 오십 년 전과 다를 것 없는 표정으로 미동도 하지 않았다.

하지만 교하가 좌절하는 법은 없었다. 매일매일 말을 걸며 한 가닥의 희망을 붙잡고 있었다.

"두령께서 따님을 얻으셨다고 합니다. 아드님만 둘을 낳더니 드디어…… 드디어 따님을 보셨다고……."

말을 채 끝내기도 전에, 목을 찢는 기침 소리가 들렸다. 고약한 기침의 끝으로 붉은 핏덩이가 바닥에 툭 떨어졌다. 벌써 피를 토한 것만 몇 번인가. 이젠 언제 처음 피를 토했는지 기억조차 나지 않았다.

아아, 낮은 울음을 토하던 교하가 눈을 감으며 얼음에 기대었다.

"그 이야기를 듣고 나니, 아가씨가 떠오르지 뭡니까."

힘없는 웃음이 이어졌다. 크게 한숨을 내쉬던 그가 입을 꾹 다물었다. 말하고 싶은 게 있었는데, 어쩐지 머리가 하얗게 변해 아무 말도 떠오르지 않았다.

"아가씨가 곧…… 깨어날 것 같은데……."

애써 힘을 주고 있던 손이 파르르 떨렸다.

"왜 이리…… 잠이……."

교하의 말끝이 흐려지고 배 위에 올라와 있던 그의 손이 바닥으로 나동그라졌다. 긴 속눈썹 위로 하얀 눈송이가 내려앉았다. 휘이잉, 바람이 불어와 그의 몸을 때렸지만 눈을 뜰 리 만무했다.

✳

"교하야."

그리울 정도로 아득한 목소리에 귀가 쫑긋거렸다. 언제 들었는지 기억조차 나지 않는 음색에 담긴 건 커다란 그리움이었다.

"교하야!"

다시금 울려 퍼지는 그 목소리에 교하가 입술을 동그랗게 말아 올렸다. 참으로 오래 묵은 그리움이었다. 굳이 꺼내 들지 않아도 매일매일 머리를 맴도는 그리움.

이대로 계속 듣고 싶었다. 화람이 깰 때까지, 그녀가 일어날 때까지.

"이놈!"

이어지는 호통에 그가 눈을 번쩍 떴다. 분명 꿈일 것이라 생각했다. 그리움으로 물든 그 목소리도, 호통도 모두.

"오늘은 일찍 일어날 것이다 호언장담하더니!"

눈앞으로 보이는 건 얼음에 갇힌 화람이 아니었다. 눈시울이 붉어질 정도로 그리운 이의 모습이 제 앞에 있었다.

"아버지?"

그는 아주 오래전, 정찰을 나갔다 영영 돌아오지 않았던 제 아버지 유성이었다. 언젠가 돌아올 것이라 믿는 교하와는 달리 요새의 이들은 유성이 돌아오지 않을 것이라 말했다.

몇몇 이들이 왜 모르는 것이냐 물을 때마다 교하는 화를 냈다. 아버지가 돌아오지 않는 이유를 어찌 자신이 알 수 있겠냐고 말이다. 해서, 시간이 지날수록 교하는 남쪽 요괴들을 저주했다. 그들이 제 아비를 해쳤다고 믿었다.

그런데 눈을 떠보니 죽은 줄 알았던, 사라진 아버지가 제 앞에 있다. 도저히 믿을 수 없는 일이었다.

"아, 아버지! 어떻게 여기에 계십니까?"

앳된 자신의 목소리에 놀라 손을 들었다. 눈앞에 보이는 건, 굳은살이 박혀 있는 투박한 손이 아니었다. 부드러운 아이의 손이었다.

"어떻게 있긴, 우리 집이니까 있지."

"예? 아버지께서는 분명…… 분명 정찰을 나갔다 돌아오지 않으셨는데!"

교하의 말에 유성이 놀란 듯 눈을 크게 떴다. 곧 미간이 좁아지더니, 주먹을 들어 그의 머리를 쾅 쥐어박았다.

"아얏!"

"아직도 잠에서 덜 깼구나, 이놈!"

머리를 저릿하게 울릴 정도의 아픔이었다. 교하는 어안이 벙벙했다. 분명 저는 화람을 지키고 있었다. 씻을 수 없는 죄를 지었기에 저주를 받았고, 그 끝을 예감하는 것과 동시에 잠이 들었다.

한데 눈을 뜨니 기억에서 흐릿해진 제 집에서 눈을 떴고, 죽었다던 아비가 앞에 있었다. 어느 쪽이 현실이고 꿈인 걸까.

"어떤 꿈을 꿨는지 모르지만, 그런 고약한 꿈은 잊어라."

돌아오는 유성의 말에 교하가 얼굴을 들어 올렸다. 커다래진 눈으로 제 아비를 쳐다보았다. 고약한 꿈. 몇 번이나 그 말을 되새겼다.

그래, 어쩌면 그쪽이 고약한 꿈이었을지도 모른다. 아니, 예지몽일 수도 있지. 소려처럼 미래를 예지하는 그런 꿈 말이다.

화평의 딸인 화람이 그런 결정을 할 리가 없다. 더불어 그게 예지몽이라면 제 아비 역시 영영 보지 못한다는 것이 아닌가. 그 편이 더욱 끔찍했다. 차라리 모든 것이 꿈이었다고 치부하는 게 나을 것이다.

"예, 그러겠습니다!"

고개를 끄덕이는 교하의 모습에 유성 역시도 고개를 끄덕였다.

"그나저나, 이렇게 굼떠도 괜찮으냐?"

"왜요?"

교하의 물음에 유성이 저 바깥을 쳐다보았다. 그리고 다시 교하를 쳐다보며 침대 구석에 세워진 목검을 가리켰다.

"오늘 화람님의 호위를 뽑는다 하지 않았나?"

"네?"

"오늘이 그날 아니더냐?"

으아아악! 교하의 외마디 비명이 이어지고, 그가 침대에서 풀쩍 뛰어내렸다. 왜 깨우지 않았냐는 둥, 너무한다는 둥 볼멘소리가 이어졌지만 유성은 눈 하나 깜짝하지 않았다.

"아비가 얼마나 깨웠는데, 네가 일어나지 않은 것이다."

그저 그 말만을 반복하며 어깨를 으쓱거릴 뿐이었다.

허둥지둥 움직이던 교하는 얼굴에 물만 묻힌 채, 목검을 들고 밖으로 향했다. 문을 활짝 열자, 익숙하지만 낯선 요새의 모습이 펼쳐졌다. 꿈에서 본 요새와 비슷하지만 어딘가 다른 모습.

그는 한동안 자리에 멈춰 움직이지 않았다. 꿈과 현실의 경계가 분명하지 않아 이질감이 느껴진 탓이었다.

"계속 그러고 있으면 다른 놈에게 빼앗긴다."

흥얼거리는 아비의 목소리가 울리기 전까지는 말이다.

"아! 맞다!"

목검을 바닥에 탁 내리치던 교하가 재빠르게 발을 굴려 화평각으로 향했다. 화평각. 그 이름마저도 어색했다. 꿈에서는 무연각이라 불렸었다. 그래, 얼마 전에 태어난 새로운 두령 말이다.

딱 세 번. 새로 태어난 두령을 보았었다. 한 번은 태어난 직후에, 두 번은 화평과 요새를 돌아다닐 때.

물론 꿈에서 본 것은 제외했다. 그건 그저 꿈이니, 현실과는 다를 것이다.

열심히 뜀박질을 한 덕에, 교하는 늦지 않게 화평각 앞에 도착할 수 있었다. 이미 그 앞에는 수많은 아이들이 서 있었다. 대부분 교하와 비슷한 또래들이었다.

"아, 형님! 오셨습니까?"

반갑게 맞이하는 흑강의 인사에 교하가 함박웃음으로 답했다.

교하는 수많은 또래 요괴 중, 흑강을 으뜸으로 예뻐했다. 그와 저 모두 아버지가 정찰조였던 탓에 자주 어울려 다른 아이들보다 사이가 돈독했다. 더불어 어릴 적에 어머니를 잃은 교하를 종종 챙겨주던 것이 흑강의 어머니였으니 더더욱 그 사이가 애틋했던 것이다. 둘도 없는 형제가 있다면 아마 흑강일 것이라 생각하기도 했다.

"어! 흑강 너도 화람님의 호위에 지원했냐?"

"아니요! 저는 다른 분의 호위를 지원했습니다."

"다른 분?"

교하의 반문에 흑강이 웃음을 그렸다. 고개를 끄덕이며 교하가 만들어준 목검을 꽉 쥐었다.

"새로 태어나신 두령님이요!"

이어 들리는 그의 대답에 교하의 눈동자가 흔들렸다. 자신이 꾸었던 꿈에서도 흑강은 저와 다른 분을 모셨다. 화람은 요화가 되지 못했고, 흑강은 다른 요화와 두령을 섬기며 저와 등을 졌다.

그럴 수밖에 없는 상황이 찾아와 칼을 겨누지 않았던가. 온몸이 오싹해졌다. 그가 흑강의 어깨를 부여잡았다.

막아야 했다. 막고 싶었다. 꿈이 현실이 되는 것을 막아야 한다.

"흑강, 그거 말이다."

다른 걸 생각해 보자고, 그건 아닌 것 같다는 말을 하려던 그때였다. 굳게 닫힌 화평각의 문이 열리고, 그 안에서 화람과 무연을 각각 어깨에 앉힌 화평이 걸어 나왔다.

이어지는 아이들의 환호성에 교하는 끝끝내 말을 잇지 못했다. 흑강 역시 교하의 말에 귀를 기울이는가 싶더니 이내 화평각으로 시선을 돌렸다. 와아아! 바로 옆에서 쏟아지는 환호성에 그 역시 고개를 돌렸다.

덩치가 큰 편이었던 화평의 모습에 괜스레 눈시울이 붉어졌다. 꿈에서 내리 품고 살았던 그리움과 반가움이 올라왔다.

"많이도 모였구나."

껄껄, 호탕하게 웃음을 터뜨리는 화평의 모습에 교하가 입술을 짓눌렀다. 울면 안 되는데, 왜 자꾸 눈이 간질거리는지 모르겠다.

그의 한쪽 어깨에 앉아 있던 화람이 앞으로 모인 이들을 찬찬히 살폈다.

다른 어깨에 앉은 무연도 마찬가지였다. 제 앞에 서 있는 요괴들을 무심히도 죽 훑었다. 하지만 그 시선은 곧 흑강에게로 꽂혀 움직이지 않았다. 교하는 그것이 불안했다.

화람의 시선이 저에게 향해 있는지도 모르고, 무연이 흑강을 쳐다보는 것만이 불안했다.

"종자를 선택하는 것은 그저 이 아이들의 마음이다. 약한 아이라면, 강해질 때까지 수련시킬 것이고, 강한 아이라면 그 강함을 다스릴 수 있도록 수련시킬 것이다."

화평의 말에 수많은 아이들의 눈이 반짝거렸다. 그 어떤 수련이라 해도 개의치 않는 듯했다.

"자, 그럼…… 차기 두령인 무연 너부터 골라보아라."

화평이 어깨를 들썩거리자, 무연이 고개를 끄덕였다. 그리고 다시 한 번 제 앞으로 모인 아이들을 죽 훑었다. 무심한 듯 차가운 눈빛이 이어졌다. 그에 교하는 수많은 갈등을 겪어야 했다.

한편으로는 흑강이 선택되지 않기를 바랐고, 또 한편으로는 그의 바람대로 되기를 바랐다. 저와 등을 지는 건 싫지만, 그가 바라는 게 이루어지지 않는 것도 싫다.

"저 아이가 좋겠어."

혼란을 거듭하던 그때, 무연의 목소리가 들렸다. 깜짝 놀란 교하가 그의 손가락이 가리키는 곳을 쳐다보았다. 제발, 제발. 몇 번이나 속삭이던 그 바람은 속절없이 무너지고 앓는 소리가 절로 터져 나왔다.

"저, 저 말입니까?"

무연이 가리키던 건, 제 옆에 서 있는 흑강이었다. 그토록 선택되지 않기를 바라던 제 아우.

무연이 고개를 끄덕이자, 흑강의 얼굴이 환해졌다. 눈을 길게 찢어 웃음을 그리던 흑강은 한쪽 무릎을 굽혀 그에게 예를 갖추었다. 그리고 곧 우렁찬 목소리가 들렸다.

"흑강이라 하옵니다! 차기 두령님을 모시게 되어 영광입니다!"

마음이 무너졌다. 이대로 꿈과 똑같은 결말을 맞이할 것 같아 두려울 뿐이었다. 축하한다는 화평의 말도, 앞으로 무연을 잘 보필하라는 덕담도 귀에 들어오지 않았다.

이제는 한 가지만을 바랄 수밖에 없었다. 자신이 화람을 모시지 않길 바라는 것. 그것 외에는 방법이 없었다. 계속해서 꿈과 같은 방향으로 흘러간다면, 그것만 피해야 했다.

"자, 이제 화람 네가 골라보아라."

이어지는 화평의 말에 귀가 쫑긋거렸다. 급히 고개를 푹 숙였다. 화람과 눈이 마주하지 않도록, 그녀가 저를 고를 수 없도록. 마음이 미어질 듯 아팠지만 어쩔 수 없었다.

꿈에서 저는 결국 화람을 막지 못했다. 만약 꿈대로 흘러갈 것이라면, 화람을 막지 못하는 이가 되고 싶지 않았다. 흑강과 척을 져 남보다 못한 사이가 되고 싶지 않다.

"나는 저기, 교하 오라버니가 좋아요."

그 순간, 온 세상이 멈추는 듯했다. 축하한다는 흑강의 말도 들리지 않았고, 다른 이들의 부러운 눈빛도 보이지 않았다. 온몸이 무너지는 기분이었다. 이대로 꿈이 현실이 될 것만 같았다.

자신이 곁에 있었지만 그녀를 끝끝내 지키지 못하지 않았던가. 흑강도, 화람도 제 손으로 지키지 못한 그 끝을 다시 보고 싶지 않았다. 싫다 말을 하기 위해 고개를 들어 올렸지만 그는 아무런 말을 할 수 없었다.

"잘 부탁드려요, 교하 오라버니."

그리 말하며 웃는 화람 때문이었다. 꿈에서보다 더 곱게 웃는 그 모습에, 꿈에서처럼 저를 필요로 하는 그 눈빛에 교하는 할 말을 잃고 말았다. 꿈에서도 현실에서도 결국 저는 화람을 이기지 못한다.

"교하…… 화평님의 따님을 모시게 되어…… 영광입니다."

이내 그가 한쪽 무릎을 꿇고 그녀에게 예를 갖추었다. 질끈 내리감은 눈꺼풀이 파르르 떨렸지만, 그 괴로움과 두려움을 아는 이가 있을 리 만무했다.

시간은 빛처럼 빠르게 지나갔다. 그는 화평의 아래에서 흑강과 함께 수련했다. 검술과 활, 더불어 요력을 조절하여 최상의 상태로 끌어 올리는 법까지 배웠다.

그렇게 하루, 하루가 지나갈 때마다 꿈을 반복하지 않으리라 다짐했다. 화람이 길을 잘못 들 것 같으면 제가 바로 잡아줄 것이라고. 하염없이 무연을 향하여 일그러지는 그 마음 또한 자신이 다잡아줄 수 있다 생각했다. 몹시 교만에 찬 생각인 줄도 모르고, 그렇게 할 수 있을 것이라 생각하며 오랜 시간이 지났다.

흑강은 본격적으로 무연의 호위를 시작했다. 그 때문에 교하는 흑강과 마주하는 날이 현저히 줄어들었다. 언젠가 느꼈던 이 감정이 기시감이길 바랐다.

오랫동안 반복되는 일상 속에서 교하를 웃게 하는 건, 하루가 다르게 고운 자태를 뽐내는 화람이었다.

교하는 어느 때처럼 검을 연습하고 있었다. 남쪽의 침입이네, 동쪽의 지원이네 말이 많은 탓이었다.

"오라버니!"

익숙한 목소리가 들려 얼굴을 들어보니, 밝게 웃으며 뛰어오는 화람이 있었다.

"뛰지 마십시오! 그러다 다치십니다."

"들어보셔요, 오라버니. 저, 가고 싶은 곳이 생겼습니다!"

호들갑을 떨며 발을 동동 구르는 화람의 모습에 교하가 미소를 그렸다. 그녀가 떼를 쓰며 무언가를 바라는 일이 극히 드물기 때문이었다.

"가고 싶은 곳이라니, 이 교하가 꼭 모시고 가야겠습니다."

그의 대답에 화람이 주먹을 꼭 쥐었다. 반짝이는 눈빛에 흐뭇해졌다.

"정말이어요?"

"예. 사내는 한 입으로 두 말을 하지 않습니다."

듬직하게 검을 붙잡는 교하의 모습에 화람이 입꼬리를 말아 올렸다. 눈 아래가 불그스름하게 물들어 해사한 꽃을 피우고 있었다.

화람의 채근에 못 이겨 따라오기는 했지만, 교하는 난감하기 이를 데가 없었다.

"아가씨, 여기는……."

"어서요, 오라버니!"

그녀가 어서 오라 손짓을 하는 곳이 요새의 밖으로 통하는 동굴 앞이기 때문이었다.

"설마 지금 요새 밖으로 나가려 하십니까?"

교하의 물음에 화람이 걸음을 우뚝 멈추었다. 뒤를 돌아 교하를 바라보다 고개를 끄덕였다.

"왜요?"

"남쪽이 움직였다는 소문이 파다합니다."

북쪽 두령의 새로운 탄생과 동시에 남쪽은 오랜 염원을 실현하듯, 행동을 시작했다. 틈만 나면 북쪽의 주변을 맴돌았고, 동쪽과의 전쟁이 곧 발발할지도 모른다는 소문도 있었다.

새로운 시대의 시작, 그 빈틈을 노리려는 것이었지만 그들의 생각처럼 북쪽은 만만한 곳이 아니었다. 오래전부터 굳건히 다져온 북쪽 요새의 힘이었겠지만.

"그래서요? 어차피 요새 근처인데, 상관없잖아요."

볼을 부풀리는 화람의 모습에도 교하는 고개를 저어댔다.

"안 됩니다. 근처에서 남쪽 요괴가 몇 번이나 서성였다는 정찰조의 보고도 있었습니다."

"아! 오라버니의 아버님도 정찰조죠?"

"예. 그러니 더욱 안 된다는 겁니다. 이대로 화람님을 모시고 갔다간 저 아버님께 죽습니다. 그러니 불쌍한 저를 봐서라도 요 새로 돌아가 주십시오."

구구절절한 교하의 부탁에도 화람은 고집을 꺾을 생각이 없는 듯 보였다.

"괜찮아요. 제가 잘 말씀드릴 테니, 오라버니는 걱정하지 마시고 저와 함께 나가주셔요. 예?"

"안 됩니다."

"제발요."

화람이 교하의 손을 덥석 붙잡았다. 동시에 그의 몸이 뻣뻣하게 굳어버렸다.

"예?"

다시 한 번 되묻는 화람의 물음에도 교하는 대답을 할 수 없었다. 속으로는 안 된다는 말을 몇 번이나 뱉고 있었지만, 정작 입이 떨어지지 않았다. 맞잡은 손을 한 번, 그녀의 얼굴을 한 번. 그렇게 몇 번이나 마주하다 결국 고개를 휙 돌려 버렸다.

"빨리 돌아가셔야 합니다."

겨우 내뱉은 말에도 화람은 미동조차 보이지 않았다.

"아가씨."

교하가 그녀를 향해 다시 고개를 돌렸다.

"어! 아버지?"

"두령님?"

화람의 말에 놀란 교하가 뒤를 돌았다. 화평에게 들켰다간 혼나는 것으로 끝나진 않을 터였다. 이윽고 까르르, 화람의 큰 웃음소리가 들렸다.

"농이어요!"

아차 싶어 뒤를 돌았을 땐, 이미 동굴 안으로 뛰어 들어가는 화람의 뒷모습만이 보일 뿐이었다. 금색의 긴 머리칼이 흔들리고 있었다. 그녀를 향해 뻗는 교하의 손가락이 파르르 떨렸다.

"아가씨!"

"빨리 따라오셔요!"

언제 뜀박질을 연습한 건지, 화람은 생각보다 빠르게 달려 나갔다. 그녀의 모습은 어느새 어둠에 묻혀 서서히 사라지고 있었다. 결국 교하 역시도 잽싸게 뜀박질을 시작했다. 멀어지는 화람을 잡기 위해 온 힘을 다해 달렸다. 그렇게 있는 힘껏 화람을 따랐지만, 그는 결국 그녀를 막지 못했다.

"들어보셔요. 무연님께서 요새의 바깥에서 피는 꽃을 보고 싶다 하셨단 말이어요."

더더군다나 위험을 무릅쓰고 나온 이유가 무연, 그 새로운 두령 때문이라니. 두 배로 마음에 들지 않았다. 그러다 문득 무연을 향한 화람을 막지 못하는 자신이 한심해졌다.

막아야 하는데. 그러지 않는다면 현실이 되고야 말 텐데.

"분명 이 근처일 텐데……."

중얼거리는 화람의 목소리에 걱정에 휩싸인 그가 현실로 돌아왔다. 놀란 교하가 주위를 돌아보았다. 얼마나 멀리 온 건지, 요새로 들어가는 입구가 보이지 않았다.

"더 이상 가면 안 됩니다. 위험합니다."

놀란 그가 화람을 붙잡았다.

"조금만. 예? 조금만 더 가보고 싶어요."

"안 됩니다. 빨리 들어가셔야 합니다."

"오라버니."

"이미 멀리 나왔습니다. 이러다가는 정찰조와 만나기 십상입니다."

정찰조만 만난다면야 차라리 감사할 정도였다. 서성이는 남쪽 요괴를 마주친다면 어쩐단 말인가. 소리 없는 한숨을 내쉬던 그가 화람의 팔을 잡아끌었다. 있는 힘껏 제 쪽으로 당기려던 그때, 부스럭거리는 소리가 들렸다. 나뭇잎이 부딪치는 소리와 누군가의 발자국이었다.

"오, 오라버니."

"제 뒤에 서십시오."

지레 겁먹은 화람을 제 뒤에 세운 교하가 검을 꽉 움켜쥐었다. 긴장이 되는 건 어쩔 수 없었는지, 목 너머로 굵은 침이 몇 번이나 넘어갔다. 검을 꽉 쥐었던 그때 부스럭거리는 나뭇잎이 크게 흔들리기 시작했다.

다시 한 번 침을 삼켰던 그때.

"우워어!"

"꺄아악!"

기이한 울음소리와 함께 화람의 비명이 들렸다. 동시에 교하가 검을 휘둘렀고, 무언가 베이는 게 생생히 느껴졌다. 공중으로 붕 떠오른 나뭇잎이 바닥으로 모두 떨어졌을 때, 교하는 제 앞에 선 이의 모습에 놀라 눈을 크게 떴다.

"아버지?"

기이한 소리를 내며 그들을 막은 건, 교하의 아버지 유성이었다.

"아야야, 이 녀석. 검술이 꽤 늘었군그래."

그가 휘두른 검에 팔이 베였는지, 꽉 붙잡고 있던 손 사이로 붉은 피가 배어 나오고 있었다.

"아. 아버지! 괜찮으십니까?"

놀란 교하가 달려들자, 유성이 한쪽 손을 들어 그를 저지했다. 이윽고 그의 뒤로 남은 정찰조 두어 명이 모습을 드러냈다.

"지금 네 본분이 무엇이냐."

아차 싶었던 교하가 고개를 끄덕이자, 이내 유성의 얼굴이 잔뜩 구겨졌다.

"한데 교하, 여기는 요새가 아닐 텐데?"

화가 난 것이 분명했다. 잔뜩 낮아진 목소리에 교하가 어깨를 움찔거렸다. 변명은 통하지 않을 것이다. 친우처럼 지내긴 했어도, 엄격할 때는 화평보다 더 무서운 것이 제 아비였으니.

"오, 오라버니는 잘못이 없습니다! 모두 제가 나가자 한 것입니다! 저 때문이어요!"

화람은 대답을 하지 못하는 교하를 막아섰다. 낭랑한 목소리로 유성에게 대답하는 그녀의 뒷모습에 놀란 교하가 고개를 들어 올렸다.

"아가씨……."

"그러니 혼내지 마셔요. 제가, 제가 꼭 찾고 싶은 게 있어 온 것입니다."

"찾고 싶은 것이요?"

"예. 요새의 바깥에서 피는 꽃을 찾고 싶었습니다. 그뿐이었습니다."

교하의 앞을 막아서며 대답하는 화람의 모습에 유성이 눈을 가늘게 떴다. 그리고 교하와 화람을 번갈아 쳐다보다, 한숨을 푹 내쉬었다.

"일단 오늘은 그만 돌아가십시오. 상황이 그리 좋지 않습니다."

화람도 유성까지 만난 상황에 꽃을 꼭 찾고 돌아갈 것이라 떼를 쓰지 못했다. 아쉬운 듯 얼굴을 푹 숙이며 고개를 끄덕일 뿐이었다.

"꽃은 제가 요새에 복귀할 때 몇 송이 꺾어가겠습니다."

"정말입니까?"

말간 웃음을 그리던 화람의 목소리에 유성이 고개를 끄덕였다. 꼭 약속을 지키겠다 말을 남기며 제 아들을 쳐다보았다. 그 표정의 변화가 어찌나 빠른지, 교하의 얼굴에 미소가 빠르게 사라졌다.

"너는 요새에 돌아가면 혼쭐이 날 줄 알아라."

"하지만 오라버니는!"

"아니요. 제아무리 아가씨가 원하셨다 하더라도, 이 위험한 곳까지 모시고 나와선 안 되지요. 명색이 아가씨를 호위하는 종자라는 놈이 말입니다."

결국 둘 모두 유성의 말에 아무런 말도 하지 못했다. 그저 고개를 푹 숙인 채 눈을 질끈 감을 뿐이었다.

묵직한 공기가 셋을 감싸고 돌았다. 교하와 화람은 여전히 고개를 푹 숙인 채 눈을 깜빡이고 있었다.

"유성! 마지막 정찰이네, 어서 가지!"

근처에서 들리는 정찰조의 외침이 아니었다면, 아마 그 묵직함은 꽤 오래 지속되었을지도 몰랐다.

"교하."

유성의 부름에 교하가 고개를 들었다. 잔뜩 긴장한 모습이었다.

"아가씨 모시고 조심히 돌아가거라."

"예. 아버지도 조심히 돌아오십시오."

끝으로 보이는 건 부드럽게 오가는 부자의 미소였다. 교하의 머리를 쓰다듬어 주던 유성이 고개를 끄덕였다. 그리고 화람에게 고개를 숙여 예를 갖추곤, 잰걸음으로 그들에게서 멀어졌다.

그가 멀어지기 무섭게 화람이 교하의 손을 붙잡았다.

"죄송해요. 오라버니."

금방이라도 울 듯한 모습에 교하가 고개를 도리도리 저었다.

"괜찮습니다. 아버지에게 혼나는 게 하루 이틀도 아니고."

"그래도……"

"미안하시면, 지금 빨리 요새로 돌아가면 됩니다."

화람은 못내 아쉬워 보였지만, 의외로 빠르게 수락했다. 그리고 그의 손을 꼭 붙잡은 채 요새를 향해 걸어갔다.

그들은 한참이나 걸어야 했다. 분명 오던 길을 가는 것 같은데 좀처럼 느낌이 좋지 않았다. 멀리 걸어 나온 건지, 그게 아니라면 길을 잃은 건지. 요새의 입구가 보이지 않음에 조금씩 불안해졌다.

"오라버니, 도착하려면 멀었나요?"

꽤 오래 걸어 다닌 탓에 지친 모양이었다. 숨을 가쁘게 몰아쉬는 화람의 목소리에 교하가 걸음을 우뚝 멈추었다.

"조금만 더 가면 됩니다. 걱정 마십시오."

"언제 이렇게 멀리 왔을까요. 죄송해요."

"종자에게는 죄송하다 말하는 거 아닙니다."

화람의 미소에 교하 역시도 웃어 보였다. 그리고 다시 길을 찾기 위해 걸음을 옮겼다. 올 때는 보이지 않던 큰 나무까지도 보이기 시작하니 더더욱 마음이 조급해졌다. 이 길이 아닌 것 같은데. 그가 중얼거리던 그 찰나였다.

"오, 오라버니."

겁에 질린 화람이 그의 옷깃을 붙잡았다.

"왜 그러십니까?"

"이, 이상한 웃음소리가……."

화람의 말에 온몸이 바짝 경직되었다. 그리고 곧 허리춤에 차고 있던 검을 꺼내어 꽉 움켜쥐었다. 길을 찾는 데에 온 신경을 쓴 탓에, 수상한 낌새를 눈치채지 못했다. 만약 화람에게 무슨 일이라도 생긴다면, 제 자신을 용서할 수 없을 것이다.

"제 곁에서 떨어지지 마십시오."

교하의 작은 목소리에 화람이 고개를 끄덕였다. 옷깃을 잡는 여린 손이 바들바들 떨리고 있었다. 차라리 유성이었으면 했다. 방금 전처럼 제 아비가 저들을 놀라게 하기 위해 장난을 치는 것이라고.

그래, 차라리 그런 것이라면 벌은 달게 받을 것이다. 유성에게 요새의 입구까지 데려다 달라 할 걸 그랬나 후회가 밀려왔다.

검을 쥔 손에 땀이 찼다. 당장에라도 가슴이 터질 것처럼 뛰었고, 머리에는 식은땀이 송골송골 맺혔다. 몇 번인가 마른침을 삼키던 그 순간, 눈앞의 덤불이 빠르게 움직이는 게 보였다.

"오라버니."

겁먹은 화람의 목소리와 동시에 덤불 속 무언가는 빠르게 움직이기 시작했다. 그들의 주위를 빙빙 맴돌며 교하의 시선을 분산시

컸다.

'하나는 아니다. 둘? 아니, 셋. 어쩌면 셋 이상.'

목이 바짝 타들어갔다. 화평의 밑에서 검술 대련을 몇 번 하긴 했다만, 실전은 처음이었다. 눈꺼풀이 파르르 떨리며 그가 얼마나 긴장하고 있는지 알려주었다.

검을 고쳐 잡았던 그때, 교하의 눈이 번뜩 뜨였다.

"몸을 숙이십시오, 아가씨!"

"꺄아악!"

교하의 외침과 동시에 화람이 납작하게 엎드렸다. 동시에 교하의 날카로운 검이 오른쪽에서 달려드는 요괴의 가슴을 정확하게 찔렀다. 검은 머리칼을 흩날리는, 남쪽의 요괴들이었다.

교하는 그대로 왼쪽에서 튀어나온 요괴를 향해 검을 휘둘렀다. 남쪽의 요괴들이 서로 맞부딪치며 외마디 비명을 질렀다. 그는 조금의 망설임도 없이 검을 깊게 찔러 넣었다. 붉은 피가 솟구치며 교하의 얼굴에 튀었다.

"지키고자 하는 이가 있다면, 조금의 망설임도 가져선 안 된다."

화평의 가르침이 떠올랐다. 그리고 그 가르침을 잘 지킨 것에 뿌듯해졌다. 이미 숨을 거둔 요괴들의 가슴팍에서 검을 빼낸 그가 다시 화람의 앞에 섰다. 사방을 둘러보며 경계의 끈을 놓지 않았다. 아직 적은 남아 있었다.

정적이 흐르고, 바람 한 줄기가 날아와 그들의 코를 간질였다. 미묘하게 다른 냄새에 머리가 아찔해졌다. 북쪽의 요새와 한창 멀어져 있음을 깨닫는 게 왜 이리도 느린 건지.

동쪽이 아니라면 서쪽일까. 남쪽까지 내려왔을 리 없을 테니.

"이야, 이거 의외의 수확인데?"

"화평의 딸인가? 두령이 알면 좋아하시겠군."

"북쪽은 생각보다 손쉽게 손에 넣겠는데?"

킬킬, 웃음과 함께 들리는 대화 소리에 교하가 검을 고쳐 잡았다. 손에 고인 땀이 한 번에 식어버렸다.

"교, 교하 오라버니."

울음을 터뜨리는 화람의 목소리에 그가 침을 꿀꺽 삼켰다. 무슨 일이 있더라도 화람은 지켜야 했다.

"걱정하지 마십시오. 목숨을 다 바쳐 아가씨를 지킬 것입니다."

힘이 잔뜩 들어간 그의 목소리에 여기저기서 날카로운 웃음이 터졌다.

"이야, 역시 북쪽 놈들은 패기가 넘쳐 좋다니까."

"아직 꼬맹이 주제에 건방지긴."

"저 꼬맹이는 신경 끄고, 북쪽의 딸이나 데려가자고."

화람을 노리는 게 분명한 대화에 교하가 미간을 잔뜩 좁혔다. 살기가 등등한 눈빛으로 사방을 둘러보았다.

"네 녀석들 뜻대로 될 줄 알고!"

낄낄, 소름 끼치는 웃음과 함께 하늘에서 요괴들이 떨어졌다. 교하의 주위를 포위하듯 검은 머리칼과 회색의 눈동자를 가진 남쪽의 요괴들이 하나둘 떨어졌다.

혀를 날름거리며 웃던 그들이 화람과 교하를 번갈아 쳐다보았다.

"아아, 생각보다 더 꼬맹이인데?"

"함께 데려가는 건 어때? 두령의 힘이라면 저 꼬맹이, 요긴하게 써먹을 수 있겠는데."

교하의 눈이 빠르게 굴러갔다. 눈앞에 보이는 요괴만 총 다섯. 생각보다 요기가 강한 이들이었다. 방금 전 그를 덮친 요괴들과는 비교할 수 없을 정도로 살기가 강했다. 다시 한 번 검을 고쳐 잡은 교하가 그들을 향해 시퍼런 날을 세웠다.

"네놈들 뜻대로는 안 될 것이다."

으르렁거리는 그의 모습에도 남쪽의 요괴들은 날카로운 웃음을 터뜨릴 뿐이었다. 이윽고 그의 앞에 서 있던 요괴가 손톱을 길게 빼 혀를 날름거렸다.

"그럼 어디…… 꼬맹이 솜씨나 좀 볼까?"

말이 끝나기 무섭게 교하의 앞에 서 있던 요괴가 높이 뛰어올라 그에게 달려들었다. 검과 손톱이 부딪치는 소리가 날카롭게 울렸다.

"의외로 반응이 빠른데?"

히죽거리는 요괴의 모습에 교하가 이를 꽉 물었다. 안간힘을 쓰고 있던지라, 대답을 할 힘조차 없었다.

"여기도 막아보시지!"

뒤이어 달려드는 요괴의 목소리에 교하가 뒤를 돌아 재빠르게 검을 휘둘렀다. 손톱과 검이 부딪치는 날카로운 소리가 교하의 귀를 쩌렁쩌렁하게 울렸다. 긴장은 극에 달했지만, 정신은 오히려 갈수록 또렷해졌다.

남은 요괴들은 흥미진진하게 상황을 지켜보았다. 아직 어려 보이는 교하에게 그들이 질 리 없다고 생각하는 듯했다.

교하는 연이어 날아오는 공격에 빈틈을 찾으려 집중했다. 그러면서도 화람에게서 떨어지지 않으려 노력했다. 마침내 요괴 하나가 하늘로 높이 뛰어오른 그때, 그의 눈에 작은 빈틈 하나가 발견되었다.

그는 기회를 놓치지 않고 검을 휘둘러 저와 대치하고 있는 요괴의 팔을 잘랐다. 그리고 동시에 위에서 떨어지는 요괴의 가슴팍에 칼을 찔러 넣었다.

뜨거운 피가 솟구치며 그의 얼굴을 덮쳤다. 가슴팍을 찔린 요괴는 외마디 비명도 없이 죽었지만, 팔이 짤린 요괴는 고통에 몸부림치며 바닥을 뒹굴었다.

"아악! 내, 내 팔이! 내 팔!"

"이 쥐새끼 같은 놈이!"

곧 달려들 것처럼 으르렁거리는 요괴의 모습에 교하가 검을 꽉 쥐었다. 하지만 가슴팍에 꽂힌 검은 생각처럼 쉽게 뽑히지 않았다. 결국 교하는 검을 포기한 채 한데 몰린 요괴들에게 그것을 집어 던졌다. 양쪽 손으로 요력이 모였다. 얼음의 소용돌이가 그의 양손으로 몰아쳤다.

"죽여 버려!"

요괴들이 소리를 지르며 달려들었다. 교하가 할 수 있는 건 얼음 결정들을 마구잡이로 날리는 것뿐이었다. 화평이 가르친 대로 형태를 떠올린 채 요력을 집중해 보았지만, 생각처럼 쉽지 않았다.

그들을 겨우 막을 수 있을 뿐, 크게 상처를 줄 만한 기회가 오지 않았다. 답답했다. 어째서, 왜 이리도 생각처럼 안 되는 건가.

"제대로 덤벼봐, 제대로!"

한 요괴의 외침이 이어졌다. 교하가 손에 얼음 칼을 겨우 만들어낸 그때, 뜨겁게 타오르는 날이 자신의 얼굴을 가로지르는 게 느껴졌다. 얼굴에 피어나는 열기와 동시에 극명한 고통이 이어졌다.

"아아악!"

교하가 비명을 지르며 바닥에 주저앉았다. 얼굴을 가로지르는 상처에서 붉은 핏물이 뚝뚝 떨어졌다. 그때, 왜 이 상황이 낯익지 않은지 알 수 없었다. 이제껏 꿈에서 보고 경험한 일이 더 많았는데. 어째서 이 상황은 생소하게 느껴지는 건가.

"오, 오라버니!"

바닥에 납작 엎드리고 있던 화람이 몸을 일으켜 그를 부축했다. 벌벌 떨리는 작은 손이 상처를 막고 있던 교하의 손을 잡았다.

화람의 손길에 고통이 밀려옴에도 정신이 또렷해졌다. 이를 아득 씹던 그가 눈을 질끈 감았다 떴다. 얼굴이 떨어져 나갈 것 같았지만, 그에 굴복하여 쓰러질 순 없었다. 하지만 생각처럼 쉽지만은 않은 일. 뜨거운 고통이 밀려옴과 동시에 머리가 아찔했다. 일어나야 하는데 몸이 생각처럼 움직이지 않았다.

화람을 지켜야 하는데, 그녀를 지키기로 했는데.

"가만두지 않아……."

정신이 들어왔다 나가기를 반복하던 찰나, 화람의 목소리에 놀란 그가 겨우 눈을 떠 옆을 보았다. 그들의 주위로 얼음 결정이 하나둘 떠오르고 있었다. 점점 커져 가던 얼음 끝이 뾰족하게 변했다.

아차 싶었다. 자신은 요력을 조절하는 법을 화평에게 배우고 있었다지만, 화람은 아직 배우기 직전이었다. 고로 다듬어지지도, 조절할 수도 없는 힘이라는 이야기였다.

"아가씨, 안 됩니다!"

"죽여 버릴 거예요. 가만두지 않아."

"아가씨!"

있는 힘껏 외친 순간, 화람의 주위에 떠 있던 얼음들이 쏜살같이 튀어나갔다. 첨예한 얼음의 끝이 여기저기로 날아가며 그들의 몸을 할퀴었다.

"아아악!"

그만하라는 교하의 외침이 있기도 전에, 화람이 큰 소리로 비명을 질렀다. 펑! 무언가 터지는 소리와 함께 그녀의 주위에 무수히 떠 있던 얼음들이 요괴들을 향해 쏟아졌다.

요괴들의 비명이 재차 이어졌지만, 화람의 힘은 끊이지 않았다. 결국 마지막 그녀의 힘이 폭발했을 때, 통증을 이기지 못한 교하가 그대로 쓰러지고 말았다.

"교하! 아가씨!"

어디에선가 아버지의 목소리가 들리는 것 같았다.

"그만!"

까무룩 정신을 잃기 전, 고통으로 일그러진 외침이 들렸다. 어렵게 치켜뜬 눈으로 붉은 피에 젖은 아비의 모습이 보였다. 아버지, 작게 속삭이는 그의 부름에 따뜻한 품이 다가왔다.

"고맙다……. 너의 책임을…… 다해 아가씨를 지켰다……."

아버지. 자그마한 부름과 동시에 교하는 잊고 있던 과거의 조각을 모두 기억해 냈다. 화람의 부탁에 못 이겨 요새를 나와 남쪽 요괴들에게 습격을 당했다. 그에 휘말린 제 아버지는 화람의 힘을 억누르려다 그만 목숨을 잃고 말았다. 화람이었기에 잊고자 했다. 다른 이도 아닌 화람의 힘이었기에.

점점 약해지는 아버지의 호흡과 작아지는 목소리에 뜨거운 눈물 한 방울이 죽 흘러내렸다.

그리고 비로소 모든 것을 재차 깨달았을 때, 머리가 아찔해지는 느낌과 함께 온몸이 붕 떠올랐다. 머릿속이 아득해지고 좀처럼 정신이 들지 않았다.

"미안하네."

익숙한 목소리가 그의 주변을 둥둥 떠다녔다.

"이런 부탁, 염치없지만……."

아닙니다.

절로 나오는 제 목소리에 놀라 눈을 떠보았지만, 앞으로 보이는 건 온통 컴컴한 어둠뿐이었다.

"화람을 맡아줄 수 있는 건, 자네밖에 없네."

화평. 두령님. 이어지는 그의 목소리에도 대답은 돌아오지 않았다. 탄식으로 가득한 화평의 한숨에 교하가 괜찮다 말을 건넸다.

무엇이 괜찮다는 거지?

"그러니 제발……."

눈앞으로 보이는 까마득한 어둠이 두려워졌다. 이대로 자신이 죽은 건 아닐까 하는 두려움에 덜컥 겁이 났다. 그렇담 저는 어디에서 목숨을 잃은 것인가.

꿈이라 생각했던 그 얼음 동굴의 뒤편, 굴에서? 그게 아니라면 현실이라 생각했던 숲 속에서 화람을 지키다가? 어느 쪽이 진실이고 현실이든, 화람의 곁에서 목숨을 다한 것이야 후회는 없다만.

"살아주게, 교하."

살고 싶었다. 그의 바람대로, 그의 말대로 오래오래 화람의 곁을 지키고 싶었다. 될 수 있다면 그녀가 짝을 만나 행복을 이루기 전까지는 살고 싶었다.

"어서 일어나게!"

"교하!"
화평의 마지막 외침에 겹쳐진 건, 그토록 꿈에 그리던 목소리였다. 지키고 싶었고, 지키고자 하였던 곱디고운 목소리. 하지만 생각처럼 쉬이 눈이 뜨이지 않았다.

아니, 눈을 뜨고 있었지만 좀처럼 정신이 들지 않는다. 영영 이 어둠에서 빠져나가지 못하는 것인가. 좌절이 밀려오던 찰나였다.

"일어나, 교하! 제발!"
또 한 번, 익숙한 외침이 들렸다. 울고 있는 것 같았다. 애틋할 정도로 그리운 목소리에 울음이 묻어 있었다. 마음이 저릿해짐과 동시에 앓는 소리가 새어 나왔다.

울지 마십시오. 몇 번이나 같은 말을 되새겼는지 모른다.

"오라버니!"

다시 한 번 머리가 아득해지던 그때, 애절한 외침에 눈이 번쩍 뜨였다. 정처 없이 어둠을 헤매던 그에게 손을 내민 누군가의 얼굴이 아직 흐릿하게 보였다.

"정신을, 정신을 차리세요. 오라버니! 오라버니!"

그리운 부름이었다. 오라버니, 그 부름을 이어가는 목소리에 숨을 크게 들이마셨다. 눈을 질끈 내리감았다 뜨기를 몇 번이나 반복하며 제 앞에 있는 그녀를 바라보려 애썼다.

"오, 오라버니. 오라버니 정신이 드십니까? 오라버니!"

눈앞으로 선명하게 드러나는 화람의 모습에 교하가 엷은 웃음을 터뜨렸다. 결국 현실이라 생각했던 쪽이 꿈이었고, 꿈이라 생각했던 쪽이 현실이었다. 하지만 양쪽 모두 같은 게 있다면, 자신이 화람을 지킨다는 사실이었다.

"아아, 감사합니다. 하늘이여, 감사합니다."

"아가씨……."

"죽는 줄 알았습니다. 오라버니가 이대로, 이대로 죽는 줄 알았습니다."

"죽을 리 없지요…… 당신을 두고……."

말을 끝내지도 못 하고 기침이 나왔다. 목을 찢어가며 터져 나오는 기침 소리와 동시에 붉은 핏물이 입 밖으로 터졌다.

"오라버니!"

깜짝 놀란 화람이 그의 어깨를 꽉 붙잡았다. 기침이 멎을 때까지 놀란 그녀의 눈은 좀처럼 작아질 생각을 하지 않았다.

이윽고 기침이 그쳤을 때, 교하는 그녀의 어깨 너머 무너진 얼음 감옥을 발견했다. 드디어 벌이 끝났다는 걸 깨닫자, 미소가 절로 그려졌다.

"몸은 어떠십니까."

교하의 물음에 화람이 입술을 꽉 짓씹었다.

"이런 모습으로 아가씨를 맞아…… 죄송합니다."

"왜, 왜…… 왜 오라버니가, 어째서……."

화람은 결국 참고 있던 눈물을 왈칵 쏟고 말았다. 교하의 입 부근에 묻은 핏물을 소매로 닦아내다, 이내 움직임을 멈추고 말았다. 닦이지 않는, 딱딱하게 굳어 붙어버린 피딱지 때문이었다.

이런 기침을 몇 번이나 반복하고, 또 반복했을까. 언제부터 이 고통에 시달리게 된 걸까.

"왜 이러십니까. 왜 이렇게 몸이……."

그러다 문득, 얼음 감옥에 갇히던 그 순간이 떠올랐다. 홍이를 저주하려던 때에 교하가 저를 멈추었다. 등으로 느껴지는 고통과 동시에 개운함이 느껴졌었다. 꽤 오랜 시간 저를 괴롭히던 사슬에서 벗어난 것처럼.

그 순간, 머리부터 시작해 온몸이 와르르 무너지는 것을 느꼈다. 교하가 자신이 보낸 저주의 흐름을 끊은 것이다. 저를 향해야 했을 업은 자연스럽게 교하에게 향했을 테고.

"아…… 안 됩니다. 왜, 왜, 왜 저를! 왜 저를 위해서!"

결국 모든 것을 깨달은 화람이 울음을 터뜨렸다. 그를 흔들며 고개를 도리도리 저었다. 이러한 결말을 위해 그러한 선택을 한 것이 아니었다. 어리석은 제 행동이 이런 결과를 초래할 것이라 생각조차 하지 않았다.

"왜, 왜 그러셨습니까. 왜! 왜 당신이, 어째서!"

"울지 마십시오."

끊임없이 눈물을 흘리는 화람의 모습에 교하가 힘없이 웃어 보였다. 흐르는 눈물을 조심스럽게 닦아주다, 고운 볼을 어루만졌다.

"아가씨를 지키는 자로서 당연히 해야 할 일입니다."

목이 따끔거렸다. 이윽고 얼음 감옥에서 꾸었던 아주 어릴 적의 꿈이 떠올랐다. 화평의 어깨 너머로 교하를 지켜본 것으로 시작된 꿈이었다.

정찰조의 아비를 반기면서도, 흑강의 앞에서는 어엿한 형님이 되었다. 큰 부상으로 꽤 오랜 시간 깨어났을 때 자신이 그리도 보고 싶어 하는 꽃을 한 아름 꺾어왔고, 아이들을 가르치면서도 잊지 않고 저를 챙겼었다.

수많은 추억과 기억 속에는 언제나 교하가 존재했다. 심지어 자신이 무연을 떠올리며 행복한 미래를 꿈꾸던 그때에도, 교하는 저만을 바라보며 향해 있었다. 한결같은 그의 시선이, 마음이 화람의 마음을 저릿하게 만들었다.

"아가씨께서 무사하시다면 됐습니다. 저는…… 그걸로 족합니다."

그 대답에 머리가 아찔해졌다. 이윽고 깨닫게 된 사실에 마음이 뭉개지고 말았다.

"죄송해요…… 미안해요, 오라버니……."

제 과욕이 집어삼킨 건, 저를 돌아봐 주지 않던 무연도 제 자리라 생각했던 곳을 빼앗은 홍이도 아니었다. 아주 오랜 시간 묵묵히 제 곁을 지켜주고, 저만을 위해 살아왔던 그 마음 한 번 제대로 내비치지 않은 채 길을 터주었던 사내, 교하였다.

가장 소중한 것을 제대로 지켜보지도 못한 채 떠나보내야 한다. 제대로 보듬어준 적도 없던 그 마음을 이제야 볼 수 있는데. 늦게나마 알게 되었는데 기다리는 건 끝이라는 이정표 하나뿐.

"나를…… 나를……."

차마 원망해 달라는 말은 나오지 않았다. 목이 메는 탓에 그저 울음만 연이어 터뜨렸을 때, 교하의 큼직한 손이 그녀의 머리를 살살 쓰다듬었다.

"정말 아가씨가 미안하다면……."

익숙한 말에 화람이 고개를 들어 올렸다. 변함없는 마음으로 저를 봐주는 교하의 눈빛에 마음이 찢어질 듯 아팠다.

"오라비의 부탁 하나만 들어주십시오."

처음이었다. 교하가 자신을 오라비라 칭한 것도, 그리 말하며 부탁을 들어달라 하는 것도. 해서 화람은 잽싸게 고개를 끄덕였다. 그렇게 해줄 테니 제발 정신을 차리길 바라며 입술을 꾹 눌렀다.

"북쪽을 떠납시다."

바람 한 줄기가 불었다. 이제야 진심을 깨달은 화람의 마음을 어루만져 주는 부드러운 손길이었다.

"아가씨와 여행을…… 여행을 떠나고 싶습니다."

"그거면……."

"예. 그거면 됩니다. 저의 끝은……."

아, 짧게 터지는 화람의 탄식에 교하가 입에 힘을 주었다. 꼴사납게 그녀 앞에서 울 것 같았다. 그 끝을 정하지 않은 채 곁을 지킬 것이라 다짐했던 지난날이 떠올랐다.

그 곁을 지키고 싶었는데. 지켜야 했는데. 다짐조차 지킬 수 없게 정해진 자신의 끝에 절망이 이어졌다.

화람 역시도 마찬가지였다. 변함없이 제 곁에 있을 거라 생각했던 사내의 끝이 다다랐음에, 그것이 자신이 만든 끝이라는 사실에 미어지는 가슴을 쥐어뜯었다.

현실은 때때로 악몽보다 지독하다.

"저의 끝은 아가씨의 곁이면 됩니다."

참고 있던 울음을 터뜨리는 건 화람이었을까, 교하였을까. 목놓아 우는 소리가 굴 안을 가득 채웠다. 이룰 수 없는 꿈에, 지킬 수 없는 약속에 아파하는 소리였다.

그 울음은 꽤 오랜 시간 이어졌다. 겨우 눈물이 멎어들었을 때, 화람이 교하를 바라보며 힘겹게 웃음을 그렸다. 오래 남지 않은 시간이라면 그 시간을 모두 교하를 위해 쓰고 싶었다.

"떠나요."

화람이 교하의 두툼한 손을 꼭 움켜잡았다. 그 언젠가 저를 지키기 위해 검을 잡았던, 어린 소년의 손이 떠올랐다. 두려움에 떨던 저를 꼭 잡아주던 그 손을 생각하며 고개를 끄덕였다.

"그렇게 해요. 우리…… 같이 떠나요."

"고맙습니다. 고맙습니다, 아가씨."

교하와 화람, 둘의 입술에 환한 미소가 만개했다. 비록 울음에 젖어 아프기 짝이 없는 미소였지만 그럼에도 그들은 행복했다.

화람이 팔을 뻗어 교하를 끌어안았다. 전보다 야윈 그의 몸에 또다시 목이 따끔거렸다. 눈을 질끈 내리감았던 화람이 입을 달싹였다.

"한 번만…… 한 번만 부탁해요, 노아."

하염없이 반복되는 말이었다. 자그마한 목소리가 몇 번이나 이어졌을 때, 굴의 안으로 하얀 눈보라가 몰아쳤다.

흐느낌으로 물들어 있던 바람 소리가 사라졌을 때, 화람과 교하의 모습은 온데간데없이 사라지고 없었다. 바닥에 떨어진 얼음 조각만이 그녀가 감옥에서 나왔다는 것을 알려주었을 뿐.

바람에 실려 날아간 그들은 훗날 입으로 전해지는 구전이 되어 남았다. 화람과 교하, 그 이름으로 남은 것은 아가씨와 그녀를 지키던 무사로 시작되는 아름다운 이야기였다.

〈完〉

작가 후기

안녕하세요. 김선정입니다.

어느덧 이 인사도 다섯 번째가 되었습니다. 지금까지 달리는 내내 저의 원동력이 되어주시고, 힘이 되어주신 독자님들에게 감사의 인사를 전합니다. 언제나 감사하고, 또 감사합니다. 독자님들께서 보내주신 따뜻한 응원의 말과 관심이 아니었다면 후기를 통한 인사는 드릴 수 없었겠죠.

〈요화妖花-요괴의 꽃〉은 3부작으로 나누어져 있습니다. 지금 〈요괴의 꽃〉으로 출간되는 1부는 전체적인 이야기의 가장 큰 틀이 됩니다. 남쪽이 동쪽을 속국으로 삼고, 북쪽과 서쪽이 그를 견제하고 있다는 것으로 시작을 한 것 역시 그 때문이었습니다.

1부에서 드러낸 요화의 존재와 중요성이 기반이 되어 2부와 3부를 이끌어 나갈 겁니다. 그래서 사실 내용적으로나, 드러내고자 했던 것을 지금 후기에 쓰기엔 아직 이른 것 같아요. 추후 2부와 3부가 운이 좋게 출간이 된다면, 그때에 미처 쓰지 못한 이야기들을 모두 풀어놓겠습니다.

참 우여곡절이 많은 작품이었습니다. 공모전에 낙방했고, 또 시도하려 했던 플랫폼에서도 매몰차게 거절당하고. 책으로 멋지게 내자며 저를 응원해 주시고 다독여 주신 담당자님 덕에 여기까지 올 수 있지 않았나 싶습니다.

가슴이 설레는 글이었으면 좋겠습니다. 나도 한 번쯤. 그런 생각을 하며 꿈을 꿔볼 수 있는 글이었으면 좋겠습니다. 북쪽 요새와 눈보라 치는 설산을 다녀오는, 생생한 글이었으면 좋겠습니다.

올해 1월에 시작한 작품이 10개월이라는 기간을 거쳐 드디어 책으로 나왔습니다. 그 시간 동안 수난과 고난을 함께 겪어주신 청어람 편집부 여러분, 그리고 요화를 선택해 주신 담당자님께 감사의 인사를 전합니다.

언제나 사랑해 주시고, 응원해 주시는 독자님들께 다시 한 번, 감사의 인사를 전합니다. 기회가 되어 요화 2부도 여러분들에게 선보일 수 있다면 좋을 것 같아요. 더불어 글을 집필하는 내내 힘이 되어준 동료 작가님들에게도 감사의 말을 전합니다.

특히나 열렬한 응원을 해준 두 예쁜이 C양과 M양에게, 든든한 버팀목이 되어주는 남편 이동근에게 이 영광과 함께 사랑을 바칩니다.

사랑합니다. 감사합니다.

끝으로 이 책을 읽어주신 모든 분들에게 행운이 깃들기 바라며…….